Rosa von Praunheim
50 Jahre pervers

50 Jahre pervers
Die sentimentalen Memoiren des
Rosa von Praunheim

KIEPENHEUER & WITSCH

Redaktion: Andreas Graf

Umschlaggestaltung Rudolf Linn, Köln
Satz und Reproarbeiten Kalle Giese Grafik, Overath
Druck und Bindearbeiten Mohndruck, Gütersloh
ISBN 3-462-02252-0

INHALT

VERRÄTER DES JAHRES

Ich liebe Schwänze und freche Frauen.
Ich liebe Sensationen, Provokationen und Unverschämtheiten.
Ich liebe das Abenteuer, die Unruhe und harte Muskeln, ich hasse Anpasser und Feiglinge und finde Hausfrauen und Beamte exotisch.
Ich liebe mich, meine Energie und mein Arschloch.

Die »Bild-Zeitung« schreibt: »Pfui Rosa!«, die »Bunte« wählte mich Ende 1991 zum Verräter des Jahres, der »Stern« schrieb über die »Scheinheiligkeit des Starschwulen Rosa von Praunheim«.
Ich liebe es.
Ausgelöst wurden diese Schlagzeilen dadurch, daß ich in der RTL-Sendung »Der heiße Stuhl« über die Homosexualität von Hape Kerkeling und Biolek ohne deren Einverständnis redete.
Ich forderte sie als Sympathieträger im Showgeschäft auf, aus ihrem Versteck zu kommen und endlich mitzuhelfen, die Vorurteile gegen Schwule in der Gesellschaft abzubauen.
Sie sollen nicht nur ihren Arsch, sondern auch ihr Gesicht hinhalten.
Meine Provokation war gelungen, selbst die Oma in Sindelfingen redete wieder über Homosexualität. Ich löste einen Proteststurm aus, weil ich angeblich mit faschistischen Methoden Menschen denunzierte.
Homosexualität ist Privatsache, wird argumentiert.
Nein! Schwul- oder Lesbischsein ist so lange keine Privatsache, wie wir dafür zusammengeschlagen werden und aus unseren Jobs und Wohnungen fliegen, solange junge Schwule immer noch mit Selbstmordgedanken aufwachsen und ihr Leben lang neurotisch werden. Sexualität ist keine Privatsache, solange alle Zeitungen dieser Welt, alle Romane der Weltliteratur, alle modernen Medien mit größter Neugierde im heterosexuellen Privatleben schnüffeln – Homosexualität aber ignorieren.
Diese Doppelmoral kann nur aufhören, wenn jeder offen zu seiner Sexualität, seiner Perversion stehen kann, ohne von Staat, Kirche oder Moralaposteln bewertet zu werden.

Ein ähnlicher Skandal wie 1991 war mir schon vor 20 Jahren mit meinem Film »Nicht der Homosexuelle ist pervers, sondern die Situation, in der er lebt« gelungen, der zuerst vom Fernsehen verboten wurde und dann, nach einer großen Pressekampagne, doch noch im ersten Fernsehprogramm gezeigt werden durfte. Nur Bayern schaltete sich aus. Mit dem Film, den ich selten ohne Diskussion zeigte, half ich mit, daß sich über fünfzig Schwulengruppen in Deutschland gründeten. Das war der Anfang einer blühenden Schwulenbewegung, die bis heute viel an Vorurteilen abbauen konnte. Eigentlich hatte mein Film zuerst schlicht »Das Glück in der Toilette« heißen sollen, aber das lehnte der WDR ab.

Fünfzig Jahre pervers, was für ein Leben. Noch immer sehe ich gut aus, bin sexuell aktiv.
Es klingelt, und ich empfange in meinem schwarzen, seidenen Morgenmantel Georgi, einen wunderschönen Russen aus St. Petersburg. Ein kräftiger Kerl mit scheuen Augen, in seinem Land ein bekannter Maler und Musiker. Wir reden über das schwierige schwule Leben in Rußland. Dort sitzen Schwule in Straflagern. Momentan beginnen sich zwar die Gesetze zu lockern, aber ein großer Teil der Bevölkerung fordert immer noch die Todesstrafe für Schwule, und die Kirchen unterstützen den Schwulenhaß.
Wir trinken zwei Flaschen Wein. Georgi und ich fallen uns in die Arme, dann übereinander her. Nackt ist er ein Adonis, muskulös, mit einem riesigen Schwanz, der mir Komplexe einjagt. Ich nehme einen letzten Schluck aus der Flasche und spritze ihn auf sein weißes Fleisch. Glitschig geil rollen wir von einem Ende zum anderen. Ich springe in die Luft und lasse mich mit aller Wucht mehrmals auf ihn fallen. Ich ziehe seinen Körper in meinen Schoß und reiße ihn mit einem Ruck in die Höhe. Unsere Oberkörper verschmelzen, unsere Schwänze wachsen zusammen. Ich bin geil auf seinen festen Arsch und beiße zu. Ich würde ihn gerne ficken und suche umständlich nach einem Kondom, aber er wehrt ab, kneift seinen Arsch zusammen.
Ich nehme seinen Schwanz in den Mund, verbiete ihm, darin abzuspritzen. Dann liegt er auf meiner linken Seite, Mund an Mund, zwei Schwänze in meiner Hand, die sich reizen und

schließlich explodieren. Ich hasse das Danach. Ein kurzer Moment des Ekels, überdeckt mit einem zärtlichen Kuß. Die entscheidende Frage: Was bleibt nach dem Orgasmus? Männer sind schrecklich.

Silvester 91/92 mache ich keine Party. Es hatte sich herumgesprochen, daß ich die geilsten Parties der Stadt machte, und mit der Zeit erschienen immer mehr Fremde als Freunde. Ich nehme meine alte, vitale Mutter auf eine kleine Gesellschaft mit, nur Frauen und Schwule.
Um Mitternacht küsse ich leidenschaftlich Josef aus Dresden, dann meine Mutter, dann Lotti Huber und meine Kamerafrau Elfi Mikesch. Josef fährt uns nach Hause.
Ich kannte ihn nur flüchtig durch einen gemeinsamen Freund und hatte ihn bislang nur von ferne bewundert. Ein kluger, kräftiger, sehr attraktiver Mann. Mich erstaunt die Intensität seiner Zärtlichkeiten. Der Alkohol macht mich wild und geil.
Bei mir zu Hause versucht er mich abzuwehren und meint, daß er bei Wessis Zeit braucht und nicht gleich beim ersten Mal Sex will. Es fällt mir schwer, seinen Wunsch zu respektieren, und ich stürze mich auf ihn, drücke ihn mit meinem schweren Körper auf die Matratze. Er ist sehr athletisch und befreit sich immer wieder. Dann schlägt er aus heiterem Himmel vor, gemeinsam zu duschen. Ich kniee mich im strömenden Wasser vor ihn und lecke seine Wunden, hebe seinen schlanken Körper aus der Wanne. Er besteht auf einem zärtlichen Vorspiel, erklärt mir, daß er nicht bei mir übernachten will. Sein Gesicht dabei sehr markant und intelligent. Wie kann ich ahnen, daß seine Verweigerung mehr Nähe verspricht als hundert heiße Liebesnächte vor ihm. Er verspricht wiederzukommen. Er sei fast jedes Wochenende in Berlin. Ich glaube ihm nicht. Es wäre zu schön.
Ich blicke zurück auf ein schwieriges Jahr.
1990-91 hatte ich Streit mit der deutschen Schwulenszene in Sachen Aids; ich forderte schon lange radikale Aufklärung in Sachen Safer Sex, doch die Szene wies meine penetranten Forderungen zurück, wollte nicht belästigt werden. Haß und Neid auf den Vater der Schwulenbewegung scheinen angesagt.

Im Februar 1991 initiierte ich in einem Kabelkanal in Berlin auf eigene Kosten das erste schwule deutsche Fernsehen, RTL wollte es übernehmen, und wir waren kurz vor Vertragsabschluß. Das war die große Chance, bundesweit aufzuklären, Vorurteile abzubauen, den Neonazis und bayrischen Konservativen etwas entgegenzusetzen. Doch dann gab ich ein blödes Interview in einer kleinen Zeitung in der Schweiz, RTL-Boß Thoma war beleidigt und kippte den Plan. Alle meine Entschuldigungen halfen nichts.

Der Fernsehsender DFF, vormals DDR, bewilligt mir 850 000,– Mark für einen neuen Film, »Ich bin meine eigene Frau«, die Lebensgeschichte des mutigen DDR-Transvestiten Charlotte von Mahlsdorf. Wir bereiten die Verträge vor, es soll noch 1991 gedreht werden, und alles läuft auf Hochtouren, dann ein plötzliches Aus. Die Produktion kann nicht mehr finanziert werden, der Deutsche Fernsehfunk löst sich bis Ende des Jahres auf, und alle Entscheidungen werden vertagt.

Ich gab nicht auf und reichte den Stoff bei verschiedenen Filmförderungen ein.

Mein Fax rattert, und ich werde für Ende Januar zum Filmfestival nach Australien eingeladen. Ich erkundige mich im Reisebüro: 20 Stunden Flug und 30 bis 40 Grad Hitze. Ich werde absagen. Letztes Jahr sollte ich zur gleichen Zeit nach Moskau zum Filmfestival, 30 Grad minus. Ich fuhr nicht.

Ich hasse das Reisen, trotzdem bin ich mein Leben lang gereist. Schon als Baby, sagt meine Mutter, spürte ich Reisevorbereitungen und wurde sehr nervös. Das ist bis heute geblieben, selbst wenn es nur nach Hamburg oder Köln geht. Die kurzen Flüge bringen mich durcheinander, dann schon lieber zehn gemütliche Stunden nach Los Angeles.

Gestern kam André, den ich vor ein paar Tagen auf der Toilette um die Ecke getroffen hatte. Wir wichsten miteinander in einer Kabine. Es war spät nachts und bitterkalt. Ich brachte ihn zum Bus, und er erzählte mir, daß er Theaterwissenschaft studiert. Er wußte nicht, wer ich war, und wollte nicht glauben, daß ich fast

50 bin. Ich gab ihm meine Nummer. Zwei Tage später rief er an.
André klingelte gegen 9 Uhr abends, ich war mir nicht sicher, ob ich ihn beim zweiten Mal noch mag. Dann lotste ich ihn in mein Schlafzimmer, und wir sahen gemeinsam auf meiner großen Liegewiese »Weiber von Sinnen«, meine Lieblingssendung.
André sitzt zuerst ängstlich auf der äußersten Bettkante, ich streiche über seinen Rücken, ziehe ihn zu mir heran, beiße ihm ins Ohr. Sein Haar riecht gut, sein Atem weniger. Er ist recht passiv, nach einer Weile drehe ich ihn auf den Rücken und versuche ihn zu küssen. Er lächelt mich mit breitem Mund an. Ich knöpfe seine Hose auf, sein Glied ist schlaff. Er sagt entschuldigend, daß er heute schon zweimal onaniert hätte. Ich schalte um auf »Boulevard Bio« und hoffe, daß Bio vielleicht doch noch den Mut findet, über seine Homosexualität zu sprechen und nicht nur seinen Gast mit »Sie als Homosexueller« anzusprechen.
André schläft in meinem Arm ein. Ich wecke ihn. Er meint, daß ich wohl froh sei, wenn er jetzt gehen würde. Ich schweige höflich.
Ein letzter flüchtiger Kuß im Treppenhaus.
Schade, denke ich, wie schön wäre es, mit jemandem einzuschlafen, den man liebt, nach dem man sich verzehrt, den man unendlich geil findet. Doch dann bin ich froh, mich alleine in meinem großen Bett ausstrecken zu können, denke an viele Beziehungen voller Langeweile und Routine. Lieber ein kurzer Moment von Einsamkeit als eine schreckliche Beziehung mit tausend Krächen und Gewohnheiten, aus denen man sich nicht mehr lösen mag.
Das letzte wahnsinnige Sexerlebnis hatte ich vor zwei Wochen, im Dezember '91, in Köln, nach der TV-Sendung »Ich stelle mich« im WDR.
Neunzig Minuten Talk über mein Leben und meine Arbeit.
Man hatte die Sendung extra zwei Stunden vorher aufgezeichnet, da man Angst hatte, ich würde, wie ich es eine Woche vorher in der RTL-Sendung »Der heiße Stuhl« getan hatte, Namen prominenter Schwuler nennen. Der Moderator Hinrich Casdorff, der die beliebte Sendung seit vielen Jahren macht, war sehr nervös.

Er hatte mich nur schwer gegen den Intendanten durchsetzen können. Der Unterhaltungschef saß im Publikum. Neunzig Minuten sind eine lange Zeit, und es juckte mir des öfteren in den Fingern.

Ich war in einem rosa Frack erschienen, den mir eine Modetante aus Ostberlin angefertigt hatte. Er paßte hinten und vorne nicht, aber ich trug ihn mit Würde und sah, wie meistens im Fernsehen, sehr gut aus. Casdorff war ziemlich schwulenfeindlich, fand die Sexbeschreibungen in meinen Büchern widerlich. Dasselbe hatte mir schon Beate Wedekind bei ihrer TV-Show »Zeil um Zehn« an den Kopf geworfen. Bilden sich diese Scheiß-Heteros ein, daß wir nur ihre Sexpraktiken und Pornos geil finden sollen? Übrigens ficken auch Heteros ihren Frauen in den Arsch und haben unendlich viel Spaß dabei.
Trotzdem wurde der Abend ein großer Erfolg. Ich spielte den braven Jungen, und das meist ältere Publikum im Studio bestürmte mich um Autogramme. Besonders Frauen lieben Schwule, finden sie erotisch, so wie Hetero-Männer oft Sexphantasien mit Lesben haben. Frauen lieben die Sanftheit von Schwulen und fürchten sich vor der Aggressivität der Heteros.
Danach ging es ins »Schampanja«, ein kleines beliebtes Schwulenlokal in Köln. Ich war so dankbar, mal von der kalten und aggressiven Berliner Schwulenszene weg zu sein, diese eitle, coole Zurschaustellung von verklemmten Provinzschwulen, die sich in Berlin als etwas Besonderes sehen und wenig Spaß an sich und den anderen haben. Köln war immer anders, familiärer, witziger, spontaner. Man rückt schnell zusammen und hat unendlich viel Spaß, ein ewiger Karneval.
Ich stand neben einem Oberarzt und einem muskulösen Sänger, der sich der Barockmusik verschrieben hat. Wir küßten uns nur so zum Spaß. Dann redete ein hübscher Junge auf mich ein, der mich im TV gesehen hatte und mir ein Bier spendierte, weil der Barkeeper mich wegen meines Outing-Skandals boykottierte. Nach dem zehnten Kölsch entdeckte ich die feste behaarte Brust des Jungen und riß sein Hemd auf, um in sie reinzubeißen. Wir torkelten in die Nacht. Er schlug eine andere Bar vor, ich

»Ich stelle mich«

drängte ihn in eine Ladenpassage und küßte ihn. Er wohnte um die Ecke. Ich stieß ihn aufs Bett, schmiß mich auf ihn, das Bett krachte sofort zusammen, doch er ignorierte das, drehte die Musik irrsinnig laut auf und begann, nackt vor mir Samba zu tanzen. Sein kräftiger Körper faszinierte mich, machte mich wahnsinnig vor Geilheit. Er sang in Spanisch alle Liebeslieder der Platte mit und übersetzte sie für mich. Ich ärgerte mich, daß ich keine Kamera dabei hatte. Ich versuchte, mit ihm zu tanzen, zog ihn fest an mich, er beugte sich weit nach hinten, streckte seine Zunge raus, ich ging auf die Knie, um seinen kleinen, kräftigen Schwanz zu blasen. Er sprang aus meinem Mund und tanzte, ganze drei Stunden lang. Ich war begeistert und müde und geil und erschöpft zugleich. Ich onanierte alleine auf dem Bett, während er sich drehte, die muskulösen Arme in die Luft stieß, um Akzente zu setzen.

Schließlich zog er mir einen Pariser über den Schwanz und legte sich mit breiten Beinen zu mir. Es tat ihm weh, als ich in ihn eindrang. Ich spritzte ab, während ich ihm einen blies, sein Schwanz nur halbsteif trotz des Metallrings, den er sich um seine Eier gelegt hatte. Um 6 Uhr morgens schwankte ich zu meinem Hotel um die Ecke, schlief noch ein paar Stunden, um dann nach Berlin zurückzufliegen. Wunderbar, daß es nicht nur eitle, verklemmte Lahmärsche gibt.

In Berlin eilte ich zu meiner Ärztin für Inneres und Hypnose, von der ich mich seit einigen Monaten hypnotisieren lasse. Sie versetzte mich in Tiefschlaf und redete eine Stunde auf mich ein, suggerierte mir Ruhe und Konzentration, damit ich fähiger werde, mich auf einen Menschen zu beziehen, und nicht nur süchtig von einem zum nächsten hüpfe. Das gleiche mit dem Essen, das ich oft wahllos in mich reinstopfe, nie genieße.

Ich bin so hektisch, so unruhig, werde von irgendwas ständig um die Welt getrieben, wie eine rastlose Ratte.

Ich erwache aus der Hypnose mit einem euphorischen Gefühl.

Neujahr '92

Einladung bei meiner alten Freundin, der Sängerin Evelyn Künneke zu Königsberger Klopsen. Brigitte Mira sitzt mit einem jun-

gen schwulen Verehrer (Studienrat im Taunus) schon auf der Couch. Margot Hielscher, ganz Dame, betritt nach uns die Szene. Beim Essen erzählt sie, daß sie als junges Mädchen beim Aktzeichnen das männliche Glied größer als das Original gezeichnet hatte und dafür eine Rüge bekam. Interessiert schaut sie an die Wand, wo Evelyn ihre naiven Gemälde zum Dutzend aufgehängt hat. Sie kommentiert einen Akt, den die Künneke nach einem Foto von mir herstellte, und schaut sich interessiert meinen gemalten Penis an.
Die Mira erzählt von ihrer Arbeit mit Fassbinder, wo sie neben Volker Spengler im Theater am Turm allabendlich eine schwierige Rolle spielte und Spengler sie ständig mit »alte Kuh« und Fotze usw. anschrie, bis sie schließlich allen Mut zusammennahm, mit ihrer kleinen Hand seine Eier erfaßte und so lange zusammenquetschte, bis er voller Schmerzen zusammenbrach.
Ich frage die drei alten Damen, die alle in der Nazizeit ihre Karriere begonnen hatten, wie sie sich denn da gefühlt hätten. Evelyn versucht sofort, ihre Opferrolle zu unterstreichen, und meint, daß sie auch nach dem Krieg nicht verschwiegen hätte, daß sie voller Stolz Truppenbetreuung gemacht hätte. Sie wirft Marlene Dietrich, die die Feindestruppen unterhielt, Deutschenhaß vor.
Ich protestiere vehement.
Die Mira will auch heute noch keinem böse sein. Als Halbjüdin hätte sie immer Angst gehabt und wie ein Wunder die Zeit überlebt. Die Hielscher gibt zu, daß sie immer noch Schuldgefühle hat, obwohl ihr Vater bei einer jüdischen Bank gearbeitet hätte und sie bei der Entnazifizierung einen weißen Bogen abgab.
Zum Nachtisch gibt es rote Grütze, und die Mira berichtet mit einem Zwinkern empört, daß bei einer Einladung bei ihr zu Hause Eartha Kitt Kekse und Kuchen in ihrer Handtasche verschwinden ließ.
Meiner Mutter hat dieser Abend gut gefallen, und ich habe mich wieder einmal geärgert, daß ich keine Kamera dabei hatte.

Ich zwinge mich an den Schreibcomputer. Es fällt mir so schwer, stillzusitzen und den Computer zu lieben.

Im Café treffe ich auf Paul Seiler, Krankenpfleger in einer Irrenanstalt, der zwei Bücher über Zarah Leander herausgegeben hat. Er meinte, daß ich gut aussähe und nicht mehr so dünn sei wie früher. Es hätte schon böse Gerüchte über mich gegeben ... Aids.

Ja, die beste Diät ist Aids oder Krebs. Als Werner Schroeters Superstar Magdalena Montezuma mit Dieter Thomas Heck in einem Krimi spielte, fragte dieser sie nach ihrem Schlankheitsrezept. Sie sagte lakonisch: Darmkrebs.

Letzte Nacht war Brillo hier, ein junger Friseur mit langen, ungepflegten Haaren, den ich bei Freunden aufgerissen hatte. Er läßt sich wunderbar ficken, sein Arsch lebt entspannt im Hier und Jetzt. Ich liebe es zu ficken, aggressiv und ausdauernd. Zum Glück hatte ich gerade rechtzeitig eine neue Tube wasserlöslicher Gleitcreme im schwulen Buchladen gekauft, sowie eine große Packung besonders reißfester Kondome HT spezial.

Ich bewundere Menschen, die sich so wunderbar entspannen können, für Momente ganz Arsch sein können. Ich bin viel zu verklemmt dazu, bekomme sofort Hämorrhoiden und verkrampfe mich. Ich kann mich nicht genug gehen lassen, sicher ein großer Nachteil, der aus dem Kopf kommt, aber es hat vielleicht bis jetzt mein Leben gerettet. Alle schwulen Aidskranken, die ich kenne, hatten passiven ungeschützten Analverkehr, viele, bevor sie von Aids wußten, andere, die lange nicht an die Gefahr glauben wollten, und einige, bei denen das Kondom riß. Besonders sicher ist es, sogar mit Kondom vor dem Abspritzen vorzeitig rauszuziehen.

Ich bin etwas verliebt, aber Brillo nimmt mir alle Hoffnung, als er später am Telefon sagt, daß er meist nur einmal mit jemandem Sex hätte.

Glück? Ich glaube nicht daran, es endet meistens in Zwängen und Gewohnheiten.

Die meisten Ehepartner reden, statistisch gesehen, nach 5 Jahren nicht mehr als 5 Minuten täglich miteinander.

Streit verbindet mehr als Harmonie, habe ich irgendwo gelesen. Hinterbliebene glücklicher Paare leiden weniger nach dem Tod des Partners, als die, bei denen die Fetzen flogen.

Mein Tod? Ich denke, daß ich den Tod liebe. Ich möchte mit Lotti Huber ausgestopft im neuen deutschen Filmmuseum stehen, mit einem Monitor in unserem Bauch, damit die Schulkinder auf Knopfdruck Höhepunkte unserer Filme sehen können. Oder, wenn das nicht geht, wenigstens ein Grabvideo. Ich wünsche mir einen schwul-lesbischen Friedhof mit wunderbaren erotischen Kitschmonumenten, herrlicher Musik und in jedem Grab ein Video mit Interviews, Selbstdarstellungen und den liebsten Erinnerungen der Verstorbenen. Warum sollen wir alle diese wertvollen jungen Schwulen, die an Aids sterben, so schnell vergessen?

Seltsame Stille in meiner großen Wohnung. Meine 86jährige, gesunde, sportliche Mutter sieht in den hinteren Räumen, in denen sie seit vier Jahren mit mir wohnt, laut Fernsehen, doch ein langer Flur trennt uns, voll mit Filmplakaten meiner Film- und TV-Arbeiten. Ich bewohne zwei große Räume, ein Durchgangszimmer, in dem ich meine Gäste empfange, voll mit Resten verschiedenster Filmdekorationen, und ein Schlafzimmer, in dem nahe des einzigen großen Fensters auch mein Schreibtisch steht.
Ganz vorne, neben dem Eingang, wohnt in einem separaten Raum ein junger Student, der meine Mutter betreut, wenn ich auf Reisen bin. Er ist sehr ruhig und bescheiden und kann mich nicht leiden. Er studiert Chinesisch und Theaterwissenschaft und ist erschreckt von meinen vielen Aktivitäten, entzieht sich dem Druck, der automatisch von mir ausgeht. Nur selten höre ich leises Stöhnen aus seinem Raum, wenn er mit einer seiner vielen Freundinnen, die sich nachts leise bei ihm einfinden, Sex hat.
Ob ihn mein Ficken stört, mein Grunzen und tiefes Stöhnen oder das Herumwerfen von Körpern, weiß ich nicht. Wir treffen uns nur manchmal in der Küche, wenn er sich starken Kaffee braut. Er hat zwei schöne Brüder, die zu Weihnachten zu Besuch waren, alle sehr höflich und zurückhaltend.
Ich spüre die Stille, die mich zeitweise wahnsinnig macht und dann wieder euphorisch. Vorgestern reisten meine vier Gäste ab, die zur Illga, der Internationalen Lesbischen und Schwulen Konferenz, in Berlin waren und dort über schwul-lesbische Diskrimi-

nierungen in anderen Ländern berieten. Ich selbst hatte einen Kulturworkshop abgehalten und angeregt, daß wir, die reichen westlichen Länder, etwas von unserer Emanzipation abgeben und schwul-lesbische Festivals im Ostblock organisieren sollten. Schwul-lesbische Filme oder Performances in Prag, Warschau, Leningrad oder in Riga, jener Stadt, in der ich am 25. November 1942 geboren wurde, am gleichen Ort und selben Monat und Tag wie mein großes Vorbild, der Filmregisseur Sergej Eisenstein, der mit »Panzerkreuzer Potemkin« oder »Iwan der Schreckliche« in den zwanziger Jahren Filmgeschichte schrieb. Wenige wissen, daß Eisenstein schwul war; nur Kenner sehen es an der Ästhetik seiner überladenen Filmdekors und an den schönen Knaben, von denen es in seinen Filmen wimmelt. Riga ist trotzdem, wie der ganze Ostblock, extrem schwulenfeindlich. Die Repression des Stalinismus wird von der Kirche abgelöst.

Ich hatte während der Konferenz einen Engländer, zwei Leute aus Schweden und einen sensationell hübschen Nigerianer, Robert, zu Gast. Groß und stark und klug und witzig. Ich traute mich nicht, ihn anzumachen; vielleicht war es mir auch zu anstrengend, mit ihm die ganzen Nächte durchzutanzen. Er hatte ein großes Nachholbedürfnis und war frustriert von dem drögen Malmö, wo er in den letzten Jahren lebte.

Meine Mutter sieht dem hektischen Treiben in meiner Wohnung mit großer Nachsicht zu. Nur manchmal, wenn sie einen nackten Mann am Morgen vor dem Bad trifft, fragt sie den Fremden, ob er zu mir gehöre.

Meine Mutter ist eine praktische Frau aus Ostpreußen, sachlich, naturwissenschaftlich interessiert und gar nicht musisch. Was ich an ihr und meinem Vater, der 1973 verstarb, bewundere, ist ihre Toleranz Dingen gegenüber, die sie nur schwer verstanden. Ich weiß, daß ich längst nicht so tolerant bin, viel dogmatischer und autoritärer.

Aber meine Mutter hat nach dem Tode meines Vaters auch viel gelernt, sie ist jünger geworden und schlanker und hat vieles angefangen, was sie sich vorher nicht gestattete. Sie hatte die Verpflichtung ihrer Ehe immer zu ernst genommen, auf meinen Vater stets mit dem Essen gewartet.

Sie trägt, obwohl sie nicht mehr gut laufen kann, mindestens dreimal am Tag Müll in den Container im Hinterhof. Ich habe lange nicht verstehen können, daß sie sich so gerne mit Schmutz beschäftigt, ständig wäscht, abwäscht, sauber macht. Wie kann das zum Lebensinhalt werden? Warum geht sie nicht ins Theater, trifft sich mit Freunden oder liest ein gutes Buch? Warum ist sie so sparsam in ihrem Alter, statt sich selbst schöne Sachen zu kaufen? Inzwischen weiß ich, daß es sie jung erhält. Sie macht jeden Morgen Gymnastik, geht mit ihren 86 Jahren jede Woche allein schwimmen und schwimmt dann 40 Minuten ohne Unterbrechung.
Sie hat Angst vor Gebrechlichkeit und Siechtum. Gerade hat sie ihre beste Jugendfreundin beerdigt, die lange in einem Altenheim im Koma lag. Meine Mutter war entsetzt, daß das Krematorium bei uns um die Ecke geschlossen wurde und das nächste weit entfernt, ist in Spandau. Sie möchte sich selbst gerne verbrennen lassen und beschwerte sich, daß sie auf der Beerdigung ihrer Freundin einen so langen Weg auf dem Friedhof zurücklegen mußte. Mein schwarzer Humor juckte mich, und ich empfahl ihr, sich doch in die Badewanne zu stellen und anzuzünden. Da war sie sauer. Ich frage sie oft im Scherz, wie lange sie denn noch leben will. Sie: Nicht mehr lange. Dann schlage ich ihr vor, sie einzuschläfern, und das ärgert sie dann auch wieder.
Ich kann mir nicht vorstellen, daß meine Mutter einmal nicht mehr lebt. Wir haben uns hier in dieser Wohnung zusammengerauft, vielleicht habe ich auch deswegen keinen ständigen Liebhaber, weil sie der Ersatz ist.

Ich habe ein schlechtes Gedächtnis, kann mich an wenig in meinem Leben erinnern. Eigentlich schrecklich, alles ist wie ausgelöscht, als ob ich nicht gelebt hätte.
Aber da hilft mein Tagebuch, das ich seit mehr als dreißig Jahren führe. Eine Sekretärin, Rosie, hat sie alle für mich entziffert und abgeschrieben, und jetzt liegen 31 gebundene rote Bücher vor mir.

Rosa mit seiner Mutter (1992)

VERTRÄUMTE JUGEND

Im Jahr 1960, in dem meine Tagebücher beginnen, war ich süße siebzehn, ganz unschuldig und verklemmt. Ich wohnte in Praunheim, einem häßlichen Vorort von Frankfurt am Main, wohin meine Eltern mit mir nach der Flucht aus der DDR gezogen waren. Mein Vater hatte in Frankfurt eine Stelle bei der AEG gefunden und eine Wohnung in Praunheim, im Steinbacher Hohl, einer Straße, die auf große Weizenfelder führte und später an eine Autobahn und dann an eine Hochhaussiedlung grenzte, das Nordwestzentrum. Ich war ein braver, ordentlicher, verträumter und schlacksiger Junge mit dicker, schwarzer Brille, nicht sehr attraktiv. Ich bin leider nie verführt oder von Schwulen angemacht worden. Das hätte sicher meine Entwicklung positiv beeinflußt. Ich fühlte mich allein; meine Eltern waren unmusisch, von Kunst und Kultur in unserem Bekanntenkreis weit und breit niemand zu sehen. Meine Interessen mußte ich mir alleine erkämpfen, vielleicht ist das ein Geheimnis meines Erfolges. Wem alles in die Wiege gelegt wurde, der hat weniger Motivation. Durch Zufall entdeckte ich avantgardistische Lyrik in Fünfziger-Jahre-Zeitschriften wie »Alternative«, »Panderma« und »Akzente«, ich liebte Texte von Günther Eich und Ilse Aichinger. Ich hörte unendlich viele Hörspiele und las alle Theaterstücke, die ich kriegen konnte.

Ich begann absurde Stücke zu lieben, Ionesco, Beckett und Audiberti, auch schon von Jean Genet. Das Kino fand ich oberflächlich und schrieb selbst kleine Dramen. Ich hatte kaum Freunde, war trotz meines Fleißes in der Schule sehr schlecht. Ich wußte nicht, daß ich nicht richtig lernte, sondern wie auf Drogen in andere Welten flüchtete und die Realität nur in meiner Phantasie wahrnahm. Keiner brachte mir bei, wie man lernt, konzentriert zu lernen. Alle dachten, ich sei etwas doof, und als ich kurz vor der mittleren Reife das dritte Mal sitzenblieb, entschloß ich mich, von der Schule abzugehen.

Es war die Zeit von Elvis, der damals ganz in der Nähe, in Friedberg, stationiert war und den ich sehr geil fand, ohne mir dessen richtig bewußt zu sein. Seine schmollenden Lippen, sein weiches

Gesicht und Fotos, auf denen er in der Badehose zu sehen war, machten mich an und inspirierten meine Wichsphantasien. Später erzählte mir Madlen Lorei, die in dieser Zeit Kriminalreporterin war, daß sie Elvis in dem Frankfurter Schwulenlokal »Barbarina« gesehen hatte. Es ist wirklich komisch, daß man so wenig über Elvis' Sexleben weiß, nur, daß er mit seiner Priscilla sehr selten Sex hatte, seine Mutter über alles liebte und sich am wohlsten fühlte mit einem Clan von Musikern.

Ich war damals hochmoralisch, lehnte selbst intensive Zungenküsse ab, die Pärchen in einem Tanzclub austauschten, den wir in Praunheim nach der Tanzstunde in einem Hochbunker gegründet hatten. Ich war wohl auch schwulenfeindlich, ein Produkt meiner Erziehung. Ich erinnere mich noch, wie mich meine Eltern in den Film des Naziregisseurs Veit Harlan mitnahmen, den, der in den fünfziger Jahren machte: »Anders als die andern«, die Geschichte eines von Schwulen verführten jungen Mannes, der dann aber zum Schluß doch in den Armen einer schönen Frau landen darf. Darin gab es eine Szene in einem Schwulenclub mit Transis, ein weibischer Schwuler schreibt mit Lippenstift etwas Obszönes auf den Toilettenspiegel. Ich war geschockt und angeekelt. Mein Vater sagte später, daß er in Berlin einmal in einem solchen Club gewesen sei. Ich war beunruhigt. Typisch, daß der Nazi Veit Harlan auch nach dem Krieg nichts gelernt hatte und Judenhaß mit Schwulenhaß vertauschen durfte.

Meinen ersten Kuß bekam ich von Gaby Spielhagen, der Tochter eines Sprechers von Radio Luxemburg. Sie war sehr temperamentvoll, und bei einem langsamen Lied von Peter Kraus berührte sie einfach meine Lippen. Ich war wie betäubt. Ich haßte es, daß der Mann immer die aktive Rolle spielen sollte und fand es doof, zu lernen, wie man am besten Frauen anquatscht oder verführt. Ein Schulfreund, Rainer, beherrschte diese Kunst sehr gut: Wie ein schmieriger Vertreter ging er auf kleine unerfahrene Mädchen zu und tanzte mit ihnen elegant Foxtrott und Klammerblues. Irgendwo bewunderten wir ihn alle.

Da war noch ein stämmiger frühreifer Junge in der Klasse, den ich, wie mit später bewußt wurde, sehr geil fand. Das war mir damals aber nicht bewußt. Bald hatte ich nach der Tanzstunde viele

Süße siebzehn

Rosa mit Mutter (1958)

Freundinnen, telefonierte stundenlang mit ihnen und tanzte die Nächte durch. Alles total asexuell, aber wild und wahnsinnig. Ich sehe Angela vor mir, ein zartes Ding von 17 Jahren, mit der ich offiziell zum Abschlußball ging. Ich hatte schon damals die Idee, mit ihr Jean Genets »Zofen« zu inszenieren; als aber ihre Eltern das Stück lasen, verboten sie es ihr. Außerdem war da noch Claudia, eine Dralle, Freche, deren Onkel und Tante professionelle Tänzer waren und mit der ich privat Standardtänze übte. Beim Abschlußball ließ ich Angela einfach stehen und machte mit Claudia den dritten Preis.
Zu der Zeit schwärmte ich für Sophia Loren, die einmal in einem Frankfurter Kino eine Autogrammstunde gab. Ich stellte mich stundenlang in eine Schlange und war überrascht, wie zart und schön sie in Wirklichkeit war, nicht so grob wie auf der Leinwand.
Mein absoluter Schwarm aber war Giulietta Masina, die ich in den frühen Fellini-Filmen »La strada« und »Die Nächte der Cabiria« bewunderte.

3. Januar *Morgens läßt mich mein erster Blick in den Spiegel erschaudern, eingefallenes Gesicht, die Haare werden dünner. Ich habe sie mir zum ersten Male tönen lassen. Irgend jemand hat mir erzählt, daß die Japaner erstaunlich lange jung aussehen, um dann von einem Tag zum anderen einzufallen. Darauf warte ich täglich. Bis jetzt bekomme ich immer noch die größten Komplimente für mein Aussehen und habe keine Schwierigkeiten mit dem Älterwerden, aber irgendwann muß es ja kommen, daß ich kein Sexobjekt mehr bin und niemanden mehr ins Bett bekomme. Schwule haben in dieser Gesellschaft ähnliche Schwierigkeiten wie Frauen. Ab vierzig, habe ich in einer Frauenzeitschrift gelesen, ist die Chance größer, einen Verkehrsunfall zu haben als einen Ehemann zu finden.*
Ich komme gerade aus dem Tiergarten, wo man in der Nähe der Siegessäule Tag und Nacht Schwule treffen kann. Man sieht sich intensiv in die Augen, folgt einander in die Büsche zu schnellem Sex oder fährt miteinander nach Hause. Ich liebe es, mit meinem Mountainbike durch die kalte Luft zu fahren und im Tiergarten Männer zu jagen. Zuerst traf ich auf einen Ostler, der mich sofort küßte und dann von

meinem Gerät sprach, was mein Gerät denn wollte. Sein Körper war wabbelig, seine Brustwarzen ausgeleiert, als ob er sich gerne daran aufhängen läßt. Er holte meinen Schwanz aus der Hose und fing an zu blasen. Die kahlen Bäume des Tiergartens gaben die Sicht frei auf nahende Familien mit Kindern, die brav ihren Sonntagsausflug machten.

Der nächste war älter, er hatte einen wunderbaren Schwanz, und während wir wichsten, rätselte ich, ob seine blonden Haare echt waren oder eine Perücke. Erst beim Dritten spritzte ich ab, inzwischen war es dunkel geworden. Er sah groß und stark aus, mit Lederjacke und schwarzer Brille. Ich lehnte mein Fahrrad an einen Baum, er folgte mir sofort, und ich entdeckte, daß er einen stark behaarten Körper hatte. Das macht mich verrückt. Er wollte nicht küssen und sich auch nicht blasen lassen. Ich nahm unsere beiden Schwänze in eine Hand, preßte die andere an seinen Arsch und drückte ihn nah an mich heran. Ich leckte sein linkes Ohr. Dann begannen wir heftig zu wichsen. Als ich kam, hörte er sofort auf. Ich sagte noch: »Gut, daß es nicht so kalt ist« und bemühte mich dabei, meine Stimme tief und männlich erklingen zu lassen. Er erwiderte ebenso männlich: »Aber es wäre besser, es wäre noch wärmer.« Dann ging er, schade. Ich sah ihn später an der Brücke auf den nächsten warten.

Dann spielte ich mit meiner Mutter Schach, die sich immer sehr ärgert, wenn sie verliert. Ich liebe es, sie zu necken und zu provozieren und frage sie, ob ich ihr ein Küchenmesser ins Grab legen soll, weil sie doch aufs Praktische so viel Wert legt. Wenn sie schlecht spielt, drohe ich ihr, sie ins Altersheim zu stecken. Sie findet es schrecklich, wenn ich laut pupse, obwohl das mein Vater auch immer mit Genuß getan hat; wenn ich darauf hinweise, wie gesund das ist, regt sie sich noch mehr auf und droht das Spiel abzubrechen.

Schon als Kind habe ich meine Mutter oft geärgert. In Praunheim hatten wir eine Zeitlang einen Kleingarten, und ich erinnere mich, wie ich meine Mutter immer bei der Gartenarbeit störte, bis ein Spaziergänger mich zur Ordnung rief und ich mich sehr zu schämen begann, denn ich liebte meine Mutter ja über alles.

Meine Mutter ist sehr sanft und gütig und hat eine feine, stolze Art. Sie ist ein sachlicher Typ und sehr bescheiden, sie haßt es,

sich zu schminken, liebt alles Natürliche und kauft gerne im Reformhaus ein. Mein Vater war ebenfalls ein gutmütiger Typ. Wenn er getrunken hatte, war er immer lustig und fidel und nie zornig.
Woher kommt dabei nur meine Wut, meine aufgestaute Aggression und die Lust, jedem und allen die Wahrheit ins Gesicht zu schreien, oft bis zur Schmerzgrenze? Woher kommt es, daß ich immer kämpfen muß und oft großen Spaß daran habe, wenn meine Gegner mich hassen?
Bei Kriegsende mußten meine Eltern Lettland verlassen, wohin mein Vater von den Nazis als Ingenieur beordert worden war. Mit zwei oder drei Jahren erlebte ich mit meinen Eltern in der Nähe von Berlin die Befreiung durch die Russen, in Marienthal. Wir hatten uns mit anderen Familien in einer Ziegelei versteckt. Als Ingenieur brauchte mein Vater nicht zum Militär und hatte auch Glück, daß die Russen ihn nicht in ein Lager sperrten oder verschleppten. Soweit ich weiß, ist meine Mutter nicht vergewaltigt worden. Sie hat mir nur erzählt, daß ich ihr einmal das Leben gerettet hätte, als Russen sie in die Kaserne mitnehmen wollten, um ihnen das Bad sauber zu halten: Ich soll dann so geschrien haben, daß sie Mitleid mit mir bekamen und meine Mutter gehen ließen. Meine Mutter erzählte mir, daß ich oft auf dem Schoß russischer Soldaten saß und mich füttern ließ. Meine erste geile Erinnerung ist, als ich später auf dem Schulweg an russischen Kasernen vorbeikam und im Sommer ihre halbnackten Körper sich aus dem Fenster lehnen sah: ohne zu wissen, warum, sehnte ich mich doch instinktiv danach, ganz nah bei ihnen zu sein.
Aufgewachsen bin ich in Teltow-Seehof, am Stadtrand von Berlin, im russischen Sektor, hundert Meter von der Grenze zum Westen. Meine Eltern hatten dort schon vor dem Krieg ein Grundstück erworben, durften es aber nach Kriegsbeginn nicht mehr bebauen. Dieses Grundstück rettete unser Leben. Wir hielten uns da eine Ziege namens Ilse und Zwerghühner, die meiner Großmutter immer ins Bein pickten. Leider starben sie an der Hühnerpest. Wir bauten Gemüse an, hatten Nußsträucher, Apfel- und Kirschbäume. Ich mußte den Pferden mit einer Schippe hinter-

Inmitten von Spielgefährten in Seehof

Vater und Sohn

herlaufen und ihre Pferdeäpfel als Dünger für unseren Garten sammeln.
Mein Vater hatte unsere ganzen Verwandten um sich versammelt: einige Großeltern und viele Tanten. Er liebte Menschen und Gesellschaften, und er liebte es, zu helfen; so wie ich.
In dieser Zeit, ungefähr mit fünf oder sechs Jahren, machte ich auch meine ersten sexuellen Erfahrungen. Ich hatte zwei Spielkameraden, Christa und Henning, und wir bauten uns gerne Hütten aus Stroh, in die wir uns verkrochen. Einmal betrachteten wir mit einer Taschenlampe unsere Geschlechtsteile. Henning zog dann aber seine Hose verkehrt rum wieder an und mußte deshalb seinen Eltern erzählen, was passiert war; die erzählten es meinen Eltern. Mein Vater reagierte positiv: »Das haben wir auch gemacht in eurem Alter«; aber meine Mutter ermahnte mich, und ich bekam große Schuldgefühle.
Kurz vor meinem zehnten Geburtstag, im November 1952, sagten mir meine Eltern, daß sie mit mir Bekannte in West-Berlin besuchen wollten. Erst in der S-Bahn, kurz vor der Grenze, teilten sie mir mit, daß wir nie mehr in unser Haus und in unseren Garten nach Teltow-Seehof zurückkehren würden. Für mich hieß das, daß ich meine Freunde Christa und Henning nicht mehr sehen würde, auch meine Schulkameraden und meine Russischlehrerin nicht, die ich als einzige in der Schule liebte.
Mein Vater war als Ingenieur von der DDR der Spionage für den Westen verdächtigt worden; das war normal zu diesen Zeiten, als man für wirtschaftliche Fehlleistungen immer einen Sündenbock brauchte. Man hatte ihn gewarnt, so blieb uns nur die Flucht. Mein Vater suchte Arbeit in Westdeutschland, während ich mit meiner Mutter für ein halbes Jahr bei Freunden in West-Berlin in einem kleinen Kellerloch unterkam. Das war eine herrliche Zeit für mich, denn ich hatte meine Mutter ganz für mich allein, fühlte mich als ihr Beschützer. Mir machte es nichts aus, daß wir sehr wenig zu essen hatten, ich hatte ja sie. Mein Vater schrieb viele Briefe. Einmal machte ich neugierig einen auf und las aufgeregt, wie mein Vater meiner Mutter seine sexuellen Phantasien schilderte. Das setzte in mir ungeahnte Vorstellungen und Schuldgefühle frei, denn als meine Mutter nach Hause kam und

den Brief geöffnet vorfand, schimpfte sie mit mir: Du darfst doch nicht fremde Post aufmachen ... Wenn ich heute meine prüde Mutter sehe, die einmal anfing zu weinen, als ich ihr ein Buch der Sex-Oma Helga Götze zu lesen gab, dann denke ich an diesen Brief. Ich habe mich nie getraut, meine Mutter nach ihrem Sexleben zu fragen. Sie wehrt jeden Ansatz dazu ab. Ich weiß nur, daß sie in Ostpreußen, bevor sie meinen Vater kennenlernte, einige Verehrer hatte, einen Apotheker und einen Jurastudenten aus einer schlagenden Verbindung. Aber hat sie mit ihnen auch Sex gehabt?

Mein Vater war katholisch, meine Mutter evangelisch. Sie heirateten zweimal kirchlich und erzogen mich katholisch. Nach unserer Flucht von Ost- nach West-Berlin zogen wir 1953 ins Rheinland, nach Wesel, wo mein Vater in einer Elektrofirma unterkam. Wir lebten in den Hinterräumen eines Verkaufsraumes, und ich wurde auf das humanistische Gymnasium eingeschult.

In dieser Zeit ware ich sehr religiös. Fast fanatisch glaubte ich an die Dogmen der katholischen Kirche, an Engel und Teufel, Heilige und Märtyrer. Es war das Alter zwischen zehn und zwölf, in dem ich nach Idealen suchte, nach dem Glauben an eine bessere Welt. Ich wurde Meßdiener und sang, knieend und Weihrauch schwenkend, vor dem Altar lateinische Texte. Mit meinen Freunden aus der Umgebung entdeckte ich die gegenseitige Onanie und hatte jedesmal große Schuldgefühle, wenn ich zur Beichte gehen mußte. Leider waren, soweit ich mich erinnern kann, keine attraktiven Jungens dabei, dünn und pubertär fand ich sie, meist sogar eklig.

Je mehr ich das Wichsen unterdrücken wollte, um so heftiger wurde der Drang. Zum Schluß machte ich mir eine Strichliste, um dem Priester die genaue Anzahl, wie oft ich Unschamhaftigkeit getan hatte, zu beichten. Diese Schuld verfolgt mich bis heute, ein Rest in meinem Unterbewußten akzeptiert Sexualität nicht; doch in gewisser Weise hat es mich später, im Kampf gegen die Moral der Kirche, auch sehr stark gemacht und war ein Teil meines Selbstbewußtseins im Streit um die Befreiung der Schwulen.

Für mich ist es nicht zu fassen, daß die Kirche mit ihrem Götzendienst immer noch so viele Idioten in ihren Bann zieht, selbst intelligente Menschen. Doch von denen haben einst ja auch viele die Nazis gewählt.

5. Januar *Gerade erfuhr ich, daß ein guter Freund, der Kabarettist Günter Thews, mich in »Stern TV« eine publicitygeile Fotze genannt hat. Ich hatte gehofft, daß Günter meine »Outing«-Kampagne besser verstünde, daß gerade er als Aids-Kranker meine Radikalität begreifen würde. Wir müssen raus aus dem Schwulenghetto und brauchen Utopien, um einer jüngeren Generation das Leben erleichtern zu helfen.*

Verstecken können sich sowieso nur die angepaßten, männlich wirkenden Schwulen, die Tunten haben es da schwerer. Das sensible, weiblich wirkende Kind hat es schon in der Schule schwer; das erste Schimpfwort, das Kinder lernen, ist »schwule Sau«. Später machen sich diese Jugendlichen einen Spaß daraus, Schwule aufzumischen.

Wir brauchen Schulbücher, in denen Homosexualität positiv vorkommt, wir brauchen offen schwule Lehrer, die über ihre Sexualität reden und Rollenmodelle für junge Schwule abgeben dürfen, so wie das für Hetero-Lehrer automatisch gilt.

Das Klischee vom fetten schwulen Onkel, der kleine Jungs verführt, ist viel weniger nah an der Realität, als das vom Hetero-Onkel, der kleine Mädchen umbringt. Zum Schwulsein kann man nicht verführt werden. Man ist es, oder man ist es nicht. Selbst schwule Erfahrungen, die fast jeder Junge oder jedes Mädchen mit dem eigenen Geschlecht erlebt hat – Jungens üben sich im Wettwichsen, Mädchen haben ihre beste Freundin, mit der sie sehr zärtlich sind –, ändern nichts an dem späteren Interesse am anderen Geschlecht, wenn dieses Interesse angelegt ist. Man stelle sich nur einmal vor, Heterosexualität sei verboten: Wieviel Leid müßten die meisten Menschen erdulden, wenn sie nicht ihren Trieb, ihre Liebeslust ausleben dürften!

Die Gesellschaft würde humaner, wenn alle Menschen ihre schwulen Mitbürger auch als solche ansprechen könnten. Wenn in einem Betrieb die Kollegen ihre schwulen und lesbischen Mitarbeiter auffordern würden, über sich zu reden, wie es Heteros ständig tun, wenn sie stolz von ihren Wochenendliebschaften, ihren Verlobungen und Hochzeiten berichten.

Die Heteros haben offenbar große Angst davor, plötzlich zu erleben, wie viele Schwule und Lesben es um sie herum gibt. Es würde vielleicht ihr Weltbild über den Haufen werfen und sie sehr verwirren. Doch nicht nur das Schwulsein, sondern alle Variationen von Sexualität, die nicht als »normal« gelten, machen den Menschen Angst, weil viele eine reduzierte Sexualität leben: Licht aus, Missionarsstellung, fertig ist der kleine Klaus.

Es ist erstaunlich, wie wenige Menschen jemals in ihrem Leben einen Schwulen persönlich kennengelernt haben, geschweige denn eine Lesbe – obwohl doch fünf Prozent der Bevölkerung schwul sind und noch weit mehr bisexuell! Wie kann man aber verlangen, daß Menschen ihre Vorurteile ablegen, wenn sie sich nie mit Schwulen auseinandergesetzt und nie erfahren haben, daß Schwule nicht nur Arschficker sind, sondern eine Kultur haben, einen wertvollen Lebensstil, etwas leisten. Jeder einzelne kann mithelfen, unsere Situation zu verbessern.

Wir müssen endlich sichtbar werden. Doch das wird noch in Jahrhunderten nicht geschehen, wenn es vom Mut oder der Feigheit des einzelnen abhängt. Wir brauchen Gesetze, die uns vor Diskriminierungen schützen. Wir brauchen Gleichstellungen bei Partnerschaften, im Erbrecht und in vielem mehr, aber fordern können wir Schwulen das nur gemeinsam.

Es ist erstaunlich, wieviel Mitleid plötzlich den armen schwulen Prominenten entgegengebracht wird. Nachdem ich ihn im TV als schwul »enttarnt« habe, hat Hape Kerkeling Tausende von positiven Briefen bekommen, selbst Münchner Zeitungen schrieben auf der Titelseite »Hape, wir lieben Dich«. Bei der Bambi-Verleihung bekam er rasenden Applaus. In den USA hat keiner der vielen Stars, die von einer radikalen Schwulenorganisation auf Flugblättern enttarnt und aufgefordert wurden, in der Aidskrise solidarisch zu sein, wegen seines Schwul- oder Lesbischseins Nachteile erlitten. Kein Politiker ist aus dem Amt geflogen, kein Filmstar hat ein Engagement verloren oder an Publikum eingebüßt. Nur John Travolta hat krampfhaft versucht, noch schnell zu heiraten. Jodie Foster schweigt. Aber es gibt andere, die danach den Schritt in die Öffentlichkeit gewagt und nur gewonnen haben.

Ein »Coming out« hat nur Vorteile. Die Nachteile existieren allein im Kopf, in der Paranoia verängstigter Schwuchteln, die meist mehr Angst

vor der eigenen Mutter haben als vor einem großen Publikum. Wie schrecklich muß das Leben eines Prominenten sein, ob Filmstar oder Politiker, der sich ein Leben lang verstecken und tarnen muß, sich niemals offen in der Schwulenszene zeigen darf. Nein, ich habe kein Mitleid mit den armen Prominenten. So lange sie die Früchte der Emanzipation mit genießen, wenn auch nur heimlich, so lange sind sie auch verpflichtet mitzuhelfen, daß Schwule und Lesben anerkannt werden, besonders im Zeichen von Aids. Wieviele müssen noch sterben, ehe wir radikaler, wütender, offensiver und revolutionärer werden?
Wie sehr hätte es mir, dem bürgerlichen Holger, in meiner persönlichen Entwicklung geholfen, wenn ich in den fünfziger Jahren offen Schwule gekannt hätte, wieviel hätte es mir an Verklemmungen, an hilfloser Identitätssuche erspart!

SITZENBLEIBER

Von Wesel zog ich mit meinen Eltern Ende 1954 nach Frankfurt, wo ich das Wöhlergymnasium besuchte. Dort machte ich mit zwölf Jahren meine erste Inszenierung, »Pyramus et Thisbe« nach den Metamorphosen des Ovid, in lateinischer Sprache. Mein Schulkamerad Mäuschen spielte, da wir ja eine reine Jungenschule waren, die Frauenrolle. Das einzige Fach, das mich interessierte, war Deutsch. Doch selbst da bekam ich oft schlechte Noten, weil meine Aufsätze zu absurd und phantasievoll waren und nicht selten jeder Logik entbehrten.
Schule war für mich immer eine Qual, und ich war froh, als ich endlich runterflog, weil ich vor der mittleren Reife zweimal in derselben Klasse sitzenblieb. Lange, lange Zeit träumte ich davon, daß ich unter Qualen gezwungen werde, das Abitur nachzumachen. Gott sei Dank habe ich das nie getan. Studenten kamen mir später oft unreif und kindlich vor und sehr einseitig in ihrer Bildung. Ihr angelerntes Wissen verwenden sie nur zu oft stur und phantasielos. Man kann seine Zeit besser nutzen und vom Leben lernen. Ich hatte lange einen Akademikerhaß. Selbst in der Studentenbewegung um '68 fand ich die Szene eingebildet und elitär. Ich habe mich nie daran beteiligt. In der frühen

Schwulenbewegung haßte ich schnell die Studenten, weil sie sich aus Angst vor Sex, dem Kampf auf der Straße und radikalen Forderungen in theoretische Argumente flüchteten.
Ich bin froh, daß ich Künstler wurde, statt verbildet und tottrainiert. Als ich aus Frankfurt zum Kunststudium zurück nach Berlin kam, hatte ich das Gefühl, daß mir von nun an die ganze Welt offenstand. Ich glaubte daran, alles realisieren zu können, was ich mir nur erträumte. Mich zogen Extreme an, ein ausgeflipptes Leben ohne Tabus, je verrückter und entfernter vom genormten bürgerlichen Leben, desto besser. Ich spürte ungeheure Kräfte in mir.
Das war nicht immer so. Die bürgerliche Welt um meine Familie herum hatte mich oft daran zweifeln lassen, ob es gut sei, Künstler zu werden. Die Freunde meiner Eltern machten sich lustig über mich, und es war keine leichte Entscheidung, vielleicht für immer ein brotloser Künstler zu sein. Ich würde möglicherweise nie in der Lage sein, eine schöne Wohnung, ein teures Auto, eine sichere Arbeit zu haben und eine Familie ernähren zu können. Ich ahnte, daß es fast unmöglich sein würde, mit meiner Kunst Geld zu machen, mein spezielles Talent stellte ich mir extrem unkommerziell vor. Ich konnte nicht realistisch zeichnen und hatte kein handwerkliches Talent. Ich würde also in der bürgerlichen Kunstwelt immer ein Außenseiter sein, und das wollte ich dann auch. Vielleicht half mir meine Naivität dabei, Kraft und Selbstvertrauen zu entwickeln. Ich hatte ja niemanden, an dem ich mich orientieren konnte, und mußte alles für mich alleine erfinden.

6. Januar *Ich kann mich nicht mehr aufs Schreiben konzentrieren und gehe in die Schwulensauna. Mit Sex kann ich mich prima ablenken, die ganze Welt vergessen. Früher, vor Aids, bin ich zeitweise täglich in die Schwulensauna gegangen. Meist nachmittags. Das entspannte mich, und ich fand es wunderbar, mich zwischen nackten Körpern im Dampfraum zu drängen, vorbei an steifen Schwänzen; die Hand streift pralle Ärsche, ich bleibe hängen in den Armen eines festen jungen Körpers, den ich kaum erkennen, nur fühlen kann. Seit Aids bin ich vorsichtiger, schaue mehr den anderen zu und spritze oft allein in der Ecke ab.*

Diesmal sehe ich auf dem Weg zur Dusche einen großen schwarzen Mann, ich schaue ihn bewundernd an, er grinst. Ich drehe mich nach ihm um, er geht auffordernd den Gang zurück zu seiner Kabine. Ich folge ihm, er legt sich hin. Seine Kabine hat Video mit Pornofilmen. Ich bin unschlüssig, traue mich nicht. Ich entschließe mich wegzugehen, mache eine Runde durch die Kabinengänge, setze mich in den Fernsehraum. Im Geräteraum steht er an der Heizung. Die Hand am Handtuch, in der Nähe seines Schwanzes. Haben alle Schwarzen Riesenschwänze? Er geht wieder den Weg zu seiner Kabine; bevor er aufschließt, gehe ich auf ihn zu, küsse ihn auf seine großen Lippen, wobei ich mich auf die Zehenspitzen stellen muß. Wir gehen hinein, er schließt die Tür von innen. Wir drängen uns aneinander und betasten unsere Körper. Ich sauge an seinen Brustwarzen, nehme das Handtuch von seiner Hüfte, sein Schwanz ist wirklich endlos und dick. Ich dränge ihn aufs Bett, lege mich auf ihn, verschwinde in seinem Fleisch. Er winkelt die Beine an, ich merke, daß er es liebt, sich ficken zu lassen, fasse an seinen schwarzen Arsch, in den ich tausendmal beißen könnte. Er hat einen kleinen Oberlippenbart, der meine Lippen stimuliert. Ich fühle mich entspannt und geborgen. Meine Freundin Madlen sagte mir mal: Schwarze rühren und Weiße stechen.
Ich drehe ihn um und spüre seinen schweren Körper auf mir, presse ihn noch dichter an mich, genieße seine dicke, lange Zunge und seine wulstigen, wahnsinnig nassen Lippen. Ich will nie mehr aufwachen aus diesem geilen Traum. Er beginnt, über meinen Körper zu lecken, und nimmt meine Eier in den Mund, über ihm, in einem Cardinot-Film, zwei Araber, die sich im Kuhstall ficken. Während er mir leidenschaftlich, lange und ausdauernd einen bläst, muht eine Kuh im TV. In der Nebenkabine schnarcht jemand laut.
Selten hat mich jemand so toll bedient. Ich ziehe meinen Schwanz aus seinem Mund und ergieße mich, dann ziehe ich ihn an meine Lippen und küsse ihn, halte seine Zunge mit meinen kleinen Lippen fest. Wir liegen nebeneinander, ganz ruhig, warm und zärtlich. Ich werde wieder geil, und wir küssen uns intensiver. Er setzt sich auf mich, ich genieße seinen großen, rabenschwarzen Oberkörper auf meinem weißen Fleisch. Er nimmt meinen Schwanz und versucht, ihn in seinen Arsch zu stecken. Ich entziehe mich und frage ihn, ob er ein Kondom hat, er sagt ja, unternimmt aber nichts. Ich halte mich mit beiden Händen an

seinem Riesenglied fest und reibe es ausdauernd, bis er auf meinem Bauch abspritzt, auf mir zusammenbricht und ich ihn ein letztes Mal küsse. Heimlich denke ich an Aids und frage mich, ob er sich wohl von jedem ohne Kondom durchficken läßt. Wir duschen, dann verliere ich ihn aus den Augen, ziehe mich schnell an, gehe berauscht in den Regen zurück.

Valentin, mein junger, hübscher Mitarbeiter, ist wieder aus dem Urlaub zurück. Ich hatte ihn vor zwei Jahren im Tiergarten kennengelernt. Nachdem wir dort kurz gewichst hatten, fingen wir erstaunlicherweise an zu reden. Er erzählte mir, daß er Tanz und Schauspiel studiert hat und jetzt Theaterwissenschaft. Wir trafen uns ein paarmal, leider hatte er kein weiteres sexuelles Interesse an mir. Wir schrieben aber zwei Drehbücher zusammen, und jetzt sitzt er jeden Morgen vier Stunden im Nebenzimmer und arbeitet selbständig an neuen Ideen. Valentin ist ein Glücksfall für mich. Seine schneidende aggressive Stimme setzt mir vieles entgegen. Ich hasse Sklaven als Mitarbeiter. Im Gegensatz zu vielen anderen Regisseuren brauche ich starke, phantasievolle Menschen um mich, gleichwertige Partner wie Lotti Huber oder Evelyn Künneke, meine Tante Luzi oder Carla Aulaulu, der Star meiner ersten Filme. Ich konnte nie diejenigen Schauspieler verstehen, die sich etwa Fassbinder oder Peter Stein masochistisch unterordneten und von ihnen drillen ließen. Ich finde es toll, wenn Darsteller mich anregen, inspirieren, mit ihrer Persönlichkeit meine Filme bereichern. Mir wird deshalb oft vorgeworfen, daß ich meine Darsteller ausnutze. Doch wie sagt Lotti Huber so schön: Die Leute haben mich alle vor Rosa gewarnt, daß er mich ausquetschen wird wie eine Zitrone, um mich dann ausgetrocknet wegzuwerfen. Sie antwortete aber: Diese Zitrone hat noch viel Saft.
Ja, alle meine Darsteller haben immer viel Saft, da kann ich pressen, so viel ich will. Vielen Schauspielern hilft ihre Spießigkeit, die öde Routine an Stadttheatern und in Fernsehserien zu überstehen. Mir sind diejenigen am liebsten, die außer Eitelkeit und Professionalität noch mehr zu bieten haben: Persönlichkeit.
Evelyn Künneke rief an und sagte, daß sie eine lange vermißte Mappe mit alten Malereien von mir auf ihrem Speicher gefunden hätte. Ich hatte in den siebziger Jahren eine kurze Zeit bei ihr gewohnt und einige Sachen dort deponiert. Es handelte sich zum Teil um ganz frühe

Zeichnungen, aus meiner Zeit an der Berliner Kunstakademie, meine Könige auf dem Klo und die vielen ermordeten Tiere, die ich immer wieder malte und zeichnete; kindlich surreale Phantasien, oft so heftig wie Kunst von Geisteskranken.

Zu zeichnen und malen begann ich relativ spät, mit sechzehn oder siebzehn Jahren, als ich im Frankfurter Stadtteil Praunheim wohnte, angeregt durch einen Schulfreund, Marek, einen polnischen Juden, ein stämmiger, verschlossener Typ. Marek wollte sich auf der Kunstschule in Offenbach am Main bewerben, und ich, der auf dem Realgymnasium jämmerlich versagte, sah nun eine Chance, es ihm gleichzutun. Ich fiel aber bei der ersten Prüfung an der Kunstschule durch, denn ich hatte mich für Werbegrafik beworben; weil meine Arbeiten sehr wirr und nicht exakt genug waren, wurde ich abgelehnt. Inzwischen war ich von der Schule abgegangen und versuchte mich in einer Lehre, Messebau und Werbegrafik; da ich aber extrem unpraktisch war, flog ich auch da nach zwei Monaten wieder raus. Meine Eltern hatten Verständnis für mich und erlaubten mir, mich ganz auf die Freie Malerei zu stürzen. In meinem Zimmer in Praunheim malte ich über tausend Bilder, große verrückte Selbstportraits und wilde Akte, die ich vor dem Spiegel herstellte. Angeregt von Kirchner, Nolde, Rouault und allen Expressiven dieser Welt. Ich liebte den russischen Maler Jawlenski, besonders seine späten Masken, die er mit kranken Händen kurz vor seinem Tod herstellte. Ich war wie besessen, viel allein, und hatte viel Zeit, zu arbeiten und zu träumen. Ich trampte in verschiedene Städte, um mir große Ausstellungen anzusehen. Meine Eltern sahen all dem mit Staunen zu und sprachen manchmal von brotloser Kunst. Doch mein Vater meinte auch: Besser Maler als Einbrecher.
Einmal kam ein alter Freund meines Vaters aus Ostpreußen zu Besuch: Professor Draws Tychsen, ein Völkerkundler, der Gedichte schrieb und mich mit Fotos von sich in Thailand mit der Königsfamilie beeindruckte. Er war der einzige Mensch im Bekanntenkreis meiner Eltern, der mich interessierte und mir eine Ahnung davon gab, daß es außer praktischem Verstand und Geldverdienen noch eine geistige Welt der Ideale und der Kultur gab.

Er brachte mich zu dem alten berühmten Maler Ludwig Meidner, der aus der Emigration nach Deutschland zurückgekommen war und in Darmstadt eine neue Heimat gefunden hatte. Sein Atelier war ein wunderbarer Saustall, zwischen alten Spinnweben und fingerhohem Dreck zerrte er alte Zeichnungen hervor, gehetzte Figuren aus der jüdischen Kabbala. Zwischen den Kriegen hatte er Weltuntergangsstimmungen gemalt, verzerrte Stadtlandschaften. Seine Bilder entsprachen dem Grundthema des Expressionismus: sie waren schnell, wild und wahnsinnig; von einem Gefühl bestimmt, das die Apokalypse voraussah: Keine Zeit, keine Zeit. Dieses Lebensgefühl wurde auch meins. Noch heute glaube ich, keine Zeit zu haben. Selbst meine Filme müssen schnell abgedreht werden. Ich warte unruhig auf das Ende jeder Filmszene, wie auf das Ende dieser Welt.

EXZENTRISCHER KÜNSTLER

Schließlich wurde ich im Oktober 1961 beim zweiten Anlauf an der Werkkunstschule in Offenbach angenommen und absolvierte zwei Semester Grundstudium. Ein völlig neues Leben begann, ein exzentrisches Leben als Künstler. Ich hatte ja so viel nachzuholen. Plötzlich entdeckte ich, daß es eine Welt voller phantasiereicher Menschen gab, die das Leben mit Spaß und Irrsinn genossen, denen die materielle Zukunft scheißegal war und die sich auch außerhalb ihrer Träume alles erlaubten.
Ich lernte mit fast 19 Jahren Sylvia kennen, schön wie eine Kitsch-Madonna, halb Russin, halb Jüdin, die erste Frau, die mich total faszinierte. Wir trafen uns auf einer Party mit Schülern der Werkkunstschule in Offenbach. Sie fiel mir auf, weil sie temperamentvoll mit Tellern um sich schmiß und dabei hohe Töne ausstieß. Damals war mir noch nicht bewußt, daß ich schwul bin, aber schon Sylvia faszinierte mich eher von ihrer wilden Persönlichkeit her als mit ihren weiblichen Reizen. Ich wußte damals auch noch nicht, daß Schwule starke Frauen lieben und daß sie also die erste von vielen großartigen Frauen war, die mein ganzes Leben beeinflußt haben. Sylvia verstand es, die geilen Typen um sie

herum zu verarschen, und in mir spürte sie schnell den Kumpel: zwei unschuldige, exzentrische Wesen, »Kinder der Nacht«, wie sie in meiner Lieblingsnovelle von Cocteau beschrieben werden.
Wir getrauten uns, unsere Phantasien auszuleben, wir bemalten uns und schritten barfuß in bizarren Gewändern durch die nächtliche Großstadt. Wir lagerten uns auf Hauptverkehrsstraßen und leerten unsere Taschen aus. Wir suchten uns eine Insel im Main und feierten Rotweinorgien. Wir hatten kein Geld, aber unerschöpfliche Möglichkeiten. Vor einem Junggesellenhochhaus führten wir nachts tabulos unsere körperlichen Fehler vor oder schlichen uns nachts in das Haus ihrer Mutter, die in zweiter Ehe mit einem Grafen Stolberg verheiratet war. Ich lernte Frau Gräfin im Nachthemd kennen, als sie uns temperamentvoll aus dem Haus schmiß. Später wurde statt der Tochter die Mutter meine beste Freundin, nachdem der Graf im Bett verbrannte und ich sie trösten durfte. Nora ist nun seit über dreißig Jahren meine älteste und beständigste Freundin.
Ich hatte damals viele Freundinnen, mit Ursula wollte ich mich sogar verloben, einfach weil es verrückt schien, doch an Sex war bei mir noch nicht zu denken. Ich hatte einen rotgestreiften Anzug, eine rote Brille und ein rotes Köfferchen, mit dem ich mit der Straßenbahn Nummer 18 von Praunheim und dann mit der 16 täglich nach Offenbach zur Kunstschule fuhr. Wir mußten Tonvasen und Wurzeln zeichnen, Schriften üben, und wir hatten Farbenlehre nach der Bauhaus-Methode. Mich interessierte das alles nicht so richtig. Ich wollte große Kunst machen, wild malen, mich im Farben- und Lebensrausch austoben. Meine Eltern gestatteten mir eine große Party in Praunheim. Sie zogen sich in ein kleines Zimmer zurück, und ich empfing meine Gäste auf dem Schrank, eigene absurde Gedichte vorlesend. Dekoriert hatte ich die Wohnung mit Gemüse, und ich servierte Nägel auf Tellern und Pudding mit Heringen.
Den ersten Sex mit einer Frau hatte ich am 2. Juni 1962 in Berlin, mit 19 Jahren. Ich war mit Heide, mit der ich wunderbar Rock 'n' Roll tanzen konnte, für ein Wochenende nach Berlin getrampt und auf einer Party in einer alten Villa in Steinstücken gelandet.

In Praunheim (1962)

Wir tanzten bis zum frühen Morgen und wollten dann zurückfahren. Ich bekam Kopfschmerzen und fragte die junge Gastgeberin, ob ich mich irgendwo etwas hinlegen dürfe. Sie zeigte mir ihr Schlafzimmer und legte sich gleich dazu, das heißt, sie setzte sich auf mich drauf. Sie half mir, in ihre warme, weiche, nasse Fotze einzudringen, ich werde dieses wunderbare Gefühl nie mehr vergessen. Es war sensationell. Leider spritzte ich schon nach ein paar hilflosen Stößen ab. Sie sagte wohl noch: Paß auf, aber ich weiß nicht mehr genau, ob ich meinen Schwanz noch rechtzeitig rausziehen konnte oder nicht. Danach reiste ich mit Heide zurück, die sauer auf mich war und wohl gespürt haben muß, was passiert war. Ich erfuhr ungefähr neun Monate später, daß die Gastgeberin einen Knaben geboren und einen Industriellen geheiratet hatte. Sie selbst habe ich nie wiedergesehen. Jetzt träume ich oft von einem jungen schönen Mann, der vielleicht mein Sohn ist und plötzlich vor meiner Tür steht, und daß wir uns, ohne von unserer Blutsverwandtheit zu wissen, ineinander verlieben.

Sex mit Frauen machte mir viele Jahre Spaß. Es waren stets kurze Verhältnisse, und ich begann, sie mehr und mehr als Kumpel und phantasievolle Persönlichkeiten zu schätzen; das Sexuelle wurde dabei mit der Zeit immer unwichtiger.

Ich merkte sehr bald, daß sich Frauen leicht in mich verliebten. Das fand ich auf die Dauer nicht fair, denn bald stellte ich fest, daß ich mich nur in Männer richtig verlieben konnte. Die meisten Schwulen, die ich kenne, mögen platonische Freundschaften zu Frauen, sie fühlen sich ihnen seelenverwandt und haben eher Angst vor dem aggressiven Heteromann. Umgekehrt schätzen Frauen die meist sanfte und aufmerksame Art von schwulen Männern, von denen sie nicht ständig sexuell genötigt werden. Schwule Männer und Heterofrauen können wunderbare Freunde werden und viel Spaß miteinander haben.

9. Januar *Meine Mutter erklärt mir den Preisunterschied für Haushaltsfolie bei Meyers und Kaisers. Meyers ist 20 Pfennige teurer und hat nur halb soviel in einer Packung. Sie war mal Berufsschullehrerin in Ostpreußen und mußte den Schülerinnen in der Notzeit sparsame*

Haushaltsführung beibringen. Durch die Kriegszeit hat sie gelernt, jeden Essensrest neu zu verwerten. Sie beschimpft mich, wenn ich Zitronen verschimmeln lasse oder altes Fleisch nicht aufesse.

1962 machte ich in Salzburg einen Sommerkurs bei dem bekannten Maler Oskar Kokoschka. Da lernte ich zum ersten Mal die große Welt kennen, denn es trafen sich dort zu meiner Überraschung zumeist reiche und frustrierte Menschen jeden Alters aus aller Herren Länder. Eine italienische Prinzessin stand neben einer älteren Hotelbesitzerin aus Davos an der Staffelei, die mich schnell in ihr Herz schloß und mich bat, ihr privaten Malunterricht zu geben. Ich schwamm mit dem damals noch unbekannten Johannes Grützke nackt im Leopoldskronteich, wobei er es liebte, seinen Arsch aus dem Wasser dem hellen Mondlicht entgegenzustrecken.
Ich sah zum ersten Mal ein Ballett von Maurice Béjart, Strawinskys »Le Sacre du Printemps«, und wurde beinahe bewußtlos vor Glück. Nach dem Kurs entführte mich Frau Walsoe, die Hotelbesitzerin, auf eine aufregende Reise durch viele vornehme Hotels in Österreich und der Schweiz, mit deren Besitzern sie auf Du war. Ich saß in meinen abgerissenen Jeans völlig verschüchtert dabei und hörte von den Perversitäten der Reichen und Schönen, von dem rauschgiftsüchtigen Prinzen, dem schwulen Ehemann einer Königin und dem geilen alten Filmstar. Viele Kellner servierten kleine Portionen auf großen Tellern. Ich liebte und verachtete den Reichtum gleichzeitig.
Frau Walsoe war vielleicht Anfang Vierzig und für mich natürlich uralt. Sie hatte in den schweren Nachkriegsjahren in Deutschland das Flehen eines reichen Hoteliers aus der Schweiz erhört und den ausgesprochen häßlichen Mann geheiratet. Ich lernte ihn später in Davos kennen, ihm fehlte eine Gesichtshälfte. Er faszinierte mich sofort, denn ich war begeistert von allem Abseitigen, Abnormen und Häßlichen. Frau Walsoe wußte sicher früher als ich selbst, daß ich schwul war, denn ich zeigte keinerlei sexuelles Interesse an ihr, sondern schätzte sie als wunderbaren Kumpel, der mir die große Welt zeigte. Mit ihr ritt ich zum ersten Mal stundenlang am Fuße eines Gletschers entlang, um dann ta-

gelang meinen wunden Arsch nicht mehr bewegen zu können. Durch sie lernte ich auch in einem österreichischen alten Schloß Gräfin Überracker kennen, eine uralte spinöse Dame, die ich sofort abgöttisch verehrte und oft malte. Ihr Mann hatte den dritten Frühling und setzte überall uneheliche Kinder in die Welt. Doch dann bekam ich Heimweh nach dem einfachen Leben und nach meinen bescheidenen Eltern und reiste zurück nach Praunheim. Ich deponierte dort viele neue Bilder, die ich auf der Reise gemalt hatte, wilde Aquarelle im Kokoschka-Stil, und zog dann sofort nach Berlin.

PERVERSE ANFÄNGE

Nach zwei Semestern an der Werkkunstschule in Offenbach hatte ich die Nase voll und bewarb mich erfolgreich an der Hochschule für Bildende Künste in Berlin.
Die sechziger Jahre in Berlin sollten die aufregendste Zeit meines Lebens werden. Mit zehn Jahren hatte ich nach der Flucht aus dem Osten mit meinen Eltern Berlin verlassen müssen, nun kehrte ich mit zwanzig, süchtig nach Leben und Abenteuer, zurück. Durch meinen Umzug nach Berlin hatte ich mich auch automatisch dem Militärdienst entzogen, denn Berliner brauchten nicht zu dienen. Natürlich war ich überzeugter Pazifist, obwohl viele Schwule schon immer das Soldatenleben als Sprungbrett in erste homosexuelle Erfahrungen benutzt hatten. Den Bau der Mauer im August '61 hatte ich von Frankfurt aus mitbekommen. Meine Tante Annemarie, genannt Ami, war gerade aus der Ostzone bei uns auf Besuch gewesen und hatte sich entschlossen, nach dem Mauerbau nicht mehr zurückzukehren. Sie ließ nur sehr ungern meine Oma, ihre Stiefmutter, zurück, die ich sehr mochte und die erst nach vielen Jahren die Ausreise in den Westen erlaubt bekam.
Meine Tante Ami war in meiner Studentenzeit in Berlin der einzige bürgerliche Halt für mich. Sie arbeitete bei der evangelischen Kirche in West-Berlin und kümmerte sich rührend um mich, den armen Studenten. Sie lud mich oft zum Essen ein und steckte

mir kleine Geldbeträge zu, denn ich bekam nur 150 Mark Stipendium. Die 50 DM Miete bezahlten meine Eltern. Ich hielt meiner Tante auf langen Spaziergängen große Vorträge über moderne Kunst und meine avantgardistischen Ideen vom Leben überhaupt. Sie hörte sich alles immer sehr geduldig an, um danach aber beharrlich an ihrer Vorstellung von Ordnung und Sauberkeit und einem geregelten Leben festzuhalten. Nur mit großer verwandtschaftlicher Liebe muß sie meine Verrücktheiten ertragen haben, denn ich war wild und bunt gekleidet, meine Wohnung strotzte vor Schmutz und Farben, und meine Freunde waren die exzentrischsten Geschöpfe der Stadt.
Zuerst wohnte ich ganz billig zur Untermiete bei einem bezaubernden alten Buchhändler, der mir viel von seinem kultivierten Leben erzählte. Ich flog aber bald bei ihm raus, weil ich zu meinem zwanzigsten Geburtstag ein wildes Fest mit meinen neuen Künstlerfreunden feierte. Ich hatte zu meiner eigenen Beerdigung eingeladen, schwarze monochrome Bilder an die Wände gemalt und mich auf einem Tisch aufgebahrt. Meine alkoholisierten Freunde sangen laute Totenklagen und kotzten mich voll. Am nächsten Tag war ich die Wohnung los. Es war eine wunderbare Zeit.
Das erste Semester an der Berliner Hochschule für Bildende Künste bestand nur aus selbsternannten Genies. Wir waren berauscht von unserer Begabung, von großen Hoffnungen und genialen Träumen. Wir hatten allerdings einen sehr strengen Lehrer, der uns schnell in die Wirklichkeit zurückholte. Interessanterweise waren die fleißigsten auch die unbegabtesten Studenten; die Verrückten, Schwierigen und Sensiblen gingen bald an Alkohol und später an Drogen kaputt oder wurden berühmt. Damals war die Kneipe »Zur dicken Wirtin« am Berliner Savignyplatz angesagt. Nach dem Tod der Besitzerin wurde diese von einem Bildhauer nachgebaut und saß fortan als Kunstwerk neben dem Kachelofen. Hier tranken wir viele Biere, unsere Clique: Karl Heinz, genannt Weinschlauch, Hagen, genannt der Major, und Peter Gramlich. Manchmal stieß die stotternde Traude dazu, mit der wir alle abwechselnd ein Verhältnis hatten und die wir nachmachten, wenn sie sagte: Iiiich bbbin so ggggegegeil.

Das klingt grausam, aber so ist das Leben. Traude hatte einen bürgerlichen Beruf, sie war medizinisch-technische Assistentin, so konnten wir sie ständig anpumpen oder bedrängen, uns einen auszugeben.
Karl Heinz stammte aus Norddeutschland und war eine Naturbegabung. Seine Eltern waren versoffene Arbeiter, er hatte bereits ein hartes Leben hinter sich und war lange nicht so naiv wie wir, obwohl er wunderbar naiv malte und zeichnete und später herrliche Holzschnitte machte. Vor ein paar Jahren starb er, zerstört vom Alkohol. Hagen war ein kräftiger Westfale, der saufen konnte bis zum Umfallen und mystische Bilder im Stile von Böcklin malte. Auch ihn hat der Suff zerstört. Peter war der bürgerlichste von uns. Noch heute treffe ich ihn des öfteren im Schwimmbad, er ist schlank und schön wie immer und altert ebensowenig wie ich. Er kann von der Malerei leben, vielleicht, weil ihm das Genie fehlt.
Ich war sehr hysterisch in dieser Zeit und tanzte bis früh morgens auf dem Tisch. In der Schule versuchte ich die Modelle anzuzünden, oder ich sah mir mit Genuß die alten Naziomas im Café Kranzler an, um mich über sie lustig zu machen.

11. Januar *Samstagabend. Es fällt mir schwer, allein zu sein, ich fühle mich schnell einsam, brauche Hektik und Abenteuer. Ich kann Stille nicht genießen, nur schwer ein Buch lesen.*
Wo geht man hin in Berlin? Im Schwuz (Schwulenzentrum) ist jeden Sonnabend nach Mitternacht Disco. Massen von jungen Schwulen treffen sich im vierten Stock einer Fabriketage in Kreuzberg. Sie stehen meist nur blöd und verklemmt rum. Früher war ich selbst oft da und habe mich meist gelangweilt. Es ist schwer, jemanden kennenzulernen. Ich treffe ab und zu Bekannte, man plaudert oberflächlich und schaut geil und gierig auf die jungen Körper, die man alle nicht bekommen kann.
Als Älterer neigt man dazu, nostalgisch zu werden. Früher waren die Schwulenlokale viel gemischter, eine Gräfin stand neben einem Rollstuhlfahrer, ein Lederschwuler neben einer Tunte, ein U-Bahn-Schaffner neben einem Intellektuellen. Das bedeutete mehr Spaß, mehr Kommunikation.

Mit Kunststudenten in Berlin

Heute ist es im Orgienkeller von »Toms Bar« leicht, unterzutauchen; ein Lederschwulentreff, wo es oben bei Pornovideos cool zugeht, wo aber unten im Dunkelraum bei Gefummel und Gestöhne ein tierischer Sex abgeht. Die Männer und Jungs grabschen dichtgedrängt wahllos nacheinander und halten sich am nächsten großen Schwanz fest, und nicht nur naive Ostler lassen sich auch mal ohne Gummi durchficken. Ich hatte lange dagegen protestiert, daß an diesen Orten die Aids-Hilfe keine Aufklärung macht, aber nur Hohn und Spott und Verachtung geerntet.
Ich hätte auch in den »Hafen« gehen können, gleich neben Toms, dort treffen sich die schönsten und eitelsten Typen Berlins. Aber da wollte ich nicht alleine auftauchen und mich wegen meines Outing-Skandals anpöbeln lassen. Das »Connection« ist die populärste Schwulendisco, ein für Berlin sehr kleiner Schuppen, wo sich alles zu später Stunde drängt. Vorher geht man in den »Knast« gleich gegenüber, für harte Ledermausis, die sich vor einer vergitterten Bar drängen, an denen Handschellen und Stiefel hängen. Auch hier Kälte: die harten Männer mit den sanften Seelen haben es sehr schwer, Gefühle und Sehnsüchte zu zeigen. Man muß hier viel Geduld und Wartezeit mitbringen, von Spaß kann keine Rede sein. Nur manchmal überraschen die Kostüme: Eine Gruppe von Meistern und Sklaven in Bundeswehruniformen und mit Stahlhelm, das Gesicht wie zur Tarnung verschmutzt. Der Meister führt die Sklaven an Lederriemen und erfreut sie mit anfeuernden Schlägen. Manchmal ein glänzender hautenger Gummianzug oder eine Ledermaske, die das Gesicht verdeckt.
Ich entschloß mich dann, nur noch kurz um die Ecke auf die Klappe zu gehen, ein öffentliches Klo, das praktischerweise ganz in der Nähe ist und meist Tag und Nacht geöffnet hat. Ein schönes kleines Gebäude mit einem chinesischen Dach und kleinen Säulen. Dahinter beginnt ein kleiner Park, der tagsüber von Familien mit Kindern frequentiert wird. Nachts wimmelt es dort von geilen Schwulen, die sich zwischen Pappeln und Tannen, auf kleinen Hügeln und verwunschenen Parkbänken befriedigen. Irgendwo steht eine kleine Statue, ein nackter Knabe und ein Reh.
Die Nacht war saukalt und die Klappe leer. Nur ein Freak stand mit heruntergelassenen Hosen im Scheißraum, schob seinen Schwanz zwischen die Rillen der Heizung und wichste stupide in sie hinein.

Zu Hause schaltete ich dann noch die TV-Fernbedienung durch und begann mich zu bedauern: daß ich keinen Freund habe, warum ich keinen aushalte und und und, über das Göttliche in uns selbst und über Gefühle unter zwei Komma fünf.
Darüber hatte Yashi Kunz in einem esoterischen Workshop am Freitag und Sonnabend mit mir und einer Gruppe von fünfundzwanzig frustrierten Damen und Herren mittleren Alters in einer vornehmen Villa doziert. Enthusiasmus, Interesse und Zufriedenheit standen bei ihr ganz oben und hatten die Nummern 4 bis 3, 0. Sie fragte uns in Trance nach dem inneren Ziel und dann jeden einzelnen: Wer bist Du? Wir waren gezwungen, über diese schwierige Frage nachzudenken. Bei mir entstand komischerweise vor meinem inneren Auge sofort das Bild eines eingefallenen Käsekuchens mit einer dunklen Kruste. Während sie die Frage wiederholte, fiel der Käsekuchen immer mehr ein und verschwand schließlich in großen hellen Flammen, aus denen ich nackt und schön wiedergeboren wurde.
Dann ließ sie uns fragen: Wer bin ich in diesem Leben?
Sofort sah ich das Bild eines großen Lastwagens der Berliner Stadtreinigung, an dessen Kühler eine große mechanische Bürste routierte, aus der Wasser schoß und langsam Straße für Straße säuberte. Scheiße, dachte ich. Du bist also der Saubermann, der Moralapostel, für den dich alle halten, dessen Aufgabe es ist, in Sachen Aids zu warnen.
Die letzte Frage: Was will ich in diesem Leben?
Ich sah mich als kleinen Vogel, als fröhlichen Spatz von Pfosten zu Pfosten hüpfen, um dann im Sturzflug in dunkle Straßen einzutauchen.
Die andern hatten wenig gespürt, nur Kreise oder Farben. Bin ich wirklich ein Käsekuchen?

Es hat leider sehr lange gedauert, bis ich selbst meine ersten schwulen Erfahrungen gemacht habe. In der Schule gab es niemanden, der erkennbar war. Schwule Sau war ein Schimpfwort, richtete sich aber nicht auf jemanden speziell. Ich hatte insofern Glück, als ich durch mein Sitzenbleiben immer älter war als die anderen, und in Ruhe gelassen wurde, auch wenn ich den männlichen Ritualen Sport, Rauchen und Trinken nicht folgte. Bei der katholischen Jugendorganisation »Neues Deutschland«, in die mich mein Vater eine Zeitlang gesteckt hatte, zeigte mir einmal

beim Schwimmen eine Aufsichtsperson den steifen Schwanz und Schamhaare, was mich sehr beeindruckte.
In der letzten Klasse erfuhr ich dann von einem Mitschüler, daß sich die Schwulen auf einem Klo in der Schloßstraße trafen, das lag auf meinem Schulweg. Eines Abends im Winter muß ich mich wohl auf diese Toilette getraut haben. Es war ein einfaches Pissoir, innen hatte man die Glühbirne zerstört, und ich ahnte viele Männer, die, als ich schüchtern dazutrat, stumm nebeneinander an der Pißrinne standen. Ich stand eine kurze Weile da, und nichts passierte, bis plötzlich die Polizei mit Taschenlampen reinleuchtete und uns zwang, die Personalien anzugeben. Ich schämte mich zu Tode und fürchtete, daß die Polizei meine Eltern benachrichtigen würde. Das taten sie aber Gott sei Dank nicht.
Bis 1969 existierte ja der Paragraph 175 noch in verschärfter Form, jährlich kamen Tausende von Schwulen in den Knast. Zwar gab es nach der Nazizeit wieder eine funktionierende und lebendige Schwulenkultur, auch war es in den Großstädten meist liberaler als in Kleinstädten, wo es nur den heimlichen Toilettentreff gab. Aber Erpressung, Verleumdung und gesellschaftlich sanktionierter Schwulenhaß machten das Leben für viele damals sehr schwer.
Selbst auf der Kunstschule in Offenbach gab es keine für mich sichtbaren Schwulen oder Lesben. Bis ich von Dirk hörte, der Stoffmalerei studierte. Er soll schwul sein, erzählte mir meine Freundin Sylvia. Wir gingen oft gemeinsam tanzen, doch erst als ich schon in Berlin studierte und im Dezember '62 kurz nach Frankfurt auf Besuch kam, ergab es sich nach einer durchtanzten Nacht, daß Dirk mich auf dem Rückweg in seinem Auto mitnahm. Draußen lag dichter Nebel, als wir uns langsam auf irgendeiner Landstraße fortbewegten. Schließlich hielten wir an und entdeckten, daß der Motor wie verrückt dampfte. Ich entschloß mich, bei ihm zu übernachten. Ich wollte es wissen ...
Mein erster Sex mit einem richtigen Mann spielte sich sehr hilflos und verklemmt ab. Seine Wohnung war kalt, und wir schliefen im selben Bett. Ich kuschelte mich dicht an seinen starken Körper. Zuerst reagierte er nicht. Schließlich holten wir uns gegenseitig einen runter. Keine Küsse, kein Schwanzlutschen, kein

Arschficken. Nur hilflose pubertäre Wichserei, die relativ schnell und sprachlos ablief. Am Morgen verschwand ich sofort und sah ihn erst zwanzig Jahre später in der U-Bahn in Berlin wieder. Da war er ein exzentrischer und knallverrückter Ledertyp, der mir erzählte, daß er mit seinen Tapetenentwürfen große internationale Ausstellungen macht und es liebt, sich von vielen Männer hintereinander durchficken zu lassen.
Diese Nacht hat mich trotzdem sehr beeindruckt. Ich war verwirrt, weil mich sein kräftiger Körper angezogen hatte, doch ich hatte so schnell keine Gelegenheit mehr, eine ähnliche Situation herbeizuführen. Ich kannte keine Schwulenlokale und wollte sie wohl auch nicht kennenlernen. Vielleicht wäre alles anders gekommen, wenn Dirk erfahrener gewesen wäre oder mich geliebt hätte. So war es leider nur eine schnelle Nummer, die ich aber als kostbares Geheimnis bewahrte und von der ich nicht wußte, was sie bedeutete.
Zurück in Berlin, lebte ich mich mit meinen Heterofreunden mit Trommeln, Schreien und Alkoholexzessen aus. Ich entdeckte die Kunstboheme in Kreuzberg und bewunderte die versoffenen Dichter und Maler Günter Bruno Fuchs, Robert Wolfgang Schnell und Kurt Mühlenhaupt, die in dem Lokal »Leierkasten« residierten. Dorthin wanderte ich oft im Winter, mit langem Mantel und Bommelmütze, den ganzen langen Weg von Charlottenburg nach Kreuzberg zu Fuß, weil ich kein Geld für den Bus hatte, und schnorrte irgend jemand um Biere an.
Mit 21 Jahren entschloß ich mich, nach einem Semester die Hochschule in Berlin zu verlassen. Mich langweilte der Kunstbetrieb. Ich wollte weg, in die Welt, träumte von einem besinnlichen Leben in einem griechischen Kloster auf dem Berg Athos, ein andermal davon, auf einem Schiff nach Mexiko anzuheuern.
Schließlich besuchte ich meinen ehemaligen Schulfreund Marek, der in Wien Kunst studierte. Sein Professor hatte zur gleichen Zeit wie Hitler die Aufnahmeprüfung zur Akademie gemacht und war, im Gegensatz zu Hitler, angenommen worden. Dort hielt ich es aber nicht lange aus, trampte alleine und mit wenig Geld weiter in die Türkei. Ein Lastwagen nahm mich die lange Reise über Thessaloniki nach Istanbul mit. Irgendwann wäh-

rend der Fahrt faßte er mir zwischen die Beine, ich schob aber seine Hand beiseite, obwohl ich mir nichts sehnlicher gewünscht hätte, als mit ihm Sex zu haben. Ich besuchte ihn später in Istanbul immer wieder in seinem Hotel, saß stundenlang mit ihm und seinen Freunden im Café und erhoffte mir Nähe, Sex oder Liebe, ich wußte es nicht so genau. Er aber hätte es nie gewagt, sich in der Nähe seiner Freunde mit mir einzulassen. Erst heute weiß ich, wie alltäglich Homosexualität gerade in mohammedanischen Ländern ist, weil es dort so schwer ist, mit Frauen vor der Ehe Sex zu haben. Die Gesetze richten sich hauptsächlich gegen denjenigen, der sich in den Arsch ficken läßt und damit angeblich seine Männlichkeit und Würde verliert; der Ficker dagegen behält seinen Stolz und seine Ehre. Ein bigottes Volk und eine Scheiß-Religion, wie alle Religionen.

Ich reiste weiter nach Alanya, einer Halbinsel auf dem Weg nach Syrien und Persien, wanderte dort durch die Bananen- und Orangenpflanzungen und schrieb Gedichte. Ich malte mit Buntstiften rosa monochrome Bilder und fühlte mich sehr allein. Die Dorfjugend war äußerst liebenswürdig und nahm mich manchmal mit dem Moped zurück in die Stadt. Als ich mit dem Bus weiterreiste, brachen in Syrien politische Unruhen aus. Dann kippte der Bus bei einem Unfall um, und ich hörte, daß es in Persien große Überschwemmungen gab. Ich fuhr nach Istanbul zurück. Dort lernte ich in einem Café lauter junge Dichter und Schauspieler kennen. Ali mochte mich besonders gern, und wir besoffen uns gemeinsam im Hotel. Es war der Abend des 21. Mai, als in der Stadt eine kleine Revolution ausbrach und es offiziell nicht erlaubt war, in der Dunkelheit das Haus zu verlassen. Ali stürzte sich auf mich und wollte Sex. Zuerst spielte ich mit, doch mit der Zeit begann ich mich vor ihm und seinem Schwanz zu ekeln. Ich stürzte aus dem Zimmer und gelangte in die Revolutionswirren, es wimmelte nur so von Militär. In einem kleinen Park traf ich auf einige hübsche Männer, die alle sehr freundlich zu mir waren. Hier versuchte ich nun, aufgegeilt durch Ali, selbst der Verführer zu sein; denn es war nicht der Sex mit einem Mann, der mich bei Ali abgestoßen hatte, sondern er als Person. Damals war es mir nicht klar, daß er ganz einfach nicht mein Typ gewesen war, zu

weich, zu unmännlich. Doch alle meine Versuche mit den Männern im Park Sex zu haben, mißlangen, ich wurde abgewehrt. Vielleicht kannte ich die Spielregeln nicht.
Bald ging mein Geld aus, und ich wohnte in einer billigen Absteige, wo das Klo dauernd überlief und Scheiße in mein Zimmer floß. Ich war fasziniert von der Hektik der Stadt, der orientalischen Betriebsamkeit, und ich konnte mich nicht satt sehen am Exotischen. Ich lernte eine Gruppe amerikanischer Künstler kennen, die mir zum ersten Mal von Pop Art erzählten. In Deutschland regierte die abstrakte Malerei, nur wenige zeichneten kleine, verspielte Figuren. Pop Art war eine Sensation für mich. Große, plastische Hamburger, realistisch gemalte Suppendosen und Colaflaschen von Andy Warhol, bunte Herzen von Jim Dine und Müllcollagen von Rauschenberg: alles Parodien auf Konsum und Werbung. Meine amerikanischen Freunde rauchten viel Haschisch, was mich nicht interessierte, und eines Nachts bedrohte mich Jim im Drogenrausch mit einem Messer. Doch James borgte mir Geld für meine Rückreise und ich traf rechtzeitig zur Hochzeit meiner Cousine in Deutschland auf Schloß Straßberg ein, das einem Onkel gehörte, der sein Geld mit Hundebüchern verdiente. Meine Eltern, die dort zu Gast waren, fielen vor Glück aus allen Wolken, ihren Sohn wieder wohlbehalten in der Heimat zu sehen. Ich brachte dem Paar als Hochzeitsgeschenk einen türkischen Strohbesen mit.
In Berlin verkündete zur gleichen Zeit Präsident Kennedy: Ich bin ein Berliner, und auch Königin Elizabeth aus England machte hier einen Staatsbesuch. Ich überlegte, wie ich es anstellen könne, ihr ins Bein zu beißen, um endlich berühmt zu werden. Doch statt dessen entschloß ich mich, in Frankfurt Ballett zu studieren. Ein Herr Ahrenkiel war Ballettmeister und trainierte uns in klassischen Übungen. Ich entdeckte zum ersten Mal meinen Körper und hatte den festen Willen, trotz meines fortgeschrittenen Alters Tänzer zu werden. Ich glaubte, mich in Maja verliebt zu haben, eine wilde junge Tanzschülerin, mit der ich mich auf einer Parkbank graziös verrenkte und ihr absurde Gedichte ins Ohr schrie. Dann meldete ich mich zu den Sommerkursen für Tanz in Köln an und erlebte hier die große alte Dame des Tanzes, Du-

browskaja, die bei Balanchine in New York lehrte. Sie war nur Haut und Knochen, bekleidet mit durchsichtigem Tüll, und hielt vielfarbene Tücher in den Händen. Sie zeigte ihre Übungen mit solch einer Expression und Würde, solch atemberaubender Schönheit, daß ich glaubte ohnmächtig zu werden. Das war Tanz in Vollendung für mich, und ich wußte sofort, daß ich das nie erreichen würde. Ich beschloß daraufhin, dem Tanz schon nach wenigen Monaten ade zu sagen.

Ich folgte meinen Eltern, die jeden Sommer an der Nordsee zelteten, nach Carolinensiel. Hier gab es ein Heim für bedürftige Berliner Studenten, in dem mein Künstlerfreund Karl Heinz aus der Kunsthochschule Urlaub machte. Es wurde eine unvergeßliche Zeit. Ich lernte eine Clique von tollen Leuten kennen, mit denen wir viel Spaß hatten. Erstaunlicherweise waren die Betriebswirte und Politikstudenten die phantasievollsten. Hier begegnete ich auch der Medizinstudentin Margit, die mir auf unserem ersten Spaziergang am Meer sagte, daß sie sich in mich verliebt hatte. Wir wanderten an der Zeltstadt meiner Eltern vorbei und hörten die absonderlichsten Töne, Schnarchen, Schnaufen und Husten. Wir legten uns am Meer in den Sand, und sie gab sich mir sofort hin. Die Sandkörner kratzten an den Geschlechtsteilen, doch in unserer Gier ignorierten wir das.

Von nun an fickten wir jeden Tag dreimal. Zum ersten Mal hatte ich jemanden gefunden, der sich ganz auf meinen Körper einließ. Ich wunderte mich, als sie einmal nicht mehr konnte und mich wundgescheuert um Nachsicht bat. Dann kam ihr Verlobter zu Besuch. Bei einem Ausflug nach Helgoland, das Meer war wild, sagte Margit ihrem Typ, mit dem sie viele Jahre brav eine bürgerliche und langweilige Existenz geführt hatte, daß sie fortan mit mir zusammenleben wollte. Die Gruppe im Boot spaltete sich, die einen unterstützten unsere junge Liebe, die anderen unterstützten den Gehörnten.

Margit kannte von der Berliner Uni den Prinzen von Bhutan, den wir sofort in Indien besuchen wollten. Wir trampten nach Amsterdam und wohnten getrennt in der Jugendherberge. Hier geriet ich zufällig in einen Park und beobachtete schwule Männer, die sich triebhaft suchten und fanden. Mich beunruhigte das

Rosa und Margit

sehr, und ich begann zu zweifeln, ob ich Margits Liebe auf Dauer nervlich verkraften würde. Am nächsten Morgen machte ich ihr klar, daß wir uns trennen mußten, und floh zu meinem Malerfreund Karl Heinz in die kleine westfälische Stadt Soest. Ich suchte die Stille und wollte abgeschieden malen und schreiben. Ich überzeugte meine Eltern, daß das die einzige Möglichkeit für mich sei, künstlerisch zu reifen, und sie versprachen mir monatlich 150 Mark.
Hier schrieb ich meinen unveröffentlichten Roman »Tagebuch in Rosa«, in dem ich sehr expressiv meine Beziehung zu Margit verarbeitete.

DROGEN

Angeregt durch die Pop Art fing ich nun auch an, plastische Bilder zu machen. Ich malte eine Leiter und klebte einen Affen davor. Ich malte ein Messer und hängte an seiner Spitze eine Königspuppe heraus. Ich malte auf einer Leinwand eine Kanone, aus der plastisch Rohre ragten, und auf der gegenüberliegenden Leinwand schnitt ich Löcher aus. Ich malte einen Angler, aus dem eine Angel ragte, die auf ein anderes Bild fiel, auf dem ein See gemalt war. Dann entwarf ich einen Altar, auf den ich schrieb: Die Madonna schießt auf Neger. Ich malte einen Christus als Transvestiten. Später ließ ich viele Könige erstechen, zersägen, erhängen und vergewaltigen.
Ich entdeckte in der Stadt Soest eine kleine rothaarige Ballettlehrerin, bei der ich Unterricht nahm und die ich am letzten Abend, bevor ich mich entschloß, wieder nach Berlin zurückzukehren, verführte.

13. Januar *Gestern abend war mein sonntäglicher offener Abend, mein Jour fixe. Als erster erschien Tuschi, ein 23jähriger Junge aus Frankfurt, der Sohn von Sylvia, genannt die Gräfin, mit der ich zu meiner Kunstschulzeit wunderbare Nächte in Offenbach verbracht hatte. Tuschi ist mager, sein Gesicht sehr expressiv, fast ein Cocteau, er ist nicht schwul und will Filme machen.*

Er zeigte sein erstes Video mit dem Titel: »Frankfurt am Meer«. Es bestand hauptsächlich daraus, daß er selbst in verschiedenen sterilen Räumen immer wieder in neuen Posen erstarrte, bis er schließlich in der Eisenbahn landete; unter allem heftigen Meeresrauschen. Man merkte, daß er zu viel Filmtheorie studiert hatte. Er tat mir leid, und ich wünschte, daß er sofort seinen Heimatort verlassen möge, um sich dem Leben auszusetzen, um Hunger und Not sinnlich zu erfahren und schnellstens den ganzen intellektuellen Scheiß zu vergessen. Aber wie kann ein behütetes Bürgersöhnchen aufregende Kunst machen? Wie kann man überhaupt in Deutschland Kunst machen, wo alles reich, saturiert und hochsubventioniert ist? Die meisten flüchten in die Technik, in sterile formale Experimente, sind angepaßt, ungefährlich, unpersönlich. Als ich den jungen Mann mit meiner Kritik so fertiggemacht hatte, bekam ich doch ein schlechtes Gewissen. Doch eigentlich denke ich: Man wird als Genie geboren und kann danach nur noch wenig lernen. Die ersten Filme sind immer die besten und intensivsten.
Nur in der Jugend kann man wild, verrückt und exzentrisch sein, maßlos und unangepaßt. »Kunst muß kriminell sein« heißt ein Vortrag, den ich im letzten Jahr in einigen Kunsthochschulen gehalten habe. Ich liebte es besonders, die profillosen und langweiligen Kunststudenten in Hamburg zu beschimpfen:

»Die meisten, die hier sitzen, sind unbegabt, werden schlechte Kunst machen oder bald in andere Berufe überwechseln, weil sie die Sinnlosigkeit ihres Tuns einsehen.
Die meisten Künstler passen sich Moden an.
Kaum eine deutsche Rockband, die orginell ist, kaum ein verrückter deutscher Film.
Ich fand Kunstschulen schon immer sinnlos, nur gut, um Stipendien herauszuschinden.
Als ich Anfang der sechziger Jahre auf die Hochschule für Bildende Künste in Berlin ging, fand ich weder Schüler noch Lehrer interessant. Am schlimmsten war die falsch verstandene Freiheit der Kunststudenten. Kaum einer arbeitete. Alkohol und Drogen zerstörten die Sensibleren.
Das einzige, was man auf Kunstschulen lernen kann, ist Technik. Ich habe mich Zeit meines Lebens gegen Technik gewehrt.

Ich habe zum Beispiel nie gelernt, wie man einen Belichtungsmesser abliest, und trotzdem bei über zwanzig Filmen selbst Kamera gemacht.
Selbst primitive Methoden sind persönlicher und ausdrucksstärker als jede brillante Technik, die nichts mit einem selbst zu tun hat.
Ich spürte immer eine dumpfe Intensität, einen Willen, kreativ zu sein, in welchem Bereich auch immer.
Als ich anfing Filme zu machen, war ich sauer auf diejenigen Studenten der Filmakademie, die es sich leisten konnten, ihre Kameras fallen zu lassen und schlechte Filme zu produzieren.
Ich mußte auf den Bau gehen und mir jeden Meter Film absparen. Deswegen sind vielleicht auch meine Filme besser geworden.
Es ist zehnmal schwerer, in einer behüteten Situation wie einer Schule etwas Gutes zu produzieren als frei und unabhängig.
Kreativ zu sein heißt kämpfen, heißt Protest, Widerstand, sich absondern, verrückt sein.
Mich interessiert nur eine provozierende Kunst. Ich weiß nicht, warum sich heute nur wenige für politische Themen interessieren.
Nicht die Kunst ist interessant, es ist das Leben.
Wir lassen uns so vieles gefallen, langweilige Theater, genormte Friedhöfe, und ihr macht hier Kunst, öde, steril und unpersönlich. Distanzierte Kunst, Hirnfickereien, weil die Deutschen ja so grausam und unsinnlich sind.
Mich interessiert nur das Persönliche, Heiße, Leidenschaftliche, das allzu Private, das sexuelle Detail, das Autobiographische.
Eine Pflichtübung für jeden Künstler muß es sein, zu seiner eigenen Biographie zu stehen, sich selbst zu beobachten, sich anzuerkennen, sich zu lieben, sich mit Haut und Haaren, Schwanz und Arschloch und Möse öffentlich zu machen.
Denken wir uns radikale Themen aus, die uns selbst in Gefahr bringen, die uns nicht so sicher hinter der Leinwand verschwinden lassen.
Fahrt an alle Kriegsschauplätze der Welt und malt Aquarelle von Sterbenden. Geht in Leichenhallen. Verkleide dich in New York als alte Frau und lasse dich überfallen. Geht in die öffentlichen Schulen und stellt den Unterricht, in dem wir nicht sexuell sein dürfen, in Frage.
Na ja, ich sehe schon, das interessiert euch nicht. Ihr macht lieber Installationen oder bunte Bilder, oder höchstens eine kleine absurde Perfor-

mance für ein paar Eingeweihte. Galerieeröffnung, ein Glas Sekt. Ein Maler zieht sich aus, besprüht sich mit Farbe.
Ich wünsche Euch einen schönen Lebensabend.«

Nach meinen Ausflügen in Tanz und Literatur bewarb ich mich 1964, 22 Jahre alt, wieder an der Kunsthochschule in Berlin und wurde von Professor Camaro in die Klasse für Freie Malerei aufgenommen. Das war wichtig, um ein Stipendium zu erhalten. Ich brauchte meinem Professor nur einmal in der Woche oder im Monat Bilder zu zeigen, sonst konnte ich tun und lassen, was ich wollte.

Meine geduldigen Eltern kamen extra nach Berlin und halfen mir, eine Wohnung zu suchen. Mein Vater unterschrieb den Mietvertrag für eine Ladenwohnung in der Grolmanstraße, in Ku'dammnähe, damals alles noch spottbillig. Ich suchte Mitbewohner und fand ein ausgeflipptes Pärchen, Joachim und Gaby, und einen spießigen, dicklichen Architekturstudenten.

Die große Ladenwohnung am Savignyplatz ist heute ein Lampengeschäft. Ich werde immer noch nostalgisch, wenn ich daran vorbeigehe, um in mein Lieblingslokal »Florian« zu gehen. Mit meinen Mitbewohnern Joachim und Gaby feierten wir den Einstand mit Hustentabletten der Marke Romilar, zehn bis zwanzig Stück davon machten uns high. Damals gab es sie noch ohne Rezept, heute sind sie wohl in Deutschland vom Markt. Die Wirkung war aufputschend und euphorisch, man halluzinierte, fühlte sich glücklich und spürte eine tiefe Intensität.

Für mich eine sensationelle Entdeckung. Ich wurde zum Supermann, zum Superhirn. Viele Monate schluckten wir fast täglich diese Dinger, ein Grund fand sich immer. Joachim und Gaby nahmen mich mit zu Manfred und Adele, einem zehn Jahre älteren Paar mit einer großen bürgerlichen Wohnung, die schon viel von Drogen verstanden und mich in ihre Hippiphilosophie einführten. Ich lernte alle diese verlogenen Ausdrücke, die vortäuschen sollten, daß wir mehr von der Welt verstanden als andere, die nur Spießer und Idioten sind. »Do you dig it?« – »Hast du's gerafft?«

Marihuana und Hasch mochte ich nicht, ich rauchte auch keine Zigaretten. Ich war ein Anfänger in diesen Kreisen, kam mir auch ziemlich doof vor. Es wurden Machtspiele gespielt, schreckliche Abhängigkeiten entstanden. Meinen Mitbewohner Joachim mochte ich aber sehr gern. Er war attraktiv und drei Jahre älter als ich, für mich damals uralt.

Wir waren auch ohne seine Freundin viel zusammen, und ich merkte, daß er ebenfalls schwule Ambitionen hatte. Er nahm mich mit ins »Kleist-Casino«, den größten Schwulentreff der Stadt. Eine Klingelbar, ungeheuer plüschig und kitschig. Damals gab es dort nur diese bürgerlichen Schwulen, in deren Augen wir Abschaum waren. Wir tanzten verrückt zwischen vornehmen Tunten, ich schlug Purzelbäume und schrie fröhlich und ausgelassen herum. Lachend rannten wir durch die Straßen nach Hause. Wir lachten stundenlang, tagelang. Einmal landeten wir auf irgendeiner Party, wie immer vollgepumpt mit Hustenpillen, als eine junge Frau mir an das Handgelenk faßte, um festzustellen, daß mein Herz wie wild raste.

Sie war Ärztin, legte mich auf eine Couch, und ich bekam irrsinnige Angst. Joachim beugte sich über mich, und ich dachte, ich müsse sterben. In Panik riß ich Joachim an mich und küßte ihn tief und innig, zum ersten und zum letzten Mal.

Nach diesem Erlebnis hatte ich noch sehr oft Herzrasen, ich vertrug keine Tabletten mehr und auch keine anderen Drogen. LSD oder Meskalin habe ich noch nie genommen, auch kein Kokain, das hätte mein Herz nicht überlebt. Physisch war alles völlig in Ordnung mit mir, aber meine Psyche spielte nicht mit. Vielleicht war das auch gut so, denn das hat mich sicher von vielem Leid verschont, durch das meine drogensüchtigen Freunde gegangen sind. Adele kam später in die Klapsmühle, Joachim und Gaby gingen zur Hare Krishna-Sekte und verblödeten dort.

Ich entwickelte meine Drogenparanoia immer mehr, hatte jahrzehntelang Angst, daß mir irgendwelche Freunde oder Feinde Trips in meine Cola oder ins Essen schütten würden, und aß und trank lange Zeit bei keinem Fremden irgend etwas. Nur wenn Kinder mitaßen, bekam ich Vertrauen. Meine Furcht bestätigte sich später, als ich in Hongkong, zu vertrauensselig, viele Plätzchen aß und erst später merkte, daß Haschisch drin war, oder als ich bei einem Freund in Berlin, einem Religionslehrer, Spinat aß, der versehentlich in einem Topf gekocht worden war, in dem er sonst sein altes Haschisch aufgekocht hatte. Danach hatte ich tagelang Kreislaufstörungen.

Damals hatte ich mich unglücklich in meinen Mitbewohner Joachim verliebt, seine starke eifersüchtige Freundin bewachte den labilen schönen Mann. Gemeinsam verachteten wir den dicklichen Architekturstudenten Günther, der ein Zimmer in unserer Wohnung bewohnte und uns half, die Miete zu bezahlen. Er bekam mit der Zeit heraus, daß ich schwule Interessen hatte, und machte mir eine große Szene. Er hatte Angst, sich aufs selbe Klo wie ich zu setzen, und drohte mich anzuzeigen; denn damals war ja Schwulsein noch strafbar. Ich schmiß Günther einfach raus und verliebte mich dann zum ersten Mal glücklich in einen Mann.

Irgendwie war ich spät nachts in einem kleinen Schwulenlokal in der Goethestraße gelandet, saß alleine herum. Ich war damals extrem unbürgerlich gekleidet und für viele Schwule unattraktiv. Ein schöner Prinz saß weit von mir entfernt und starrte mich trotzdem an. Es schien Stunden zu dauern, bis er nach vielen Bieren auf mich zukam. Es war Volker, der eine große Bedeutung in meinem Leben spielen sollte.

Er war der erste Mann, mit dem es mehr als Sex war. Er war erfahren und liebevoll und ich schwebte im siebten Himmel. Er war begeistert von meiner Naivität, hatte sich eigentlich schon gewöhnt an das von Enttäuschungen geprägte zynische Verhalten vieler Schwuler, und seinen Glauben an die große Liebe aufgegeben. Ich wußte nichts von den geheimen Ritualen der schwulen Welt und entdeckte alles für mich neu. Eine Woche war ich euphorisch, glaubte ihn für immer zu lieben, und wachte doch eines Morgens auf und fand mich kalt und gefühllos. Der Körper neben mir, den ich so begehrt hatte, war mir plötzlich ekelhaft. Ich verstand die Welt nicht mehr, sprach mit ihm über meine Gefühle und hinterließ eine gebrochene Seele.

Doch Volker gab nicht auf. Eines Tages überraschte er mich mit dem Anruf, daß sein Arzt bei ihm unheilbaren Krebs festgestellt hätte und er nur noch wenig Zeit zum Leben. Sofort erfaßte mich großes Mitleid und meine Liebe zu ihm entflammte für kurze

Zeit neu, doch dann durchschaute ich alles als ein raffiniertes Spiel und entschloß mich, fortan mit ihm nur eine platonische Freundschaft zu führen. Er versuchte es aber immer wieder, er versprach mir Geld für eine USA-Reise oder zur Finanzierung einer Galerie. Natürlich kam das Geld nie.
Er, der damals eher bürgerlich lebte und auf einer Werbeschule studierte, wurde ein Seelenklo für mich. Ich vertraute ihm meine Ängste und Nöte an, wenn mir das ausgeflippte Leben zu viel war und ich mich nach Ruhe und Geborgenheit sehnte. Später arbeitete er an meinem ersten Schwulenfilm mit und gründete mit mir 1971 die Homosexuelle Aktion West-Berlin, wo er auch lange Zeit sehr aktiv war, bis er Parteikommunist und Alkoholiker wurde und sich unsere Wege trennten.
Eine bürgerliche Beziehung, so sehr sie auch in unseren Träumen rumspukt, ist wohl nichts für mich. Ich habe das immer wieder leidvoll erfahren.
Schon ganz früh wünschte ich mir die große Liebe zu einem künstlerischen Freund, mit dem ich meine Interessen teilen, körperlich und geistig verschmelzen konnte. Ich hatte das Vorurteil, Schwule seien besonders klug und geistreich, gehören zur kulturellen Elite, seien eine intellektuelle, verschworene Gemeinschaft. In der Realität traf ich in den sechziger Jahren in Berlin aber meist Teppichreiniger, Dekorateure und Kaufhaustrinen, die Plattencover deutscher Schlagerstars säuberlich in ihren Glasschränken ausstellten. Damals gab es noch keine schwule Studentenszene, keine schwule Alternativszene wie heute. Wie geil auch immer es mit ihnen im Bett war: danach konnte ich nur staunend Material für meine schrägen Film-Parodien über Spießer sammeln.
Ich begann an der Blödheit der Schwulen zu verzweifeln, bis ich feststellte, daß sie ja auch nur das Spektrum der Gesamtgesellschaft darstellten und so klug und blöd wie alle sind.
Ich verachtete immer die lahmen, meist masochistischen Männer, die sich an mich hängten und von meiner Stärke fasziniert waren. Den Gleichstarken machte ich Angst. Ich war ihnen zu anstrengend, sie suchten sich lieber ein Mäuschen im Bett, das pflegeleichter war. Ich selbst war aber auch nicht bereit, mich einem

Gleichstarken anzupassen, Kompromisse zu machen und mein Ego runterzuschrauben, Konkurrenz abzubauen.
Damals wußte ich bei meiner Suche nach Liebe, Nähe und Zärtlichkeit natürlich wenig von diesen Zusammenhängen und überließ alles dem Zufall, der es lange nicht gut mit mir meinte.
Als Einzelkind hatte ich nie gelernt, mich anzupassen, das verlangt aber eine Partnerschaft. Schon als Kind empfand ich einen Jungen in meinem Alter schnell als Konkurrenten und machte ihm das Leben schwer.
Meine Ladenwohnung in Berlin wurde bald zum Treffpunkt der ausgeflipptesten Leute. Bouboul, ein dicker Schwarzer, wohnte in meiner Abstellkammer. Roy, ein zarter Chinese, tauchte an der Hand einer dicken Amerikanerin auf. Sie hieß Mae, und ich habe ihr später und im Laufe der Zeit viele Heiratsanträge gemacht, um in den USA arbeiten zu können. Sie ist eine der wenigen Personen, die immer zu mir gehalten haben. Heute lebt und arbeitet sie in New York, ist eine fanatische Bodybuilderin und ganz schlank. Ein großer Glücksfall war es in den sechziger Jahren für mich, als ich den schwulen Dichter Karl Heinz Herwig, genannt Cäsar, kennenlernte. Er war bedeutend älter, total verkommen und irgendwann einmal aus seinem bürgerlichen Leben als Buchhändler ausgebrochen. Er hatte angefangen, wunderschöne Gedichte zu schreiben, war nach Berlin-Kreuzberg gezogen und ließ hier im Alkoholrausch jede Nacht seinen poetischen Phantasien freien Lauf. Es war ein häßlicher magerer Mann, sein Gesicht ähnelte dem Bert Brechts auf erschreckende Weise. Durch ihn lernte ich die verschwiegensten und kuriosesten Schwulentreffs kennen, und er gab mir meinen Glauben daran wieder, daß es auch intelligente Schwule gibt. Ich kümmerte mich um ihn, teilte mit ihm mein weniges Geld und quartierte ihn eine Zeitlang in der Küche meiner Ladenwohnung ein. Er kannte alle interessanten Leute der Stadt, und durch seinen Charme bezauberte er viele hübsche Knaben. Zwei landeten gleich auf meinem großen Matratzenlager, und wir fickten sie gemeinsam durch. Ich bekam meinen ersten Tripper, es folgte die Krätze. Qualvoll mußten wir uns mehrere Tage lang am ganzen Körper mit Jacutin einreiben und viele Male die gesamte Wäsche waschen.

Wir arrangierten Dichterlesungen in meinen Räumen. Da war die »konkrete« Lyrikerin Katja Tiel, die für Frauen schwärmte, und das heterosexuelle Genie Wolfgang Bauer aus Graz, der damals gerade seine Minidramen veröffentlichte, worin er in kleinen Szenen tausend Dromedare und Schuhplattler auf die Bühne bringen wollte. Ich spürte, daß die Malerei für mich auf die Dauer zu blöd war, zu kommunikationsgestört: der einsame Künstler vor seinem Bild. Mir fehlte der soziale Bezug, und die Gespräche unter Malern waren mir auf die Dauer zu primitiv.
Der Kunstmarkt, dem es nicht um Werte ging, sondern um künstlerische Moden und viel Geld, ekelte mich an. Die Käufer waren reiche Spießer, denen man in den Arsch kriechen mußte.
Trotzdem unternahm ich Anläufe, in meinen Räumen eine kleine Galerie zu etablieren. Ich wollte Sozialistischen Realismus ausstellen, weil ich den urkomisch fand, doch das gelang mir natürlich nicht. Ich nannte meine Malerei Pott Art und hatte am 1. Dezember 1964 meine erste Ausstellung im Club de Lune, den Freunde von mir in Hallensee aufgemacht hatten. Bei der Eröffnung las ich aus meinem Text »Der König auf dem Klo«.
Da ich als Noch-Student offiziell keine Ausstellung machen durfte, mußte ich mir einen Künstlernamen suchen, der nicht im entferntesten an mich erinnerte. Ich kam auf Rosa von Praunheim, so hieß der häßliche Stadtteil von Frankfurt, in dem ich einige Jahre gelebt hatte.
Ich weiß nicht mehr, wie meine Eltern auf meinen Künstlernamen reagiert haben. Daß ein weiblicher Künstlername für einen Mann etwas Schwules sein könnte, darüber wurde nicht gesprochen. Sie waren verrückte Ideen bei mir gewöhnt. Rosa von Praunheim klang für mich wie der Name einer älteren Kitschschriftstellerin, in der ich vielleicht Lotti Huber vorausahnte. Die Farbe Rosa war durch den rosa Winkel, den die Schwulen im KZ tragen mußten, belastet; sie wurde bald zum Symbol der neuen Schwulenbewegung in aller Welt. Die Polizei weigerte sich, ihn in meinem Paß einzutragen, wegen »Geschlechtsverwirrung«. Als ich meinen ersten Filmpreis bekam, die Honoratioren eine Dame erwartet hatten und dann mich vorfanden, war das natürlich ein herrlicher Gag.

Oft verwechselte man mich später mit meinem langjährigen Freund, dem Regisseur Werner Schroeter; denn mein männlich-angepaßtes Äußeres paßte eher zum Namen Schroeter, Werners ausgeflippte, tuntig-langhaarige Art dagegen eher zu Rosa.
Aber der Weg zum Filmruhm ließ noch auf sich warten.
Im Gegenteil, ich empfand zu dieser Zeit Film als etwas Minderwertiges und Oberflächliches und keine so bedeutende Kunst wie Malen oder Schreiben. Ich begann immer mehr kleine Geschichten zu schreiben, die ich dann 1967, mit surrealen Zeichnungen versehen, in meinem ersten Buch »Männer, Rauschgift und der Tod« veröffentlichte. Begeistert entdeckte ich für mich Djuna Barnes' großes Buch »Nachtgewächs«, Jean Genets Roman »Miracle de la rose« wühlte mich ungeheuer auf. »Bebuquin«, der Roman des deutschen Expressionisten Carl Einstein, wurde zu meinem Lieblingsbuch. Ich kämpfte mich durch Musils »Mann ohne Eigenschaften« und ließ mir seine analytische Prosa auf der Zunge zergehen. Später stieß ich auf Joris-Karl Huysmans, dessen Bücher »Tief unten« und »Gegen den Strich« mich sehr beeinflußten. Ich mochte lyrische Prosa, so wie ich heute »Niederungen«, das Buch der Rumäniendeutschen Herta Müller, in mein Herz geschlossen habe und sie zu den wenigen großen Künstlern zähle, die nach dem Krieg in deutscher Sprache etwas zu sagen haben. Grass und Böll und die Gruppe 47 haben mich immer sehr gelangweilt. Ich schwärmte für Else Lasker-Schüler und Nelly Sachs. Exodus und Vernichtung der Juden haben für mich die deutsche Kultur in allen Sparten bis heute langweilig gemacht. New York, wohin viele Emigranten flüchteten, hat die Bedeutung des Berlins der zwanziger Jahre abgelöst.
Vielleicht war es gerade in dieser kulturlosen Zeit der sechziger Jahre leicht, etwas Neues zu erfinden, radikal zu sein. Das Etablierte war schrecklich, das Theater in Berlin grauenhaft. Theaterbeamte wie Barlog regierten, der am Schillertheater nur Scheiße inszenierte, und auch Erwin Piscator, der die Volksbühne wiederbekam, hatte sich längst überlebt. Seine Schauspieler agierten steif und gestellt; Wut, technische Sensationen und revolutionäre Kraft, wie er sie in den zwanziger Jahren gehabt haben muß, fehlten. Off-Theater gab es nicht, die wurden gerade erst in New

York erfunden. Es gab nur ein experimentelles Theater in Berlin, das Forum-Theater, in dem man Arrabal sehen konnte und andere absurde Stücke. Erst als ich ein Gastspiel des genialen »Living Theatre« aus New York sah, begriff ich, welche Kraft Theater haben kann: daß man mit Theater versuchen kann, die Welt zu verändern, daß Theater existentiell und provozierend sein muß. Julian Beck und Judith Malina hatten eine große Truppe junger, wilder Schauspieler nach Berlin gebracht, die ihre Stücke »The Brigg«, »Mysteries« und »Frankenstein« zeigten. Das war körperliches, kraftvolles Theater, meist in Improvisationen entwickelte Stücke, das an eine Welt ohne Gesetze, Autoritäten und ohne Polizei glaubte und für freien Sex und Drogen eintrat. Diese schönen, sinnlichen Amis zogen sich nackt auf der Bühne aus und flüsterten ihr Glaubensbekenntnis hypnotisch ins Publikum. Als Leichenhaufen demonstrierten sie gegen Gewalt und Unterdrükkung, sie nahmen Gesänge verschiedener Kulturen auf, verwendeten Meditationen und expressiven Tanz. Man konnte sie nicht konsumieren, konnte nur geschockt, angeekelt oder gefesselt sein. Ich wollte sofort auf ihre Bühne, für immer mit ihnen reisen. Doch damals traute ich mich nicht. Ich ahnte noch nichts von der neuen Kunstrichtung des Underground in New York, bis ich den Film »Chelsea Girls« von Andy Warhol sah, der auf zwei Leinwänden gleichzeitig eine völlig neue Art von Kino vorstellte: Fast dokumentarische, lange Szenen aus der Welt der Freaks und Superstars im New Yorker Chelsea-Hotel.
Die kleine Welt meines Ateliers in der Grolmanstraße füllte mich zunächst ganz aus.
Ich stopfte meine Kleider mit Sägemehl aus und stellte große Königspuppen her. Am Tag vor meinem 22. Geburtstag stürmten plötzlich zwanzig Polizisten in meine Räume und nahmen mich und meine Mitbewohner fest, meinen Geburtstag erlebte ich um Mitternacht auf der Polizeiwache. Bei Joachim hatte man Haschisch gefunden. Bei mir nicht, ich hatte alles, was ich an Drogen besaß, in meine Königspuppen eingegipst. Es stellte sich heraus, daß uns die Polizei schon eine ganze Weile durch einen angemieteten Blumenladen auf der anderen Straßenseite heimlich beobachtete und jeden, der ein und aus ging, gefilmt hatte.

In der Crellestraße (1965)

Ich nahm mir später vor, den nächsten Polizisten, der bei mir vorbeischaute, durch eine Falltür in meinen Keller plumpsen zu lassen, ihn dort mit Gips zu übergießen und auf einer großen Vernissage als neue Skulptur auszustellen.
Ich stellte mein Bett auf den Schrank und ergab mich dem Werben einer schönen großen Bildhauerin, die auf einem Steinbruch in Westdeutschland arbeitete und mich an ihren freien Wochenenden besuchte. Sie hatte eine blutrote Pelerine an, war stolz und selbstbewußt, zog sich sofort nackt vor mir aus und erwartete eine heiße Liebesnacht. Zum ersten Mal bekam ich keinen hoch.
Mit meinem Dichterfreund Cäsar entdeckte ich Wilma, einen alten Transvestiten mit roten Haaren, der eine wunderbare Kitschkneipe in der Dahlmannstraße hatte und uns erzählte, wie er als Schwuler die schwierige Zeit der Nazis überlebte. Cäsar führte mich auch zur »Försterin« in der Wilmersdorfer Straße, wo von der alten Gräfin im Rollstuhl bis zum Intellektuellen und einem U-Bahn-Schaffner alles verkehrte. Das schönste Lokal aber war »Ellis Bier-Bar« in Kreuzberg, das einer lesbischen Zahnärztin gehörte und wo die Dietrich und die Knef verkehrt haben sollten. Hier verkehrten Typen und Tunten, Biedere und Perverse. Ich erlebte dort unvergeßliche Nächte und drehte später Szenen meines Schwulenfilms dort.
Es war eine tolle Zeit. Das wunderbare Gefühl, nach einer intensiven Nacht euphorisch durch den Morgen zu laufen, vorbei an den Spießern, die diszipliniert und mürrisch zur Arbeit rennen, frustriert von Zwängen und Pflichten. Welches Glück hatte ich doch, frei zu sein, vogelfrei und wahnsinnig. Geld hatten wir keins, also spielte es auch keine Rolle. Aber wir hatten unsere Phantasie und unsere Erlebnisfähigkeit, wir kannten keine Langeweile, denn alles war ein großes wildes, nie enden wollendes Abenteuer. Wir waren so verspielt wie Kinder, mit Träumen von bunten Palästen und römischen Orgien. Wir verwandelten Scheiße in Gold. Damals sprach man noch nicht von Drogentoten und Skinheads; es gab nur frustrierte Bürger, die uns in den Osten schicken wollten, damit wir lernen sollten, richtig zu arbeiten. Das Gefühl dieser Jahre wird nie wiederkehren, das endlose Vergnügen verschwand, als es sich zu wiederholen begann.

Irgendwann im Suff kamen Karl Heinz und Hagen zu mir auf Besuch und fingen an, meine ganze Wohnung kurz und klein zu schlagen. Ich war begeistert, beteiligte mich in wilder Ekstase. Es war Zeit, auszuziehen. Ich sehnte mich nach Ruhe und disziplinierter Arbeit, konnte Suff, Drogen und durchtanzte Nächte nicht mehr aushalten, wollte einsam an mir arbeiten, um ein großer Künstler zu werden. Ich fand in der Crellestraße in Schöneberg eine billige Ein-Zimmer-Hinterhofwohnung mit Außenklo und dekorierte sie nach meinem Geschmack. Ich baute einen goldenen Thron in die Mitte, davor einen schwarzen Tisch, der an zwei Seilen hing. Die Decke bemalte ich mit goldenen Sternen, die Möbel rabenschwarz. Das wurde später Kulisse meines Films »Rosa Arbeiter auf goldener Straße, 2. Teil«, den ich in Super 8 mit meinem Superstar Carla drehte, die ich bald kennenlernen sollte.
Ich trennte mich von meiner Säufer- und Drogenclique und begann, Zeitungen auszutragen. Das hieß, um halb vier Uhr morgens aufstehen und bei Wind und Wetter mit großen Nachschlüsseln in den verwinkeltsten Hinterhöfen treppauf und -ab zu rennen. Ich fand das zuerst aufregend und exotisch, ich roch den Morgenkaffee durch den Briefschlitz und sah kuriose Menschen in Unterhosen. Überall schienen Leichen rumzuliegen und Mörder lauerten in jedem Treppenhaus, aber es waren nur Bierleichen und harmlose Neurotiker. Danach ging ich in einem alten Bad in Schöneberg schwimmen und zog diszipliniert meine Runden, um mich danach frisch an den Schreibtisch zu setzen und mir kleine surreale Geschichten auszudenken.
Einmal war mein Vater beruflich mit Kollegen nach Berlin gekommen, und ich mußte ihn völlig besoffen aus einem bayrischen Bierkeller herausholen. Er pißte Figuren in den Schnee und drohte im Scherz, den Taxifahrer umzubringen. Dann saß er bei mir auf dem goldenen Thron und erzählte amüsante Geschichten. Er lobte meine Mutter und meinte, daß sie ihn ein Leben lang davor bewahrt habe, ein Penner zu werden.
Oft fuhr ich in dieser Zeit nach Frankfurt, weg von dem kaputten Berlin, um mich von der intellektuellen Szene Frankfurts inspirieren zu lassen. Ich arbeitete hier bei den Amerikanern im »PX«

und bekam viel Trinkgeld, wenn ich die Lebensmittel der GIs an der Kasse in große Tüten packte und zu ihren Autos brachte.
Meine Jugendfreundin Sylvia hatte sich inzwischen von einer hysterischen Künstlerin zur ernsthaften Linken entwickelt. Sie gab mir Marx und Marcuse zu lesen, doch mir fiel das alles sehr schwer. Theorie begriff ich nicht, wehrte mich instinktiv dagegen. Von meinen Eltern hatte ich soziale Gerechtigkeit gelernt, mein kleinbürgerliches Zuhause hatte mich die Reichen verachten lassen, und ich war auf der Seite der Unterdrückten und Machtlosen. Aber das Gros der Studentenbewegung war mir zu elitär und unsinnlich. Ich fühlte mich den Sponties und Provos viel näher. Frankfurt war Mitte der sechziger Jahre ein kulturelles Zentrum.
Im Rahmen der »Experimenta« erlebte ich die Uraufführung von Handkes »Publikumsbeschimpfung«, in der Sylvias Bruder als Schauspieler mitwirkte. Claus Peymann hatte hier seine erste große, erfolgreiche Regie. Mir fiel es schwer, den Autor Peter Handke gut zu finden, aber der Abend hatte viel Kraft. Bei der Premierenfeier danach kamen wir alle in Konflikt mit der Polizei, weil sie einen der unseren wegen irgendeiner Provokation verhaftet hatten, und wir solidarisch vor die Polizeiwache marschierten und wütend Einlaß begehrten. Die Polizei ließ erst einige Mannschaftswagen zur Verstärkung vorfahren, ehe wir reindurften. Wir krakeelten und landeten in Einzelzellen. Der dicke Martin Sperr, der mit dem genialen Schwulenstück »Jagdszenen aus Niederbayern« Aufsehen erregt hatte, unterhielt uns mit obszönen bayrischen Liedern.
Auch die Buchmesse in Frankfurt war für mich immer ein großes Ereignis gewesen. Hier beschimpften wir den selbsternannten Happeningpapst Bazon Brock, störten große Empfänge reicher Verleger und klauten vom Buffet wie die Raben, um später unsere eigene Orgie zu veranstalten. Happenings waren zu dieser Zeit angesagt. Eine Frau mit nackter Brust durfte eine verkratzte Geige spielen, Hühner wurden auf Dichterlesungen geschlachtet. Später sah ich Otto Mühl und seine Wiener Kommune, die sich auf der Bühne in den Mund pinkelten und in ihren Filmen, mit Lebensmittel verschmiert, in allen Positionen fickten. Mein Wel-

lensittich Piepchen starb Ende des Jahres 1966. Er hatte mich meine ganze Jugend über begleitet, und ich liebte ihn sehr.
Ich verliebte mich für kurze Zeit in Gert, einen Drucker aus Berlin. Er kaufte mir meine erste enge Hose, wie man sie damals als Schwuler tragen mußte, um auf sich aufmerksam zu machen. Das war der Anfang vom Ende einer unbekümmerten Zeit. Von nun an wurde ich eitel und fing an, wie viele andere verklemmt in den Schwulenlokalen zu posieren. Ich machte mich zu einem Sexobjekt. Damals fickte ich noch nicht, ließ mich auch noch nicht ficken. Mich stieß die Scheiße ab, die ich mit Arschficken verband. Ich wichste, blies, ließ blasen und küßte aber für mein Leben gern. Nach dramatischer Trennung von Gert und heißen Telegrammen entschwand ich wieder in die Szene. Damals waren das »Tabasco«, das »Kleist«, das »Trocadero« und das »Punch« angesagt. Im »Punch« traf sich spät nachts die Creme des Berliner Nachtlebens, bei der ich ohne Geld aber nicht mithalten konnte. Später ging ich hier mit meinem Superstar Carla ein und aus; sie kannte eine Clique von Ärzten und Theaterleuten, die LSD und Meskalin bevorzugten.

SUPERSTARS

Carla war siebzehn und ging noch zur Schule, als ich sie in der Szene traf. Sie und ihre knallverrückte Freundin Alix fühlten sich in Schwulenkreisen sehr wohl. Schwule lieben oft aufgedrehte Frauen und umgekehrt. Carla war klein und etwas dicklich, eine junge Lotti Huber mit ähnlichem Temperament, einem starken Willen und ungeheurer Phantasie. Sie beeinflußte für viele Jahre mein Leben und mit ihr wagte ich den Sprung zum Film.
Carla lebte alleine mit ihrer hilflosen Mutter und machte schon immer, was sie wollte. Sie klaute sich mit ihren Freunden Rauschpflanzen aus dem Palmengarten, stahl in teuren Geschäften Kosmetika, besorgte sich in amerikanischen Second Hand-Geschäften die wunderbarsten alten Ballkleider und nähte sie passend, um ihrem Idol Jean Harlow ähnlich zu werden. Eigentlich war sie alles andere als schön, aber gerade deswegen erfand sie sich mit

ungeheurer Phantasie immer wieder neu. Menschen, denen die Natur alles gegeben hat, sind vor der Kamera meist langweilig. Sie brauchen sich keine Mühe zu geben, und das merkt man. Carla dagegen erfand eine neue Form von penetrantem Glamour, der abstieß und zugleich faszinierte.

Sie war immer in Aktion, aggressiv und fordernd, ließ mir und anderen keine ruhige Minute, eine Mischung aus krank und komisch. Sie wollte berühmt werden und hatte mich erkoren, ihr dabei zu helfen. Wir phantasierten an langen Abenden eine große Zukunft, in der wir arrogant und gemein sein würden, als Strafe dafür, daß man uns jetzt ignorierte. Reporter müßten Schlange stehen, und wir würden camp sein. »Camp« war ein Begriff, den die Schwulen erfunden hatten und der eine neue Sichtweise auf alte Filme und ihre Stars meinte. Man amüsierte sich über das Überholte, aus der Mode Gekommene, Ungeschickte, und hob es im gleichen Atemzug auf ein Podest, um es zu verehren. Mae West, die Dietrich, Rudolfo Valentino – Kitsch war camp.

Unsere Bibel wurde der Fotoroman »Little me« von Patrick Dennis, in dem eine Schauspielerin ihren erfundenen Werdegang, vom Kind bis zur alten Diva, auf die komischste und glamouröseste Weise allein darstellte. Ich beschloß, kleine Fotogeschichten für Carla zu inszenieren, und bat meine Freundin Elfi Mikesch, die ich mit ihrem Mann, dem Maler Fritz Mikesch, schon früh in Frankfurt kennen- und schätzengelernt hatte, die Fotos zu schießen. Später entstand aus dieser und vielen folgenden Sessions unser Fotobuch »Oh Muvie«, das 1968 herauskam.

Fritz und Elfi kamen aus den österreichischen Bergen und waren manchmal von meiner hemmungslosen Art überfordert. Fritz war ein hervorragender Maler, das genaue Gegenteil von mir. Er malte technisch perfekte Konstruktionen und war hochintellektuell; ich habe mich oft gewundert, daß er sich auf meine spontane anarchische Art überhaupt einließ, doch die absoluten Gegensätze faszinierten uns und ließen uns zu engen Freunden werden. Fritz sah sehr gut aus, ein Belmondo-Typ, muskulös mit zerknautschtem Gesicht. Er spielte in vielen Fotogeschichten mit. In »Sex einer Idiotin« stiegen wir in einem Abbruchhaus alle nackt in eine alte Wanne und beschmissen uns mit Tomaten. In

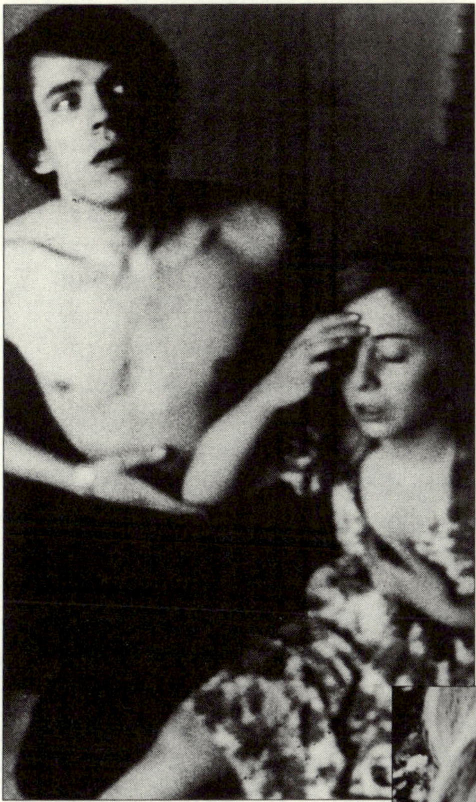
Rosa und Carla ...

... im Fotoroman »Oh Muvie«

»Todesarten« erhängten und erdrosselten wir uns. Elfi, heute eine der besten deutschen Filmemacherinnen und eine geniale Kamerafrau, war damals sehr schüchtern und zurückhaltend. Sie hatte eine feine kultivierte Art, malte ganz exakte surrealistische Gemälde und konnte aus jedem Dreckloch mit viel Phantasie einen Zaubergarten machen. Sie arrangierte Blumen auf Stühlen aus Glas und zauberte die exotischsten Gerichte, die sie auf dem Fußboden kredenzte. Sie war damals eine liebende und dienende Ehefrau, die sich nur langsam, dann aber überraschend, zur radikalen Lesbe wandelte. Sie hat meinem Leben sehr viel Zauber gegeben und den Glauben, daß auch in Deutschland Poesie möglich ist. Sie liebte alles Schöne und fotografierte unsere schmutzigen Phantasien immer sehr vorteilhaft. Wir vergötterten sie und ihr fotografisches Talent.

Neben dem Energiepaket Carla, die sich stets vordrängte und für sich die absolute Hauptrolle forderte, tauchten die schöne Eva und die rauhe und herzliche Alix auf unseren Fotos auf. An Männern war ich von Rainer Kranich besonders begeistert, dessen Gesicht durch einen mißglückten Selbstmordversuch völlig verbrannt war. Er hatte nur den Rest einer Nase und keine Augenlider, rote Narben gingen durchs Gesicht. Vor seinem Unfall soll er ein wunderschöner Junge gewesen sein, zu schüchtern, um auf Mädchen zuzugehen. Erst als er verbrannt und häßlich war, bekam er immer, was er wollte. Die Frauen mochten seine sanfte Art und waren im Bann seiner magischen Fähigkeiten, er wußte alles über abseitige Literatur, Teufelskult und den Fürsten der Finsternis.

Durch ihn traf ich auf Berryt, groß, stark und sehr schwul.

Er war knallverrückt, unfähig, die Wahrheit zu erzählen. Im Bett erfand er wunderbare Spiele, doch er war kein Mann zum Verlieben; er mußte vielen Freude machen, einigen die abseitigsten Wünsche erfüllen. Manchmal nahm er dafür Geld, aber er war nie zynisch, immer gut und hilfsbereit und nutzte es nie aus, daß man ihn brauchte. Kürzlich sah ich ihn nach sehr vielen Jahren wieder. Obwohl wir gleichaltrig sind, hat er sich in einen uralten Greis mit einem langen weißen Bart verwandelt. Er hat die ganze Welt durchwandert und ist immer noch eine wunderbar schräge

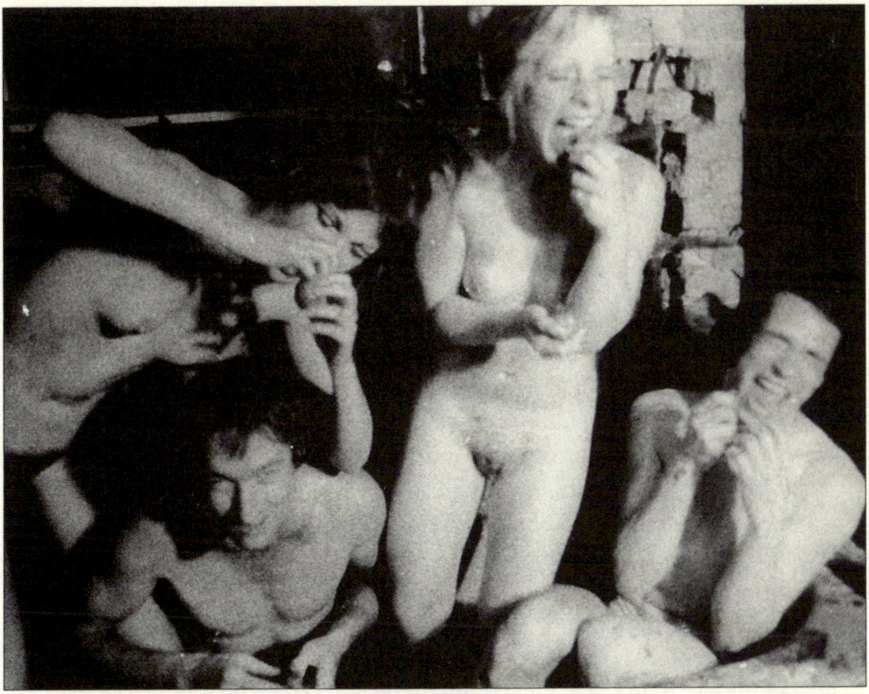
»Sex einer Idiotin«

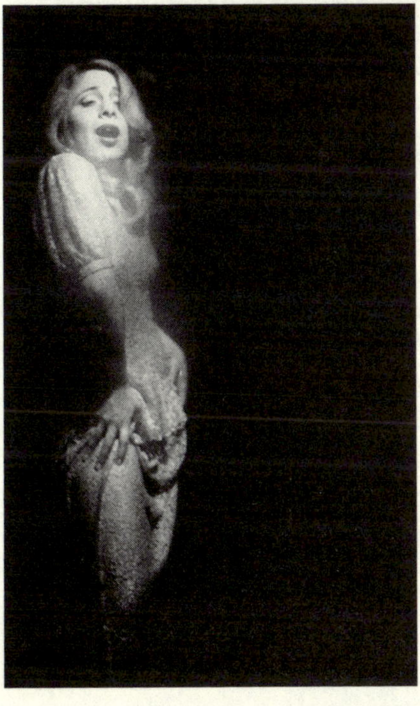
Carla

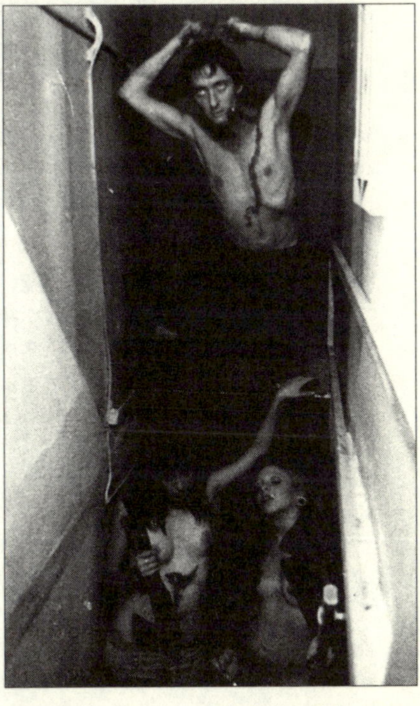
Fritz Mikesch (o.) und Carla in »Todesarten«

Type. Leider habe ich nie die Filme mit ihm gedreht, die er verdient hätte. Ihm war das Leben immer wichtiger als der Film.

17. Januar *Morgens früh rief Josef aus Dresden an, in den ich mich Silvester fast verliebt hätte, wenn er nicht plötzlich nackt aus meinem Bett gesprungen wäre und meinte, daß er sich für mich mehr Zeit nehmen müsse. Ich hatte seitdem nichts mehr von ihm gehört.*
Verschlafen verabrede ich mich für die nächsten Tage mit ihm zu einem Spaziergang. Mein Mitarbeiter Valentin macht mir einen Diätplan: Ich muß ihm jedesmal 50 Mark zahlen, wenn ich zunehme. Zur Warnung hängt er mir einen fetten nackten Mann an den Schrank.
Heute begannen wir später mit der Arbeit, weil ich gestern von 12 bis 3 Uhr nachts eine Radiosendung hatte. Ich mußte in »Nighttalk« Zuhöreranrufe zu meiner Outing-Kontroverse beantworten. Ich erwartete wüste Beschimpfungen und Drohungen und freute mich bereits drauf, doch es kam ganz anders. Viele riefen aus dem Ostteil an und sagten: »Ich bin lesbisch und sage es allen« und »Ich bin schwul und nenne bewußt meinen Nachnamen«. Die meisten waren natürlich dagegen, daß man schwule Prominente gegen ihren Willen bekannt macht. Ich versuchte zu erklären, daß es kaum bekennende Schwule oder Lesben im Rampenlicht gibt, was aber ungeheuer wichtig ist. Denn Vorurteile entstehen nur, wenn man etwas nicht kennt. Heteros werden ja auch gefragt, ob sie verheiratet sind oder geschieden oder Kinder haben, wir werden gefragt, ob wir katholisch oder evangelisch sind. Warum also nicht auch schwul oder lesbisch? Wir fühlen uns am Arbeitsplatz bedeutend besser, wenn wir offen und ehrlich sein können.
Niemandem sollte egal sein, was der andere tut. Wir leben schließlich miteinander und sollten aufeinander zugehen, uns auch mit der fremden Welt der andern beschäftigen, ob es Schwule, Ausländer oder Behinderte sind. Der Taxifahrer, der mich zurückbrachte, machte mir Komplimente, ich hätte eine so nette Stimme. Für mich war die Nacht ein Erfolg, denn es waren meist einfache Menschen die anriefen, nicht nur Intellektuelle oder Ghettotrinen.

MEIN WEG ZUM FILM

Im April '67 kam ich zum ersten Mal mit dem Film in Berührung, ich wurde Statist bei einem Hollywoodfilm mit Mia Farrow. An der Avus wurde eine Massenszene gedreht. Ich war sehr schnell gelangweilt von dem langen Herumstehen, womit Darsteller die meiste Zeit beim Film verbringen müssen. Der nächste Drehtag wurde abgesagt, weil der Regisseur Anthony Mann über Nacht verstorben war. Später beendete der Hauptdarsteller Laurence Harvey, der bald darauf an Krebs starb, den Film.

Ich begann Dr. Müllers Filmdramaturgie zu lesen, stieß auf Walter Benjamin und Adorno. Ich war beeindruckt von Godards Film »Die Geschichte der Nana S.«, und ich verfolgte interessiert den Neuen Deutschen Film: Eine Clique von jungen intellektuellen Filmemachern hatte, angeregt durch die Neue Welle in Frankreich, dem kommerziellen Film der fünfziger Jahre und seinem Starkult den Kampf angesagt. Ich mochte »Mahlzeiten« von Edgar Reitz, speziell wegen seiner kitschigen Szenen, und ich liebte »Wilde Reiter GmbH« von Josef Spieker, der viel später auf Bali mit ausgestochenen Augen aufgefunden wurde. Alexander Kluges Film »Abschied von gestern« war mir dagegen zu kühl. Die meisten anderen neuen deutschen Filme fand ich immer noch zu konventionell.

Den amerikanischen Underground-Film kannte ich damals noch nicht, auch die filmischen Experimente aus den zwanziger, dreißiger Jahren von Buñuel und Dali, von Walter Richter und Maja Deren, waren mir unbekannt. Ich wußte auch nicht, daß es schon länger Ansätze dazu gab, Filme unabhängig und mit sehr wenig Geld herzustellen. Durch das billige 16-mm-Material, das auch vom Fernsehen verwandt wurde, sowie durch die Amateurtechnik im Doppelacht- und später Superacht-Format konnte jetzt eigentlich jeder mit Film experimentieren. Man brauchte nicht mehr riesige Scheinwerfer, vor denen die Schauspieler mit dicker Schminke endlos agieren mußten. Man kaufte sich ein oder zwei Jodquarzlampen aus dem Fotogeschäft und eine billige Kamera und konnte alles aufnehmen, was einem in den Sinn kam. Die meisten filmten damit nur ihre Familienfeste oder Urlaube. Ich aber hatte durch mein von der Malerei geschultes Auge genaue Bilder im Kopf. Geschichten interessierten mich weniger. In Berlin war 1966 die Filmakademie gegründet worden. Zu den ersten Studenten gehörte auch Helke Sander, mit der ich eine Zeitlang einen kleinen Flirt hatte. Sie war aus Finnland gekommen, wo sie mit einem bekannten dortigen Schriftsteller verheiratet war und ein Baby hatte. Wir machten lange romantische Spaziergänge, und sie erzählte mir von ihren Inszenierungen beim finnischen Fernsehen. Heute hat sie sich einigen Ruhm mit feministischen Filmen erworben. Ich mochte sie sehr.

Später bewarben sich Werner Schroeter und ich an der Filmakademie; wir hatten aber nur Aktfotos eingereicht und wurden ebenso wie Fassbinder abgelehnt. Ich denke, das war gut so.

Im Juni tobten, ausgelöst durch den Besuch des persischen Schahs, Studentenunruhen. Der Student Benno Ohnesorg wurde erschossen. Mich berührte das nur von ferne. Ich ließ mir von Fritz und Elfi Rosen für das Umschlagfoto meines ersten Buches auf meinen Bauch malen: »Männer, Rauschgift und der Tod. Die Leidenschaften des Rosa von Praunheim.« Es war eine Sammlung von kleinen Geschichten und Zeichnungen aus den letzten Jahren.

Mit der verrückten Carla befreundete ich mich immer mehr. Wir entwickelten unsere Philosophie des Bösen und Egoistischen, und wir schrien uns bei einem James-Brown-Konzert die Lungen aus dem Leib. Nachts weckten mich Carla und ihre schöne Freundin Eva manchmal und brachten in meine Wohnung in der Crellestraße knackige farbige GIs. Ich schlief dann in der Küche und schaute aufgeregt durchs Schlüsselloch. Als einmal am frühen Morgen der eine Soldat in seine Kaserne zurückmußte, nahm ich seinen Platz neben Eva ein und drang in ihre warme feuchte Fotze. Eva war sehr schön, ihre großen Augen und schmalen Hände faszinierten mich. Mit Carla dagegen habe ich nie Sex gehabt, sie hätte es wohl gewollt, um mehr Macht über mich auszuüben. Machtspiele waren das wichtigste für sie.

Wir machten Aktaufnahmen, auf denen ihr pummeliger Körper sich streckte und reckte und sie zum glamourösen Star wurde.

Der erste Film: Carla . . .

. . . die Familie Klostermann

Neben ihr lag eine große Maschinenpistole, mit der sie zu masturbieren schien.
Die Zeit war reif für unseren ersten Film. Wir hatten natürlich beide keinen Pfennig Geld, und ihr Vater, der, geschieden von ihrer Mutter, fernab im Wohlstand lebte, rückte nichts heraus.
Ich verdiente aber 300 Mark mit der Veröffentlichung eines Briefs einer Tante, den diese nach dem Tode ihres lieben Mannes als Rundschreiben an alle Verwandten geschrieben und den ich der Witzzeitschrift »Pardon« zur Publikation angeboten hatte. Es war ein unfreiwillig saukomischer Text, in dem sie genauestens die letzte Phase ihres sterbenden, ins Bett pinkelnden Mannes beschrieb. Inzwischen habe ich selbst ein Prostataleiden und sehe die Sache wesentlich differenzierter.
Im Oktober '67 fuhr ich mit Carla zur Buchmesse nach Frankfurt, wo ich mein erstes Buch in einem winzigen Verlag vorstellte. Gemeinsam mit meinen alten Freunden Sylvia und Alfred Meysenbug machten wir eine große Protest-Aktion gegen Springer, indem wir laut in der Messehalle aus der »Bild-Zeitung« vorlasen und sie parodierten. Prompt wurden wir von der Polizei entfernt. Später störte Carla vor laufenden TV-Kameras eine Lesung von Peter Handke und kam zum ersten Mal ins Fernsehen.
Eine Freundin von uns, Cutterin beim Hessischen Fernsehen, machte uns mit einem Kameramann bekannt, der vom gängigen Fernsehbetrieb frustriert war und etwas Eigenes machen wollte. Dieter Krammig war ein gutaussehender Mann, und ich schlug ihm bei unserer ersten Begegnung gleich tausend Geschichten auf einmal vor. Er zwang mich, eine auszuwählen, und wir planten einen 12-Minuten-Film in Schwarzweiß und 16 mm. Dann überredeten wir einen Freund von Sylvia, Rosenhütchen, uns seine große Wohnung, die vollgestopft war mit Antiquitäten, für ein paar Tage Dreh zu überlassen, und ich engagierte Frau Klostermann und ihre drei Töchter, in meinem Film mitzuwirken. Sie waren extrem lang und dünn und mich reizte der Gegensatz zur kleinen stämmigen Carla, die ihr Dienstmädchen spielen sollte. All das geschah sehr spontan und chaotisch. Ich dachte in Bildern und Effekten, an Inhalte nur am Rande.
Ich begann den Film mit mir und meinem Künstlernamen an der

Lederjacke vor einem Müllhaufen in Praunheim, und ließ Carla dann müde und abgearbeitet ein Netz mit Mohrrüben schleppen. Die Familie am Eßtisch mußte mit den extremsten Haushaltsgegenständen spielen, und ich bat Carla, die Speisereste von den Fliesen aufzulecken. Zum Schluß tanzte sich Carla in den verschiedensten Kostümen zu Tode.
Als wir dann die Muster sahen, war ich verzweifelt. Nichts von der Exotik, der künstlerischen Intensität, die ich mir erhofft hatte, war zu sehen, nur konventionelle Fernsehspielbilder. Erst am Schneidetisch versöhnte ich mich mit dem Film, als mir die Cutterin Fee Gürsching half, einen Rhythmus für die Geschichte zu finden. Alles wäre aber dennoch viel zu banal gewesen, wenn ich nicht den Einfall gehabt hätte, den ganzen Film mit meinem eigenen Gesang zu kommentieren.
In einem Keller von Freunden sang ich mit einem einsamen Trommler absurde Liebeslieder: »Mein Besen in meinem Herzen ist vergoldet und ich bin voller Bluti-Bluti in meinem Herzen, denn der Schmutzi in meinem Herzen ist feucht und voller Asseln.« Meine Stimme war entsetzlich, aber ich ließ mich davon nicht abhalten, auch noch auf Englisch und Französisch Rock 'n' Roll zu singen, obwohl ich kein Wort Französisch konnte und auch keine angenehme Gesangsstimme habe. Ich intonierte alles nur lautmalerisch. Der Film hat mich insgesamt 500 Mark gekostet, die ich mir zusammenborgte.
Bei der Premiere ein Jahr später, auf dem internationalen Kurzfilmfestival in Mannheim, hob sich mein Film angenehm von den meisten sehr konventionellen und spießigen Produkten ab. Seine expressive Kraft und Wut beeindruckten einen Redakteur des Hessischen Rundfunks, der den Film für 4000 Mark kaufte. Das war der Beginn meiner Karriere. Ich konnte das Geld sofort in einen neuen Film stecken. Vergelt's also Gott, Herr Dickmann, ich werd' es Ihnen nicht vergessen.

18. Januar, vormittags *Josef aus Dresden hat sich für 3 Uhr angekündigt. Ich bin aufgeregt. Wird sich eine Liebesgeschichte ergeben oder werden wir uns nur verklemmt gegenübersitzen und Tee trinken? Momentan regnet es, also wird unser geplanter Spaziergang ausfallen.*

Ich könnte vorschlagen, ein Video zu schauen, dann habe ich ihn neben mir auf dem Bett, kann zärtlich meine Hand auf sein Bein legen und mich an seine breite Brust schmiegen.
Ich habe oft schon vorher Angst, mich unglücklich zu verlieben. Es ist schwer, sich vorzustellen, daß alles wunderbar wird, daß jemand nur mich will, mich glücklich machen. Trotzdem würde mir eine Affäre guttun.
Beruflich habe ich immer an mich geglaubt, spürte unbändige Kraft und Selbstvertrauen, persönlich war und bin ich aber ein kleines schüchternes Mädchen, das verführt werden muß. Tief innen fühle ich mich klein und häßlich, vielleicht deshalb meine ständige Suche nach Sex und Bestätigung. Ich genüge mir nicht. Es fällt mir immer noch schwer, auf jemanden zuzugehen, den ich attraktiv und geil finde. Früher ließ ich meine Bewunderer stundenlang zappeln, zierte mich, lief weg und verlangte, daß man mir hinterherläuft. Völlig verblödet, damit bekam ich natürlich oft nicht die, die ich wollte.

KNOKKE – MEIN ERSTES FILMFESTIVAL

Auf dem Filmfestival in Knokke 1967/68 sah ich zum ersten Mal die genialen dreckigen Filme des amerikanischen Underground. Ich war mit Carla angereist, und wir waren begeistert. Nach einer Retrospektive des größten Genies des amerikanischen Underground, Gregory Markopoulos, schrien wir über eine Viertelstunde laut in den Saal, um unsere Spannung zu entladen.
Yoko Ono lag tagelang in einem Sack versteckt in der Halle des großen Festivalpalazzos. Wir sahen ihren Arschfilm, indem sie 400 Ärsche aus der gleichen Kameraposition abfilmte. Nachts gab es in den Gängen der Hotels Drogen und Sexorgien. So viel Talente und Energie auf einem Haufen habe ich nie wieder erlebt.
Jack Smith führte seinen Superstar Mario Montez vor, der die berühmte Carmen Miranda parodierte, Kenneth Anger zeigte in »Scorpio Rising« schwulen Motorradsex, die Kuchar Brothers, Zwillinge aus der Bronx, zeigten Parodien auf Fernseh-Seifenopern, gefilmt mit dicken Nachbarinnen.

Carla und Rosa im Comic »Glamour-Girl« (1968)

Erstmals sah ich, daß man auch mit bescheidenen Mitteln fast alles machen kann. Eine bemalte Pappe mit Löchern im richtigen Licht waren der Start eines phantasievollen Science-fiction-Filmes. Es machte Spaß, das große Hollywoodkino zu verarschen und zu zeigen, daß wir alle viel begabter, radikaler und viel menschlicher sind. Zum ersten Mal sah ich Schwule und ihre erotischen Träume auf der Leinwand. Große Filmstars und ihre leeren Gesten wurden entlarvt. Es gab alle Arten von Experimenten. Leere, zerkratzte, dunkle Leinwände, stundenlange Einstellungen, ein Zoom auf ein Fenster, der eine halbe Stunde dauerte. Andy Warhol hatte 24 Stunden lang das Empire State Building gefilmt.
Gregory Markopoulos war für mich der Genialste. Er schnitt mehrere Einstellungen mit hypnotischer Wirkung ineinander. Ein Haus, ein Ei, ein Junge waren unterschiedlich lang zu sehen. Zuerst ein Bild, dann zwei, dann zehn Filmbilder. Die Sucht, etwas erkennen zu wollen, einen nackten Arm anzufaßen, sich streicheln zu lassen, wurde immer stärker, der Knabe sollte aus einem Gemälde steigen und sich zu dir im Kinosessel auf den Schoß setzen.
Die meisten Amis hatten ihre Filme mit einer handlichen, stummen Bolex-16-mm-Filmkamera hergestellt. Sie erlaubte nur Einstellungen von 16 Sekunden, dann mußte man die Kamera wieder aufziehen; man konnte aber viele Tricks, Überblendungen, Abblenden, Aufblenden und vieles mehr erzeugen. Den Ton machte man später, erfand neue Sprachen und Geräusche, dazu verrückte Musiken.
Film konnte plötzlich kritisch, politisch, revolutionär, elitär, sehr privat oder sehr öffentlich sein. Die Arroganz des großen teuren Kinos war gebrochen. Kino konnte eine Waffe sein, ein Werkzeug der Unterdrückten.
Carla und ich kannten nur wenige Leute auf dem Festival, wir waren noch schüchtern und unverbraucht. In der Lobby trafen wir auf einen jungen, schlacksigen Mann an der Seite einer schönen Frau. Zwei Paare trafen sich da, die später heiraten sollten. Es war Werner Schroeter aus Heidelberg mit seiner Freundin. Werner erzählte uns von seinen Katzenfilmen und daß er gerade an der

Münchner Filmhochschule aufgenommen war. Er war sehr cool und beeindruckte uns mit seinem Wissen über Oper und Weltliteratur. Er war fasziniert von unserer Dummheit und Idiotie, die wir stolz präsentierten. Nachts plumpste ich mit Werner ins Bett. Carla stürzte, rasend vor Eifersucht, gerade in dem Augenblick die Matratze um, als wir zum Orgasmus kamen. Dann sang sie, auf und ab hüpfend, den Jäger aus Kurpfalz. In der nächsten Nacht versuchte sie unsere Affäre zu verhindern, indem sie sich in die offene Hoteltür setzte und so lange laut schrie, bis wir aufhörten zu ficken.
Ich war begeistert, daß Werner eine eigene Filmkamera hatte und daß sein Vater eine kleine Fabrik besaß. Ich besuchte ihn anschließend allein in Heidelberg und regte an, einen gemeinsamen Film mit mir in der Hauptrolle zu drehen. In einer Kneipe im Stadtzentrum trafen wir auf Erika, die wir später Magdalena Montezuma nannten und mit der Werner fortan fast alle seine Filme besetzte.
Werner war die erste Kulturtunte, die ich kennenlernte.
Ich ertrug Werners Vorträge über sein Idol Maria Callas. Ich arrangierte eine Filmszene in einem bürgerlichen Café in Heidelberg. Er stand mit der Kamera versteckt an der Seite, während ich in die Mitte des Raumes ging und laut zu schreien anfing, mich am Boden wand und einen epileptischen Anfall mimte. Dann stand ich lächelnd auf und verschwand, er mit der Kamera hinterher. Leider waren Bekannte seiner Eltern im Café, und er wurde angezeigt.
»Grotesk, burlesk, pittoresk« sollte der Film heißen. Werner hat ihn irgendwo in einem Schuhkarton deponiert und kann ihn heute leider nicht mehr finden.
Werners späteren Superstar Magdalena Montezuma besuchten wir in ihrem kleinen, bescheidenen Heim in Heidelberg. Werner stellte ohne Vorwarnung das Licht auf und filmte, wie ich mich vor der scheuen und prüden Magdalena auszog. Sie starrte dramatisch und finster auf die Apfelsine, die sie wie eine große, feurige Operndiva schälte.
Magdalena, mit der Werner bis zu ihrem Tod seine besten Filme drehte, hat immer mit einem Messer im Rücken gespielt, total an-

gespannt und intensiv. Ihr breites häßliches Gesicht konnte schön wie die Garbo werden, besonders nachdem sie sich die Zähne hatte richten lassen. Sie war ein Medium, ein schwarzer Rabe, den Werner bis zu ihrem frühen Tod Mitte der 80er Jahre verzauberte. Sie, die ein Leben lang immer depressiv gewesen war, blühte auf, als der Darmkrebs sie überraschte und sie einen künstlichen Ausgang verweigerte. Als ich sie einige Monate vor ihrem Tod sprach, war sie optimistisch und hatte große Pläne.
Ihr spröder Charme und ihre faszinierende Häßlichkeit werden mich noch lange verfolgen.
In den sechziger Jahren waren wir alle arm. Carla und ich hatten keinen Pfennig Geld. Wir beneideten den verwöhnten Werner Schroeter, der von zu Hause unterstützt wurde.
Ich bewunderte seine technische Begabung. Im Gegensatz zu mir konnte er gut Licht setzen und mit dem Belichtungsmesser umgehen, doch ich hatte die verrückten Ideen und meine Superstars, die ich Werner anbot, mit ihnen zu arbeiten. So entstanden seine ersten Filme in Doppelachtmillimeter und dann bald in 16 mm.
Schroeter hatte sich in mich verliebt, und ich nutzte das weidlich aus. Ich hängte ihm schnell Krätze an, als er mit mir nach Berlin kam. Seine Opernwelt und die elegischen Einfälle verstand ich nicht. Für mich war das bürgerliche Kunst und – Schöne Bilder-Scheiße.
Ich suhlte mich im Dreck, wollte provozieren und war hypnotisiert von der abnormen Phantasiewelt meiner Stars.

18. Januar, nachmittags *Josef aus Dresden kam eine halbe Stunde früher als erwartet. Er trug einen langen dicken Mantel, und seine großen Augen schauten mich neugierig an. Er gestand mir beim Tee, daß er noch wenig Erfahrung mit älteren Männern hat und schaute mich dabei auffordernd an. Ich schlug einen Spaziergang vor. Er zog meine Lederjacke an, und wir fuhren zum Grunewaldsee. In der Dämmerung legte er seinen Arm um mich, ich schob meine Hand in seine Hosentasche und fühlte seinen muskulösen Arsch. Familien mit Hunden ignorierten uns, leichter Nieselregen auf dem dunklen See, schwarze kahle Bäume.*

An dieser Stelle ertrank einst mein Superstar Dietmar Kracht, der mit meinem Film »Die Bettwurst« berühmt wurde.
Josef erzählte, daß er erst mit sechsundzwanzig Jahren seinen ersten sexuellen Kontakt überhaupt gehabt hätte. Er hätte immer schon schwule Phantasien gehabt, sich aber nie getraut, sie zu realisieren. Er war mit sich allein, dachte oft an Selbstmord. Es sollte zwar in Dresden ein schwules Lokal geben, doch er traute sich noch nicht mal in die Nähe, trieb statt dessen viel Sport, stürzte sich ins Studium. Erst nach der Wende 1989 hatte er sein erstes Sexerlebnis mit einem Mann in München, dann eine große unglückliche Liebe zu einem verklemmten Schwulen in Ostberlin. Jetzt hat er einige schöne Erlebnisse hinter sich und träumt von einem Freund, der seine Sachen in seinen Schrank hängt und mit dem er aufwachen und einschlafen kann. Ich merkte den zärtlichen Druck an meiner Schulter und legte meine Hand fester an seinen Arsch. Ich konnte es nicht fassen, daß dieser attraktive Mann sich für mich interessierte. Zu Hause schlug ich vor, ein Video anzuschauen: »Eine Nacht in Casablanca« von den Marx Brothers.
Wir zogen die Schuhe aus und legten uns auf mein Bett. Ich hatte ihm eine Milch und mir einen Vierfrüchtetee gemacht. Der Film war in Originalfassung, und wir mußten genau hinhören, um alles zu verstehen. Nach fünfzehn Minuten wagte ich es, ihn zu küssen. Er erwiderte es leidenschaftlich, und ich legte mich auf ihn.
Wir rollten übers Bett, ich schob schnell einige Zeitschriften beiseite. Ich rutschte auf die Höhe seiner Hosen und fühlte seinen steifen Schwanz mit meinen Zähnen. Dann schob ich sein Hemd hoch und wollte auch sein Unterhemd aus der Hose ziehen. Er stoppte mich und machte mich darauf aufmerksam, daß sie mit seiner Unterhose zusammengeknöpft sei. Er hatte sich von einem Schwulen-Versandhaus raffinierte schwarze Wäsche schicken lassen.
Ich bekam die Knöpfe nicht auf, er half mir. Ich dachte immer noch, daß er mich irgendwann bremsen würde, aber er hatte nichts dagegen, als ich seinen Schwanz herausholte und ihn gierig in den Mund nahm. Er begann zu stöhnen. Ich unterbrach, um meinen Tee vom Bett auf die Holzkiste daneben zu stellen. Ich schloß die Türen ab, damit meine Mutter nicht hereinplatzen konnte, und wir zogen uns schnell Hosen, Socken und Unterhosen aus. Ich genierte mich wegen meiner fünf Kilo Übergewicht. Er lag nackt auf dem Bett, groß und muskulös, kein

Gramm Fett. Ich sprang auf ihn drauf, ließ mich mehrmals mit vollem Gewicht auf ihn fallen. Er stöhnte vor Schmerz. Ich faßte ihn an beiden Schultern, verknotete mich in seinen Beinen und rollte seitwärts und wieder zurück, bis uns schwindelig wurde. Ich setzte mich auf, zog seine Beine an meine Hüfte und zog ihn mit beiden Armen in die Höhe. Die Oberkörper klatschten mehrmals aneinander. Wir ertranken in tiefen, harten Küssen. Ich drehte ihn um und biß in seinen Arsch, leckte lange sein behaartes Arschloch. Das machte ihn geil. Er setzte sich auf mich und reizte mit meinem Schwanz seinen Anus. Mein Schwanz wurde schlapp, er drängte ihn trotzdem an sein Arschloch und irgendwann war ich in ihm. Das war unwahrscheinlich geil, ich zog ihn erschreckt nach ein paar Sekunden raus und suchte verzweifelt nach einem Kondom. Scheiße, dachte ich, er wollte sich ohne ficken lassen. Ich war sauer auf mich, daß ich es zugelassen hatte. Ich wichste mich steif und zwängte dann mit Kondom in ihn rein. Er verschlang mich, sein Körper wand sich wie eine Schlange. Doch alles war viel zu wild, ich konnte meinen Schwanz nicht mehr spüren. Irgendwann glitt er raus. Beinahe hätte ich das Kondom in seinem Darm verloren. Mit rasendem Tempo ging es weiter. Sein harter Körper scheuerte mich wund, alles brannte. Er keuchte und schwitzte, Stoß für Stoß spürte ich seinen ganzen Körper auf meinem Becken. Alle Muskeln angespannt, zwei feste Körper zerrieben sich. Wir waren beide gleichstark und nutzten die Erschöpfung des anderen, um zu dominieren.
Ich wurde zum Tier. Er klammerte sich an meinen Hals, mit den Beinen an meine Hüfte. Ich wirbelte ihn im Kreis herum und schrie mich heiser. Ich verlor die Besinnung, hätte ihn im Rausch zerfleischen wollen. Wir bekamen beide keinen mehr hoch, konnten nicht abspritzen. Meine Eichel war roh. Er zündete sich eine Zigarette an und hielt einen langen Monolog. Dann küßte ich ihn wieder und eine zweite Runde begann, diesmal sanfter und zärtlicher. Ich fühlte seine Augenlider und preßte meinen Mund in seine Wangen. Wir schauten beide auf die Uhr. Er mußte jemanden von der Bahn abholen, ich war auf eine Party eingeladen.
Ich sagte Josef schüchtern, daß ich gerne mal eine ganze Nacht mit ihm verbringen würde, er nickte.
Wird aus uns ein Paar? Geht das gut, wenn zwei gleichstark sind?

Auf dem Filmfestival in Knokke hatten wir Florian Furtwängler, einen älteren verklemmten Schwulen, sehr beeindruckt. Er war ausgerechnet im Bayrischen Fernsehen Redakteur und engagierte mich als Regieassistenten für zwei experimentelle Opern, die er produzierte. Zuerst sollte Robert Vasil die Regie übernehmen, doch dann engagierte er auf unsere Vermittlung unser großes Idol, den amerikanischen Undergroundfilmer Gregory Markopoulos. Gregory war sehr arm, er machte seine Filme fast ohne Geld und besaß nur einen speckigen Regenmantel, den er jedesmal vornehm zusammenlegte. Ich sollte für die Produktion ungewöhnliche Darsteller vorschlagen und trommelte meine Superstars zusammen, die alle von der Hand in den Mund lebten. Als erstes natürlich Carla, dann den verbrannten Rainer. Werner Schroeter war sehr scharf drauf mitzumachen, aber Carla und ich lachten nur gehässig, als er beim ersten Casting ausgemustert wurde. Ich war schon früh eifersüchtig auf Werner, und das ist bis heute so geblieben. Damals kritisierte ich ihn ständig, und er hörte sich alles stumm und schön an, denn er wird selten aggressiv. Noch heute bewundern ihn die meisten seiner Schauspieler grenzenlos, weil er nicht mit Druck arbeitet, sondern mit Eleganz, Charme und Witz. Er spielt immer das hilflose Genie, das an das Mitleid seiner Mitarbeiter appelliert, ein guter Trick. Ich dagegen zerstreite mich mit vielen meiner Teams. Meine Vorliebe für Drama, Konfrontation und schonungslose Kritik halten nur wenige aus. Ich suche den Konflikt, um zu arbeiten, Reibung. Das schafft nicht viele Freunde.

Ich hatte mir von meiner ersten Gage einen hautengen goldenen Samtanzug schneidern lassen, trug bunten Schmuck um Hals und Arme und hätte gerne den sehr scheuen Markopoulos verführt, doch der hatte eine feste Beziehung zu einem jungen Künstler, Robert Beaver, der später selbst interessante Filme machen sollte. Wir drehten im Münchner Studio der Bavaria-Filmgesellschaft, und ich begann gleich, die bürgerliche Atmosphäre der Filmbeamten zu hassen. Ich konnte nicht verstehen, daß nicht alle mit gleicher Intensität dem Genie Markopoulos zuarbeiten wollten. Statt dessen lief alles ungeheuer bürokratisch ab, jeder kleine Scheiß war schwierig zu besorgen. Ich kannte noch

nicht das komplizierte System eines Studiobetriebes, wo es die Mitarbeiter nicht so sehr interessiert, wer was macht, sondern wieviel Geld und Freizeit eine Arbeit einbringt. Ich lernte erst viel später, daß man in einem solchen Betrieb jeden einzelnen Mitarbeiter motivieren muß, daß man Respekt haben muß vor der Arbeit jedes Spezialisten und daß erst das Zusammenspiel eines Teams eine gute Arbeit hervorbringt.
Markopoulos wollte neben der Arbeit zur Fernsehoper noch einen experimentellen Spielfilm drehen. Ich suchte für ihn einen strammen bayrischen Burschen aus, und wir benutzten heimlich morgens um sechs das Studio, um eine Bumsszene mit dem nackten Knaben und einem Skelett zu drehen. Als die Putzfrau uns überraschte, war der Skandal perfekt, und das ganze Bavaria-Studio sprach über uns.
Später widmete mir Markopoulos seinen wunderbaren schwülstigen Film. Er arbeitete mit vielen Kitschelementen, filmte heroische Skulpturen und verwandelte banale Inhalte in Mythen. Schroeter liebte diese großen Gebärden und religiösen Gesten und war in seinen frühen Filmen sehr beeinflußt von Markopoulos. Für mich lag die große Qualität von Markopoulos in seiner neuen Schnittweise. Er drehte mit genialer Sicherheit fast immer nur eine Einstellung und schnitt aus Geldnot sein kostbares Original fast mathematisch genau. Er drehte sehr schnell, seine kleine Bolex war immer bereit, sein Auge treffsicher. Was andere nur mit einem riesigen Filmteam können, machte er alleine. Das schafft viele Freiheiten. Auch Schroeter kapierte sofort, daß ihn das Studium an der Münchner Filmhochschule nur verderben würde, und meldete sich ab. Er nutzte die Zeit, um mit Carla einen Callas-Film zu machen.

20. Januar *Gestern kam Josef noch für zwei Stunden zu meinem sonntäglichen Jour fixe. Wir nutzten die Zeit, bevor die anderen Gäste kamen, um auf der Couch übereinander herzufallen. Dann klingelte es mehrmals. Eva und Adele, ein Kunstpärchen mit den schönsten Glatzen Berlins, begrüßte mich mit einer weißen Rose aus Wachs. Sie brachten eine hysterische dicke Frau mit und zwei Männer. Einer stellte sich als Züchter von Trakehnerpferden heraus. Der andere, ein Schweizer*

Fabrikant, hatte am Abend zuvor mit der dicken Frau geschlafen, die völlig euphorisiert von der Nacht erzählte. Sie ist verheiratet und er seit 25 Jahren der zweite Mann, mit dem sie es gewagt hatte, außerhalb ihrer Ehe zu ficken. Freiheit floß ihr aus allen Poren, ein neues Leben schien sich anzudeuten. Eva und Adele taten geheimnisvoll und wollten nicht verraten, von was sie leben. Ich verstieg mich in der Diskussion zu der Behauptung, ich hielte Liebe für einen Zivilisationsschaden und sei ein unzärtlicher, aggressiver und sexbesessener Mann. Dabei dachte ich an Josef, wünschte ihn zurück und schrieb in meinem Kopf ein langes Gedicht an ihn.

ÜBER NACHT BERÜHMT

Der Maler Fritz Mikesch borgte mir im Februar 1968 100 Mark für Filmmaterial, und ich drehte in Super 8 meinen zweiten Kurzfilm »Rosa Arbeiter auf goldener Straße, 1. Teil«. Mein Superstar Carla liebte vor der Kamera den verbrannten Rainer. Viel Poesie und Provokation. Im Juni 1968 führten Werner und ich, außerhalb der Berliner Filmfestspiele, unsere Filme in Kreuzberg in einer Ladenwohnung vor. Es wurde zum Geheimtip der Festspiele. Das schwarze Model Donyale Luna, die wir alle sehr verehrten, war gerade mit Stiefeln bis zur Scham auf dem Titelbild des »Stern« erschienen, später höre ich von ihrem Drogentod.
Wir trafen Maria Schell mit ihrem Mann Veit Relin. Der war scharf auf Werners Freundin, die uns am nächsten Tag brühwarm über ihre Liebe zu dritt erzählte. Zuerst stürzte sich Maria auf sie, dann Veit. Wir lachen uns tot. Orson Welles sah ich mit Geraldine Chaplin im »Punch«.
Nachdem ich in Mannheim meinen ersten Kurzfilm, »Von Rosa von Praunheim«, ans Fernsehen verkauft hatte, hatte ich Geld für den zweiten 16-mm-Film. Viertausend Mark, ich konnte es kaum fassen. Zuerst wollten mir alle Beteiligten des ersten Films das Geld streitig machen. Doch wenn ich es gleichermaßen an alle aufgeteilt hätte, hätte ich nicht weiterproduzieren können. Glücklicherweise konnte ich das Geld vom Fernsehen abholen, bevor die anderen ihren Anspruch anmeldeten. Der neue Film

hieß »Rosa Arbeiter auf goldener Straße, 2. Teil« und sollte mich über Nacht berühmt machen.

Ich hatte wieder kein Drehbuch.

Mich inspirierten die Darsteller und die Drehorte. Ich dachte mir eine vage Liebesgeschichte aus und drehte in der teuren Wohnung meines neuen Liebhabers und Hauptdarstellers, Klaus Tino. Carla in verrückter Garderobe vor seinem großen Auto, Klaus Tino flüchtet unter S-Bahn-Brücken, dramatische Gesten Carlas in der kitschigen Wohnung eines Tänzers.

Carlas verrückte Einfälle inspirierten mich, ich wurde zum Diener ihrer Posen. Im SDS-Haus am Ku'damm, einem linken Studententreff, fand ich eine kleine Bühne und versammelte alle Exoten Berlins. Werner in Unterhosen neben Magdalena, Carla auf einer Leiter im Badeanzug. Ein alter Mann mit Pudel, schöne Jünglinge neben Freaks.

Diesmal machte ich die Kamera selbst, fand unkonventionelle Perspektiven. Ich ließ mich nicht von der Technik erdrücken, sondern vereinfachte sie. Ich lernte meine Filme selbst zu schneiden, bestimmte den Rhythmus der Bilder. Erst dann dachte ich über eine mögliche Handlung nach. Zum Schluß fand ich Worte für einen Kommentartext, innere Monologe, die den Bildern Sinn geben sollten.

Der Inhalt:

Carla, aus politischer Haft der DDR entlassen, gerät in West-Berlin in ein Theaterstück, das die linke Studentenbewegung heftig kritisiert. Sie verliebt sich in den Hauptdarsteller, dessen konservative Worte ihr aus dem Herzen sprechen. Mit ihm gründet sie ein bürgerliches Theater mit dem Ziel, von den Methoden der Studentenbewegung zu lernen, um sie für ihre politisch rechten Ansichten wirkungsvoll verwenden zu können. Doch die verdrängte Veranlagung des Polizisten hält ihrer bürgerlichen Moral nicht stand. Er flieht von ihr, und sie, vor dem Gesetz längst seine Frau, ein Kind unter ihrem Herzen, sucht ihn verzweifelt. Drei Tage später ist er tot, bei einer Demonstration erschossen. Geistig umnachtet, entläßt Carla den Zuschauer mit den Worten:

»Gott liebt den Studenten, und er wird liebevoll lächelnd wie ein

Vater, der auf sein ungezogenes Kind schaut, das im Protest seine Persönlichkeit entwickelt, ihn zu züchtigen wissen. Denn ich selbst bin in meiner ungeheuren Trauer zu schwach, um mich gegen eine Organisation zur Wehr zu setzen, die unter dem Deckmantel der Intelligenz die Masse mit totalem Terror verängstigt. Schweine, Mörder, diese Bande von Intellektuellen hat mir meinen Mann genommen, mir die Freude am Besitz gestohlen und mich meiner Lebensaufgabe entfremdet. Ich will nicht verändert werden, ich will glücklich sein. Nieder mit der Intelligenz, es lebe der Tod.«

Mit diesen Texten, einer politischen Parodie, gelang mir etwas aufregend Neues in der humorlosen linken Filmszene. Ich entwickelte ein perverses Interesse an bürgerlichen Formen, um sie zu verarschen; doch auch die Linke war mir suspekt. Ich war zu sehr Individualist, wollte mich nirgendwo eingliedern. Mich interessierten die kleinen Leute, die Spießer und Taxifahrer. Intellektuelle waren mir fremd, denn das Theoretische stand oft im Gegensatz zum Privaten, Persönlichen.

»Rosa Arbeiter auf goldener Straße, 2. Teil«, inzwischen 12 Minuten lang, wurde von den Oberhausener Kurzfilmtagen im Frühjahr 1969 ausgewählt. Dort wurde er von einer Redakteurin des ZDF entdeckt und für 7500 Mark angekauft. Für denselben Film bekam ich von der Filmförderung eine Kulturfilmprämie von 20 000 Mark, die ich für einen neuen Film verwenden mußte. Ein Zitat meines Filmtextes erschien im Juni 1969 auf dem Titelblatt der Zeitschrift »Film« als Sprechblase, mit mir als Comic-Figur. Ich wußte nicht, wie mir geschah. Alles war plötzlich so einfach.

Carla und ich beschlossen zu heiraten.

Wir hatten gehört, daß der Berliner Senat jungen Eheleuten ein zinsloses Darlehen von 13 000 Mark gibt, und wir wollten das Geld in weitere Filme stecken. Die Heirat, zunächst als Gag gedacht, sollte sehr bald unsere intensive und sehr produktive Freundschaft beenden.

Wir veranstalten im damaligen Berliner Bellevue-Kino eine große Hochzeitsnacht. Off-Veranstaltungen waren zu der Zeit noch sehr selten, und das Kino war trotz bitterer Kälte knallvoll. Es bildeten sich Schlangen bis zur nächsten Straßenkreuzung. Mit großem Erfolg zeigte ich meine beiden Kurzfilme und Werner seinen »Neurasia«-Film. Werners elegische Filmsprache provozierte das Publikum zu lautstarken Protesten, einige tanzten vor der Leinwand, andere drohten, sie aufzuschlitzen. Werner wurde erst viel später verstanden.

Am 17. Februar 1969 gingen wir aufs Standesamt und trafen dort zufällig den damaligen Bürgermeister Schütz, der nur einen Arm hatte und uns diesen reichte. Fritz und Elfi waren Trauzeugen, danach gings direkt zur Bank, um den Kredit zu beantragen. Dort begannen Carla und ich sofort zu streiten. Die Angestellten lächelten nur milde. Die Hochzeit war sehr kurios. Carla bekam am Abend hohes Fieber und saß in dicke Decken eingehüllt auf einem großen Sessel. Elfi schoß das Hochzeitsfoto, das aussah wie eine Beerdigung. Ich flirtete mit dem verbrannten Rainer und fickte in der Hochzeitsnacht mit irgendeinem anderen Knaben. Carla kurierte sich bei ihrer Mutter aus.

Zu dieser Zeit war ich schon sehr promisk. Ich ging oft in eine Sauna in der Uhlandstraße, in der meist Schwule verkehrten. In den Kabinen konnte man leicht Sex machen. Damals gab es in Deutschland noch keine direkten Schwulensaunen, alles lief viel versteckter ab. Wer etwas Richtiges erleben wollte, mußte nach Amsterdam fahren, wo sich die Schwulen bereits viel mehr Freiheiten erkämpft hatten.

In Berlin liebte ich den Volkspark, in dem sich nachts die Schwulen zu Orgien trafen. Einmal traf ich auf eine lange Reihe sich hintereinander in den Arsch fickender Männer. Ich stellte mich hintenan. Immer öfter bekam ich Tripper und haßte die drei Spritzen Penicillin, die damals üblich waren. Die meisten Ärzte versuchten zudem, einem Schuldgefühle einzujagen.

Die »S-Bahn-Quelle« am Savignyplatz wurde zu meiner Stammkneipe. Sie lag in einer Passage, und ich konnte zufällig beobachten, wie dort einige Szenen des berühmten Films »Cabaret« gedreht wurden. Die Stars Liza Minelli und Michael York waren mir damals unbekannt. Eines Tages beobachtete ich in der »S-Bahn-Quelle« eine seltsame Tunte, die sich von vielen anderen unterschied und mein Herz für außergewöhnliche Typen höher schlagen ließ. Es war Dietmar Kracht. Es stellte sich heraus, daß er für alte Filme schwärmte und die meisten Stars mit Namen kannte. Er war ungeheuer phantasievoll und wirkte total schräg, wenn er mit seinem breiten Mannheemer Dialekt loslegte. Er ging damals so halb auf den Strich und wurde dabei oft zusammengeschlagen oder von Knastbrüdern beklaut. Manchmal behielt ihn ein alter Freier länger bei sich und wollte ihn zum bürgerlichen Menschen erziehen, doch bald floh er voller Horror. Sexuell war er mir total fremd, aber als Darsteller für meine nächsten Projekte wurde er unentbehrlich.

Ich nahm ihn mit nach Kiel, wo ich ihn meiner Tante Luzi vorstellte, einer Cousine meines Vaters, bei der ich einige Szenen für meinen Kurzfilm »Schwestern der Revolution« drehen wollte. Das wurde eine Vorstudie zu meinem ersten längeren Film »Die Bettwurst«. Luzi war herrlich. Mit ihrer schrillen Stimme hielt sie uns alle in Bann. Sie war damals schon nicht mehr die Jüngste und Schlankste, aber ungeheuer selbstbewußt und bunt. Ihr Kleiderschrank schwappte über von den billigsten und lautesten Kreationen. Meist kaufte sie bei Woolworth ein. Luzi hatte sehr lange gebraucht, um mit ihrer fast 90jährigen Mutter aus Danzig ausreisen zu dürfen, und ihr halbes Leben in Armut gelebt. Nun versuchte sie, hier im Westen nachzuholen, was ihr Spaß machte. Sie kaufte sich alles, was billig und bunt war. Unser beider Geschmack traf sich auf wunderbare Weise. Ich bewunderte sie für ihre unangepaßte Art zu leben. Sie ließ sich von keinem anpöbeln oder auslachen und wußte genau, wer sie war: eine Königin des Kitsches.

Wir drehten für den ersten Teil meines dritten Kurzfilms »Schwestern der Revolution« Verfolgungsszenen am Meer, dann vieles in Luzis Wohnung. Wieder ergaben sich die Szenen durch die Drehorte, Menschen und Situationen vor Ort. In Berlin drehte ich einen zweiten Teil, an allen exotischen Drehorten, die ich finden konnte: Baustellen, Bootshäuser, Müllverbrennungsanlagen. Dauernd flüchtete irgend jemand, einmal ein Tänzer im Trikot über Straßenkreuzungen und Hochhausdächer. Über die Bilder ließ ich später von Dietmar mit ungeschickter Ausdrucksweise einen feministischen Text sprechen und erfand eine fiktive,

schwule Gruppe, die sich den Frauen und ihrem feministischen Kampf anschlossen.
Der dritte Teil wurde eine Ehegeschichte zwischen Carla und Hannes Flütsch, der in meinem Hinterhof wohnte. Ich filmte beide in der Wohnung einer alten Frau, wie sie stumm miteinander stritten. Da ich aus Sparsamkeitsgründen alles ohne Ton aufgenommen hatte, erfand ich die Dialoge erst viel später und ließ sie nachträglich darübersprechen.
In den Nächten nach dem Dreh lagen wir oft zu viert oder fünft in den Betten und wechselten die Partner nach Lust und Laune. Werner Schroeter war immer ein bißchen verklemmt und ängstlich, verdrängte seinen Sex in hysterische Gebärdensprache und Alkohol. Einmal warf ihm Carla bei ihren regelmäßigen Wutanfällen eine Tasse an den Kopf, seine Wunde sah sehr gefährlich aus, und er mußte im Krankenhaus genäht werden. Da nahm sich die schöne Eva seiner an, setzte sich auf den armen Kranken drauf und schob den Schwanz des Hilflosen in sich rein.
Mein Star Dietmar Kracht hatte sich inzwischen, bei einem Fluchtversuch aus dem ersten Stock der Wohnung eines alten Freiers, den er ausgenommen hatte und dessen Schwester ihn verjagen wollte, beide Beine gebrochen. Ich besuchte ihn regelmäßig im Krankenhaus und bat ihn, Shakespeares »Macbeth« auswendig zu lernen, denn Werner und ich standen mit dem Hessischen Fernsehen in Verhandlung, das Drama deutsch und englisch zu verfilmen.
Meine Tante Luzi schrieb mir aus Kiel, daß ihr von ihrem Geliebten, von dem sie sich trennen wollte, mit einem langen Messer, das er in einer Plastiktüte versteckt hatte, aufgelauert worden war und er versucht hatte, sie abzustechen. In ihrer wunderbaren Naivität bekam sie die Gefahr nicht richtig mit, und erst als eine Freundin ihr sagte, daß sie blute, antwortete Luzi: Ach i wo, ich blute doch nicht. Schließlich rief sie den Krankenwagen, und man stellte fest, daß ihre dicke Brust ihr das Leben gerettet hatte. Ihr Freund und Täter hat sich dann selbst mit Tabletten vergiftet, nicht ohne vorher in einem Abschiedsbrief Luzi zu beschuldigen, sie hätte ihre 90jährige Mutter getötet. Natürlich war das nicht wahr.

Ich begleitete Werner Schroeter zu Dreharbeiten nach Italien. Wir waren nur zu zweit und drehten mit seiner stummen handlichen Beaulieu 16 mm viele Szenen für seinen ersten großen Film »Eika Katappa«. Der Film sollte eine Parodie werden, Höhepunkte berühmter Opern in dramatischer Landschaft, dargestellt von hilflosen Laien. Ständig auf der Suche nach schönen Jungs für seinen Film, fuhren wir von Rom nach Capri und Neapel. Wir fanden eigenartigerweise keinen schönen Italiener, aber Bruno und Camille, zwei reizvolle Franzosen.
Bald ging uns das Geld aus, und Werner war völlig hilflos, da er gewohnt war, elegant zu Abend zu speisen und teure Cognacs zu trinken. Auf dem Rückweg besuchten wir meine Frau Carla in München, die sich in der Wohngemeinschaft von Wim Wenders und dem Busenwunder Rosy Rosy aufhielt und für den Regieassi Veith von Fürstenberg schwärmte. Fritz Teufel von der Berliner »Kommune 1« war ebenfalls in München zu Gast.
Carla hatte sich der Theatertruppe von Fassbinder angeschlossen und spielte in einigen Filmen von ihm kleine Rollen. Fassbinder hatte schon 1969 seine ersten beiden Spielfilme produziert, »Liebe ist kälter als der Tod« und »Katzelmacher«. Ich konnte damit wenig anfangen. Natürlich war ich eifersüchtig auf Fassbinders schnellen Ruhm. Bei einem Gastspiel seiner Truppe in Berlin lernte ich ihn kennen. Wir saßen alle gemütlich in der »Dicken Wirtin« zusammen und redeten intensiv aufeinander ein, bis er sich plötzlich entschloß, das Lokal zu wechseln. Ohne mich zu fragen, ob ich mitkommen wolle oder sich zu verabschieden, verschwand er mit seiner Truppe. Er testete Fremde, ob sie ihm nachliefen. Mit mir nicht. Ich habe nie verstehen können, wie die meisten seiner Truppe seinen Psychoterror ausgehalten haben. Ich war zu stark für ihn, brauchte ihn auch nicht. Er rief mich ein paarmal an und bat mich, bei ihm zu spielen. Ich wollte das nie. Er widmete mir Theaterstücke, »Don Carlos« und »Amerikanischer Soldat«, und erfand eine Filmfigur meines Namens in dem Film »Götter der Pest«. Ich war sauer, daß er Carla in seinen Filmen immer sehr unvorteilhaft fotografierte und sie allen Glamour und Witz verlor, der doch ihre Persönlichkeit ausmachte.
Ich traf Fassbinder sehr oft in Schwulenlokalen, Schwulensaunas

oder Lederlokalen. Mich stieß seine körperliche Häßlichkeit und sein introvertierter, verschlagener Charakter ab. Ich spürte instinktiv, daß er sich an allem, was er liebte, rächen mußte. Heute weiß ich, daß ich damals sehr eifersüchtig reagierte. Er war so ganz anders als ich. Er lebte pervers und filmte bürgerliche Themen, ich bin bürgerlich und meine Filme pervers. Meine Themen sind Außenseiter, Minderheiten und exzentrische Typen, er hatte Interesse am kleinbürgerlichen Leben. Er war ein Opfer seiner Komplexe und ungeheuren Minderwertigkeitsgefühle. Seine komplizierte Seele motivierte ihn immer wieder, sich durch Arbeit zu bestätigen. In einigen Punkten waren wir uns aber auch sehr ähnlich. Beide schwul, beide unabhängige Filmemacher, die viel mit Typen drehten.

Im Oktober 1969 wurde mein Film »Schwestern der Revolution« und Schroeters »Eika Katappa« bei den Mannheimer Filmfestspielen uraufgeführt. Mein Film war zwanzig Minuten lang, Werners Film zweieinhalb Stunden und ein grandioses Meisterwerk. Selbst ich begeisterte mich danach für Oper. Magdalena Montezuma spielte darin viele dramatische Rollen, ihr Rigoletto, gefilmt in einer Heidelberger Kiesgrube, war ein Höhepunkt. In seinen frühen Filmen hatte Werner einen wunderbaren Humor. Später nahm er sich zu ernst, verlor mit höherem Budget seinen Galgenhumor.

Arm in Arm schritten wir zweimal zur Preisverleihung. Ich bekam den Mannheimer Golddukaten, er den großen Nachwuchspreis. Im Grunde war Schroeter ein Aristokrat, der es liebte, Kaviar an die Wand zu schmeißen. Ein Künstler als Narr, wie es die Gesellschaft erwartet. Für mich war das Selbstzweck. Ich fand es wichtiger, politisch zu denken.

Am 1. September 1969 war der Paragraph 175 zugunsten der Homosexuellen verändert worden. Auch das öffentlich rechtliche Fernsehen konnte endlich darüber nachdenken, einen Film über Schwule zu machen. Ich bastelte an einem Konzept. Sigurd Wurl, Taxifahrer, Filmfreak und einer der schönsten und intelligentesten Männer Berlins, – leider nicht schwul –, brachte mich dazu, die Filmidee nicht nur persönlich, sondern auch gesellschaftspolitisch zu sehen. Ich verzog mich mit ihm nach München in

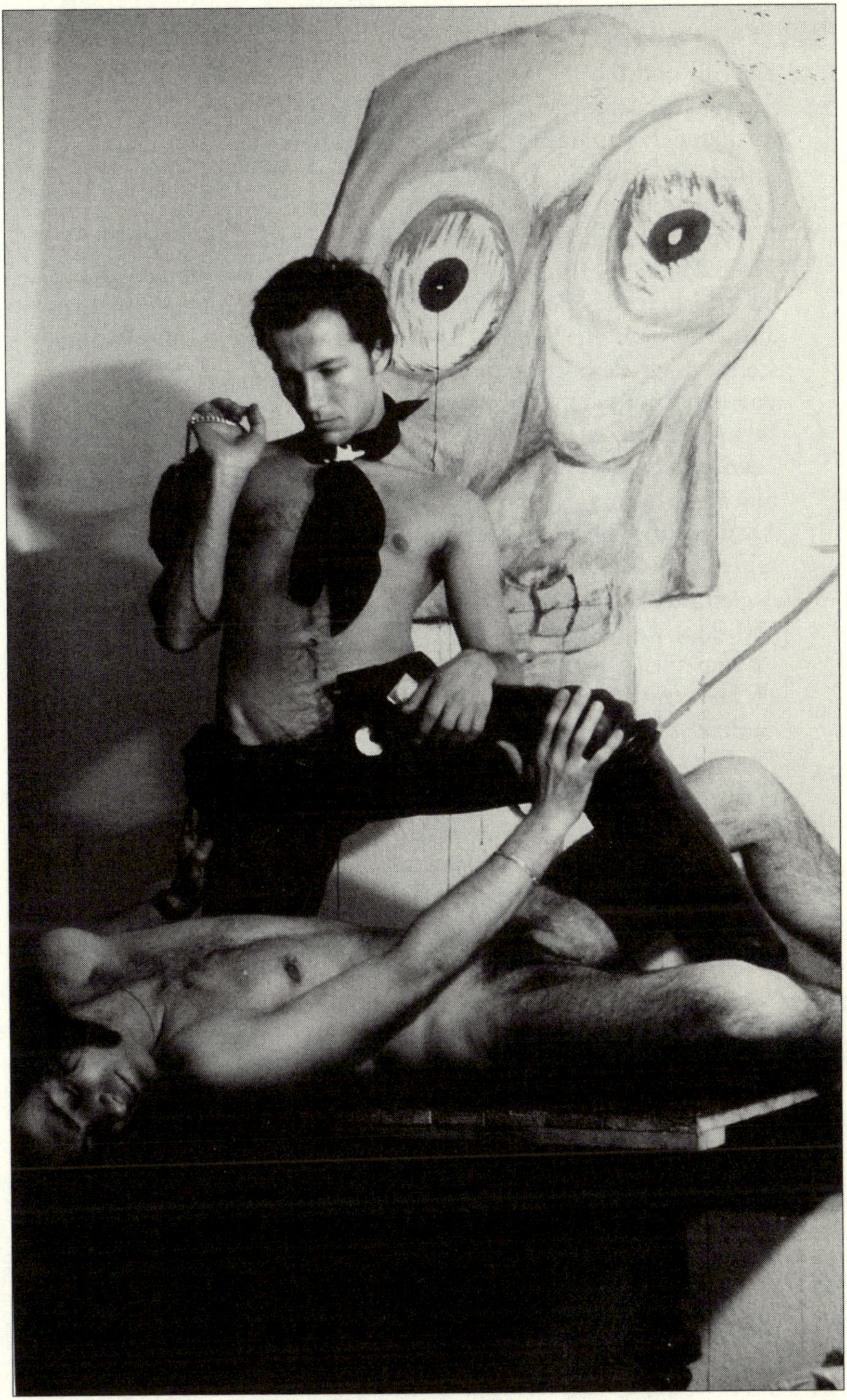

Steven Adamschewski und Ree Koch in »Schwestern der Revolution«

Klausur und schrieb an einem Treatment. Sigurd war schwerhörig, und die Arbeit mit ihm sehr anstrengend. Inzwischen hatte ich nämlich durch Vermittlung des Regisseurs Reinhard Hauff erreicht, daß sich die Bavaria-Filmgesellschaft für meinen Filmplan interessierte.

In München lernte ich schnell viele berühmte Kollegen kennen. Einmal besuchte ich den Regisseur Werner Herzog, den ich dabei überraschte, wie er seine Steuer ordnete und sich lange darüber ausließ, welch ein Vergnügen ihm das bereiten würde. Werner stellte mich dem attraktiven Schauspieler René Schöneberger vor, der damals ein Liebesverhältnis mit Thomas Fritsch hatte.

In meiner Freizeit ging ich auf die Klappe. Orgien in kleinen stinkenden Räumen, schnelle geile Wichsereien. Im November machte ich einen Kurztrip nach London und ging am ersten Abend ins »Coleherne«, eine beliebte Schwulen-Bar. Ein hübscher blonder Prinz schaute mich lange mit sentimentalen Augen an. Es war Peter, der für die nächsten vier Jahre mein Schicksal werden sollte.

21. Januar *War beim Urologen im Nachbarhaus, denn ich muß erstaunlich oft pinkeln, kann kaum ein Theaterstück mehr durchhalten. Der Arzt cremte mir den Unterbauch ein und fuhr mit einem kalten Plastikteil auf mir herum. Auf dem Bildschirm erschien meine Blase. Dann zog er die Vorhaut meines Schwanzes zurück und schaute auf die Prellung an meiner Eichel, die ich mir beim Sex mit Josef zugezogen hatte. Ich mußte mich konzentrieren, um keinen Steifen zu bekommen. Er konnte keine Veränderungen an der Blase feststellen und gab mir ein homöopathisches Mittel. Morgen muß ich zum Bluttest kommen. Soll ich gleich den Aidstest mitmachen? Den letzten hatte ich bei ihm vor zwei Jahren gemacht, der war negativ. Immer diese Scheißangst vor dem Test. Ich hatte viel Sex im letzten Jahr, jedoch immer nach den Safer Sex-Regeln: Habe mich nicht ficken lassen und mir nicht im Mund abspritzen lassen. Trotzdem, die Paranoia bleibt. Immer wieder die Frage: Was mache ich, wenn ich positiv bin? Verändere ich mein Leben, bringe ich mich um? Doch wahrscheinlich lebe ich genauso banal weiter, was vielleicht noch schlimmer ist.*

Wen interessiert Aids heute noch wirklich? Nach zehn Jahren ist es lang-

Werner Schroeter und Rosa in London

weilig, nur noch lästig. Aids-Bücher und Aids-Filme liegen wie Blei in den Regalen.
Ich weiß nicht, ob ich den Mut habe, mich morgen testen zu lassen.

Im November 1969 mietete ich mir ein kleines Haus in London, einen umgebauten Pferdestall, in Kensington in der Adam and Eve Mews. Mein schöner englischer Prinz Peter und ich hatten uns gleich in der ersten Nacht unsterblich ineinander verliebt, und ich wollte immer bei ihm sein, versprach ihm nach meinem ersten Besuch, so schnell wie möglich wiederzukommen. Lange, lange hatte ich in meinen Träumen auf ihn gewartet, war müde geworden vom Sex mit allzu vielen. Der Reiz des Neuen, das Abenteuer in Parks und Saunen wurde langsam schal für mich, ließ mich oft einsam zurück. Ich empfand die Schwulenszene als grausam und lieblos, eitel und kalt.
Peter arbeitete in London für wenig Geld in irgendeinem Büro, jobbte nebenbei in einem Schwulenlokal und haßte seine Arbeit. Ich war begeistert von seiner Traurigkeit und von seinem Unglück, das mich rührte. Ihm erschien sein Leben sinnlos, und ich hoffte, daß nur ich ihm wieder Sinn geben könnte. Später fand ich heraus, daß er ein hoffnungsloser Pessimist war und sein Unglück liebte. Ich fuhr mit ihm in seinen Heimatort Stratford-on-Avon, und er zeigte mir all die Toiletten, die er seit seinem 14. Lebensjahr aufgesucht hatte, die einzige Möglichkeit, sich dort als Schwuler auszuleben. Es war üblich, daß man sich in eine Kabine einschloß und dem Nachbarn kleine Zettel mit seinen sexuellen Wünschen zusteckte. Hier verbrachte er als Jugendlicher täglich nach der Schule viele Stunden und wartete auf geile Lastwagenfahrer, die ihn schnell und anonym durchfickten. Ständige Angst und unpersönlicher Sex hinterließen seelische Schmerzen, doch – als Ersatz für Zärtlichkeit und Nähe, die nicht gestattet waren – auch die Lust auf immer perversere Abenteuer.
Peter sah blendend aus, er war männlich und konnte, wie die meisten Engländer, sehr witzig sein. Er brachte mir bei, das Ficken zu lieben. Ich hatte bis dahin lieber gewichst, küßte und blies. Peter bestand aber darauf, daß ich ihn fickte, und mit der Zeit wurde ich süchtig danach. Er brachte mir auch bei, die ganze Nacht eng

Mit Peter in New York

mit ihm zu schlafen. Nach vier Jahren waren wir ein Fleisch und Blut, und ich hatte nach der Trennung noch lange körperliche Schmerzen ohne ihn. Mit ihm erlebte ich zum ersten Mal den Versuch, ein bürgerliches Leben zu führen. Wir diskutierten mit seinen Freunden über den Sinn der schwulen Ehe; damals war ich noch dagegen.

Unser Londoner Häuschen hatte ich möbliert gemietet, es war sehr praktisch und gemütlich. Ich konnte konzentriert lesen, schreiben und neue Filmprojekte vorbereiten. Peter konnte genausowenig kochen wie ich. Einmal machten wir den Versuch, Gäste zum Dinner zu laden. Wir quälten uns gemeinsam ein Steak ab, doch in weiser Voraussicht erschienen die Gäste nicht. Es war schön, mit Peter aufzuwachen und ihn abends nach der Arbeit zu erwarten. Langweilig war unser Leben nicht, dazu war ich zu vital. Ich setzte schnell meine ganzen Kontakte ein, um auch London auf mich aufmerksam zu machen.

Ich erlebte noch die Auswirkungen des Swinging London, die bunten phantasievollen Typen auf der Portobello- und der Kingsroad, wo man am Wochenende hinpilgerte. Peter hatte keine Ahnung von Kunst und nur kleinbürgerliche Freunde, die ich anfangs auch in mein Herz schloß. Besonders liebte ich Lynn, die Peter noch aus seiner Jugendzeit kannte. Zu dritt feierten wir in unserem gemütlichen Pferdestall Silvester 1969/70. Damit begann das produktivste Jahr meines Lebens. Mein Genie hatte Ausgang. Ich konnte jetzt endlich all das ausleben und realisieren, was seit 27 Jahren in mir verborgen war und mit Gewalt herausdrängte. Es entstanden 1970 drei lange Filme, vielleicht die wichtigsten meiner Karriere: »Die Bettwurst«, »Macbeth« und »Nicht der Homosexuelle ist pervers, sondern die Situation, in der er lebt«.

Heute kann ich es kaum fassen, mit welch spielerischer Leichtigkeit ich damals an meine Filmarbeit ging. Es war ein ungeheurer Glücksfall, daß ich arbeiten durfte. Film ist mit Geld verbunden, wenn auch in meinem Fall mit wenig; aber ich kam heraus zu einer Zeit, in der die Medien scharf auf was Neues waren, Mut zu neuen Talenten hatten. Auch das Publikum war neugierig, raste in jede Nachtvorstellung von neuen deutschen Filmen. Die Auf-

geschlossenheit für alle noch so schwierigen Experimente war enorm.
Ich bereitete in England meinen verrückten »Macbeth«-Film vor, den der WDR mir in Auftrag gegeben hatte. Auf dem intimen Dinner eines schwulen Filmkritikers in London saß ich neben dem berühmten Maler David Hockney und dem schönen Russen Rudolf Nurejew. Ich fragte den Tänzer, von dem ich gehört hatte, daß er mit seinem großen Schwanz jemandem einen Darmriß verpaßt hatte, ob ich ihn für meinen Film benutzen könnte: May I use you for my film? Er antwortete: I want to use you first. Das wollte ich aber nicht, denn ich liebte Peter über alles und hatte ihm, bevor ich ausgegangen war, ein zärtliches Gedicht aufs Kopfkissen gelegt.
Werner Schroeter reiste mit Magdalena an, die Lady Macbeth spielen sollte. Werner amüsierte sich mit dem Knaben des Regisseurs Peter Lilienthal und erheiterte mich mit immer neuen hysterischen Anfällen. Er traf sich mit dem Komponisten Hans Werner Henze, der ihm von seinen Liebhabern und seiner italienischen Villa berichtete. Später traf ich Henze bei einer Party in Deutschland und fand den strammen Glatzkopf sehr reizvoll. Ich hörte aber, wie er zu seinem Nachbarn über mich sagte: Zu anstrengend.
Ich arrangierte mit Hilfe des Goethe-Instituts im Londoner National Filmtheatre eine Show mit Kurzfilmen von Schroeter, Wenders und mir. Im »Observer« erschienen von uns wunderschöne Fotos in zärtlicher Umarmung. Meine Kurzfilme hatte ich mit englischem Ton versehen. Dazu benutzte ich die Stimme von Mrs. Rulf, die die Kultur des Goethehauses London leitete und wunderbares Englisch mit sächsischem Akzent sprach.
Ich schleppte meine Darstellerin Magdalena Montezuma durch alle Kaufhäuser Londons, um ihr ein passendes Nachthemd als Lady Macbeth zu kaufen. Stumm und böse schaute sie auf die arroganten Verkäuferinnen, die sich in vornehmer Höflichkeit einen abbrachen. Zu Werner hatte sie inzwischen ein beinahe inzestuöses Verhältnis: Sie kochte für ihn, machte sein Büro, und sie schliefen im selben Bett. Hatte Werner einen Liebhaber, dann drehte sie sich auf die andere Seite und gewöhnte sich im Laufe

der Zeit daran, trotz schwankender Matratze einzuschlafen. Nur in einer Sommernacht soll sie Werner einmal mit großer Leidenschaft einen geblasen haben, erzählte er mir. Werner hat sich, solange Magdalena lebte, rührend um sie bemüht.
Ganz anders ich und meine Frau Carla. Carlas Machtspiele gingen mir schon lange auf die Nerven. Ich konnte ihre Ansprüche nicht mehr ertragen und war froh, als Werner Schroeter sie in seinem wunderbaren Film »Der Bomberpilot« einsetzte. Im Gegensatz zu Magdalena, die für viele sehr schwierig zu konsumieren war, war Carla ein Sympathieträger. Sie war damals ein kleiner Superstar. Nach ihr entstanden Comics, und die Zuschauer liebten ihre sprudelnde, nervtötende Art. Carla wollte Geld und schließlich die Scheidung, als sie sich in den Münchner Regisseur Volker Koch verliebte. Sie war nicht ganz fair und übte durch ihren Rechtsanwalt Druck aus, indem sie meine Briefe, in denen ich ihr meine Liebe zu Peter schilderte, als seelische Grausamkeit auslegte. Schließlich wurden wir im Mai 1971 geschieden. Carla hat sich dann immer mehr von uns zurückgezogen und nur noch Filme mit ihrem neuen Freund gemacht, die alle schrecklich waren. Sie wollte eine seriöse Schauspielerin werden und begann sich politisch zu engagieren, was bei ihr absurd war, denn dazu war sie viel zu egozentrisch. Heute lebt sie mit einem Kind in einem kleinen Ort in Bayern, schreibt Gedichte, und ich glaube, sie hat ihren Humor verloren.
Ich hatte einen Mitarbeiter engagiert, Rudolf, der mich und Magdalena für die Dreharbeiten von »Macbeth« nach Cornwall, an die englische Südküste, fahren sollte. Wir waren abends losgefahren auf dem Weg zu den geheimnisvollen Steinen von Stonehenge. Unsere Stimmung war sehr gut. Ich saß vorne und lenkte den Fahrer mit Witzen ab. Plötzlich tauchte mitten auf der Autobahn ein großer stehender Lastwagen auf. Automatisch streckte ich Hände und Beine aus, Rudolf bremste, und Magdalena schrie vom Rücksitz gellend in mein Ohr.
Ich stand danach regelrecht neben mir, war beinahe berauscht von der dramatischen Situation.
Magdalena und ich hatten nur Beulen, wofür wir später von der Versicherung einige hundert Pfund bekamen. Rudolf sah

schlecht aus. Magdalena stand in ihrem bodenlangen Mantel dramatisch an seiner Krankenbahre. Ich mußte Peter anrufen, der sich ein Auto borgte und Rudolf noch in derselben Nacht ersetzte.
Ich machte, wie in vielen meiner frühen Filme, Kamera, Licht und Ton selbst. Ich hatte ein Uher-Tonbandgerät, dessen Ton ich playback zu den Filmszenen abspielen ließ, Magdalena mußte dazu agieren.
Den »Macbeth«-Text hatte ich hauptsächlich auf die Lady-Szenen reduziert und sie von Peters schriller Freundin Lynn, aus akustischen Gründen in einer Badewanne, mit extremen Modulationen singen lassen. Ich hatte eine Art Partitur gemalt, in der Längen und Höhen verzeichnet waren, improvisierte das meiste aber aus dem Moment heraus.
So entstand meine erste und einzige Oper.
Bei den Dreharbeiten war ich sehr nervös, denn es war Januar und saukalt. Ich schrie oft den armen, hilflosen Peter an und zwang Magdalena, nur im Nachthemd und halb im kalten Wasser der Steilküste Cornwalls stehend, die Wahnsinnsszene zu spielen.
»Macbeth« wurde ein unerträglicher Film. Nur Masochisten oder fanatische Kunstliebhaber konnten vierzig Minuten Geschrei auf der Leinwand ertragen. Ich quälte damit aber viele Goetheinstitute auf der ganzen Welt. Der WDR war entsetzt und ich bei der Abnahme so erregt, mein Werk verteidigen zu müssen, daß ich den Redakteur fast mit meiner Gabel erstochen hätte, wäre ich nicht im gleichen Moment vom Stuhl gefallen. Das Kopierwerk hatte zu allem Überfluß einige Teile des Films falsch entwikkelt und Szenen, die ich in Berlin nachgedreht hatte, viel zu hell abgeliefert. Daraufhin entschloß ich mich, aus Fehlern Stärken zu machen. Ich legte im Ton einen Eiswind an und damit verwandelte sich der technische Fehler in Atmosphäre. Ich hatte ganz ohne Zooms und Schwenks gearbeitet, nur ruhige, konzentrierte Schwarzweiß-Bilder in einer dramatischen Landschaft gedreht. Ein rohes Werk, das meiner Person entsprach.

»DIE BETTWURST«

Ganz anders »Die Bettwurst«, einer meiner bis heute beliebtesten Filme. Vom Drama also zur Komödie. Ich hatte das große Glück, daß das ZDF durch meine Kurzfilme auf mich aufmerksam wurde und eine meiner schnell hingeworfenen Filmideen akzeptierte. Das Kleine Fernsehspiel war damals gerade in seinen Anfängen und hatte es sich zur Aufgabe gemacht, neue Talente zu fördern. Bis heute ist es eine der wichtigsten Produktionsmöglichkeiten für mutige Anfänger geblieben. Hier waren schwierige Filme erwünscht, hier konnten die wichtigsten Filmer der siebziger Jahre ihre ersten Schritte machen.

Natürlich gab es lächerlich wenig Geld. Für 50 000 Mark verlor ich sämtliche Fernsehrechte, erhielt dafür aber die Kinorechte nach der Fernsehausstrahlung. Inzwischen ist »Die Bettwurst« im TV sechsmal wiederholt worden, und ich habe für die Wiederholungen natürlich keine müde Mark bekommen. Damals war man froh, daß man überhaupt arbeiten durfte. Wer konnte den sensationellen Erfolg meines Filmes auch voraussehen? Nach meinen billigen Kurzfilmen war es damals immerhin viel Geld für mich.

Ich gab im Mai '70 mein Häuschen in London auf und überredete meinen geliebten Peter, mit mir nach Deutschland zu ziehen und erst einmal für mich zu arbeiten. Ich flog nach Frankfurt vor, bekam aber plötzlich Panik. Wollte ich wirklich die Verantwortung für Peter auf mich nehmen? Würde ich die Nähe mit ihm durchhalten? Ich fühlte mich wie vor einer Heirat. Er rief mich von London aus ständig im Hause meiner Eltern an, die damals von Praunheim gerade in den 24. Stock einer Hochhaussiedlung in einen anderen Stadtteil von Frankfurt gezogen waren. Ich nahm den Hörer nicht ab, wußte, daß ich ihn damit quälte. Vielleicht genoß ich sein Leiden, vielleicht provozierte er meinen Sadismus. Unsere Freundschaft wurde jedenfalls immer mehr zur Haßliebe. Ich merkte, daß wir wenig gemeinsam hatten, außer Liebe und Sex. Er fand meine Arbeit entsetzlich, ich verachtete immer mehr seine bürgerliche Welt.

Die Liebe siegte, ich ließ ihn kommen, und es ging für eine Weile erstaunlich gut.

Ich hatte mir in London einen alten billigen Amischlitten gekauft, der vorher den Rolling Stones gehört hatte, einen Ford Galaxy mit automatisch aufklappbarem Dach. Peter sollte ihn nach Deutschland überführen, denn ich hatte und habe bis heute keinen Führerschein.

Wir fuhren sofort zu den Dreharbeiten der »Bettwurst« nach Kiel, zu meiner Tante Luzi. Der Film sollte anfangs »Eine humoristische Dialektik« heißen und die Liebesgeschichte einer älteren bürgerlichen Frau mit schriller Stimme (Luzi) zu einem jungen Kriminellen aus Berlin (Dietmar) werden. Ich gab den beiden nur einige Szenen vor: Wie sie sich am Hafen kennenlernten, zusammen tanzen gingen, wie Dietmar Luzi zu Hause besuchte und sie ihm ihre Fotos zeigt. Ich wollte so wenig wie möglich erfinden und Luzi und Dietmar so lebensecht wie möglich auf die Leinwand bringen. Sie sollten die ungewöhnlichsten Menschen werden, die je im deutschen TV aufgetreten sind.

Den sanften, seltsamen Dietmar, der in Berlin auf den Strich ging, hatte ich nach Kiel kommen lassen und für den Film neu eingekleidet. Er hatte sich verrückte und tuntige Sachen ausgesucht, schaffte es aber trotzdem nicht, Luzi in ihrer schrillen Garderobe zu übertrumpfen. Luzi, die bedeutend älter war als Dietmar, akzeptierte ihn gleich. Zwei ungewöhnliche Menschen, zwei Außenseiter, von vielen verlacht und gemieden, gingen herzlich aufeinander zu und arbeiteten kollegial und diszipiniert zusammen. Eine schrille Tunte traf auf eine ältere dicke Exhibitionistin.

Es war für beide der erste große Film. In »Schwestern der Revolution« hatte ich sie nur in kleinen Rollen ausprobiert. Wie immer hatte ich kein richtiges Drehbuch, das Leben sollte das Drehbuch sein. Bernd Upnmoor, den ich auf einer Hamburger Filmschau kennenlernte, hatte ich gebeten, mit mir zusammen die Kamera zu machen. Seine Freundin machte Fotos, mein Freund Peter war Mädchen für alles.

Zum ersten Mal arbeitete ich lippensynchron. Bernd machte Licht, richtete die geborgte Arriflex-16-mm-Pilotton-Kamera für mich ein und bediente das Tonbandgerät, während ich beim Dreh hinter der Kamera stand. Primitiver geht's nicht. Ich ließ

Luzi und Dietmar nicht aus den Augen, merkte mir alle ihre privaten Redensarten und Gesten und versuchte dann, sie vor der Kamera dazu zu bringen, sich selbst nachzuspielen, so lebensecht wie möglich. Nicht spielen, sondern sein. Luzi und Dietmar liebten die Kamera. Luzi hat sich ihr Leben lang gerne fotografieren lassen, sie nervte jeden, sie in allen Situationen und Posen und immer wieder neuen Kleidern abzufotografieren: am neuen Telefon, vor der Heizung, neben der toten Mutter. Ihr Exhibitionismus kannte keine Grenzen. Sie zeigte uns ein Dutzend dicker Fotoalben: ein Sittenbild deutscher Kitschkultur in Höchstform.

Höhepunkt des Films wurde die Bettszene zwischen den beiden, die bis heute von vielen Fans nachgespielt wird. Dietmar mußte die korpulente Luzi ins Schlafzimmer tragen und brach dort über ihr zusammen. Luzi kreischte mit hoher, kalter Stimme immer wieder: »Dietmar, ich liebe dich«, während er Luzi mit Komplimenten überschüttete. Er wand und schüttelte sich in Liebesekstase und warb in seinem breiten Mannheimer Dialekt mit rührender Ungeschicklichkeit um ihren Busen, um die Luft, die sie atmet, um ihre Haare (sie trug eine Perücke). Luzi strich sich den Tag, an dem sie sich kennengelernt hatten, im Kalender rot an und flehte zu Gott, sie nie wieder zu trennen. In dem Moment schwenkte die Kamera auf ein beleuchtetes Christusbild, das sich dezent verdunkelte.

Mir wird bis heute vorgeworfen, ich würde meine Darsteller verarschen, mich über sie lustig machen und sie dem Gelächter des Publikums preisgeben. Doch in Wirklichkeit sind viele von uns, wenn man uns heimlich in intimen Situationen filmen würde, ähnlich komisch. Nur haben wir durch die angepaßte Darstellungsweise »seriöser« Schauspieler in Film und Fernsehen den Maßstab für uns selbst verloren. Wir träumen uns in Idealbilder, denen wir selten entsprechen. Wir sind unfähig, unsere eigene Wirklichkeit zu akzeptieren. Wie langweilig. Die Natur schüttet ihr Füllhorn aus, und wir reduzieren die Vielfalt zu modischen »Idealen«, die wir ästhetisch nennen. Die Fernsehansagerin und das erotische Model entsprechen nicht der Frau im eigenen Bett. Nur Männer dürfen noch häßlich und dick sein. Jeder Schüler

»Die Bettwurst«: Luzi Kryn . . .

. . . und Dietmar Kracht

lernt in seinen Wichsheftchen, was er geil zu finden hat. Verlieben tut er sich dann aber ins Gegenteil. Das fehlgelenkte Publikum glaubt, die eigene unvollkommene Wirklichkeit verstecken und verdecken zu müssen, sich ständig genieren zu müssen, dick, dumm und anders zu sein.
Nicht so Luzi und Dietmar. Ihre Selbstliebe war unerschütterlich. Auch nach vielen kritischen Reaktionen, nach der Premiere des Films in Kino und Fernsehen, ließen sie sich nicht ihr Selbstwertgefühl nehmen. Sie freuten sich über jedes Kompliment und über jede bewundernde Zuschrift und wiesen jede Kritik entrüstet zurück. Bald hatten sie Millionen Fans, die ihren Mut bewunderten und bis heute anerkennen. Einen ähnlichen Erfolg habe ich später noch mit Lotti Huber erlebt. Eine dicke kleine Frau, ein nach bürgerlichem Geschmack bemaltes Monster, wurde zum Sympathieträger einer Nation, weil sie ihr eigenes Leben nicht verleugnete.
Mein Freund Peter konnte die Dreharbeiten zur Bettwurst nicht ertragen. Er fand es unmenschlich, wie ich Luzi und Dietmar in exotischen Szenen immer krasser ausstellte.
Luzi und Dietmar hatten viel Spaß zu improvisieren. Die einzige Schwierigkeit war, sie zu bremsen und nicht durcheinander reden zu lassen. Sie konnten sogar Szenen ziemlich exakt wiederholen. Da sie ihre Texte nicht auswendig zu lernen brauchten, gab ich ihnen die Freiheit, sich ganz zu entfalten und immer wieder neue, wunderbare Fehler zu kreieren. Die zentrale Szene des Films ist eine Weihnachtsfeier, die wir im Hochsommer drehten. Ich hatte einen künstlichen silbernen Tannenbaum gekauft und Geschenke ausgewählt, die sie sich überreichen sollten. Dietmar bekam eine Kitschmadonna und eine Maschine zum Messerschärfen, Luzi bekam von Dietmar eine Nackenrolle fürs Bett, die er zärtlich Bettwurst nannte. In nur zehn Tagen drehten wir den Film mit einfachsten Mitteln ab.
Erst viel später hörte ich von dem amerikanischen Undergroundregisseur John Waters, der wohl zur selben Zeit seinen berühmten Film »Pink Flamingos« in seiner Heimatstadt Baltimore gedreht hat. Im Unterschied zu mir arbeitete er mit Karikaturen, während ich es wichtig fand, authentisch zu sein. In seinem Film läßt er

den dicken Transvestiten Divine in einer durchgehenden Einstellung Hundescheiße fressen.
Ich wollte Echtheit, um jeden Preis. Die meisten meiner Spielfilme sind halbdokumentarisch, die Darsteller fast immer Laien, Typen und Charaktere, die mit viel Freude und Phantasie spielten. Das war damals etwas Neues. Anders als heute, wo der deutsche Film Kassengift ist, hatten wir in den siebziger Jahren ein großes Publikum. Immer mehr junge Filmemacher hatten den Mut, etwas auszuprobieren. Wim Wenders war an der Filmhochschule in München und machte seine ersten wichtigen Kurzfilme. Fassbinder begann, jedes Jahr wie ein Irrer zwei bis drei neue Spielfilme rauszukotzen. Was immer ich auch an ihm haßte, ich liebte seine Arbeitswut. Adolf Winkelmann machte lustige Experimente; in und um Hamburg entstanden viele radikale Filme. Ich liebte die poetischen Experimente von Dore O., die mit dem radikalen Filmemacher Werner Nekes zusammenlebte. Einen wichtigen Anteil an dieser Entwicklung hatte auch das deutsche Fernsehen. Junge linke Redakteure erkämpften sich Sendeplätze und zwangen die Sender, unsere Filme zu produzieren, zu kaufen, zu senden. Später erkämpften wir uns das wichtige Recht, unsere Filme erst zwei Jahre im Kino zeigen zu dürfen, bevor sie ins Fernsehen kamen. Dafür mußte das Fernsehen im voraus blechen, was ein wichtiger Grundstein für die Finanzierung unserer Filme war.
Alexander Kluge und seine Münchner Clique erkämpften ein sehr gutes Filmförderungsgesetz, das von einem progressiven Auswahlkomitee geleitet wurde. Wichtig war für uns auch, daß ein Film, der eine bestimmte Zuschauerzahl im Kino hatte bzw. als künstlerischer Film ein Prädikat der Filmbewertungsstelle bekam, eine extra Geldprämie erhielt, die man in einen neuen Film stecken mußte. Damit läßt sich die große Produktivität von Fassbinder, Herzog, Schlöndorff, Wenders und anderen erklären, die nach einem fertiggestellten Film sofort die Finanzierung für den nächsten hatten. Natürlich spielte der Zeitgeist eine Rolle. Wir lebten in einer Aufbruchsstimmung, einer Euphorie, die den deutschen Film wieder auf den Weltmarkt brachte und international aufwertete.
Die »Bettwurst« hatte am 2. Februar 1971 im Kleinen Fernsehspiel

des ZDF Premiere und wurde zur Sensation. Die Presse jubelte: »Auch das nichtkommerzielle Kino hat seine Meister, ihr größter in Deutschland ist Rosa von Praunheim« (FAZ). Der Schriftsteller Günter Herburger schrieb einen ganzen Aufsatz über diese neue Art von Film, und Atlas-Film kaufte ihn fürs Kino, wo er trotz Fernsehen und ungewöhnlichem 16-mm-Format in Studentenkinos ganz gut lief.

Luzi bekam viel Fanpost, besonders von jungen Leuten, aber auch obzöne Anrufe aus ihrem Hochhaus, weil sie im Film in einem durchsichtigen Negligé zu sehen war. Dafür bekam sie aber Glückwünsche von ihren Kollegen im Büro. Sie arbeitete in einer Klinik, in der sie für Vaterschaftsbestimmungen bei unehelichen Kindern zuständig war. Luzi fuhr mit dem Film zu einem Festival nach Zoppot in Polen, um ihn live in Polnisch einzusprechen. Sie zog wie eine Königin in ihre Heimatstadt ein. Freunde hatten sie mit einem großen Auto hingebracht, sie residierte im Grand Hotel in Zoppot und scheuchte die Ober herum, spielte das arme Mädchen, das nun als Filmstar zurückkommt. Sie ließ sich von ihren armen Bekannten ausgiebig bewundern, half jedoch später vielen bei ihrer Ausreise nach Deutschland. Heute, lange nach ihrer Pensionierung, arbeitet Luzi als Dolmetscherin, um gestrauchelten Polen bei der Polizei und vor Gericht beizustehen.

Dietmar, der in Berlin lebte, konnte seinen Ruhm hautnah genießen. Er kam endlich von seinen kriminellen Freunden los und hatte plötzlich viele Bewunderer in der Studentenszene. Er wurde in Kneipen eingeladen und verschaffte einigen verklemmten Söhnen aus gutem Hause ihr schwules Coming-out. Ich versuchte mich so gut es ging, um Dietmar zu kümmern. Er wohnte zeitweise in meiner Wohnung, doch es war sehr anstrengend mit ihm. Oft kam er besoffen nach Hause, kotzte ins Bett und verdeckte dann alles ordentlich mit einer Decke. Manchmal traf ich ihn blutend an, weil er im Suff jemanden angemacht hatte und zusammengeschlagen worden war, oder er wurde ausgeraubt. Ich versuchte, ihm seine Gagen einzuteilen, damit er nicht alles in einer Nacht verlor, was natürlich Aggressionen schaffte. Er gefiel sich bald in der Rolle des ausgenutzten Filmstars, und man glaubte ihm gern.

27. Januar *Wie jeden Sonntagabend kamen Gäste.*
Hagen, ein 16jähriger, hatte vorher angerufen, ein dünnes strahlendes Kerlchen, für mich viel zu jung, aber ich war sehr gerührt, daß er den Mut gefunden hatte, zu mir zu kommen. Ihm hätten die Knie gezittert, meinte er. Wir fragten ihn aus und erfuhren, daß ihn vor sechs Wochen auf der Straße plötzlich die Gewißheit überraschte, daß er schwul ist. Er hatte bei Illustrierten immer auf die nackten Jungs geschaut, nie auf die Frauen. Bis jetzt hat er sich noch nicht getraut, Sex zu machen. Ich gab ihm die Adresse vom schwulen Informationszentrum »Mannometer«, wo er sich psychologisch beraten lassen und Kontakt zu einer schwulen Jugendgruppe aufnehmen kann.
Inzwischen war Petra eingetroffen, ein seltsames Mädchen mit Irokesenschnitt, die Fotos von Totentänzen zeigte. Der Filmemacher Olaf erschien und Sven, mein Assistent an der Ernst-Busch-Schauspielschule. Er hat seit acht Monaten mit einem Kollegen ein eigenes Theater in Jena, mit einer jungen wilden Truppe, und er hat in der Studentenstadt mit ungewöhnlichen Produktionen viel Erfolg. Zum Schluß kam ein Dokumentarfilmer, der an der Filmhochschule in Babelsberg studiert hatte und jetzt, nach dem Fall der Mauer, arbeitslos, verzweifelt und mutlos ist. Ich fragte ihn nach seinem Sexleben, und er meinte, daß er nur längere Beziehungen sucht und sich dann ohne Kondom ficken läßt. Ich beschimpfte ihn.
Er fragte nach dem Sinn der Handschellen, die hinter meiner Couch neben rasselnden Ketten als Dekoration an einem Käfig hingen. Er meinte, daß er sich nie so erniedrigen lassen würde, und ich erzählte ihm Lügengeschichten aus meiner angeblichen sadistischen Praxis. Es wurde immer später und wir alle plötzlich besoffen. Als die Gäste aufbrachen, bemerkte ich, daß sich der Typ die Handschellen angelegt hatte und schüchtern nach dem Schlüssel fragte. Ich sagte, ich hätte keinen. Die anderen lachten und verschwanden. Ich setzte mich zu ihm, und wir küßten uns. Er hatte einen starken Körper und ein breites Froschmaul. Leider redete er einen irre besoffenen Scheiß. Ich holte eine Kneifzange und knipste die Verbindungskette durch, die enge Handschelle blieb an seinem Arm. Ich half ihm, sich auszuziehen, und wir stürzten übereinander ins Bett. Er saß auf mir und wichste hektisch unsere beiden Schwänze. Die Handschelle klapperte wie verrückt, und ich spürte das harte Eisen an meinen Eiern. Am Morgen war ich froh, als er ging.

Heute bekam ich einen Anruf von einem netten schwulen Redakteur der TV-Sendung »11/99«, der mir aufgeregt mitteilte, als Reaktion auf mein Outing sei ein großer Hetzartikel gegen mich in der Zeitung »Super«, einer Art »Bild-Zeitung« des Ostens, erschienen. Er las mir einige Zeilen vor: »Es ist ja nichts dagegen zu sagen, daß es Männer gibt, die ein schmutziges Arschloch reizvoller finden als eine süße Vagina. Sollen sie. Wogegen wir uns wenden, das sind die aufgeregten Hähne, die sich auf den Misthaufen stellen und ihre Besonderheit zur Schau stellen. Es gibt auch Männer, die ihre Leidenschaften diskret genießen, und die würden ihn gern umbringen mit seiner Petzerschnauze.« Im Vorspann nannten sie meine volle Adresse. Das war quasi ein Aufruf, diesen Arschficker Praunheim zusammenzuschlagen oder umzubringen. Der Redakteur bat mich besorgt, ich solle sofort bei ihm anrufen, falls mich jemand belästigt oder ein Anschlag auf mich ausgeübt wird. Ist er wirklich besorgt, oder würde es nur eine gute Story abgeben, wenn mir was passiert?

»NICHT DER HOMOSEXUELLE IST PERVERS«

Direkt nach den Dreharbeiten zur »Bettwurst« begann ich im Sommer 1970 meinen Schwulenfilm vorzubereiten, dem ich den komplizierten Titel gab »Nicht der Homosexuelle ist pervers, sondern die Situation, in der er lebt«. Ich hatte das unverschämte Glück, daß die Bavaria-Filmgesellschaft im Auftrag des WDR ein sehr unkonventionelles kurzes Drehbuch von mir akzeptiert hatte. Es ist also der einzige meiner Filme, den ich nicht selbst produziert habe, wodurch ich auch keine Rechte mehr an ihm habe.
Ein schwules Thema war zu der Zeit noch eine Sensation.
Ich hatte mir als Berater den Soziologen Martin Dannecker engagiert, der gerade mit Reimut Reiche zusammen eine Untersuchung über den »gewöhnlichen Homosexuellen« abgeschlossen hatte. Martin stellte sich als wunderbarer und hilfsbereiter Mensch heraus. Ich traf ihn zum ersten Mal in Stuttgart, Peter hatte mich in meinem Luxusschlitten kutschiert, der an jeder Ekke Öl verlor und den ich bald verschrottete. Martin Dannecker war früher Schauspieler gewesen und hatte dann auf Sexualwis-

senschaften umgesattelt. Selbst schwul, war sein Wissen authentisch. Wir begaben uns einige Zeit in Klausur, und ich konnte ihm viele dumme Fragen stellen, die ich später in meinem sehr provozierenden Kommentartext zum Film verwurstete. Die Mischung aus dem kopflastigen, intellektuell verschlüsselten Martin und dem naiven und sinnlichen Rosa war nicht schlecht. Völlig neu war, daß hier Schwule selbst einen Film über ihre Probleme machen konnten, nicht nur, wie bisher üblich, Heteros.
Der Film war geprägt von Wut und Frust, die sich in meinem bisherigen schwulen Leben in Berlin aufgestaut hatten. Ich war überzeugt, daß wir nicht immer nur passiv auf die Nettigkeit der Gesellschaft warten könnten, damit sich für uns etwas zum Vorteil verändert. Wir Schwulen müssen unser Schicksal selber in die Hand nehmen, und zwar nicht bloß, indem wir anonyme Briefe an Politiker und Behörden schicken, wie es zu der Zeit üblich war, sondern radikal, fordernd und revolutionär. Wir waren der Meinung, daß sich die Situation der Schwulen nur verbessern kann, wenn sich die ganze Gesellschaft und ihre Einstellung zur Sexualität ändert. Wir bezogen deshalb nicht nur die Schwulen, sondern auch alle anderen unterdrückten Minderheiten mit ein. Sensibilisiert durch die Studentenrevolte, glaubten wir an eine neue und bessere Welt, in der man liebevoller, gemeinschaftlicher, toleranter und gerechter miteinander umging: für absolute Gleichberechtigung der Frau und Abschaffung des Patriarchats, für Veränderung der Besitzverhältnisse und gegen die Ausbeutung der dritten Welt.
Die Lesben hatten wir in unserem Film bewußt ausgeklammert. Wir waren egoistische Männer, wußten auch zu wenig von Lesben und konnten nur hoffen, daß sie sich, angeregt durch uns, selbst organisierten. Was ja dann auch passierte.
Unser Film sollte provozieren, Schwule und Hetis aus ihrer Ruhe und ins Gespräch bringen. Wir wollten auf keinen Fall einen Film, der die Schwulen glorifiziert oder bemitleidet. Uns war es wichtig, die beschissene Situation der Schwulen schonungslos aufzudecken, zu zeigen, in welch menschenunwürdige Situationen wir von der Gesellschaft seit Jahrhunderten reingezwungen werden und daß eine Veränderung nur möglich ist, wenn die Be-

troffenen sich selbst wehren. Viele hatten sich doch ganz nett in ihrem Versteck und Schwulenghetto eingerichtet, Lust an Unterdrückung stellte sich ein. Man genoß seine exotische Abenteuerrolle. Ich aber hatte mich, speziell als Künstler, in der Schwulenszene immer sehr alleine gefühlt. Die meisten, die ich traf, waren ängstliche, spießige, angepaßte und unpolitische Menschen, die selbst das Wort homosexuell nicht in den Mund nahmen und lieber verklemmte Umschreibungen dafür erfanden. Das Wort »schwul« war in dieser Zeit ein böses Schimpfwort. Als ich mich entschloß, »schwul« zu einem positiven Wort zu machen, indem ich es in meinem Film fast hundertmal benutzte, war das natürlich für die meisten ein großer Schock. Heute sprechen es selbst Tagesschausprecher aus.

Unsere Kritik ging in zwei Richtungen: gegen die repressive Gesellschaft und gegen die Feigheit der Schwulen. Ich wollte auch meine Wut auf diejenigen Schwulen loswerden, die sich passiv von Rockern in Parks verprügeln ließen, die aus den Toiletten rannten, statt dem zu helfen, der blutend in der Pisse lag. Ich hatte zu lange unter der eitlen und verklemmten Szene in Bars, Klappen und Schwimmbädern gelitten und unter der unpolitischen oder sogar konservativen Haltung vieler Schwuler. Ich wollte ihnen Feuer unterm Arsch machen, um etwas zu ändern. Es war jedoch auch mein verzweifelter Schrei nach Kommunikation, nach Solidarität. Wo waren die andern, die so dachten wie ich? Der Film war eine Möglichkeit, sie zu finden. Ich wollte nicht angewiesen sein auf die kommerzielle schwule Subkultur, das blöde Rumstehen, den Schnellfick. Schwule sollte mehr verbinden als nur der Sex, sie sollten sich auch als menschliche Wesen mit Kultur, Intelligenz und politischem Verstand wahrnehmen können.

Ich wollte eigentlich zuerst den tuntigen Dietmar für die Hauptrolle des jungen Provinzlers haben, der in die Großstadt kommt und das schwule Leben kennenlernt. Ich war mir bis zuletzt nicht schlüssig, ob er gut für die Rolle wäre, und zwang die Bavaria-Filmproduktion, die ersten Drehtage abwechselnd mit zwei Hauptdarstellern zu drehen. Ich entschied mich dann doch für Bernd Feuerhelm, den konventionelleren und hübscheren von

beiden, und es war wohl gut so. Der Film war schon provokativ genug.
Die Bavaria schickte ein relativ großes Filmteam von München nach Berlin, für mich ein ungeheurer Luxus, und ich fing an, verrückt zu spielen. Plötzlich hatte ich viele Assistenten und eine große Technik. Ich saß verzaubert auf meinem Regiestühlchen, hatte Peter auf meinem Schoß und freute mich, daß alle nach meiner Pfeife tanzen mußten. Mein Kameramann war Robert van Ackeren, dessen Bilder ich anfangs nicht sehr mochte. Ich zwang ihn, jede Einstellung abwechselnd von ihm und von mir drehen zu lassen. Am Ende mußte ich aber zugeben, daß er sehr gute Arbeit leistete. Auch wenn ich seine eigenen Filme heute nicht mag und er meine auch nicht; ich finde ihn humorlos, verklemmt und seine bürgerlichen Filmthemen langweilig.
Ich drehte wieder ohne Ton, um mehr Freiheit für spätere Kommentar-Texte zu haben. Das war sehr klug, denn hätte die Bavaria gleich gewußt, welche Provokation auf sie zukam, dann hätte sie den Film nie gemacht. Ich hatte ihnen nur einen groben Rahmen für die Bildgeschichte des Films angeboten:
Ein junger Mann aus der Provinz kommt in die große Stadt Berlin und lernt hier das schwule Leben mit all seinen Vor- und Nachteilen kennen. Er lernt die große Liebe, dann ältere kultivierte Herren, dann exotische Lokale kennen. Er wird eitel und modisch und liebt schnellen Sex, der ihn immer unbefriedigter werden läßt. Schließlich kommt er in einen Kreis revolutionärer Schwuler, die ihm zurufen: Schwulsein ist nicht abendfüllend, raus aus den Toiletten, rein in die Straßen, Freiheit für die Schwulen.
Die Dreharbeiten gingen relativ schnell. Wir hatten keine Schwierigkeiten, Statisten für den Film zu bekommen. Es gab mehr Schwule in Berlin, als ich gedacht hatte, die bereit waren, sich öffentlich zu machen. Ich fand wunderbare kettenrasselnde Lederleute für eine Parkszene, und wir drehten in der historischen »Ellis Bier-Bar« mit den schrägsten Typen. Ein älterer Transi, der als Blumenfrau durch die Lokale ging, sang Kitschlieder; Künstler aus dem Travestie-Lokal »Lützower Lampe« führten erotische Akrobatik vor (die ich dann allerdings wieder rausschnitt).

Der Hauptdarsteller meines Films stellte sich als Hetero heraus, der große Schwierigkeiten mit den Kußszenen hatte. Vielleicht war ihm auch erst mit der Zeit klargeworden, worauf er sich eingelassen hatte. Jedenfalls ließ die Gage ihn tapfer durchhalten.
Im Schwimmbad und vor dem »Kleist-Casino« posierten die schönsten Männer Berlins. Wir drehten eine Szene, in der alte Schwule vor einer Toilette zusammengeschlagen wurden. Ich stellte die Darsteller aus, wollte sie kritisch vorführen. Diese repressive Exotik hatte ich ja jahrelang selbst erlebt. Ich fand viele eitle Selbstdarsteller, die ahnten natürlich auch nichts von dem politischen Anliegen und der Radikalität meines Films.
Nach den Dreharbeiten fuhr ich sofort nach München, wo ich am Schneidetisch der Bavaria den Film zusammensetzte und mich dann an den schwierigsten Teil der Arbeit machte, einen Kommentartext für die fertigen Bilder zu finden.
Ich zerstritt mich wieder einmal mit meinem Liebhaber Peter, den ich inzwischen unendlich langweilig fand. Bei den Dreharbeiten war er Mädchen für alles gewesen, und ich hatte ihn oft vor dem ganzen Team runtergeputzt, doch trotz meiner Beschimpfungen liebte er mich über alles. Inzwischen hatten wir auch unser Bedürfnis entdeckt, mit anderen Sex zu haben. Ich erinnere mich noch an das erste Mal, als wir mit einem anderen Paar nach Hause gingen. Als er von einem muskulösen Typ durchgefickt wurde, hielt ich es vor Eifersucht kaum aus, fand aber die Situation gleichzeitig auch ungeheuer geil. Später animierte ich Peter oft dazu, mit anderen Sex zu haben, um ihn dann hinterher mit Verachtung und Ignoranz zu strafen. Peters Masochismus provozierte immer wieder diese schreckliche Situation.
Ich fühlte mich aber nicht besonders wohl in der Rolle des Sadisten und wollte Peter loswerden. Ich schrieb ihm von München aus einen Brief und erklärte ihm, warum ich Schluß machen wollte. Dabei heulte ich wie ein Schloßhund. Eigenartig, wie sich Liebe und Ratio tragisch trennte. Ich verachtete ihn, war aber doch abhängig von ihm, von seiner zarten, warmen Haut, seinem schönen, traurigen Gesicht. Peter kam nach dem Brief sofort nach München und wollte um mich kämpfen. Wir liebten uns wieder. Dann brachte ich ihn in Berlin bei einem Freund unter,

konnte aber die Trennung nicht lange ertragen, besuchte ihn täglich, kontrollierte seine Treue und raste vor Eifersucht. Dann erlaubte ich ihm, wieder zu mir zu ziehen. Wir bezogen eine kleine Wohnung im vierten Stock der Claudiusstraße im Tiergarten. Ich richtete sie kitschig ein, und für eine Zeit waren wir wieder glücklich.
Inzwischen hatte ich nach den geschnittenen Bildern des Schwulenfilms den Kommentartext geschrieben, der dem Film erst seinen eigentlichen Inhalt und die Schärfe geben sollte. Es gab zwei Sprecher, einen, der wie in einer Seifenoper sehr kitschig, fast parodistisch den Weg durch die schwule Szene Berlins beschrieb, und einen, der bissig die Szenen analysierte und die konservative Haltung vieler Schwuler angriff, gesprochen von der provozierend hohen Stimme von Volker Eschke. Erst jetzt wirkte der Film fast unerträglich und provozierend.
Produzenten und Fernsehleute bei der Bavaria bekamen bei der Abnahme einen Schock. Hätte ich nicht die Unterstützung des Dramaturgen Werner Kließ gehabt, der den Film konsequent verteidigte und durchboxte, und die Solidarität des WDR-Fernsehspielchefs Günter Rohrbach, dann hätte der Film nie das Licht der Welt erblickt.

Konsum (Strandbad)

Homosexuelle haben miteinander nichts gemeinsam als den starken Wunsch, mit einem Mann zu schlafen. Der immer stärker werdende Wunsch nach einem nackten, männlichen Körper treibt sie aus ihren Familien heraus zu den Orten, wo sie Schwule treffen. In der Gesellschaft der Schwulen können sie für kurze Zeit vergessen, daß sie Aussätzige und von der Gesellschaft Verstoßene sind. Trotzdem haßt ein Schwuler den anderen, denn er sieht in dem anderen sein eigenes Unglück. Statt gegen eine Gesellschaft zu kämpfen, der sie ihr Unglück verdanken, geben

sie sich lieber selber die Schuld! Sexualängste, von der Gesellschaft zugeschobene Schuldgefühle und ein starkes Konkurrenzgefühl machen die Schwulen untereinander zu heimlichen Feinden! Um aber trotzdem miteinander verkehren zu können, müssen sie eine Gemeinsamkeit vortäuschen, die nur verlogen sein kann. Sie bilden oberflächliche Rituale und Formen aus. Genauso wie der Spießer, beurteilen sie sich untereinander nach äußerlichen Gesichtspunkten. Ihre sozialen und menschlichen Probleme werden verdrängt und ersetzt durch eine Maske der Äußerlichkeit. Um in der Gemeinschaft der Schwulen als einer der ihren anerkannt zu werden, ist ein junger Homosexueller bald gezwungen, seine vielleicht persönlicheren Interessen einzutauschen gegen angeblich speziell schwule Interessen und Ideale.
Homosexuelle Treffpunkte sind ein Jahrmarkt der Eitelkeit. Man stellt sich zur Schau, und jeder erwartet vom anderen, daß er um ihn wirbt.
(aus dem Kommentartext des Schwulenfilms)

Der Film sollte zur Bombe werden. Kunst als Waffe, wovon ich immer geträumt hatte.
Nach Abschluß des Schwulenfilms ahnte ich noch nichts von der großen Wirkung, die der Film haben würde. Ich konnte mir also meinen langgehegten Wunsch nach einer Reise in die USA erfüllen.

30. Januar *Ich ging ins Pornokino am Wittenbergplatz. Es war ganz leer, nur ein dicker Lederschwuler wichste vor sich hin, holte ab und zu eine Poppersflasche raus und roch dran. Ich spritzte ab und ging, las im Vorraum in neuen Schwulenzeitungen. »Don Adonis« beschimpft mich wegen meines Outings, outet aber selbst in der Ausgabe zwei prominente Sänger. In der neuen Ausgabe des schwulen Pseudointellektuel-*

Bernd Feuerhelm

Bernd Feuerhelm (l.) und Berryt Bohlen im Schwulenfilm

len-Magazins »Magnus« sind sieben Leserbriefe abgedruckt, die sich für mein »Outing« einsetzen. Ich freue mich, fühle mich bestätigt, mein Kampf hat sich also doch gelohnt. Erstaunlich, daß diese Zeitschrift, die mich seit langem auf die primitivste Weise mit Haßartikeln verfolgt, es wagt, Positives über mich abzudrucken. Sie waren die ersten, die das schwule Fernsehen niedermachten und meine Aids-Politik mit Häme überzogen.
Mutti war schwimmen, und ich überraschte sie, als sie vor dem Fernseher, der immer sehr laut gestellt ist, eingeschlafen war. Ich dachte für einen Moment, sie wäre tot. Doch dann sah ich ihre sich leicht bewegenden Lippen und spürte ihren Atem.
Mike, meine längste und bis jetzt schönste Liebe und mein treuer Mitarbeiter seit fast 15 Jahren, kam kurz vorbei und bastelte an meinem Computer. Ich umfaßte seinen immer dicker werdenden festen Bauch, küßte seine Glatze und sehnte mich nach seiner Liebe: Meiki-mu, I love you. Er haßt mich, wenn ich das sage. In nüchternem Zustand ist er seriös und distanziert.

Ich habe zu viel Kaffee getrunken, bin hektisch, räume auf, was ich sehr selten tue. Heute abend kommt mein Geliebter Josef. Ich hatte ihn gestern um Mitternacht angerufen, als er schon schlief. Er will nachmittags von Dresden losfahren. Hundert Bücher und Manuskripte liegen auf dem Boden verstreut, über meinem Trimmrad endlos Hosen und Hemden, die ich auf den Bügel und dann in den Schrank hänge. Alte Socken zwischen Videos und Tonkassetten. Ich sammle Reste meiner Zehennägel vom Boden, Kleingeld, das aus den Hosen gefallen ist, und Reißnägel. Ich bin ein Schwein. Mutti kommt und fragt, wann sie denn wieder staubsaugen darf, außerdem vermißt sie das Pendant zu dreien meiner Socken.

NEW YORK – DIE SCHWULSTE STADT DER WELT

Im Mai 1971 flog ich zum ersten Mal in die Alptraummetropole New York. Schon längst hätte ich dorthin gehört, denn New York war die absolute Kunstmetropole, von hier hatten der Undergroundfilm, das Off-Theater und die Pop-Malerei die Welt erobert, und ich schaute neidisch auf meine amerikanischen Kollegen. Ich hatte schreckliche Angst, denn jeder erzählte mir Horrorgeschichten von Überfällen und Mord und Totschlag. Von meiner Freundin Anette ließ ich mir Geheimtaschen für mein Geld einnähen und konnte Tage vorher nicht schlafen. Zwei Freunde, John und Michael, Amerikaner, die ich aus Berlin kannte, holten mich vom Kennedy-Flughafen ab. Krach und Schmutz und Aufregung am Emigrations-Schalter. Ich durfte offiziell nicht schwul, nicht geschlechtskrank oder Kommunist sein. Ich mußte genügend Geld haben und durfte nicht in Verdacht kommen, daß ich heimlich in den USA bleiben und dort arbeiten wollte. Mit Michael, einem wunderschönen farbigen Lehrer, hatte ich bei dessen Berlin-Besuch eine Affäre gehabt. Er brachte mich bei John unter, der mit seinem Freund, einem reichen Restaurantbesitzer, im Village in der MacDougal Alley wohnte, einer kleinen vornehmen Sackgasse, die von Privatpolizei beschützt wurde.

Hier erlebte ich meine erste typische New Yorker Schwulenwohnung: Glaskitsch neben teuer gerahmten Fotos von Filmstars und vielen Topfflanzen. Ich hatte immer gedacht, daß mich die Straßenfluchten Manhattans und die vielen hektischen Menschen erschrecken würden, daß ich mich hilflos und allein fühlen würde. Das genaue Gegenteil passierte. Das geometrische Straßennetz dort ist viel leichter zu erfassen als unsere verwirrenden krummen Straßenzüge. Alles in den USA ist so übersichtlich angelegt, daß sich jeder Idiot sofort zu Hause fühlt. Überall fand ich kleine billige Coffeeshops, in denen man riesige Sandwiches bekam, alles mit ungeheurer Schnelligkeit und in guter Qualität. Ich begann die Europäer zu bedauern, die stundenlang auf teures Essen warten müssen und sich deshalb auch noch kultiviert vorkommen. Ich habe nie Wert aufs Essen gelegt und liebte es, praktisch und schnell bedient zu werden, um Zeit für die vielen aufregenden Dinge in dieser Stadt zu haben. Ich vergaß immer öfter meine Angst vor Verbrechern und Mördern. Niemals in all der langen Zeit in New York ist mir persönlich etwas passiert, ich bin nie beraubt, vergewaltigt oder ermordet worden.

Ich lernte New York schnell als das Schwulenzentrum der Welt kennen. Man schätzt, daß dort mehr als eine Million Homosexuelle leben, und von denen begannen immer mehr sichtbar zu werden und Forderungen zu stellen. Ich erfuhr zum ersten Mal von den Stonewall Riots. Im Juni 1969 hatten sich in einer Bar namens »Stonewall« im Schwulenviertel von New York Transvestiten gegen die Polizei zur Wehr gesetzt. Das löste, nach einer langen Zeit des Stillhaltens, plötzlich große Proteste von seiten der Schwulen aus. Daraus entstand eine militante politische Organisation, der Anfang einer großen Schwulenbewegung, die ich später in meinem Film »Armee der Liebenden« dokumentiert habe. Zum Gedenken an diesen Vorfall wurde, zunächst nur in New York und später weltweit, fortan Ende Juni der Christopher Street Day mit immer größer werdenden Demonstrationen gefeiert. Als ich mein Script zum Schwulenfilm geschrieben hatte, wußte ich nichts von den Vorfällen in New York. Doch die Zeit war reif und vieles, was in meinem Kopf passierte, ereignete sich parallel dazu in New York.

Damals gab es in New York das »Firehouse«, ein altes Feuerwehrhaus, das zum Schwulen- und Lesbenzentrum umgewandelt wurde. Es war faszinierend für mich, auf wie viele aktive Schwule und Lesben ich hier traf. Es waren Hunderte, manchmal Tausende, die mit großer Leidenschaft ihre Situation verändern wollten. Ich bewunderte die praktische Intelligenz und Schnelligkeit, mit der hier beraten und beschlossen wurde. Bei uns diskutierte man endlos über den Schlüsseldienst oder riß sich wegen sonst einer Kleinigkeit in Stücke. Ich sah, daß die Amis viel fähiger sind, Gefühle zu zeigen. Wer eine gute Arbeit für die Gemeinschaft gemacht hat, wurde öffentlich herausgestellt und mit Applaus gelobt. In den deutschen Schwulengruppen eine Unmöglichkeit, Selbsthaß und Konkurrenzdenken verhindern das. New York war für mich die geilste Stadt der Welt. Ich mochte die kräftigen Amis mit ihrem unverschämt selbstbewußten Grinsen. Mir wurde immer klarer, daß ich in Deutschland kulturell immer nur aus zweiter Hand gelebt hatte. Was aus den Staaten kam, konsumierten wir wie verrückt: Musik, Mode und auch Kunst.

Nachts ging es in das Fleischmarktviertel von Manhattan, wo die ganze Nacht Lastwagen mit rohem Fleisch entladen wurden.

Ganz versteckt fanden wir einige Orgienbars. Zum ersten Mal erlebte ich die Back Rooms, kleine dunkle Hinterzimmer, in denen sich Schwule zu Dutzenden drängten und abtasteten. Ich war fasziniert von den großen fleischigen Amerikanern, Deutsche kamen mir plötzlich so mickrig vor. Ich ertastete im Dunkeln einen baumlangen Kerl und klebte an ihm dran. Er holte meinen Schwanz aus der Hose, ich saugte an seiner starken behaarten Brust. Plötzlich wurden wir gebeten, alle sofort das Lokal zu verlassen, die Polizei machte Razzia. Oder war es die Mafia, die sich dadurch doppelten Eintritt verschaffen wollte? Jedenfalls konnten wir nach einiger Zeit wieder hinein. Meine Eroberung lud mich zu sich nach Hause ein. Ich war etwas ängstlich, ganz frisch in New York. Wir fickten auf seinem schmalen Bett. Plötzlich faßte er mich brutal an und sagte mir, daß unter seinem Bett eine Leiche liege. Was tut man in einem solchen Fall, nackt aus dem Haus springen? Ich drängte mich nur noch mehr an ihn, um wenigstens meine letzten Minuten noch sexuell auszukosten. Er fickte mich brutal durch und schlief dann ein. Ich zog mich heimlich an und ging, ohne unters Bett zu schauen.
Bald wurde ich süchtig nach diesen geilen Orgien und erfuhr beim nächsten Mal, daß ein Typ rumläuft, der einem Schwulen im Dunkeln den Schwanz mit einer Rasierklinge abgeschnitten hatte. Das warme rinnende Blut soll das Opfer zuerst als geil empfunden haben, bis es dann verblutete ... Mein junger Ruhm aus Deutschland hatte sich in New Yorker Journalistenkreisen herumgesprochen, und vor allem die Journalisten, die für deutsche Zeitungen in Amerika arbeiteten, wollten mich treffen. Darunter waren einige junge, starke und kluge Frauen, mit denen ich mich befreundete. Konstanze Regnier arbeitete für »Jasmin«, das damalige »Tempo«, Valeska von Roque für den »Spiegel«, Francis Schönberger für »Bravo«. Francis kam von einem bayrischen Dorf und legte ihre ehrliche offene Art auch in dieser Stadt nicht ab. Ich verliebte mich gleich in sie und sie nahm mich zu großen Pressekonferenzen mit Filmstars und in die Andy Warhol-Factory mit, in der Leute aus der ganzen Welt ein und aus gingen.
Warhol war mein Idol. Ich liebte das Dokumentarische seiner Filme und seine Auswahl extremer Typen, denen er blumige Namen

gab und sie zu Superstars machte. Ich bewunderte sein Multitalent als Maler und Schriftsteller. Er produzierte die Band »Velvet Underground«, und er entwickelte ein Konzept für eine Fernsehshow. Im Theater sah ich sein Stück »Pork«, nach Tonbandprotokollen aus seiner Factory. Seine Filme waren offen schwul, wie sehr vieles in der Kunst New Yorks. Warhol war trivial und provozierend und ein Voyeur wie ich. Als ich ihn das erste Mal traf, dieses blasse, asexuell und fleischlos erscheinende Männchen mit der weißen Perücke, das mich groß anschaute und jeden sofort mit seiner automatischen Kodakkamera fotografierte, war ich enttäuscht. Er sagte kaum ein Wort. Alles was ich herausbekam war, daß er mit Schwulenpolitik nichts zu tun haben wollte und Schwule in seinen Filmen eher witzig fand. Ich war sehr enttäuscht.

Ich freundete mich mit seinem Mitarbeiter Bob Colacello an, dem Chefredakteur von Warhols Zeitschrift »Interview«, in der seine Gespräche unkorrigiert und mit allen Versprechern gedruckt wurden. Ich war berauscht von Warhols exzentrischen Superstars, die alle in der Bar »Max' Kansas City« einen Straßenblock weiter verkehrten. Hier traf ich gleich am selben Abend auf die Transvestiten Holly Woodlawn, Jacki Curtis und Candy Darling, die man aus seinen letzten Filmen »Trash« und »Flash« kannte. Candy Darling, mit der auch Werner Schroeter später arbeitete, und die mit Tennessee Williams in seinem Stück »Sturmwarnung« spielte und damit als erster Transi den Sprung vom Underground an den Broadway schaffte, starb viel zu früh an Magenkrebs. Die meisten wunderbaren Freaks aus dieser Zeit sind sehr jung an Drogen krepiert. Sie waren Motten, die sich lieber verbrannten, als an einem spießigen und langweiligen Leben vorzeitig zu verblöden.

Mit Holly Woodlawn ließ ich mich von Albert, einem geilen Deutschen, der im berühmten Chelsea-Hotel wohnte, auf dem Dach des Hotels ablichten, zusammen mit Shirley Clark, einer der besten Regisseurinnen dieser Zeit, die gerade Videokunst mit Laserstrahlen ausprobierte und mich mit Arthur Clark bekannt machte, dem Autor von »2001 – Odyssee im Weltraum«, der auch im Chelsea wohnte. Der geniale Transvestit Jacki Curtis schrieb er-

folgreiche Theaterstücke, witzige Verarschungen von Hollywoodfilmen. Ich sah mir ihren Hit »Vain Victory« an, wo sie sang und gemeinsam mit anderen Undergroundstars spielte: Bunt, witzig, schlüpfrig und schrill. Hier erlebte ich Mario Montez live, den ich aus Jack Smith' Filmen verehrte, und ich entdeckte Diana mit dem Mega-Busen, der ich eine Rolle in »Leidenschaften« gab.
Charles Ludlam aber war der König des Underground, im »Theatre of the Ridiculous«, des lächerlichen Theaters, wie er es nannte. Seine witzigen Verarschungen aller konventionellen Genres, seine geilen Glamour-Clowns, die alle Sparten des Showbusiness parodierten, und seine offen schwulen Protagonisten waren wunderbar. Ich habe seine Arbeit sehr geliebt und bis zu seinem tragischen Aids-Tod vor zwei Jahren aufmerksam verfolgt. Ein anderes Genie war Jack Smith, der downtown in seinem Loft zu einer Performance lud. Ich setzte mich mit vielen anderen voller Erwartung auf den Boden, vor einen Müllhaufen aus alten Weihnachtsbäumen, ausrangierten Möbeln und viel Küchenschmutz. Irgendwann erschien Jack, machte sich einen Tee, las die Zeitung und kletterte auf einer Leiter in das Stockwerk darüber. Nach einer Zeit kam er wieder, rührte Gips an und begann zu basteln. Das ging über drei Stunden und war einer der aufregendsten Theaterabende, die ich je erlebt hatte. Die Selbstverständlichkeit, mit der wir der Wirklichkeit zusehen mußten, war hypnotisch.
Die ganze Stadt schien schwul. Die Elite der New Yorker Kultur war schwul oder/und jüdisch. Minderheiten, die sich hier einen Platz suchten, an dem sie frei und radikal sein konnten. Die meisten Pop-Maler, Theaterleute, Filmleute, Opern- und Modeleute waren schwul.
Es war ein Wahnsinnsgefühl, durch die Stadt zu laufen und an den Blicken der Männer zu spüren, daß sie alle zu haben waren. In New York spielt sich das wahre Theater auf der Straße ab. Diese Ansammlung von Rassen und Klassen und Typen ist einmalig auf der Welt. In dem Viertel, in dem ich in New York wohnte, sah man Menschen aus hundert verschiedenen Ländern, Chinesen, Schwarze, Puertoricaner, Farbige aus Trinidad oder Haiti. Für einen Deutschen, der nur blasse Gesichter gewöhnt war, ungeheuer exotisch.

2. Februar *Endlich kam, heiß ersehnt, Josef aus Dresden. Ich hatte ihn zwei Wochen nicht mehr gesehen. Wir strahlten uns verliebt an. Er spielte mit mir und meiner Mutter ein paar Runden Skat, dann saßen wir auf meinem Bett und redeten und redeten. Wir berührten uns leicht.*

Im SFB lief eine Talkshow, die das Privatleben von Prominenten zum Thema hatte. Dabei ging es hauptsächlich um mich und meine Outing-Kampagne. Der alte schwule Soziologe Alphons Silbermann beschimpfte mich als publicitygeil, doch Inge Meysel rechtfertigte mich vehement und meinte, es sei unfair, da ich nicht da wäre und mich nicht rechtfertigen könnte. Alle schienen gegen Outing zu sein, aber schizophrenerweise waren auch alle davon fasziniert.

Josef zog ganz selbstverständlich einen Kondom über meinen Schwanz. Mein Schwanz ruhte geil in ihm.

Wir erfaßten unsere Arme, spannten uns an. Ein wunderschönes Bild, wie die Kraft durch unsere Adern floß. Zwei Männer wie Statuen. Das ist es vielleicht, warum ich schwul bin. Mit Josef kann ich meine Kräfte messen.

Ich knalle mehrmals auf ihn drauf, er erträgt es lachend. Ich werfe ihn in die nächste Ecke. Wir hauen uns liebevoll ins Gesicht, spucken uns an. Ich fauche, brülle wie ein Löwe. Wir hyperventilieren, liegen flach aufeinander, jede Sehne gespannt im ständigen Rhythmus, bis zur Selbstaufgabe, zur Besinnungslosigkeit. Sein schöner Körper sitzt wieder auf meiner Brust. Er wichst sich einen und spritzt auf meinen weißen Leib. Dann klatscht er auf mich drauf, der Samen verteilt sich zwischen uns. Unsere großen Münder saugen sich fest. Ich bin glücklich, will noch nicht abspritzen.

Nachts liege ich auf seiner Brust, höre sein schnelles Herz. Er schnarcht ganz kurz. Dann lege ich meinen Schwanz sanft an seinen Arsch, meinen Bauch in seine schmale Taille. Wir schlafen endlos. Ich wache auf mit seinem Schwanz in meinem Mund. Dann setzen wir das Spiel der letzten Nacht selbstverständlich fort. Seine Küsse schmecken so gut.

Spät abends enden wir in meinem Stammlokal »Florian« und setzen uns sofort zu Billy Zöckler, einer der niedlichsten deutschen Schauspielerinnen, die aus purer Not mit Didi Hallervorden drehen muß. Ich soff Sekt, zerrte sie auf den Tisch und zwang sie, zum Tango in meine Hüften zu springen. Sie piepste begeistert in hohen Tönen. Luc Bondy

stellte mir seine Frau vor, die Zwillinge im Bauch hat. Ich schlug meine Lieblingsnamen Quasi und Circa vor.
Sonntag früh servierte ich Josef Frühstück mit Ei im Bett. Er erzählte mir von seiner Zeit als Melker auf einer LPG und von seinem Studium der Landwirtschaft. Als Idealist sah er im Kommunismus eine Chance und hat Angst vor der Kälte und Grausamkeit der Westler. Josef mußte zurück nach Dresden, wir küßten uns kurz im Flur. Ich wußte nicht, was zurückbleibt. Wie wird es weitergehen? Er versprach, in ein oder zwei Wochen wiederzukommen. Ich schlief wieder allein, genoß das große Bett ganz für mich und träumte den Brief, den ich ihm am nächsten Morgen schreiben würde.

»Liebster Freund,
wie schön das klingt, ›Liebster‹. So etwas schreibe ich nur in äußersten Notfällen. Rechts von mir glitzern in der Sonne Deine violetten und weißen Blumen. Ich versuche, mich an die Bedeutung der Farben zu erinnern. Violett: sakral, religiös, mystisch, geheimnisvoll, also unsere übersinnliche Verbindung. Sicher sind wir uns schon in einem vorigen Leben begegnet, kämpften in irgendwelchen Kriegen Seite an Seite. Und weiß ist die Unschuld, so rein wie unsere Liebe ist, ein unbeschriebenes Blatt, das sich färben wird im Laufe unserer Beziehung in alle Töne der Natur.
Besonders in diesen für mich emotional sehr angespannten Zeiten ist es wie ein Wunder, daß jemand da ist, der mich fühlen läßt, daß er mich ganz persönlich meint. Das habe ich so lange vermißt, und daß es gerade jetzt kommt, ist ein großes Geschenk. Du gibst mir Ruhe, und ich kann in Dir versinken. Du gibst mir nervösem Huhn, das sich orientierungslos und gackernd im Kreise dreht, einen Spiegel. Dahinter sitzt Du, ein wunderschöner Frosch in tausend Farben. Der Prinz zerbricht den Spiegel, das Huhn wird eine Perle, die Du verschluckst, und in Dir verbirgt sich meine Seele, ganz klein und kostbar in einem See von Schnee.
Was soll ich sagen, schreiben, rufen, ich bin am Freitag für Dich bereit.
Rosa«

In den frühen Siebzigern war Berlin noch mehr Provinz als heute. Alles in den USA erschien mir größer und perverser. Ich traute

meinen Augen nicht, als ich in einer New Yorker Bar einen großen starken Neger sah, der auf dem Tresen stand und seinen dikken Arm langsam in den Arsch eines nackten Gastes schob. Faustfick nannte man das. Es dauerte noch, bis sich das auch bei uns durchsetzte. Das Spiel mit der Gefahr entspricht dem Masochismus vieler Schwuler, die sich selbst geringschätzen. Gleichzeitig war es aber auch ein Entdecken von Freiheiten, die lange unterdrückt, verboten und bestraft worden waren. Man holte vieles nach, Scheiße, Schmutz, Pisse; Ficks in Särgen, wie in der Discothek »Frankenstein«. Heteros müssen viel Geld in Puffs bezahlen, um ihre Verklemmungen auszuleben. Die Schwulen bezahlten nur ein paar Dollars Eintritt und konnten alle ihre geheimen Phantasien verwirklichen. Viele fanden dann gesättigt in den Schoß einer bürgerlichen schwulen Freundschaft zurück. Niemand tat jemandem weh, ohne daß der es wollte. Heteros dagegen prügeln ihre Frauen, schlitzen Huren auf oder behandeln ihre Geliebten mit Verachtung, weil sie die offizielle Doppelmoral nicht verkraften.
Ich entdeckte in New York meine erste große Schwulensauna, das legendäre »Continental Baths« am oberen Broadway. Ein Palast voller Sinnesfreude, mit vielen verspielten Räumen, in denen Hunderte der schönsten Männer New Yorks je nach Stimmung und Laune Sex machten. An Wochenenden gab es um Mitternacht eine Show, und Leute in dunklen Anzügen mischten sich unter die Nackten, die der göttlichen Bette Midler zujubelten, die hier ihre Karriere begann, oder Tally Brown, das fette Monster mit der grünen Zunge, die so einmalig David Bowie und Rolling Stones sang, daß man das Orginal vergaß.
Das faszinierendste für mich in New York war die Ansammlung von schrägen Typen, Außenseitern, bunten Vögeln, den unterschiedlichsten Menschen aus der ganzen Welt.
In Deutschland gehören die meisten einer geordneten Mittelschicht an und jeder, der anders ist, wird mit Verachtung bestraft. Selbst in Berlin wurde man in den siebziger Jahren angepöbelt, wenn man nicht dem langweiligen Klischee entsprach. In New York kannst du im Nachthemd auf die Straße gehen und sicher sein, daß man dir höflich und respektvoll begegnet. In dieser har-

ten Stadt, in der viele ums Überleben kämpfen müssen, ist man froh, wenn man sich jeden Spaß der Welt gönnen kann. Ich wurde sofort zu einem anderen Menschen, einem Supermann, der die Welt aus den Angeln heben wollte. Ich wurde genauso naiv wie Millionen Amerikaner und hatte viel Spaß dabei.
Im Central Park begegnete ich an meinem ersten Wochenende einem bunten Karneval. Jeder schien sich übertrumpfen zu wollen in Orginalität. Schwarze mit brennenden Glühbirnen auf dem Kopf, alte Hippies, die ihre Schlangen oder ihren Papagei ausführten. Knaben, die gewagte Akrobatik übten, dazwischen Standup Comedians, die für ein Trinkgeld die wunderbarsten kleinen Shows lieferten. Ein junger verträumter Mann mit einem Schild: Ich gebe Ratschläge. Musik aller Nationen, Trommlergruppen auf kleinen Felsen, A-capella-Damenchöre, Sportler in den komischsten Kleidungen. Die ganze Stadt schien nur auf mich zu warten, um in meinen Filmen auftreten zu können.
Ich zeigte in einem rabenschwarzen kleinen Kino mit hohen Scheuklappen um jeden Sitz meinen »Macbeth«-Film. Es war das Anthology Cinema, daß der österreichische Filmer Kubelka entworfen hatte und wo Jonas Mekas, der Papst des Undergroundfilmes, die modernen Klassiker von Warhol bis Kenneth Anger zeigte, die er mit großer Sorgfalt sammelte. Ich traf auf einen verrückten Deutschen mit wilden Haaren, Wieland Schulz-Keil, inzwischen ein berühmter Filmproduzent, der für mich eine sensationelle Party auf dem Dach seiner Loftwohnung gab. Ich lud alle Warhol-Stars ein und mischte sie mit meinen bürgerlichen Bekannten vom Goethe-Institut und den Journalistenbüros. Besonders begeistert war ich vom pflanzenhaften Wesen eines Taylor Mead, der mich an Dietmar aus der »Bettwurst« erinnerte und der gerade in Warhols Filmen Triumphe feierte. Dafür konnte er sich natürlich nichts kaufen: Für Warhol mußte er meist umsonst spielen, in den Undergroundstücken und verrückten Performances mußten die Darsteller eher zuzahlen. Sie lebten von billigen Drogen und waren auf die Gunst ihrer Fans angewiesen. Vielleicht war es die Not, die sie so kreativ machte.
Ich begann eine kurze Affäre mit einem ehemaligen Mr. World, einem turmhohen Schwarzen, der mich mit seinem winzigen

Schwanz durchfickte. Ich setzte ihn dann in meinem Film »Leidenschaften« ein. Nach der Euphorie kam eine Zeit, wo ich nichts Neues mehr aufnehmen konnte, sonst wäre ich verrückt geworden. Ich hatte das ständige Herumficken satt, sehnte mich zurück nach Berlin zu meinem Peter, der nur mir gehörte und mir ein Zuhause gab. Doch ich wußte beim Abschied nach sieben Wochen Wahnsinn, daß ich bald zurückkehren würde. Inzwischen bin ich mehr als vierzigmal hin und her geflogen. Einmal sogar, um für immer in den USA zu bleiben und dort, um eine Arbeitserlaubnis zu bekommen, zu heiraten. Meistens aber einfach, wenn mein Haß auf die langweiligen Deutschen zu groß wurde oder wenn ich aus dieser unerträglich nervtötenden Stadt Berlin, die einen so einsam und reizbar machen kann, fliehen wollte. Zum Schluß war es Aids, was mich aus New York vertrieb. Viele wunderbare Menschen, von denen ich einige fast zwanzig Jahre begleiten durfte, sind nicht mehr. Die Stadt gleicht heute einem Friedhof, ein Holocaust hat stattgefunden, wie bei der Vernichtung der Juden durch die Deutschen, als die besten Künstler und Wissenschaftler, die produktivsten Menschen Deutschlands, ermordet wurden. Aids ist ähnlich. Aids mordet Genies. New York ist ausgebrannt.

3. Februar *Ich denke an Aids und den Tod, habe Angst vor dem Ergebnis meines HIV-Tests, denke an den vielen Sex, den ich im letzten Jahr hatte. Natürlich hoffe ich, negativ zu sein. Ich habe mich redlich bemüht, Safer Sex zu praktizieren, mich an die Regeln zu halten; aber die Vorstellung, daß ich mit vielen Infizierten Sex hatte, macht mir doch Angst. Ich hatte zwei große Affären, die mir gleich am Anfang gesagt hatten, daß sie positiv sind. Beim ersten ist das Kondom zweimal gerissen, und ich wurde hysterisch. Ich wußte damals nicht, daß der aktive Partner ein sehr viel geringeres Ansteckungsrisiko hat als der passive. Der zweite wurde während unserer Liebesgeschichte sehr krank. Ich liebte ihn sehr und fragte mich oft, warum ausgerechnet er, der so jung ist und erst drei Männer in seinem Leben gehabt hat, und warum nicht ich, der Tausende hatte, und der sein Leben schon gelebt hat. Das ist nicht fair. Ich kenne zudem viele schwule Paare, von denen einer positiv ist und der andere dennoch negativ blieb. Natürlich*

machten alle streng Safer Sex. Ein einmaliger Ausrutscher kann tödlich sein.
Jedesmal die gleiche Angst vor dem Testergebnis. Die hübsche Sprechstundenhilfe holt meine Karteikarte heraus. Ich frage sie, ob die Blutergebnisse fertig seien. Sie nickt. Ich frage leiser: Auch der HIV-Test? Sie nickt gleichgültig. Aus ihrer Reaktion ist nichts zu entnehmen. Sie schickt mich ins Wartezimmer, wo es sehr voll ist. Ich gehe zurück und frage, wie lange es dauern würde, bin schon auf dem Sprung, wieder wegzugehen. Ich hätte es nicht ertragen können, lange zu warten. Sie will versuchen, mich dazwischenzuschieben. Ich starre an die Decke. Illustrierte interessieren mich nicht. Ich springe aus dem Stuhl hoch und gehe auf und ab. Keiner scheint mich zu beachten. Ich zähle die Leute, acht sind vor mir, doch in dem Moment werde ich aufgerufen. Ich darf sofort ins Arztzimmer. Der Doktor schreibt noch etwas auf eine andere Karteikarte, hebt kurz den Kopf und schaut sich die Ergebnisse in meinem Ordner an. Ich frage ihn nach dem Ergebnis: »Gut«, sagt er. Und der HIV-Test? »Gut, negativ«. Er lächelt. Ich lasse mir meine Freude nicht anmerken, höre aber nicht mehr, was er mir noch sagt. Ich taumele aus dem Zimmer. Ein neues Leben. Ich bin noch einmal geboren.
Ich gehe zur Hypnose und danach fröhlich pfeifend auf die Klappe. Ein Zigeunerjunge drängt sich in meine Kabine. Ein niedlicher Bursche, mit pechschwarzen langen Haaren und kleinen Tätowierungen. Er küßt mich leidenschaftlich, schiebt mir seinen geilen Arsch vor den Schwanz und flüstert: Steck ihn rein. Ich sage entspannt: Nicht ohne Kondom. Ich wichse mir schnell einen ab, während er sich schon enttäuscht die Hosen hochschiebt, bevor ich abspritze. Draußen ist wunderschönes Wetter. Ich merke nicht, daß es trübe und naß ist.

Noch vor der Uraufführung meines Schwulenfilms im Juli 1971 war ich noch einmal nach New York geflogen, um einen Kurzfilm über die zweite New Yorker Schwulendemonstration, den Christopher Street Day, zu machen. Diesmal begleitete mich Peter für ein paar Tage und machte Ton. Ich filmte 6000 New Yorker Schwule und Lesben. Ihr Motto war: «Gay and proud« und sie riefen im Chor »Out of the closets, into the streets«. Bunte glitzernde Schwule und Lesben in den witzigsten Kostümen zogen die Fifth Avenue herunter. Es glich einem Karneval, aber auch wütende Pro-

teste waren zu hören. Zum Schluß lagerte man sich im Central Park zu einer großen Orgie. Die schönsten Männer und Schwänze. Überall Schilder, die auf die beschissene Situation der Schwulen und Lesben aufmerksam machten und radikal Gleichstellung und Menschenrechte forderten. Aber erst fünfzehn Jahre später sollte es den aktiven Schwulenorganisationen in New York gelingen, im Stadtparlament ein Antidiskriminierungsgesetz durchzubekommen, das den Heteros verbietet, Schwule und Lesben am Arbeitsplatz und im Wohnbereich zu diskriminieren.
Meine Künstlerfreunde in Berlin waren indessen nicht untätig gewesen. Werner Schroeter zeigte im ZDF seinen wunderschönen »Salome«-Film, in dem Magdalena mit großer Intensität einen glatzköpfigen Herodes spielte, und Elfi Mikesch hatte ihren ersten eigenen Film in Super 8, »Der rote Tod« nach E. A. Poe, in ihrem Kreuzberger Hinterhof gedreht. Sie hatte alles selbst gemacht, die tollsten Kostüme, die originellsten Masken und geheimnisvollsten Dekorationen. Nach meiner Rückkehr lud mich der Regiestar Peter Stein von der Berliner Schaubühne dazu ein, seinem Ensemble meine »Bettwurst« zu zeigen. Aber statt dessen hielt ich einen glühenden Vortrag darüber, wie doof ich Schauspieler finde. Das schaffte mir einige Feinde mehr.

WÜTENDE HOMOSEXUELLE

Im Juni 1971 begannen dann die Berliner Filmfestspiele, und ich hatte das Glück, daß »Nicht der Homosexuelle ist pervers, sondern die Situation, in der er lebt« in der Sektion Forum des jungen deutschen Films uraufgeführt wurde. Ein glücklicher Zufall wollte es, daß ein progressiver Schwuler, Manfred Salzgeber, mit in der Jury saß, der alle anderen überzeugen konnte. Bis heute ist Manfred einer der aktivsten Schwulen, die ich kenne. Als er noch in einer Buchhandlung arbeitete, beriet er uns über Schwulenliteratur. Dann machte er ein Kino auf und zeigte mit großem Idealismus unabhängige Filme. Bis heute holt er zu den Filmfestspielen die wichtigsten Schwulen- und Lesbenfilme aus der ganzen Welt nach Berlin. 1985 begann er einen Verleih aufzumachen, um die wichtigsten Aids-Filme zugänglich zu machen. Er ist inzwischen auch selbst von dieser Scheißkrankheit betroffen. Ich danke dir an dieser Stelle, Manfred, für deinen Mut und deine Kraft, von denen viele von uns profitiert haben.

Alle fünf Filmfestspiel-Aufführungen meines Schwulen-Films waren sofort ausverkauft. Die Diskussionen danach glichen einem Hexenkessel. Über die Hälfte des Publikums reagierte sehr wütend, viele waren so aufgeladen, daß sie sich plötzlich getrauten, im Publikum aufzustehen und sich zu ihrem Schwulsein zu bekennen. Fassbinder faselte etwas von der schönen Erzählweise und ignorierte den politischen Aspekt vollkommen. Die meisten Schwulen aber fühlten sich verraten. »So sind wir nicht« hieß es – bis sich jemand anderes meldete und bestätigte: Doch, wir sind so, wollen es uns nur nicht eingestehen und vor der Öffentlichkeit nicht so dargestellt werden. Manche meinten, es würden zu viele Tunten, feminine Schwule, im Film gezeigt. Ich konterte, daß angepaßte und unauffällige Schwule eben Angst vor Tunten haben, die ja sichtbarer sind. Wir müssen lernen, auch Minderheiten unter den Schwulen zu verstehen und zu lieben. Wir müssen auch Knabenliebhaber, Lederleute oder Transvestiten unter uns akzeptieren.

Die bürgerlichen Schwulen fragten, warum wir uns nicht einfach in die Gesellschaft eingliederten und besser anpaßten; es käme doch nur drauf an, daß ein Schwuler zeigt, daß er auch ein guter Mensch ist, sauber und höflich und fleißig. Wir machten klar, daß es uns nicht um Integration in ein beschissenes System geht. Wir müssen mithelfen, die Gesellschaft zu verändern; nicht Toleranz, sondern Akzeptanz. Erst eine freie Sexualität wird einen neuen Menschen schaffen. Die Linken fragten, warum wir uns separieren wollten und nicht einen gemeinsamen Kampf aller Unterdrückten anstrebten. Wir erklärten ihnen, daß wir erst einmal allein unsere Identität finden müßten. Wir werden allzu leicht von den Heteros untergebuttert, wenn wir nicht separat Stärke und Selbstbewußtsein finden. Zudem sind Schwule auch in linken Gruppen immer unterdrückt gewesen und als dekadent und neurotisch abgestempelt worden. Andere vermißten die gesellschaftliche Analyse und die Frage, wie Schwulsein entsteht. Wir

sagten, daß uns das gar nicht interessiert. Es gibt viele Theorien über die Entstehung der Homosexualität, Freud sieht die Ursachen in der frühen Kindheit, für andere ist Schwulsein angeboren. Doch das ist völlig egal: Wir sind schwul oder lesbisch und wollen damit gut und gleichberechtigt leben.
Oft wurde ich zu der naiven Form des Films befragt. Warum ich denn keinen normalen Spielfilm gemacht hätte, die Darsteller stünden wie Puppen herum, vieles sei total übertrieben, der Kommentar gemein und zynisch. Ich sagte den Zuschauern, daß ich es blöd fände, einen kommerziellen Kitschfilm zu machen. Ich wollte provozieren, auch durch die neue Form Distanz schaffen, damit man nicht nur fühlen, sondern auch denken muß.
Oft gingen die Diskussionen die halbe Nacht. Endlich redeten wir ehrlich und bewegend über unsere Probleme, Wünsche und Ängste.
Die Pressereaktion war enorm, es wurde der meistbesprochene Film der Festspiele. Die Berliner »BZ« schrieb: »Die Homosexuellen müssen vor diesem Film geschützt werden«, »Der Abend«: »Primitiv und dilettantisch«. Doch »Welt«, »FAZ« und »Frankfurter Rundschau« schrieben sehr positive, lange Artikel, der »Spiegel« nannte ihn den besten Film des Forums.
Überall sprachen mich Schwule an, meist verklemmte Medienschwestern, die unerkannt in den Sendern arbeiteten und sich Mut holen wollten. Ich wurde von Wenzel Lüdecke eingeladen, dem mächtigen Chef einer Berliner Synchronfirma, und traf dort auf Horst Buchholz. Lüdecke war bekannt für die wunderbaren Schwulenparties in seiner Villa, in der viele Prominente ein und aus gingen. Doch leider ist es so, daß die Reichen und Mächtigen meist nicht bereit sind, ihre eigenen Interessen zu unterstützen. Wer es sich am ehesten leisten könnte, reagiert oft am ängstlichsten. Ich weiß noch, wie verklemmt der schwule Studentenführer Gaston Salvatore reagierte oder der ängstliche Regisseur Peter Lilienthal. Prominente haben die Möglichkeit, sich ein abgeschirmtes Ghetto zu errichten. Den Gedanken, daß sie mit ihrer Emanzipation den vielen unbekannten Schwulen helfen könnten, diskutierten sie weg.
Trotzdem beschlossen fast überall, wo wir den Film zeigten, eini-

ge Begeisterte, unsere Botschaft aufzunehmen und sich in Gruppen zusammenzuschließen. Den Anfang machten wir in Berlin, indem wir Interessierte baten, sich in eine Liste einzutragen. Das Arsenal-Kino bot uns Räume an, wo wir uns wiedertreffen konnten, um über die Gründung einer Schwulengruppe zu sprechen. Am 16. August 1971 traf sich ein kleines, ängstliches schwules Häufchen zum ersten Mal. Ich war damals noch weit entfernt von meinem heutigen, selbstbewußten und frechen Auftreten. Wir gingen schweigend vom Kino in einen kleineren Büroraum und alle wußten nicht recht, was wir reden sollten. Neben mir saßen meine Mitarbeiter Volker Eschke und Manfred Salzgeber, und ich kann mich noch an Egmont Fassbender erinnern, der heute den bekannten Schwulenverlag Rosa Winkel leitet. Ich glaube, auch Peter Hedenström, der später den ersten schwulen Buchladen gründete, war dabei und Volker Bruhns, ebenfalls für sehr lange Zeit eine wichtige Kraft in der Schwulenbewegung. Fast alle waren Studenten und hatten entsprechende Interessen. Einige nannten die Schwulen in ihren Flugblättern Genossen, man wollte gemeinsam wichtige Literatur lesen und schimpfte über die kommerzielle Subkultur, also die anonymen Kneipen, in denen man nur ausgebeutet wurde. Zum zweiten Treffen war unser Chefideologe Martin Dannecker angereist und gab uns theoretische Hilfe. Es kamen neunzig Leute, eine Sensation.
So entstand also die HAW, die Homosexuelle Aktion West-Berlin, die mit der Zeit immer populärer wurde und schon 1972 die ersten eigenen Räume anmietete. Ich bekam Atelierräume in der Dennewitzstraße und überließ der HAW die untere Etage. Beim dritten Treffen wurde mir alles schon zu elitär. Die Studenten hatten es sehr gut drauf, ihre persönlichen Probleme durch Theoriegefasel und Politprogramme beiseite zu schieben. Mich interessierte aber der persönliche Erfahrungsbereich, der Leidensdruck und ich wollte praktisch sein, dachte an Aktionen und Happenings in der Szene, um andere Schwule auf uns aufmerksam zu machen und ihr Doppelleben in Frage zu stellen. Ich wollte auch keine Führerpersönlichkeit sein. Mich reizten Gruppen immer viel zu sehr zum Widerspruch. Ich war ein Einzelkämpfer, ein Künstler, der protestiert, anregt, aufregt. Eine Gruppe aber

braucht harmonische, konstruktive Persönlichkeiten, um auf Dauer gute und erfolgreiche Arbeit zu machen. Zum Glück gab es dafür genug Leute.

Der Fernsehtermin für den Schwulenfilm war auf Januar '72 gelegt. Der Film durfte außerhalb des Festivals nur begrenzt gezeigt werden. Wir konnten damals das Fernsehverbot und das große Presseecho noch nicht ahnen, und ich konnte mich also beruhigt auf eine neue Arbeit stürzen. Ich bereitete meinen Weltreisefilm »Leidenschaften« vor, der mich im Herbst und Winter 1971 für vier Monate durch 14 Städte Amerikas und Asiens führen sollte.

Ich hatte nur ein kurzes Konzept geschrieben, das vom Kleinen Fernsehspiel nach dem großen Erfolg der »Bettwurst« ohne weiteres angenommen wurde. Das Script war von Voltaires »Candide« angeregt: Ich wollte das Schicksal eines Mannes zeigen, der auf der Suche nach dem Glück immer andere Existenzen durchläuft und in jeder Stadt eine andere Person ist. In Glasgow sollte er als Priester scheitern, in New York als kleiner Angestellter verprügelt werden und in Kalkutta als sterbender Mann gerettet werden, um sich in Tokio als Dieb und in Singapur als Zuhälter von Transis hochzuarbeiten; in Mexiko sollte er reich werden und in Hongkong sein Geld an Bettler verschenken, um dann mit dem Boot nackt in Bali zu stranden und in Innsbruck als alter, geläuterter Mann glücklich sein Leben zu beenden. Ich wollte Hippie-Ideale, die oft scheinheilige Innensuche, das sinnlose Bemühen um Sinn decouvrieren und suchte hektisch nach Mitarbeitern. Wen würde ich auf dieser anstrengenden Reise vier Monate lang ertragen können? Schließlich habe ich meine treuen Künstlerfreunde Fritz und Elfi Mikesch zur Mitreise überredet. Elfi sollte mit mir die Kamera und das Make-up machen und Fritz Mikesch die Hauptrolle spielen. Ich hatte zwei stumme Super-8-Kameras gekauft, die klein und handlich waren und wollte den Film später auf 16 mm aufblasen. Die Reise war lange vorher geplant, ich hatte alle Goethe-Institute in den betreffenden Weltstädten angeschrieben, wollte dort meine Filme zeigen, dafür sollte man uns einen Studenten als Mitarbeiter vor Ort vermitteln.

4. Februar *Es treibt mich zur nächsten öffentlichen Toilette. Da ich Josef so selten sehe, fühle ich keine Verpflichtung ihm treu zu sein. Erst wenn ich mich in jemand anderen verlieben würde, würde ich es ihm sagen.*

Mit einem dunkelhaarigen jungen Mann mit Halbglatze kam ich sofort in intensiven Kontakt, Glatzen machen mich wahnsinnig, und Schnauzbärte stimulieren mich beim Küssen.

Wir verschwanden in einer Kabine. Ich nahm unsere beiden Schwänze in die Hand und ließ es mitten im Kuß kommen. Ich spritzte auf unsere Schwänze, dachte für einen Moment an meine neue Hose. Er kam kurz danach. Ein Glück, daß Klopapier da war.

Draußen liefen wir eine Runde. Er meinte, ich sähe so aus, als ob ich verheiratet sei, zwei Kinder hätte und mich nur mal heimlich auf der Klappe abreagieren würde. Er sei seit einem halben Jahr nicht auf der Klappe gewesen und verurteile eigentlich diese Art der Begegnung. Ich stellte mich als Holger vor, ich schriebe an einem Buch. Er schaute mich an, erkannte mich und dann brach es aus ihm heraus: Noch vor zwei Tagen hätte er zu einer Freundin gesagt, daß er sich mit diesem beschissenen Rosa nie an einen Tisch setzen würde, daß er mein Outing eine Schweinerei fände, und ob ich denn noch unbehelligt über die Straße gehen könne. Ich sagte ihm, daß meine Feinde zu feige dazu seien, mich direkt zu attackieren. Dann gab es eine lange Diskussion über Privatheit. Er wollte nicht einsehen, daß wir als Schwule überall sichtbar sein müssen, sonst würde sich nie etwas ändern. Er argumentierte, seine Mutter sei herzkrank und sein Vater ein Choleriker in einem hessischen Dorf, denen könne er es nicht sagen. Er fragte mich, ob ich denn das Privatleben von jemandem, den ich lieben würde, respektieren könnte. Ich sagte nein. Er war sehr erregt darüber, er hätte mich eigentlich sympathisch gefunden, aber das wäre ja schrecklich. Trotzdem tauschten wir unsere Telefonnummern aus.

Beim Abschied begegneten uns zwei ältere Damen mit ihren fickenden Hunden.

REISE UM DIE WELT

Glasgow war die erste Station unserer Weltreise, eine mystische Stadt voller Armut, Alkohol und Verbrechen. Ich liebte sofort die schwarzen, dicken Häuser mit den vielen zerbrochenen Scheiben und breiten Treppen, die ins Nichts zu führen schienen. Wir wohnten in einem typisch englischen Hotel mit vielen Blümchentapeten, Blümchenteppichen, Blümchensesseln. Die Bedienung war von grotesker Höflichkeit, mit hohen Stimmen kreischten sie uns mit love-dear-darling an.
Fritz sollte hier einen Priester spielen, der sich weltfremd und fanatisch den Zorn seiner Gemeinde zuzieht. Wir holten aus einer Säuferkneipe ein paar brutal aussehende Männer, die wir baten, auf einem freien Platz bei herrlichem Sonnenuntergang unserem Hauptdarsteller die Kleider vom Leib zu reißen und ihn zu verprügeln. Sie liebten es. Die Kamerafrau Elfi Mikesch war erschreckend diszipliniert; stumm und streng machte sie großartige Kameraarbeit, während ich mit der zweiten Kamera wild unter- und überbelichtete, hektisch hin und her schwenkte und alles gleichzeitig filmen wollte.
Heute noch bin ich stets überrascht, wie roh der Film geworden ist, wie sehr er ein Psychogramm meiner unruhigen, getriebenen Person wurde. Heute würde ich es wohl nicht mehr wagen, solch unkonventionelle Bilder zu machen. Das Bild taucht oft ins Schattenhafte, gewinnt Mystik. Mir wurde klar, wie wichtig es ist, nicht alles zu zeigen. Man muß Geheimnisse schaffen. Das Grobe und oft Unscharfe meiner Bilder wirkte wie großes Theater, bekam etwas Dramatisches. Meine Kamera stand nie auf dem Stativ, sie wackelt, dreht sich, zoomt – nervend und quälend wie die geschundene Seele des Hauptdarstellers, wie die meine.
Zum ersten Mal wollte ich mit ganz wenig Kommentar und Dialogen arbeiten. Ich wollte viel Musik, legte später ein polnisches Chanson über eine Szene in Kalkutta oder ein chinesisches Lied über Hawaii. Originalgeräusche sollten mit Flüstern abwechseln. Ich liebe harte Tonwechsel, wollte keine Mischungen, wo ein Ton sanft in den anderen übergeht.
Fritz und Elfi fiel es schwer, meinen oft grotesken Humor zu tei-

len. Sie waren damals auf einem religiösen Trip, hatten angefangen mit Drogen zu experimentieren und waren tödlich beleidigt, als ich Christus kritisierte. Um aber einen so anstrengenden Film fertigzustellen, vier Monate in extremen Ausnahmesituationen, braucht es einen klaren Kopf, und den hatten die beiden. Im Gegensatz zu mir waren sie von großer technischer Begabung, Profis mit einem guten Geschmack, der mir immer gefehlt hat. Doch Gegensätze ziehen sich an. Ich schätzte Fritz wegen seines enormen Wissens und auch für seine österreichische Höflichkeit, die mir oft sehr guttat. Elfi schien still und kalt, und es brauchte Zeit, ihr nahe zu kommen und ihre Menschlichkeit und Wärme zu entdecken. Sie ist eine weiße Hexe, eine Zauberin des Lichts.

In Glasgow wurden wir von jungen Burschen der »Tree Film« unterstützt, die uns erst ihre beeindruckenden Arbeiten zeigten und uns danach besoffen machten, damit wir das richtige Gefühl für die Stadt bekamen. Erst kürzlich erfuhr ich, daß einer von ihnen Bill Forsyth war, der mit seinem Film »Local Hero« Weltkarriere machen sollte. Wir nahmen an einem dieser berühmten Fußballspiele teil, bei denen sich Katholiken mit Protestanten kloppten. Alle soffen Unmengen Bier, pißten dann schamlos in ihre Bierdosen und kippten den Inhalt unter unsere Füße. Wir fanden ein großes altes Schloß, auf dessen Zinnen Fritz mit rohem Fleisch im Mund herumturnen mußte. Ich schnitt es später als Vision in eine Kirchenszene.

Nach neun Tagen flogen wir weiter nach New York. Fritz mußte hier einen verklemmten Büroangestellten spielen, durch Pornoläden auf der 42. Straße wandern und sich von einem Zuhälter von einem Felsen im Central Park stürzen lassen. Mr. World, mein Ex-Geliebter, spielte das sehr überzeugend. Fritz haßte die großen Menschenaufläufe, die es jedesmal gab, wenn wir drehten. Auf einer Party, bei der ich alle meine Lieblings Warhol-Stars versammelte, mußte er frustriert und einsam sein, bis er auf eine dicke debile Frau stößt, mit der er besoffen die New Yorker Bowery entlangtorkelt, eine Straße, die den Alkoholikern gehörte. Wir filmten diese Szene heimlich aus dem Auto. Fritz war gezwungen, sehr realistisch zu spielen, damit er nicht als Filmdarsteller erkannt und verprügelt wurde. Betrunkene halfen ihm auf, wenn

er immer wieder aufs Pflaster knallte und seine dicke Göttin umfaßt.
In Mexiko fuhren wir dann mit dem Bus nach Acapulco, an gefährlichen Steilküsten mit vielen Autowracks vorbei, und quartierten uns in einem teuren Hotel ein. Exotischer Garten, luxuriöse Zimmer. Ich brauchte das Hotel für unseren Film, da Fritz inzwischen in unserer Geschichte reich geworden war. Elfi weinte ob dieses Luxus und der gleichzeitigen Armut vor der Tür. Wir hatten so viel selbstverständlichen Reichtum und so viel schreckliche Armut noch nie gesehen. In unserer Freizeit gingen wir ins Kino und sahen den »Frühling der Skorpione«, ein mexikanisches Schwulendrama: Musische Tunte lebt mit herbem Playboy in silbernem Wohnwagen am Meer. Sie lernen eine alleinstehende Fotografin mit zehnjährigem Sohn kennen. Zum Schluß überraschen Mutter und Tunte den Playboy, als er den Sohn fickt. Ich habe noch nie jemanden so weinen sehen wie die Hauptdarstellerin nach dieser Szene. Der Film endet mit ihrem grünstichigen, uralten Gesicht hinter einem Autofenster im Regen.
Fast überall auf der Welt rannte ich zuerst in die heimischen Kitschfilme. Nicht die Kunstfilme, die auch bei uns auf Festivals liefen, interessierten mich, sondern die Massenware, die Trivialopern, die sehr viel mehr über Land und Leute aussagten.
In Mexico City suchten wir eine Tänzerin, die Fritz verzaubern sollte. Wir fanden ein Haus, das so monströs kitschig war, daß es nur Schwulen gehören konnte. Überall Mosaiken und steinerne Enten, Hunde und lebende Möpse.
Von dort flogen wir nach Los Angeles, nur zum Spaß. Auf dem Santa Monica Boulevard sang ein Schwarzer deutsche Lieder. Statt zu drehen, fickte ich wie verrückt in den Dampfbädern und genoß die Schwänze der geilen, brutal aussehenden Amis. Mit meiner New Yorker Freundin Francis hatte ich mich in San Francisco verabredet, eine Flugstunde von Los Angeles entfernt, wo wir im Fairmont Hotel einen Abend mit Caterina Valente erlebten. Wir freuten uns darauf, daß sie tanzen und steppen würde, doch dann wurde sie im Rollstuhl reingefahren und sang ihre alten amerikanischen Hits. Wir amüsierten uns königlich.
San Francisco ist unerträglich schön. Hier sah ich die Straßen-

bahn, deren Endstation Sehnsucht heißt. Sie fährt über viele steile Hügel, vorbei an schneeweißen Wolkenkratzern, einer schöner als der andere. Damals gab es dort noch nicht so viel Kriminalität, viele träumten den Traum, eine neue freie Welt zu schaffen. San Francisco war das Mekka der Schwulen aus den ganzen Staaten. Von 700 000 Einwohnern waren 100 000 schwul; bald erkämpften sie sich im Stadtparlament politische Rechte und wurden die progressivste Stadt der Welt. Es war wunderbar, an vielen Plätzen als Schwuler in der Mehrheit zu sein. Ganze Straßenzüge waren gay: Polkstreet gehörte den gestylten vornehmen Tunten, die Castrostreet den Lederleuten, Bodybuildern und schwulen Cowboys. Schwule Paare führten ihr bürgerliches Leben in wunderschönen Holzhäusern, die sie nett hergerichtet hatten. Mit Francis war ich bei Faun und Charles, einem Freundespaar, eingeladen, ein Holländer und ein schwarzer Ami. Charles und ich waren scharf aufeinander und konnten nicht anders, als uns im Nebenraum gierig einen zu blasen, während Francis und Faun pikiert den Nachtisch löffelten. Francis konnte mir das lange nicht verzeihen.
Dann ging es mit einem Jumbo der Japanese Airlines nach Hawaii. Die netten japanischen Stewardessen lieben es, einem zur Begrüßung heiße Waschlappen aufs Gesicht zu drücken. Elfi bekam Kreislaufstörungen, weil sie die falschen Tabletten geschluckt hatte. Draußen tobte ein Gewitter. Hawaii ist ungeheuer touristisch. Es gibt kaum noch Eingeborene, die letzten sind aufgeschwemmt und degeneriert. Wir sahen hauptsächlich Ami-Touristen. Von einem ließ ich mich schnell durchficken, denn am nächsten Tag ging es weiter nach Tokio.
Tokio erschien uns unglaublich häßlich. Die 14-Millionen-Stadt bestand damals aus endlosen Industrielandschaften, es gab Holzhäuschen wegen der Erdbebengefahr, dann mehrstöckige Autobahnen mit kleinen Harakirifahrern, die sich totlachten, wenn sie Leichen am Straßenrand sahen. Im Fernsehen gab es Horrorfilme für Kinder und in den Käufhäusern das modernste Kriegsspielzeug.
Wir filmten auf einem Bahnhof, in dem endlose Massen aus den Zügen stürmten, einige mit Mullbinden um den Mund, um die

anderen nicht anzustecken. Die berühmten japanischen Gärten erschienen uns trostlos und von einer dicken Staubschicht überlagert, ganz Tokio lag in unerträglichem Smog. Es gab kaum Straßenschilder, und um in unser Hotel zu finden, mußte man sagen: an dem Platz mit dem großen Baum und der Ecke mit dem roten Schild – bei einer so riesigen Stadt ein Abenteuer.
Ich traf auf Michael Münzer, einen Schwulen aus Deutschland, der hier eine Berühmtheit war, weil er Deutsch im japanischen Fernsehen unterrichtete. Er und sein Freund zeigten mir Shinjuku, das Vergnügungsviertel mit Tausenden von winzigen Bars. Ich liebte die vielen Gänge rohen Fischs und trank heißen Sake. Sie zeigten mir einige der unzähligen kleinen Schwulenbars, wo ich auf einen außergewöhnlich großen Japaner traf, den ich sehr geil fand. Er entführte mich nach stundenlanger Fahrt in die Vorstadt und legte Callas-Musik auf. Wir hatten Sex und danach entschuldigte er sich, sich dabei mehrmals verbeugend, daß er einen so kleinen Schwanz hätte.
Wir fanden einen Steinbruch, in dem unbehauene Grabsteine standen und drehten mit Fritz eine Kreuzigung. Mino hatte eine Motorradgang organisiert, die Fritz, der hier einen Dieb spielte, foltern sollte. Bei einem Ausflug nach Kyoto im hochmodernen Hokkaido-Express, der auf nur einer Schiene mit Höchstgeschwindigkeit fuhr, schwärmte ich von meiner Scheiße und der Schönheit unserer Exkremente. Fritz fand mich widerlich. Nur unsere vom Licht grün gefärbten Gesichter verhinderten, daß wir uns grün und blau schlugen.
Von Kyoto war ich sehr enttäuscht; das alte Japan, das ich mir erträumt hatte, existierte nicht. Die Tempel fand ich schwachsinnig, wir trafen nur auf ein paar heilige Rehe und Mönche. Das Kabuki Theater war nur noch ein schlechtes Museum, wir empfanden es wie Operette.

5. Februar *Josef ruft aus Dresden an, sagt, daß er gerade in der Badewanne sitzt, Sehnsucht nach mir hat und sich sehr auf unser gemeinsames Wochenende freut. Er erzählt von seiner hektischen Woche, ich von meiner. Sind wir ineinander verliebt?*
Ich schrieb ihm sofort ein Gedicht: Eine Gazelle flink und fein / jagte

ein dickes rosa Schwein. / Das eine grunzte fürchterlich, / das andre piepst: Ich liebe mich. / Dann stolperten beide über ihre eignen Beine / und ganz aus praktischen Gründen verband die Oberschwester / das Schweinebein mit dem Gazellenlauf zusammen / und steckte sie mit einem obszönen Witz / in Gips. / Am Abend gab es dann den ersten Streit. / Der eine wollt ins Kino, die andre Käsekuchen essen. / Dann schnitten sie sich flugs zwei Beine frei / und lebten glücklich und behindert / mit sieben Kindern in einer Wäscherei.

Wir waren berauscht von der Schönheit Hongkongs. Überall Berge und Meer, auf den Hängen entsetzliche Slums, verdeckt von schreiend weißen Hochhäusern. Glitzerstraßen im Kaufrausch. Jade und Juwelen, billige Elektronik und Kitsch aus Rotchina. Die Chinesen scheinen die Ausländer zu hassen. Selbst der drekkigste Kuli schaut dich verachtend an, weil er weiß, daß er aus einer alten Kultur stammt. Jedes Gesicht ist neugierig, die Menschen nicht so vornehm und verklemmt wie die Japaner. Die chinesische Kultur ist brutaler, vulgärer. Ich liebe die hohen Töne der chinesischen Sprache, und ich werde wahnsinnig von den glasklaren Stimmen der Sängerinnen, die alle wie Marianne Rosenberg singen.

Wir drehten im Tiger Balm Garden, einem asiatischen Disneyland. Ein luxuriöser Garten mit primitiven Statuen von nackten Frauen und exotischen Tieren, Göttern, Kriegern und dem Tod. In der Mitte ein chinesisches Schloß. Fritz mußte in einer perlenbestickten Jacke herumlaufen und aus einem alten Weisheitsbuch lesen. Zum Schluß kniet er vor dem Tempel der tausend Buddhas und betet vor einem umgedrehten Hakenkreuz, dem buddhistischen Symbol für Frieden. Dann verschenkt er sein ganzes Geld an alte Bettler, die gierig danach griffen. Die Schönheit dieser alten aufgeregten Männer werde ich nie vergessen.

Unser Assistent, ein kleiner pickliger Student namens Chang, war sehr hilfsbereit. Er hatte uns im christlichen Verein junger Mädchen untergebracht, und wir mußten jeden Tag mit der Fähre von Kowloon nach Hongkong City fahren. Eine aufregende Fahrt mit traumhafter Szenerie. Dauernd spucken alte Chinesen zielsicher zwischen Beinen in kleine Spucknäpfe, die überall aufge-

stellt sind. Durch Zufall lernte ich einen Lufthansasteward kennen, der hier luxuriös residierte. Er lud mich zu einer Party ein, wo viele Philippinos und Malaien zu Gast waren, niedliche dünne Bürschchen, die viel kicherten; einige hatten sich als Frauen zurechtgemacht. Keiner war so richtig mein Typ. Ich stehe auf Männer, nicht auf Frauen und nicht auf Knaben. Ich fraß viel von dem köstlichen Kuchen und merkte zu spät, daß es Haschischkuchen war. Fast besinnungslos, wurde ich von drei Knaben in ein Penthouse geschleppt und bekam nichts mit von dem, was sie mit mir dann anstellten. Ich wurde dafür am nächsten Tag mit einem Sonnenbad auf einer Luxusdschunke entschädigt.
Im Jade Channel, dem chinesischen Fernsehen, brachte Robert Low ein tolles Porträt von mir, sehr phantasievoll mit großem Mund und halber Nase. Ich war auf chinesisch synchronisiert worden und es war sehr witzig, wie er mich als Lo-sa von Plauneim ansagte.
In Hongkong waren es die Schwertfilme, deren Sadismus mich begeisterte. So viel phantasievolle Grausamkeit hatte ich noch nie gesehen. Oft spielen alte Frauen, Behinderte, Blinde oder Kinder die Hauptrolle, die sich aus irgendeinem Grund rächen wollen und so viel magische Kräfte entwickeln, daß sie im Flug mehrere Körper zerteilen können. Ihre Waffen sind meist mittelalterlich. Picklige Stahlkugeln, Spiralen, Haken, Messer an Peitschen. Die Filme enden gewöhnlich tragisch: Die Helden schlagen sich die Arme ab oder werden mit einem Stein zwischen den Zähnen gegen einen zweiten gerammt. In den Hongkong-Studios, in denen von der Karate-Schule bis zur Schönheitsfarm alles untergebracht ist, wurden wir dem Star Bruce Lee vorgestellt, der dann nach seinem frühen Tod zum Helden wurde. Bruce Lees Karatestil hatte eine wunderbare Eleganz. In »Big Boss« verfolgt ihn die Kamera, wie er an den entstellten Körpern seiner toten Verwandten vorbei einem ungewissen Schicksal entgegengeht. Das Publikum, viele Kleinkinder, geht unwahrscheinlich mit bei diesen Filmen und atmet nach jedem Kampf erleichtert auf.
Wir machten einen Ausflug nach Macao, zwei Stunden mit einem Flugboot von Hongkong entfernt. Macao ist ein Spieler-

paradies, und der Taxifahrer – der übrigens Johnny hieß, aus Surabaja kam und noch nie etwas von Brecht und seinem berühmten Lied gehört hatte – warnte mich ständig vor dem Spielcasino. Schließlich stellte sich heraus, daß er selbst spielsüchtig war.
In Saigon landeten wir zwischen lauter Militärflugzeugen. Der Leiter des Goethe-Institutes, Dr. Werwie, holte uns ab. Die Stadt sah gespenstisch ruhig aus. Man vermutete jeden Augenblick, daß Bomben hochgehen. Spannung wie in einem Cowboyfilm. Tausende waren auf Mopeds unterwegs. Die schönsten Frauen der Welt, mit langen schwarzen Haaren, die Kleider geschlitzt in langen Bahnen: Eine Bahn halten sie am Lenker fest, die andere am Gepäckträger. Sie flogen wie Schiffe. Das tropisch feuchte Klima machte mich fast hysterisch. Ich spürte das Weltende.
Am Abend zeigte ich meinen Film im Institut vor lauter Nonnen, dann ein tolles Essen in der vornehmen Villa der Werwies. Der romantischste Abend im gefährlichsten Land der Welt. Ein paar Entwicklungshelfer waren geladen, die ungeheuer viel Geld verdienten und angeblich Straßenjungs resozialisierten. Sie ließen sich Pumpernickel aus Deutschland einfliegen und waren alle total übergeschnappt. Wir bekamen für die nächtliche Rückfahrt einen Wagen mit Fahrer. Überall spürte man Korruption, Prostitution und Verbrechen. Wir fuhren 60 Kilometer durch die schönsten Reisfelder, Tempel und Büffelherden nach Mytho. Überall Militär, das die Brücken bewachte und von dem man erzählte, daß sie gerne Zivilisten überfallen.
Mit dem Motorboot fuhren wir zum Kokosnußmönch, der sich seit zwanzig Jahren nur von Kokosnußmilch ernährt haben soll. Er hatte eine neue Religion begründet, und um ihn herum lebten weiße und gelbe Mönche, viele Exmilitärs, die sich hier verstekken. Fritz kniete vor dem heiligen Mann nieder, und wir filmten ihn mit einer Mini-Super-8-Kamera, um nicht aufzufallen. Der Kokosnußmönch machte ständig verschiedene Friedenszeichen und gelobte, nicht zu sprechen und sein Haar nicht zu schneiden, bis der Krieg in Vietnam beendet sei. Die Nächte verbrachte er auf einem hohen Pfosten, und man sagte, daß er nie schläft. Er behauptete, daß, wenn er zum Präsidenten von Vietnam gewählt würde, er fähig sei, den Krieg in sieben Tagen zu beenden. Falls er

das nicht schaffen würde, hat er sich schon eine eigene Hinrichtungsstätte gebaut, die er uns stolz zeigte.
Auf dem Rückflug nach Singapur war ich ungeheuer aufgekratzt und sang nur noch laut Chinesisch. Vor uns saß ein genervter Journalist, der uns mit Verachtung strafte. Erst später stellte sich heraus, daß es Hans Scheicher war, der ZDF-Korrespondent, in dessen Haus wir wohnen sollten. Er gab sich erst zu erkennen, als wir, unabhängig von ihm, mit dem Taxi vor seinem Haus standen.

6. Februar *Ich muß zu einem Fernsehinterview bei der Jugendsendung 11/99, die auf dem DDR-Fernsehkanal kurz nach der Wende sehr berühmt wurde und jetzt von RTL aufgekauft ist. Ich fahre in die Fernsehstudios nach Adlershof, eine Stunde Taxifahrt. Adlershof war das DDR-Fernsehzentrum, streng kommunistisch. Damals strömten noch Tausende von Angestellten aus den Studios und Büros des systemtreuen Fernsehens. Inzwischen sieht es dort gespenstisch aus. Alle Hallen sind verwaist.*
Thema der Sendung ist »Outing«. Ich fordere alle Schüler auf, ihre Lehrer zu outen, damit sie ihnen Genaueres über ihr Schwulsein erzählen sollen. Auch den neuen Ministerpräsidenten von Thüringen, Bernhard Vogel, fordere ich auf, sich mehr für die Schwulen im Osten einzusetzen, als Junggeselle habe er sicher besonderen Bezug dazu. Die Umfrage ergab 225 für und 270 gegen Outing. Ich hatte also einen guten Eindruck gemacht, obwohl mein kackbraunes Hemd nicht sehr telegen wirkte.
Gerade kommt die Arztfrau aus der unteren Wohnung vorbei. Sie erzählt mir, daß sie gekündigt worden ist und ihre Miete astronomisch erhöht werden soll. In solchen Fällen bekomme ich Zukunftsangst. Ich habe keine Altersversorgung. Was wird, wenn meine Filme nicht mehr erfolgreich sind? Wenn ich krank werde? Doch dann vertraue ich wieder auf meine ungeheuere Energie, meinen Trotz, meine sprühende Phantasie.
Not macht erfinderisch, sie ist wichtig für einen Künstler. Insgeheim liebe ich Katastrophen und Abenteuer, meine bürgerlich gelangweilte Seele sehnt sich nach Sensationen und Exzessen. Mit allen fröhlich in den Untergang, ich möchte nichts mehr ernst nehmen müssen. Im Gegensatz dazu mein soziales Gewissen. Ich will mich engagieren, meinem Leben einen Sinn zu geben. Oder ist mir der Unsinn lieber?

In Singapur war Regenzeit. Die Stadt ist ungewöhnlich sauber für Asien. Wer etwas auf die Straße wirft, wird sofort verhaftet. An der Grenze sind sie allergisch gegen Männer mit langen Haaren. Ich war nicht mehr fähig, etwas Neues aufzunehmen. Zwei Monate mit überwältigenden Eindrücken hatten mich geschafft. Unser einheimischer Assistent Vincent tauchte in einem chinesischen Opernkostüm auf und führte uns auf die Boogiestreet, die für die schönsten Transvestiten der Welt bekannt ist. Ich engagierte drei für eine Filmszene. Fritz war inzwischen in unserer Geschichte ein Zuhälter geworden und mußte sich vor einer der letzten exotischen Kulissen in Singapur mit den Transis prügeln. Die schönen Transis krallten sich heftig ineinander, bis ihnen die blonden Perücken vom Kopf flogen. Fritz trug einen schwarzglänzenden Plastikanzug, er bekam keine Luft, das tropische Klima ließ ihn fast ersticken. Auf einer langen Brücke unter Palmen mußte er unseren Assi erwürgen und ihn in einen Bach schmeißen. Elfi hatte Stunden gebraucht, um ihm eine Tätowierung auf Arme und Brust zu malen.

Im November flogen Fritz, Elfi und ich über Djakarta, dem damals größten Slum der Welt, ins Traumparadies Bali. Endlich Urlaub, entspannen am Meer. Bali war damals noch unberührt vom Tourismus, es gab nur ein großes Hotel im Zentrum der Insel. Wir lebten in Strohhütten direkt am Strand und fuhren mit kleinen Motorrädern unwegsame Wege durch den Urwald. Alte Frauen mit nackten verschrumpelten Brüsten, die Tische auf dem Kopf transportierten, kamen uns entgegen. Dann junge schöne Menschen mit silbernen Schalen, gefüllt mit Blüten und Früchten, die sie zu einem der vielen Feste trugen, die auf der Insel stattfanden. Magier rammten sich Krummschwerter in die Brust. In der Nacht hörten wir Geckos, die uns laut ins Ohr schrieen und denen man nachsagte, daß sie böse Frauen sind, die sich im Dunkeln in Tiere verwandeln.

Peter war mir aus Berlin nachgereist. Wir hatten es beide vor Sehnsucht kaum ausgehalten. Er konnte nur kurze Zeit bleiben. Wir waren beide überglücklich. Fritz beobachtete uns durch einen Schlitz im Stroh und meinte am nächsten Tag, wie langweilig doch unser Sex gewesen wäre, wie ein altes Ehepaar. Er hätte

von Schwulen mehr erwartet. Sein Neid konnte uns nichts anhaben. Peter und ich liebten uns unter tausend Sternen am Strand, im flachen Meer. Unsere Haut war rot und empfindlich von der starken Sonne. Wir sahen lebende Scheiße im Wasser, Würste, die sich bewegten, und andere exotische Seetiere.
Mein Verhältnis zu Fritz war mittlerweile sehr gespannt. Ich verhielt mich grotesk und schrill, und er versuchte, mich mit Milde und Güte zu ertragen, manchmal auch mit Jähzorn und Haß und tiefer Abneigung. Elfi vermittelte, wie ein guter weiser Rabe.
Wir mieteten einen Fahrer, der uns in seinem großen Amischlitten wüst durch die Gegend fuhr. Nachts flogen Hühner, Hunde, Kinder und halbe Menschen vor unseren Scheinwerfern davon.
Wir besuchten das Affenfest. 150 Männer und Knaben imitierten Affenlaute, dazwischen schritten graziös Frauen mit Fackeln.
Mit einem Boot gelangten wir auf eine kleine Insel. Meditative Musik erreichte uns. Mädchen mit vielstöckigen Schalen auf dem Kopf, aus denen Goldgirlanden ragten. Männer, halbnackt mit violetten Wickelröcken, die wir auch bald zu tragen wagten. Ein sprühender Vulkan, samtweiche Kühe, die vor Reisterrassen grasten. Riesige Felder, die in Stufen zu Bächen hin angelegt waren, von Palmen beschattet. Für unsere Kamera legte sich Fritz nackt ins Wasser, und schritt zu dramatischer Musik aus einer rotchinesischen Oper durch giftgrüne Reiszöglinge. Schiffbrüchig war er im Sonnenuntergang gefunden worden. Eine schöne Balinesin weckte ihn mit Früchten und sang ihm ihr schönstes Lied. Ihr Bruder trennte die beiden. Ein kreischender Chor vertrieb sie. Farben und Wasser sollen ihn verschlingen.
Ende November feierte ich auf Bali meinen 29. Geburtstag. Kurz danach flogen wir nach Bangkok. Im Goethe-Institut dort lag ein Telegramm, daß ich 200 000 Mark vom Innenministerium für mein Drehbuch »Berliner Bettwurst« zur Produktion des Filmes erhalten werde. Ein wunderbares Geburtstagsgeschenk. Ich konnte es kaum fassen und vergaß den Verlust einiger Koffer mit Geschenken, die wir in aller Welt gekauft hatten.
Ich brachte unsere belichteten Filme zur deutschen Botschaft, wo sie mit diplomatischem Gepäck sicher nach Deutschland geschickt werden sollten. Ich lernte Harry kennen, der für die

»Bangkok Post« arbeitete. Ein knallverrückter Ami, der sich von Sambia bis Äthiopien durchgeschlagen hatte und die intimsten Dinge der Stadt kannte. Er führte Peter und mich in eins der vielen Schwulenlokale, wo sanfte, kräftige Knaben auf uns warteten. Hier werden viele Stricher vom Land aus armen Familien in frühester Jugend aufgekauft und in Massageschulen in Bangkok ausgebildet. Sie werden wie Sklaven gehalten.
In Bangkok sah ich einen der schönsten Filme, »Die Schlange«, eine typische Mischung aus Lustspiel, Drama, Horror, Liebesfilm und Krimi. Ein Zauberer, der sich nur von Nasen, Ohren und Fingern ernährt, frißt seiner Feindin die Warzen vom Gesicht. Der Hauptdarstellerin verfaulen tragischerweise langsam die Beine, als deren Tochter sie unter Hypnose erstechen will. Ein ganz fetter Mann onaniert mit einer Schlange, und eine spindeldürre Frau singt mit einem vertrockneten Gesicht diese tollen fernöstlichen Schlager. Dieser Film wurde nur noch von »Tulsi Vivah« (Göttliche Hochzeit) übertroffen, den wir in Kalkutta sahen, unserer nächsten Station. Das Kino war überfüllt. Die Menschen liebten diesen vierstündigen Ausstattungsschinken, der unter hinduistischen Göttern spielte, mit sehr viel Tanz und Gesang. Elefantengötter reisten auf Wolken zu ihren vollschlanken Geliebten, in einem glimmenden Kreis erscheint das zornige Gesicht eines Feindes. Abgeschlagene Hände wachsen durch intensives Gebet der Ehefrau nach und tilgen das Unrecht des Helden, der im Übermut des Sieges zu weit gegangen war.
Wir trafen am ersten Dezember auf dem Flughafen in Kalkutta ein.
Niemand holte uns ab, und wir waren sehr ängstlich, als wir zum Bus gingen und von vielen Indern angesprochen wurden, die uns eine billige Taxifahrt anbieten wollten. Wir fuhren durch sehr arme Viertel und sahen eine Leiche, die in Tüchern gehüllt durch die Straße getragen wurde. Der Leiter des Goethe-Hauses brachte uns in einem alten englischen Hotel mit einem exotischen Garten unter, in dem man von Dienern britischen Tee serviert bekam. Mich ekelte, wie die reicheren Inder in ihren Umgangsformen die Briten kopierten.
Mit einem Kleinbus fuhren wir durch die Stadt, überall Lappen-

zelte an Straßenrändern, in denen die Ärmsten wohnten, nichts an Habe als ein kleines Götterbild. Ich fand die Armut abstoßend und aufregend zugleich, sie bot großen exotischen Reiz: ein Museum für uns gesunde, reiche Westdeutsche. Ich war sogar etwas enttäuscht, daß Krankheit und Tod nicht noch präsenter waren, als ich das aus dem Fernsehen kannte: Hunderttausende hungernder, sterbender bengalischer Krüppel.
Mit Elfi ging ich auf den Markt und suchte nach Saris, die hier in den buntesten Seidenstoffen angeboten wurden. Ich hätte am liebsten alle aufgekauft, so begeistert war ich von diesen eleganten Tüchern, die die Frauen raffiniert um sich wickelten. Wir gerieten in Streit. Ich wollte, daß Elfi eine Krankenschwester spielt, die Fritz im Slum findet. Sie wollte nicht, ich wurde aggressiv und beschimpfte sie, daß sie die ganze Reise über stumm und leidenschaftslos gewesen sei. Dann schlug sie mir ins Gesicht. Ich war sprachlos, freute mich dann aber, daß sie mir das Gegenteil bewiesen hatte, und wir konnten befreit lachen.
Auf dem größten Platz Kalkuttas waren wir drei von zwei Millionen, die der indischen Staatspräsidentin Indira Gandhi zuhören wollten. Jeder dachte, sie würde das Volk gegen Pakistan aufhetzen, mit dem Indien zu der Zeit im Streit lag; aber sie blieb cool. Tags darauf bombardierte Pakistan viele Städte in Indien. Alle Flughäfen wurden sofort geschlossen, und wir saßen in der Falle. Jeder erzählte uns, daß es in Kalkutta sehr leicht zu einer Panik kommen könne, die Bengalen seien bekannt für ihre Reizbarkeit. Vor kurzem hatte man ein paar Amerikaner gesteinigt, die als Spione verdächtigt wurden. Wir hatten einen offiziellen Führer, der aber sehr ängstlich war und uns keine Slums zeigen wollte. Wir fanden einen anderen und begannen, in einem armen Stadtviertel mit Fritz zu drehen. Fritz hatte sich die Zähne rausgenommen, Elfi hatte ihn auf indisch und arm geschminkt, er trug verschmutzte Tücher um den Leib. Sofort wurden wir von Hunderten von Menschen umringt, die uns argwöhnisch beobachteten. Plötzlich rief jemand Spion. Wir wurden in eine Hütte gedrängt, die ersten Steine flogen. Elfi war, wie immer, sehr diszipliniert und ernst. Fritz ging auf die Knie und bat um Hilfe. Ich fand die Situation plötzlich so ab-

Fritz Mikesch in »Leidenschaften«

surd und komisch, daß ich lachen mußte. In dem Moment kam die Polizei und rettete uns.
Am achten Dezember durften wir nach Bombay fliegen, von wo wir einen Platz in einer Maschine nach Moskau reserviert hatten. In Bombay wurden wir im Taxi vom Flughafen zum Hotel von einem Bombenalarm überrascht. Es war Nacht, wir mußten aus dem Taxi aussteigen und uns auf den Boden legen, gleichzeitig aber alle unsere Gepäckstücke festhalten, denn Gestalten, die geheimnisvoll aus der Nacht auftauchten, versuchten uns zu berauben. In der Hotelbar wohnten wir dann einem deftigen Bauchtanz bei. Die Tänzerin knallte mir die Rassel auf den Kopf, so daß ich besser einschlafen konnte. Am nächsten Tage landeten wir in Moskau, rochen aber nur den Knoblauch der Putzfrauen und flogen dann weiter ins heimatliche Frankfurt, wo wir von aufgeregten Reportern empfangen wurden. Wir waren die ersten, die aus dem Kriegsgebiet in Frankfurt landeten.
Zurück im heimatlichen Berlin, waren Peter und ich zu Silvester zum Essen bei Helmut Wietz eingeladen, der mir beim Schnitt des Weltreisefilms half und auch die sehr schwierige Aufgabe übernahm, den Film von Super 8 auf 16 mm zu vergrößern. Das war notwendig, um ihn später im Kino zeigen zu können. Die Bilder wurden dadurch dunkler und unschärfer, was dem Film aber eine eigenartige Dramatik gibt. Im Mai '72 wurde »Leidenschaften« im Kleinen Fernsehspiel des ZDF gesendet. Viele waren enttäuscht, weil ich ihre Erwartungen nach »Bettwurst« und Schwulenfilm nicht erfüllte. »Leidenschaften« schien zu unpolitisch, zu elegisch, eher nach Werner Schroeters Manier zu sein. Mitte der achtziger Jahre wurde er aber von fünf Kritikern in einem Buch über mich, das im Hanser Verlag erschien, zu einem meiner besten Filme gekürt.

11. Februar *Gestern lange mit Jutta Oesterle-Schwerin vom Lesbenring und Volker Beck vom Schwulenverband über Ziele der Bewegung geredet. Alle sind untereinander zerstritten, die Lesben mit den Schwulen und die Schwulen unter sich. Es gibt zwei Schwulenverbände, die beide viel zu klein und machtlos sind. Der SVD, Schwulenverband Deutschlands, hat sich im Ostteil Berlins angesiedelt und will*

auch die bürgerlichen Schwulen erreichen. Der Bundesverband Homosexualität ist kritischer, etwa in bezug auf schwule Ehe; Ziel ist die ersatzlose Abschaffung des Paragraphen 175.
Wir sprachen über die Prioritäten: Zusammenarbeit mit den Gewerkschaften gegen Diskriminierung am Arbeitsplatz; Asylrecht für schwule Ausländer, die in ihren Ländern diskriminiert werden; Probleme schwuler Lebensgemeinschaften, wie Erbrecht und Adoption usw. Im Aids-Bereich ging es um die Absicherung von Pflegevereinen, in denen Schwule einander pflegen. Im Land Baden-Württemberg darf sich ein schwuler Lehrer nicht bekennen. In Berlin sagt der Schulsenator, Homosexualität sei abnorm und deshalb erklärungsbedürftig. Wir wollen aber in Lehrbüchern gleichberechtigt mit Heterosexualität behandelt werden, schon im Kindergarten sollte man über Schwulsein sprechen. Volker Beck erzählte mir von einem tollen englischen Kinderbuch: »Jennifer lives with Eric and Martin«.
Doris Zander nahm mich in die Hochschule für Bildende Künste mit, wo sie mit zukünftigen Werbeleuten an dem Konzept einer Fernsehgameshow bastelt. Sie bat mich, meine Showideen vorzutragen. Ich legte sofort provozierend los, daß ich eine Morgenshow gut fände über das Sexleben von Politikern, in Zusammenhang mit ihren politischen Entscheidungen, erzählte, daß ich auf einem Kabelkanal eine Beichtstuhlshow plane. Schon kamen die ersten kritischen Stimmen, und ich bekam einen Schock, wie spießig viele der Studenten waren. Eine Ausnahme war eine junge Frau, die als Konzept eine Partnerwahlshow vorstellte: mit Außenseitern, Behinderten, Blinden, Dicken, Dünnen, Ausländern. Ich schlug vor, Leute mit großen Ohren mit Genscher zusammen einzuladen, und erzählte von meiner italienischen Lieblingsshow »Wir haben uns einst geliebt«, in der ehemalige Ehepartner mit ihren Müttern als Schiedsrichter auftreten und aus ihrem Intimleben reden, sich beschimpfen, Vorwürfe machen. Ich merkte, wie es in der Klasse kochte – das wollte ich erreichen.

HOMOSEXUELLE AKTION

In meiner Abwesenheit hatte sich inzwischen schwulenpolitisch viel getan. Martin Dannecker berichtete mir, daß sich aufgrund von Vorführungen unseres Films in vielen Städten neue Schwulengruppen gebildet hatten. Die Homosexuelle Aktion West-Berlin war inzwischen sehr groß geworden, viele Arbeitsgruppen waren aktiv, und jeden Sonntag gab es eine Vollversammlung. In der Mensa der alten Technischen Universität erlebte ich das erste größere Schwulen-Treffen. Mit Spannung erwarteten wir alle die Fernsehausstrahlung des Schwulenfilms. Nach den hitzigen Kontroversen im Kino wurden wir uns mehr und mehr klar darüber, daß wir eine Bombe gelegt hatten.

Der Erfolg machte mich arrogant und selbstherrlich. Ich behandelte meinen Lebensgefährten Peter wie den letzten Dreck, und er ließ es sich gefallen. Immer wieder versuchte ich, mich von ihm zu trennen, doch es gelang nicht. Nach exzessiven Ficks kehrte ich immer wieder ins warme Nest zurück, wo er mich mit heißen Tränen empfing.

Im Januar 1972 beschloß die Programmkonferenz der ARD-Fernsehanstalten, meinen Film »Nicht der Homosexuelle ist pervers, sondern die Situation, in der er lebt« nicht im 1. Programm zu senden. Die Entscheidung fiel kurz vor der geplanten Ausstrahlung. Die Absetzung löste eine Presselawine aus. »Stern« und »Zeit« brachten größere Artikel, viele andere Zeitungen protestierten vehement. Der WDR beschloß, den Film trotzdem in seinem dritten Programm regional für Nordrhein-Westfalen am 31. Januar, mit einer anschließenden Live-Diskussion zu senden. Eine sehr mutige Entscheidung. Martin Dannecker und ich trafen uns im Kölner Fernsehstudio zur TV-Diskussion.

Wir saßen mit den Produzenten und Fernsehgewaltigen an einem Tisch. Eine größere Gruppe von Schwulen und Lesben saß im Publikum, neben biederen Hausfrauen und einigen Vertretern von Volkes Stimme. Zum Anfang der Diskussion beschlossen wir, uns von den offiziellen Klugscheißern wegzusetzen und uns zu unseren homosexuellen Freunden zu setzen. Wir argumentierten damals sehr ideologisch, links-revolutionär. Besonders die Lesben im Studio argumentierten sehr scharf und treffend. Wir zermalmten alle konservativen Angriffe und ließen unsere seit langem angestaute Wut auf diese scheißbürgerliche Gesellschaft heraus. Der gutaussehende Moderator Münchenhagen unterstützte uns und beendete die Sendung mit den Worten: »Kennedy hat gesagt, daß er ein Berliner ist, obwohl er keiner war. Ich möchte mich ihm anschließen und mich zu den Betroffenen setzen«. Was er dann auch tat.

Ich war damals noch sehr schüchtern und schön und bezauberte, trotz meiner radikalen Sprüche, ein großes weibliches und schwules Fernsehpublikum. Nach der Sendung erhielt ich viele Liebesbriefe. Natürlich gab es auch eine Menge reaktionärer Arschlöcher, die mich und meine Freunde in der Gaskammer sehen wollten. Das ist bis heute so geblieben.

Das Fernsehverbot fürs erste Programm war die beste Reklame für unseren Film, es half einer guten Sache. Wir hatten mehr Freunde und Mitstreiter, als wir dachten. Unser Film kam in größere Kinos, aber wir zeigten ihn nie ohne Diskussion. Im Münchener Gloria-Palast drängten sich 800 Leute, in Stuttgart waren wir im Europa-Palast zu Gast, im Februar stellte sich die Homosexuelle Aktion West-Berlin mit unserem Film in der Akademie der Künste einem zahlreichen Publikum. Die Reaktion war fast immer gleich, heftig und emotional, ähnlich wie bei der Uraufführung bei den Berliner Filmfestspielen. Viele bürgerliche Schwule fühlten sich verraten. Wichtig aber war, daß sie sich aus der Reserve locken ließen, ihren Ärger laut und öffentlich herausließen und oft zum ersten Mal über dieses Thema in größerem Kreis redeten. Erst argumentierten sie, der Film zeige nicht die schwule Realität, um sich schon im nächsten Moment zu widersprechen und persönlicher zu werden.

Überall verabredeten sich mutige Schwule und Lesben, durch den Film angefeuert, um gemeinsam in ihrer Stadt Gruppen zu gründen. Wir unterstützten das, so gut wir konnten, und waren sehr stolz, daß dem Film nicht nur Worte, sondern auch Taten folgten.

14. Februar *Der Süddeutsche Rundfunk in Stuttgart lädt mich zu seiner Fernsehsendung Pro und Contra zum Thema »Outing« ein. Noch immer bin ich mir unsicher, ob ich an diesem Abend Namen nennen soll.*

Ich treffe in der Hotelhalle auf meine Partner in der Sendung, die Outing-Befürworter Eva Reifschneider, eine Lesbe aus Köln, und Dr. Peter Luhn, der noch vor kurzem Leiter der Aids-Hilfe Thüringen war. Beide teilen mir mit, daß sie in der Fernsehsendung keine Namen von Schwulen nennen wollen. Ich bin enttäuscht.

Allein im Hotelzimmer, gehe ich meine Liste von fast 50 Namen durch. Wen werde ich nennen? Mir ist klar, daß ich diesmal nicht so glimpflich wegkommen würde wie bei der Sendung »Der Heiße Stuhl«. Diesmal muß ich vielleicht mit Prozessen rechnen, mit wütenden Protesten von rechts und links.

Doch ich bin überzeugt, daß es in Zeiten von Aids notwendiger denn je ist, eine Provokation loszulassen. Viele meiner Freunde sind an dieser schrecklichen Krankheit gestorben, viele werden noch sterben. Ich denke in diesen Momenten besonders an einen Freund und kämpferischen Mitstreiter, den Berliner Journalisten Andreas Salmen, der gerade im Sterben liegt.

Andreas war der kämpferischste und mutigste Mann in Berlin, der von Beginn der Aids-Krise an auf einer vernünftigen Politik der Vorsorge bestand, einer der ersten, der in der Schwulenszene über Aids geschrieben hat, der die militante Straßenorganisation Act up in Berlin mit mir gegründet hat und mit dem ich viele Aktionen gemacht habe. Auch er hatte unendliche Schwierigkeiten mit der Schwulenszene gehabt, doch er ließ sich durch die Streitereien in der Szene nicht entmutigen, selbst als sein letztes großes Projekt, das Stop-Aids-Projekt, scheiterte, und zwar nicht am Druck von außen, sondern an den Neidern in der Szene. Wer kämpft jetzt für uns? Die Lage ist ernst. Bevor wir alle sterben, will ich noch was tun. Ich sehe wieder auf meine Liste prominenter Schwuler. Zu jedem Aidstoten sollte man einen Prominenten auffordern, sich als schwul oder lesbisch erkennen zu geben und aktiv unseren Kampf zu unterstützen. Wir brauchen die Prominenten, daß sie uns helfen, solidarisch sind, daß sie sichtbar werden und zeigen, daß wir nicht allein sind.

In der Maske des Fernsehstudios treffe ich auf Professor Molinski, einen verlogenen Jesuiten. Er weist die Schwulenfeindlichkeit der katholischen Kirche zurück. Ich erinnere ihn daran, wie viele Schwule in der Geschichte der Kirche ermordet wurden. Bei der Hexenverbrennung dienten die Schwulen als Zündhölzer, und noch immer treibt die Kirche viele verzweifelte Schwule in den Selbstmord. Ich lasse ihm in der Maske den Vortritt, er hat es nötiger, geschminkt zu werden.

Die beiden anderen Outing-Gegner sind die Bundestags-Lesbe Jutta Oesterle-Schwerin und ein smarter Rechtsanwalt von »Fair Press«.

Die Live-Sendung beginnt mit einer nüchternen Einleitung des Moderators Ernst Elitz. Keiner der Mitwirkenden darf länger als sechs Minuten reden. Ich weiß, daß das für mich zu kurz ist, um zu überzeugen. Die Kamera fängt meine nervösen Hände ein, die mit einer Jadekugel spielen. Ich trage alle meine Argumente so schnell wie möglich vor und werde immer hektischer. Noch immer bin ich unsicher, ob ich Namen nennen soll. Der smarte Rechtsanwalt provoziert mich, als er meint, daß man großen Schaden anrichten könne, wenn man jemanden zu Unrecht als schwul outet. Ich kontere: Glauben Sie denn, daß es rufschädigend wäre, wenn prominente Sympathieträger von sich sagen würden, daß sie bisexuell seien? Dabei erwähnte ich eine Reihe von Prominenten, deren Namen ich hier nach Rücksprache mit meinem Verleger nicht wiederholen darf. Ich empfinde es als Schweinerei, daß seit Jahrhunderten, von Shakespeare bis zur Bild-Zeitung, das Privatleben von Heteros detailliert ausgebreitet werden darf, aber Äußerungen über das Privatleben von Homosexuellen immer noch als krimineller Akt gelten. Ich kämpfe dafür, daß eines Tages über die Homosexualität oder Bisexualität von Personen, die in der Öffentlichkeit stehen, genauso offen und selbstverständlich gesprochen und geschrieben werden darf wie bei Heterosexuellen.

Sofort nach meinem Auftritt spüre ich, daß ich zu nervös und hektisch gesprochen habe. Am Ende der Sendung, als es zur Abstimmung kommt, hat sich die Anzahl der Outing-Gegner von 75 auf 85% erhöht.

Am nächsten Tag schreibt die »BZ«, die Homos wollten alle Heteros schwul machen, aber es müsse doch jemanden geben, der die Kinder bekommt. Die Boulevardzeitungen entlarven sich selbst. Die Scheintoleranz ist zerstört. Ich bekomme viele aggressive Anrufe und habe Angst, bin sehr angespannt.

Am Tag nach der TV-Sendung ist Josef aus Dresden nach Berlin gekommen und schließt mich fest in seine Arme. Ich weine an seiner Brust und bitte ihn, mich ganz festzuhalten, kann meine Tränen nicht zurückhalten. Ich fühle mich nach meinem Skandal so allein, von allen beschimpft und verachtet. In den Zeitungen stehen Titelüberschriften auf der ersten Seite wie »Nie mehr TV mit TV-Terrorist Praunheim«. Josef leckt meine Tränen, küßt zärtlich meine Augen, und ich beginne mich geborgen zu fühlen. Ich bin nicht fähig, Sex zu machen, meine Seele schreit, ich bin auf dem Gang zum elektrischen Stuhl. Warum will ich, daß mich alle hassen?
Josef muß zurück nach Dresden, will nächstes Wochenende wiederzukommen.
Ich hole zehn Boulevard-Zeitungen, die sich allesamt über mein Outing aufregen: Die Reaktion eines prominenten Politikers lautet »Quatschkopf«. Ein Film-Star soll gesagt haben: »Fragen Sie meine Frauen«. Der Volksmusikstar »war nicht zu erreichen«. Das Auswärtige Amt meinte, das Privatleben ihres Mitarbeiters sei dessen Sache. Eine bekannte Lesbe wurde gar nicht erst befragt, Frauen sind nicht so wichtig. Ich wurde als mieser Denunziant beschimpft.
Anfang der folgenden Woche höre ich, daß Ernst Elitz, der Moderator von Pro und Contra, dafür sorgen will, daß ich nie mehr in öffentlich-rechtlichen Sendern auftreten darf. Direkt nach der Sendung sagte er mir aber, daß es eine gute Sendung gewesen sei.
Dann ruft Bernd an und erzählt mir vom Tod von Andreas Salmen, nennt mir das Datum der Beerdigung. Ein Kämpfer weniger. Er ist unersetzlich. Ich rufe den Lebensgefährten von Andreas an, Michael, um herauszufinden, ob ich ihm nützlich sein kann. Er antwortet mit leiser Stimme und sagt, daß er von allem überfordert sei und nicht weiß, wie er die Trauerfeier gestalten soll, weil Andreas ja keiner Kirche angehört hat. Ich kann nicht ahnen, daß er, der auch infiziert ist, einige Wochen später seinem über alles geliebten Freund folgen wird. Er kann die Welt nicht mehr ertragen und begeht Selbstmord.
Andreas hat mir einmal gesagt, daß er sich in einer Sauna angesteckt hat, in der billige Kondome ausgegeben wurden. Der Pariser platzte, als er sich ficken ließ.
Wie jedes Jahr finden im Februar die Filmfestspiele statt. Ich muß wichtige Kontakte herstellen. Einen Redakteur des Mitteldeutschen Rund-

funks interessiert mein neues Filmprojekt, das Leben des DDR-Transvestiten Charlotte von Mahlsdorf. Auf den Stufen zum Festivalcafé traf ich eine Redakteurin vom Bayrischen Fernsehen, die meinen autobiographischen Spielfilm »Neurosia« mitfinanzieren will. Ich spreche mit einer mutigen Frau vom Fernsehsender 3sat, die meine Gespräche aus dem schwulen Fernsehen auf acht verschiedenen Terminen senden will. Ich kann noch nicht ahnen, daß alle drei Fernsehpläne einige Monate später, trotz des mutigen Einsatzes der jeweiligen Fernsehredakteure, aufgrund meines Outing-Skandals von den TV-Intendanten abgelehnt werden.
Auf der traditionellen Party deutscher Regisseure bei Heinz Badewitz, dem Festivalleiter der Stadt Hof, mache ich Reinhard Hauffs Frau Christel Buschmann Vorwürfe, daß sie in einem langen »Spiegel-TV«-Film über den Modemacher Joop in keinster Weise dessen Homosexualität erwähnt hatte. Christel regt sich auf und meint, das sei doch durch ihre Bilder sichtbar geworden, außerdem wüßte das doch sowieso jeder. Ich sage ihr, daß ich das für eine Einstellung aus den fünfziger Jahren hielte, es sei wichtig, daß jemand auch offiziell selbstbewußt zu sich steht. Bei jedem Hetero-Porträt hätte sie selbstverständlich auch Frau und Kinder gezeigt; warum also hier nicht den Freund? (Später macht sie ein ausgezeichnetes »Tempo«-Interview, in dem sie Joop seine Männerliebe entlockt.)
Josef ruft aus Dresden an und teilt mir mit, daß er am Wochenende doch nicht kommen will, weil er den Teppich in seiner neuen Wohnung verlegen muß. Ich sage, völlig verlogen, irgendwas Nettes und legte auf. Ich koche innerlich. Er zieht seinen Teppich mir vor.
Nachmittags zeigt ein Freund von mir, Jochen Hick, auf den Filmfestspielen seinen Kurzfilm »Willkommen im Dom«, wo militante Aidskranke im Fuldaer Dom eine Messe störten, um gegen die sexualfeindliche Politik der Kirche zu protestieren. Dabei wurden sie von Kirchenleuten brutal zusammengeschlagen. Der reaktionäre Bischof Dyba äußerte sich danach sehr schwulenfeindlich. Ich erzähle dem Publikum von Andreas Salmens Tod, der in Berlin Act up gegründet hatte. Im Publikum sitzt eine kleine Schar von acht Leuten, der verbliebene Rest von Act up. Ohne Andreas zerfällt die Gruppe.
Früh aufgestanden. Ich treffe mich mit Bernd, einem der engagiertesten Schwulen Berlins, um gemeinsam zum Krematorium zu fahren. Er

kommt gerade von seiner eigenen Hochzeit. Sein slowenischer Geliebter hat gleichzeitig die lesbische Freundin seiner Ehefrau geehelicht. Das Krematorium befindet sich unweit einer Kläranlage und der Berliner Müllverbrennungsanlage. Ein grausamer Ort. In der häßlichen Vorhalle treffen wir auf die schwule Politszene Berlins. Jeder haßt jeden, die meisten konnten den Toten nicht leiden und haben ihm das Leben schwergemacht. Alle schauen wegen meines Outings wütend und frustriert auf mich. Ich muß lachen, eine absurde Situation. Man hatte Andreas Salmen aus seinem Stop-Aids-Projekt herausgeekelt, hatte ihn wegen seiner Vorsorgepolitik bekämpft, und viele sind schließlich froh gewesen, als dieser kämpferische, mutige Mann immer schwächer wurde und keinen mehr belästigen konnte. Ich könnte hineinschreien in diese bigotte Runde. Einige umarmen Andreas' Liebhaber Michael, dünn und blaß weint er an den Schultern alter Freunde.
Wir werden in einen noch häßlicheren Raum gebeten, wo Andreas aufgebahrt ist. Elegische Klaviermusik. Andreas wurde 29 Jahre alt. Ich sehe die Glatze von Hans-Peter Hauschild leuchten, dem neuen Vorstand der Aidshilfe, mein Erzfeind, mit dem ich mich oft gestritten habe, weil er die Vorsorge stark vernachlässigt. Axel Schock, eine scheinheilige Tunte von der Zeitschrift »Magnus«, sitzt vor mir. Warum lassen wir uns solche bekotzten bürgerlichen Rituale gefallen? Warum ordnen wir uns in diesem wichtigen Moment unseres Lebens diesem Spießertheater unter, statt schrill und fröhlich oder meditativ und schwul zu feiern? Am Sarg eine Schleife: In stillem Gedenken, Onkel Willi und Tante Emma.
Hans Hengelein von der deutschen Aids-Hilfe hält im Rollstuhl eine Rede. Er betont, wie kühl und unnahbar der Tote gewesen sei, und fordert uns zum Schluß auf, seine Anregungen zu überdenken. Überdenken ist Scheiße, will ich am liebsten in den Raum rufen, wir müssen handeln.
Dann stehen wir einzeln und in Gruppen vor seinem Sarg. Ich verliere den Abstand, es würgt mir in der Kehle. Ich will ihn aus dem Sarg zerren an einen besseren Ort, einen menschenwürdigeren, ausgestopft im Schwulenzentrum zur Erinnerung an seine vielen Aktivitäten, zur Anregung und Aufregung, damit nicht alles vergessen wird, damit seine Feinde nicht triumphieren können.
Der nasse Sand knirscht auf dem Rückweg unter den Stiefeln von vie-

len Macho-Schwulen, die es schwerhaben, Gefühle zu zeigen, genauso wie ich.

Ständig geht das Telefon. Die Zeitschrift »Super«, die auf mich schon mal einen Quasi-Aufruf zum Totschlag gedruckt hat, ruft alle drei Minuten an und will ein Interview erzwingen, andere Zeitungen folgen.
In der Post ein Brief eines Lehrers aus Hannover, der verzweifelt und anonym schreibt, daß ihn seine Schüler nach meiner Pro und Contra-Sendung nach seinem Schwulsein befragt hätten, daß er damit nicht umgehen kann und über Versetzung nachdenkt. Er beschimpft mich als elitäre Kunsttucke, die im freien Beruf keine Repressionen zu fürchten habe.
In der Post aber auch ein zauberhafter Liebesbrief von Josef, sein erster an mich.

Ich hatte mit Hilfe meines Freundes Peter und meines Mitarbeiters Volker Eschke auf eigene Kosten eine englische Fassung meines Schwulen-Films »Its not the Homosexual but the situation in which he lives« hergestellt und nahm beide zur Unterstützung im Frühjahr 1972 mit nach New York. Der Schwulenfilm wirkte in den Staaten genauso provozierend wie hier. Nach einer überfüllten Vorführung im Museum of Modern Art zeigte ich den Film im GAA Firehouse, dem New Yorker Schwulenzentrum. Hier erlebte ich die aufregendste Vorführung meines Lebens. Am Schluß des Films erhoben sich die Zuschauer und applaudierten. Volker und ich wurden gefeiert. Aber dann begann eine harte und aggressive Diskussion.
Besonders die Transvestiten unter den Zuschauern fühlten sich im Film schlecht vertreten, eine kam mit einem Messer auf mich zu und schrie mich an. Der Satz »Es gibt kaum glückliche Schwule ...« erboste viele, die sich im Saal glücklich und stolz äußerten. Hier in New York hatte sich seit einigen Jahren eine militante und selbstbewußte Schwulenbewegung gebildet. Doch das war natürlich nur ein kleiner Teil der vielen versteckten Schwulen, die überall in den USA ein Doppelleben führten und Angst hatten, sich für die eigenen Rechte einzusetzen. Zu der Zeit gab es kaum

schwule Filme, geschweige denn politische Schwulenfilme. Ich war und bin stolz drauf, dabei einer der ersten gewesen zu sein.
Ich dachte über meine nächsten Filmprojekte nach: »Berliner Bettwurst«, für den ich ja von der Filmförderung Geld bekommen hatte, und »Axel von Auersperg«, nach einem besonders kitschigen Theaterstück von Villiers de l'Isle-Adam, für das ich das ZDF interessieren konnte. Ich glaubte mich auf dem Höhepunkt meiner Karriere, plante beide Filme in 35 mm fürs Kino. Wie immer änderte ich ständig das Konzept meiner Filme und ließ Darsteller vortanzen, während ich gelangweilt im Bett lag und Schokolade fraß. Ich wurde menschenverachtend. Dietmar, meinem Star aus dem ersten Bettwurst-Film, hatte ich eine Wohnung bezahlt, ich brauchte ihn ja für die Fortsetzung. Steve und Berryt, die ich sehr bewunderte, lockte ich mit neuen Filmplänen und ließ sie dabei ihre Abhängigkeit spüren. Ich wollte ihre Phantasie benutzen, hatte aber keine Geduld mit ihnen.
Mit Martin Dannecker und dem Schriftsteller Peter Schneider arbeitete ich an dem Script zu einem kritischen Film über Kunst und Kultur, das Projekt wurde aber vom WDR abgelehnt. Dann entdeckte ich, lange vor Fassbinder, die Schauspielerin und schrille Soubrette Brigitte Mira, und wollte sie in meinem Lieblingsstück »Die Wände« von Jean Genet einsetzen. Doch der damalige Intendant des Hamburger Schauspielhauses, Ivan Nagel, traute mir diese große Aufgabe nicht zu. Er unterhielt sich lieber mit mir über seine schwulen Klappenerlebnisse. Der Warhol-Biograph Rainer Crone plante ein Buch über mich, aber ich verarschte ihn so sehr, daß er den Plan bald fallenließ. Die Kunstakademie in Karlsruhe bot mir sogar einen Lehrstuhl an, doch als ich vorschlug, für alle Studenten erst einmal ein Gefängnis zu bauen, damit sie sich ohne Ablenkung ganz ihrer Kunst widmen könnten, schrieb man mir ab.
Pfingsten 1972 fand in den Parterreräumen meines Ateliers in der Dennewitzstraße das erste größere Treffen der Homosexuellen-Aktion Berlin statt. Über hundert Schwule und Lesben reisten aus Westdeutschland an. Ich schlug eine Aktion in der Sauna vor, um die verklemmte anonyme Ficksituation zu durchbrechen, unter der ich immer gelitten hatte. Vierzig Leute zogen nackt

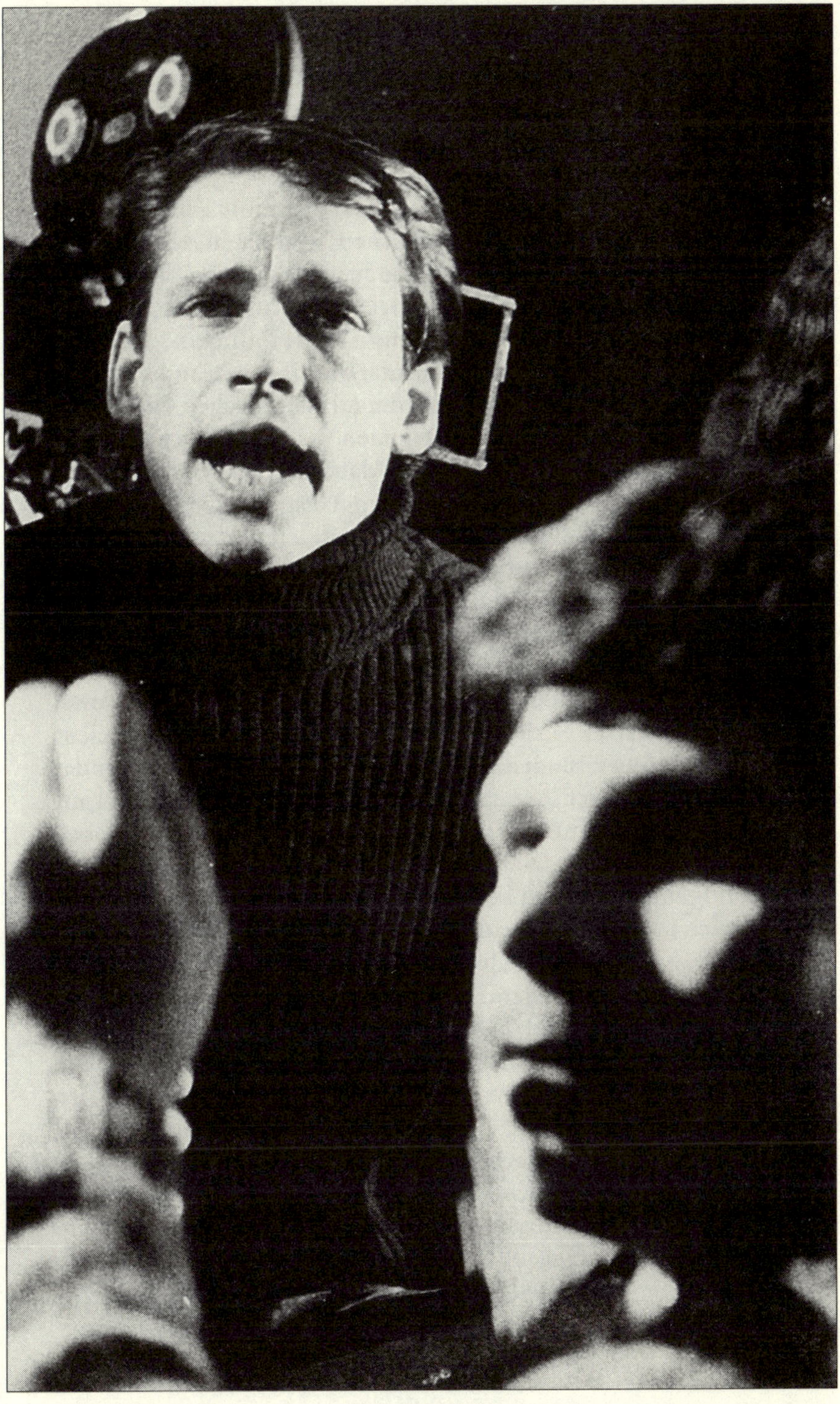

Rosa bei einer Diskussion zum Schwulenfilm in New York

durch die Kabinen und lockerten die anderen Gäste auf. Eine große Party entstand, bei der wir Reiterspiele im Pool austrugen. Es war schön zu sehen, daß man nicht nur triefig ernst und verklemmt ficken mußte.

Am 2. Juni 1972 wurde Andreas Baader gefaßt. Ich hatte immer wenig Sympathien mit den deutschen Terroristen, fand Baader stalinistisch und autoritär. Mich grauste vor seinen politischen Vorstellungen, die mir fanatisch vorkamen. Ich mochte lieber die Spontiaktionen des US-Politclowns Abbie Hoffmann, der in der Börse Geld anzündete und das Pentagon auf den Mond schießen wollte. Am 6. September 1972 wurden die israelischen Geiseln im Olympiadorf in München erschossen. Ich war entsetzt, hilflos und zutiefst beschämt. Auf dem Ku'damm tobten Studenten-Demos, doch ich war nur mit halbem Herzen dabei. Natürlich wünschte ich mir eine neue Gesellschaft. Ich besuchte auf Anregung meines Mitarbeiters Volker Eschke einen Grundkurs, um das Marxsche »Kapital« zu begreifen, ging aber nur zweimal hin, dann war meine Geduld erschöpft. Durch den Rechtsanwalt Rainer Demski interessierte ich mich für ein Projekt des SPK, des Sozialistischen Patienten-Kollektivs in Heidelberg, wo linke Ärzte ihre Patienten aufforderten, sich durch radikale Aktionen selbst zu heilen. Anweisungen zum Bombenbasteln wurden gefunden und die beteiligten Ärzte angeklagt. Ich plante einen Film, kam aber nicht an die Informationen. Demski starb unter mysteriösen Umständen.

Ich flog mit Peter nach London, zu einem Konzert von Marlene Dietrich im Queens Theatre. Die Dietrich war der Traum eines jeden Schwulen, *die* Schwulenmutter schlechthin. Vor dem Theater traf ich den Schauspieler Charles Regnier, der mir erzählte, daß er wegen seiner Homosexualität im KZ war.

Die Dietrich trat mit einer kleinen Kapelle auf und rauschte mit ihrem berühmten langen Pelz herein, darunter das legendäre durchsichtige Abendkleid, bestickt mit tausend glitzernden Perlen. Ich konnte es nicht fassen, mein Idol live zu sehen, ich war hypnotisiert und geblendet. Nie vorher oder nachher hat mich ein Abend so mitgenommen wie dieser. Dabei war alles ganz einfach und banal. Die süßlichen Lieder, die sie vortrug, die häß-

liche Stimme, die starre Haltung, das alles raubte mir den Verstand. Ich sah zwei Vorstellungen hintereinander. Zum Schluß verbeugte sie sich nahe am Publikum und schüttelte hundert Hände. Ich drängte mich nach vorn, ergriff ihre Hand zu fest, sie fiel. Mit kindlichem Charme ruderte sie sich, schmollend, auf dem Hintern zurück hinter den Vorhang. Starke Männer halfen ihr auf, strahlend und umjubelt trippelte sie Schrittchen für Schrittchen, wie es das enge Kleid erlaubte, wieder nach vorne.
Bald danach fiel sie in Dallas in den Orchestergraben, das war das Ende einer großen Karriere. Seitdem versteckte sie sich in ihrem Appartement in Paris. Mein Freund Andreas hatte das Glück, sie Anfang der neunziger Jahre in Begleitung Leonard Bernsteins nachts in Paris zu besuchen. Sie war geistig fit und witzig. Er sprach sie auf ihre Sexfeindlichkeit an, die er verschiedenen Äußerungen entnehmen konnte, doch Marlene wehrte nur lakonisch ab.
Erst nach ihrem Tod trauten sich die Zeitungen, über ihr exzessives Sexleben zu berichten, besonders über ihre leidenschaftlichen Affären zu Frauen. Dabei hätte sie vielen schwulen und lesbischen Fans doch Mut geben können, zu sich selbst zu stehen, wenn sie sich zu Lebzeiten als Lesbierin bekannt hätte.
Freunde von mir kamen wegen irgendwelcher Betrügereien in den Knast nach Tegel, und ich erhielt die Gelegenheit, dort Filme zu zeigen und mit den Knasties zu reden. Ich zeigte Jean Genets einzigen Film »Un chant d'amour«, den er in den fünfziger Jahren gedreht hatte und in dem er seine schwulen Erlebnisse im Knast darstellte. Ein Wärter bläst einem Gefangenen den Schwanz. Zwei Gefangene atmen durch die Wand den Rauch einer Zigarette, einer versucht, eine Blume an einem Bindfaden in ein anderes Zellenfenster zu pendeln und verfehlt immer wieder die sehnsüchtig danach greifende Hand. Ich liebe diesen Film. Die Knastbrüder erröteten und genierten sich, als ich sie danach über ihre eigenen schwulen Erlebnisse ausfragte. Meine direkte Art schockierte sie, und meine romantischen Vorstellungen vom Knast schwanden dahin.

STADT DER ENGEL

Werner Schroeter bot mir an, neben Magdalena Montezuma, Christine Kaufmann und Ila von Hasperg als Schauspieler in den Hauptrollen seines Fernsehspiels »Willow Springs« mitzuwirken. Ich folgte Werner und seinen Freunden im Herbst '72 nach Los Angeles, der Stadt der Engel. Magdalena kochte für alle und erfüllte mit Hingabe die Gourmet-Ansprüche Werners, den sie immer noch abgöttisch liebte. Christine Kaufmann versuchte gerade, durch einen Prozeß ihre Kinder von Tony Curtis zurückzugewinnen, und war entsprechend nervös. Sie ist eine sehr sinnliche Frau, und ich hatte das Gefühl, daß sie mich begehrte, konnte aber ihre Gefühle nicht erwidern. Ich war dennoch sehr eifersüchtig, als Christine Werner zu dem berühmten Regisseur George Cukor mitnahm, der meinen Lieblingsfilm »Women« gedreht hatte. So einen Film kann nur ein Schwuler drehen.
Werners Freundin aus alten Tagen, Jutta, die inzwischen als Stewardeß arbeitete, war ebenfalls eingetroffen, und Werner und Jutta beschlossen, in Las Vegas zu heiraten, damit seine Flüge in Zukunft preisgünstiger wären. Am Tag der Hochzeit blieb ich allein mit Magdalena in L. A. zurück, und Magdalena lief aus Eifersucht wie ein Tiger im Käfig hin und her. Sie zerquetschte das Fliegengitter zu einer modernen Plastik und schwamm dann die ganze Nacht wie rasend durch den beleuchteten Pool. Sie hätte es sicher verdient gehabt, Werner zu heiraten, sie hatte ihm ihr Leben geweiht und alles für ihn aufgeopfert.
In Los Angeles kannten wir kaum Leute. Ich rief im Festspielbüro der Filmex an, die erstaunlicherweise unsere Filme kannten, und wir wurden von Gary Abrahams, dem Freund des Filmfestivalleiters, empfangen. Gary war der schönste Mann, den ich seit langem gesehen hatte. Wir waren alle sofort von ihm fasziniert. Ila schnatterte noch lange begeistert von ihm, als wir schon längst in unserem Auto die lange Heimfahrt angetreten hatten. Zu Hause war Gary am Telefon und verlangte mich. Er sagte mit sanfter erotischer Stimme, daß er mich sehr gerne wiedertreffen wolle. Ich war einer Ohnmacht nahe. Doch nach mehreren Treffen hielt er mich immer noch hin, und ich wurde immer heißer. Plötzlich fiel

mir auf, daß er nur eitel und dumm war. Ich mußte mir die Frage stellen: Warum verliebte ich mich nur immer in dumme Männer? Und eines nachts, als Werner und ich ziemlich besoffen waren, ermutigte Werner mich, den Bann, nur dumme Männer lieben zu können, zu durchbrechen, indem ich Gary umbrachte.

Es war Mitternacht in Hollywood, und wir fuhren mit dem Fahrstuhl des Roosevelt-Hotels in den elften Stock zum Festival-Büro. Wir wußten, daß dort fast die ganze Nacht gearbeitet wurde. Ich sah Gary sofort und befahl ihn mit strengem deutschen Akzent hinaus. Im Flur drängte ich ihn brutal in eine Ecke und sagte ihm, daß ich gekommen sei, um ihn umzubringen. Gary bekam Angst. In Hollywood laufen überall Neurotiker, Perverse und Übergeschnappte herum. Mord und Totschlag ist und war an der Tagesordnung. In großer Panik sagte er mir schließlich, daß er die Angewohnheit hätte, alle schönen Männer seiner Umgebung anzumachen, um herauszubekommen, ob er sie haben kann. Wenn er spürt, daß er bei ihnen Erfolg hat, läßt sein Interesse sofort nach. Ich brach weinend zusammen und entließ ihn aus meiner heftigen Umarmung.

So orgiastisch das Leben im Schwulenghetto, in den Bars und auf den Parties ist, so puritanisch und verlogen geben sich die Hollywoodschwulen in ihren Büros, in den Ateliers, vor und hinter der Kamera. Das ist bis heute so geblieben. Es ist bezeichnend, daß sich Hollywood mit schwulen Themen sehr schwertut und erst heute, zehn Jahre nach Beginn der Krise, das Thema Aids von den Studios angepackt worden ist.

Deutsche waren sexuell sehr beliebt. Die ständigen Nazifilme im TV hatten meist eine erotische Komponente. Ich kam mir bald wie der Nazificker vom Dienst vor. Man erwartete vom Deutschen (ob Frau oder Mann), daß er etwas mit Stiefeln, Leder und Sadismus zu tun hatte. Wo immer ich hinkam, bekam ich alle Männer, die ich wollte. Sie machten sofort die Beine breit und verabschiedeten mich danach schnell.

Oft nahm ich in die Lokale Werner mit, der mit seiner hysterischen tuntigen Art etwas Spaß in diese Eintönigkeit brachte. Sie nahmen ihn, der auf sie nicht sehr erotisch wirkte, meist in

Kauf, um mich zu bekommen. Oft schlief er auf dem Nebenbett, oder man gab ihm heimlich ein Schlafmittel in den Drink. Schließlich verliebte ich mich in Jack, der ein Geschäft für Hundefutter hatte und alle Luxusartikel, die verwöhnte Tiere in Hollywood so brauchen. Er erzählte uns, daß er aus Reklamegründen seine Lieblingskatze mit dem Rolls-Royce abholen läßt.
Dann kam mein Freund Peter mit seiner Mutter angereist. Das kam mir sehr ungelegen. Ich hatte Peter schon länger für mein langweiliges Leben in Berlin verantwortlich gemacht und dachte, daß ich mich nun endlich von ihm trennen müßte. Peter weinte und sagte mir immer wieder, wie sehr er mich liebt. Ich beschimpfte ihn, daß er mir nicht meine Kontaktlinsen aus Berlin mitgebracht hatte und falsche Kopien meiner Filme, um die ich ihn gebeten hatte.
Ich nahm ihn in die Sauna und schaute gierig zu, wie er von Riesenschwänzen durchgefickt wurde. Er war glücklich, so lange er bei mir sein konnte. Ich wollte aber Jack nicht aufgeben, übernachtete einmal eine Nacht bei Jack und kehrte dann wieder reumütig zum leidenden Peter zurück. Beide haßten sich. Peter hatte sich einen Tripper geholt und mich angesteckt, oder war es umgekehrt? Wir bekamen dicke Spritzen in der Free Clinic.
Werner Schroeter entschloß sich endlich, nach längeren Fickexzessen mit den Dreharbeiten zu »Willow Springs« zu beginnen. Er hatte in Rosamund, einige Meilen außerhalb von L. A., eine alte verfallene Kneipe aufgetan und seine Darsteller in einem billigen Motel untergebracht. Magdalena, Ila und Christine Kaufmann kamen zum ersten Drehtag sehr konzentriert an den Set, nur ich war extrem albern und hatte gar keine Lust, ernsthaft zu arbeiten. Ich sagte Werner, daß ich keine Lust zum Spielen hätte. Ich fand heraus, daß ich es haßte, vor der Kamera zu stehen, hatte einfach nicht die Geduld, die jeder Filmschauspieler haben muß. Man muß stundenlang auf die nächste Einstellung warten, ehe Licht und Kamera auf die nächste Position umgebaut sind. Ich brachte ihm dann aus Los Angeles einen Ersatz, einen sehr niedlichen Jungen, mit dem er den ganzen Film zu Ende drehte.
Im November bekam ich Karten für die Long Beach Arena, in der der legendäre Elvis auftrat. Damals war er schon dick und hatte

einen großen Clan von aufdringlich männlichen Musikern um sich herum. Elvis brachte mich zurück in meine Jugend, als ich als Teenager wild nach seiner Musik tanzte und der damals noch schöne Elvis mir als Wichsvorlage gedient hatte. Damit war es aber endgültig vorbei. Noch immer liebte ich seine Lieder, war aber gelangweilt von seinen dummen Witzen.
Ein anderes Konzert beeindruckte mich mehr, und zwar von dem Sänger und Dichter Rod McKuen. Rod hatte über 7 Millionen Exemplare seiner Kitschlyrik verkauft und endlos viele Platten. Er trat allein und einsam auf die Bühne und sang »Es macht nichts, wen du liebst und was du liebst, die Hauptsache ist, daß du liebst«. Er war für mich camp und Kitsch hoch zehn. Ich sprang danach auf die Bühne, stellte mich als Journalist vor und bat um ein Interview. Er lud mich tags drauf in seine prachtvolle Villa ein und zeigte mir seine Kritik von Mao-Lyrik, die er für eine Zeitschrift geschrieben hatte. Bald lagen wir uns in den Armen, und ich fickte ihn auf seinem luxuriösen Bett. Er bat mich um Schonung, denn er war erst kürzlich wegen eines Rückenleidens aus dem Krankenhaus gekommen. Danach speiste er mich mit 12 LPs ab und komplimentierte mich schnell hinaus. Angeblich durfte sein Bruder nicht wissen, daß er schwul war. Ich verachtete ihn dafür.
An meinem 30. Geburtstag flog ich mit Peter nach San Francisco und feierte mit meiner alten Freundin Mae. In einer wüsten Lederbar trafen wir dann auf einen sehr attraktiven Mann, der ein Hundehalsband trug und stolz seinen breiten behaarten Oberkörper zeigte. In der vollen Bar drängten wir uns aneinander, er führte meine Hand an seine Jeans, die am Arschloch ein kleines Loch hatte. Dann holte er meinen Schwanz raus und steckte ihn sich rein.
Ende November 1972 mußte ich dann tränenreichen Abschied nehmen und zurück nach Berlin, um meine zwei großen Filme vorzubereiten, von denen ich mir Weltruhm versprach.

26. Februar *Am Telefon meldet sich eine Paula, die mir nur mitteilen wollte, daß sie in einer halben Stunde bei mir vorbeikäme. Dann legte sie auf. Ich fand das sehr mysteriös. Ich schickte einen Mitarbeiter*

an die Tür, der mir den Brief eines Anwalts überbrachte. Er beinhaltete eine Unterlassungserklärung, einen prominenten Schauspieler nicht mehr als bisexuell zu bezeichnen, ansonsten wolle man klagen.
Zu gerne würde ich einen Musterprozeß führen, denn es sollte doch eine Ehre sein, einen prominenten Schauspieler als bisexuell zu bezeichnen. Sind nicht alle Menschen von Natur aus bisexuell? Ich rief meinen Anwalt an, der mir riet, die Unterlassungserklärung zu unterschreiben.
Ich rief auch Stefan Reis an, vom Büro für gleichgeschlechtliche Lebensweisen in Berlin, einer sehr guten Einrichtung, die der rot-grüne Senat durchgesetzt hat. Er meinte ähnliches. Die Chance, daß die Boulevardpresse den Sachverhalt schwulenfreundlich beschreibt, sei sehr gering.
Dann ging ich mit Brandon, einem Besuch aus New York, und dem schönen, begabten Mischa essen im Chinalokal um die Ecke. Brandon hatte ich 1977 in New York kennen- und liebengelernt. Wir gingen damals frisch verliebt auf die Geburtstagsparty des Komponisten Leonard Bernstein. Der Meister, den ich noch nie vorher gesehen hatte, kam etwas später. Er rauschte mit einem großen Cape wie eine Fledermaus herein, öffnete das rote Innenfutter, erblickte mich zwischen den Massen, kam auf mich zu und küßte mich mehrere Minuten intensiv. Dann fragte er mich, ob ich mit ihm nach Hause kommen wolle. Aber ich stellte ihm Brandon vor, den er daraufhin mit einem abfälligen »evil« abtat.

Silvester 1972/73 feierte ich bei der Freundin des Filmemachers Wolf Gremm, Regina Ziegler, die damals beim SFB arbeitete. Diese stattliche und kluge Frau ist inzwischen die bedeutendste Filmproduzentin Deutschlands geworden. Ich war sofort von ihrem mütterlichen Charme begeistert und engagierte sie als Produktionsleiterin für meine beiden nächsten Filme. Sie benutzte dann diese Arbeit, um sich von der eintönigen Anstellung beim SFB zu lösen.
Ich ahnte nicht, was 1973 auf mich zukommen sollte. Das schrecklichste, dramatischste Jahr meines Lebens. Der Tod meines Vaters und die Trennung von Peter, die viel schmerzhafter wurde, als ich es je geahnt hätte, und die Dreharbeiten zu zwei großen Filmen, die ein totaler Reinfall werden sollten.

Dabei hatte das Jahr sehr gut angefangen. Unter dem Druck der Presse und nach vielen positiven Kritiken wurde mein Schwulenfilm, der ein Jahr zuvor willkürlich aus dem Programm genommen worden war, endlich am 15. Januar bundesweit im ersten TV-Programm gesendet. Nur Bayern hatte sich aus dem ARD-Verbund ausgeschaltet und sendete etwas anderes. Am nächsten Tag war mein Film Gesprächsstoff Nummer eins in deutschen Landen, in allen Büros, U-Bahnen und Werkhallen. Ich hatte erreicht, was ich wollte, daß man sich die Köpfe heiß redete, diskutierte, sich aufregte. Für wenige Stunden war das Schwulsein aus dem Ghetto der Nacht herausgerissen und Tagesgespräch.
Nach dem Film lief im TV eine lange Diskussion. Noch heute finde ich, daß es eine sehr gute Diskussion war. Ich war inzwischen selbstbewußter und redegewandter geworden, hatte durch die Kinodispute viel gelernt und konnte die sich immer wiederholenden Fragen sehr gut beantworten. Der Befreiung der Schwulen und Lesben waren wir ein Stück näher gerückt, denn die Wirkung eines einzelnen Fernsehfilms war damals, als es nur drei Programme gab, noch sehr groß. Meine Provokation war gelungen. Viele Schwule waren sauer auf mich, hätten ihr Schwulsein viel lieber versteckt, schauten aber die Fernsehsendung, die sie forderte, persönlich Stellung zu nehmen.
Ich wurde wenig später in Berlin, als ich nachts in die Schwulenbar »Trocadero« wollte, gleich am Eingang verprügelt, mit Messern bedroht und von Hunden gehetzt. Im Gegensatz zu heute, wo sich aus Neid und Konkurrenz viele Schwule freuen würden, wenn mir etwas Schlimmes passierte, marschierten damals tags darauf sechzig Schwule und Lesben mit mir vor die Bar und protestierten lautstark. Die »BZ« berichtete groß darüber, stand erstaunlicherweise auf unserer Seite. Flugblätter tauchten in der Szene auf: Rosa v. P. unerwünscht.
Im Juni '73 veranstaltete die Homosexuelle Aktion West-Berlin wieder ein großes Pfingsttreffen. Diesmal waren über vierzig Schwulengruppen aus ganz Westdeutschland angereist und in der Technischen Universität gab es ein großes Fest mit über 1000 Leuten. Am zehnten Juni fand der erste Berliner Schwulenmarsch statt, angeregt durch den New Yorker Christopher Street

Day, mit immerhin 600 mutigen Lesben und Schwulen, die sich der Öffentlichkeit selbstbewußt zeigten. Seitdem findet er jedes Jahr statt. Letztes Jahr schätzte man 25 000 Homosexuelle, die mutig, laut und bunt über den Kurfürstendamm marschierten.
In Ostberlin hatte man meinen Schwulenfilm natürlich auch sehen können, und erst heute wird mir klar, wie wichtig der Film auch für viele Betroffene im Osten gewesen ist. Auch hinter der Mauer begann man zu diskutieren und sich in versteckten Gruppen zu treffen. Doch die SED wachte scharf darüber, daß sich keine Gruppierungen außerhalb der Partei formierten. Schon ein Treffen von mehr als sieben Personen mußte offiziell angemeldet werden. Trotzdem versuchten Vorläufer des heutigen Ostberliner Sonntagsclubs, sich schon damals zu organisieren. Sie fanden später im Gründerzeitmuseum von Charlotte von Mahlsdorf eine Heimat, wurden dann aber von der Stasi verboten, und es kam erst Mitte der achtziger Jahre zu einer Neugründung.
Aber mein Leben bestand nicht nur aus Schwulsein. Schwulsein ist nicht abendfüllend, hatte ich in meinem Film verkündet. Mein erster großer Filmball in München. Alle Filmstars waren da. Ich tanzte mit Werner Schroeter Walzer, und wir begrüßten die ganz auf Dame getrimmte Ruth Leuwerik mit einem Handkuß. Werner bot ihr eine Rolle als Putzfrau in seinem Film an, und sie lächelte galant dazu. Maria Schell erkannte uns wieder und glänzte über den ganzen Körper. Wir plauderten mit dem steifen Horst Buchholz, doch an meinen Schwarm Conny Froboess traute ich mich nicht ran. Ich tanzte mit der wunderbaren Schauspielerin Eva Mattes, die damals noch unbekannt war, vorbei an Mario Adorf, den Kessler-Zwillingen, Kai Fischer und vielen anderen.
An meiner Seite war Gabriele, die ich Dickdärmchen nannte. Sie arbeitete im Kino Arsenal als Tippse. Sie soff gerne, und jeder Abend mit ihr wurde zu einem Fest. Ich genoß es, daß man kaum eine ernsthafte Unterhaltung mit ihr führen konnte. Sie sprach sofort alle Leute an, provozierte bis zum äußersten, ob in einer Schwulenkneipe oder im Café Kranzler. Sie genierte sich nicht, Bundesinnenminister Baum von meinen Hämorrhoiden zu erzählen und ihn dann nach seinem Sexleben auszufragen. Ich be-

richtete jedem, der es nicht wissen wollte, daß sie mich mit einem großen Kunstpimmel durchfickt. Dickdärmchen hatte aber auch eine sehr depressive Seite, und ich redete ihr schamlos zum Selbstmord zu. Das ist oft die beste Methode, um jemand davon abzuhalten. Schließlich schnitt sie sich doch die Pulsadern auf, und ich besuchte sie mit großen Pflastern, mit denen ich sie freundschaftlich verband.

Mein Freund Peter kurierte seine Syphilis, die er sich irgendwo zugezogen hatte, mit vielen Spritzen aus, und ich bumste im Nebenzimmer mit Jürgen, den ich, als ich ihn nicht mehr liebte, Bratfisch nannte. Peter litt und Jürgen litt. Peter bekam nach den vielen Spritzen einen Herzanfall. Erstaunlich ist der sexuelle Verschleiß, der von nun an mein Leben bestimmte. Immer wieder Saunas, Parks, dann wieder Tripper. Manchmal schleppten Peter und ich die Typen gemeinsam ab. Ich reiste immer wieder hektisch nach Amsterdam, um dort in der Sauna eine größere Auswahl zu haben.

Am ersten März zog ich aus der gemeinsamen Wohnung in der Claudiusstraße aus und mietete eine neue Wohnung in der Knesebeckstraße. Ich bestimmte, daß Peter in der alten Wohnung bleibt. Er bekam Heulkrämpfe, ich blieb hart. Ein guter Trick, denn dadurch bekam meine Beziehung zu ihm für kurze Zeit einen neuen Kick. Er zog sich etwas von mir zurück, ich begann, ihn mehr zu begehren. Wir sahen uns immer noch sehr oft, aber er blieb mir trotzdem lästig, wurde mir immer langweiliger.

»BERLINER BETTWURST«

Im Frühjahr 1973 begannen die Dreharbeiten zur Fortsetzung der erfolgreichen »Bettwurst«, der »Berliner Bettwurst«. Luzi und Dietmar waren unerschöpflich, ihre Reaktionen unfreiwillig komisch. Mein voyeuristisches Herz hüpfte. Ich erfand eine einfache Geschichte: Luzi und Dietmar beschließen, als verliebtes Paar von Kiel nach Berlin zu ziehen, sie suchen eine Wohnung, heiraten mit großer Kutsche in der Berliner Gedächtniskirche, bekommen ein üppiges Ehestandsdarlehen vom Berliner Senat,

und dann flippt Dietmar aus, fickt mit alten schwulen Freunden rum. Luzi hat inzwischen eine Affäre mit einem älteren Entertainer, der von dem abgetakelten Fernsehstar der damaligen Zeit, Lou van Burg, gespielt werden sollte. Weil die Affäre unglücklich endet, kauft sich Luzi aus Frust einen Hund, der wie ein Schwein aussieht und den sie Shakespeare nennt. Sie singt verzweifelt und mit hoher Stimme polnische Lieder, aus Sehnsucht nach Dietmar. Der Hund wird vergiftet, und Luzi und Dietmar finden auf dem Hundefriedhof wieder zueinander. Dann gewinnen sie ein Preisausschreiben nach Mallorca, wo Luzi zum ersten Mal auf einem Kamel reiten darf und prompt herunterfällt.
Viele Einfälle waren den Eigenarten der Hauptdarsteller entnommen. Sie hatten keine Schwierigkeiten, aus dem Stehgreif lange Dialoge zu führen und diese auch inhaltlich genau vor der Kamera mehrmals zu wiederholen. Ihnen fiel zu allem und jedem etwas ein.
Ich entschloß mich, zum ersten Mal auf dem teuren Kinoformat 35 mm zu drehen. Ich fand es wunderbar, die dicke große Kamera zu bedienen, hin und her zu schwenken, und war mir sicher, daß ich einen Welterfolg landen würde. Der erste Bettwurst-Film war schon ein Klassiker geworden, also dachte ich, es könnte kaum etwas schiefgehen mit meinem kuriosen Traumpaar. Ich hatte Luzi aus Hollywood die schrillsten Kleider mitgebracht, und sie war hellauf begeistert, denn sie liebte alles Bunte. Ich machte in meiner neuen Wohnung in der Knesebeckstraße einen Presseempfang für sie. Luzi hatte ich in eine rosa Perücke mit Goldkleid gesteckt. Dietmar trug stolz ein T-Shirt mit dem Aufdruck Hollywood. Ich überreichte beiden einen Spielzeug-Oskar, und ein Bäcker hatte 100 rosa Herzen gebacken, aber auf die Torte statt »Bettwurst« versehentlich Bettwolf geschrieben. Die Künneke, die Mira, Schroeter und viele Reporter waren gekommen. Wir waren »in«.
Die Dreharbeiten verliefen herrlich. Wir mieteten eine große Hochzeitskutsche, in die Luzi und Dietmar unter dem Beifall des Publikums vor der Gedächtniskirche einstiegen. Sie genossen ihren Ruhm. Luzis Wahlspruch war: Hauptsache, ich bin glücklich, was gehen mich die andern an. Wir drehten in dem verrückten

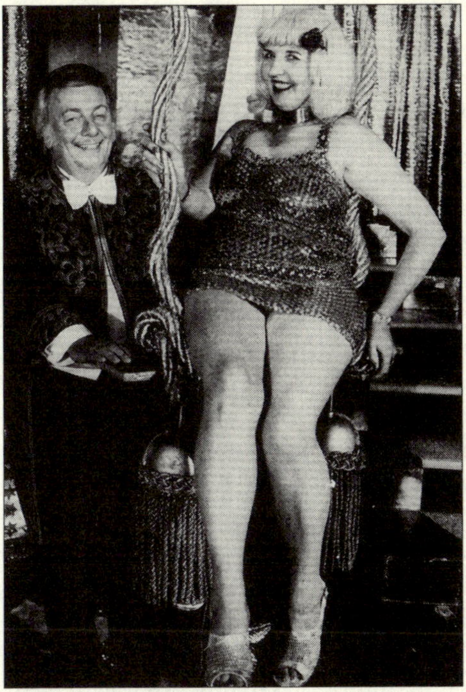

Lou van Burg und Luzi Kryn

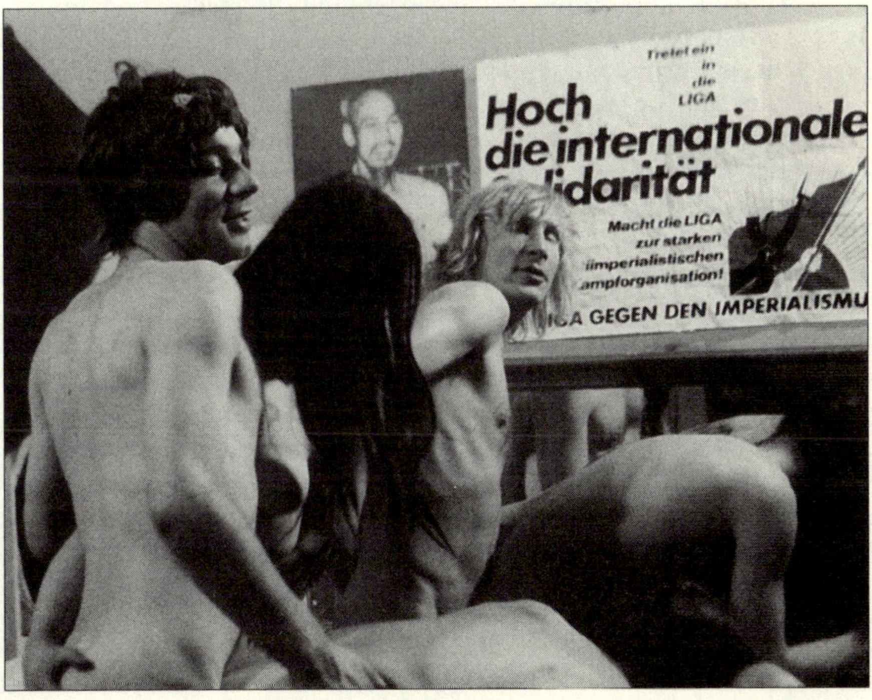

Orgienszene für »Berliner Bettwurst«

Tanzlokal »Resi«, das heute leider nicht mehr existiert. Luzi und Dietmar genossen die Tischtelefone und die zur Musik tanzenden, farbigen Wasserfontainen.
Auf dem Hundefriedhof in Lankwitz, der wirklich in Berlin existiert, durften wir nicht drehen. Man hatte Angst, daß wir die Trauer der Tierbesitzer verarschen. Ich bat meinen Bühnenbildner, auf einem kleinen Stückchen Land einige kuriose Grabsteine von verstorbenen Hunden, Katzen und Vögeln nachzubauen. Eine Grabinschrift für einen Bernhardiner lautete: »Du warst uns im Sturme immer treu geblieben, der Mensch nicht mal im Winde.«
Mit Dietmar drehte ich eine Orgie. Ich hatte durch eine Anzeige Männer und Frauen gefunden, die gerne bei einer Sexszene mitmachen wollten. Dickdärmchen, die das spannend fand und teilnehmen wollte, bekam im letzten Moment Angst und floh. Im Vorzimmer einige Bewerber, die irre beleidigt waren, daß sie nicht mitficken durften. Ich hatte zu der Zeit wieder Tripper und konnte mich leider nicht ins Getümmel stürzen, obwohl es mir die ganze Zeit nicht nur in den Fingern juckte. Schließlich nahm ich den gefleckten großen Schwanz des muskulösen Achim in den Mund. Später mußte diese Szene für die Freiwillige Filmselbstkontrolle geschnitten werden ...
Über unsere Produktionsleiterin Regina Ziegler, die unsere Eskapaden mit Langmut ertrug, hörten wir, daß Götz George ein Fan der »Bettwurst« war. Er lud uns zu sich und seiner damaligen Frau Loni von Friedel in seine Villa am Wannsee ein. Ich brachte eine künstliche Rose mit. Luzi und Dietmar waren hypnotisiert von dem breitschultrigen Star. Ich auch, denn er sah geil aus. Ich sah ihn ein paar Monate später in Frankfurt wieder, als er mich zur Probe einer Boulevardkomödie einlud. Ich fand sein Spiel sehr konventionell und schlug ihm vor, die Frauenrolle im Stück zu versuchen, doch er lehnte ab. Später arbeitete ich mit seiner Mutter Berta Drews, die ich über alles verehrte, an meinem Hörspiel »Wassilissa Malegyna«. Ihre Stimme war ganz alte Schule, sehr ausdrucksvoll und melodiös.
Für die letzten Szenen der »Berliner Bettwurst«, die wir im Drehplan aus praktischen Gründen vorgezogen hatten, flogen wir mit

Luzi, Dietmar und einem kleinem Team für eine Woche zu Außenaufnahmen nach Mallorca. Luzi biß sich gleich beim Schweinebraten den Vorderzahn aus, und es war schwer für uns, die Lücke im Film nicht allzu deutlich werden zu lassen. In einer alten Bar filmten wir herrlich abgetakelte, voluminöse Flamencosängerinnen. Ich konnte an dem Abend gar nicht genug Filmmaterial verschießen. Wir hatten unter großen Schwierigkeiten auf der Insel ein Kamel entdeckt und wollten eine Szene mit Luzi und Zigeunern drehen. Luzi sollte dann aufs Kamel steigen und stolz zum Ende des Films davonreiten. Als die Kamera lief, rutschte sie, während sich das Riesenvieh erhob, vom Höcker und konnte sich nur noch am Schwanz festhalten, während das Tier sie genüßlich mitschleppte.
Als wir von Mallorca zurückkamen, fand ich die Nachricht vor, daß es meinem Vater nicht sehr gut gehe und meine Mutter mich bat, sofort nach Frankfurt zu fliegen. Er hatte sich einer zunächst harmlosen Leistenbruchoperation unterzogen und ein ärztlicher Fehler hatte wahrscheinlich zu einer Venenentzündung geführt. Ich stellte mir den Wecker auf 6 Uhr morgens und wollte die erste Maschine nehmen. Ich wachte aber nicht rechtzeitig auf. Oder wollte ich nicht aufwachen? Denn als ich ein paar Stunden später zum Flughafen kam, war alles ausgebucht. Es war ein Feiertag. Ich bat verzweifelt die Passagiere, die vor mir auf der Warteliste waren, ob sie mich vorlassen könnten, da mein Vater im Sterben läge. Niemand rührte sich. Schließlich kam ich um 13 Uhr im Nordwestkrankenhaus in Frankfurt an und sah in der Halle meine Mutter und meine Tante mit ernsten Mienen auf mich warten. Wir fielen uns weinend in die Arme. Mein Vater war vor einer Stunde gestorben. Hatte ich ihn unbewußt nicht mehr sehen wollen? Hatte ich die letzte Aussprache mit ihm gescheut, die letzte Möglichkeit, mit ihm offen über unser Verhältnis zu sprechen, die letzte Chance, ihm zu sagen, daß ich ihn liebe, ihn begehrt habe ...? Was hätte er mir gesagt?
Ich heulte die ganze Nacht, und das noch viele, viele Jahre danach, wenn er mir im Traum erschien. Nun hatte ich meine Mutter ganz für mich allein. Hatte ich das nicht schon immer gewollt? Ich schlief in Frankfurt im Bett meines Vaters, und es wur-

de dann immer, wenn ich von meinen Reisen einen Ruhepol brauchte, mein Zimmer.
Ich mußte gleich am nächsten Tag nach meines Vaters Tod wieder zurückfliegen, denn ich konnte es mir nicht leisten, den teuren Film zu unterbrechen. Auf dem Drehplan stand eine Szene mit dem Unterhaltungsstar Lou van Burg. Luzi liebte Lous schmierigen Charme und begehrte ihn sogar, als sie mit rosa Hotpants mit ihm in einem großen Himmelbett lag und singen durfte: Ich möchte dir die Liebe schenken ... Dazu geigte mein Komponist Holger Münzer hinter einem großen Wolkenstore, der am Schluß des Liedes langsam auf das Paar herunterfallen mußte. Lou war schwierig, fühlte sich überfordert, fing an zu weinen und wollte sofort abreisen. Meine raffinierte Produktionsleiterin Regine holte ihn in die Wirklichkeit zurück und legte noch ein paar Mark auf seine Gage, die teuerste, die ich bis dahin gezahlt hatte.
Als ich zu Mutti nach Frankfurt zur Beerdigung zurückflog, schritt ich mit ihr und über hundert Menschen auf dem Frankfurter Hauptfriedhof Vaters Sarg hinterher. Irgendwie war meine Trauer verflogen, ich fühlte mich wie der Star einer öffentlichen Veranstaltung. Ich war stolz, meinen Vater an der Seite meiner Mutter ersetzen zu dürfen.
Im Mai flog ich mit Dickdärmchen zum Filmfestival nach Cannes. Vorher ließ ich mich auf der Flughafentoilette noch mal von einem Fremden kräftig durchficken, dann ging es zu dem gigantischsten Festival der Welt. Hunderte von Filmen, 1500 Kritiker aus der ganzen Welt. Wir saßen in der Bar neben Ingmar Bergman und Ingrid Thulin, Barbette Schröder und Nathalie Delon, die mein Freund Werner Schroeter ganz gut kannte. Mir reichte der Trubel aber bald, ich fuhr zurück und war seitdem nie wieder in Cannes.

29. Februar *Plane, mit Josef zu verreisen. Ich schlage Barcelona vor. Er Hiddensee, die Insel der Liebenden aller ehemaligen DDRler. Er hatte sich die Reise für den Mann aufgespart, den er aufrichtig liebt. Ich bin gerührt, aber kann ich die Einsamkeit aushalten? Ich habe Angst vor der Ruhe, der Natur, kann so schlecht entspannen und genießen,* *aber vielleicht verwandeln wir uns dort in mondgesichtige kleine Nachtgeschöpfe mit abstehenden Ohren und langem Schweif, ziehen auf einem alten Friedhof umher, verkriechen uns in eine naßkalte Höhle, dann wachsen uns Flügel, und wir stoßen schrille Töne aus. In meinen Träumen nimmt mich Josef in seine Arme, wir stoßen durchs Dach in den Himmel, über die Wolken, und dann läßt er mich fallen.*

Bin in Panik, denn die Dreharbeiten meines neuesten Filmprojektes »Ich bin meine eigene Frau« stehen bevor. Es ist die Lebensgeschichte des DDR-Transis Charlotte von Mahlsdorf. Charlotte hat 64 aufregende Jahre hinter sich, von den Repressionen der Nazi- und Nachkriegszeit zur DDR, die das Leben von Transvestiten auch nicht gerade begrüßten. Besonders erschütternd war für mich zu erfahren, daß sie als junger sensibler Mann ihren Vater, einen brutalen SS-Typen, erschlagen hatte. Der hatte gedroht, seine Mutter zu erschießen, wenn sie sich von ihm scheiden ließe.
Wir haben trotz der Ablehnung mehrerer Fernsehen-Anstalten aufgrund meiner Outing-Skandale das große Glück gehabt, von der Filmförderung in Brandenburg und der Berliner Filmförderung Geld zu erhalten. Meine hervorragende Herstellungsleiterin Renée Gundelach hat dann die Endfinanzierung besorgt. Ich bin froh, daß ich Charlotte eine hohe Gage zahlen kann, denn ihr Lebenswerk, das Gründerzeitmuseum in Ostberlin, schien in großer Gefahr. Nach dem Fall der Mauer lebt sie nur noch von ihrer kleinen Rente und kläglichen Spenden. Unter dem neuen Senat war die Rechtslage des Museums plötzlich in Frage gestellt und Charlotte, die ihr ganzes Leben um ihre Unabhängigkeit gekämpft hat, verzweifelt. Ich war glücklich, daß ich vermitteln konnte und der Senat bald einer günstigen Lösung zustimmte.
Jetzt sind wir kurz vor Drehbeginn, und es ist noch so viel zu tun. Motivsuche, Musiken, die Darsteller sind noch nicht alle ausgesucht, Besprechungen mit dem Kostümbildner. Wie vor jedem Film habe ich großes Lampenfieber, habe Zweifel am Drehbuch, Angst, daß ich vor Drehbeginn sterben könnte. Meine Hysterie kennt keine Grenzen.

Im Juni 1973 fand die Uraufführung der »Berliner Bettwurst« statt. Das Publikum drückte uns im überfüllten Kino die Türen ein. Von Horst Buchholz bis Fassbinder waren alle da. Während der

Vorstellung wurde noch gelacht, doch als ich mich danach der Diskussion stellte, schienen alle Stimmen negativ. Mein Bühnenbildner Günther Lüdecke attackierte mich sogar öffentlich. Er warf mir vor, Luzi und Dietmar ausgebeutet und einen dilettantischen und dummen Film gemacht zu haben. Die »BZ« druckte am nächsten Tag seine Beschimpfungen auf der Titelseite. Ich ging nach der Vorstellung allein und deprimiert nach Hause. Es ist schwer, Kritik anzunehmen. Besonders schwierig wird es, wenn die besten Freunde einem sagen, daß man Mist gebaut hat. Erst viel später begriff ich, daß der Film zu gekünstelt war, zu sehr Zirkus und Karneval. Der Charme der ersten Bettwurst bestand darin, daß er echt und glaubhaft war. Der zweite Teil wirkte dagegen ausgedacht und überzogen. Ich hatte auf alles noch einen draufgesetzt. Die Dekoration war ein Museum des totalen Kitsches, sie schaffte Distanz, Luzi wurde zur ausstaffierten Puppe und verlor ein Stück Authentizität. Auch die Geschichte war nicht ihre, zu sehr Theater. Ich hatte Dietmar und sein Stricherleben nur äußerlich festgehalten, stellte nur Klischees dar.

ZENSUR UND SKANDALE

Kurz vor der Premiere der Berliner Bettwurst hatte ich mit den Vorbereitungen zu meinem Filmprojekt »Axel von Auersperg« angefangen. »Axel« war ein Drama des französischen Symbolisten Villiers de l'Isle-Adam, das wohl nur einmal aufgeführt wurde. Ich liebte dieses kitschige Märchen, fand es camp, wollte es mit großem Pomp und großen Gefühlen inszenieren. Mich reizte die blumige Sprache, der ungeheure Schwulst, die Ideologie von Mystik, Kirche und Liebestod.

Das Stück spielte im Mittelalter, der erste Teil im Kloster. Unter Zwang soll Prinzessin Sarah de Maupers zur Nonne geweiht werden. Sie entflieht durch ein Kirchenfenster in den Winterwald und gelangt zielsicher auf das Schloß des Grafen von Auersperg. Der junge Graf entdeckt in der Gruft seiner Ahnen Sarah, die gerade mit der Spitze eines Dolches in einen Totenkopf sticht. Von der Decke fällt nun ein unsagbar reicher Schatz, auf dem Sarah

»Axel von Auersperg«: Evelyn Künneke ...

... Frank Ripploh ...

... Rosa mit Gundula von Woyna

und Axel zueinander finden und sich unsterblich ineinander verlieben. Überglücklich malt Sarah ihrem Axel alle weltlichen Möglichkeiten aus, das Glück zu genießen. Er kann sich nicht vorstellen, daß das momentane Glück noch übertroffen werden kann. Gemeinsam sterben sie den Liebestod.
Mit diesem Film wollte ich meine Poesie ausleben, in schönen übertriebenen Bildern schwelgen. Ich machte den Fehler, alles zu konventionell, zu ästhetisch, zu schön und zu wenig parodistisch machen zu wollen. Ich suchte lange nach dem Hauptdarsteller und fand ihn dann in Vincent, einem großen blonden Motorradtypen aus Kreuzberg. Doch er war steif und undiszipliniert vor der Kamera, und wir haßten uns bald.
Sarah wurde gespielt von Gundula von Woyna, einer nicht mehr ganz taufrischen Ausdruckstänzerin, die wiederum alles viel zu ernst nahm, ständig in Tränen ausbrach und während der Dreharbeiten immer älter wurde. Die einzige Freude am Film waren die Szenen, die im Kloster spielten und die später einen Skandal auslösten. Hier hatte ich Evelyn Künneke als Bischof engagiert und Frank Ripploh als Äbtissin.
Evelyn Künneke und Frank Ripploh, der sich damals noch Peggy von Schnottgenberg nannte, wurden eine große Bereicherung für mein Leben, beides schrille, übertriebene und sehr witzige, egozentrische Gestalten. Evelyn Künneke war mir durch die Boulevardpresse als eine abgetakelte triviale Sängerin bekannt, die gerne Skandale macht. »Sie trank mehr als sie sang«, bekam man zu lesen. Sie war für mich eine deutsche Jane Mansfield, die mit ihrem großen Busen prahlte und auf Fotos sehr sexy zu schielen versuchte. Ich war begeistert von den Idiotismen der Unterhaltungsindustrie, die ihre sieben Nasenoperationen zur Sensation machte und ihre kleinen Filmrollen und dummen Liedchen hochpuschte. Mich begeisterte Blödheit immer mehr als intellektuelle Phrasen. »Allerdings sprach die Sphinx, rück das Dings mehr nach links und dann gings« oder »Der neuste Modetanz heißt Känguruh« waren einige ihrer Schlager.
Ich hatte Evelyn 1973 auf einem großen Schwulenball in Berlin kennengelernt. Wir tanzten zufällig aneinander vorbei und wurden vorgestellt. Eine Einladung in Evelyns große Wohnung zum

Abendessen folgte. Evelyn hatte einen Riecher dafür, wer ihr nützlich sein könnte, und wußte jeden mit ihrer Kochkunst zu bestechen. Sie konnte in Windeseile Riesengerichte für unzählige Personen herstellen, und ich wunderte mich später oft, daß sie bei ihrer Kurzsichtigkeit nicht aus Versehen Glasscherben und Abfälle mitverwertete.

Evelyn erkannte, daß sie nichts mehr zu verlieren hatte und daß ihr nur der Mut zu allem Außergewöhnlichen helfen konnte, wieder bekannt zu werden. Die meisten Stars haben diesen Mut nicht, versuchen glatt und schön auszusehen, auch wenn das Alter es unmöglich macht. Sie wiederholen ihr einstmals erfolgreiches Rezept und spekulieren mit dem Gewohnten, Alten, Bewährten. Nicht so Evelyn. Ihr großes Comeback, das wir uns gemeinsam erarbeiteten, beruhte darauf, daß sie den Mut hatte, zu sich selbst zu stehen, mit all ihren Fehlern, ihrem Alter, ihrem Fett und ihrer Frechheit. Sie unterbrach ihre Lieder und hustete. Wenn sie gerade eine Treppe heruntergefallen war, dann scheute sie sich nicht, am selben Abend verbeult auf die Bühne zu gehen und das in ihre Show mit einzubeziehen. Ich liebte sie von Anfang an für ihre Schamlosigkeit, für ihre Phantasien, mit denen sie ihr Leben für die Presse täglich neu zu erfinden versuchte. Sie erzählte mir im Laufe der Zeit immer absurdere Geschichten aus ihrem Leben, von abgebissenen Brustwarzen, von Meisterschaften im Brustschwimmen, vom Aktmodell für Pornomagazine, von ihrer Tätigkeit als Pilotin und wie sie im Fallschirm absprang und einen feindlichen Soldaten in Notwehr umbrachte, von der Todeszelle unter den Nazis, bis hin zu der Behauptung, daß sie 5320 Liebhaber hatte – um im nächsten Atemzug zu behaupten, sie sei frigide.

Mir war egal, was echt oder falsch war. Sie war mir mit ihren Übertreibungen lieber als die meisten spießigen Schauspieler. Natürlich fielen mir sofort wunderbare Rollen für die Künneke ein. Ich sah sie als KZ-Wärterin oder als Bette Davis, die Joan Crawford eine Ratte zum Frühstück serviert.

Evelyns Filmpartner in meinem »Axel«-Film war Frank Ripploh, der später mit seinem Film »Taxi zum Klo« einen Welterfolg landen sollte. Ich hatte ihn in der Homosexuellen-Aktion kennenge-

lernt und bewunderte ihn als witzige und freche Tunte. Dabei gab er sich einen intellektuellen Anstrich und argumentierte sehr marxistisch, was bei seinem total egozentrischen Wesen absurd war. Ich liebte vor allem seine Boshaftigkeiten und seinen bissigen Humor. Er war zuerst etwas verwirrt, daß sich der große Praunheim für die kleine Provinztucke aus Münster interessierte, die frisch in Berlin als Lehrer an einer kleinen Volksschule anfing. Die Geschichten, die er mir von seinen Schülern erzählte, die er bald alle haßte, und von den frustrierten Lehrerkollegen, ließen mich vor Lachen in Tränen ausbrechen. Später verarbeitete er auf meine Anregung hin seine Erlebnisse zu einer Ton-Dia-Show. Er fand bald den Mut, offen als schwuler Lehrer aufzutreten und führte dann auch einen Prozeß gegen die Behörde. Frank war von wunderbarer Häßlichkeit, spindeldürr, mit einer riesigen Nase, aber einem so frechen Mund, daß er oft schüchterne schöne Männer abbekam, die er sofort beschimpfte, wenn sie ihm nicht völlig verfielen. Ich konnte stundenlang seinen Geschichten zuhören, wenn er auf Kontaktanzeigen hin Leute traf oder sich als Masseur versuchte, der Sexmassagen anbot und Natursekt offerierte. Nichts minderte sein Selbstbewußtsein, es waren immer die anderen, die häßlich und blöd waren; eine praktische Einstellung. Auf jeden Fall hatten wir unendlich viel Spaß.
Evelyn sollte ihren Text im Bluesrhythmus in lateinischer Sprache singen und erarbeitete mit dem Komponisten Holger Münzer eine Melodie, die sie im Film a cappella vor dem Altar vortragen sollte. In meiner Fabriketage war schon monatelang vorher eine Dekoration aufgebaut worden. Ein herrliches Kirchenschiff mit Spitzbögen und Säulen entstand. Der Bühnenbildner arbeitete Tag und Nacht. Kurz vor dem Dreh kritisierte ich an einem kleinen Vorhang herum und wollte eine Änderung. Dem Filmarchitekten, der die ganze Nacht durchgearbeitet hatte, platzte daraufhin der Kragen und er bekam einen Tobsuchtsanfall. Seitdem habe ich gelernt, respektvoller mit der Arbeit anderer umzugehen.
Ausgerechnet diese Kirchenszenen, die die ersten 20 Minuten des Films ausmachten, wurden später vom ZDF fürs Fernsehen gänzlich zensiert; der Presseskandal um diese Kürzung war der

Start für Evelyn Künnekes Comeback. Als ich den fertig geschnittenen Film in Mainz dem Kleinen Fernsehspiel vorführte, war man entsetzt. Verletzung religiöser Gefühle, hieß es. Ich glaube, es starben zwei Programmdirektoren über den Streit, ob der Film sendbar sei oder nicht. Eine makabre Posse.
Man wollte mir klammheimlich die Zustimmung zur Kürzung der ganzen Kirchenszene abringen und das Werk dann völlig verstümmelt senden. Nun war es mein Unglück, daß gerade die Kirchenszene das Gelungenste am ganzen Film war und ohne sie der Film gar nicht verständlich. Mir blieb nichts anderes übrig, als an die Presse zu gehen und sie um Unterstützung zu bitten. Ich fuhr mit Evelyn Künneke nach Hamburg ins Kino Abaton, in dem viele meiner Filme erfolgreich gelaufen waren, und lud zu einer Pressevorführung ein, um auf die unerhörten Kürzungen des ZDF aufmerksam zu machen. Ich betrat mit Evelyn die Kinobühne vom Hinterausgang aus, um die Presse, die zahlreich erschienen war, vor der Vorführung zu begrüßen. In diesem Moment schnellte ein Gerichtsvollzieher auf die Bühne und übergab uns ein Schreiben, in dem das ZDF uns verbot, den Film vorzuführen. Die Presse hatte ihre Sensation und verfolgte alles amüsiert und erzürnt, denn nach den Verboten um meinen Schwulenfilm hatte ich gute Karten bei der Presse. Evelyn blieb dann nur übrig, den Inhalt des Films zu erzählen und ihr religiöses Lied zum besten zu geben.
Das ZDF machte eine Woche später eine Pressevorführung im eigenen Haus und sendete den Film am zwanzigsten Februar unautorisiert, verstümmelt und völlig unverständlich. Natürlich verbesserte das nicht gerade meine Position beim ZDF, und ich mußte fünf Jahre warten, bis ich wieder einen Auftrag bekam.

4. März *Evelyn Künneke rief an und lud meine Mutter und mich zum Skatspielen ein. Leider spielt sie sehr schlecht. Sie erzählte mir genüßlich, daß sie Presseinterviews gegen mein Outing gegeben hätte. Ach, das alte Zirkuspferd, trotz zweier Hüftoperationen und Knie- und Rückenschmerzen tritt sie immer noch tapfer auf jeder Bühne auf, die sie bekommen kann. Sie ist im Dezember siebzig Jahre alt geworden, das verrückte Huhn. Ich erinnere mich mit Schmunzeln daran, wie ich* *sie nach Lotti Huber fragte, die ja nur eine Straße entfernt von ihr wohnt und mit der sie Anfang der achtziger Jahre im »Zauberberg«-Film spielte. Die Künneke als hochbezahlte Schauspielerin, Rücken an Rücken mit Frau Huber, die nur als Statistin bezahlt wurde. Auf meine Frage nach Lotti antwortete die Künneke: Mit Statisten rede ich nicht. Einige Jahre später drehte sich das Blatt. Lotti wurde mit meinem Film »Unsere Leichen leben noch« berühmt, und die Künneke lud Lotti mehrmals ein und ließ anfragen, ob sie nicht in Lottis nächstem Film mitspielen könne. Dann bot sie Lotti ihre alten Kleider an, da Evelyn zu der Zeit eine Schlankheitskur machte. Doch solche Geschichten schmälern nicht meine Liebe zu ihr, im Gegenteil.*

Im August '73 zeigte mir meine Mutter entsetzt einen Artikel aus der Zeitschrift »Hörzu«, mit der Überschrift »Rosa nahm sich eine Braut«. Ein Foto von Evelyn als Bischof, mit mir bei den Dreharbeiten zu »Axel«, prangte darunter. Die Künneke hatte, ohne mich zu informieren, in einem Interview behauptet, daß wir uns gerade verlobt hätten. Ich war empört und stellte sie zur Rede. Sie machte auf kindlich, zog einen Schmollmund und versuchte ihre weiblichen Reize auszuspielen, was zu der Zeit nur noch selten gelang. Ich verlangte von »Hörzu« einen Widerruf, ganz in Evelyns Sinne, denn damit war sie zweimal in der Presse. Sie nahm mich mit ins Hotel Kempinski, wo wir Eduard Rhein trafen, der den Text für die Operette »Der Vetter aus Dingsda« zur Musik ihres Vaters Eduard Künneke geschrieben hatte. Eduard Rhein war schon über 80, ein kleiner, überaus vitaler und sehr gescheiter Mann, ehemals Chefredakteur von »Hörzu«, der unter dem Pseudonym Hans-Ulrich Horster wunderbare Kitschromane schrieb, die meine Jugend begleitet hatten. »Suchkind 312«, »Robinson darf nicht sterben« und andere. Eduard erzählte mir hinter vorgehaltener Hand, daß er gerade unter einem weiteren Pseudonym einen Schwulenroman veröffentlicht habe und noch nicht wisse, ob er den Mut fände, in seiner Autobiographie offen über seine Homosexualität zu berichten. Verliebt erzählte mir der alte Mann von seinem attraktiven Chauffeur, der ihn auf seinem Sommersitz in Cannes herumfuhr. Später sah ich ihn bei Plattenaufnahmen mit René Kollo und der Operettendiva Dagmar Koller wieder. Dagmar erzählte herrlich unanständige Witze, was ein wunderbarer Kontrast zu ihrem sterilen TV-Image war, und René Kollo äugte interessiert auf meinen Begleiter Klaus.

Evelyn schien sich wirklich in mich verliebt zu haben. Ich kam mir vor wie der Reporter aus meinem Lieblingsfilm »Sunset Boulevard«, in dem sich eine ehemalige Stummfilmdiva in einen Reporter verliebt, der ihr hilft, ihre Memoiren zu schreiben. Ich hörte, Evelyn habe vor Liebeswahn zu mir in ihren Teppich gebissen und ihre Beruhigungsspritze sei mit einem Aufputschmittel vertauscht worden. Doch das war alles nur Theater. Evelyn hätte nur zu gerne dem nächsten Journalisten erzählt, daß sie einen berühmten Schwulen ins Bett bekommen hat.

Später krakeelte sie herum, ich hätte mit Fassbinder einen eifersüchtigen Streit ihretwegen gehabt, und Rainer Werner habe sie auf seinen starken Armen ins Bett getragen und dortselbst gefickt. Nun war und ist Evelyn nicht die Leichteste.

MISSERFOLGE

Im Oktober 1973 beschloß ich, ganz von Berlin wegzuziehen. Gründe waren meine filmischen Mißerfolge, die sich auflösende Beziehung zu Peter und die Sehnsucht nach meiner Mutter, der ich in ihrer Einsamkeit beistehen wollte. Berlin war ausgelutscht für mich. Ich hatte an so vielen Ecken und Enden gedreht, brauchte neue Anregungen, suchte nach Widerständen. In Frankfurt zog ich bald von meiner Mutter in die Wohnung des Schauspielers Hannes Eyber, einem sehr sensiblen und wunderbaren Menschen, der erstaunlicherweise heterosexuell war. Hannes spielte am Theater am Turm, das an meiner Stückidee einer »mitbestimmten Operette« interessiert war, und man machte mit mir einen Vorvertrag. Ich bot Hannes an, an dem Konzept zu arbeiten. Ich wollte alle Schauspieler interviewen und daraus ein Stück machen: über den Sturz des autoritären Theaterchefs und den schwierigen Versuch der Schauspieler und des Personals, Entscheidungen gemeinsam zu treffen.

Als ich zu diesem Zeitpunkt ans TAT kam, war dort der Versuch der Mitbestimmung schon gescheitert. Man hatte sich in vielen Vollversammlungen und nervigen Diskussionen aufgerieben. Eitelkeiten und Intrigen spielten eine größere Rolle als kreative Vernunft. Das Theater suchte wieder einen Chef, und Rainer Werner Fassbinder hatte sich beworben. Als er sich zum ersten Mal dem Ensemble mit Karl-Heinz Böhm als Gaststar an seiner Seite vorstellte, begrüßte ich ihn gleich provozierend als meinen Todfeind. Er wurde dann im November zum neuen Theaterchef für das folgende Jahr gewählt. Ich traf ihn oft im Frankfurter Schwulenlokal »Come Back«, über dem er im ersten Stock eine geräumige Wohnung bezogen hatte. Einmal zerbrach sein Freund Armin Meyer ein Bierglas und bedrohte mich damit. Er wußte, daß ich Fassbinder nicht leiden konnte. Später brachte sich Armin um. Fassbinder hatte ihn fallengelassen.
Fassbinder hat später öfter behauptet, er hätte mich bei einem Ledertreffen im Hinterraum der »Goldenen 13« im Dunkeln gefickt. Aus meinem Tagebuch geht nur hervor, daß mir damals im Dunkeln jemand einen blies, und sich kurz vor dem Orgasmus dann jemand von hinten in meinen Arsch schob. Es kann jeder gewesen sein, es war ein stockdunkles Hinterzimmer, in dem sich dichtgedrängt unzählige Männer verlustierten.
Peter schrieb mir, daß er bei einem Besuch in London einen Polizisten kennen- und liebengelernt hatte, aber immer noch sehr an mir hing. Ich raste vor Eifersucht. Ich bestellte ihn sofort nach Frankfurt. Er kam zu meiner großen Geburtstagsparty, die ich in der geräumigen Wohnung meiner Freundin Inka Köhler gab. Ich kümmerte mich wenig um die anderen Gäste, zog mich mit ihm zu einem leidenschaftlichen Fick zurück, und als ich spürte, daß er sich innerlich von mir entfernt hatte, bekam ich einen Heulkrampf. Vom Bewußtsein war alles ganz klar. Ich verachtete ihn, er langweilte mich, ich wollte und konnte nicht mit ihm zusammenleben, aber mein Herz schrie nach ihm. Es war wie körperlicher Entzug, ich vermißte seinen weichen jungenhaften Körper, der sich immer dicht an mich gedrängt hatte, mich im Bett verfolgte und der es verstand, mich süchtig nach ihm zu machen. Vielleicht haßte ich ihn dafür. Jedesmal fiel ich auf seinen un-

schuldigen treuen Blick herein, seine Märchenaugen, seinen unendlich attraktiven Masochismus.
Ich heulte manche Nacht ins Kissen und rief ihn ständig an. Er hatte Martin, seinen Polizisten aus London, zu sich nach Berlin kommen lassen, und ich konnte nicht anders, als in einer kalten Winternacht völlig verzweifelt nach Berlin zu fliegen, früh morgens in unserer ehemals gemeinsamen Wohnung vor deren Bett zu stehen und mich einfach dazuzulegen. Wir versuchten einen Dreier. Martin ließ sich wunderbar ficken, wir schoben beide Schwänze gleichzeitig in sein durchtrainiertes Loch. Ich hielt es nicht mehr aus vor Eifersucht, legte mich ins Nebenzimmer. Peter pendelte die ganze Nacht von mir zu ihm, beide tröstend, Martin und ich rasend vor Eifersucht. Ich wußte, daß ich verloren hatte.
Die Arbeit am TAT wurde durch unterschiedliche Auffassungen der Schauspieler und mir sinnlos, ich wollte statt dessen vor der Übernahme durch Fassbinder am TAT eine große Show inszenieren. Im Mai war es soweit. Aus New York hatte ich den Undergroundstar Tally Brown kommen lassen, deren Leben ich später in New York verfilmte. Tally war unvorstellbar dick, trug aus Prinzip keine Büstenhalter und nur durchsichtige seidene Gewänder.
Tally war sehr schwierig, sie hatte damals schon Probleme mit ihrem Knie, und alles, was sie sagte, erschien mir ungeheuer zickig. In New York hatte sie meist unter den primitivsten Bedingungen auftreten müssen. In diesem technisch sehr gut ausgerüsteten Theater in Frankfurt spielte sie nun die große Diva. Aber alle Mühe lohnte sich, denn sie war auf der Bühne ein Genie. Ihre Lieder trug sie mit solcher Intensität vor, daß es mich jedesmal fröstelte. Ich hatte so viel Leidenschaft selbst nicht in Liedern von David Bowie, den Rolling Stones oder Brecht gehört, deren Lieder sie genial vortrug. Die Show wurde ein großer Erfolg, selbst meine Mutter war begeistert.
Mit meinem Mitarbeiter Hannes schrieb ich neue Scripte, doch wir hatten wenig Glück. Nach meinen filmischen Mißerfolgen hatte ich es schwer, eine neue Arbeit zu bekommen. Schließlich besuchte ich den Chef des damaligen Thalia-Theaters, Boy Gobert, auch schwul, in Hamburg.

Boy Gobert kannte ich aus vielen primitiven Filmkomödien, daneben machte er aber gutes Theater. Sein Haus war eine Mischung aus Boulevard, Klassik und Avantgarde, was mir gefiel. Ich schlug ihm ein Stück mit fünf älteren exzentrischen Frauen vor, das ich improvisatorisch erarbeiten wollte. Es sollte Nazizeit, Sex, Kinder, Sehnsüchte und Alter zum Thema haben, und alle Frauen sollten in Temperament und politischer Haltung sehr unterschiedlich sein. Der elegante und erfolgreiche Theaterimpresario empfing mich in seiner Privatwohnung. Ich rutschte gleich am Eingang auf seinem Teppich aus. Er half mir hoch und sagte: Sie sehen ja noch schöner aus als im Fernsehen.
Er gab mir den Auftrag, das Stück zu konzipieren. Ich versammelte sofort eine Garde älterer Frauen, die ich schon lange schätzte, und nahm ihre Geschichten auf Tonband auf.
Da war die verrückteste Frau der Welt, Gräfin Richthofen. Im Jahre 1925 war sie die Marie bei der Uraufführung der Oper »Woyzek« von Alban Berg gewesen. Die Gräfin war inzwischen uralt, aber trotz alledem von auserwählter Eleganz und Erotik. Dazu kamen Gisela Trowe, die ich aus meiner Jugend kannte und die ich bis heute für die größte deutsche Schauspielerin halte, sowie zwei originelle Schauspielerinnen aus dem Ensemble des Thalia-Theaters und die Künneke. Ich brauchte nur mein Mikrofon anzustellen und schon konnte ich die temperamentvollste Unterhaltung der Damen nicht mehr stoppen. Später schrieb ich das Ganze ab und bearbeitete es mit Hannes zu einem Theaterstück. Leider bezahlte mir Gobert nur die Abschreibarbeiten und sagte dann die Produktion grundlos ab.
Mein Stern war im Sinken, keiner wollte auf einen Verlierer setzen. Eine ganz neue Erfahrung für mich.

8. März *»Liebster Josef,*
Du bist vor zwei Stunden gegangen und ich kann es nicht fassen, wie schön es mit Dir war.
Du hast Recht, Hiddensee ist eine Insel nur für Liebende, für uns zwei. Dein Lachen klingt noch in meinen Ohren. Die Geräusche des Wassers, die Ruhe der Steine.
Die Radtour im Nieselregen, als wir den Abhang am Leuchtturm ge-

meinsam runterrollten bis mir schlecht wurde, wie wir uns küßten am kalten Meer und durch dichtes Gestrüpp einen riesigen Steilhang hinaufjagten, daß meine Hände ganz blutig wurden. Nur war es schwer zu ertragen, daß zwischen unseren Betten im Hotel eine Stehlampe eingebaut war, die es verhinderte, daß wir eng miteinander die Nacht verbringen konnten. Und doch liebten wir uns auf wundersame Weise.
Ich hatte mich vor diesem Wochenende mit Dir gefürchtet, dachte, daß wir es beide nicht unbeschadet überstehen, daß wir uns langweilen, streiten, beleidigt sind.
Wir haben ja noch wenig Erfahrung miteinander, lernen uns erst Stück für Stück kennen, wissen wenig über unsere Gefühle. Es sind natürlich auch meine Scheiß-Komplexe, daß ich einfach nicht glauben kann, daß mich jemand liebenswert findet. Ich muß das, verdammt noch mal, lernen.
Ich erwarte immer Bestätigung, und die kann nie groß genug sein. Ich habe keine Geduld. Vielleicht lerne ich endlich Männer zu lieben und sie nicht nur zu benutzen.
Es wäre an der Zeit, mit fast 50 Jahren.
Es ist komisch, daß ich mich als so viel jünger sehe und viel kindischer als Dich. Du bist mein großer Bruder. Ich bin die Hexe KAU KAU KAU.
Ich habe leider vergessen, Deinen Arsch zu fotografieren, wie er so wunderbar in der Nacht von Hiddensee leuchtete. Ich bin gespannt auf die Fotos von Deiner rechten Hand, die ich im Gegenlicht aufgenommen habe.
Sehe ich Dich wieder? Bis zum April scheint es endlos.
Ich stehe übrigens immer um 5 Uhr morgens vor Deinem Haus und male ein großes Herz an Deine Tür. Nicht, daß Du mich mit jemand anderem verwechselst.
In Liebe
Rosa«

Bei den Dreharbeiten zum »Axel«-Film hatte ich eine wunderbare Frau kennengelernt, die junge Millie Büttner, die ich Millie Molton nannte. Sie spielte in meinem Film mit großer Inbrunst eine lesbische Nonne, und wir befreundeten uns. Sie war eine sehr geile Frau, klagte über ihren langweiligen Ehemann, und man merkte ihr unbändige Lust am Sex an. Leider habe ich das bei Frauen selten erlebt, die meisten verbinden Sex gleich mit Liebe. Ich erhielt vom WDR die Chance, einen neuen Film zu drehen, und bereitete mit ihr meinen »Monolog eines Stars« vor. Der Film war ganz auf sie zugeschnitten, und ich wollte ihn in der Wohnung des Schauspielers Mathias Fuchs in Frankfurt drehen. Sie übernachtete öfter bei mir auf einer Matratze, und in einer lauen Sommernacht ergab es sich, daß sie sich mir unsittlich näherte. Noch bevor ich meinen Schwanz in sie reinstecken konnte, fing sie vor Lust so laut an zu kreischen, daß ich es vor Lachen nicht mehr aushielt. Ich hatte damals schon vergessen, in welches Loch ich meinen Schniedelwutz reinstecken mußte. Die weibliche Anatomie hatte ich längst verdrängt. Beim nächsten Mal las ich einen jungen Türken von der Straße auf und animierte ihn, mit ihr zu bumsen. Doch da wollte sie plötzlich nicht. In Paris, wohin ich mit Millie zur Kinopremiere von »Axel« (mit französischen Untertiteln) fuhr, interessierte sich ein deutscher Journalist für uns. Er fummelte schon im Restaurant an Millies Geschlechtsteil herum, und als er in unserem Doppelzimmer landete, fickte er zuerst Millie, wechselte dann aber zu mir über, und ich fickte ihn durch.

In Paris hatte ich mehrere Retrospektiven meiner Filme, aber im Gegensatz zu Werner Schroeter, den die Franzosen wie einen Gott behandelten, hatte ich keinen großen Erfolg. Doch auch meine Liebe zu Paris hält sich in Grenzen, ich finde es sehr, sehr spießig. Die großen provozierenden Künstler gehörten alle der Vergangenheit an. Nur das berühmte »Alkazar« begeisterte mich. Auf einer winzigen Bühne wurde in einem irren Tempo mit Hunderten von Akteuren eine Glitzershow geboten, die mich berauschte. Hier traf ich auch Prinzi, den Sohn der Maharani von Baroda, einen jungen, etwas dicklichen indischen Prinzen, den ich seltsamerweise scharf fand. Er versuchte sich als Sänger. Ein Rolls-Royce fuhr uns in seine luxuriöse Wohnung. Über dem Bett ein Riesenporträt seiner Mutter, im Bad echt goldene Wasserhähne. Ich fickte ihn durch, er schien aber nicht sehr beeindruckt, denn am nächsten Abend flog er ohne großen Abschied zu einem Ball von Gracia Patricia nach Monaco. Ich hätte ihn gerne

Rosa und Millie Molton in »Monolog eines Stars«

zum Filmstar gemacht. Zehn Jahre später hörte ich, daß er sich in Cannes erdolcht hat.
Ich war fasziniert von Millies Multitalent. Sie machte sich die wunderschönsten Kostüme, Make-ups und hatte Ideen für die Dekoration. Sie war eine begnadete Malerin und Kämpferin, denn ihr Leben lang hatte sie für Männer und Kinder sorgen müssen und trotzdem immer noch Zeit für ihre Kunst gefunden. Für das Licht hatte ich Eckehard Heinrich aus München kommen lassen, der für Fassbinder gearbeitet hatte und sich als Genie herausstellte. Er assistierte mir bei der Kamera. Mein Mitarbeiter Hannes war Mädchen für alles. Wir waren ein winziges Team und sehr glücklich, trotzdem wurde es einer meiner schlechtesten Filme. Ich hatte außer schönen Bildern keine Geschichte, und schöne Bilder waren auch nicht meine Stärke. Es stellte sich heraus, daß Millie im Gegensatz zu meinen früheren Stars zu nett und zu kooperativ war, zu wenig Widerstand bot. Glück kann langweilig sein. Den fertigen Film wollte der Redakteur Märthesheimer vom WDR nicht abnehmen. Er verschob die Entscheidung auf den Fernsehspielchef Rohrbach, aber der konnte auch nicht viel damit anfangen. Zufällig saß aber bei der WDR-Abnahme eine Putzfrau mit dabei, die vor Rührung in Tränen ausbrach. Volkes Stimme beeindruckte den Fernsehmann, und ich bekam meine Restzahlung.
Mit Hannes hatte ich mich in einem Sportstudio angemeldet, wir trainierten bei einem italienischen Brüderpaar Akrobatik. Ich kam in das Alter, in dem ich dicker wurde. Von meinem Standard 71 auf 75 Kilo. Inzwischen wiege ich 84 Kilo, bin aber auch sehr viel muskulöser geworden. Trotzdem hat mich seitdem die Eitelkeit gequält, immer wieder Diäten zu versuchen.
Ich hatte Evelyn Künneke für mehrere Shows ans Londoner Goetheinstitut vermittelt und mich außerdem in einen wunderbaren exzentrischen Engländer, den Bühnenbilder Harry Waistnage, verliebt. Harry war total übergeschnappt, nahm alle möglichen Drogen und hatte eine unbändige Phantasie. Er war körperlich überhaupt nicht mein Typ, sehr dünn und blaß, aber seine Persönlichkeit bezauberte mich sofort. Außerdem ließ er sich herrlich ficken. Harry war sehr undurchsichtig, was seine Beziehun-

gen zur High Society anging. Er hatte wohl einen reichen Freund, mit dem er in einem teuren Hotel wohnte, aber mich brachte er in London in einem Kellerloch unter, wo er sich mit mir zum Ficken traf. Ich schnaubte vor Wut. Ein gutes Hotel konnte ich mir auch selbst leisten. Er machte mich mit interessanten Menschen in London bekannt, wir besuchten den genialen Ausstatter Andrew Logan, und er stellte mich Derek Jarman vor, der damals als Filmarchitekt für den Regisseur Ken Russell arbeitete. Heute ist Derek selbst ein berühmter Regisseur. Es ergab sich, daß Derek für mich eine Geburtstagsparty zu meinem 32. Lebensjahr arrangierte. Er hatte ein Penthouse auf der Kingsroad, und das ganze verrückte London war eingeladen. Evelyn sang um Mitternacht in Höchstform für mich den Mäcky-Boogy. Ich hatte in London meinen alten Schwulenfilm gezeigt und den Ärger einer militanten englischen Schwulengruppe erregt. Sie stahlen die Kopie aus dem Projektionsraum und wollten sie mir erst wiedergeben, wenn ich ihnen versprechen würde, den Film nie mehr in England zu zeigen. Hier wurde mir klar, welch glückliche Umstände ich in Deutschland hatte, daß mein Film verstanden wurde und viel bewirken konnte. Ort und Zeit haben viel mit Erfolg oder Mißerfolg zu tun.
Doch Pech im Beruf, Glück in der Liebe.
Im Dezember '74 traf ich bei einem Kurzbesuch in Berlin in meinem Stammlokal »S-Bahn-Quelle« auf den kleinen, kräftigen und blutjungen Barry Tannenbaum. Barry kam aus Chikago, hatte ständig eine verstopfte Nase und war ungeheuer niedlich. Deutschland hatte für ihn als jungen Juden eine eigenartige Exotik. Mit Barry hatte ich über ein Jahr lang eine sehr dramatische Freundschaft. Wir waren anfänglich sehr verliebt. Silvester verbrachten wir in heftigster Umarmung, spritzten punkt zwölf gemeinsam ab.
Wie viele meiner Freunde, lebt Barry nicht mehr. Er starb an Aids. Wir hatten schon sehr lange keinen Kontakt mehr. Durch Zufall erfuhr ich von seiner Krankheit, bekam seine Telefonnummer in L. A. heraus und redete lange mit ihm. Er sprach sehr langsam und erzählte mir von seinem langen Kampf gegen die Krankheit. Er hatte angefangen, intensiv Bodybuilding zu machen, alles ge-

tan, um sich gesund zu erhalten. Erst im letzten Jahr hatte es ihn total erwischt. Das Erschütterndste an dem Gespräch war, daß er vor '92 zu sterben hoffte, denn dann würde seine Krankenversicherung ablaufen und seine Eltern müßten die teure Behandlung für ihn übernehmen. Das hätte sie, wie viele Amerikaner in diesem asozialen Staat, arm gemacht. Barry hatte Glück. Er starb im Herbst '91, mit 39 Jahren.

14. März *Warum ruft Josef nicht an? Gestern hatte er am Telefon keine Zeit für mich. Er war auf dem Sprung, irgendwelche Portugiesen durch Dresden zu führen, versprach aber, heute zurückzurufen. Warum habe ich nur so ein blödes Gefühl im Bauch? Am Abend kam seine Freundin Suse zum sonntäglichen Jour fixe. Sie erzählte, daß sie am Nachmittag einen Anruf von Josef erhalten hätte. Ich koche vor Wut und Enttäuschung. Warum hat er sie und nicht mich angerufen? Hat er einen neuen Freund? Ich kann es nicht glauben. Hiddensee war so voller Harmonie und Leidenschaft. Ich muß wissen, was los ist.*
Nach Suse kommt Martin, ein tschechischer Regisseur. Er hält mir einen langen Vortrag über Politik. Er merkt, daß ich ihm nicht zuhöre. Meine Gedanken sind bei Josef, wie ich mich an ihm dafür rächen kann, daß er mich nicht mehr liebt.
Scheiße, was soll die Paranoia. Warum bin ich nur so empfindlich und bigott? In der Nacht entfliehe ich in die Sauna und ficke mit einem wunderschönen Mexikaner. Er ist Sänger und tritt in Magdeburg in einer Operette auf. Seine Küsse lenken mich ab.

Nach Berlin kam ich 1974 immer seltener. Ich hatte meine Wohnung in der Knesebeckstraße an Ecke, einen Religionslehrer, vermietet und dort nur noch eine kleine Kammer für mich behalten. Ecke war sehr witzig. Er stand auf S und M, kannte alle öffentlichen Klos Berlins, saß dort nach dem Unterricht stundenlang in der Kabine und wartete auf Männer, die sich gerne verprügeln ließen. Zuerst schoben sie sich Zettel unter den Kabinen durch, auf denen sie ihre geilen Wünsche kundtaten: Möchte Deinen Sauarsch ordentlich vermöbeln. Möchtest Du mein Sklave sein, der auf dem Boden vor mir knurrt und an meiner Rute leckt ... usw. In Eckes Wohnung ging dauernd das Telefon, weil er seine

Nummer auf verschiedenen Klos hinterlassen hatte. Ecke sah gut aus, war charmant, sehr intelligent, und er liebte alle Perversionen dieser Welt. Ständig hörte ich Schlag- und Stockgeräusche aus seinem Zimmer dringen, denn als Lehrer hatte er viel Freizeit und wußte die Nachmittage zu nutzen. Wie bei vielen Sadomasochisten spielte bei ihm das Alter oder Aussehen der Partner keine große Rolle. Wichtig war die Bereitschaft zum Quälen oder Gequältwerden, bei dem es viele Variationen gab. Ich bewunderte seine geilen Phantasien und seine immer neue Energie, sich auf unendliche sexuelle Abenteuer einzulassen. S- und M-Leuten ist viel mehr als anderen bewußt, was sie mögen, sie können viel genauer formulieren, was ihnen Spaß macht. Denn nicht nur Heteros sind genormt und langweilig im Bett, auch viele Schwule wollen schnell und mechanisch zum Orgasmus kommen und haben Angst vor den Untiefen ihrer Begierden.
Mit meiner neuen Liebe Barry Tannenbaum, den ich Tannenbäumchen nannte, hatte ich bald Krisen. Ich hatte wieder einen lieben dummen Jungen im Bett und ließ ihn das spüren. Ich nannte ihn doof und blöd, und daß er nichts kann und ist. Er arbeitete am Gepäckschalter einer Fluggesellschaft und wollte gerne Schauspieler werden. Ich schlug ihm Rollen wie »Woyzeck« oder den Kringelein aus »Menschen im Hotel« vor, den Heinz Rühmann so genial verkörpert hatte. Ich übte mit ihm, doch ich war froh, daß er durch die Prüfung fiel, seine Begabung hätte nicht gereicht. Ich zog ihn mit seiner Suche nach neuen Berufen ständig auf, und Ripploh unterstützte mich in meinen Bosheiten. Er selbst hatte auch einen lahmen Freund, Bernd; seine Krisen stellte er später in seinem »Taxi zum Klo« vor der Kamera dar.
Meine Busenfreundin Peggy (also Frank Ripploh) und ich entschlossen uns im März, über Ostern nach Las Palmas zu fliegen. Wir mieteten uns am Schwulenstrand ein und verfielen in einen Sexrausch. Zu seiner Verteidigung muß ich sagen, daß ich die treibende Kraft war. Er hätte gerne auch mal einen Ausflug in die nähere Umgebung gemacht. Am Strand trieben wir sechs knackige Jungs auf, die wir mit in unser Appartement nahmen. Wir drängten sie alle gemeinsam in unser Bad und wichsten und bliesen durcheinaner. Dann legten wir uns jeder auf unser Bett und ho-

ben die Beine. Während uns die ersten durchfickten, kommentierten wir lachend unsere Ficks auf Deutsch, während die uns Fickenden sich angeregt in Spanisch unterhielten. Als meiner fertig war, wartete ich auf den nächsten. Ein muskulöser, sehr attraktiver Spanier beugte sich über mich, ganz zärtlich drängte er sein Muskelfleisch an mich. Ich werde diese Szene nie vergessen, denn sie taucht immer wieder in meiner Wichsphantasie auf. Langsam drückte sich sein fester Körper an mich, und er begann, mich sehr, sehr zärtlich zu küssen, erst nach längerer Zeit öffnete er meine Beine und stieß langsam und sachte zu. Ripploh sah mich neidisch von der Seite an.
Wir standen überhaupt in ständiger Konkurrenz zueinander. Ich ließ ihn spüren, wer das Genie war, und er schien mich maßlos zu bewundern. Als kleiner Lehrer, der in seinem Beruf seine Phantasie und seinen anarchischen Humor nur wenig einbringen konnte, war er sehr frustriert. Ich ermutigte ihn, selber künstlerisch tätig zu werden, aber er hatte Angst, seine gesicherte Stelle als Beamter aufzugeben, wollte sozusagen eine Garantie, daß er als freischaffender Künstler auch sein regelmäßiges Einkommen hatte.
Ripploh trieb mich zu vollkommener Hysterie. Ich tanzte nackt vor ihm, pinkelte ihm ins Bett; »Kot aufs Brot« war unser morgendlicher Wahlspruch. Im offenen Meer traf ich auf einen attraktiven Mann, mit dem ich Sex unter Wasser hatte. Ich spürte seine unglaublichen Muskeln, doch als wir an den Strand kamen, stellte er sich als Einbeiniger heraus. Sein Freund wartete schon auf ihn. Wir schoben dann im Appartement eine Nummer zu dritt.
Mit Evelyn Künneke plante ich einen Film über ihr Leben. Ein Großteil meiner Filme sind ja Porträtfilme, angeregt von der Persönlichkeit, die sie darstellen. Das ist auch eine Möglichkeit, mich selbst zu verstecken, Distanz zu schaffen, mir als lüsterner Beobachter etwas zu holen, was ich nicht zu haben glaubte. Erst jetzt entdecke ich langsam wieder meine eigenen Qualitäten, meine unerschöpflichen Reserven. Mit Evelyn versuchte ich erfolglos, Geld für ihren Film aufzutreiben, und mein eigenes Geld schmolz langsam dahin. Ich hatte nur noch 5000 Mark auf mei-

nem Konto, bekam Angst vor der Zukunft und sah mich schon als Verkäufer am Boulettenstand. Da hatte ich Glück. Henri Regnier, der Unterhaltunsgschef beim NDR war, kaufte meinen Film »Berliner Bettwurst« fürs dritte Fernsehen für 30 000 Mark, und meine Geldsorgen waren mit einem Schlag bereinigt.
Mit Evelyn geriet ich immer öfter in Streit. Ich warf ihr ihre ständigen Übertreibungen und Lügengeschichten vor, obwohl genau das es war, was mich an ihr begeisterte. Im Grunde gingen mir ihre Trivialitäten schließlich auf den Keks. Ich hätte es gerne gehabt, wenn sie bessere Lieder gesungen hätte, aber sie geilte sich ungeheuer an dem Text »Wenn die Hose am Kronleuchter hängt« auf. Ich sehnte mich nach Inhalten.
Ich entdeckte einen Roman der Kommunistin Alexandra Kollontai, »Wassilissa Malegyna«, den ich zuerst als Theaterstück bearbeitete, dann als Hörspiel. Später entstand daraus mein Film »Rote Liebe«. Die Kollontai war Ministerin in der ersten Leninregierung nach der russischen Revolution gewesen und hatte in den frühen zwanziger Jahren in vorbildlicher Weise neue Gesetze zum Schutze der Frau entwickelt. Ihr war es auch zu verdanken, daß Homosexualität in Rußland für kurze Zeit straffrei wurde. Erst Stalin hob viele ihrer progressiven Gesetze wieder auf.
Ich las nun viel über die russische Revolution, recherchierte die russische Kunstavantgarde mit ihren aufregenden Ideen. Theater, Malerei, Dichtung, Design und Film setzten sich mit aufregenden, neuen formalen Mitteln für eine bessere Welt und einen gerechten Menschen ein, für eine soziale Welt ohne Reich und Arm. Die Kunst wollte nicht um ihrer selbst Willen glänzen. Sie wollte mithelfen, den Menschen zu verändern. Propaganda war kein Schimpfwort und beflügelte eine neue Generation. Der Rausch dieser Zeit war faszinierend, und er sprach meine eigenen sozialen Interessen an. Kunst muß immer auch revolutionär sein und selbst in Zeiten nach einer Revolution eine Gegenposition einnehmen, aufrütteln, erschrecken. Ich konnte mich mit der unglücklichen Liebesgeschichte der Revolutionärin Wassilissa zu einem korrupten Anarchisten identifizieren. Ich liebte die Mischung aus Poesie und Engagement, träumte von einem großen Film mit Jane Fonda und Robert Redford in den Hauptrollen.

Dieses Projekt wurde die größte Odyssee meiner Filmlaufbahn. Ich sollte schließlich viel Geld dafür bekommen und wollte etwas Gigantisches planen, lange bevor Warren Beatty es mit seinem Film »The Reds« realisierte.
Inzwischen war ich, um in Ruhe schreiben zu können, zu meiner Mutter nach Frankfurt gezogen. Sie lebte jetzt im 24. Stock einer Frankfurter Hochhaussiedlung. An ihrem Fenster schaute ich den gigantischen Sonnenuntergängen zu, besuchte abends meine alte Freundin, die Gräfin, die inzwischen in die DKP eingetreten und begeistert war von deren autoritärer Struktur. Ab und zu besuchte mich mein Geliebter Tannenbäumchen, ich fickte ihn bewußtlos und stritt mich meist nach zwei Tagen.
Ich bekam die Idee, einen Film über die Hochhaussiedlung meiner Mutter zu machen und begann, ihre Nachbarinnen zu interviewen, meist ältere Frauen, die dort völlig isoliert und einsam lebten. Ich konnte stundenlang, tagelang ihren Geschichten zuhören. Ich nahm alles auf einen kleinen Kassettenrecorder auf, plante zuerst einen Kurzfilm, reichte ein Script beim Innenministerium für eine Kurzfilmprämie ein und bekam sie auch. Mit der Zeit wurde mein Plan über die Hochhaussiedlung immer komplexer, und ich bot die Idee dem Hessischen Rundfunk an, der an einem langen Dokumentarfilm Interesse hatte. Im ganzen sollte ich zwei Jahre an dem Projekt arbeiten. Es wurde ein Dreistunden-Film mit dem Titel »24. Stock«, der wieder nicht ohne Skandal endete.
Bei einem Besuch in Berlin traf ich auf den Intendanten Peter Zadek, der in Bochum Theater machte. Er erwartete mich im Berliner Hotel Kempinski, wie eine Diva auf der Couch liegend. Ich schlug ihm vor, »Menschen im Hotel« von Vicky Baum zu inszenieren. Denn vor dem berühmten Film mit der Garbo war es in den zwanziger Jahren zuerst als Theaterstück uraufgeführt worden. Ich wollte die Rolle der alternden russischen Tänzerin umschreiben und mit Evelyn Künneke in der Hauptrolle besetzen. Zadek bot mir an, das Stück bei ihm in Bochum zu inszenieren. Es ging wieder aufwärts.
Ich beschloß, mich zu belohnen und vor dem Beginn der neuen Arbeiten für den Rest des Jahres nach New York abzudampfen.

16. März *Ich hielt es heute morgen nicht aus. Ich mußte um halb 8 früh Josef anrufen. Ich hatte mir wieder die ganze Nacht das Hirn zermartert, ob er nun einen neuen Freund hat oder nicht. Je mehr ich ihn von mir wegschieben wollte, um so stärker wurde Josef in mir. Er war gleich am Telefon und machte einen fröhlichen Eindruck, mußte aber zur Arbeit. Er sagte, daß er gegen halb eins wieder zu Hause sei. Scheiße, noch fünf Stunden, bis ich wissen werde, ob er eine neue Liebe hat oder nicht.*
Um halb elf rief er von sich aus an und sagte, daß er mittags nicht zu Hause sei und ich fragte ihn direkt, ob er einen neuen Freund hat. Er sagte ganz betont: nein. Dann druckste ich herum, daß ich so ein Gefühl hätte, und er betonte: nein. Ich bohrte weiter, ob er denn jemanden habe, mit dem er öfter schläft, und da sagte er ja, seit einer Woche aber erst. Ich rastete aus und meinte, daß ich nicht die zweite Geige spielen wolle. Flüchtiger Sex wäre o. k., aber wenn es ernster wäre, dann hätte ich keine Lust zu konkurrieren.
Josef wollte sofort von Dresden zu mir nach Berlin fahren, um mir am Abend zu zeigen, wie sehr er mich mag. Er sagte immer wieder, er könnte nicht darüber sprechen, er müßte es mich fühlen lassen. Ich sagte ihm, daß ich noch so viel zu tun und keine Zeit für ihn hätte. Ich riet ihm, auf keinen Fall meinetwegen seinen neuen Freund aufzugeben, denn wenn nicht dieser, dann sei es nächste Woche ein anderer.
Er war ziemlich sprachlos. Ich meinte zum Schluß, daß wir uns beide Zeit nehmen sollten, über unsere Beziehung nachzudenken.

WAHNSINNSJAHR '76

Im Herbst 1975 brodelte New York vor Kreativität. Noch waren die Mieten erschwinglich. Freaks aus der ganzen Welt gaben sich ein Stelldichein.
Ich lebte anfänglich bei meiner Freundin Mae im East Village. Wir schliefen auf einer großen Matratze, in der Mitte ihr schnarchender Mops Pudgie, die die Angewohnheit hatte, ihre Jungen aufzufressen. Ich stürzte mich in die Orgienbar »The Toilet«, wo Fans von Scheiße und Urin voll auf ihre Kosten kamen. In einem Nebenraum gab es pornographisches Theater, das ich später für

meinen Film »Underground und Emigrants« filmte. In einigen Hinterzimmern pornographischer Buchhandlungen ging die Post ab. Im Central Park trieb ich es oft hinter Büschen. Ich wollte alles erleben. Über Mae wohnte Klaus Nomi, der später zu einem Superstar wurde. Klaus Nomi kam aus Berlin, wo er als Sänger scheiterte, und hatte dann das Glück, in New York mit seinem Kastratengesang, einer Mischung aus Pop und Oper, populär zu werden. Dazu erfand er bizarre Kostüme und Masken. Anfang der achtziger Jahre wurde er eines der ersten berühmten Aids-Opfer. Seine Freundin Gabi Larifari erzählte mir, wie er einsam vor seinem Videorecorder saß und sich kurz vor seinem Tod tränenüberströmt seine alten TV-Shows reinzog.
Der Puertoricaner Miguel Piniero las im »Poets Café«, in dem sich viele farbige Dichter trafen und mit viel Temperament ihre Lyrik vortrugen, die ganz anders war als unsere kalten kalkulierten Texte. Miguel war durch das Theaterstück »Short eyes« berühmt geworden, das seine Zeit im Knast behandelte. Auch er starb an Aids. Ich bekam die Idee, einen Film über die Künstlerszene in New York zu machen. Es sollten kleine Porträts der für mich wichtigsten Leute der Off-Kultur werden. Ich plante aus Kostengründen stumme Filmbilder und asynchrone Interviews vom Kassettenrecorder. Der Film sollte »Undergound and Emigrants« heißen, weil ich den New Yorker Undergroundstars Porträts von einigen älteren deutschen Emigrantinnen, wie Grete Mosheim und Lil Picard, beifügen wollte. Durch den Papst des Undergroundfilms, Jonas Mekas, der mir eine Retrospektive meiner Filme in seinem Anthology-Kino anbot, fand ich den Kameramann Lloyd Williams, der selber hervorragende experimentelle Filme machte. Ich weiß noch, wie ich eines Tages vor seiner Tür stand und mich vorstellte. Er ließ sich zur Begrüßung von mir fikken, um dann aber mittendrin abzubrechen, da sein kläffender Pudel eifersüchtig war. Es entstand eine produktive Freundschaft.
An meinem Geburtstag machte ich eine wilde Fete in einem Hinterhof. Ich hatte mehrere Kameras postiert. Eine direkt am Eingang, die jeden filmte, der durch einen schmalen Tunnel auftrat. Es kamen wirklich alle armen, begabten Künstler dieser Stadt.

Glitzernde Transis wie Alexis de Largo oder Harvey Firestein, der erst viel später durch den Film »Das Kuckucksei« auch bei uns bekannt wurde. Ich liebte seine tiefe, verrauchte Stimme und seinen jüdischen Humor. Damals lebten noch Jacki Curtis und Minette und Tally Brown und Lil Picard und Charles Ludlam ...
Am Tag danach filmte ich Tennessee Williams im schwulen Buchladen von New York, wie er seine Memoiren signierte. Ich liebte seinen von Pillen und Alkohol aufgeputschten Humor und verehre ihn bis heute als einen der größten schwulen Dramatiker dieser Erde. Im Dezember wollte es das Schicksal, daß ich den stämmigen Dr. Barry Seymour in dem Lederlokal »Eagelsnest« traf. Ich wußte sofort, daß ich alles tun mußte, um ihn zu bekommen. Diese unglückliche Liebesgeschichte habe ich ausführlich in meinem Buch »Sex und Karriere« erzählt. Es waren fünf aufreibende Wochen voller Liebe und Leid, die ich schon längst vergessen hätte, hätte ich sie nicht jeden Tag hektisch und verzweifelt und doch vor Glück rasend aufgeschrieben. Das Schreiben war eine Art Therapie für mich.
Kurz vor meiner Abreise fesselten mich Doric und Steven, zwei häßliche schwule Schriftsteller, in einem Keller an der Christopher Street und befriedigen sich an mir. Ich fand das witzig.
1976 wurde ein Wahnsinnsjahr. Ich verkaufte meine Bearbeitung von »Wassilissa«, die Liebesgeschichte aus der russischen Revolution, als Theaterstück an den Fischer-Verlag; der Filmhistoriker Enno Patalas vom Münchner Filmmuseum begann Kopien aller meiner Filme für seine Sammlung anzukaufen; die Finanzierungen von »Underground and Emigrants« und für den Film über Evelyns Leben, der später unter dem Titel »Ich bin ein Antistar« herauskam, klappten.
Evelyn Künneke hatte mich überredet, mich doch noch mit ihr zu verloben. Diesmal machte es auch mir Spaß, die Presse mit unserer ungewöhnlichen Verbindung zu verwirren. Die Zeitungen reagierten sehr wohlwollend und stellten neugierige Fragen. Warum liebt eine alte Frau einen Schwulen oder umgekehrt. Ich sprach von der Solidarität zweier diskriminierter Gruppen, die Sexualität von Schwulen und auch von alten Frauen wird in unserer Gesellschaft nicht ernst genommen. Unsere Heirat soll ein

Zeichen setzen, daß man sich gegenseitig unterstützen kann, daß Frauen sich immer viel verständiger Schwulen gegenüber gezeigt haben als Männer und daß wir uns beide wirklich mögen. Und ich wollte mich natürlich auch über die Ehe als solche lustig machen, sie entwerten und die Presse verarschen, die über nichts lieber als über Verlobung, Hochzeit und Scheidung berichtete.

Im Februar begannen Evelyn und ich am Stadttheater in Bochum mit den Proben zu »Menschen im Hotel«. Erwin Boots von den legendären Comedian Harmonists steuerte die Musik bei.

Bochum ist eine Stadt für Masochisten. Aber wenn man am Theater arbeitet, merkt man wenig davon, wo man ist. Man ist so eingespannt in Proben und Besprechungen für Kostüm, Bühnenbild und anderen Scheiß, daß man dann spät nachts in eine Theaterkneipe fällt und früh morgens wieder im dunklen Theaterraum anfängt. Das Leben geht an den meisten vorbei. Deswegen sind die Ergebnisse oft auch so unlebendig und steril.

Ich wurde bei der Schauspielerfamilie Eichhorn untergebracht, die viele gefährliche Haustiere hatte und einen munteren 17jährigen Sohn namens Christoph, der seine hochgiftigen Schlangen über alles liebte und die jeweiligen Antigifte im Kühlschrank aufbewahrte. Als ich mich später mit ihm stritt, litt ich Höllenängste und schaute dreimal unters Bett, ehe ich unruhig schlafen ging. Christoph engagierte ich gleich für sieben verschiedene kleine Rollen, die er genial meisterte. Er war eine ungeheuer witzige, einfallsreiche Tunte, ganz anders als die meist sehr bürgerlichen Schauspieler, die ich dort traf.

Zum Karneval fuhr ich ins nahe Köln und war begeistert, wie hemmungslos ich es mir dort gestatten konnte, blöd zu sein. In einem überfüllten Schwulenlokal traf ich auf den Modemann Wolfgang Joop, der damals noch ein Unbekannter war. Ich hatte ihn mal mit seiner schönen Frau und Jil Sander in Hamburg durch Veronika Hilke, die Medienmodepäpstin, kennengelernt. Joop klammerte sich bei heißen Rhythmen verführerisch an mich, doch er war nicht mein Typ. Zu glatt, zu schön, zu weich. Inzwischen verehre ich ihn sehr, er ist einer der schrillsten Typen, die ich kenne. Am selben Abend traf ich auf Klaus, einen Kölner Fotografen, groß und

blond und geil. Wir fickten sofort miteinander. Es wurde eine herrliche Nacht, der noch viele folgen sollten. Evelyn schien auf mir unerklärliche Weise eifersüchtig, vielleicht auch nur, weil der Kölner »Express« über meine Affäre mit Klaus berichtete: Damit muß sich Evelyn in ihrer Ehe abfinden.
Die Arbeit mit ihr wurde immer schwieriger. Sie bat einen anderen Regisseur um Hilfe, probte hinter meinem Rücken verschiedene Szenen aus unserem Stück und weigerte sich danach, sie nach meinen Wünschen zu spielen. Ich rastete aus, brüllte sie an. Zu allem Unglück brach sie sich auch noch eine Hand bei dem Versuch, Christoph in der Kantine ein paar Stepschritte vorzuführen. Sie war zu alt und dick dafür, hatte sich überschätzt. Evelyn reiste übelgelaunt nach Berlin ab, verkündete der Presse ihre Entlobung und sagte unsere Zusammenarbeit ab. Der Intendant Peter Zadek zwang mich dann, zu ihr nach Berlin zu fliegen und sie mit Kniefall wieder zurückzuholen, was mir auch gelang. Es war eine Farce, und erst kurz vor der Premiere versöhnten wir uns. Sie war nicht schlecht in der Rolle, konnte mit geschickten Kostümen noch immer sexy aussehen und sang ein paar schräge Lieder. Der einzige wirkliche Höhepunkt des Ensembles aber war ein junger blasser Requisiteur, der zum ersten Mal auf der Bühne stand und den ich für die Hauptrolle des Kringelein, eines krebskranken einfachen Mannes, engagiert hatte. Er war so rührend und echt, daß sich für mich diese Arbeit lohnte. Die Premiere war erfolgreich, die Kritiken durchweg schlecht. Die Zeitschrift »Theater heute« sprach von Evelyn als von einem Kalb mit zwei Köpfen.
Zwischendurch drehte ich für das Fernsehmagazin »Bitte umblättern« ein Kurzporträt über die Schlagersängerin Marianne Rosenberg, die von allen Schwulen in Deutschland über alles verehrt wurde. Marianne war noch sehr kindlich. Ich war fasziniert von ihrer extrem hohen Stimme und ihren kitschigen Texten. Christoph Eichhorn hatte mir ein paar witzige Fragen aufgeschrieben, so daß es selbst Marianne auffiel, daß ich sie verarschen wollte. Es wurde erst ernst, als ich sie fragte, ob sie Jüdin sei. Ihre Mutter protestierte im Hintergrund, und wir mußten die Frage rausschneiden. Eigenartigerweise wurde Mariannes Karriere jäh unterbrochen, als sie sich von ihren Eltern trennte und zur linken Szene schlug. Das Pu-

blikum wollte sie als unschuldiges Mädchen und akzeptierte sie erst jetzt, nach vielen Jahren Karrierestopp, als emanzipierte moderne Frau.

Mit dem Ende meiner Arbeit in Bochum endete auch meine Beziehung zu Klaus. In Frankfurt traf ich auf Michael, der gerade aus dem Knast gekommen war, ein kleiner Mann mit einem sehr starken Körper. Ich liebte seinen Arsch so sehr, daß ich ihn sogar nach Amerika mitnehmen wollte. Doch glücklicherweise überlegte ich mir das dann doch anders und fuhr im Juni 1976 nach New York, um den Rest von »Underground and Emigrants« zu drehen. In meinem Vorwort zum Film heißt es: »Ich bin nach New York gefahren aus Wut auf den sterilen deutschen Kulturbetrieb, der akademisch steif und unvital ist. Beamtetes Theater ohne Risiko.«

In New York bekam ich nach längeren Bemühungen einen Drehtermin bei meinem Idol, dem Schriftsteller William S. Burroughs. Er wohnte damals in einem Loft an der Bowery. Ich trat allein mit meiner Kamera in einen großen, fast leeren Raum und setzte den sehr zurückhaltenden Dichter unter eine nackte Glühbirne, wo er steif und ohne ein Wort zu sagen für mich posierte. Ich verstand sein breites Südstaatenamerikanisch nur sehr schwer. Dann filmte ich Al Carmine, einen schwulen Pfarrer und Musiker, der in seiner Kirche herausragende Musicals mit schwullesbischen Inhalten aufführte. Seine riesigen Chöre, die sehr emotional eingesetzt waren, beeindruckten mich. Das Theatergenie überhaupt war für mich Jeff Weiss. In sein kleines Wohnzimmer paßten nur 15 oder 20 Leute, er sang, tanzte und redete darin wie auf einem Kokaintrip, verteilte zwischendurch Nüsse und Wein und war von unerschöpflicher Phantasie. Dann war da Storm de Hirsch, eine alte weise Frau, die die poetischsten Filme machte. Eine Welt voller Assoziationen, Träume, Sehnsüchte und Leidenschaften. Sie ist leider längst vergessen.

An einem anderen Tag filmte ich vormittags den Dichter Arrabal und nachmittags Andy Warhol. Zwischendurch ging meine Kamera kaputt, und wir mußten uns durch den unmöglichen New Yorker Verkehr kämpfen und eine neue Kamera organisieren. Es ist die Hölle, in New York zur Hauptverkehrszeit irgend etwas be-

sorgen zu müssen. Man bekommt zwar alles, aber es braucht irrsinnig viel Zeit. In Deutschland ist das Leben viel unkomplizierter, aber dafür auch langweiliger.
Gleich nach meiner Rückkehr begann ich in Deutschland, die Unmengen Material von »Underground and Emigrants« zu sortieren und zu schneiden. Da ich kein Geld für eine Schnittkopie hatte, bearbeitete ich das Orginal; das ist gefährlich, denn es kann verschrammen. Ich hatte auch bis zum letzten Tag Glück, dann schlich sich beim Umrollen ein riesiger dicker Kratzer ins Original, den wir im Kopierwerk nicht mehr wegbekamen. Nach Tradition des Undergroundfilms schrieb ich frech ins Programmheft: »Mein Film hat unter anderem Kratzer, dicke Laufschrammen, starke Über- und Unterbelichtungen und Lichteinfälle. Er ist sehr oft asynchron, und ich bin stolz darauf, denn Film braucht nicht immer steriles totes Material zu sein, sondern kann genauso lebendig sein wie wir selbst. Herzlichst Rosa von Praunheim.«
Ich hatte das Glück, daß ich einen verständigen Fernsehredakteur fand.

EVELYN KÜNNEKE

Kurz vor Beginn der Dreharbeiten zum Film über Evelyn Künnekes Leben ertrank mein Bettwurst-Star Dietmar Kracht bei einer exzessiven Party im Freien im Grunewaldsee. Wir waren alle sehr schockiert. Er hatte in den letzten Monaten bei Evelyn gewohnt und war für sie Mädchen für alles. Sie hatten sich angefreundet, er hatte bei ihr und ihren Freunden Halt und Sicherheit gefunden. Wir hatten ihn fest im Film über Evelyns Leben eingeplant. Er hatte das Lied »Die Straße ohne Ende ist das Ziel für mich« für uns geschrieben. Das Lied endete mit den Zeilen »Ich wandre durch die Straßen, ohne Ziel, ohne Ende und wandre durch das Dunkel ohne Ziel und ohne Ende, bis eines Tages die Nacht mich aus dem Leben nahm«.
Wir bauten Dietmars Beerdigung in unseren Film ein. Evelyn sang kurz vor der offiziellen Trauerfeier an Dietmars Sarg und

mußte die Szene mehrmals wiederholen. Die Presse fand das heraus, die BZ beschimpfte uns auf der Titelseite als würdelos. Ich bin aber sicher, daß Dietmar das alles von oben oder unten sehr genossen hat, denn er liebte die Öffentlichkeit. Auf der Beerdigung selbst war eine sehr aggressive Atmosphäre. Wir bekamen mit, daß einige Waffen in ihren Taschen hatten und mich verantwortlich für seinen Tod machen wollten. Ich hätte Dietmar nur benutzt und fallengelassen, er wäre an der glitzernden Welt des Films zugrunde gegangen. Ich wußte es besser, denn ich hatte mich mehr um ihn gekümmert als je ein anderer.
Evelyns Leben im Film darzustellen, fiel mir leicht. Nach den verrückten Streits, die wir gemeinsam hatten, war sie bei der Arbeit sehr diszipliniert, voller Witz und skurriler Einfälle. Sie erzählte mir, daß sie mit zwölf versehentlich beim Ballett entjungfert wurde, mit dreizehn vergewaltigt, mit fünfzehn bekam sie ein Kind von einem amerikanischen Juden, den sie in Gretna Green heiratete. Das Kind lebt angeblich heute in den USA.
Evelyns Karriere startete 1942, mit 150 Reichsmark für das Lied »Sing, Nachtigall, sing«, das schnell in den Schützengräben beliebt wurde. Es wurde angeblich 6 Millionen Mal verkauft. Die Macht ihres Busens hielt SS-Leute fern von ihrer jüdischen Großmutter. Nach dem Krieg vergewaltigten ein paar Russen sie. Sie schlief nach eigenen Aussagen mit allen ihren Regisseuren und Kameraleuten, außer mit mir. In den fünfziger Jahren startete sie zu einem Comeback. Sie hatte viele Hits, bis sie durch Alkoholkonsum unzuverlässig wurde. Sie heiratete, ließ sich scheiden; eine Haushälterin spekulierte auf ihr Erbe und brachte sie mittels Drogen in eine Nervenklinik. Dann traf sie auf mich.
Man wußte nie, was man ihr glauben sollte, doch was spielt das für eine Rolle. Jeder erfindet sein Leben selbst. Ja, ich liebte Evelyns Skurrilität, ihren Wahnsinn und ihre Leidenschaft. Unser Film war voller witziger Einfälle, und ich bin stolz, daß ich ihn machen durfte.
Leider erzählte mir Evelyn erst viele Jahre nach dem Film, daß ihr Orthopäde festgestellt hätte, sie sei in Wirklichkeit ein Zwitter und trüge Eierstöcke neben Hoden in sich.

Evelyn und Rosa

Der Film kam unter dem Titel »Ich bin ein Antistar. Das skandalöse Leben der Evelyn Künneke« ins Kino und später ins Fernsehen. Er fand ein kleines, aber begeistertes Publikum.
Eines Tages bekam ich einen Brief von der Grotesktänzerin Valeska Gert, eine der berühmtesten Frauen der zwanziger Jahre. Sie hatte die Häßlichkeit in den Tanz eingeführt, Parodien und Pantomimen getanzt. Sie hatte in vielen Filmen mitgespielt, zuletzt noch in Fellinis »Julia und die Geister«, und hatte schließlich auf Sylt die Kneipe »Ziegenstall« aufgemacht, wo sie jeden Sommer eine Garde von Kleinkünstlern beschäftigte. Sie ahnte ihren nahen Tod und fragte mich, ob ich nicht einen Film über ihr Leben machen wollte. Ich hätte es zu gerne getan, aber Volker Schlöndorff kam mir dann zuvor. Ich mochte seinen Film aber nicht. Der richtige Film über sie muß noch gemacht werden. Wir trafen uns in einem Café in Kampen und plauderten. Es gab so viel zu reden, sie kannte alle großen Künstler dieser Welt, war mit Eisenstein befreundet. Tennessee Williams kellnerte in ihrem Lokal in New York. Komisch, wie schnell man sich an Namen aufgeilen kann, nur an der Assoziation, die sie auslösen. Es ist allerdings ein Vorteil, daß man die meisten nicht persönlich kennt. Die Wirklichkeit hätte oft gelangweilt. Ich sehe Valeska jetzt, wie ihre bleichen Knochen in einem viel zu großen Sarg zu tanzen anfangen. Schräge Musik begleitet sie, der Anfang meines Films, der noch gemacht werden muß.
Mein Buch »Sex und Karriere«, in dem ich eine Liebesgeschichte aus New York und Materialien aus meinen Filmen veröffentlichte, erschien zur Buchmesse, und ich entwarf mit Ripploh eine kleine Publicity-Show, tourte mit ihm durch einige deutsche Buchläden. Er ganz in Leder, ich im rosa Stretchkleid von Evelyn, mit ausgestopftem Busen, aber ungeschminktem Gesicht. Ich tanzte zum Playback von dem Schlager »Karriere« von Daliah Lavi und fiel zum Schluß tot um. Wir boten dem meist bürgerlichen Publikum kleine Stückchen Scheiße an und imitierten einen Bühnenfick. Dazu lief ein Tonband, auf dem wir uns Sauereien erzählten. Wir machten das in Stuttgart, Freiburg und München und in einer Fernsehsendung über neue Bücher. Werner Schroeter rezensierte mein Buch sehr wohlwollend im »Spiegel«.

23. März *Habe ein intensives Wochenende hinter mir.*
Ich hatte Josef angerufen und ihm mitgeteilt, daß ich für das nächste Wochenende eine Parisreise für uns gebucht habe. Ich will mich mit ihm aussprechen, muß ihn sehen, fühlen, ich liebe ihn.
Am Sonnabend ging ich nach langer Zeit seit meinem Outing-Skandal wieder einmal in die schwule Szene. Dieter, ein Freund seit dem Virus-Film, bot sich mir als Schutz vor gehässigen Tunten an. Wir begannen in einem Lokal im freundlichen Ostberlin. Alle Köpfe drehten sich nach mir um, leider nicht, weil ich mich heute besonders jung und schlank fühlte, sondern weil mein Kopf von den Medien verbraucht ist.
Im »Burgfrieden«, dem ältesten Ostberliner Schwulenlokal, wollte ein langer Dünner ein Autogramm. Im »Narva«-Jugendclub war es herrlich spießig. Die Boys lauschten bei gleißendem Licht den Liedern der Rosenberg. Noch träumen sie von Romantik und schwuler Ehe. Auf der anderen Seite, im »SO 36«, eine schwule Höllenfete. Kaputte stumpfe Gesichter, vollgepumpt mit den neuesten Modedrogen, alle in Schwarz. Einige lachten mich aus, als ich mich durch die Massen drängte. Im Schwuz, Hinterhof, 4. Stock, ging es bürgerlicher zu. Man stand wie immer arrogant, verklemmt und pseudokühl herum und wartete. Worauf? Als wir gingen, hörte ich meinen Namen, laut und verächtlich. Ich war zu feige, die Angreifer zu konfrontieren, hätte sie gerne darauf aufmerksam gemacht, daß ich einer von denen war, die dieses schwule Zentrum vor 20 Jahren mitgegründet hatten; daß sie ihre Freiheit ohne uns heute vielleicht nicht so unbeschwert genießen könnten.
Am Sonntag wurde ich von SAT 1 eingeladen. Schon am Nachmittag traf ich kurz auf den besoffenen Filmstar Helmut Berger, der mit mir bei »Talk im Turm« auftreten sollte. Wir saßen am Abend in kleiner Runde und sollten über Privatleben und Medien reden. Ich machte der katholischen CDU-Frau Hanna-Renate Laurien das Kompliment, sie sei ein lesbischer Typ.
Helmut Berger war immer noch sturzbetrunken, rettete aber die Sendung mit seinen anarchischen Sprüchen. Er wollte alle ficken und blasen. Zu einem Professor sagte er, daß er ihn häßlich findet, einen Zeitungstyp machte er an, daß die sich mit seiner Fickerei dumm und dämlich verdient hätten und daß er der einzige 14jährige Österreicher sei, der von Visconti in den Arsch gefickt worden sei und damit Welt-

karriere gemacht hätte. Mit mir wollte er nur einen Film machen, wenn ich mit ihm ins Bett gehe.
Ich konnte meine Standpunkte Pro-Outing klar und ruhig vermitteln. Hinter mir saß David vom schwulen Fernsehen, der mich ständig aus dem Publikum beschimpfte. Man merkte, wie enttäuscht er war, nicht auf meinem Stuhl sitzen zu können. Am nächsten Tag war mein Anrufbeantworter voll von positiven Reaktionen.
Ich hatte gewonnen, einiges von meinen Fehlern in früheren Talkshows wiedergutgemacht.

SOZIALES ENGAGEMENT

Ende 1976 begann ich mit meinem Film »Der 24. Stock« in der Hochhaussiedlung Frankfurter Berg, wo meine Mutter wohnte. Ich wollte den Film allein mit meinem Mitarbeiter Bert Schmidt über einen längeren Zeitraum realisieren, wir wollten so unbemerkt wie möglich und mit einfachen technischen Mitteln die Wirklichkeit in diesem Wohnghetto einfangen. Das Hessische Fernsehen gab 80 000 Mark, und ich stürzte mich mit Begeisterung auf alles, was mit alternativer Stadtplanung zu tun hatte, las Bücher über die Unwirtlichkeit der Städte. Wenn ich zurückdenke, ist dieser Film einer meiner liebsten und wertvollsten.
Ich lernte viel über die skandalöse Stadtplanungspolitik in Frankfurt. Spekulanten ließen alte schöne Häuser verkommen, um ohne Rücksicht auf die Umgebung häßliche Betonklötze hinzustellen. Einige mutige Studenten besetzten Häuser, führten einen blutigen aussichtslosen Kampf. Die Profitsucht siegte.
In der Siedlung am Frankfurter Berg stehen elf Hochhäuser, ca. 3000 Menschen leben dort, davon sind 700 ältere Menschen. Die Siedlung entstand 1969, im Auftrag der Stadt und der Neuen Heimat. Sie liegt am Stadtrand, begrenzt von einem Bahndamm, einer amerikanischen Kaserne und einer kleinen Siedlung ohne Infrastruktur. Die Bewohner des sozialen Wohnungsbaus sind Aussiedler, Kinderreiche, junge Ehepaare, Beamte und Obdachlose. Viele Ältere und Behinderte, die hier abgeschoben und hilflos dahinvegetieren.

Der kalte graue Beton macht die Leute depressiv, um die Hochhäuser ziehen starke Windböen, die die wenigen Ruheplätze um die Häuser unfreundlich machen. Kinder und Jugendbanden zerstören aus Frust Fahrstühle und Dachböden. Asoziale wurden aus ihrem alten Viertel herausgebracht und hier hineingezwungen. Sie steckten aus Frust ihre Möbel an. Ein Behinderter rannte den ganzen Tag mit seinem Rollstuhl gegen die Wand. Eine Frau spricht die ganze Nacht laut mit sich selbst.
Der erste Teil meines Films konzentriert sich auf die Bewohner des 24. Stocks, Porträts meist älterer alleinstehender Frauen. Einige flüchten sich in religiösen Wahn, eine andere wird irrsinnig, weil sie ein nervendes Geräusch entdeckt hat, das irgendwo auf dem Dach seinen Ursprung haben muß. Erstaunlicherweise bekam ich als Fremder bereitwilligen Zugang zu diesen Damen. Es fiel ihnen leichter, sich vor meiner Kamera zu öffnen als vor ihren Nachbarn. Meine Kamera war sehr handlich und klein, ich stellte meist nur ein dezentes Licht auf oder drehte bei Tageslicht und nahm den Ton separat auf einem kleinen Tonband auf. Auf diese Weise erhielt ich ein authentisches Bild dieser Frauen und dieser extremen Situation. Mir erschien das Leben dieser scheinbar bürgerlichen Frauen als viel exotischer als das der meisten Freaks und Superstars in Berlin. Ich war fasziniert von ihren extremen Schicksalen, und je mehr ich ihr Vertrauen gewann, desto mehr liebte ich sie und meine Arbeit.
Ich brauchte viel Zeit, bis ich meine Mutter überreden konnte, im Film aufzutreten. Sie haßt jede Art von Öffentlichkeit und leidet unter meinen Skandalen, doch zum Schluß machte es sie sogar stolz, vor der Kamera zu posieren. Sie liebte ihre Wohnung, weil sie modern und praktisch war, haßte die zerstörten Fahrstühle und die ständig demolierte Eingangshalle. Sie erzählte von einem Erdbeben, bei dem ihre kaputte Kuckucksuhr wieder zu singen anfing und alle Bewohner die 24 Treppen in Panik zu Fuß hinunterstürzten, weil man Angst hatte, im Fahrstuhl stecken zu bleiben. Bei einer Feuerwehrübung hatte man ihr erklärt, daß sie sich bei Gefahr auf den Boden legen und langsam hinunterkriechen müsse.
Die Nachbarin meiner Mutter hatte bei einem Unfall eine Kopf-

verletzung erlitten und flüchtete sich seitdem in religiöse Gefühle. Sie sprach von Dämonen, schor sich die Haare ab und stellte überall Kerzen auf, die beinahe einen Großbrand verursachten. Ihre Freundin, die ihr gegenüber wohnte, war protestantisch, doch nicht weniger fanatisch. Sie fuhr viel im Fahrstuhl auf und ab und versuchte, die gehetzten und unglücklichen Menschen zu Bibelstunden bei ihr zu überreden. Ihren unglücklichen Opfern, meist sehr alten Damen, half sie im Haushalt und sang religiöse Lieder vor. Später beerbte sie einige dieser Damen, bekam aber selbst Darmkrebs. Der Kommentar ihres geschiedenen Mannes zu ihrem künstlichen Ausgang war: Dann sparen wir eben das Klopapier. Die andere Nachbarin meiner Mutter isolierte sich total. Sie hatte, wie sehr viele im Haus, Angst vor jeglicher Nähe. Sie war schwer gehbehindert, hatte tausend Schlösser an der Tür und ging nur einmal in der Woche in den Altenclub.
Im Film ließen wir die ganze Hochhaussiedlung zum Schluß einstürzen und bauten sie durch einen Trick menschenfreundlicher wieder auf. Wir bepflanzten Dächer, ließen an einer Außenwand einen Wasserfall von oben in einen Park münden. Ich appellierte im Film an die Eigeninitiative der Mieter und kommentierte:
»Warum bemalen wir nicht selbst unsere Häuser, unsere Balkons und Eingänge? Warum verändern wir nicht selbst unsere Außenanlagen, pflanzen gemeinsam unsere Bäume, stellen Bänke auf? Ältere und Junge schaffen gemeinsam einen kleinen Park, in dem man windgeschützt sitzen kann. Warum besetzen wir nicht ein oder zwei Wohnungen in jedem Haus? Sie stehen uns zu, für die Älteren zum Bridge oder Schach, für die Jungen zum Tischtennis und Musikabend.
Warum gestalten wir nicht selbst unsere trostlosen Flure, stellen Bänke auf, hängen Bilder an die Wand? Wir können die dunklen Eingangshallen verändern. Einer von uns, ein Rentner, kann sich als Portier ein paar Mark verdienen. Warum gestalten wir nicht Dachgärten, bauen ein improvisiertes Schwimmbecken, stellen Blumenbänke auf und Liegestühle? Warum bauen wir nicht Hütten auf dem freiliegenden Gelände in der Siedlung, schaffen Platz für Grill- und Skatabende, bauen Werkstätten zum Basteln, legen Flächen zum Federballspielen an? Natürlich wird das alles

an Ordungsämtern und Polizei und tausend Gesetzen scheitern. Aber wer hat eigentlich das Recht zu verhindern, daß wir menschlicher wohnen und leben dürfen? Wir müssen die verantwortungslosen Politiker dazu zwingen, uns zuzuhören und zu unterstützen. Von selbst machen sie nichts.«

Ich drehte eine fiktive Gruppe der Grauen Panther, eine revolutionäre Altengruppe, die nichts mehr zu verlieren hat und im Alter radikal wird. Später wurde diese Idee Realität und zur politischen Partei.

Ich drehte den Film mit Unterbrechungen, ich begann Ende 1976, setzte ihn im Frühjahr fort, schnitt den ersten Teil im Herbst und fand so viel Begeisterung beim Hessischen Rundfunk, daß sie mir erlaubten, aus dem umfangreichen Material noch einmal 90 Minuten zu schneiden. Später wurde der zweite Teil zum Skandal, weil er die Wohnungspolitik der SPD angriff und der Film kurz vor der Landtagswahl in Hessen gesendet werden sollte. Das Hessische Fernsehen sendete nur den ersten Teil, der politisch unverfänglicher war. Der zweite wurde später vom WDR gekauft, aber dort hatte er natürlich nicht den politischen Zündstoff, den er haben sollte.

Es gab kuriose Begebenheiten zur Zeit der Dreharbeiten. Ich hatte in dieser Zeit in der Sauna einen jungen Mann kennengelernt, der sich, als er beim Sex an meinem Arschloch eine Art Warze feststellte, als Chirurg vorstellte. Er bot an, sie zu operieren; das tat er dann auch, aber scheinbar gelang die Operation nicht ganz. Als ich gerade eine Feuerwehrübung in der Siedlung drehte, Bert filmte unten, ich auf dem Dach, merkte ich, wie mir das Blut an den Beinen runterlief. Ich raste zum Krankenhaus. Danach hatte ich lange Zeit Schwierigkeiten, mich ficken zu lassen. Vielleicht hat mich das vor Aids bewahrt.

Ich hatte am Ende über hundert Stunden Tonmaterial, das ich alles abtippen mußte, damit ich den Ton schneiden und Sätze kombinieren konnte, damit sie spannender und verständlicher wurden. Eine gewaltige Arbeit.

Im Februar 1977 reiste ich mit Evelyn zur Premiere von »Ich bin ein Antistar« im Museum of Modern Art nach New York. Das Haus war voll, doch die für New Yorker Verhältnisse ungewöhnliche Zweiband-Projektion wollte nicht funktionieren. Der Techniker bastelte bis zum letzten Moment, konnte dann aber statt der englischen nur die deutsche Version spielen. Die dicke Evelyn zwängte sich daraufhin durch das Projektionsloch und übersetzte live und parallell zum Film. Es wurde ein großer Erfolg.

30. März *Ich traf Josef auf dem Flughafen in Berlin-Tegel. Er kam strahlend auf mich zu und küßte mich zärtlich. Ich erstarrte, wollte cool bleiben.*

Am liebsten hätte ich ihn natürlich sofort gefragt, wie es mit ihm und seinem neuen Freund so ginge, und gehofft, daß er mir dann tief in die Augen schaut und sagt, daß er nur mich liebt. Nein, ich war kalt, tat, als ob nichts wäre, machte artig Konversation und erwiderte seine Zärtlichkeiten im Flugzeug nicht.

Das Taxi fuhr uns direkt in die Stadtmitte von Paris, unser Zimmer hatte nur ein Fenster zu einem Entlüftungsschacht. Ich rief meine Freundin Ingrid Caven an, mit der ich mich zum Essen verabredete. Wir liefen schweigend durch die schöne Stadt, über die Seine, sahen Notre-Dame im Sonnenuntergang und trafen Ingrid in ihrem Lieblingslokal bei Natascha. Das Essen war gut. Nach einigen Weinen erwiderte ich endlich Josefs Zärtlichkeiten, drückte seine Hände, schob meine Beine an die seinen. Spät nachts fuhren wir mit dem Taxi auf eine große Party, Hunderte von Menschen in bizarren Kostümen, die in einen Park strömten. Josef machte die Fülle Angst, und er sagte, daß er sehr müde sei. Wir fuhren zurück. Im Hotel drehte ich mich ängstlich auf meine Seite, war aber beleidigt, als er sofort schnarchend einschlief.

Am Morgen gingen wir gemeinsam zum Centre Pompidou um die Ecke. Ein schöner warmer Tag, Gaukler auf einem großen Platz sangen und tanzten. Vom 5. Stock des Centre ein irrer Blick auf die Stadt. Von ferne leuchtete Sacré-Cœur. Endlich fühlte ich eine Gemeinsamkeit. Ich war stolz, ihm etwas zeigen zu können, und er schien es zu genießen.

Wir hielten die Spannung nicht mehr aus. Er begann von sich aus und erzählte mir von seinem neuen Freund und daß der ihn in seinem Liebeskummer zu mir getröstet hätte. Er sei sich jetzt unklar in seinen Gefühlen zu mir und zu ihm.

Er sei so schockiert gewesen über meine Eifersucht am Telefon, daß er

manchmal denke, daß er sich unsere Liebe vielleicht nur vom Kopf her gewünscht und nicht richtig gefühlt habe. Sein neuer Freund würde ihn sehr mögen, aber er könne noch zu wenig über seine eigenen Gefühle zu ihm sagen. Ich schlug ihm eine Freundschaft vor und keine Liebesbeziehung, aber er ging nicht darauf ein.
Ich legte mich aufs Bett, und er lag stumm auf seiner Seite, ich überwand meinen Stolz und streckte meine Hand nach der seinen aus, er reagierte zuerst nicht, doch dann erwiderte er meine Berührung, und plötzlich brach es aus uns beiden heraus, und wir fielen weinend übereinander her. Ich sagte, daß ich ihn liebe. Er nur, daß er es schwer hat, seine Gefühle zu zeigen. Wir redeten wenig, trockneten unsere Tränen und schliefen gemeinsam ein. Mein Kopf an seiner starken Brust. Zum Sex waren wir zu erschöpft.
Am Sonntagmorgen mußten wir früh aufstehen und fuhren mit dem Taxi zum Flughafen, zurück nach Berlin. Josef meinte, er müsse jetzt für zwei bis drei Wochen alleine sein, um über alles nachzudenken. Ich beschloß am Flughafen in Berlin, alleine mit dem Taxi zu mir zu fahren. Ich umarmte ihn ein letztes Mal, und als ich im Auto saß, heulte ich los, konnte die Tränen nicht stoppen.
Ich wußte, das ist das Ende. Ich würde nicht fähig sein, alles noch mal zu beginnen. Ich würde nicht teilen können.
Ich dachte an meinen nächsten Film. Nächste Woche beginnen wir mit den Dreharbeiten.

DER BESTE FICK DER WELT UND DIE GROSSE LIEBE

Durch Vermittlung von Werner Schroeter bekam ich im Sommer 1977 einen Job als Lehrer eines Sommerkurses für Film am Art Institute in San Francisco. San Francisco ist eine weiße Schönheit, fast zu schön. Eine Stadt für Träumer, für Mystiker, ich fühlte mich mit meiner Hektik am falschen Platz. Hier glaubte ich bald, das Glück meines Lebens gefunden zu haben. Auf der Suche nach einem Typ, der mit mir vor meiner Filmklasse Sex machen sollte, war ich in einem Pornobuchladen auf Michael Wright gestoßen, der an der Kasse jobbte. Ich erklärte ihm, daß das Thema meines Workshops in der Kunstschule Homosexualität sei und ich nicht nur darüber reden, sondern den meist heterosexuellen Studenten auch zeigen wolle, wie schwuler Sex praktiziert wird. Sie sollten mich dabei mit mehreren Kameras beobachten. Er meinte, daß er selbst dafür in Frage käme, und schlug vor, ob wir nicht privat vorher etwas üben wollten. Es geschah am gleichen Abend und war wie ein Feuerwerk. Mein Gott, ich glaubte, daß ich noch nie vorher in so ein weiches, warmes Arschloch hineingefickt hatte. Er konnte sich so entspannt hingeben, wie ich es selten erlebt hatte. Ich donnerte mit einer Wucht hinein, daß unsere Nachbarn an ein neues Erdbeben glaubten. Michael war blond und für mich eine Spur zu dünn. Er hatte einen prachtvollen Schwanz, war intelligent und künstlerisch begabt. Er war Musiker und Schauspieler und schrieb Gedichte, die er vertonte. Endlich hatte ich einen intelligenten und kreativen Mann, mit dem es im Bett so gut klappte wie noch nie. Zurückblickend denke ich, daß ich noch nie in solche sexuellen Ekstasen gekommen bin wie damals. Wir gingen ein paar Tage später auf den Christopher Street Day, 250 000 Schwule und Lesben marschierten mit uns. Ich hatte überall meine Filmstudenten mit Kameras postiert, um dieses Ereignis zu dokumentieren. Ich wollte es in meinem Film »Armee der Liebenden« verwenden, einen Film über die Schwulenbewegung in den USA, den ich schon lange geplant hatte.

Die »Dykes on Bikes«, Lesben auf Motorrädern, führten die Demo an. Überall schwule Polizisten, die den Zug begleiteten. Schwule Politiker, Eltern von Schwulen, lesbische Mütter, alte Schwule und schwule Mitglieder verschiedener Konfessionen waren nur einige der Gruppen, die mit großen Transparenten mitmarschierten. Der ganze Zug war ein riesiger Karneval mit vielen Musikgruppen, Glitzer und nackten, bemalten Schwulen und Lesben, die sich vor den Augen der Welt liebten. Was für ein Gefühl, welch eine Kraft. Der Marsch war besonders geprägt durch die Wut auf eine schwulenfeindliche Sängerin, Anita Bryant, die in ihrer Heimat Dade County ein Gesetz durchgebracht hatte, das sich gegen schwule Lehrer wandte. Sie wetterte mit Bibelzitaten gegen Homosexuelle, die sie in einem Atemzug mit Mördern und Dieben nannte. Anita, die sonst von billigen Liedern und

Reklame für Orangensaft lebte, wurde mit dieser Kampagne ein Medienstar. Das ganze Land diskutierte ihre reaktionären Thesen. Doch Schwule und Lesben mobilisierten sich mit einer ungeahnten Kampfeskraft und überzeugten das Land vom Gegenteil. In den meisten US-Staaten konnten ähnliche antischwule Gesetzesinitiativen verhindert werden. Mit den Schülern dokumentierte ich einen Teil der vielfältigen Schwulenszene in San Francisco, die vornehmen Tunten auf der Polkstreet, die Lederschwulen auf der Castrostreet. Wir filmten schwules Cabaret und lesbisches Theater und die Beerdigung eines schwulen Gärtners, der auf dem Heimweg von jungen Rockern mit den Rufen »Einer für Anita« erschlagen worden war. Dreihundert Freunde standen an seinem Sarg, seine tapfere Mutter stellte sich der Presse und trat für ihren schwulen Sohn ein.
Zur gleichen Zeit kandidierte ein schwuler Politiker, Harvey Milk, für das Stadtparlament von San Francisco. Zum ersten Mal in der Geschichte der Stadt sollten Vertreter von Minderheiten wie Schwarze, Mexikaner, Chinesen und Schwule zu offiziellen Vertretern ins Stadtparlament gewählt werden. Wir verfolgten einen Teil seines Wahlkampfes, standen früh auf, um ihn dabei zu beobachten, wie er morgens um sieben Arbeitern an Bushaltestellen Flugblätter in die Hand drückte. Harvey wurde später auch wirklich gewählt und war weit über die Schwulen- und Lesbenszene hinaus beliebt. Ein ausgeklinkter rechter Stadtverordneter erschien eines Tages in seinem Büro und erschoß ihn, und den Oberbürgermeister gleich mit. Harvey wurde zum Märtyrer. Ein Dokumentarfilm über ihn wurde später mit dem Oskar bedacht. Ein Spielfilm von Oliver Stone ist in Arbeit.
Meine Schüler am San Francisco Art Institute stammten meist aus reichen Häusern, das Schulgeld war sehr hoch, und ich konnte mich mit ihren oberflächlichen Interessen wenig anfreunden. Ich hatte nur Spaß daran, sie zu schockieren. Da Michael zur Beerdigung seines Vaters nach Texas gereist war und somit für die Sexszene vor der Klasse nicht in Frage kam, mußte ich mich anderweitig umsehen. Ich bekam die Adresse eines besonders attraktiven Pornostars heraus und bat ihn, mit mir vor meinen Studenten Sex zu machen. Wir kriegten zuerst beide keinen hoch,

obwohl ich ihn superscharf fand. Ich bat die Studenten, das Licht auszumachen, dann wieder die grellen Scheinwerfer anzustellen und diesmal klappte es. Bei der Benotung der Studenten gab ich später nur einem eine schlechte Note, weil er kaum anwesend war. Er beschwerte sich dann mit einem langen Brief beim Direktor, worin er mir vorhielt, daß ich die Schüler zum Filmen von perversem Sex gezwungen hätte. Ich fand das witzig.
Michael brachte mir aus Texas eine Peitsche mit. Er steckte beim Sex ein neues Gedicht von sich in meinen Arsch. Wir bliesen uns heimlich im vollbesetzten Kino bei einem Visconti-Film. Wir tanzten uns kaputt beim Punkrock und amüsierten uns im »Café Trieste«, wo Amateuropernsänger beliebte Arien zum besten gaben.
Werner Schroeter war inzwischen in San Francisco eingetroffen, und ich bat ihn, meine und Michaels Liebesgeschichte zu dokumentieren. Es sollte eine poetische Studie werden. Er filmte unsere Hände in blauem Wasser, wie ich liebevoll seinen Schwanz massierte und wie eine große Tarantel sich langsam über seinen weißen Körper bewegte. Ich ahnte im voraus, daß unsere Liebe nur tragisch enden könnte, und Werner filmte Michael, wie er mich mit einem Stein erschlug, hoch oben auf einem Hügel, mit Sicht auf die weiße Stadt.
Ich war eifersüchtig auf Werner Schroeter, dessen Filmarbeit viel ästhetischer war. Michael verehrte ihn sofort, und ich legte das so aus, daß er ihm nur in den Arsch kriechen wollte. Wir liebten und fickten uns immer noch wie verrückt, aber ich hatte die schreckliche Vermutung, daß Michael nur auf den Moment wartete, wo ich erschöpft über ihm zusammenbrechen würde, damit er unsere Beziehung umdrehen könnte. Der Ficker fickt sich zu Tode; der passive Teil sammelt um so mehr Kräfte und wartet ab, bis er den aktiven in seiner Hand hat und ihn, der am Boden zerstört ist, manipulieren kann. Ich hatte unendliche Angst davor, sprach Michael in meiner Paranoia übersinnliche Kräfte zu, und hatte Angst, mich zu verlieren.
Doch ich wollte auch raus aus der inzestuösen Enge. Dazu kam, daß meine Unruhe es in dieser Stadt nicht lange aushielt. Ich entschloß mich über Nacht, heimlich abzureisen, und hinterließ

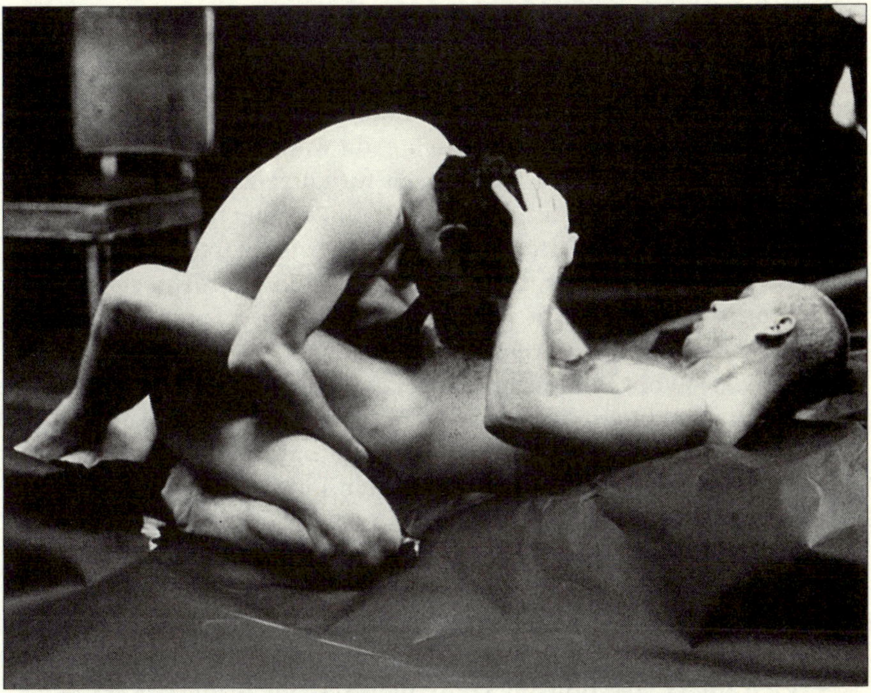

Rosa mit Pornomodel vor der Filmklasse in San Francisco

Mit Michael Wright in S. F.

einen langen Abschiedsbrief. Doch schon auf dem Flughafen griff ich zum Telefon und rief ihn auf seiner Arbeit an. Er war sprachlos, sagte nur: »Ich wünschte, du würdest das nicht tun.« Ich flog trotzdem und fühlte mich für kurze Zeit befreit.
Am 16. August 1977 starb Elvis, der Traum meiner Jugend. Am 18. Oktober war der Selbstmord von Baader, Ensslin und Raspe. Ich hatte sie nie gemocht. Die Callas starb, und Schroeter schrieb eine Hommage über sie im »Spiegel«. Ich liebe es, wenn Prominente sterben. Wann werde ich sterben?
Ich bekam vom Kuratorium Junger Deutscher Film 50 000 Mark für das Drehbuch »Wassilissa«, dazu kamen später vom Innenministerium noch mal 250 000 Mark Filmförderung. Ich flog nach Frankfurt, und schnitt den zweiten Teil meines Filmes »Der 24. Stock«.
Nach einem qualvollen Monat kam Michael endlich aus Amerika nach Deutschland. Ich hatte ihm Geld für ein Ticket geschickt, und wir hatten endlose Telefonate geführt. Ich konnte es vor Sehnsucht kaum aushalten. Er war auf Krücken eingeflogen. Nach einer Operation am Knie dauerte es eine Weile, ehe er wieder richtig laufen konnte. Er schlief erschöpft in meinen Armen in der Wohnung meiner Mutter ein. Als er aufwachte, erlebte ich einen neuen Menschen, er war kalt und distanziert. Er erzählte mir, was für ein Schock meine Abreise für ihn gewesen sei und daß er sich mit andern abgelenkt hätte. Ich kochte vor Wut und Eifersucht. Ich wollte ihn ganz und gar, mit Haut und Haaren, so wie am Anfang unserer Beziehung. Ich nutzte seine Abhängigkeit aus und fickte ihn wie in alten Zeiten. Ich haute meine ganze Wut in seinen Arsch. Er schien so entfernt. Das machte mich rasend, ich schlug auf ihn ein. Ich kann ihn nicht ertragen, zwinge ihn, vom Hochhaus meiner Mutter ins Haus meiner Freundin, der Gräfin, zu ziehen. Er weigerte sich, ich packte seine Sachen und stieß ihn fast die Treppen runter. Ich wollte ihn bestrafen, quälen, ihn in mir ermorden. Während er bei der Gräfin litt, er hatte tierische Zahnschmerzen und mußte sich einen Weisheitszahn ziehen lassen, litt ich im 24. Stock. Ich rief ihn dreimal in der Nacht an, betete ihn an, ging zu ihm und fickte ihn unter Schmerzen, wecke ihn um 6 Uhr früh und beschimpfe ihn. Ich

schicke ihn ins Theater nach Bochum zu Werner Schroeter, vielleicht konnte der ihn benutzen, am liebsten wollte ich, daß er zurück in die USA fliegt. Er weigerte sich, hatte keinen Pfennig Geld, war stur. Schroeter schickt ihn wieder zu mir zurück. Ich will ihn bei der Künneke in Berlin einquartieren, bringe ihn zum Flughafen. Immer wieder beteuert er, daß er mich liebt; doch er sagt das mit solch einer Eiseskälte, daß ich wahnsinnig werde. Warum hat er nicht den Mut, zu sagen daß alles aus ist? Ich drehe endgültig durch, setze ihn ins Flugzeug nach Berlin. Er soll bei Evelyn wohnen. Dann rufe ich Evelyn an und will alles rückgängig machen. Ich will nicht, daß die beiden zusammenarbeiten. Ich wünsche Michael alles nur erdenklich Schlechte; warum nur, warum? Ich kann meine Bosheit, meine Wut nicht fassen. Evelyn riecht natürlich den Braten, endlich kann sie sich rächen für die Liebespein, die ich ihr einst bereitete. Sie empfängt Michael mit offenen Armen und macht ihn für eine Tournee zu ihrem Pianisten. Ich erfahre davon und versuche, eine Pistole aufzutreiben. Wenn sie es wagen sollten, erschieße ich beide auf offener Bühne. Ich kann so nicht mehr leben. Am Telefon biete ich ihm an, mit mir nach Afrika zu reisen, es soll alles so sein wie früher. Er lehnt ab, wiederholt aber, daß er mich liebt, seine Stimme ist entspannt und neutral. Nein, er liebt mich nicht, wird mich nie mehr lieben können.

Ich habe wie unter Zwang gehandelt. Objektiv bin ich ein Arschloch, doch vielleicht hat mich mein Instinkt vor Abhängigkeiten beschützt, die ich nie ertragen hätte. Ich bin nicht zum Leiden geboren. Ich muß alles schnell und explosiv austragen, kann es nicht jahrelang verschleppen. Ich hörte später, daß andere Liebhaber von Michael ähnlich gelitten hatten. Er hatte die große Kraft, Menschen zu verzaubern und sie dann dafür zu bestrafen, daß sie ihn liebten. Michaels Magie über mich hat lange angehalten, obwohl wir uns nur noch ein paarmal zufällig sahen. Erst bei einem Wiedersehen nach zehn Jahren in New York konnte ich ihn neutral und distanziert betrachten. Sein Gesicht verfiel, als er merkte, daß er keine Macht mehr über mich hatte.

April *Morgens werde ich neuerdings immer von der Telefonterror-Stimme eines Rentners geweckt: Arschficker aufstehen, vergasen, hoffentlich stirbst du bald an Aids.*
Die ersten Drehtage zu »Ich bin meine eigene Frau« sind vorbei. Das Lampenfieber ist verschwunden. Ich fühle mich sicher und glücklich. Charlotte hat ein zauberhaftes Wesen, so aggressionslos und liebenswürdig. Nur einmal war sie sauer, weil wir ihr die Szene, wo sie in großer Garderobe im Vierspänner vor das Schloß Friedrichsfelde vorfahren sollte, gestrichen haben. Ichgola, die Charlotte ab 20 verkörpert, motzt mich mit »Na, du alte Regiesau« an. Ich liebe Ichgola. Sie lockert mit ihrer frechen Schnauze die verklemmtesten Schauspieler auf.
Ich frage alle im Team nach ihrem letzten Geschlechtsverkehr und singe in den Drehpausen französische Lieder. Ich erfinde für jeden witzige Namen. Als mir Charlotte erzählte, daß eine Bekannte von ihr Euphrosine Tüllgardine heißt und eine Wäscherei führt, wollte ich nur noch Euphrosine genannt werden.
Morgen stellen wir die Szene mit den Rechtsradikalen nach, die Charlottes Frühlingsfest in Mahlsdorf überfallen haben. Mir graust davor.
Seit Wochen eine irre Hitze. In den Parks finden Massenorgien statt, jeder mit jedem. Es geht nur noch ums Abspritzen.
Nachts in der Klappe bei mir um die Ecke ein selbstbewußter Typ mit Bart und Bauch, der sofort den Schwanz rausholt und ihn dem nächsten in den Mund stopft. Auf der Nebenkabine fickt ein Riesenschwanz mit Kondom einen anderen. Dauernd kommen geile Typen rein. Einer mit Bart zieht seinen Schwanz aus dem Mund des Typen, der nackt auf der Kloschüssel sitzt und geht auf einen anderen mit Kakhihosen zu, kräftig, aber ein Babyface mit roten Backen. Er holt sich dessen großen Schwanz aus der Hose und lutscht begierig daran, mit einem Lächeln auf den nassen Lippen.
Mit Werner Schroeter telefoniert. Er hat gerade drei Operationen hinter sich, unter anderem Wasser in der Lunge, aber er schleppt sich trotzig von einer Theaterproduktion zur nächsten. Er kümmert sich aufopfernd um seinen langjährigen Freund, der Aids hat.

Inzwischen hatte ich eine Zusage vom WDR für mein Filmprojekt »Armee der Liebenden« erhalten, eine Dokumentation über die amerikanische Schwulenbewegung.

Ich flog zurück nach San Francisco und engagierte als Mitarbeiter Randy Shilts, einen der ersten offen schwulen Fernsehreporter. Er wird später weltberühmt mit seinem Buch über die Geschichte von Aids, »And the Band plays on«.
Ich filme frühe Vorkämpfer der Homosexuellenbewegung, Del Martin und Phyllis Lyon, zwei ältere Lesben, die in den fünfziger Jahren die erste lesbische Organisation gründeten. Harry Hay und sein Liebhaber erzählen mir, wie sie zur gleichen Zeit die erste schwule Männergruppe gründeten, die Mattachine Society. Damals galt das Schwulsein als krimineller Akt. Bei diesen Interviews lernte ich, daß sich der persönliche Mut dieser Menschen fast immer positiv auszahlte. Selten wurde jemand dieser ersten Helden zusammengeschlagen oder umgebracht. Selbstbewußtsein und Engagement flößte auch den Feinden Respekt ein. Schwäche, Feigheit und Verklemmtheit ziehen dagegen Gewalt und Haß an.
Wir filmen Gruppen von schwulen Lateinamerikanern, schwulen Asiaten, eine schwul-lesbische Lehrerkonferenz. Ich war begeistert von einer Gruppe schwuler Männer über vierzig. Ich erfuhr, daß es für viele schön ist, aus dem Sexstreß raus zu sein, daß sie im Alter viel entspannter leben könnten, sich viel mehr Zeit für richtige Freunde nehmen.
Im November nahm ich erschöpft den Flieger nach Florida und folgte einer Einladung meiner Journalisten-Freundin Karin und ihrer Familie auf eine exotische Insel. Sanibel ist ein reiches Heterosexuellen-Reservat. Mir war etwas mulmig. Könnte ich es zwei Wochen ohne Sex aushalten, ohne schwule Subkultur, nur mit Karin, ihrem Mann und ihren Kindern? Würde ich nicht wahnsinnig werden? Karin hatte mich ganz in ihrer Nähe in einem kitschigen Motel einquartiert. Ich wohnte in einem von zwanzig kleinen rosa Bungalows, in denen sonst nur ältere Damen leben. In der Mitte ein Teich mit einem lebenden Alligator, der schon mal einen Hund mitnahm, wenn der sich zu dicht heranwagte. Auf den Bäumen große weiße Pelikane.
Ich joggte mit Karins Mann unendliche Strecken, sonnte mich am Strand und begann zu lesen und zu schreiben. Das Leben war wieder wunderschön. Im Supermarkt traf mich kurz der Blick

eines großen schlanken Mannes, der einen wilden Bart trug. Man sah ihm nicht an, daß er fast zehn Jahre jünger war als ich. Er war der Manager des Motels, der mir am Anfang die Koffer in mein Zimmer getragen hatte. Er hieß Mike. Wir bekamen heraus, daß wir beide Schach spielten, und er lud mich zu sich zum Abendessen ein. Er hatte ein Thunfischgericht gemacht und trank dazu viele Dosen Bier. Er erzählte mir, daß er aus South-Dakota komme und dort auf einer Farm mit seiner Frau gelebt hätte. Seine Frau hätte ihn mit einem anderen betrogen, er hätte seine Stadt und seinen hart erarbeiteten Besitz in Panik verlassen und wäre hier gelandet.
Wir spazierten spät in der Nacht am Meer entlang und genossen die Millionen Sterne, die ich so deutlich noch nie zuvor beobachtet hatte. Am nächsten Abend trafen wir uns wieder. Er spielte ständig Bob-Dylan-Lieder, den ich nicht mochte, aber ich mochte Mike. War er vielleicht doch schwul? Zum Abschied nahm er mich in den Arm und sagte mir, daß ich ein guter Mann sei. Ich begann von ihm zu träumen. Am letzten Abend küßte er mich, und wir lagen uns leidenschaftlich in den Armen. Es war zu schön, um wahr zu sein. Nein, ich wollte nicht abreisen, wollte hier mit ihm zusammenbleiben. Ich war beleidigt, als er mich drängte, zu packen. Er fuhr mich zum Flughafen. Ich dachte, daß ich ihn nie mehr sehen würde, eine kurze Nacht wie tausend vor ihm, Scheiße. Wie konnte ich ahnen, daß ich den wichtigsten und wertvollsten Mann meines Lebens getroffen hatte.
In New York bezog ich im Januar '78 eine neue Wohnung an der 11. Straße und 7. Avenue. Ich wuchtete vom Trödler gegenüber einige unsäglich kitschige Möbel ohne Fahrstuhl in den sechsten Stock. Ich war glücklich, in meiner ersten eigenen Wohnung in New York zu sein.
Ich bekam einen wunderschönen Brief von Mike. Aus seinen Zeilen entnahm ich, daß er mich mochte. Das hätte ich nicht zu hoffen gewagt. Ich sehnte mich so sehr nach einer längeren Freundschaft, war müde von den vielen Ficks, die ich auf der ganzen Welt ruhelos suchte. Ich beschloß sofort, zu ihm nach Florida zu fliegen und einen längeren Urlaub zu machen. Vielleicht ahnte ich ja auch, daß ich in Mike die große Liebe meines Lebens fin-

den würde. Mike ist sehr lieb und schüchtern, doch seine Augen glühen schwarz und gefährlich.
Er hatte erst einmal ein kurzes Sexerlebnis mit einem Mann gehabt, als er noch sehr jung war, seitdem ruhte es in seinen Träumen, die er aber verdrängte. Ich war also sein erster richtiger Mann, und wir sagten uns sehr schnell, daß wir uns liebten.
Ich fühlte mich angezogen von seiner inneren Spannung, den unbewältigten Problemen und Komplexen, die ihm viel Tiefe gaben, das Gegenteil eines amerikanischen Sonnyboys. Ich fand es faszinierend, daß er hier in der Einsamkeit sitzen konnte und sein Schicksal abwartete, während ich hektisch durch die ganze Welt gurkte. Ich war verrückt nach seinem starken behaarten Körper, der manchmal nach Whiskey roch und Zigaretten, und ich verkroch mich in seinem wilden Bart. Das erste Wort, das er von mir in Deutsch lernen mußte, war Waldschrat. Später folgten Schlamassel und Zappenduster, was ich ihm auf englisch mit »twice as dark as usual« übersetzte.
Meine New Yorker Freundin Karin kam mich in Florida besuchen, und wir verbrachten einen Abend zu dritt. Mike war sehr eifersüchtig und besoff sich total. Karin hüpfte in mein Bett und versuchte mich zu verführen. Ich war froh, daß ich ihr nicht nachgab. Am nächsten Morgen entschuldigte sich Mike bei uns, und wir liebten uns um so mehr.
Von Florida aus reiste ich nach New Orleans, um für »Armee der Liebenden« den Schwulen-Karneval in New Orleans aufzunehmen. Ich hatte meine kleine, stumme 16-mm-Film-Kamera dabei und engagierte jemanden aus der Schwulenbewegung, der meinen Kassettenrecorder bediente. Von einem Balkon aus filmte ich den riesigen Umzug, an dem tausend Tunten, trotz ungewöhnlicher Kälte fast nackt und in den originellsten Kostümen, vorbeimarschierten. Eine Gruppe hatte sich in einen riesigen Penis verwandelt, aus dem Saft herausspritzte. Es gab viele Nonnenkostüme und wunderschöne Neger, die sich mit meterhohem Kopfschmuck übertrafen. Lederleute mit endlosen Ketten und vielen Muskeln und ein Paar, das unter dem Jubel der Masse Oralverkehr machte. Ich liebte die Stadt, die exotischen Holzhäuser mit ihren großen Balkonen, wie ich sie nur aus Saigon kannte.

Der schwule Karneval wurde seit Jahrhunderten gepflegt. In den Bars ging es danach hoch her. Überall schwitzende, sich drängende Massen, die sich sexuell befriedigten. Ich fühlte mich plötzlich ohne Mike sehr einsam.
Zurück in Florida hatte Mike mir inzwischen ein Appartement in der Nachbarschaft vermittelt, damit er sich von seinem erzkonservativen Boß, dem Besitzer des Motels, nicht so beobachtet fühlte. Wir zogen ins Pointe Santo, einen luxuriösen Appartementbau. Ich hatte einen riesigen Raum mit Dachgarten, das größte Bett meines Lebens und eine Küche mit modernster Technik. Mikrowelle war damals etwas sehr Gespenstisches für mich. Palmen ragten in mein Zimmer, und ich beobachtete, wie an einem Teich ein trainierter Naturschützer verzweifelt versuchte, einen Alligator zu fangen, um ihn wieder in sicheren Gewässern auszusetzen. Mit Mike unternahm ich einen Ausflug in die Sümpfe von Florida. Wir mieteten uns ein kleines Boot, und ich schaukelte übermütig so heftig hin und her, bis Mike herausfiel. Ich ahnte nicht, daß es hier nur so von meinen Lieblingstieren wimmelte. Ansonsten paßte ich mich an Mikes faules Leben an. Ich las viel und schrieb sechzig Postkarten nach Europa, um von meiner neuen Liebe zu künden.
Mike war sehr frustriert, er fühlte sich von seiner Frau in South-Dakota verraten und um seine Farm betrogen. Er hatte sich hier ein Jahr lang zugesoffen und verbrachte seine Freizeit damit, irgendwelche Scheiß-TV-Serien zu sehen. Er las alles über Nazis, und ich war zuerst entsetzt über den trivialen Schund der Amis. Dabei war Mike sehr gebildet und holte aus seiner Schublade ein aufregendes Manuskript, das er selbst geschrieben hatte.
Ich machte ihm den Vorschlag, zu mir nach New York zu ziehen. Er war technisch sehr begabt, könnte Ton und Licht lernen und hatte einen Führerschein, um mich herumzufahren.
Ende März 1978 war er bei mir in New York, für immer, so schien es. Ich konnte mein Glück nicht fassen. Endlich gab mir ein Mann die ersehnte Ruhe. Ich brauchte nicht mehr wie sonst fast täglich in irgendeiner Sauna, im Pornokino, Park oder Sportclub schnellen Sex organisieren. Ich konnte mich ganz an Mikes star-

ke Brust lehnen und einfach glücklich sein, zu ihm Vertrauen entwickeln, ihn mit meiner Liebe überschütten.
Er entschied sich, bei meinen Filmen mitzuhelfen, und es gab sehr viel zu tun. »Armee der Liebenden« führte uns quer durch ganz Amerika. Gleichzeitig drehte ich für den WDR die Lebensgeschichte der schwierigen Underground-Diva Tally Brown. Ich organisierte in dem berühmten New Yorker Nachtclub »Renow's Sweenies« ein großes Konzert mit Tally, und wir luden alle unsere Freunde als Gäste bzw. Filmstatisten ein.
Mein Kameramann Ed Lieber hatte zu der Zeit einen kleinen Freund, der eifersüchtig auf uns war. Er ließ irgendwann während des Drehs den Belichtungsmesser fallen, sagte Ed aber nichts davon, und das ganze Filmmaterial wurde unterbelichtet. Ich rastete aus. Die ganze Mühe war umsonst gewesen. Tally schimpfte auf unseren Dilettantismus. Sie ignorierte, daß ich nur wenig Geld für den Film zur Verfügung hatte. Sie brauchte sehr viel Aufmerksamkeit – um es vornehm auszudrücken. Es dauerte ein halbes Jahr, bis Tally sich bereit fand, das Konzert zu wiederholen. Dann engagierte ich die begabte chinesische Kamerafrau Juliana Wang, und diesmal klappte es vorzüglich.
Ich flog mit Mike nach Los Angeles, wo einer meiner Filme auf die dortigen Filmfestspiele eingeladen war. Am Arm meiner Freundin Francis Schoenberger, die hier in Hollywood als Bravo- und Burda-Korrespondentin residierte, schritt ich über einen langen roten Teppich. Als wir den großen Festsaal erreichten, wurden unsere Namen laut aufgerufen, und man plazierte uns an eleganten Tischen.
Ich brachte ihr dann bei, wie sie mir beim Rock 'n' Roll mit breiten Beinen in die Hüfte springen kann, und sie hatte sofort großen Spaß daran. Doch in einem unaufmerksamen Moment hob sie zum Sprung an, verfehlte mich, und wir fielen beide flach auf den Boden, zwischen die eleganten Gäste. Wim Wenders, der salopp vorübertanzte, schaute gefaßt an uns vorbei. Er versuchte gerade mit Hilfe von Coppola seine Hollywoodkarriere.
Durch Francis lernte ich in Los Angeles den Musiker Georgio Moroder kennen, der durch seine Discohits mit Donna Summer in Hollywood Karriere gemacht hatte. Er wiederum vermittelte

mir ein Treffen mit einem Filmproduzenten, morgens um 7 Uhr zum Frühstück im berühmten Beverly Hills-Hotel. Am Nebentisch Pat Boone mit seiner Tochter, beide legendäre Schlagersänger. Ich fragte den Produzenten, ob er mir für die Hauptrolle meiner »Roten Liebe« Jane Fonda vermitteln könne. Er lachte mich aus, Jane würde nie mit unbekannten Regisseuren arbeiten. Ich sagte, daß ich Fördergelder aus Deutschland mitbringe, mir auch Abschreibungsgelder erhoffe, vielleicht 1 Million DM auftreiben könnte. Er lachte mich aus und meinte, daß er die Summe allein für die Werbung der Filmmusik ausgeben müßte. Das ist Hollywood. Nein, hier hatte ich keine Chance, und selbst Wim Wenders, der von Coppola sehr verehrt wurde, wartete ja fast fünf sinnlose Jahre, in denen er seine Drehbücher immer wieder umschreiben mußte, um dann schließlich einen schlechten Film machen zu dürfen. Er kehrte reumütig nach Deutschland zurück, wo er durch Filmförderung und Fernsehen zwei gute Filme in einem Jahr machen kann.

AUFSTAND DER PERVERSEN

Es war schwer, für meinen Film über die amerikanische Schwulenbewegung aus der Fülle der Aktivitäten eine Auswahl zu treffen. Schwule und Lesben waren in den Staaten sehr aktiv. Es gab damals 2000 Homosexuellengruppen, 500 davon lesbisch. Wir besuchten in Los Angeles den Pornostar Fred Halstead, der sich einen Namen mit schwulen S/M-Pornos gemacht hatte. Fred vermittelte mir ein Gespräch mit einem Typ, der eine Gruppe schwuler Nazis repräsentierte. Wir arrangierten ein Treffen an einem geheimen Ort, und der Nazi gab uns ein Interview. Es war erschreckend, wie er gegen Juden und Ausländer wetterte und dabei erklärte, daß auch ein Nazi schwul sein darf.
Dann traf ich in Los Angeles den Schriftsteller John Rechy, der mit seinem Stricherroman »Nacht in der Stadt« berühmt geworden war. Er schrieb gerade ein Buch, das homosexuelle Promiskuität glorifizierte. Er erklärte, daß die Schwulen stolz auf ihre sexuellen Freiheiten sein können, und zeigte uns alle Plätze, an

denen Schwule in Los Angeles schnellen Sex haben konnten. Das war nicht immer ungefährlich, denn es war in den USA immer noch üblich, daß sich Zivilbullen von Schwulen anmachen ließen. Sex in der Öffentlichkeit ist aber im Staat Kalifornien verboten. John Rechy ließ sich nur von hinten filmen, wollte von seinen Sexpartnern nicht erkannt werden.
Am meisten beeindruckte mich ein Treffen mit dem 80jährigen Schriftsteller Christopher Isherwood, der in einem kleinen Volkswagen von Santa Monica kam, wo er mit seinem langjährigen Lebensgefährten, einem Maler, wohnte. Isherwood hat 1939 das berühmte Buch »Leb' wohl, Berlin« geschrieben, das später zu dem Musical und Film »Cabaret« wurde. Ich fand Isherwood trotz seines hohen Alters noch richtig sexy. Er war sehr bescheiden und liebenswürdig, erzählte sehr offen aus seinen schwulen Anfängen in Berlin, von dem Berliner Institut für Sexualwissenschaften von Magnus Hirschfeld und den hübschen Berliner Jungs. Leider paßte sein Interview später nicht in meinen Film; aber unser Gespräch ist in meinem Buch mit gleichem Titel, »Armee der Liebenden«, veröffentlicht worden.
Zurück in New York wandte ich mich wieder dem Film über die Sängerin Tally Brown zu. Die Dreharbeiten mit Tally waren eine Katastrophe. Ihr schien es nicht darum zu gehen, daß wir einen guten Film machten, sondern daß wir vor ihr auf den Knien lagen. Ihr machte es Spaß, mich zu demütigen. Einmal drehten wir im New Yorker Chelsea-Hotel, wo wir Licht und Kamera aufgebaut hatten, damit wir sie in der exotischen Halle filmen konnten. Tally rauschte im Taxi heran, ging schnell durch die Lobby und verschwand sofort im Aufzug. Sie gab uns keine Gelegenheit, die Szene zu wiederholen. Das war sehr typisch für sie. Trotzdem wurde es ein guter Film.
Sensationell war, als Tally ihre noch fettere und monströsere Freundin, den Transvestit Divine, bekannt aus den John-Waters-Filmen, in deren Garderobe besuchte. Beide lieferten sich einen komödiantischen Schlagabtausch erster Klasse. Bei einer anderen Gelegenheit alberte Tally mit dem Warhol-Superstar Holly Woodlawn über ihre Filmarbeit bei Andy und beklagte sich, daß sie keine Gage bekommen hatte. Der geniale Undergroundstar

Taylor Mead suchte nach dreckigen Unterhosen von Tally und bot sie als Reliquien an.
Vielleicht rührte Tallys Zickigkeit auch von ihrer Knieverletzung her, die sie sich bei einer Aufführung von »Medea« am Broadway zugezogen hatte. Seitdem konnte sie keine langen Bühnenauftritte mehr machen. Sie mußte abnehmen, und ihre Knochen wurden immer dünner und zerbrechlicher, ihre Psyche immer angegriffener. Sie brauchte ihre Neurosen. In ihrer Höhle an der 153. Straße in New York residierte sie wie eine absolute Monarchin inmitten eines Kreises von Bewunderern. Ich verzieh ihr alles, denn ihr Talent war einmalig. Wenn sie zum Schluß des Liedes »Rock 'n' Roll suicide« »Give me your hand, give me your hand« sang, mit einer großen Geste zum Publikum, dann erstarb ich vor Ehrfurcht und wünschte mir, daß mein Film nur ein kleines Stück von ihrem Genie vermitteln könnte.
Ich liebe New York im Frühling, besonders das West Village, wo Mike und ich wohnten, kleine Straßen mit tausend interessanten Geschäften und niedrigen Steinhäusern. Viele Bäume und kleines, sorgsam gepflegtes Grün. Ich liebte es, die Menschen zu beobachten. Mike blieb lieber zu Hause und las ein Buch nach dem anderen. Das Leben mit Mike war voller Liebe, Sex und Kreativität. Ein Wunder.
Auf der Straße vor meinem Haus bat mich eine alte Frau um Hilfe. Es stellt sich heraus, daß sie einen Arm gebrochen hatte, ich sollte ihr ein Taxi anhalten, damit sie zum nahen Krankenhaus fahren konnte. Ich stoppe ganz aufgeregt den nächsten Mietwagen und erkläre dem Fahrer die Situation. Er winkt gelangweilt ab, die Strecke sei ihm zu kurz. Ich schäume vor Wut, haue auf sein Autoblech. Er steigt aus, ein riesiger junger Typ, kommt dicht an mich ran und knallt mir mit voller Wucht seine Faust in die Fresse. Das war das einzige Mal, daß ich in New York in Schwierigkeiten kam.
Mike und ich fuhren mit unserem neuen Kameramann Michael Oblowitz zu Dreharbeiten nach Boston. Ich wollte Tom Reeves interviewen, einen mutigen Päderasten oder boylover. Im Staate Massachusetts kann solch ein Vergehen mit einer lebenslangen Haftstrafe geahndet werden. Tom ist der mutigste Mann, den ich

Grace Jones und Tally Brown

kenne. Ein tapferer Kämpfer gegen den Vietnamkrieg, setzte sich dann für die Rechte der Schwarzen ein und hat jetzt eine Professur für Zeitgeschichte an einem Schwarzen-College in Boston. Er selbst bekennt sich zur Knabenliebe. In seinem Haus trafen wir einige 14- bis 18jährige, meist aus kaputten schwulenfeindlichen Familien, die sich hier liebevoller behandelt und verstanden fühlten.
Für mich war das Thema Sex mit Kindern und Jugendlichen etwas völlig Neues. Ich selbst fand Jugendliche selten sexuell attraktiv, aber ich bin wütend auf die Gesellschaft, die Kindern keine Sexualität gestattet. Oft schaffen erst Verbot und Kriminalisierung die Tragödie. Das wichtigste, wie bei allen Tabus, ist Reden, sich informieren, Schweigen und Schamgefühl zu durchbrechen. Professor Tom Reeves setzte sich in Boston für eine Gruppe von Männern ein, die in einen Sexskandal mit Minderjährigen verstrickt waren. Er schaffte es bei allen vierundzwanzig angeklagten erwachsenen Männern zum ersten Mal, daß sie nicht alles leugneten und voller Scham verschwiegen, sondern daß sie selbstbewußt über ihre Beziehungen redeten. Sie alle hatten Sex mit über 14jährigen, Gewalt war in keinem Fall im Spiel, in einigen Fällen Liebe. Ich interviewte einige der Angeklagten, beobachtete den Prozeß und die Statements einiger prominenter Intellektueller, wie etwa des Schriftstellers Gore Vidal, der Tom und seine Kampagne verteidigte. Das Erstaunliche war, daß Professor Tom Reeves durch seinen Einsatz erreichte, daß die angeklagten Männer schließlich den Prozeß gewannen. Eine Sensation in diesem konservativen Staat. Tom bleibt für mich einer der großen Helden der Schwulenbewegung, der unter höchst gefährlichen Umständen persönlichen Mut zeigte. Ein Leben lang werden mich solche Menschen faszinieren, und ich bin froh, daß ich einige davon in meinen Filmen dokumentieren konnte.
Tom machte uns in Boston mit einer schwulen Jugendgruppe bekannt, wir hörten erschütternde Geschichten, wie brutal Eltern ihre Kinder behandeln, wenn sie herausbekommen, daß sie schwul oder lesbisch sind. Einige wurden verstoßen und landeten auf dem Strich. Ich habe durch diese Interviews sehr viel gelernt. Päderasten sind selbst unter den Schwulen eine verachtete

Minderheit, die meisten wissen einfach zu wenig über sie. Heute weiß man, daß sexuelle Gewalt gegen Kinder hauptsächlich von Heterosexuellen in ihren eigenen Familien ausgeht.
Ein anderes Thema hatte mich schon lange fasziniert. Ich wollte einen Film über den Tod machen. In New York hatte Al Goldstein, der viel Geld mit Pornomagazinen verdient hatte, eine kleine Zeitschrift mit dem Titel »Death Magazine« auf den Markt gebracht. Darin gab es eine Hitparade der zehn tödlichsten Krankheiten, den Friedhof der Woche und eine Mischung aus ernsten und komischen Geschichten um den Tod. Wichtig war, daß die Zeitschrift nicht nur schwarzen Humor brachte, sondern sehr nah an der Wirklichkeit blieb und schockieren wollte. Ich filmte sofort auf gut Glück ein Interview mit dem Herausgeber Al und später mit meiner Freundin Helen Adam, einer spinösen, alten schottischen Dichterin, die ihre Freude über einen baldigen Tod so enthusiastisch ausdrückte, daß man selbst Lust auf das Leben nach dem Tode bekam. In Deutschland zeigte ich das Material dem ZDF, und ich erinnere mich noch, wie der Redakteur Eckhard Stein zu mir sagte, das sei kein richtiger Praunheim, alles viel zu harmlos. Er gab mir aber trotzdem den Auftrag, und als der Film dann später wegen allzu brutaler Szenen verboten wurde – die übrigens alle aus dem ZDF-Archiv stammten –, äußerte er sich nicht mehr dazu.
Wir filmten den gigantischen Schwulen- und Lesbenmarsch in New York, mit über hunderttausend Schwulen. Grace Jones war für die Abschlußveranstaltung engagiert worden und trat halbnackt mit dem Lied »I need a man« auf. Dabei turnte sie unter dem Jubel der schwulen Männer wie eine Raubkatze auf einem Lastwagen herum. Vor meiner Kamera regte sich Rose Jordan, die alle Interviews mit Lesben bei der Demo für mich führte, ungeheuer auf. Sie empfand Grace als ein widerliches Sexobjekt, das sich für die Männer zur Schau stellt, und beschimpfte die schwulen Männer, die trotz ihres Schwulseins eben doch sozialisierte Männer seien, die Frauen genauso unterdrückten wie andere. Sie meinte, daß Lesbierinnen viel mehr Zärtlichkeit, Wärme, Freundschaft und Identität schätzen, erst dann käme Sex. Für schwule Männer ist es der Sex, der Sex und immer der Sex, der an erster

Stelle steht. Ihr Statement habe ich bis heute nicht vergessen und oft darüber nachgedacht. Viele Lesben sind von der aggressiven Sexualität der Männer verschreckt. Frauen können, so wie sie erzogen sind, Sex selten so isoliert sehen, wie Männer das oft tun, während Schwule durch die vielen sexuellen Verbote den Sex oft überbewerten und es schwerer haben, Zärtlichkeit und Liebe zuzulassen.

Ich beschloß, mit Mike nach München zu ziehen, wo ich einen günstigen Schneidetisch bekam und »Armee der Liebenden« und »Tally Brown, New York« hintereinander schneiden wollte. Eine gigantische Arbeit, denn ich hatte nur ein vages Konzept. Ich hatte endlos Material gedreht, das ich nun zuerst mühsam sortieren mußte. Mike assistierte mir beim Schnitt. Die Arbeit am Schneidetisch, in einem abgedunkelten Zimmer vor einem Bildschirm, ist sehr anstrengend für jemanden, der das nicht gewohnt ist, denn es wurden oft 12 oder 14 Stunden, die wir arbeiteten. Für mich ist der Schnitt meist das Befriedigendste an einem Film. Es ist ein wunderbares Gefühl, nach dem Streß der Dreharbeiten alles Material ruhig und entspannt anschauen zu können. Es ist ungeheuer spannend zu sehen, wie aus vielen kleinen Versatzstücken langsam ein Inhalt entsteht, eine Geschichte, Leben sichtbar wird. Für Mike war die lange Arbeitszeit oft eine Qual, aber unsere große Liebe besiegte den Streß.

Ich mußte jedesmal neu lernen, den eigenen Rhythmus eines jeden Films zu erkennen; das ist eine spannende, fast mystische Sache. Mike hatte viel Sinn für Magie, sein introvertiertes Wesen kommunizierte völlig anders als ich. Ich mußte lernen, durch seine Stille, seine Ruhe, seine innere Spannung Kontakt mit ihm aufzunehmen; ein sehr fremder Prozeß für mich. Manchmal flohen wir aus dem Dunkel am Schneidetisch in die vollen Münchner Biergärten, wo wir mit dem besoffenen Michael Dost plauschten, der für Alexander Kluge arbeitete. Wir trafen Werner Schroeter, der enthusiastisch von dem Welterfolg seines Films »Neapolitanische Geschwister« erzählte. Ich platzte vor Neid, und als ich dann den Film mit meiner boshaften Freundin Annette sah, war ich natürlich überzeugt, daß der Film schrecklich sein muß. Ich ließ mich dann sogar hinreißen, in der Zeitschrift

»Filmkritik« eine beißende, sehr gemeine Kritik zu schreiben, worin ich die großbürgerliche Art Schroeters angriff und kein gutes Haar an ihm ließ. Damals war ich wirklich überzeugt, eine ernsthafte Kritik zu üben. Ich mußte mich von Werners Arbeit bedroht gefühlt haben, konnte seinen Erfolg nicht ertragen; ähnlich wie mich Fassbinders immer neue, immer gigantischere Erfolge innerlich vor Wut zerrissen. Ansonsten saß ich mit Mike in den Schnittpausen in einer alten vergammelten Kneipe, die zwei jugoslawischen Brüdern gehörte, die ich gerne für einen Horrorfilm engagiert hätte. Ich fühlte mich isoliert in München, konnte mit der Schickeria nichts anfangen und fand auch meine Regiekollegen wenig hilfsbereit. Das war eine eingespielte Hetero-Clique, die sich in bestimmten teuren Restaurants traf und sehr konventionell war. Zur Fassbinder-Film-Crew hatte ich ein gespaltenes Verhältnis. Sie trafen sich alle in der »Deutschen Eiche«, wohin ich selten ging.
Für die deutsche Fassung von »Armee der Liebenden« brauchte ich über fünfzig Sprecher, die ich in einigen Schwulengruppen fand. Das war eine langwierige und anstrengende Arbeit, denn ich hatte ja kein Geld für Profis oder ein Tonstudio. Ich nahm alles in einer ruhigen Wohnung auf und brauchte sehr lange, bis die ungeübten Laien die richtige Betonung raus hatten.
Der Trikont Verlag interessierte sich zur gleichen Zeit für eine Buchveröffentlichung von »Armee der Liebenden«, meine Interviews aus der amerikanischen Schwulenbewegung, später kam noch der englische Verlag »Gay Press« dazu, der die Interviews im Orginal druckte. Zu Weihnachten packten wir in München unsere Sachen.

WIE WIRD MAN EIN BLUMENTOPF

Schon standen die Dreharbeiten zum nächsten Film »Todesmagazin oder: wie werde ich ein Blumentopf« dicht bevor. Mitte Januar '79 sollte es auf Weltreise gehen, Mike und ich wollten Todeskulte in Ägypten und Asien filmen. Wir waren inzwischen sehr eingespielt. Mike bediente das kleine Tonband, ich die handliche Kamera. Im Archiv des ZDF hatten wir uns alles angeschaut, was mit dem Tod zu tun hatte. Der Archivar hatte mir am Telefon begeistert von wunderbaren Enthauptungsszenen in Afrika, einem brennenden Mönch, einem blutenden Kopf auf einer Bambusstange, dem Massenmord in Guayana und den Erschießungen in Vietnam vorgeschwärmt, die er sogar in Farbe anbieten konnte.

Unsere erste Station war Kairo. Dort stellten wir fest, daß einige arme Leute auf dem Friedhof lebten und manchmal Fernseher und Waschmaschine neben den Grabsteinen standen. Sie zogen in die kleinen Mausoleen ein, ein Luxus für sie. Ich tauchte ein in das geheimnisvolle Ägypten, spürte eine seltsame Magie und haßte die Gegenwart. Ich fand die Menschen häßlich, die Armut abstoßend, und den Wüstensand, der sich über die Stadt legte, eintönig.

In Bombay, der nächsten Station, ging es mir anders. Ich liebte die Hektik der Millionenstadt, die mich an New York erinnerte, ich spürte die rastlose Energie. Jeder schien etwas zu wollen, zu kämpfen, zu betrügen, war auf der Flucht. Auf unser Taxi sprang ein junger, abgerissener Mann auf. Der Chauffeur sagte in einem Nebensatz, es sei nur ein Dieb. Ein andermal, als wir durch die Vorstadt rasten, meinte er, daß er bisher erst drei Menschen mit dem Auto getötet hätte. Vorbei an den Frauen hinter Gittern, wunderschöne Prostituierte, die in Käfigen lebten, viele Transvestiten unter ihnen. Ich filmte den Turm der Parsen, die ihre Toten auf der Turmspitze den Geiern zum Fraß anbieten. Leider fressen die nur noch ganz junge, von Chemikalien noch nicht verseuchte Menschen. Im Hindutempel war ein kleiner Elefant dazu abgerichtet, uns mit dem Rüssel Geld abzunehmen. Vor unserem Hotel warteten viele Gaukler auf Touristen: Kinder mußten sich verbiegen, Affen mußten tanzen, giftige Schlangen wurden uns entgegengeworfen und von Mungos getötet. Ich bekam sofort die Idee für sieben Filme. Mike las wie immer einen trivialen Roman und sagte mir irgendwann, daß er Sehnsucht nach seiner Heimat South-Dakota habe.

Ende Januar trafen wir auf den Philippinen ein, wo mich eine vertrocknete Dichterin, die ich in New York getroffen hatte, in Emp-

fang nahm. Sie stellte uns beim Tee in einem Luxushotel dem berühmten Filmemacher Lino Broka vor. Lino war schwul und links, weltberühmt durch seine sozialkritischen Melodramen und ein Gegner des Marcos-Systems. Auf den verkehrsreichen lauten Straßen fuhren statt Taxis Jeepnies, glitzernd beklebte Jeeps, die alle Gäste, die in dieselbe Richtung wollten, mitnahmen. Wir waren erstaunt, daß die Fahrer im Verkehrsgetöse kleine Zischlaute wahrnahmen, mit denen die Fahrgäste auf sich aufmerksam machten. Manila ist eine häßliche Großstadt, wie es viele in Asien gibt, voll, laut und stinkend. Die glamouröse Frau des Diktators Marcos, Imelda, versuchte ihren schlechten Ruf aufzupolieren, indem sie um das große Slumgebiet eine riesige Betonmauer zog und im Zentrum einige protzige Kulturpaläste baute. In einem dieser Bunker sollte ich eine Filmklasse unterrichten, verwöhnte Menschen aus reichem Hause. Mich ekelte das an. Ich hätte gerne armen begabten Studenten eine Chance gegeben, doch das war absolut unmöglich, alle Studenten waren aus der Upper class und nach ihrer politischen Harmlosigkeit ausgesucht.
Die philippinische Filmindustrie ist nicht uninteressant. Besonders beeindruckt war ich von einem kleinen Film von Kidlat Tahimik, »Perfumed Nightmare«, in dem ein naiver Junge aus einem Dorf für alles Amerikanische schwärmt. So erlebte ich dann auch Land und Leute. Jahrhundertelang von den Spaniern besetzt, mußten sie katholisch werden; dann kamen die Amis und etablierten sich mit Hamburgern, Coca Cola und Raketenbasen. Einmal begegneten wir der Diktator-Familie Marcos, ausgerechnet bei einem Gastspiel des Pina-Bausch-Balletts aus Wuppertal. Eisige Kälte strahlten sie aus. Um sie herum Gewehre im Anschlag.
Mit meiner Filmklasse machte ich einige Gruppenspiele, ließ sie Liebesszenen proben. Wir filmten in einem Nachtclub, wo einige Transvestiten auftraten und zwei sehr hübsche Stricher einen stilisierten Sexakt hinlegten. Ich traf auf einige schwule Deutsche, die hier wie Herrenmenschen residierten, sich von den schönsten Knaben bedienen ließen und die große sexuelle Auswahl genossen. Ich fand das widerlich. Wir machten einen Aus-

flug nach Pagsahan, wo Brando gerade »Apocalypse Now« drehte, und wir erfuhren, daß der dicke Star öfter eine Schar junger Knaben um sich scharte, die ihn bedienen mußten.
Im März ging es über Tokio nach Los Angeles, wo wir wieder rechtzeitig zu den Filmfestspielen eintrafen; »Army of lovers« hatte hier in der englischen Originalversion seine Uraufführung. Diesmal schritt ich an der Seite von Mike in exotischen Taxedos über den langen roten Teppich zum Festspielhaus. Die Festspiele hatten sich als Gag ausgedacht, lebendige Tiere aus dem Zoo von Los Angeles am Wegesrand aufzustellen. So schritten wir mit den Stars an Giraffen, Elefanten und Affen vorbei und machten uns mit dem Schauspieler Christopher Reeves bekannt, der gerade im Kino »Superman« spielte. Kurz vorher hatten wir Eddie Constantine getroffen, und es war witzig, wie sich der große Supermann, der in seinem ersten Film spielte, mit dem kleinen Eddie unterhielt, der einst in über 50 Filmen eine ähnliche Machorolle gemimt hatte. Mit Eddie Constantine trafen wir uns noch oft. Er sieht aus wie ein Leguan, seine pockennarbige Haut und seine leeren Augen machen ihn unheimlich, dabei ist er ein lieber, nur etwas langweiliger alter Mann.
In San Francisco trafen wir Heiner Müller, der sein Stück »Zement« aufführte, das von einem sehr armen Studententheater glänzend gespielt wurde. Die Amis kümmerten sich wenig um den intellektuellen Hintergrund und die komplizierte trockene Sprache Müllers, sondern holten das Menschliche, Sinnliche der Figuren raus. Müller erzählte mir, daß er denselben Arzt wie Honecker hat und von ihm erfahren hätte, daß Honecker schwul sei. Ich erzählte das natürlich fortan in allen Fernsehtalkshows weiter, denke aber heute, daß Müller mich nur verarschen wollte. Als Anregung für meinen Todesfilm, den ich dann »Todesmagazin – oder wie wird man ein Blumentopf« nannte, hatte ich in Los Angeles erfahren, daß es ein Beerdigungsinstitut gibt, welches die Asche Verstorbener auf Wunsch in Blumentöpfe mit unterschiedlichen Blumen oder in Fischbassins streut.
Wieder in New York drehte ich im City Morgue, dem Gerichtsmedizinischen Institut. Eine wunderschöne, junge schlanke Negerin führte uns zuerst durch das Kriminalmuseum, zeigte uns an-

hand kleiner Ausstellungstücke die extremsten Mordfälle oder Unfälle der Stadt. In einem Glasbehälter war ein verkohlter großer Penis zu sehen, und sie erklärte uns, daß der Mann von einer Eisenbahnbrücke auf eine elektrische Schiene gepinkelt hätte und durch einen Stromschlag umgekommen wäre. In der Leichenhalle empfing uns Mr. La Harry, der einen starken französischen Akzent sprach. Er nannte sich forensischer Rekonstrukteur und arbeitete an einem Tisch voller Knochen. Seine Aufgabe war es beispielsweise, bei Flugzeugunfällen die verstreuten Leichenteile einzusammeln und sie der richtigen Person zuzuordnen. La Harry öffnete für uns große versilberte Schubladen und zeigte uns verweste Leichen. Wir gingen an einer Bahre vorbei mit einem wunderschönen erschossenen, nackten Neger.
Wir filmten die Punk-Band »Contorsions« und die Chinesin Anja Philips, die mit dem Bandleader liiert war. Anja war geil darauf, so grausam zu sterben wie die Freundin ihres Idols Sid Vicious, der diese im Drogenrausch ermordet hatte. Eine halbes Jahr später starb sie selbst an Magenkrebs. In einer New Yorker Schule filmten wir eine Todesklasse. Hier lernen die Schüler alles über den Tod, mußten ihre Eltern fragen, wie sie gerne begraben werden möchten, recherchierten selbst auf Friedhöfen oder reflektierten den Tod ihrer nächsten Verwandten oder Haustiere.
Mitte April 1979 ging es zurück nach Deutschland. Mein Film »Armee der Liebenden« hatte in Hamburg beim »Brühwarm«-Fest seine deutsche Premiere und wurde ein rauschender Erfolg. Die Premieren in Frankfurt, München und Berlin waren überfüllt. Das Publikum rannte dem Kino für viele Wochen die Türen ein.
Einen Monat später brachte der »Filmwelt«-Verleih »Tally Brown New York« in Berlin ins Kino. Die Zeitungen überschlugen sich mit ihrem Lob, Jan Schütte und Doris Dörrie, damals noch Kritiker, schrieben Elogen. Doch trotz eines Bundesfilmpreises lockte der Film nur wenige ins Kino. Die ihn sahen, waren begeistert, aber das waren leider nicht viele. Man kann einen Erfolg im Kino nur schwer vorhersagen. Hinterher findet man tausend Gründe, vorher ist es ein Lotteriespiel. Ich habe mir abgewöhnt, beim Filmemachen an ein Publikum zu denken. Natürlich muß ich mich

besonders bei dem WDR-Redakteur Joachim von Mengershausen bedanken, der diesen Film erst ermöglichte. Er hat in mich und meine Arbeit viele Male Vertrauen gesetzt, obwohl er nicht gerade ein Praunheim-Fan ist, wie er mal betonte.
Viele, viele aus dem Tally-Film leben nicht mehr. Divine ist tot. Ein paar Jahre später, bei einer Retro meiner Filme in New York, erschien Tally selbst, inzwischen ganz dünn und krank. Seit Jahren war sie nicht mehr aufgetreten. Sie bedankte sich bei mir für den Film. Mir schossen die Tränen in die Augen, doch dann war sie wieder die alte und ließ ein paar Bosheiten los. Kurz vor ihrem Tod im Januar 1988 kaufte die Donel Library eine Kopie des Films, und Tally war zu der großen Veranstaltung geladen. Sie hatte noch ganz präzis verlangt, was für ein Stuhl auf die Bühne müßte, nicht zu weich, nicht zu hart, wie sie abgeholt werden wollte und vieles mehr. Einen Tag vorher starb sie, und die Vorführung wurde zur Gedenkveranstaltung.
In München hatte ich mit Mike schon einen Teil des Todesfilms geschnitten. Mike hatte viel gelernt. Er setzte sich einige Nächte allein an den Tisch und schnitt zu Punk-Musik eine provozierende Sequenz von Todesarten, Unfällen, Erschießungen, die alle irgendwann einmal in den ZDF-Nachrichten gesendet worden waren. Meist waren es dort kurze Ausschnitte gewesen, eingeleitet von einer lächelnden Ansagerin. In der grausamen Ballung in Verbindung mit harter Musik wurden die Bilder nun unerträglich. Wir wollten provozieren, den Tod sichtbar machen. Mike wurde mir unentbehrlich, wir waren privat und beruflich zusammengewachsen.
Den Rest des Todesfilms drehte ich in einem New Yorker Krebshospiz. Dort erlebten Schwerkranke ihre letzten Wochen und Tage in einer gelockerten Atmosphäre. Es gab keine Verbote mehr, keine Zwänge. Man versuchte, den Sterbenden die letzte Zeit so schön wie möglich zu machen. Man verteilte Cocktails mit starken Schmerzmitteln, engagierte Bauchtänzerinnen oder eine Show mit alten Autos. Die Krankenschwester erzählte uns, wie sie eine Schleiertänzerin engagiert hatten und ein Patient beim siebten Schleier verschied. Für einige wurde dieser Ort, so makaber es klingt, zum glücklichsten ihres Lebens.

Eine Woche vor der geplanten Ausstrahlung meines Todesfilms hatte ich die technische Abnahme meines Films beim ZDF in Mainz. Das war immer ein aufregender Akt, denn bei meinen technisch sehr eigenwilligen Filmen wußte man nie, wie das Fernsehen mit seinen strengen Normen reagierte. Diesmal war es anders. Mitten in der Vorführung, die vielen grausam verstümmelten Toten in meinem Film passierten gerade zur Punk-Musik Revue, stoppte der Techniker das Bild und sagte, daß er eine solche Schweinerei nicht weiter bearbeiten will. Der Skandal begann. Zwar hatte die Redakteurin den Film schon abgenommen, aber nun wurde Alarm geschlagen und höhere Tiere eingeschaltet. Zwei Tage später wurde entschieden, daß der Film nicht gesendet werden darf. Ich war unterdessen im August 1979 auf dem Filmfestival in Locarno eingetroffen, wo der Todesfilm seine Uraufführung haben sollte. Der Fernsehspielchef des ZDF, Heinz Ungureit, reiste extra an und handelte mit mir aus, daß ich das Recht hatte, den Film sofort im Kino auszuwerten und das ZDF den Film nicht mehr senden würde. Ich mußte mich damit zufrieden geben. Ungureit war weitaus diplomatischer und großzügiger als seinerzeit die Verantwortlichen bei meinem »Axel«-Film. Natürlich stürzten sich wieder alle Zeitungen auf die Sache und berichteten über die Fernsehzensur. Ich hatte aber Angst vor Stunk, um nicht weitere Projekte beim ZDF zu gefährden. Der Todesfilm kam in die Kinos und hatte trotz der vielen Presse wenig Erfolg. Dieses Thema, in einer teilweise witzigen Aufarbeitung, war immer noch zu ungewöhnlich. Die einen wünschten sich einen seriösen akademischen Film oder einen sentimentalen, in dem man mit tapferen Sterbenden Mitleid haben konnte, die anderen wollten mehr Brutalität und Sensation, wie sie sie von Horrorfilmen kannten. Ich habe dann aus dem vielen Material noch ein Buch mit dem Titel »Gibt es Sex nach dem Tode?« gemacht, aber auch das wirkte eher abstoßend auf die Käufer. Inzwischen ist der Film ein Geheimtip und Kultfilm geworden, und ich hoffe, das Fernsehen wagt es noch, ihn zu senden, bevor ich selbst sterbe.

Im September zog ich mit Mike aus dem kleinen Zimmer bei meiner Mutter in Frankfurt in eine Zweizimmerwohnung in die

Stadtmitte. Wir kauften uns ein sehr kitschiges großes Ehebett in braunem Velour und mit eingebautem Radio.
Ich hatte zu der Zeit einen Filmstoff, der mich ungeheuer fesselte, und zwar die Lebensgeschichte der Giftmörderin Christa Lehmann, die in den fünfziger Jahren ihren Mann, ihren Schwiegervater und ihre beste Freundin mit E 605 vergiftet hatte. Der Schriftsteller Ernst Klee hatte mit ihr im Gefängnis ein sehr langes Interview gemacht und in Buchform veröffentlicht; Klees Frau war Gefängnispfarrerin im Knast in Preungesheim gewesen und hatte ihm den Zugang verschafft. Inzwischen war Christa Lehmann nach fünfundzwanzig Jahren Haft unter einem anderen Namen entlassen worden und als Köchin in einem Altenheim angestellt. Ich bemühte mich darum, sie persönlich kennenzulernen und las und recherchierte alles über ihren Fall. Ich reiste nach Worms, wo sie gelebt hatte, traf dort auf alte Freunde von ihr und besuchte den Kriminologen Armand Mergen, der den Fall als Sachverständiger bearbeitet hatte und mir mehr über die Hintergründe erzählen konnte. Christa war nicht die böseste Frau der Welt, wie sie immer dargestellt wurde, sondern sie hatte ein schreckliches Leben hinter sich. Ihre Tat war ein instinktiver Verzweiflungsschrei gewesen gegen die Brutalität ihrer Umwelt. Im Knast durfte sie viele Jahre ihre Kinder nicht sehen, schluckte Stricknadeln, und als sie nach geglückter Operation wieder in ihre Zelle kam, lagen dort, von einer sadistischen Wärterin besorgt, schon wieder neue Nadeln.
Endlich hatte ich durch Vermittlung der Gefängnispfarrerin eine Einladung bei der Mörderin zu Hause. Sie lebte mit einem Mann zusammen, der auch lange gesessen hatte und der zuerst mit ihrer besten Freundin aus dem Knast liiert gewesen war. Man berichtete mir von einem schrecklichen Eifersuchtsdrama. Christa muß an die 60 Jahre alt gewesen sein, aber als ich sie traf, sah sie viel jünger und sehr sportlich aus. Sie hatte belegte Brote gemacht und servierte eine Flasche Wein. Nun hatte ich aufgrund meiner schlechten Drogenerfahrungen Vergiftungsängste und aß und trank oft nichts bei Fremden. Hier fühlte ich mich aber verpflichtet. Einer Giftmörderin darf man nicht das Abendessen ausschlagen. Ich aß und trank mit gemischten Gefühlen, völlig irrational.

Im Laufe des Gespräches merkte ich, daß ihr schweigsamer Freund, der wie Gary Cooper aussah, immer angespannter reagierte und langsam dämmerte es mir, daß beide nie so richtig über ihre Taten gesprochen hatten. Anscheinend war das ein Tabu, das ich, schamlos wie ich nun mal bin, sofort durchbrochen hatte. Ihr Freund verschwand plötzlich, und ich hörte Schüsse auf dem Hof des einsamen Pförtnerhäuschens, in dem wir uns befanden. Später fand ich heraus, daß Christas Freund alles selbst inszeniert hatte, um uns loszuwerden. Leider stimmte Christa meinem Filmplan nicht zu, wollte ihn nicht machen, bevor ihre fünfjährige Bewährung abgelaufen war. Ich habe sie seitdem nicht mehr gesprochen.

Ich überredete Frank Ripploh, mit mir nach Wien zu einer Fernsehsendung des Club 2, unter Leitung von Marianne Koch, zu fliegen. Die Einladung der Club-2-Leute war sehr mutig, denn kurz vorher hatte Nina Hagen bei einer Sendung zum Thema Jugendkult mit dem Finger an ihre enge Lederhose gefaßt und angedeutet, wie Frauen onanieren. Das war damals der TV-Skandal des Jahres. Heute vermag man das kaum zu glauben. Natürlich wartete nun ganz Österreich darauf, wie ich mich in dieser Live-Sendung verhalten würde. Ich dachte mir mit Ripploh die schokkierendsten und witzigsten Dinge aus, vom Häppchen Kacki, das man Frau Marianne Koch anbieten konnte, bis zum Live-Fick. Wir hatten uns aber vorher mit einer österreichischen Schwulengruppe getroffen und uns über deren desolate Situation informiert. Dabei stellten wir fest, daß es wichtig war, nicht nur einen Gag zu machen, sondern aufzuklären. Marianne Koch war sehr souverän und klug. Ripploh parodierte ihre Gardinen-Werbung und sprach während der Diskussion die Worte Schwanz und Arschloch aus. Weiter gingen wir nicht, wir konnten den versteckten Schwulen hinter den vielen Bergen einen besseren Dienst erweisen, wenn wir die Erwartungshaltung der Nation enttäuschen würden.

NINA HAGEN

Nina Hagen war 1979 *der* Shootingstar, und ich liebte ihre Musik über alles. Endlich ein verrückter, phantasievoller deutscher Star. Irgendwann bekam ich die Eingebung, daß sie die ideale Wassilissa für mein neues Filmprojekt »Rote Liebe« sei, und rief ihre Mutter Eva Maria Hagen in Hamburg, im Haus von Wolf Biermann, an, um zu erfahren, wo Nina gerade steckte. Eva Maria war gleich Feuer und Flamme und arrangierte es, daß Nina mich von Spanien aus anrief, wo sie sich mit ihrem heroinsüchtigen Ehemann Ferdinand herumtrieb. Nina quiekte allerliebst ins Telefon und beschrieb mir ihren LSD-Trip der letzten Nacht. Ich bekam nur heraus, daß sie auf Formentera war, und versprach, sie sofort zu besuchen. Ich packte eine kleine Tasche und nahm mit Mike das nächste Flugzeug. Wir kamen am Abend an, irrten in der Nacht umher und konnten das Haus, das uns Nina nur vage beschrieben hatte, nicht finden. Wir übernachteten im Hotel und bekamen am nächsten Morgen den Tip, in einem Punk-Café in der nächsten Stadt nachzuschauen. Wir erwischten Nina gerade noch, wie sie mit einem Omo-Karton als Tasche und einer Riesenschleife im Haar die Insel verlassen wollte. In ihrem Troß einige devote Fans. Nina freute sich riesig über unseren Besuch. Wir setzten gemeinsam nach Ibiza über, und an einem Hotelpool las ich ihr mein Filmscript von Rote Liebe vor, das sie wiehernd vor Vergnügen kommentierte. Für sie war alles schrill und punk und witzig, und eine russische Revolutionärin zu spielen fand sie saukomisch, willigte sofort ein. Wir wurden unterbrochen von einer Horde exzentrischer französischer Tunten, die sich auf Nina stürzten. Abends ging es in die Disco. Auf dem Weg sprach Nina einen jungen hübschen Holländer an, der es nicht fassen konnte, daß sie Nina war. Er schloß sich uns begeistert an und lud uns alle auf die kleine Yacht seines Vaters ein. Nina wollte nicht, so nahmen Mike und ich die Einladung gerne an, denn er war wirklich hübsch. Rinsche, das war sein Name, weckte auf dem Boot seinen Vater, den ich fast noch attraktiver fand als den Sohn.
Ihr Boot wurde in Ibiza repariert, und sie erzählten uns von ihrem Plan einer großen Weltreise. Es war eine knisternde, eroti-

sche Atmosphäre zwischen uns allen. Mike war natürlich auf den Sohn scharf, ich auf den Vater, der Vater aber fand Mike attraktiver und der Sohn wohl mich. So endete alles ergebnislos, aber in meinen Träumen habe ich mir die Nacht noch sehr oft orgiastisch ausgemalt. Mike blieb auf Ibiza, doch ich reiste mit Nina Hagen nach Berlin, wo ich ihr Ripploh vorstellte und sie mir den Maler Salome, der aber äußerst eifersüchtig auf mich reagierte. Er zerbrach eine Flasche und kam drohend auf mich zu. Ninas Mutter machte uns nackt die Tür zu Ninas neuer Wohnung auf, die sie für sie in Berlin einrichtete. Sie war eine scharfe Person und immer sehr hilfsbereit. Welch ein Wahnsinn, den sie mit der ausgeflippten Tochter täglich ertragen mußte! Nina war für mich ein zweiter Frühling, sie erinnerte mich an alle meine früheren ausgeflippten Freundinnen, Sylvia, Carla, Dickdärmchen. Nina und ihre schöne Freundin Sascha, die unglücklich in sie verliebt war, nahmen ständig Drogen. Im Tali-Kino, in dem damals jahrelang die »Rocky Horror Picture Show« lief, besorgte sie sich einen Vorrat Kokain. Bei dem ausgeflippten Kabarettisten Wolfgang Neuss, ein Anlaufplatz für viele Berliner Drogenfreaks, kauften sie Haschisch. Neuss hatte trotz unzähliger LSD-Trips immer noch einen erstaunlich klaren Kopf und scharfen Witz. Er saß da wie eine alte indianische Frau, fast ohne Zähne und hielt lange Monologe, Nina saß kichernd daneben.
Ich reiste mit ihr nach Hamburg und lernte Wolf Biermann kennen, den ich für eine Nebenrolle meines Films haben wollte. Nina hatte sofort Ideen für neue Lieder, die sie in meinem Film singen wollte, ging ins nächste Studio und nahm sie auf. Sie sang den Titelsong »Rote Liebe – die Partei hat immer recht ...«, zwischendurch posierte sie auf einer Flasche sitzend für irgendwelche Fotografen. Sie konnte stundenlang vor dem Spiegel posieren und neue Kostüme und Frisuren anprobieren. Mir ging das allmählich auf die Nerven. Ich folgte Nina in ein besetztes Haus nach Amsterdam, hier residierte sie wie eine Königin. Die armen Punks umwarben Nina, die ja viel Geld hatte und generös Drogen verteilte, aber sie konnte auch teuflisch sein zu Leuten, die sie nicht mochte. Inzwischen hatte ich beim Berliner Senat Filmförderung bekommen und fast eine Million Mark für »Rote

Liebe« aufgetrieben. Nina sollte 50 000 Gage bekommen und nochmal 50 000 Beteiligung am Einspiel. Im Büro meiner Herstellungsleiterin Renée Gundelach bereiteten wir den Vertrag vor. Nina malte Blümchen und schrieb, daß sie auch immer schön artig sein wolle. Ich schlug ihr vor, den ganzen Film in einem verrückten, kitschigen Hotel in Kalifornien zu drehen, das ich nur von Postkarten her kannte.
Nina wollte unbedingt, daß ihr geliebter Ferdinand die männliche Hauptrolle spielen sollte, und sie versuchte verzweifelt, ihm Sätze aus dem Drehbuch beizubringen. Ferdinand schnallte alles nicht so richtig und war, neben seiner Heroinsucht, ein sehr passiver und uninteressierter Typ. Nina und er lagen in ständigem Streit und beschimpften sich wüst, wie Punks eben glauben, ihre Zuneigung ausdrücken zu müssen. Plötzlich bekam ich die Idee, daß Nina in ihrer dominanten Art doch viel besser für die männliche Hauptrolle paßte, und sagte ihr spontan, daß ich möchte, daß sie Wladimir spielt und ihre schöne poetische Freundin Sascha die Wassilissa. Nina konnte es nicht glauben, sie sah mich entsetzt an und verabschiedete sich grußlos. Seitdem ward sie nicht mehr gesehen. Sie verleugnete sich fortan, alle Telegramme, Telefonate und Beteuerungen blieben unbeantwortet. Niemand konnte zwischen uns vermitteln. Ich bedauerte es sehr, sie damit für meinen Film verloren zu haben.
Ich hatte natürlich sehr dumm gehandelt. Ich hätte den Film mit Nina schnell und sehr improvisiert in irgendeinem Wohnzimmer drehen sollen. Ihre Exzentrik und witzigen Einfälle hätten genügt, ich hätte die Geschichte als Parodie nutzen und Nina rumflippen lassen sollen, wie sie es immer tut. Eine Mischung aus Dokumentation und schrillem Witz wäre entstanden. Man hätte die Kamera nur draufhalten müssen. Doch ich verehre Nina heute immer noch, ein Glücksfall für die Deutschen.
Mit Frank Ripploh hatte ich mich inzwischen ebenfalls zerstritten. Ich war sauer auf ihn, weil er mir seinen Bühnenbildner für »Taxi zum Klo« ursprünglich ausgeliehen hatte und sich dann anders entschied. Wir gerieten darüber fürchterlich in Streit. Ich schenkte Ripploh, der kaum Geld für seinen Film hatte, zum Ab-

schied noch zehn Rollen Filmmaterial, bezahlte ihm eine Tonrechnung, war aber sonst nicht sehr solidarisch. Nachdem sein Film später Weltruhm erlangte, ließ er keine Gelegenheit aus, mich zu beschimpfen. Sehr lange hatte ich mich über seine Bosheiten, die er gegen andere losließ, amüsiert, jetzt war ich selbst das Opfer. Es schmerzte der Verlust eines Freundes, eines Vertrauten, mit dem ich eine wunderbare Zeit verbracht hatte, die nun zu Ende ging. Erfolg ist ein Freundschaftskiller, das habe ich öfter erfahren müssen. Ripploh hatte nach seinem ersten Film keinen weiteren großen Erfolg. Er war zu spekulativ, zog nach München, träumte von einer Weltkarriere und ließ sich überreden, nicht mehr so schwule Filme zu machen und technisch perfekt zu sein. Damit verlor er seine Persönlichkeit.

Mike dagegen war die ganze schwierige Zeit über ein sehr solidarischer Freund, der wichtigste Mann meines Lebens. Ich konnte mich bei ihm ausheulen, er vermittelte, war diplomatisch, aber auch sehr rational und holte mich aus meinen Hysterien. Mit der Zeit hatten wir immer weniger Sex; ich ging nachmittags heimlich für ein Stündchen in die Schwulensauna und wichste schnell mit irgend jemandem, aber nachts lagen wir dicht zusammen und hielten uns fest. Mein Gefühl wollte ihn, für immer und ewig. Ich entschloß mich nun, Sascha, Ninas Freundin, für die Hauptrolle der Wassilissa in »Rote Liebe« zu engagieren; ich war begeistert von ihrer ruhigen, sympathischen und sehr poetischen Persönlichkeit. Ich nahm Sascha über Weihnachten mit nach New York, um sie besser kennenzulernen und zu testen. Wir wohnten im Chelsea-Hotel. Meine Wohnung in der elften Straße hatte ich inzwischen untervermietet. Im Museum of Modern Art liefen in Spezialvorstellungen »Army of Lovers« und »Tally Brown New York«, ich bekam glänzende Presse. Der »Tally«-Film wurde am Jahresende von einem New Yorker Kritiker zu einem der zehn besten Filme des Jahres gewählt.

1. Juni *Dreh Charlotte beendet, ich falle in ein Loch. Die Abende sind am schlimmsten, dann schleicht sich schnell die Einsamkeit ein. Draußen ist es kalt und naß. Natürlich kann ich mich mit Leuten verabreden, kann ins Kino gehen, aber ich laufe dann nur für kurze Zeit*

vor mir weg. Vielleicht muß ich lernen, meine Einsamkeit zu genießen, mich ganz reinfallen zu lassen und zu lesen, nachzudenken, mich zu freuen, daß ich lebe.
Mein Zimmer ist so ruhig, ich höre nur das Geräusch des Computers unter dem warmen Licht meiner Stehlampe. Der Fahrstuhl geht wieder nicht, und Mutti schimpft, weil sie die drei Treppen schlecht runterlaufen kann und sich eingesperrt fühlt. Ich habe meinen Vertrag mit dem Fitneß-Studio um ein Jahr verlängert.

Verabredung mit dem attraktiven Produktionsleiter von Wim Wenders. In seinem Büro stehen Wenders' Filmtrophäen, die Dinger sehen unbeschreiblich häßlich aus. Die »Goldene Palme« von Cannes, klein, popelig und geschmacklos. Nur der »Löwe« der Filmfestspiele in Venedig sieht niedlich aus. Wenders dreht zur Zeit mit Otto Sander die Fortsetzung von »Himmel über Berlin«.
Natürlich bin ich neidisch, als ich von riesigen Produktionssummen, Videoverkäufen und Auslandsverkäufen höre.
Dagegen backe ich ganz kleine Brötchen, aber ich bin froh, daß ich arbeiten darf. Wenders hatte sich bei meinem »Anita«-Film mit einer kleinen Summe beteiligt, und ich hoffe darauf, daß er das auch bei meinem neuen Film tut.

Im Januar 1980 zog ich von Frankfurt nach Berlin, Mike zuliebe. Ich war aus Berlin weggezogen, weil ich sie kalt und aggressiv fand. Es war eine schwierige Zeit; ich hatte das Gefühl, daß mich alle meine alten Freunde dafür haßten, daß ich es geschafft hatte, in New York zu überleben. Trotzdem waren New York und Berlin in ihrer subkulturellen Blüte ähnlich. In Berlin entstand interessante neue Musik, überall kleine Bands, die in billigen Kellern probten. Die heftigen, wilden Maler, Salomé, Middendorf, Fetting setzten sich langsam weltweit durch. Eine neue Generation von Hausbesetzern und Punks hielt Kreuzberg in Aufruhr. Plötzlich kam ich mir mit meinen 37 Jahren sehr alt vor und fand es peinlich, so zu tun, als ob ich noch der alte Provokateur wäre. Ich hatte gerade vom Berliner Senat eine hohe Summe Filmförderung für »Rote Liebe« bekommen und bereitete meinen teuersten Film ausgerechnet über eine russische Revolutionärin vor.

Eine perverse Sache. Ich kam mit dem vielen Geld irgendwie nicht zurecht, es lag mir nicht, saubere große Filme zu machen. In meinem Herzen blieb ich der alte Schmutzfink.
Mike liebte Berlin über alles. Hier blühte er auf und entschloß sich, Deutsch zu lernen. Bislang hatte er sich heftig gegen die deutsche Sprache gewehrt, hatte Angst, daß sich andere über ihn lustig machen könnten. Um so erstaunter war ich, als er ein Jahr später plötzlich von einem Tag auf den anderen perfekt Deutsch sprach. Heute ist er in vielem sprachlich genauer als ich, kann mich in meinen Filmtexten auf Fehler aufmerksam machen und sie korrigieren.
In meiner neuen Wohnung schafften wir uns viele Tiere an. Das erste war eine Pythonschlange, die wir in einem riesigen Terrarium hielten. Sie wuchs und wuchs, bis ich Angst bekam. Zu meinem Geburtstag schenkte er mir einen Waschbären, der mich sofort biß, in mein Bett schiß und nachts die Wohnung aufräumte. Dann war da noch Bully, der Papagei, der sehr aggressiv sein konnte und vor allen Dingen eifersüchtig. Er saß auf einem Holzgerüst, in luftiger Höhe im Wohnzimmer, wartete, bis ich vorbeiging und flog dann im Sturzflug auf meinen Kopf, biß mich, und flog lachend zurück. Dann wollte ich unbedingt einen Leguan, den ich auch bekam, und eine Zeitlang hatten wir Piep und Pup, zwei Zwergpapageien, und Schneeweißchen und Rosenrot, Nymphensittiche, und einmal eine Katze in Pension, die die kleinen Vögel jagte, während die Schlange auf den Papagei scharf war. Ich hatte eine Videokamera installiert und wartete ungeduldig auf ein Drama, das aber nie eintrat. Dann hatte ich noch meine Lieblingsmaus Mathilde, die ursprünglich der Schlange zum Fraß vorgeworfen worden war, aber auf eigenartige Weise mehrere Tage überlebte, und so bekam sie einen Extrakäfig; aber meist saß sie auf meinem Kopf und baute sich ein Nest. Mike liebte die Tiere und hegte und pflegte sie, ich ärgerte sie oft und machte sie aggressiv. Mike haßte mich dafür, er setzte sich tagelang in den Waschbärkäfig und versuchte ihn zu zähmen, was ihm aber nicht gelang. Mike und ich hatten einen sehr unterschiedlichen Rhythmus. Ich schlief meist kurz nach Mitternacht ein, und stand gerne früh auf. Mike liebte es, die ganze Nacht zu lesen, zu trinken

oder mit jemandem angeregt zu schwatzen. Er stand gerne erst am Nachmittag auf. Es war trotzdem ein schönes Gefühl, am Tag um sein Bett zu schleichen und den Geliebten tief in Träumen versunken zu beobachten. Es war wunderbar, mit ihm zu leben.

Für die Dekoration von »Rote Liebe« hatte ich einen hervorragenden Filmarchitekten engagiert, Uli Bergfelder, der in einer alten Brauerei mehrere Räume stilecht in der russischen Avantgarde aufbaute. Bunte kubistische Möbel, Tapeten mit Kornähren und Wagenrädern, Teppiche mit konstruktivistischen Mustern, Geschirr mit roten Sternen. Sascha, Nina Hagens vollbusige Freundin, die die Hauptrolle spielte, stellte mir einen Freund, den Musiker Mark Eins vor, einen blonden schlacksigen Burschen, der mir gefiel. Ich war froh, daß ich nicht mehr selbst spielen mußte, und engagierte ihn spontan für die Hauptrolle als Wladimir, konnte aber nicht ahnen, daß meine Entscheidung absolut falsch war. Sascha und Mark waren bei den Dreharbeiten sehr willig und bemüht, doch total unbegabt. Beide klammerten sich an die Drehbuchtexte, sprachen sie sehr dilettantisch und waren unfähig, frei zu improvisieren, damit sie etwas natürlicher kamen. Ich verlor schnell die Lust an ihnen. Ich hatte eine wunderbare Dekoration, einen genialen Kameramann, der glänzende Bilder machte, aber ich war unfähig, die Hauptdarsteller zu führen. Abbrechen konnte ich den Film nicht mehr. Finanziell war alles vorausgeplant. Ich mußte durchhalten. Ich sehnte mich nach der kreativen Nina Hagen, aber die war unauffindbar.

Eddie Constantine spielte einen alten Kommunisten. Wir drehten die Szene in einem kleinen Zirkus, ein Kamel spuckte ständig ins Bild, während die Darsteller das Lied: »Wir sind alle Brüder . . .« sangen. Um die Geschichte aufzupeppen, hatte ich viel Musik vorgesehen. Ich benutzte viele interessante Bands der Stadt, wie Manja D, Betoncombo, den Teufelsgeiger Jakob Lichtmann und vor allem die Gruppe »Ideal« mit der Sängerin Annette Humpe, die bald berühmt werden sollten. Annette hatte für mich vier gute Lieder geschrieben und ich machte den Fehler, daß ich die Musik zuerst kaufte, dann aber die Rechte der Gruppe wieder zurückgab, so daß ich an dem späteren sensationellen Erfolg der ersten Platte von »Ideal« nicht partizipieren konnte.

Mike und Rosa

Filmplakat (Entwurf: Hauke Sturm)

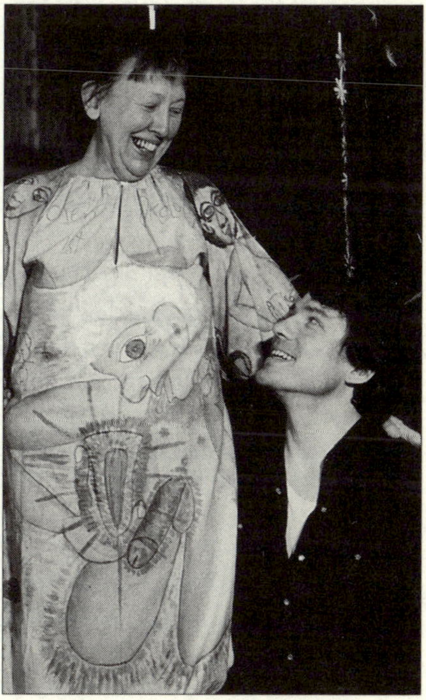

Helga Götze und Rosa in »Rote Liebe«

Für eine schöne Nebenrolle hatte ich Wolfgang Neuss oder Wolf Biermann vorgesehen, die beide absagten. Durch einen Zufall lernte ich dann den Sänger Iwan Rebroff kennen. Er hatte mich in sein kleines Schloß in der Nähe von Frankfurt eingeladen. Rebroff ist ein glänzender Unterhalter; der korpulente bärtige Mann warf sich sofort in wallende Gewänder und tuntete auf herrliche Weise herum, parodierte in den mädchenhaftesten Tönen berühmte Soubretten und stellte mir einen sehr kräftigen Bundeswehrsoldaten vor. Ich fand den Typen auch nicht ohne und arrangierte es, daß ich irgendwann an dem Wochenende mit ihm im Turmzimmer alleine blieb und ihm einen blies. Er hatte eine Frau und zwei Kinder, verehrte Iwan Rebroff über alles und war selbst von sich erstaunt, daß er schwule Gefühle bei sich entdecken konnte. Später sagte der Manager von Rebroff die Filmrolle ab. Er hatte wohl Angst vor einem Imageverlust, denn er machte zu der Zeit viel Geld mit Kirchenkonzerten.
Kurz vor Schluß flogen Hauptdarsteller und Team nach Frankfurt, wo wir in einer kuriosen Villa bei einem schwulen Zahnarzt drehten. Er hatte sich sehr kitschig eingerichtet, das Bad in Form einer riesigen goldenen Muschel. Dort inszenierte ich eine sehr gewagte Liebesszene, von der ich selbst bei Ansicht der Muster nicht genau feststellen konnte, ob meine Darsteller Sascha und Mark nun echt gefickt hatten oder nicht. Der Hausbesitzer betrank sich derweil in den unteren Räumen und wurde immer wütender über die heterosexuelle Szene, mit der wir seine kostbare Wanne entweihten, so daß er uns vorzeitig rausschmiß. Am Ende des Films sollte Sascha Mark bestialisch ermorden. Der Kameramann Mike Kuchar hatte einen Schlauch, durch den Kunstblut fließen sollte, auf ein Plastikschwert geklebt, und filmte den Mord so geschickt, daß er erschreckend echt aussah. Trotzdem rettete auch diese Szene den Film nicht. Wir zeigten den fertig geschnittenen Film irgendwann im Sommer einem kleinen gutwilligen Freundeskreis. Alle verließen schweigend die Vorführung, stumm vor Entsetzen. Mein teuerster und schlechtester Film, hieß es überall. Ich fühlte, daß ich Scheiße gebaut hatte. Ich begann zu fressen, vergrub mich in eine tiefe Depression und sah das Ende meiner Filmkarriere gekommen.

Frank Ripploh feierte unterdessen Triumphe. Er bekam viele Preise für »Taxi zum Klo« und hatte Rekordergebnisse weltweit an den Kinokassen. Ich erblaßte vor Neid. Werner Schroeter machte weiterhin gute Filme und war ständig in der Presse, weil er in einem Interview gesagt hatte, daß er sich wünscht, man legte Franz Josef Strauß eine Bombe in die Weißwurst. Daraufhin entzog man ihm eine Operninszenierung in Augsburg, er wurde aber entschädigt mit weiteren Preisen für seinen großen Film »Palermo oder Wolfsburg« und später für seinen glänzenden Dokumentarfilm »Generalprobe«. Elfi Mikesch drehte einen wunderbaren Film über alte Leute, »Was sollen wir denn machen ohne den Tod«.
Eines Tages verschwand unsere Schlange. Mike hatte sie im Suff freigelassen, und wir suchten sie drei Tage und Nächte. Zum 75. Geburtstag meiner Mutter hatte ich eine Überraschungsparty mit all ihren alten Berliner Freunden arrangiert. Ich hatte sie am Tage zu einem Spaziergang entführt, und Mike hatte ihre alten klapprigen Freunde zu einer Kaffeetafel bei uns abgeholt. Ich freute mich an Muttis gerührtem Gesichtsausdruck, als ich sie ins Wohnzimmer führte. Da saßen sie nun, die Überlebenden unterschiedlicher Abschnitte ihres langen Lebens. Der alte Richter, der meinen Vater noch aus seiner Jugend in Ostpreußen gekannt hatte und der nun so senil war, daß er dieselben Witze dreimal hintereinander erzählte, die alte Verkäuferin, die meiner Mutter in der schwierigen Nachkriegszeit immer was zugesteckt hatte, und ihre beste Freundin aus Teenagerzeiten. Leider hatte ich meine Videokamera nicht angestellt, denn inzwischen lebt außer meiner Mutter niemand mehr von ihnen.

14. Juni *Traf im Pornokino einen kräftigen blonden Südländer mit blauen Augen, der sich mir später als Alphonso vorstellte. Er erschien mir wie ein Engel in diesem stinkenden Loch. Das Kino war erstaunlich voll. Auf der Videoleinwand ein Typ mit Riesenschwanz, der sich von zwei Weibern bedienen ließ. Ich folgte ihm vom Heterokino zum Schwulenkino, die durch einen dunklen Raum verbunden waren. Als er zurückkam, berührten wir uns. Ich fühlte seinen kräftigen Schwanz und seinen muskulösen Körper. Es ist immer ein spannendes Gefühl, ob es mit einem Fremden klappt oder nicht. Ich folgte ihm aufs Klo.*

Er war sehr aufgeregt und legte langsam seinen Rucksack ab, ich steckte meine Brille ins Hemd. Er sagte: Wollen wir nicht woanders hingehen? Auf dem Weg zu mir starrte er mich an, schien mich erkannt zu haben. Mir ist das immer unangenehm, einige reagieren dann ängstlich und ablehnend. Bei mir bot ich ihm Wein an, und er rauchte hektisch. Ich machte ein Psychospiel mit ihm und fragte ihn, was ihm spontan für ein Gewässer einfallen würde. Er anwortete mit einem nächtlichen Meer, in das er tief hineintauchen würde, um dort einem Ungeheuer zu begegnen. Bin ich sein Ungeheuer?
Plötzlich und ohne daß wir uns berührt hatten, sagte er, daß er gehen müsse. Ich war sehr enttäuscht und frustriert, war so geil auf seinen starken Körper. Ich setzte mich an den Computer und versuchte zu schreiben.
Nach einer halben Stunde klingelte es, und es war Alphonso, der wiedergekommen war, sich entschuldigte, und mich sofort aufs Bett zerrte, hart anpackte. Ich bekam Angst, dachte, er sei auf Droge oder geisteskrank.
Dann zog er meine Socken aus, und massierte zärtlich meinen Fuß und verbot mir jegliche Aktivität. Schließlich waren wir nackt und wichsten und küßten, aber er war seltsam ruppig und irgendwo auch distanziert. Es dauerte sehr lange, weil wir beide vor Aufregung nicht so potent waren, und ich schämte mich für meinen dicken Bauch, der besonders herausquoll, als er mir den Arsch ausleckte. Er steckte mir zwei Finger in den Arsch, und ich genoß es, ihn zu blasen, dann an seinem Arsch zu liegen und morgens mit ihm aufzuwachen. Er stürzte sich erneut über mich.
Es war eine anstrengende Nacht gewesen, und ich war froh, als er ging. Er schrieb seine Nummer an meine Wand, ich meine auf seine Hand.

Ich ging zur Ausstellungseröffnung aus Anlaß des zehnjährigen Todestages von Fassbinder, mit unzähligen Exponaten. Alle waren da. Seine Mitarbeiterin Juliane Lorenz hatte fast alles Schwule aus seinem Leben entfernt. Der tote Fassbinder wirkte brav und gesellschaftsfähig.
Im Schwulen-Fernsehen hat Ades Zabel über seinen neuen Film berichtet, wo er einen Mann mit der Schaufel erschlägt, der im Grab liegt und wieder lebendig wird. David fragte: An wen hast du denn bei dieser Szene gedacht? Ades: an einen bekannten homosexuellen Filmemacher.

DIE KÖNIGIN DER STATISTEN

Nach meinem Desaster der ersten Version von »Rote Liebe« wollte ich einen neuen, diesmal ganz billigen Film machen, den mir das hessische Fernsehen für 80 000 Mark produzieren wollte. Es war die Idee von dem »Frauenstück«, das ich für Boy Goberts Theater konzipiert und später zu einem erfolgreichen Hörspiel mit dem Titel »Frauen zwischen Hitler und Goethe« gemacht hatte. Ich hatte das Hörspiel auf Schloß Ziegenhain in der Nähe von Frankfurt aufgenommen. Einst hatte hier Goethe seine Wahlverwandtschaften geschrieben, und direkt neben dem Schloß waren die Überreste eines Führerhauptquartiers von Hitler zu besichtigen. Ich hatte fünf ältere Frauen für ein Wochenende auf das Schloß eingeladen und nahm alle ihre Gespräche auf Tonband auf. Da alle Frauen sehr verschieden waren, gab es schnell Konflikte, die ich voyeuristisch genoß.

Nach dem großen Erfolg des Hörspiels plante ich einen Film, wollte aber nur die elegische Inka und die politische Maria übernehmen und suchte jetzt nach drei neuen, verrückten älteren Frauen. Zuerst fiel mir meine Tante Luzi aus der Bettwurst ein, ein Improvisationstalent. Dann traf ich in Frankfurt auf die ehemalige Kriminalreporterin Madlen Lorei. Ein gestandenes Weib von Anfang Sechzig, die gerade pensioniert war. Ihr Wahlspruch war »Meine Leichen leben noch«. Sie erzählte von den Mordfällen im Nachkriegs-Frankfurt. »Ich kannte jede Leiche in Frankfurt«, sagte sie mir stolz. Sie berichtete von der berühmten Nutte Nitribitt, die auf bis heute ungeklärte Weise ermordet wurde, und von einem Mordfall, wo einer seine Frau einbetoniert hatte. Ihre grauenhafteste Geschichte war, als sie mit einem neuen Hut direkt nach der Währungsreform an einen Tatort kam. Ein Sprengmeister hatte sich selbst in die Luft gejagt, und sie schaute sich mit den zuständigen Herren von der Mordkommission im Raum um. Plötzlich tröpfelte es von der Decke auf ihren neuen Hut. Sie schimpfte: Mein neuer Hut, solche Schande und bemerkte dann, daß es das Gehirn des Sprengmeisters war, das sich langsam von der Decke löste. Madlen lebte offen lesbisch und war sehr dominant, ein kesser Vater, wie man so schön sagt. Sie

hatte einen Witz, der viele schockierte, mich aber sofort begeisterte. Ich überredete sie zu einem Besuch in Berlin, wo ich alle schrägen Frauen bei mir in der Wohnung für eine Woche zusammenbringen wollte, um Probeaufnahmen zu machen.
Durch den Berliner Journalisten Bernd Lubowski, der mich auch mit der Künneke zusammengebracht hatte, hatte ich von der Königin der Filmstatisten gehört, wie er sie in einem Zeitungsartikel nannte. Er meldete mich bei der Dame zum Frühstück an. Sie wohnte nur zwei Straßen von mir entfernt. Ein kleine, dicke theatralische Person begrüßte mich mit solch aufgesetzter Freundlichkeit, daß ich zurückwich. Ich hasse es, wenn Menschen Masken tragen.
So begegnete ich Lotti Huber. Sie erzählte von ihrem aufregenden Leben, hatte schwere Zeiten hinter sich, war nach dem Tode ihres Mannes viele Jahre von einem Berliner Kaufhaus zum anderen gezogen und hatte für einen Kräuterschnaps geworben. Ein harter Job, der sie aber überleben ließ, denn ihr englischer Mann hatte ihr kein Geld und keine Pension hinterlassen. Mit 17 Jahren hatte sie im Nazi-Deutschland von einer Karriere als Tänzerin und Schauspielerin geträumt, aber damals durften Juden nicht einmal als Besucher ein öffentliches Theater betreten. Sie emigrierte, tanzte in Kabaretts in Palästina, heiratete einen britischen Oberst und zog mit ihm nach Zypern, wo sie ein Hotel und dann ein Restaurant aufmachte. In den sechziger Jahren kam sie mit ihrem zweiten Ehemann wieder zurück nach Berlin. Hier eröffnete sie in ihrer großen Wohnung eine Schule der Dame, gab Tanzunterricht für frustrierte Hausfrauen und fing schließlich als Statistin beim Film an. Ihre erste Rolle war im »Gigolo« mit David Bowie, wo sie ein paar Sekunden an ihm vorbeitanzen durfte. Das erzählte mir Lotti sofort alles, bei einem kleinen Frühstück in ihrer großen Wohnung. Im Hintergrund hörte ich eine junge Männerstimme, die ein englisches Lied sang. Ich kannte die Stimme von irgendwo her und erstarrte. Das war doch nicht ... ja, es war Michael Wright aus San Francisco, meine unglückliche dramatische Liebe. Was machte der hier? Lotti erklärte mir stolz, er lebe bei ihr als Untermieter, nachdem er sich von der Künneke getrennt hatte, und schrieb jetzt an einem Musical.

Luzi, Maria, Inka, Madlen, Lotti (»Unsere Leichen leben noch«)

Rosa und Lotti (»Unsere Leichen leben noch«)

Ich floh in Panik. Um Gottes willen, der war der letzte, den ich wiedertreffen wollte.
Ein paar Monate waren ins Land gegangen, ich konnte Lotti nicht vergessen. Ich wollte sie vor meiner Videokamera testen und lud sie diesmal in meine Wohnung ein. Sie kam in einem riesigen Walla-Walla-Kleid angewackelt, mit einer Flasche Sherry im Arm. Ich frage sie sofort nach ihrem Sexleben aus, wie ich das bei den meisten Menschen mache, die ich noch nicht kenne. Fast alle geben mir bereitwillig Auskunft, viele sind froh, wenn sie so direkt gefragt werden, und fast jeder hat Lust, über diesen wichtigen Teil seines Lebens Auskunft zu geben.
Lotti antwortete geschickt mit Oskar Wilde: Fragen sind nie unanständig, Antworten bisweilen. Später berichtete sie mir, wie sie in den Wechseljahren eine Hormonspritze bekam und ihren Untermieter, eine kreischende Tunte, zum Abendessen einlud. Plötzlich bemerkte sie, daß ihre sexuelle Lust nach vielen Jahren wiedererwacht war. Der arme Mann mußte ihren gierigen Blick sofort bemerkt haben, denn er floh in Panik, wie sie lachend erzählte. Sie setzte die Spritzen ab, und ihre Geilheit verschwand so urplötzlich, wie sie gekommen war. Seitdem ist sie froh, daß sie mit Sex nichts mehr zu tun hatte. Sie sublimiert und spart sich Sex und ihre Erotik für ihr Publikum auf. Ja, Lotti wirkte auf mich erotisch. Sie strahlt so viel Wärme und Lebenskraft aus. Ihre wohlige Körperfülle fühlt sich sehr angenehm an, wenn ich sie zum Abschied fest umarme. Inzwischen war ihr Untermieter, mein ehemaliger Liebhaber, wieder ausgezogen, und ich konnte sie sorglos besuchen. So entstand die vielleicht wichtigste und schöpferischste Freundschaft meines Lebens. Sie hielt über zehn Jahre.
Alle Damen lud ich zu Probeaufnahmen für meinen neuen Film »Unsere Leichen leben noch« in meine Wohnung ein. Ich hatte eine Videokamera im Wohnzimmer aufgebaut und ließ sie Tag und Nacht laufen. Lotti konnte sich elegant wehren, wenn Madlen über ihren großen Arsch anzügliche Bemerkungen machte. »Mein Arsch ist mein Kapital«, pflegte Lotti dann zu sagen.
Maria, eine ehemalige Tänzerin und kulturpolitisch in Frankfurt sehr aktiv, war eine alte Kommunistin. Maria und Madlen, die

sich beide seit den fünfziger Jahren kannten, hatten sich schon damals politisch gefetzt. Madlen verteidigte trotz ihres Lesbischseins die CDU und die katholische Kirche. Beide stritten sich bis tief in die Nacht. Luzi regte sich auf, daß alle Frauen soffen und rauchten. Sie wollte lieber ins »Café Keese«, zum Ball der einsamen Herzen, tanzen gehen. Inka, eine elegische, immer noch sehr attraktive Frau, berichtete von ihren erotischen Abenteuern mit viel jüngeren Männern. Sie fand es sogar ekelhaft, wenn Madlen von ihren lesbischen Abenteuern berichtete. Nach Unmengen Alkohol heulte sich Inka bei meinem Mike aus, der wie immer den Ton beim Film machte. Sie hoffte insgeheim, daß sie den sanften Mike ins Bett zerren könnte, und bedauerte, daß so viel Schwule um sie herum waren. Mike war von unglaublicher Geduld und Güte. In Krisenfällen verließ ich einfach das Haus, und Mike glättete jeden Streit. Seine Diplomatie rettete viele meiner Filme.
Die Frauen verließen kaum meine Wohnung, soffen bis spät in die Nacht und frühstückten erst am Nachmittag. Ihre kuriosen Lebensgeschichten und Anekdoten könnten Bände füllen. Madlen erzählte von einem Sexanruf. Ein Unbekannter teilte ihr nachts am Telefon mit, daß er sie gerne ficken wolle. Sie stimmte freudig zu und meinte fragend, ob er wohl ihre fünf Stockwerke hinaufschaffen würde, dann würde sie mit offenen Beinen daliegen und ihm dann – den Schwanz und die Eier abschneiden. Der Anrufer sagte entsetzt: Sie ordinäre Person und legte auf. Meine Lebensgeister waren angeregt. Das war mein Thema, denn ich liebte alte Damen, und sie liebten mich. Ich konnte mir jedoch nicht vorstellen, daß ein Film über fünf alte Schachteln irgendwelche kommerziellen Chancen haben könnte. Ich schrieb alle Texte vom Video ab, wählte die besten Gespräche aus und machte mir ein Konzept für den eigentlichen Dreh.

19. Juni *Alphonso, mein feuriger Südländer, hat am Donnerstag angerufen. Ich war sehr überrascht, denn die wenigsten rufen selbst nach einer heißen Nacht wieder an. Falscher Stolz, Angst, Verklemmtheit. Mir geht es ähnlich. Ich lud A. sofort zu einem Ballettabend von Bejarts »Ring um den Ring« für den nächsten Abend ein.*

Wir trafen uns kurz vor 18 Uhr vor der Deutschen Oper.
Ich hatte schon vergessen, wie A. aussah. Er kam auf mich zu, klein, etwas gebückt, mit einer blonden Strähne, kantigem Gesicht und einer stark gebogenen Nase. Er erinnerte mich an Statuen von römischen Imperatoren. Während des Balletts drückte ich mein Bein an seins, und erst nach längerer Zeit wagte ich es, meine Hand auf sein Knie zu legen. Er schien darauf gewartet zu haben. Ich war selig. Wir konnten uns beide nicht mehr auf die Bühne konzentrieren.
Wer ist er? Was macht er beruflich? Er kommt mir sehr verrückt und unheimlich vor. Wir liefen zur Leibnizstraße und setzten uns draußen vors »AxBax« und aßen etwas, er sehr wenig. Dann gingen wir zu mir, eigentlich hatte er mich zu sich nehmen wollen, in seine kleine Bude nach Neukölln, wegen seiner Katze. Ich machte Musik an, und wir lagen auf dem Bett und tranken.
Wir versuchten Sex, und er sagte irgendwann, daß es bei ihm nicht sofort klappt, wenn er jemanden sehr mag, daß er Zeit braucht und es dann bestimmt klappen würde. Ich fragte ihn nach Aids, und er sagte, daß sein letzter Test vor einem Jahr negativ gewesen sei. Er hätte zehn Jahre in Hamburg gelebt und wäre seit drei Monaten in Berlin. Bisher war er immer in Beziehungen. Ich schätzte ihn auf 30. Es wurde eine berauschend zärtliche Nacht.
Am Sonnabendmorgen sind wir gemeinsam zur Schwulen-Demo gegangen, die so groß wie noch nie war. 25 000 Lesben und Schwule, aber diesmal sehr unpolitisch und kommerziell. Überall diese jungen, frischen, tanzenden Technojungs.
Ich hatte A. lange überreden müssen mitzugehen. Hatte er Angst, als Schwuler erkannt zu werden? Er erzählte mir, daß er mit Jugendlichen arbeiten würde, die sein Schwulsein nie akzeptieren würden.
Plötzlich entdecke ich am Anfang der Demo vor einer Ampel den Filmstar, mit dem ich seit einiger Zeit im Streit lag, mit zwei großen Einkaufstüten und geilen Shorts. Ich dachte für einen Moment, daß es spannend sein könnte, ihn auf unseren Streit anzusprechen. Sein Anwalt hat 30 000 DM Schmerzensgeld gefordert – für welche Schmerzen? Später einigten sich unsere Anwälte auf 10 000 DM, die er an eine Aids-Organisation stiften wollte. Ich war inzwischen zu erschöpft, um zu kämpfen, erfuhr keine Solidarität in der Schwulenszene und wußte, daß die Presse einen Prozeß nur unseriös ausschlachten würde. Ich

wollte mit Outing nichts mehr zu tun haben. Später erzählte man mir, daß der Star hier eine Szene für einen Film drehte.
A. verließ mich nach einer Viertelstunde. Ich traf auf Mario, der gerade angefangen hatte, neben AZT auch DDI zu nehmen, und er fühlte sich nicht sehr gut dabei, weil er, wegen einer Entzündung im Ohr, auch Antibiotika schluckte.
Act up hat zu einem Sterbehappening aufgerufen, und Hunderte legten sich am Breitscheidplatz mit Nummern auf die Fahrbahn, um an die 700 in Berlin verstorbenen Menschen mit Aids zu erinnern.
Ich begann, A. zu vermissen.

Zwischendurch machte ich ein Hörspiel über die Anarchistin Emma Goldmann.
Ich hatte ihre Memoiren verschlungen, die sie in den dreißiger Jahren geschrieben hatte. Ihre große Zeit war Ende letzten Jahrhunderts in Amerika gewesen, wo sie als rote Emma großes Aufsehen erregt hatte und als gefährlichste Frau der Welt verfolgt wurde, weil sie an einem Mordanschlag auf einen Fabrikbesitzer beteiligt gewesen war und mit Leidenschaft gegen jede autoritäre Gesellschaft kämpfte. Ich war begeistert von ihrem Konzept einer selbstbestimmten Welt und plante auch einen Film. Der Stoff war inzwischen hochaktuell geworden, denn in Kreuzberg machte die Hausbesetzerszene auf sich aufmerksam und verteidigte sich mit anarchischen Idealen. Die Polizei antwortete mit Brutalität.
Für die Rolle der Emma in meinem Hörspiel suchte ich eine geeignete Sprecherin und fand sie in einer Punksängerin. Die Gruppe hieß »Unlimited Systems«, und die Sängerin, die ihre Texte schrie und zu experimenteller Musik auskotzte, war Marianne Enzensberger. Sie war mit Ulrich, dem jüngsten Bruder des Dichters Hans Magnus Enzensberger verheiratet, damals aber gerade mit ihrem Gitarristen liiert.
Sie hypnotisierte mich. Ich spürte in ihr eine Medusa Uzo oder eine Marianne Schmidt Vulva, wie ich sie später scherzhaft nannte. Zuerst beantwortete sie keinen meiner Anrufe, doch schließlich erschien sie zu meinem 38. Geburtstag. Es wurde das größte Fest, das ich bis dahin gegeben hatte. Tout Berlin war anwesend.

Die heißeste Band der Stadt, »Einstürzende Neubauten«, spielten in meiner Wohnung markerschütternd auf. Bettina, eine geile Transsexuelle, sang russische Lieder. Straßensänger und abgetakelte Operndiven drängelten sich auf meine improvisierte Bühne, Filmprominenz vermischte sich mit Punk. Zum Schluß ritzten sich einige Drogenfreaks die Arme auf und beschmierten Mikes Zimmer mit Blut. Mike rastete aus.

Am 10. Dezember 1980 wurde John Lennon erschossen. Ich hatte ihn noch nie leiden können.

Ich lernte Helga Götze kennen, die Sex-Göttin von Berlin – ein denkwürdiges Ereignis, denn sie rettete meinen Film »Rote Liebe«.

Helga steht noch heute, mit 70 Jahren, jeden Nachmittag an der Gedächtniskirche und singt ihre frechen Lieder, hält lange Monologe, in denen sie Fick- und Schmusestuben für die Jugend fordert, und bietet sich selbst immer wieder als Priesterin der Liebe an. Helga war vor zwanzig Jahren, nach dreißigjähriger Ehe und sieben Kindern, aus ihrem bürgerlichen Alltag ausgebrochen und hatte sich entschlossen, ihre Sexualität radikal zu leben. »Ich habe ja den Schwanz meines Mannes nie gesehen oder angefaßt«, sagte sie. Alles ging immer nur im Dunkeln. Zuerst setzte sie Anzeigen in die Zeitung. »Hausfrau sucht Kontakte.« In der Mansarde ihres Familienhauses empfing sie die ersten Interessenten. Es war auch ein Priester darunter. Dann zog sie in die Innenstadt nach Hamburg, stellte sich auf die Straße oder in die U-Bahn, hielt dort Vorträge und wurde in Talkshows eingeladen. Da lernte ich sie kennen. Ihr erstes Buch hieß: »Supersau oder eine deutsche Hausfrau«.

Ich fragte Helga drei Stunden lang vor der Videokamera über ihre radikalen Ideen aus. Die alte Frau zeigte mir stolz ihre alten, schlaffen Brüste. »Die sind weich wie Pudding und haben sieben Kinder genährt, aber manche mögen Pudding« sagte sie lachend. »Meine Möse riecht wie alter Käse oder alter Wein, den mag man doch auch erst, wenn er richtig abgestanden ist.« Sie erzählte, daß sie einmal für einen KZ-Film als Statistin engagiert war. Sie sollte mit vielen alten krummen und schiefen Gestalten nackt agieren. Da fiel ihr auf, daß man zwar alte knorrige Bäume bewundert, aber junge stramme Birken langweilig findet. Sie sang und schrie ihre Gedichte, kotzte ihre Wut auf ihre Mutter raus und erzählte von ihren Kindern, von denen sich die meisten von ihr zurückgezogen hatten. Sie berichtete lachend von einem Geliebten, der nach dem Sex mit ihr erst einmal gekotzt hätte.

Ich war begeistert von Helgas Intensität. Ihre Devise der letzten zwanzig Jahre: »Ich will ficken und sonst gar nichts. Ficken ist Kernkraft, Ficken ist Energie.« Sie sagte den jungen Leuten, daß Sex mit den Großeltern viel toller sei, als mit langweiligen Gleichaltrigen, und sie bietet sich selbst an, die Jugend zu unterweisen. Man lernt doch Autofahren, also muß man auch Ficken lernen.

Ich bekam plötzlich die Idee, Helga Götze, diese moderne Sexaufklärerin, in meinen Film »Rote Liebe« einzubauen und Teile des Videogesprächs mit ihr mit dem vorhandenen Filmmaterial zu mischen. Sie würde eine wunderbare Ergänzung zu der Geschichte der alten Feministin Alexandra Kollontai sein, die sich in und nach der russischen Revolution für sexuelle Freiheit eingesetzt hatte. Damit hoffte ich, meinen verkorksten Film wieder interessant zu machen. Ich erzählte Helga Götze sofort von meinem Plan. Sie sah mich streng an und meinte, daß sie nur zustimmen würde, wenn ich mit ihr ficke, sonst nicht. Nicht Geld oder gute Worte seien wichtig, nur das Ficken.

Ich war sehr verwirrt.

Ich schrieb ihr lange Briefe und versuchte, immer neue Argumente zu finden, um mich aus der Pflicht zu nehmen. Doch nichts brachte sie von ihrem Plan ab. Sie blieb stur, ließ mich zappeln, und die Zeit verging.

Mit Mike redete ich zum ersten Mal offen über unser Sexleben. Ich beichtete ihm, daß ich in meinen jungen Mitarbeiter George verliebt war, er gestand mir, daß er seinen Deutschlehrer Klaus unglücklich liebte. Mike wollte, daß ich ihm eine Nebenbeziehung gestatte. Er hätte so vieles nachzuholen, denn ich sei ja sein erster Mann gewesen und er fände es wichtig, neue Erfahrungen zu machen. Ich erklärte ihm, daß ich Angst hätte, er könne mich verlassen, und wir begannen unser gemeinsames Sexleben wieder etwas zu aktivieren. Ich sagte ihm aber nicht, daß ich schon seit geraumer Zeit nebenbei Sex hatte, und mit der Zeit brauchte ich immer mehr sexuelle Abwechslung, die ich vor ihm zu verbergen suchte. Ich war zu verlogen und eifersüchtig, um ihm das gleiche zu gestatten, was ich so selbstverständlich für mich beanspruchte.

24. Juni *Trotz leichter Kopfschmerzen, die Hitze brennt durch die Fenster, bin ich sehr glücklich. Ich glaube, ich bin wieder verliebt.*
Ich fühle, daß Alphonso mich sehr mag. Er ist so anders als die meisten, die ich aus der Schwulenszene kenne, anders auch als die meisten meiner Liebhaber. Er hat einen starken Willen. Er ist ein Fels und ich das tosende Meer.
Ich habe keine Ahnung, ob wir irgendeine Chance haben, aber ich genieße es, das es jemanden gibt, auf den ich mich beziehen darf, der es zuläßt.
Ich genieße die Zärtlichkeit seiner Hände und sein dichtes blondes Haar auf seinen Armen. Ich kaufte für ihn Liebesgedichte von Kavafis. Ich sehe ihn heute abend.

»UNSERE LEICHEN LEBEN NOCH«

Im April 1981 entschloß ich mich von einem Tag auf den andern, ohne Mike nach New York zu fliegen. Die ersten Nächte schlief ich kaum, es gab so vieles nachzuholen. Mit Ed besuche ich den »Hellfire Club«, einen hetero-schwul gemischten Sado/Maso-Schuppen. Dicke schwarze Frauen saßen nackt mit kleinen Folterinstrumenten beisammen. Ein alter Maso kroch am Boden und leckte ihre Füße. Eine schöne Frau führte eine andere am Halsband. Zwei andere Frauen masturbierten in einem Sessel. Eine ältere Frau leckte einem Schwarzen den Arsch. Einige Paare verglichen ihre eleganten Koffer, in denen sie Kunstschwänze, Peitschen und Handschellen aufbewahrten. Das wirkte so betulich wie eine englische Teeparty.
Ich wohnte wieder im Chelsea-Hotel. Verückte, bunte Vögel stritten sich auf den großen Fluren. Offene Türen, hinter denen Drogendealer warteten. Rockmusiker schleppten ihre Instrumente

herum. Ich ging gegenüber ins YMCA und machte Sport. Im Dampfraum traf ich auf scharfe Supermänner. Ein Tätowierter rasierte sich mit einem großen Messer. Er wollte mich ficken, ich bekam Angst und lief weg. Am Ende der Christopher Street ging ich in ein altes Warehouse, in dem Tag und Nacht Schwule Sex haben. Ein riesiger, ehemaliger Lagerraum, mit eingestürzten Eisengerüsten. Über ein paar verfallene Treppen ging es durch viele dreckige Räume. An den Wänden pornographische Graffities, in fast jedem Raum eine andere Orgie. Ein Bodybuilder posiert nackt für mich. Er bittet mich, seine Brustwarzen zu zwirbeln. Ich beginne mit der freien Hand zu wichsen. Einer sitzt ausgezogen neben einigen Gemüsesorten. Keiner weiß, was das bedeutet.

Zurück in Berlin berichtet mir Mike, daß meine Filmarchitektin Inge Stiborski ihn herumgescheucht hat, um die Dekoration für meinen Film »Unsere Leichen leben noch« vorzubereiten. Da wir für den Film nur wenig Geld bekamen, hatte ich für die Dekoration nur 4 000 Mark, und damit mußte sie fünf Räume ausstatten. Das Ergebnis grenzte an ein Wunder. Für Inka einen indischen Salon, für Maria alles rotchinesisch-revolutionär, für Luzi ein rosa Himmelbett, für Madlen ein Hochbett mit Totenköpfen und für Lotti einen gemalten Urwald.

Mein Kameramann Stephan Köster, den ich durch Zufall bei einer Veranstaltung in Köln kennengelernt hatte und für den dies sein erster Spielfilm war, holte die Darstellerinnen mit der Kamera vom Flughafen ab. Wir dokumentieren ihre ersten Eindrücke. Die freche Madlen, die sensible Inka, die engagierte Maria. Erst später traf Luzi ein.

Ich hatte eine Rahmenhandlung erfunden, in der Lotti die Gastgeberin spielen sollte.

Anlaß ist eine Ausstellung über die Frau der dreißiger Jahre, in der die Damen aus ihrem Leben erzählen sollen. Während ihres Aufenthaltes in Berlin versetzen mysteriöse Anschläge die Frauen in Angst und Schrecken. Beim gemeinsamen Abendessen glaubt Inka, daß sie vergiftet ist. Madlen bleibt im Fahrstuhl stekken und schreit das ganze Haus zusammen. Maria entdeckt eine Schlange im Bett, die Lotti sich als Haustier hält. Luzi benutzt

versehentlich ein ätzendes Haarwaschmittel. Weinend zupft sie dicke Büschel aus ihrem schönen Haar. Zum Schluß stellt sich heraus, daß der Galerist, den ich selbst spiele, diese Anschläge inszeniert hat, um die Frauen aus der Reserve zu locken. Der Film endet mit dem Lied, das alle Frauen gemeinsam singen: »Unsere Leichen leben noch, unsere Knochen sind noch warm.«
Innerhalb dieses groben Rahmens sollten die Frauen die Szenen selbst improvisieren, und es fiel ihnen nichts leichter als das. Meine Aufgabe bestand lediglich darin, die Fülle ihrer Einfälle zu ordnen und ihr Temperament zu bremsen. Ich war nicht Regisseur, ich war ein Dompteur und Voyeur. Viele Gags, die während der Drehzeit hinter der Kamera passierten, baute ich mit in den Film ein. Zum Beispiel war Luzi mit der Absicht, morgens in die Kirche zu gehen, am späten Abend immer noch nicht zurückgekehrt. Die Frauen machten sich Sorgen. Madlen ahnte Schreckliches und stellte sich schon einen Lustmörder vor, der Luzi im Sexrausch brutal erdrosselt hat. Luzi kam aber spät nachts fröhlich nach Hause und konnte die Aufregung der Frauen nicht verstehen. Nach vielen Spaziergängen war sie beim Ball der einsamen Herzen gelandet und hatte sich dort einen Sudanneger aufgegabelt.
Madlen erzählte von ihrem Beruf als Kriminalreporterin, wie sie einmal über einen Großbrand berichten mußte und schon von ferne den Geruch von Gänsefleisch roch, der sich bald als Leichengeruch herausstellte. Sie mußte dann kurz danach für die Zeitung Fotos der Toten von den trauernden Angehörigen besorgen. Völlig erschöpft kehrte sie in ihre Redaktion zurück, wo der Chefredakteur es wagte, sie anzumotzen. Sie nahm wütend den nächsten Aschenbecher, schmiß ihn durchs Fenster, dann ging sie in das leere Büro ihres Chefs, zog sich die Hosen runter und schiß vor seinen Schreibtisch auf den Boden.
Inka erzählte eine Geschichte, wie sie zu Gast bei einem Liebhaber auf dem Land war und sich in der primitiven Unterkunft nicht auskannte. Das Klo war irgendwo auf dem Hof und sie entschied sich, auf eine Zeitung zu scheißen. Dann öffnete sie das Fenster, um den Haufen mit Schwung in die Natur zurückzuführen. Leider hatte sie in der dunklen Nacht nicht bedacht, daß vor

dem Fenster ein Fliegengitter angebracht war und sie verbrachte den Rest des anbrechenden Morgens damit, alles mit ihrer Zahnbürste zu säubern.
Maria sprühte nur so vor Temperament, schrie ihre politischen Ansichten heraus. Ihre feuerroten Haare glühten vor Zorn, wenn sie sich gegen Ungerechtigkeit und soziales Elend engagierte.
Ich war glücklich, die Frauen unerschöpflich. Ich liebe diese starken, phantasievollen, schrillen und vitalen Weiber, die nicht nur über Krankheiten reden und vor Selbstmitleid zerfließen, sondern die ihr Alter positiv und voller Spaß ausleben. Ich bat alle Frauen, aus einem großen Sortiment von Masken die richtige auszuwählen. Inka wählte sich eine Kuhmaske, Luzi eine Schweinemaske, Madlen den Tod. Lotti ließ dabei die Frauen an ihrer großen Haschischpfeife ziehen. Dann sollten sie erzählen, ob sie jemals so wütend waren, daß sie jemand hätten ermorden können. Zum Schluß der Dreharbeiten flippte Madlen, die mich liebevoll Arschloch oder Superarschloch nannte, aus. Sie beschimpfte mich als Seelenausbeuter und drohte, mir die Eier abzuschneiden, wenn ich mich im Film über die Frauen lustig machen würde. Ständig drohte eine der Frauen mit Abreise, aber das durfte man nicht ernst nehmen.
Mit Mike setzte ich mich sofort an den Schneidetisch, und wir waren überzeugt, daß wir einen großen Wurf gelandet hatten. Doch als ich den Film meinem Verleiher »Filmwelt« in München zeigte, schienen sich alle zu langweilen, einer schlief ein. Völlig deprimiert, bot ich meine »Leichen« dem kleinen Berliner »Basis«-Filmverleih an und hatte Glück. Der Mut von Basis hat sich ausgezahlt. »Unsere Leichen leben noch« wurde mein bis dahin größter Erfolg im Kino. Das war der Anfang einer längeren Zusammenarbeit mit den wunderbaren Frauen vom Basis-Filmverleih.
Das renommierte Filmfestival in der kleinen Stadt Hof, inzwischen eines der wichtigsten für deutsche Filme, ließ sich überreden, die »Leichen« Ende Oktober 1981 in ihr Programm zu nehmen. Hier gibt es ein begeisterungsfähiges Publikum, das noch Zeit für die Filme hat. Bei den Großveranstaltungen in Berlin und Cannes ist das schon lange nicht mehr der Fall. Film ist

dort nur noch Ware. Trotzdem hatte ich Angst, persönlich zur Uraufführung der »Leichen« in Hof zu erscheinen. Ich flüchtete mit Mike nach Marokko und schickte die Frauen alleine zur Welturaufführung. Ich hatte Angst vor Madlens vernichtender Kritik und vor einem entsetzten Publikum, daß die schrillen Frauen abstoßend finden könnte. Inzwischen wußte ich nämlich durch einige private Vorführungen, daß das Publikum sehr unterschiedlich auf den Film reagierte.
Die Uraufführung in Hof wurde ein rauschender Erfolg. Inka, Madlen und Maria nahmen nach der Mitternachtsvorstellung Ovationen entgegen. Besonders viele junge Frauen bekamen durch den Film Mut aufs Älterwerden. Ich erfuhr es kurz danach in der marokkanischen Wüste. Ich umarmte Mike. Wir hatten es geschafft. Auf der Premierenfeier in Berlin besoff sich Madlen und stürzte im Erfolgstaumel so unglücklich, daß sie sich einen Arm brach. Ein junger blonder Mann half mir, sie ins nahe Krankenhaus zu fahren. Der hilfsbereite Mann hieß Ludwig. Ich konnte es kaum glauben, daß er ein Auge auf mich geworfen hatte. Ich hatte Angst, Angst vor großen Gefühlen, und wehrte mich gegen diese reizvolle Versuchung. Ludwig ließ sich aber nicht abweisen. Wir trafen uns dann zufällig in der Sauna wieder und er sagte mir, daß er hier nur mit Monstern fickt, aber nie mit ihnen spricht. Bei mir wäre das etwas anderes. Ich floh. Er rief an. Die ersten Male bekam er beim Sex vor Aufregung keinen steifen Schwanz. Ich traf ihn meist tagsüber, wollte Mike nachts nicht alleine lassen. Mike schien zuerst nicht eifersüchtig, er hatte selbst eine kleine Affäre mit einem jungen Schauspieler. Ludwig konnte aber Mike nicht ersetzen, er war zu jung für mich, zu arrogant, zu schön, und als er zum ersten Mal nach vielen Versuchen mit mir gemeinsam im Bett abspritzte, erlosch mein Interesse schlagartig. Ich erinnere mich noch, wie Ludwig weinend in seinem Auto vor dem Kino saß, in dem mein Film lief. Seine Tränen schmeichelten mir, aber mein Gefühl für ihn war tot. Später wurde er dann über Jahre ein guter Kumpel. Vor einiger Zeit, ich hatte ihn längst aus den Augen verloren, hörte ich, daß er an Aids gestorben war. Meine Wut ist unbeschreiblich. Ich hatte ihn zuletzt mit einem sehr netten Mann getroffen, mit dem er bis zu seinem

Tode liiert war, und der sich ebenfalls, wie sich später rausstellte, infiziert hatte. Ich sehe sie noch vor mir, auf der Wiese im Tiergarten im Hochsommer. Beide rannten nackt einem Ball hinterher.

Zuerst lief der »Leichen«-Film im Kino nur mäßig. Ich zitterte jeden Tag, daß die Besucherzahlen nicht so sinken würden, daß der Film abgesetzt würde. Mit Lotti Huber an der Hand plauderte ich zweimal in der Woche mit dem Kinopublikum. Ich war immer viel zu ernsthaft, sie sehr locker und witzig. Die Leute begannen Lotti zu lieben. In Berlin wurde sie auf der Straße angesprochen, man gratulierte ihr. Der Sender in Bremen machte ein Porträt von ihr. Lotti und ich sahen uns fast jeden Tag, und wir produzierten ständig neue Ideen. Wir dachten beispielsweise über eine Fortsetzung der Leichen mit dem Titel »Intelligenz ist eßbar« nach. Die fünf Frauen sollten auf eine Südseereise gehen und schiffsbrüchig auf einer Insel stranden. Dort finden sie heraus, daß die Eingeborenen Kannibalen sind und glauben, daß Intelligenz eßbar ist. Ich konnte für den Stoff Inge Meysel und Udo Lindenberg begeistern, bekam aber leider nicht genug Geld zusammen.

Im Januar 1982 wurden die »Leichen«-Darstellerinnen und ich von Alfred Biolek in seine große Unterhaltungssendung »Bios Bahnhof« eingeladen. Sein Bühnenbildner hatte zuerst eine gemütliche Kaffeetafel für die alten Damen aufgebaut, doch Madlen und Lotti arrangierten alles sofort um. Wir sind keine Omis, wir wollen Bier und Schnaps. Madlen, die noch kurz vorher zu unserer Gaudi ihren nackten Arsch gezeigt hatte und in der Garderobe in einen Eimer pinkelte, machte nun ganz auf Dame. Maria regte sich hinterher auf, daß Lotti sie angeblich nicht zu Wort kommen ließ. Alle sangen zum Schluß das Titellied unseres Films, das gerade auf Schallplatte herausgekommen war.

20 Millionen sahen zu und einige waren animiert, danach ins Kino zu gehen. 76 000 Zuschauer sahen im Laufe des Jahres den Film, für einen kleinen Kunstfilm ein großer Erfolg, im Vergleich zu einer TV-Show aber eine popelige Zahl. Ich verdiente nichts an diesem Film, der Basis-Filmverleih steckte den Gewinn in die Werbung meines nächsten Films und verlor daran. Doch trotz-

dem half der Erfolg bei Kritik und Publikum meinen weiteren Arbeitsmöglichkeiten enorm.
Für Lotti Huber war dieser Film der Startschuß zu einer großen Karriere. Sie bekam Fanpost. Ein sehr hartnäckiger Fan wollte sie in Angora-Unterwäsche fotografieren. Ein anderer fragte sie am Telefon, ob sie eine Kerze im Haus hätte. Als sie bejahte, riet er ihr, sich die unten reinzuschieben. Einmal war ihre Telefonnummer mit der eines Sexstudios verwechselt worden und alle Anrufer fragten nach ihrer Busengröße. Wir lachten uns immer über solche Vorfälle halbtot. Ich liebe Lottis Humor. Sie konnte mich in jedem noch so depressiven Moment aufheitern. Vielleicht überspielte sie oft auch ihre eigene Traurigkeit. Als ihr Bruder starb, der schon lange in Israel lebte, erzählte sie mir erst sehr viel später davon. Sie wollte niemanden mit ihren Schwierigkeiten belasten. Sie sah es als Disziplin an, positiv zu denken. Vielleicht hat sie auch KZ und Emigration mit all ihren Schrecken überstanden, weil sie sich nicht ans Leid geklammert hat. Sie haßt Leute, die immer nur in schmerzhafter Vergangenheit wühlen, statt das Leben zu leben und auch zu lieben.
Doch selbst noch im Berlin der achtziger Jahre bekam sie Anrufe wie »Judensau raus«.
Lottis Heimatstadt Kiel lud uns mit dem »Leichen«-Film zu einer Vorführung ein. Zuerst wollte sie nicht fahren, zu stark waren die Schmerzen der Erinnerung. Hier hatte sie ihre große Liebe mit dem Sohn des Oberbürgermeisters gehabt, beide wurden wegen Rassenschande verhaftet und er unter mysteriösen Umständen erschossen. Sie hatte das große Glück, aus dem KZ freigekauft zu werden.
Fünfundvierzig Jahre hatte sie ihre Geburtsstadt Kiel nicht mehr gesehen. Ich überredete sie zu fahren. Von Hamburg aus wurden wir mit einer großen Limousine der Stadt nach Kiel chauffiert und dort im Rathaus empfangen. Bei einer Stadtrundfahrt beobachtete ich gerührt, wie sie die Stätten ihrer Kindheit wiedererkannte: dort hatte sie mit ihren Brüdern Fußball gespielt, in dem Café hatte sie als Teenager gesessen, unter dieser Brücke war sie entjungfert worden. Ich schmiegte mich an Lottis warmen Körper und küßte zärtlich ihre Hände. Am Abend begeisterte sie im

vollbesetzten Kino das Publikum mit einigen lustigen Schoten aus ihrer Jugend. Lotti liebte es, ein Clown zu sein, sie wollte kein Mitleid.

Inzwischen hatte sich auch das Problem mit meinem mißglückten Film »Rote Liebe« gelöst, den ich bislang auf Eis gelegt hatte. Nach vielen Briefen und Gesprächen war Helga Götze endlich bereit, gegen eine Summe von 7000 Mark die Rechte an ihrem Video abzutreten. Ich brauchte nicht mit ihr Geschlechtsverkehr zu machen. Ich übertrug das Video mit Helga auf Film und unterbrach meinen alten Film immer wieder mit ihren schmutzigen Reden. Neben den perfekten Filmbildern und der dilettantischen Liebesgeschichte aus der russischen Revolution redet Helga über das Ficken, über unsere verklemmte Sexualität und trägt ihre Gedichte und Lieder vor: Es war nicht zu fassen, wie dynamisch »Rote Liebe« plötzlich wurde. Die Reste der alten Fassung waren plötzlich erträglich geworden und wurden zur Parodie bürgerlicher Verhaltensmuster.

»Rote Liebe« wurde von den Berliner Filmfestspielen im Februar 1982 auf dem Forum des jungen Films gezeigt, wo vor elf Jahren auch mein Schwulenfilm gelaufen war. Er löste viele Diskussionen aus. Die jungen Leute begeisterten sich für Helga. Der Film wurde auf viele internationale Festivals eingeladen, auch nach New York, wo meine Filme bislang immer ignoriert worden waren. Den größten kommerziellen Erfolg hatte er in der verklemmten Schweiz. In Deutschland lief er im März in den Kinos an, direkt nach den »Leichen« mit guten Besucherzahlen. Eine lange Odyssee war zu Ende. Oft entscheidet die Zeit, ob ein Film reif ist. Ich war froh, den Film nicht aufgegeben und beharrlich mit mir selbst um die beste Qualität gerungen zu haben. Helga Götze hatte mich gerettet.

Mit Helga Götze verursachte ich später einen Skandal, als ich im Sommer '82 zu einer Live-Fernsehsendung mit dem Thema »Die neuen Nackten« eingeladen wurde. Man wollte in erlauchtem Kreis, abends um 23 Uhr im ersten Programm, über die Sonnenhungrigen in den Großstädten diskutieren. Ich beschloß, Helga, vor deren Radikalität sich jeder Fernsehsender fürchtete, heimlich ins Publikum einzuschleusen. Wir machten sie mit Hut und

Make-up unkenntlich. Ich saß auf dem Podium neben der konservativen Pfarrersfrau Motschmann, der Sportreporterin Carmen Thomas, dem Sexualforscher Prof. Borneman und einem katholischen Moraltheologen. Die Moderation hatte ein schneidiger Typ mit Offiziersmanieren. Ich legte sehr frech los und fragte die Frau Saubermann an meiner Seite, wie oft sie denn in der Woche bumst. Währenddessen legte Helga Götze im Publikum ihre Maske ab und zog sich langsam nackt aus. Die Kameras verfolgten sie. Plötzlich redete alles nur über die Schamlosigkeit einer alten Frau, die erklärte, daß die Kirche Waffen segnet, aber die freie Liebe verbietet. Die Proteste der Pfarrersfrau Motschmann gingen im Gelächter und Entsetzen von Millionen Zuschauern unter.
Die Presse reagierte mit riesigen Schlagzeilen. Die Fernsehzeitung »Hörzu« wählte die Sendung zum Skandal des Jahres.

26. Juni *Ich bin verliebt und voller Sehnsucht. Die Nacht war lang und erschöpfend. Ich taumele selig durch den Tag, während Mike den Rohschnitt des Charlotte-Films einigen Mitarbeitern zeigt.*
Gestern war ich zum ersten Mal in Alphonsos gemütlicher Wohnung in Neukölln. Ich traf auf Rico, seine schöne, schlanke schwarze Katze. Überall Bilder seiner griechischen Großmutter, ein Ballettplakat, vielleicht mit dem Foto eines meiner Vorgänger? Wir tranken Ouzo und wurden immer betrunkener und wilder, liebten uns auf dem harten Teppich und seinem unbequemen Bett. Er steckte mir seinen steifen Schwanz tief in den Mund, wir leckten unsere Ärsche, und ich trieb mein Glied in ihn hinein – ohne Kondom. Ich beruhigte mich damit, daß mein letzter Test negativ war, und hatte trotzdem ein schlechtes Gewissen. Ich sagte immer wieder, daß ich ihn mag, und er: Du bist mein. Du bist mein Besitz – ganz unverbindlich, fügte er am Morgen hinzu. Ich hörte das gern. Dann machte er Creme auf seinen Schwanz und stieß ihn kurz in mich hinein. Ich konnte es nicht fassen: nach vielen Jahren war es zum ersten Mal, daß ein kondomloser Schwanz in mir steckt.
Ein wunderbares Gefühl, aber es machte mir unendliche Angst. Was ist los mit mir? Ich, der Aids-Aufklärer der Nation, lasse mich ohne Kondom ficken. Kann ich denn wirklich darauf vertrauen, daß er negativ

ist? Es ist doch möglich, daß er sich seit seinem letzten Test angesteckt hat. Safer Sex muß konsequent sein, zu viele meiner Freunde sind schon gestorben. Die Liebe macht blöd. Noch will ich nicht mit ihm sterben.
Ich sprach ihn später darauf an, und er versicherte mir, daß er sich nur von seinem Freund habe ficken lassen, nie von Fremden, und daß sein Freund angeblich treu gewesen sei. Ich blieb skeptisch.

AIDS

Am 10. Juni 1982 war Fassbinder gestorben. Mich erleichterte das sehr.
Endlich war der Filmgigant tot, dessen ständige Produktivität mich in Angst und Schrecken versetzte, der mir immer wieder zeigte, daß ich im Vergleich zu ihm in den Augen der Öffentlichkeit nichts bin.
Heute sehe ich das anders. Sein Tod war auch das Ende des Neuen Deutschen Films, von wenigen Ausnahmen abgesehen. Wir profitierten alle von seinem internationalen Ruhm. Er schaffte überall im Ausland Interesse auch für unsere Filme. Doch viel mehr als von seinen Filmen war und bin ich fasziniert von seinem extremen Privatleben, seinem Mut, sich wegzuschmeißen, alle Perversitäten auszukosten, sich zu verbrennen, seine Komplexe und Bosheiten öffentlich zu machen. Das beste, schamlos-ehrlichste Buch über ihn ist das des Schauspielers und Ausstatters Kurt Raab. Ich würde es immer noch gerne verfilmen. Leider ist dieser exzentrische Mitarbeiter Fassbinders inzwischen an Aids gestorben. Ich bewundere Kurt dafür, daß er seine Krankheit öffentlich gemacht hat. Er hat Aids dadurch für viele ein Stück menschlicher gemacht.
Im Sommer fanden, wie jedes Jahr bei schönem Wetter, Massenorgien im Berliner Tiergarten statt. In der Nähe der Siegessäule schlichen manchmal Hunderte von Schwulen umeinander herum. In Büschen sammelten sich kleine Gruppen, die übereinander herfielen, sich die Ärsche leckten, sich durchfickten, bliesen. Mich regte diese Anonymität immer sehr an. Oft konnte man in

dunkler Nacht nur sehr wenig erkennen, manchmal nur ertasten. Brutale Schatten, leise Silhouetten. Auf dem Gras zärtlich umschlungene nackte Paare. Schon das Zuschauen erfüllte mich mit großer Befriedigung.
Doch da war etwas, das mir zunehmend Angst machte.
Im Oktober 1981 hatte ich zum ersten Mal davon gehört. Ich hatte auf der Frankfurter Buchmesse ein Pärchen kennengelernt, mit dem ich gemeinsam Sex hatte und die mir erzählten, daß es in New York schon fünfzig Fälle einer rätselhaften Schwulenpest geben soll. Erst im Mai 1982 berichtete der »Spiegel« in Deutschland darüber. Ich wurde aufmerksam, aber nicht panisch. Andere, mit denen ich darüber sprach, lachten mich aus. Damals gab es ja noch keinen Test, und man wußte auch nicht, wie sich die Krankheit überträgt. Ich überlegte, mit wem ich im Jahr 1982 alles Sex gehabt hatte:

4. Januar: ich blies dickem Ackergaul einen,
9. Januar: fickte Model aus New York, spritzte zweimal ab,
11. Januar: wichste im Dampf in der Sauna, küßte einen großen Blonden,
12. Januar: blies dicken Ackergaul,
14. Januar: mit Ludwig, ich wichste alleine,
18. Januar: fickte Ludwig,
20. Januar: Frankfurt, wichste in Sauna,
25. Januar: in Köln, im Badehaus kurz gewichst,
29., 30., 31. Jan: mit Ludwig nur gewichst,
1. Febr: fickte Typ in Sauna,
3. Febr: wichste in Sauna, fickte abends Norbert, witziger Polizist,
4. Febr: mit Ludwig,
5. Febr: mit Ludwig,
12. Febr: fickte DDR-Schauspieler Heinz, abends Ludwig,
16., 17., 18. Febr: mit Ludwig,
24. Febr: Ludwig,
26. Febr: wichste in Sauna,
27. Febr: wichste in Sauna,
28. Febr: wichste in Sauna,

2. März: wichste und blies in Sauna,
4. März: blies einen Typ, der oft nach Afrika fährt, er bekam keinen hoch,
6. März: fickte einen Spanier,
7. März: tollen Sex mit Typ aus Dorf bei Frankfurt,
10. März: ich blies im Dampf einen großen Blonden und bumste Schwarzen,
13. März: in Frankfurt, Roland, Boutiquebesitzer,
16. März: fickte tollen Bodybuilder,
18. März: Tripper,
22. März: immer noch Tripper,
23. März: fickte Typ aus DDR,
26. März: fühlte in Frankfurt Schwänze auf Klappe,
27. März: wichste mit Schwarzem, Vietnamesen, Japaner und Franzosen in Sauna,
30. März: onanierte in Kabine im Dampf,
2. April: Typ im Pornokino wichste mir einen,
4. April: ein behaarter Italiener fickte mich hart durch,
9. April: in Sauna, wildes Geficke, als ob es der letzte Fick wäre,
14. April: wichste im Dampf,
17. April: Stockholm, fickte einen Polen,
18. April: fickte einen Spanier in Frankfurt,
11. Mai: New York, onanierte mit Typ vorsichtig unter Dusche,
15. Mai: mit affenartigem Typ unter Dusche onaniert,
22. Mai: mit schwarzem Sänger bei mir gewichst,
24. Mai: blies in Sauna Ackergaul,
25. Mai: onanierte in Tiergarten-Klappe,
27. Mai: blies marokkanischen Stricher,
28. Mai: wichste mit Glatzkopf von Radiosender Rias,
31. Mai: ließ mir einen blasen,
Juni: war paranoid vor Krankheiten, sah nur öfter bei Sex zu,
20. Juni: blies einen Typ mit Riesenschwanz im Tiergarten,
25. Juni: in Zürich, ließ mir einen blasen,
2. Juli: Sauna,
5. Juli: kurz in Sauna,
7. "   "
12. Juli: fickte chinesischen Koch in Berlin,

19. Juli: kurz in Sauna,
3. August: fickte behaarten Typ, der gerne wandert,
6. August: fickte hübschen Typ im Tiergarten,
10. August: mit Typ auf Klappe am Hohenzollerndamm toll gefickt, persönliches Gespräch,
17. Aug: mit schwarzem Arzt onaniert,
23. Aug: im Tiergarten von Ledertyp geblasen,
27. Aug: mit Typ in Sauna onaniert,
13. Sept: mit Typ in Sauna im Dampf gewichst,
19. Sept: fickte Peter aus Münster (Riesenschwanz),
20. Sept: Mike versuchte Sex, ich nicht scharf,
22. Sept: fickte Älteren und kleinen Kräftigen,
Oktober: (ein paar Mal in Sauna zugesehen, Angst vor Krankheiten),
22. Okt: ließ mir einen blasen,
29. " "
5. November: fickte Typ, muskulös, behaart,
8. Nov: ließ mir einen blasen,
10. Nov: "
14. Nov: fickte Typ (Schuldgefühle wegen Krankheiten),
17. Nov: ließ mich von südländisch aussehendem Typ ficken,
29. Nov: fickte Chinesen-Typ mit dicken Schenkeln und dickem Schwanz,
12. Dez.: wichste und fickte mit jungem femininen Typ,
17. Dez: ließ mir in München einen blasen,
27. Dez: fickte mit Typ aus Ostblock.

Es ist wichtig an dieser Stelle zu betonen, daß mein Leben nicht unbedingt typisches Schwulenverhalten spiegelt. Es gibt sehr treue Schwule, die sich in einer Beziehung abkapseln. Es gibt Schwule, die nur an Wochenenden ausgehen, um einen ständigen Partner zu suchen. Es gibt eine Minderheit wie ich, die sexsüchtig sind. Ich trinke nicht, ich rauche nicht, aber Sex entspannt mich ungeheuer und lenkt mich von schwierigen oder frustrierenden Situationen ab, Sex macht mir wahnsinnigen Spaß. Ich genieße die Spannung, in der Sauna, auf einer Klappe oder im Park auf immer neue Menschen zu treffen.

Doch meist war nach dem Sex die Luft raus. So nah man sich beim schwulen Sex körperlich kommt, so entfernt ist man seelisch oft voneinander. Das zweite Treffen ist meist viel, viel komplizierter als das erste, das nur aus Geilheit besteht. Beim zweiten oder dritten Mal bauen sich viele Ängste auf, viele Erinnerungen an schmerzhafte, unglückliche Lieben, denen man sich nur ungern aussetzen will. Tausend Empfindlichkeiten überlagern das nähere Kennenlernen. Dann ist es leichter, in der Schwulen-Szene wieder jemand Neues aufzureißen. Wichtig ist auch die Bestätigung, die bei promiskem Sex eine Rolle spielt. So attraktiv ich auch wirkte, so viele Komplimente ich auch ständig hörte, so unsicher war ich. Ich brauchte immer wieder das Gefühl, begehrt wie eine Diva zu sein, konnte nicht genug davon bekommen, weil ich mir selbst nicht genug bin.
Beruflich war ich selbstsicher und frech, privat ein Mäuschen, das ständig erobert sein will.
Natürlich war die Suche nach Sex auch immer wieder ein großes Abenteuer, es machte einfach unglaublich viel Spaß. Die Frustrationen, die man in einer längeren Beziehung erlebt, sind unweit größer als die einer orgiastischen, promisken Lebensweise. Es ist sehr befreiend, nicht immer an Beziehung und Liebe denken zu müssen. Unsere Gesellschaft übt einen so schrecklichen Druck auf uns aus, daß wir liebesfähig sein müssen.
Aids hat all diese Gefühle verstärkt. Schon fast überwunden geglaubte Ängste bauten sich neu auf. Aber was noch gefährlicher war: Nur wenige konnten am Anfang die schreckliche Bedrohung ernst nehmen. Es war so unglaublich, daß die meisten nur Witze rissen und es von sich wegschoben. Vielleicht half mir selbst meine Hypochondrie, machte mich sensibler und bewußter, sonst würde ich vielleicht heute nicht mehr leben. Ich habe zwar nie mein Sexleben drastisch eingeschränkt, aber ich habe mit der Zeit meine Sexpraktiken sehr verändert.

28. Juni *Komme einen Tag früher aus Prag zurück, nur um bei Alphonso zu sein.*
Ich hatte in Prag auf Einladung einer Schwulengruppe einige meiner Filme gezeigt, um den dortigen Christopher Street Day zu unterstützen,

den man zum ersten Mal in Freiheit zu feiern wagte. Die Schwulen dort waren sehr anrührend, sehr vorsichtig und zurückhaltend.
Ich hatte auf dem Flohmarkt ein Beil erstanden und es A. mit den Zeilen überreicht: der Schmerz ist eine Flöte, und wenn ich Dich dann töte, dann klingt die Melodie noch lange in mir nach.
Mutti entdeckt einen großen Knutschfleck bei mir und findet ihn gräßlich. Später redet sie in ihrem großen Fernsehsessel von Aids und was sie denn machen soll, wenn ich krank werde.
Wie lange werde ich ihn lieben? Oder wird er mir, wie seine vielen Vorgänger, sehr schnell auf die Nerven gehen?
Am Tage bin ich immer so leer und voller Sehnsucht. Ich vermisse die Melancholie in seiner Stimme, möchte ihn in den Arm nehmen und ihn beschützen und für ihn da sein, ich möchte seine Sprache lernen, seine Wörter und Sätze, die sehr eigenartig sind, sein Spiel begreifen. Wie lange, fragte ich ihn gestern nacht. Er sagte: fünfundzwanzig Jahre, und ich sagte: das ist zu wenig. Ich schrieb ihm eine Widmung: Zwei Tage sind ein Haus / und drei sind eine Tür / Vier Tage sind ein Land / und fünf die Stadt, in der wir wohnen. / Und sieben Tage sind die Welt, die explodiert / und himbeerfarben unsre Haut verbrennt. Ich sehe ihn morgen wieder und kann nicht wachen und nicht schlafen.

»STADT DER VERLORENEN SEELEN«

Obwohl ich mit Lotti ständig an neuen Filmideen bastelte, bekam ich die Anregung zu einem neuen Projekt, in das Lotti nicht hineinpaßte. Es sollte »Stadt der verlorenen Seelen« heißen und ein Musical mit Amerikanern sein, die in Berlin lebten und in dieser Stadt versuchten, Karriere im Showbetrieb zu machen. Die Anregung zu dem Film bekam ich von Judith, einer jungen Frau mit Megabusen, einer Jane Mansfield. Sie hatte mich eines Tages angerufen und erzählte, daß sie gerade mit ihrem Partner Tron in einer Berliner Disco auftritt und erotische Akrobatik vorführt. Sie hatte von meinen Filmen gehört und wollte mich kennenlernen. Ich war begeistert von ihrer spontanen Art und bot ihr an, für eine Zeit bei mir zu wohnen, da sie länger in Berlin bleiben wollte.

Statt der ausgeflippten Sexbombe entpuppte sie sich schnell als liebevolle jüdische Mama. Ihr Partner am Trapez, Tron, war ein kalifornischer Traum, groß, blond, muskulös mit einem strahlenden Lächeln, das vieles überspielte. Er zeigte mir Fotos von seiner Schlange, die sich am Trapez um seinen steifen Schwanz schlang. Durch Judith lernte ich einen ganzen Schwarm junger verrückter amerikanischer Emigranten kennen, die das Berliner Nachtleben bereicherten. Schwarze, Schwule und Transvestiten, die Berlin als Insel der Abseitigen schätzten. Neben Judith und Tron interessierte ich mich für Angie Stardust, Jayne County, Tara und Joaquin, deren Lebensgeschichten in unseren Film einfließen und mir zu einem neuen Filmerfolg verhelfen sollten. Angie kam ursprünglich aus Harlem, New York, hatte sich schon als junger Mann einen Busen spritzen lassen und war einer der ersten schwarzen Travestiestars in den Kabaretts der Weißen. Seit vielen Jahren trat sie in Deutschland als Sängerin in Transischuppen auf, hatte kurioserweise nach ihrer Kastration auch Interesse für Frauen entwickelt und eine sehr niedliche Freundin. Das hielt sie aber nicht davon ab, gelegentlich auch einem jungen strammen Mann einen zu blasen. Angie ist ein Vulkan, eine Wahnsinnsstimme, ein freches Maul. Damals noch schlank, schön und schamlos. Jede Nacht war sie Gast in allen Discos Berlins, zog einen Pulk der exotischsten Nachtschwärmer hinter sich her, die sie manchmal gegen Morgen zu mir schleppte. In unserer Filmstory sollte sie eine Pension in Berlin betreiben, in der alle ihre amerikanischen Freunde leben.
Wayne County war in New York ein erfolgreicher Punksänger, entschloß sich dann, mit einem kleinen Busen und ausgeflippten Klamotten Jayne County zu werden und landete in England mit der Musikgruppe »Electric Chairs« einige Hits. Jayne strandete schließlich in Berlin, das sie die Stadt der verlorenen Seelen nannte.
Tara war im Gegensatz zu Jayne als Transvestit stolz auf ihren Schwanz. Sie hatte sich kurz vor den Dreharbeiten ihren Busen noch einmal vergrößern lassen und klagte über Rückenschmerzen von der Last, die sie jetzt zu tragen hatte. Im Film stellte sie eine Szene aus ihrer eigenen Realität nach. Mit großem Geschick

muß sie ihren Liebhabern jedesmal erklären, daß sie keine richtige Frau ist, sondern neben dem Busen auch einen nicht ganz unbeträchtlichen Schwanz hat. Das sind oft saukomische Situationen, doch manchmal auch nicht ganz ungefährliche.
Bei diesem Film lernte ich viel über Transvestiten, von denen ich vorher nur Klischeevorstellungen hatte. Im Film diskutieren Tara und Angie darüber, ob sie sich nun den Schwanz wegoperieren wollen oder nicht. Für viele eine Frage, die sie oft ein Leben lang aufschieben und die sie psychisch verändert.
Wir hatten viele Ideen mit der Videokamera festgehalten. Alle improvisierten mit großer Lust um die Wette. Die Bonmots und Bosheiten flogen mir nur so um die Ohren. Einige der Darsteller sprachen halb englisch und halb deutsch, was oft unfreiwillig komisch war. Ich schrieb die meisten Videoimprovisationen ab und machte ein reichhaltiges Filmscript daraus, mit situationskomischen Fotos. War ich bei den »Leichen« ganz auf das wenige Fernsehgeld angewiesen, so bekam ich hier relativ schnell bei mehreren Filmförderungen über eine halbe Million Produktionskosten zusammen, dazu kamen Fernsehgelder vom HR und SFB.
Im August 1982 begannen wir mit den Dreharbeiten. In der ersten Szene, die in der Küche meiner Filmpension spielte, schmiß Tron der überraschten Angie versehentlich kochendheißen Kartoffelbrei ins Gesicht. Angie schrie wie am Spieß und bedeckte ihr Gesicht vor Schmerzen. Die Schmerzen waren nicht gespielt, der Kartoffelbrei verletzte ihre schöne schwarze Haut. Aber Angie war ein Vollprofi. Sie legte sich eine Stunde weinend auf eine Couch und drehte dann weiter. Sie rächte sich in der folgenden Szene, indem sie Tron einen Teller an den Kopf schmiß, so daß der zu bluten anfing. Beide waren quitt. Dann knallte uns die Sicherung durch, der Strom fiel aus und wir gaben endgültig auf. So ging der erste Drehtag zu Ende.
In unserem Film arbeiten alle Amis in der »Hamburger-Königin«, die wir in einer Ladenwohnung in Schöneberg aufgebaut hatten, nicht weit vom Geburtshaus von Marlene Dietrich. Durch das große Ladenfenster hatten wir viele Zuschauer aus der Umgebung. Eines Nachts erschien plötzlich ein Riesentyp mit grimmigem Gesicht, räumte mit einem Schlag unsere dekorierte Theke

Angie Stardust, Tara O'Hara, Jayne County und Judith Flex in »Stadt der verlorenen Seelen«

leer und bedrohte uns mit einem Messer. Ich, feige wie ich bin, floh sofort in den hinteren Raum und rief die Polizei an. Mike, der hinter der Theke versteckt war und den Ton machte, hatte einige Bierflaschen auf den Kopf bekommen und sprang dem Angreifer wütend entgegen. Ich weiß nicht mehr, wie Mike den Typ rausbeförderte. Jedenfalls war sein Hemd zerschnitten, der Typ war geflohen und die Polizei fing ihn später in einer Nebenstraße. Es stellte sich heraus, daß er gerade aus dem Knast entlassen worden war und dies sein erster Tag in der Freiheit, an dem er sich gleich besoffen hatte. Ein armes Schwein.
Die Amerikaner in meinem Film liebten Berlin, weil es billig war, nicht so kriminell wie Amerika und weil sie hier ein enthusiastisches Publikum fanden. Damals war Berlin noch eine Insel der Freaks und Ausgestoßenen, der Minderheiten, Politclowns, Drogendealer und Schwulenhauptstadt. Damals gab es nur wenige Spekulanten und Werbeagenturen, die die Stadt überfluteten.
Ende November '82 hatten Mike und ich den Film im Rohschnitt fertig und zeigten ihn einem begeisterten Publikum bei einer Voraufführung im Kino »Arsenal«. Wir glaubten, einen Hit gelandet zu haben. Das Publikum gratulierte uns und verließ mit sehr guter Laune das Kino. Der Basis-Filmverleih dachte drüber nach, den Film groß in den Kinos zu starten und erwartete einen hohen Gewinn.
Doch trotz meiner erfolgreichen Dreharbeiten war ich in einer Krise. Ich sehnte mich nach Ruhe und Tod, aber meine Nervosität eskalierte. Nun bin ich kein Masochist. Ich habe das Glück, daß ich mich immer wieder aus meinem Sumpf herausziehen kann. Das ist in einem freien Beruf psychisch schwieriger, als wenn man mit einer festen Arbeit abgelenkt ist. Nach einem Film fällt man oft in ein tiefes Loch. Der Trubel ist vorbei, man denkt zwar über den nächsten Filmstoff nach, ist aber zu erschöpft, um sich voll hineinzustürzen. Der Übergang von der Hektik zur schöpferischen Ruhe gelingt mir nur sehr schwer. Ich habe tausend Todesvisionen, sehe mich zerschnitten, erhängt, von Hochhäusern stürzen. Ich habe aber herausgefunden, daß diese Wünsche nur ein Schrei nach Leben sind. Je öfter ich am Tag sterben will, desto mehr ersehne ich mir unbewußt das sinnliche Abenteuer.

Mike beschimpfte mich immer wieder im Suff: Ich hätte ihn ausgelaugt, er könne nicht mehr für mich arbeiten. Ich sei ein Punk-Monster, in seinem Zimmer würde er sich wie in einem Gefängnis fühlen, da ich ihm nicht erlaube, daß er Jungens bei sich wohnen läßt. Ich heulte mich daraufhin bei Marianne, meiner besten Freundin, aus, die bei ihrem Freund Ian ein Zimmer besorgte, in das Mike ziehen konnte. Trotzdem glaubte ich nicht an Trennung. Ich spürte, daß wir uns noch liebten, nicht voneinander lassen konnten.
Ich lernte autogenes Training, und es half mir wirklich, wenn ich plötzlich auf einem Flughafen in Panik geriet oder zwischen vielen Menschen einen hysterischen Anfall spürte.
Ich kam auf die Idee, zum Ausgleich meiner strapazierten Nerven Sport zu machen. Ich war ab und zu mal in einem Sportstudio gewesen und hatte schnell die Lust verloren, weil sich niemand richtig um mich kümmerte. Ich kannte es von New York, daß man One to one-Trainingspartner anbot. Ich setzte einfach in Berlin eine Anzeige in eine Zeitung: Suche Sportler, dreimal die Woche eine Stunde zum persönlichen Training.
Inzwischen habe ich schon eine Vielzahl von Trainern verschlissen, die mir immer nur aus beruflichen Gründen für kurze oder längere Zeit zur Verfügung standen. Jedesmal, wenn sich neue Sportler vorstellten, lernte ich die kuriosesten, geilsten und nettesten Menschen kennen. Bodybuilder, Kickboxer, Fußballer, Fitneßtrainer. Meist sehr jung und fast alle hinreißend schön. Natürlich bekamen die mit, wer ich war und daß ich schwul bin. Natürlich war auch immer eine kribbelnde Erotik beim Training, aber ich war froh, wenn die Trainer nicht schwul waren, denn ich wollte ja wirklich Sport machen.
Im Februar zeigte ich »Die Stadt der verlorenen Seelen« auf einer Pressekonferenz in Hamburg. Alle waren da, auch der für mich wichtigste Kritiker Hellmuth Karasek vom »Spiegel«. Die Vorführung beginnt, und der Ton wird plötzlich saumäßig schlecht. Auf der Filmkopie war alles in Ordnung, aber die Projektoren versagten. Ich ließ den Film anhalten und konnte nur eine minimale Verbesserung erreichen. Scheiße, immer wieder der Kampf mit der unseligen Technik. Ich schämte mich und könnte mir in den

Arsch beißen vor Wut. Trotzdem schrieb Karasek eine glänzende Kritik. Ich hatte Glück und bekam viel Publicity. Ich trat in der TV-Talkshow »3 nach 9« mit Lea Rosh auf, und in »Aspekte«, die uns zu ihrer Jubiläumssendung einluden. Zwischendurch jettete ich nach Straßburg, wo Hans-Jürgen Rosenbauer eine Europashow moderierte. Ich saß neben Petra Kelly und Möllemann, dessen Zynismus mich abstieß. Ich liebte dagegen die ehrliche Petra, die sich selbst zu verbrennen schien. Ein verklemmter schwuler Journalist aus Bonn fragte mich aus. Später erfuhr ich durch ihn, wer in Bonn alles schwul ist. Er selbst ist politisch konservativ und schützt sich durch eine Ehe. Wenn er nicht so witzig wäre, würde ich ihn verachten.

Mit Marianne Enzensberger bereitete ich dann die Kino-Premiere von »Seelen« in Berlin vor. Wir planten ein gigantisches Premierenfest, den Ball der verlorenen Seelen. Wir mieteten die große Diskothek Metropol im Stadtzentrum und fanden einen Veranstalter, der Geld investierte. Wir wollten Feuerschlucker, Akrobaten und Rockbands auftreten lassen und natürlich die Stars unseres Films. Überall in der Stadt große Plakate, wir hatten fast hundert Künstler engagiert, die im Publikum und auf der Bühne agierten.

Wir erwarteten zwei- bis dreitausend Leute.

Inzwischen hatte ich vor Aufregung hohes Fieber bekommen, lag wie gelähmt auf der Couch und wartete auf den Arzt, den Marianne mir besorgt hatte. Ich war dick in Decken gepackt und schwitzte wie ein Schwein. Trotzdem hatte ich noch die Kraft, den Arzt nach seinem Sexleben auszufragen.

Am Abend der gigantischen Premierenveranstaltung band ich mir ein paar Decken um den Bauch, zog meine Zipfelmütze tief in die Stirn und bestellte ein Taxi. Die Show sollte um Mitternacht beginnen. Mit meinem monströsen Aussehen kämpfte ich mich durch die Massen, die den Bühneneingang belagerten. In der Künstlergarderobe Fernsehkameras und viele Journalisten. Ich legte mich auf ein Krankenbett und wurde auf die Bühne gefahren. Die johlende Masse dachte, das sei ein Gag. Mit heiserer Stimme sagte ich Eddie Constantine als ersten Gast an. Er sang zwei Lieder. Dann heizte die dicke Sängerin Queen Jana dem

dicht gedrängten Publikum ein, der Teufelsgeiger Jakob trieb sie zur Ekstase.
Meine Stars aus »Stadt der verlorenen Seelen« ernteten Ovationen. Angie Stardust heizte dem Publikum ein, Jayne County war extra aus New York zur Show eingeflogen. Tara macht ihren Striptease im »Vom Winde verweht«-Kostüm. Nachts um vier Uhr der Höhepunkt. Der völlig verrückte Craig Russell, weltberühmt aus dem Film »Ausgeflippt«, imitiert Judy Garland und Liza Minelli. Er ist ein Genie. Erschöpft lasse ich mich nach Hause chauffieren. Ich bin einsam und glücklich.
Wir reisen mit unseren Kinostars durch viele deutsche Städte. Die Kinos sind überall ausverkauft. In Bonn haben wir den größten Erfolg. In München unterstützt uns Marianne Sägebrecht mit ihren buntkostümierten Freaks. Thomas Gottschalk holt mich in seine Radio-Show und ist froh, daß ich stubenrein spreche. In Frankfurt kommt meine Mutter zur Show. Ihr wird schlecht von der lauten Musik. Sie sieht ganz bleich aus: ich fahre sie mit dem Taxi nach Hause. Auf der Couch liegend sagt sie: Noch ist es nicht soweit.
Der Film läuft gut, doch nicht gut genug, um die hohen Kosten der Show wieder einzuspielen. Die Kritiken sind gemischt. Die »Frankfurter Rundschau« schreibt: Gute Leute – keine Inhalte. Ich sehe die Schwächen des Films und wünschte, ich hätte statt eines Bilderbogens eine bessere Geschichte erzählt. Aber kann ich das?
Im März '83 berichtete der »Stern« über den neuen Schwulenkrebs. Angeblich gab es in Berlin schon 4 Tote und 3 verdächtige Fälle. Ich stellte für eine Zeit jeden Sex ein und schaute nur noch ängstlich zu, wenn ich in der Sauna war. Ich konnte es nicht fassen, daß überall sorglos rumgefickt wurde. Ich versuchte mit Leuten zu sprechen. Frank Ripploh motzte mich an und behauptete: nur die Schwachen bekommen es.
Im Mai '83 war in der Berliner Amerika-Gedenkbibliothek die erste große Veranstaltung zu Aids, 2000 Schwule erschienen. Auf der Bühne reden Ärzte. Sie wissen noch nicht viel, nur Vermutungen. Nachtschweiß, leichtes Fieber, Durchfall. Überträgt sich Aids über Poppers, dieses Ätherzeugs, das die Schwulen gerne

beim Sex schnüffeln? Im Publikum lautstarke Forderungen, die Fickräume nicht zu schließen. Unsere Freiräume müssen bleiben. Wir lassen uns nicht einschränken, Verkehrsunfälle gibt es mehr. Was in Amerika passiert, wird nicht hier passieren. Ich kann die Sorglosigkeit nicht fassen, setze mich beim Bier mit einigen Ärzten vom Robert- Koch-Institut zusammen und überlege Aktionen zur Warnung und zur Vorsorge. Aids paßt gut in meine angeknackste Psyche. Jeder Pickel, jeder Belag auf der Zunge, jede Erkältung bedeutet für mich gleich ein Todesurteil. Ich telefoniere mit meinem Freund Ed in New York, der mir Horrormeldungen durchgibt. Dort weigern sich Beerdigungsunternehmer, Aids-Tote abzuholen. Schwule Köche, Friseure, Visagisten werden diskriminiert. Ich erinnere mich voller Schrecken an eine Voraussage der Wahrsagerin Waluscha. 1977 hatte sie mir gesagt, daß ich in drei bis fünf Jahren an einer schweren Krankheit leiden und wahrscheinlich sterben würde. Damals lachte ich. Jetzt ist die Stunde der Wahrheit gekommen, ich war mir ganz sicher. Ich meldete mich erneut bei Waluscha an. Sie revidierte ihre Voraussage, um kurz danach unter mysteriösen Umständen zu sterben.

Ich fühlte mich ohne Sex sehr wohl, eine neue Erfahrung.

Nach einer Griechenlandreise sagte ich Mike, daß er endlich aus meiner Wohnung ausziehen soll. Er war die letzten Nächte nicht nach Hause gekommen. Er sagte durch die Badezimmertür, daß er morgen ausziehen wird. Nach einer Weile bekam ich einen Heulkrampf. Wir nahmen uns in die Arme.

Die letzten zwei Jahre bemerkte ich seinen Freiheitsdrang. Ich hätte offener mit ihm sein sollen, ihm sexuell gestatten, was ich mir gestattete. Ich hatte immer Angst, ihn zu verlieren. Wir waren uns so nah. Arbeit und Freundschaft wurde auf wunderbare Weise eins. Mike schien in der letzten Zeit so unglücklich, er hatte nicht den Mut, sich von mir zu trennen, wollte mich auf diese Weise zwingen, ihn rauszuschmeißen.

Fünf Jahre hatte unsere große Liebe gedauert, die größte, beste und schönste meines Lebens. Mein Gott, was hat er alles mit mir ertragen müssen, aber er hatte auch viel gelernt. Er war ein anderer Mensch geworden, offener, freier, vielleicht auch selbständi-

ger. Mike zog zu Mariannes Freund Ian. Am Tag darauf wurde er krank, hatte Fieber. Ich schleppte ihn zum Arzt, er hatte überall Ausschlag. Der Arzt konnte nichts finden, es war psychisch, verschwand bald wieder.
Ich fühlte mich plötzlich so frei, als ob ein Strick sich von meinem Hals gelöst hätte.
Ich fühlte mich aber immer noch verantwortlich für ihn, zahlte ihm ein Gehalt. Wir wollten weiter zusammenarbeiten.
Die große Wohnung ist so still und schön. Ich denke, daß unsere Trennung so problemlos verlief, liegt daran, daß es nur eine halbe Trennung war, daß wir trotz anderer Partner nie aufgehört haben, uns zu lieben. Inzwischen sind es wunderbare fünfzehn Jahre.
Ich konnte die vielen Tiere, die ich mit Mike angeschafft hatte, nicht mehr ertragen. Den Waschbär gaben wir einem Typen, der in Spandau ein Haus mit Garten hatte. Der Papagei kam in eine Zucht nach Westdeutschland, der Leguan ist durch die Farbdämpfe beim Renovieren gestorben. Die Schlange verkaufte ich mit dem ganzen Terrarium. Ich hatte Angst vor ihr bekommen, denn sie war fast drei Meter groß geworden. Vielleicht spürte sie unsere Spannung, sie fühlte sich steif und gefährlich an, als ich sie aus dem Käfig nahm.
Der »Spiegel« macht eine Titelstory über Aids, berichtete von 50 Fällen in Berlin. Natürlich ging ich noch in Parks und Saunen, aber nur als Zuschauer. Ich ließ niemanden an mich ran, wichste alleine vor anderen. Ich hatte Angst, daß sich Aids durch den Dampf in der Schwulensauna übertragen könnte. Ich achtete besonders auf Risse an meinen Füßen und hatte Angst, auf frisch gewichsten Samen zu treten.
Ich bekam Atemnot, meine alte chronische Bronchitis verstärkte sich, und ich beschloß, Lottis Freundin Renate aufzusuchen. Eine große kräftige Frau, die in ihrem Haus in Schlachtensee Atemtherapie macht. Ich mußte mich auf den Boden legen und sie begann, mit ihrem schweren Körper auf meiner Brust und meinem Rücken herumzutrampeln. Ich sollte währenddessen Laute ausstoßen: Min, men, man, mun usw. Zum Schluß begleitete sie mich am Klavier. Ich sang den König von Thule.
Zum ersten Mal seit Jahrzehnten besorgte ich mir wieder viele

große Leinwände und Acryl-Farben, die schnell trocknen, und malte ein Bild mit erstochenen Tieren, bunt, frech und wild.
Marianne hatte aus dem besetzten Haus, wo sie sich in einen Holger vernarrt hatte, den Engländer Paul ins Haus geschleppt. Paul war Musiker, blutjung, außergewöhnlich hübsch. Ich malte ihn sofort, tiefschwarze Haare und ein weiches, reserviertes Gesicht. Wir interessierten uns füreinander. Ich war ausgehungert nach Liebe und Sex, denn ich hatte seit fast sechs Monaten niemanden richtig gehabt. Ich schmuste mit Paul, nichts weiter. Wir saßen in Kreuzberg am Kanal und schauten uns in die Augen, plötzlich gruselte ich mich vor seiner Kälte und rannte weg. An der Liebe hasse ich, daß sie mich dominiert. Auch wenn der Geliebte nicht da ist, ist er doch ständig in meinem Kopf, und mein Schädel hält die langen zickigen Dialoge nicht mehr aus.
Meine erste Nacht mit Paul, wir fickten uns gegenseitig wie wahnsinnig. Ich war ausgehungert. Damals fickten wir alle noch ohne Kondom. Wir waren uns ja nicht einmal sicher, ob nicht auch Küsse, Blasen, Arschlecken ansteckend waren. Absolut sicher war nur eins: gar kein Sex.
In der zweiten Nacht sagte Paul, daß er Männern nur schwer Gefühle zeigen könnte, bei Frauen gehe das leichter. Er spritzte viermal ab, zweimal davon in meinen Mund. Ich schreie: I love you. Er schweigt und fickt.
In Kreuzberg am Mariannenplatz war ein Straßenfest. Bands spielen, bunte Verkaufsbuden. Punks und Politfreaks, Drogis, Hausbesetzer, die ganze Szene gab sich ein Stelldichein. Dazwischen sitzen auf der Wiese Türken mit ihren Familien, die Frauen und Mädchen in strengen Kopftüchern. Paul sagte mir, daß er seine Freiheit braucht. Ich gehe mit auf sein Zimmer im besetzten Haus, alles ist provisorisch eingerichtet. Aus seinem Taperecorder kommt Bach, und ich ficke ihn hart und lange, er mich weich und ganz sanft. Wir kamen beide ineinander. Wir reden bis morgens, schlafen wenig. Im Taxi nach Hause muß ich heulen. Ich bin total fertig, überreizt.
Am übernächsten Abend kommt Paul zu mir, eine Stunde später als angekündigt. Er sagt, daß er irgendwelche Pilze genommen hat, die ihn high machen. Wir ficken. Am nächsten Morgen be-

gleitet er mich auf die Bank. Ich hebe 1000 Mark ab und überreiche sie ihm. Ich will, daß er sich einen Synthesizer kauft, für den er schon so lange schwärmt. Er ist zu stolz. Nein, er nimmt das Geld nicht. Ich schäme mich jetzt, daß ich es ihm angeboten habe. Ich kann ihn nicht kaufen. Die nächsten Tage hat Paul Grippe. Mir geht es besser in meinem Liebeswahn. Ich kühle etwas ab, erlaube mir eine Erholungspause. Als Paul zwei Tage später anruft, sage ich kühl, ich sei am Wochenende besetzt und hänge auf. Ich will mich bestrafen. Ich schreibe ihm einen Brief voller Haß und Ablehnung und voller bedrohlicher Liebe. Dann tut es mir leid. Ich kann ohne ihn nicht mehr leben, rufe ständig im Haus an. Immer ist jemand anderes dran, schließlich erreiche ich ihn. Wir gehen einen langen spätsommerlichen Weg. Er sagt mir, daß er seine Freiheit braucht, daß ich ihm meine Intensität nicht aufzwingen kann, daß meine dramatische Nähe ihn verwirrt. Dann kommt er zu mir nach Hause, legt seinen Kopf auf meinen Schoß. Er sagt mir, daß er Meskalin genommen hat, und ich weiß, daß ich ihn nicht mehr lange bei mir halten kann. Ich küsse leicht seinen Mund, habe Angst vor seiner Droge. Er sagt, daß er mich inspirierend findet, aber daß er mich nicht liebt. Er will nicht Mikes Schatten sein. Er geht weg. Ich nehme ein Taxi zu einer Premierenparty von Schroeter in der Volksbühne und stürze mich auf Ingrid Caven. Wir tauschen einen Zungenkuß aus und verabreden uns für Mitternacht im Hotel Kempinski. Ich gehe nicht hin.

Am 16. Oktober 1982 war Lotti Huber 70 Jahre alt geworden. Wir feierten leise hinein.

Ich flog zu einer Retrospektive meiner Filme nach London, Lotti begleitete mich. Ich mietete ein Hotelzimmer für sie und schlich mich nachts bei ihr ein. Ein Hoteldiener bemerkte uns, und sie war stolz, daß man mich für ihren Liebhaber hielt. Unser Lachen schallte durch ganz London. Ich war sehr glücklich, Lotti für mich allein zu haben.

Lottis watschelnder Gang und ihre verbaute Figur, die sie mit Würde zu tragen weiß, amüsieren mich. Ihr Clownsgesicht mit den ausdrucksvollsten Augen der Welt verehre ich. Keine Sekunde ist langweilig mit ihr, sie reagiert aus ihrem vollen weichen

Bauch, überrascht mich mit den witzigsten Einfällen, und wenn ich dann schallend loslache, bleibt sie stehen, schaut mich ungläubig an und fragt: Was war denn daran komisch?
Je länger wir uns kennen, desto ordinärer wird sie, vergißt ihr gutes Elternhaus, faßt mich an den Arsch. Durch meine Trainingshose gleitet ihr Finger aus Versehen in mein Anusrohr. Ich schreibe darüber im »Spiegel«, sie antwortet empört mit einem Gedicht: Finger, Finger, wo bist Du gewesen, in Rosas Arschloch ...

»HORROR VACUI«

Ich hatte einen neuen Filmstoff für sie. Lotti sollte die gefährliche Sektenchefin Madame C spielen, eine Parodie auf die Sektenwelle. Ich wollte einen Film im Studio nur mit gemalten Kulissen machen, inspiriert von dem alten Stummfilmklassiker »Das Cabinet des Dr. Caligari«. Durch die Wiederentdeckung der expressiven Malerei durch die Neuen Wilden stellte ich mir ein solches Projekt sehr spannend vor. Was mich an dem alten Caligari-Stoff reizte, war die Geschichte eines Professors, der auf dem Jahrmarkt einen Menschen hypnotisiert und ihn zwingt, auf seinen Befehl hin zu morden. Er versteht das als Experiment, wie weit man Menschen manipulieren kann. Baghwan war damals sehr angesagt, und in Guayana zwang ein brutaler Sektenchef seine hörige Gemeinde zum kollektiven Selbstmord. So kam Lotti zu einer neuen Rolle. Sie sollte im magischen Kabarett ihre Opfer in den Zustand des Todes versetzen, bei ihnen Krankheiten entdecken, die sie nur in ihrer Gruppe der Optimalen Optimisten zu heilen vorgab.
Ich flog nach München, um die Schauspielerin Eva Renzi zu treffen, die ich eventuell für die Rolle jener Journalistin wollte, die die teuflischen Geschäfte der Madame C aufdecken sollte. Ich traf sie an einem strahlend schönen Tag im Biergarten. Sie hatte viele Skandale hinter sich, galt als streitsüchtig. Es war schon länger her, daß sie ein begehrenswerter Star war. Neben mir saß die Nachtigall von Ramersdorf, ein Unikum und spindeldürres Monster, das in Cafés und auf der Straße singt, seit vielen Jahren

München unsicher machte und die ganze Stadt mit seinen falschen schrillen Tönen nervte. Ich hatte ihn für die Hauptrolle als Lottis Liebhaber engagiert, er war eine wunderbare Parodie auf Conrad Veidt im alten Caligari-Film.

Er begann plötzlich, Eva Renzi zu beschimpfen. Ich mußte ihn wegzerren, die Nachtigall ist geisteskrank. Er glaubt an den Satan und an Höllenpein und wünscht der Renzi für ihren Unglauben alle Strafen dieser Welt. Die Nachtigall ist wie ein Kind. Sein Leben ist in totaler Unordnung, er hat die Kleidersucht. Ich entdeckte in seinem Apartment in München eine unvorstellbare Sammlung von verschimmelten alten Sachen. 50 Pelzmäntel, 300 Jacketts, 500 Schuhe, 400 Hosen. Zum Teil in Plastiktüten zu hohen Bergen verstaut. Die Wohnungstür konnte man nur durch einen kleinen Spalt öffnen, dann mußte man über riesige Tütenberge klettern, um zu einer Matratze zu gelangen, auf der er schlief. Ich erfuhr, daß er jahrelangen Mietrückstand hatte und löste ihn mit einem Vorschuß auf seine Gage aus. Er wollte nach Berlin ziehen und in München alles auflösen. Seitdem macht er Berlin unsicher, und München ist mir dankbar. Durch einen Zufall bekam ich sein wahres Alter heraus, er ist über 50, fauchte aber jeden wütend an, der ihn über dreißig schätzte. Er sah sich immer noch als unschuldigen schönen Knaben mit lockigem Haar.

Als mein erster Drehtag zu »Horror vacui« nahte, rief plötzlich durch Vermittlung der Nachtigall Ingrid van Bergen an. Sie wollte bei mir spielen. Ingrid war, nach fünfjähriger Haft wegen eines Mordes im Liebesrausch, gerade aus dem Knast entlassen worden. Die Presse schlachtete ihren Fall für viele Jahre aus, denn in den fünfziger und sechziger Jahren war sie ein bekannter Filmstar gewesen, ein blondes gefährliches Gift, das uns in vielen Kinofilmen bezauberte. In ihrer Midlife-crisis rastete sie aus und erschoß ihren Geliebten. Mich faszinierte ihr Fall.

Ich sagte Ingrid van Bergen, daß ich mir ihr Angebot überlegen würde. Sie rief noch mal an und fragt mich, ob ich Vorurteile gegen sie hätte. Das überzeugte mich, und ich engagierte sie. Natürlich auch aus Neugierde und Sensationslust und weil ich mich mit ihrem Fall identifizieren konnte. So was kann jedem von uns

passieren, dachte ich. Vielleicht sind die meisten Menschen nur zu langweilig für solche großen Gefühle. Ich ließ Ingrid van Bergen nach Berlin kommen. Sie wohnte bei mir, ein herrlicher Kumpel. Sie hatte sehr viel Humor und einen inneren Zwang, sofort alles über ihre Tat zu berichten.
Später gingen wir essen. Alle starrten die berühmte Frau an meiner Seite an. Während wir uns unserem Tisch näherten, flüsterte mir Ingrid souverän ins Ohr: »Die Mörderin kommt«, und schaute sich selbstbewußt um. Dann etwas lauter: »Ich bin doch nicht so ordinär wie der Gunnar Möller, der seine Frau mit dem Stuhlbein erschlagen hat.« Wir lagen beinahe auf dem Boden vor Lachen. Sie ergänzte: Die Deutschen wollen mich als Büßerin, ich soll in Sack und Asche kommen.
Ich probte mit Ingrid und der spindeldürren Nachtigall eine wunderbare Liebesszene. Vor einer gemalten nächtlichen Landschaft treffen sich beide heimlich. Die Nachtigall gesteht Ingrid, daß die Sektenchefin Lotti eine Amputationsfetischistin ist. Wir hatten der Nachtigall mehrere Zehen abgebunden, damit sein Fuß überzeugte. Lotti war eifersüchtig auf die besondere Aufmerksamkeit, die ich Ingrid schenkte.
Wir drehten wieder im großen Fabrikraum einer alten Brauerei, ein Traum. Auf halber Höhe ein Eisengerüst, ganz oben führt es hinaus auf einen spektakulären Dachgarten. Seit vielen Monaten bauten und hämmerten, sägten und malten meine Mitarbeiter an den Kulissen. Jede Szene hat einen gemalten Hintergrund, selbst eine Autofahrt war künstlich. Zum Teil bezogen wir große Brauereikessel mit ein, die wir mit Plastiken ergänzten.
Für die Kamera gewann ich meine alte Mitarbeiterin und Freundin Elfi Mikesch. Ich hatte ihr geholfen, ihre Filmkarriere zu starten, jetzt half sie mir wieder bei meinem neuen Film. Ich fühlte mich fast überflüssig, weil sie die Darsteller so genau ins Licht rückte, daß nur wenig Spielraum für mich als Regisseur übrigblieb. Die ersten Muster hauten mich in ihrer Schönheit und Expressivität um, ich wußte aber nicht, ob ich so viel Ästhetik, diese viel zu schönen Bilder wollte. Sie waren nicht mein Stil. Eine andere Komplikation war das genaue Drehbuch. Mit Marianne Enzensberger hatte ich ein richtiges Drama geschrieben. Lotti lernte

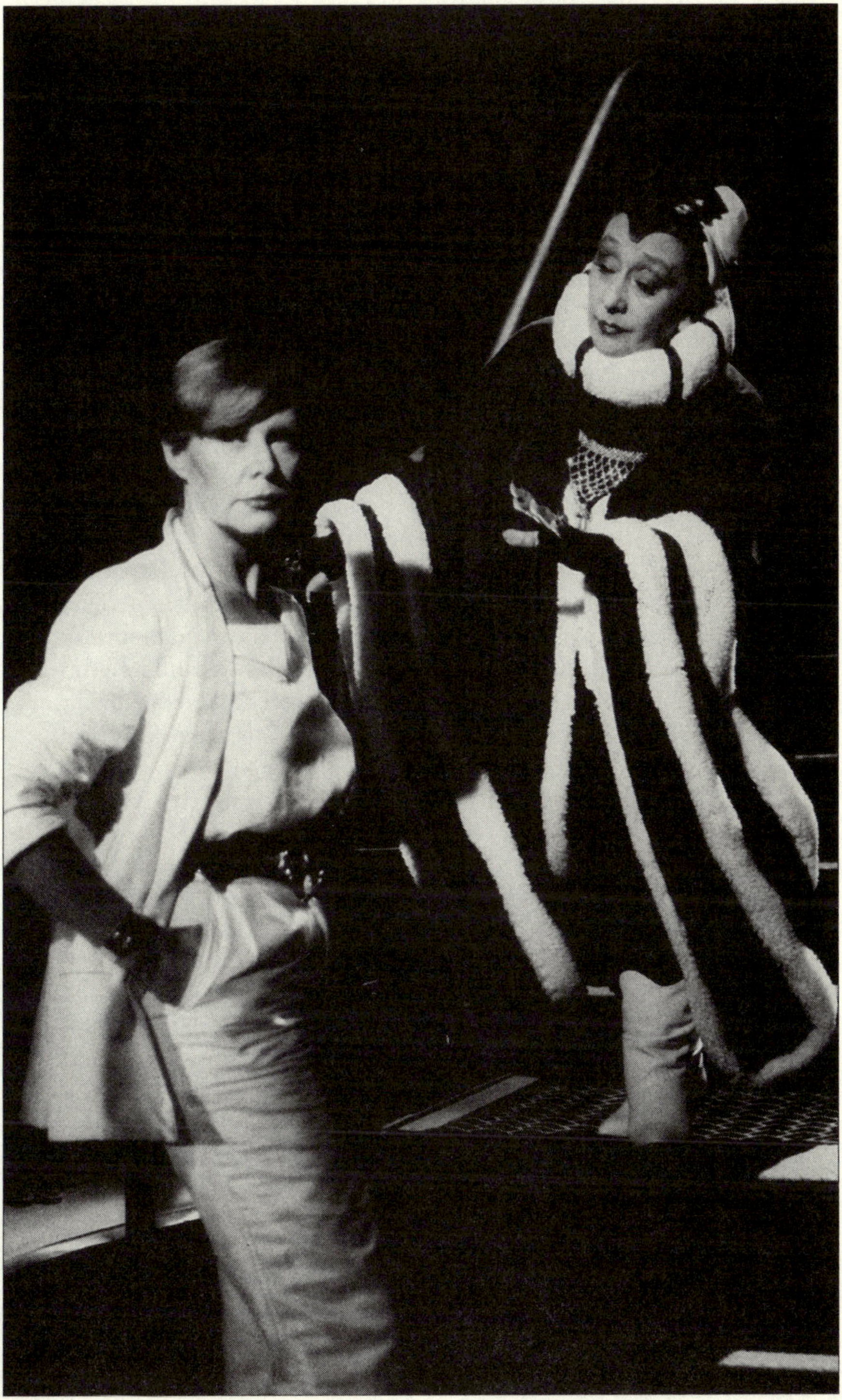

Ingrid van Bergen und Lotti Huber in »Horror vacui«

ihre Texte, doch aus ihrem damals noch unprofessionellen Munde wirkte der Text trocken und gestelzt. Sie lispelte sich einen ab, oft vergaß sie wichtige Worte, so daß man Szenen häufig wiederholen mußte. Ich vermißte die Improvisation.
Dann der technische Aufwand. Ich hasse es, wenn ein Film viel Zeit und Geduld in Anspruch nimmt, die ich nicht habe. Ich sah mich oft an einem Strick von der Studiodecke baumeln, um dem ganzen Streß für immer entfliehen zu können. Meine Anspannung übertrug sich auf Team und Darsteller und machte die Arbeit nicht leichter.
Mein Geburtstag fiel in die Drehzeit, und ich wunderte mich schon, daß mir niemand gratulierte. Das Team wollte sogar länger arbeiten als gewohnt, ein paar Zwischenschnitte, hieß es, seien noch zu machen. Ich fuhr unterdessen zum Flughafen und holte Ingrid van Bergen ab, deren Szenen für die nächsten Tage angesetzt waren. Ich nahm mit Ingrid ein Taxi zu meiner Wohnung, und wir hatten wie immer viel Spaß miteinander. Als ich die Wohnung aufschloß und ins Zimmer trat, standen 50 Leute vor mir, die alle »Stille Nacht heilige Nacht« anstimmten, mein Lieblingslied. Marianne Enzensberger hatte alles hinter meinem Rücken arrangiert, und Ingrid van Bergen war natürlich ganz verdattert, dachte zuerst, der Empfang gelte ihr.
Zum Weihnachtsfest kam Mike besoffen an mein Bett und flüsterte mir ins Ohr, daß er mich liebt. Er litt unter der Kälte seines Liebhabers Christoph. Ich bat Mike in seinem Liebesschmerz, mir zum hundertsten Male die Geschichte seines Ziegenbockes, den er auf seiner Farm in South-Dakota hatte, zu erzählen. Das wilde Tier brach immer wieder aus dem Stall aus, stand dann morgens auf dem Dach seines Autos, hob das Bein und pinkelte sich selbst in den Mund. Er furzte so schrecklich, daß die ganze Gegend davon stank. Seine Augen sahen furchterregend und teuflisch aus, und Mike mußte ihn dann viel billiger verkaufen, als er ihn erstanden hatte.
Im September 1984 wurde »Horror vacui« im Berliner Kino Arsenal uraufgeführt. Die Kritiken waren gut. Ende September organisierte der Basis-Filmverleih eine Tournee mit mir, Lotti, der Nachtigall und Ingrid van Bergen, und es gab überall ausverkauf-

te Häuser. Selbst Frank Ripploh applaudierte gnädig. Nach der Vorstellung kam ein besonders hübscher Mann auf mich zu und machte mir Komplimente. Ich fing sofort Feuer, bis ich nach wenigen Minuten feststellte, daß es Michael Wright war, meine große Liebe aus San Francisco, die so tragisch endete, und den ich nicht wiedererkannt hatte. Ich reagierte bestürzt und ließ ihn verwirrt stehen.

Trotzdem wurde der Film ein Flop. Nur in Berlin hielt er sich etwas länger, weil die Nachtigall fast täglich nach der Vorstellung seine Lieder sang. Ich verstand die Welt nicht mehr. Erst als ich mich von meinem Schock schon etwas erholt hatte, wurde ich mit dem Los Angeles Filmcritics Award für »Horror vacui« belohnt, einem der wenigen Preise, die ich in meinem Leben erhielt.

Das Jahr '84 war geprägt von meiner Aidsangst und Todessehnsucht. Mein Sexleben veränderte sich, und doch hatte ich auch eine glückliche Zeit mit meiner besten Freundin, Marianne Enzensberger.

Sie lenkte mich ab von meiner Melancholie und weckte in mir meinen schwarzen Humor. Ihr langes blondes Haar flatterte um mich herum. Sie ist ein Kobold, ein Kumpel, eine gute Fee, und manchmal eine undurchsichtige Hexe, die heimlich und unbemerkt ihre Pläne schmiedet. Sie schien immer unglücklich verliebt und kann es nicht glauben, daß ihr nicht alle Männer total verfallen. Wir können stundenlang über unsere besten Freunde und potentiellen Liebhaber klatschen. Marianne machte sich lustig über meine Vergiftungsangst. Sie beobachtete mich skeptisch, wenn ich die Bratpfanne vor dem Gebrauch auskochte, wenn ich ihr alle Lebensmittel zum Vorkosten anbot, wenn ich ihr meinen neusten Pickel zeigte und mir ihr Todesurteil erbat. Sie sang mir ihre neuen Lieder vor und schrieb eins für mich allein: im nächsten Leben ein Erdbeerfrosch. Mit Mariannes Freundin Heidi, die die Discothek Metropol managt, machten wir das Nachtleben unsicher. Wir drei Mädels erfreuten uns an unseren unglücklichen Lieben, diskutierten unsere Zukunft und hatten einfach Spaß.

Trotzdem kam ich um die Tragik von Aids nicht herum. Mein Ta-

gebuch von diesem Jahr ist voll von Namen, die es heute nicht mehr gibt:
In der Sauna traf ich auf Peter Schmittinger, der im Berliner Albinoverlag wunderbare Bücher herausgab. Wir hatten eine kurze stürmische Begegnung. Einige Jahre später war er tot.
Am 15. Juli starb unser Superstar Magdalena Montezuma an Darmkrebs.
Ein Liebhaber aus früheren Tagen, der etablierte Galerist Werner Kunze, starb mit 40 Jahren.
Der Fotograf Rolf von Bergmann hatte länger in meiner Wohnung in New York gewohnt und das schönste Foto von mir gemacht. Auf seiner letzten Vernissage fragte ich ihn, wie es ihm ginge. Er sah mich nur mit großen Augen an und ging dann weg. Er hatte nicht mehr viel Zeit und starb qualvoll an Aids.
Mit Marianne fuhr ich Ende August zu den Filmfestspielen nach Venedig. Wir hatten viel Spaß mit dem Schauspieler Peter Chatel, der in manchen internationalen Filmproduktionen brillierte. In Fassbinders »Faustrecht der Freiheit« spielte er eine Hauptrolle. Er wurde eines der ersten berühmten Aids-Opfer in Deutschland.
Der wunderschöne Tron aus meinem Film »Stadt der verlorenen Seelen« war wieder zurück in die USA gegangen. In den Staaten heiratete er und wurde Vater von Zwillingen, beide Kinder starben an Aids. Er selbst starb an der Scheiß-Krankheit im Frühjahr 1985.
Die Liste könnte weitergehen, sie würde aber den Leser nur langweilen.
Die schwule Szene in den deutschen Großstädten verdrängte die Aids-Gefahr, man sprach von Panikmache. Linke Schwule reagierten mit Artikeln und Büchern, die davon sprachen, es sei die Presse, die krank macht, nicht das Virus. Man sprach von der CIA, die das Virus in die Welt gesetzt habe, um unliebsame Gruppen aus dem Wege zu räumen. Der für die Aids-Berichte im »Spiegel« verantwortliche Journalist Hans Halter wurde als schwulenfeindlich kaltgestellt, man forderte, seine Warnungen nicht ernst zu nehmen. Sicher, sein Stil war zynisch und nicht unbedingt schwulenfreundlich, sein Sittenbild tendenziös. Man spürte, daß

er staatliche Kontrolle wollte. Aber die Voraussagen des »Spiegel«, was die Verbreitung von Aids angeht, haben sich leider bestätigt.

Ich entfloh nach Marokko und hoffte, daß es da noch kein Aids gäbe. Ich war berauscht von der fremden, in vielen Teilen mittelalterlichen Welt. Ich entdeckte Essauira, eine alte Stadt am Meer, in den sechziger Jahren ein Zentrum der Hippies. Jeder Mann, so schien es, wollte mich kennenlernen und gegebenenfalls durchficken. Ich hatte das Gefühl, es sei von der Moschee verkündet worden, daß wieder eine neue deutsche Tunte in der Stadt eingetroffen war. Vor meinem Hotel eine Reihe der schönsten Knaben in der Stadt, ich konnte sie mir aussuchen. Sie begleiteten mich in mein Zimmer, machten ein paar Stöße in meinen Arsch und wollten ein Stück Seife dafür.

Auf der Straße schrie mir ein dünner langer Marokkaner von der andren Straßenseite in fließendem Deutsch zu: Ich habe einen großen Schwanz. Ich ging natürlich mit. Er machte mir einen Tee. Ich bekam Angst, allein mit ihm in einem großen Haus. Er zeigte mir seinen Schwanz, aber ich hatte keine Lust auf Sex. Er ließ sich den Tee bezahlen, und ich durfte ohne Komplikationen das Haus verlassen.

Am Strand traf ich einen jungen Sportler, den ich einfach mit meinen paar Brocken Französisch anquatschte. Er nahm mich mit zum Boxtraining, dann sagte er mir auf den Kopf zu, daß ich doch mehr von ihm wolle und auch bekommen könne. Er begleitete mich in mein Hotel. Das ist immer mit Aufregung verbunden, denn offiziell ist Homosexualität im Islam streng verboten. Ich hatte Angst vor Erpressung, Intrigen, vor den strengen Gesetzen und der marokkanischen Polizei. In meinem Zimmer fragte er, ob er bei mir duschen kann. Er war nackt ein Supermann. Ich half ihm, sich abzutrocknen. Sein Glied wurde steif. Ich blies ihn, blieb angezogen, hatte Angst, daß es jeden Moment an die Tür klopft. Ich hatte das Gefühl, daß er bereit wäre, sich auch von mir ficken zu lassen, aber er brach plötzlich ab, verlangte zwei Mark und ging. Nach ein paar Tagen sah ich ihn wieder, er wollte wieder mitkommen. Ich lehnte ab, hatte mein Auge schon auf andere geworfen. Die Auswahl war unerschöpflich. Nachts starrte ich

aus meinem Stamm-Café heraus eine Gruppe von jungen Fischern an. Einer war sehr muskulös, schaute mit ernstem Gesicht zurück und ich wurde fast ohnmächtig vor Geilheit. Ich hatte Angst, phantasierte, wie er mich an den dunklen Strand mitnimmt und mich die ganze Gruppe durchfickt.
Ich war zu lange unentschlossen, er verlor die Geduld und ging weg. Seine Brutalität verfolgt mich immer noch. Zum Schluß lasse ich mich ausgerechnet von einem Amerikaner ficken, aus *dem* Aids-Land; ich hatte große Schuldgefühle danach. Meine Lust war stärker gewesen, als meine Angst.

10. Juli *Am Morgen schenkt mir A. eine weiße Gardenienblüte aus seinem Blumentopf. Blumen und Tiere lieben ihn. Ich sprach von Hochzeit, und daß es am Sonnabend vier Wochen sein werden, daß wir uns lieben. Eine magische Zahl, denn in den letzten neun Jahren, seit meiner Trennung von Mike, hatte ich kaum jemanden länger in meiner Nähe ausgehalten.*
Freitag abend nahm ich ihn mit zu einer Party im Ostteil Berlins. Wir fuhren an gruseligen Wohnsilos vorbei, aber die Leute auf der Party fand ich sehr angenehm. Ich stellte Fremden freche Fragen, und nach einer halben Stunde wollte A. plötzlich gehen, ließ sich nicht davon abbringen, sofort ein Taxi zu bestellen. Er wollte, daß ich bleibe. Ich war in Panik und konnte nicht anders, als trotz seines Protestes mit ihm zu gehen. Es war eine warme Nacht, und wir saßen schweigend nebeneinander im Taxi, später auf dem Teppich in seiner Wohnung. Stumm lagen wir im Bett, und er sagte nicht, was mit ihm los war.
Am nächsten Morgen meinte er plötzlich, daß es besser sei, wenn wir drei Monate keinen Sex mehr miteinander hätten, und dann, daß er mich schlagen will und seelisch quälen.
Ich begriff sein Spiel nicht, ging beleidigt auf die nächste Klappe und riß mir einen attraktiven Israeli auf, der mich mit zu sich nach Hause nahm. Ich versuchte, A. in wilder Leidenschaft zu dem Fremden zu vergessen.
Am Abend rief A. an, kam vorbei und überreichte mir einen Umschlag mit einem Foto von sich in seiner Heimat. Darauf eine Widmung: Ich liebe Dich. Ich war überglücklich.

»ANITA – TÄNZE DES LASTERS«

Ich suchte nach einem neuen Stoff für Lotti. Zufällig entdeckte ich bei meinen regelmäßigen Streifzügen durch Berliner Buchhandlungen ein brandneues Exemplar über das Leben der Nackttänzerin Anita Berber. Ich verschlang es in derselben Nacht. Der Berliner Autor Lothar Fischer war so fasziniert von dem berühmten Bild des Malers Otto Dix gewesen, der Anita mit rotem Kleid und einem bleichen, verlebten Gesicht dargestellt hatte, daß er mehr über das Leben dieser vergessenen Skandalnudel aus den zwanziger Jahren wissen wollte. Ihre große Zeit war die Inflationszeit nach dem Ersten Weltkrieg, unsicher wurden Geld und Moral. Sie tanzte die Tänze des Lasters, des Grauens und der Ekstase und starb 1928, mit noch nicht dreißig Jahren. Ich wußte, daß ich daraus einen Film machen mußte. Sie war bisexuell gewesen, nahm Drogen und war eine der ersten Performance-Künstlerinnen. »Die Leiche auf dem Seziertisch« und »Morphium« waren Themen, die sie mit ihrem schwulen Partner Droste tanzte.
Ich erzählte Lotti davon, und plötzlich war mir klar, daß sie eine alte Frau spielen müßte, die sich einbildet, diese Anita gewesen zu sein. Der Film sollte mit einem Striptease von Lotti auf dem Ku'damm anfangen. Die Polizei verhaftet sie, bringt sie in eine Klappsmühle. Dort werden die Irren zu Cabaret-Figuren aus den zwanziger Jahren. Die Gegenwart sollte in Schwarzweiß gedreht werden, die Cabaret-Vergangenheit als Stummfilm, mit Zwischentiteln in Farbe. Lotti war begeistert, doch nackt wollte sie sich unter keinen Umständen zeigen.
Auf der Suche nach der idealen jungen Anita fragte ich den Regisseur Wally Bockmeyer. Der schwärmte von einer witzigen jungen Frau und schickte sie mir nach Berlin. Es war Hella von Sinnen, mit der ich gleich ein Video machte und die mir die wundersamsten Geschichten erzählte. Damals noch völlig unbekannt, tingelte sie mit ihrer Putzfrauen-Show in und um Köln und steckte mich mit ihrer breiten Lache an. Sie sollte auf jeden Fall in einem meiner nächsten Filme mitspielen, war aber für Anita leider zu dick.
In der Cinemathek sah ich mir alte Stummfilme mit Anita Berber

an, triviale Aufklärungsfilme aus den zwanziger Jahren, doch zuerst mußte ich ein Drehbuch schreiben und Geld auftreiben. Es dauerte noch zwei Jahre, ehe ich den Film machen konnte, vielleicht meinen schönsten.
Ich begann öfter auf der beliebten Toilette am Ernst-Reuter-Platz vorbeizuschauen. Stumm steht eine Reihe von jungen Männern herum. Sie tun, als ob sie etwas sehr Wichtiges zu tun hätten; jeder in seiner eigenen Welt, sie ignorieren sich scheinbar und beobachten sich danach heimlich aus den Augenwinkeln. In jedem Kopf andere bösartige, geile, abwehrende, enttäuschte und erwartungsvolle Gedanken. Ein absurdes Theater. Dann der Auftritt eines Neuen, der sich irgendwo in die Choreographie einreiht. Ich wünschte, die inneren Monologe würden laut. Ein Schwarzer, ein großer Ledertyp, ein kleiner Blonder. Ich bin nicht anders, reihe mich ein in die kollektive Verklemmtheit.
Im Mai wurde die Eldorado-Ausstellung im Berlin-Museum eröffnet. Engagierte Tunten hatten eine Ausstellung über homosexuelle Geschichte von 1850 bis 1950 erarbeitet, eine Sensation. Hier entdeckte ich die bisexuelle Anita Berber wieder, Fotos, Filmplakate und Gedichte von ihr. Stolz betrachteten Tausende von Schwulen und Lesben ihre Geschichte. Zum ersten Mal hatten wir das Gefühl, offiziell bemerkt zu werden. Ein wichtiger Schritt. Durch die Initiative einiger weniger entstand dann das schwule Museum, eine kleine Sammlung von Büchern, Plakaten und Reliquien der schwul-lesbischen Geschichte. Ich war stolz, mit meinen Büchern und Filmplakaten dabeisein zu können.
Angeregt von meiner Recherche zu Anita, engagierte ich mir einen Tänzer, der mich trainieren sollte. Ich wurde so schlank und kräftig wie nie. Lotti hatte mir viel vom Ausdruckstanz erzählt, der sie selbst sehr beeinflußt hat. Gemeinsam schauten wir uns Bilder von alten Tanzstudien an, und ich bekam die Idee, als Vorstudie zum Film ein Tanztheater für mich und Lotti zu entwickeln. Lotti war schockiert. Wie könne sie in ihrem hohen Alter noch auf die Bühne gehen? Aber ich probte mit ihr in ihrem Studio, und ihr plumper Körper verwandelte sich in eine Rose. Ihre Hände wurden langsam, ihre Schultern magisch, sie stampfte mit den Füßen auf, drehte sich und stürmte mit großer Kraft

zu einer wilden Musik nach vorne. Keine der jungen Frauen konnte ihren Ausdruck erreichen. Tanz ist keine Frage des Alters oder der Jugend und Schönheit. Ich bot meinen Tanzabend mit Lotti dem neuen Intendanten des Berliner Renaissancetheaters an, der meine Arbeit sehr schätzte und sich ein junges Publikum in sein kostbares Jugendstil-Theater holen wollte.
Ich gab ein Essen für Inge Meysel. Dazu lud ich Evelyn Künneke ein, die in meinem kleinen Fahrstuhl von 1912 stecken blieb. Sie drückte auf den Notknopf und alarmierte den besoffenen Hausmeister, der fast die Treppe runterfiel, als er der forschen Meysel begegnete, die die drei Treppen mühelos zu Fuß schaffte. An meiner Seite Lotti Huber, die die Meysel argwöhnisch beäugte. Dann kam noch die alte fragile Ruth Hellberg, bekannt aus vielen Liebeneiner-Filmen. Die Hellberg war eifersüchtig, weil die Meysel mit einem jungen Schwulen erschien, den sie selbst für sich in Anspruch nahm. Die Meysel provozierte Lotti und fragte, wieviel »Hamlet«-Aufführungen sie schon in ihrem Leben gesehen hätte. Lotti meinte, sie hätte in der Emigration nicht so viel Gelegenheit dazu gehabt. Inge betrachtete ein Aktfoto von Anita Berber und strich liebevoll über die Vagina auf der Abbildung.
Ich schrieb einen Artikel, in dem ich die Schwulen vor Aids warnen wollte. Ich bot ihn dem Berliner Stadtmagazin »Tip« an, die ihn aber kürzen und zusammen mit einem Artikel des schwulen Journalisten Mathias Frings bringen wollten. Ich lehnte die Kürzung ab. Frings' Artikel erschien, er schrieb: »Ich ficke weiter wie bisher. Er lasse sich nicht von Moralaposteln irgend etwas vorschreiben, am Ende würden sie ihm noch das ganze Schwulsein verbieten.« Ich fand das empörend und bot meinen Artikel ungekürzt dem »Spiegel« an, der ihn auch druckte. Ich wußte, daß ich mich damit nicht beliebt machen würde. Die Aids-Berichte des »Spiegel« galten in der Szene als moralisierend und schwulenfeindlich. Mir war das egal. Ich wußte, daß der Artikel Millionen erreichen würde und manches Leben retten konnte.
Zu meinem 42. Geburtstag erschien ein ungewöhnliches Paar. Sie hieß Valerie und war Griechin, David war in New York aufgewachsen. Er sagte, er habe sich selbst als Geschenk mitgebracht. Beide blieben bis zum Schluß. Ihr Geld verdienten sie beide auf dem

Strich, bezeichneten sich aber als Künstler und hätten gerne einen verrückten Pornofilm mit mir gemacht. David wurde zärtlich, und mir fiel es schwer, ihn abzuweisen. Dann landete er doch bei mir im Bett. Wir liebten uns wie verrückt. Wahnsinn. Ich mit meiner Aids-Angst liege mit einem Stricher im Bett; eine der gefährdetsten Risikogruppen, dachte ich damals. Eine Woche konnten wir nicht voneinander lassen. Eines Morgens blies ich ihn so intensiv, daß plötzlich Blut aus meinem Mund floß. Ich hatte Zahnfleischbluten und bekam Angst. Ich fand es absurd, mit einem Stricher zu ficken und gleichzeitig mit einem »Spiegel«-Artikel die Nation vor Aids zu warnen.
Ich stürzte mich in eine neue Arbeit. Zum ersten Mal wollte ich auf einer Bühne tanzen, eine sehr glückliche Zeit begann. Ich entdeckte meinen Körper mit seinen vielen Möglichkeiten. Die vielen Jahre Sport hatten ihn gut vorbereitet. Zwischen den Tanznummern sollte Fassbinders Ex-Frau Ingrid Caven singen. Nach Fassbinders Tod wurde sie in Frankreich zu einem Superstar. Im Haus des Pianisten Kai Rautenberg schrieben wir gemeinsam mit Ingrid eine ganze Reihe neuer Lieder. Ich dichtete: Die Schlagsahne der Illusionen verbrennt unser Leben im Schaum. / Sie wirft ihren Duft in die Grüfte / und ertrinkt ihre Wut im Urin / Die Schlagsahne der Illusionen / ist mehr als nur Samen und Kot / sie ist wie das tägliche Brot, eine Wolke, / die springt und die springt / in den Toood. Der Titel unseres Abends war geboren: »La crème de l'illusion.«
Ich tanzte in einem hautfarbenen Trikot zwischen den Beinen einer großen Puppe hervor, die lebensecht Lotti nachgebildet war. Ich versuchte, ihre Brüste zu berühren, die kalt und abweisend reagierten. Wütend wirble ich mit der Mutter-Puppe über die Bühne, schlage sie auf den Boden und beginne sie zu ficken. Dann steige ich über sie drüber und werde selbst zur Puppe. Die Schwulen im Publikum waren entsetzt. Ihr Mutterbild war geschändet.
Lottis größter Erfolg war »Fehltritt in den Dünen«, diese Nummer hat sie bis heute in ihr Programm eingebaut. Lotti hatte ja sehr lange Kitschromane übersetzt, und wir hatten uns jedesmal totgelacht über die naive, verlogene Sprache. Ich beschloß also,

Lotti Huber und Peter Althoff in »Schlagsahne der Illusion«

Elfi Mikesch als Kamerafrau (»Ein Virus kennt keine Moral«)

Lotti eine Kitschgeschichte tanzen zu lassen, in der sie am Meer auf einen Geliebten trifft, mit dem sie sich auf ein leidenschaftliches Abenteuer einläßt. Dabei mußte Lotti auf den Boden fallen und einen Geschlechtsverkehr imitieren, indem sie sich ekstatisch hin und her rollte. Vom Tonband erklang dazu der Text: »Dornige Disteln durchdrangen mein sündiges Gesäß, doch ich wollte nur ihn, ihn, ihn. Plötzlich näherte sich ein Boot, es war Eberhard, mein Mann. Hastig zog mein Geliebter die Hosen hoch und floh. Ich verlor alles, meinen Mann, den Geliebten und meine Witwenrente.«
Lottis große Augen überzeugten dabei selbst die letzte Reihe. Sie rannte von einem Ende der Bühne zum anderen, ihr Kostüm war ein langes weißes Spitzennachthemd und ein Sonnenschirm, und die Leute kriegten sich vor Lachen nicht mehr ein. Sie hat die Nummer dann noch oft im Fernsehen und bei allen möglichen Anlässen vorgeführt. Sie ist ein Klassiker geworden.
Ich werde nie vergessen, wie ich mir vor der Premiere, zitternd vor Lampenfieber, tausendmal den Tod wünschte. Ich war unfähig, die Takte der Eröffnungsmusik zu zählen und meinen Einsatz zu finden. Doch dann hopste ich auf meine seltsame Weise hinaus, sah in der ersten Reihe meinen Hausarzt und hatte fortan einen Heidenspaß. Als Ingrid Caven mein Lied von der grausamen Frau schrie und kreischte, begann der rettende Applaus:
Die grausame Frau, die sich selbst verschlingt / und mit scharfen Zähnen ihre Brüste trinkt. / Ein Kilo schwerer Nägel für ihr Bett gemacht / verwandelt ihre Liebe in die Todesnacht. / Die grausame Frau, die keine Schwestern hat / sie frißt ihre Eltern, küßt die Männer matt. / Sie hat keine Freunde und auch keine Lust / Sie fickt sich selbst und das noch mit Genuß.
Der Applaus war groß, die Kritiken vernichtend. Nur Lotti und Ingrid Caven wurde alles verziehen. Wir spielten trotzdem alle zehn geplanten Vorstellungen vor vollem Haus.
Das Plakat für den Abend hatte ich von Joos machen lassen, den ich in Holland kennengelernt hatte. Kurz vor Silvester stand er plötzlich vor meiner Tür und umarmte mich fest und leidenschaftlich. Er war sich in seiner bezaubernden Naivität ganz sicher, daß ich ihn begehrte, und hatte mich die ganze Zeit nicht

vergessen können. Er war unwahrscheinlich niedlich, ein kleiner, rothaariger dünner Mann mit schelmischem Lächeln, körperlich eigentlich gar nicht mein Typ; aber verlieben tut man sich oft gegen den Typ. Bei Joos hatte ich keine Aids-Angst, denn er hatte sich vor mir noch von keinem Mann ficken lassen.
Unsere Beziehung sollte sehr wechselhaft werden. Da war ein begabter, liebenswürdiger Junge, der mich wirklich mochte, und ich stand da, kalt und beziehungslos und mußte ihn zurückweisen. Eines Morgens wache ich auf, und der für mich bis dahin schönste Mann wird mir uninteressant.
Das ist mir immer wieder passiert. Keine Bindung sollte lange halten, obwohl ich viele Chancen mit wunderbaren Männern hatte. Ich habe mich oft gefragt, warum das so ist. War es meine innere Bindung zu Mike, die noch so intensiv war, daß sie alle Männer nach ihm unmöglich machte, oder meine Angst vor Nähe, meine hektische Lebensweise, die immer wieder Abwechslung brauchte und mich jeden schnell langweilen ließ.

August *Ich kaufe die neueste Fernsehzeitschrift »Hörzu«, innen unter meinem Bild wird meine Outing-Kampagne als »widerlich« eingestuft. Die Illustrierte »Bunte« reiht mich unter Prominente ein, die versprochen haben, sich zu bessern. Ein Freund ruft an, der sich aufregt, daß man sich über mich aufregt. In der Zeitung schreiben sie über Prinz Charles als Sexmonster, aber von Schwulen wollen sie nichts wissen. Er haßt die Berliner Schwulenszene genau wie ich. Alle stehen in den Lokalen nur verklemmt und arrogant herum. Er schwärmt von Holland, wo alles fröhlicher, lustvoller und solidarischer zugeht.*
Tom ruft an und beklagt sich, daß Nina Hagen jetzt jeden spießigen Fernsehscheiß mitmacht. Sie war in radikalen Zeiten sein Idol. Er ermahnt mich: Bleib das widerspenstige Ungeheuer, solche Leute wie dich brauchen wir. Das tut mir gut.
Draußen rabenschwarze Nacht. Ich höre das Zischen von Autos auf regennasser Straße.
Es ist Viertel vor zehn. Ich warte sehnsüchtig auf Alphonso.

Morgen sind es zwei Monate, die ich A. kenne und sehr liebe, und er

hat vorgeschlagen, daß wir uns verloben. Ich habe ihm angeboten, am Ende des Monats bei mir einzuziehen.
Kurz davor, am 19. August, stürmen bundesweit 500 schwule und lesbische Paare die Standesämter, um eine homosexuelle Heirat durchzusetzen. Aber A. haßt die Öffentlichkeit. Er kann es sich auch nicht leisten, denn die Nachricht könnte bis in seinen Heimatort am Ende Europas dringen, wo ein Mörder immer noch mehr Wert ist als ein Homosexueller. Ich liebe ihn sehr und wünsche mir so sehr, daß es lange dauert. Er will mich ein ganzes Leben, und die Vorstellung ist so geil, sich einem Menschen ganz anzuvertrauen. Gestern nacht sagte er: Du bist die schönste Seele von Berlin. Er schrieb mir: »Du hast Angst vor der Sicherheit, vor der Langeweile. Ich werde Deine Eitelkeit töten, damit Du leben kannst. Sind wir so klein? Wir haben nichts Großartiges vor. Nur gemeinsam lieben, damit wir leben. Laß mich Dein kleiner Gott werden, damit ich deine Göttlichkeit ertragen kann.«
Gestern war ich beim Delta-Filmverleih eingeladen. Sie sind begeistert von meinem neuen Film »Ich bin meine eigene Frau«. Sie wollen ihn im November im Kino starten, boten mir einen sehr guten Vertrag an. Ich kann es nicht fassen, denn für einen deutschen Film einen guten Verleih zu finden, grenzt heutzutage schon an ein Wunder. Sollte ich es wieder einmal geschafft haben, trotz meiner vielen Feinde?

MORALAPOSTEL

In meinen Notizen von 1985 und 1986 dominiert Aids. 1984 wurde das Virus entdeckt und Ende des Jahres ein Bluttest entwickelt. Es fällt mir heute schwer, mich in die Aufregung zurückzuversetzen, die mich damals befiel. Inzwischen haben die Schwulen mehr als jede andere Gruppe gelernt, mit Safer Sex umzugehen. Das Schlimme aber ist, daß viele Schwule sich mit der Krankheit und dem Tod abfinden. Wir haben nicht gelernt zu trauern, und wir nehmen immer noch Vorsorge und den Schutz der Nichtinfizierten zu wenig ernst. Heute verstehe ich aber Martin Dannekker etwas besser, der meinen ersten »Spiegel«-Artikel mit einem Gegenartikel Anfang 1985 in »Konkret« sehr heftig kritisierte. Er wollte Aids wertfrei sehen, sah die Gefahr in erster Linie von

möglichen diskriminierenden Gesetzen und den Vorurteilen in der Gesellschaft ausgehen und wollte der Hysterie der Presse mit seiner Forderung nach realistischeren Zahlen entgegentreten. Er schien vor Repressionen mehr Angst zu haben als vor dem Virus. Sicher tat er es in guter Absicht, aber das war mir damals zu wenig. Zuviel Abwehr und zu wenige praktische Vorschläge. Das Virus wütete, und er machte Politik, flüchtete sich in die Theorie. Für mich bedeutete seine Abwehr eine Verharmlosung, wie sie nur zu gut in die Verdrängungsmechanismen der meisten Schwulen paßte. Ich vermißte die Verantwortlichkeit der linken Sexualwissenschaftler, Leben zu retten. Mir fehlten konstruktive Vorschläge zur Bekämpfung des Virus, spontane Hilfe, wie die Schwulen in New York und San Francisco sie leisteten, ohne viele Diskussionen und Gejammer.
Mir erschien es zynisch, daß die meisten Schwulen das Prinzip der sexuellen Freiheit um jeden Preis hochhielten und die reale Gefahr des Virus herunterspielten. Heute, da Martin Danneckers langjähriger Lebensgefährte ein Opfer von Aids geworden ist, empfinde ich seine Argumente als doppelt tragisch. Dannecker war wie viele deutsche Linke der Meinung, daß man die Errungenschaften der sexuellen Befreiung durch Aids nicht in Frage stellen dürfe, daß es wichtig sei, die Schwulen zu entlasten, die sonst wieder Gefahr liefen, ausgegrenzt zu werden und ihre mühsam erkämpften Freiheiten, ihr Selbstbewußtsein zu verlieren. Vielleicht konnte er sich wirklich nicht vorstellen, daß sich das Aids-Virus so schnell und verheerend verbreiten würde. Auch die Schwulen-Zeitschriften zeigten am Anfang wenig Einsicht.
Als ich mich später mit den Anfängen von Aids in Amerika beschäftigte, fand ich dort ähnlich heftige Diskussionen. In New York war es der wütende Larry Kramer, der die Schwulen anflehte, den Sex einzuschränken, bis man mehr über die Übertragungswege der Krankheit wüßte. Viele, insbesondere Linke, griffen ihn an, fanden es unverschämt, auch nur ein kleines Stück von den Errungenschaften der Emanzipation aufzugeben; lieber tot, als die Freiheit verlieren. Doch die schnelle Ausbreitung von Aids in den USA brachte die Masse bald zur Einsicht. In Deutschland galt für viele linke Sexualwissenschaftler, vor allem den unseligen

Professor Sigusch, Safer Sex nur als mechanischer und lustloser Sex. Ich dagegen fürchtete nicht so sehr den repressiven Staat, als vielmehr die Unvernunft der Schwulen, ihre Verdrängung und Passivität. Dannecker hoffte auf die Einsicht des einzelnen, auf Selbstverantwortlichkeit und Überlebenswillen, ich aber war der Meinung, daß Einsicht nur über Information und Aufklärung im großen Stil erreicht werden kann. Viele Linke begannen sich über die naiven Amerikaner lustig zu machen, von denen sie zwar die Orgien und Lederbars übernommen hatten, doch gegen Safer Sex sträubte sich der deutsche Geist, der ja so viel tiefsinniger war. Man sprach zynisch vom Ganzkörper-Kondom und beklagte die »Kondomisierung der Gesellschaft«. Mir warf man vor, ich machte einen Kniefall vor den Konservativen, propagiere moralische Umkehr und spiele damit den Rechten in die Hände; ein reuiger Sünder, der auf eine neue Modewelle allzu leicht hereingefallen sei. Ich wurde als Kassandra und Moralapostel verschrien, und viele wünschten mir als erster Aids an den Hals, damit ich endlich verstummen möge. Das ist bis heute so geblieben.

Die Feministin Pieke Biermann fragte auf einer Veranstaltung, warum sich die Schwulen denn eine Immunschwäche anhängen ließen und sich mit der Schwäche identifizierten, statt selbstbewußt ihre Sexualität zu verteidigen.

Mir war klar, daß wir laut und unverschämt sein müssen, um etwas zu verändern. Ich hatte damals die Hoffnung, daß im Kampf gegen Aids eine neue Schwulensolidarität entstehen könnte, daß wir im Angesicht des Todes zärtlicher und liebevoller miteinander umgehen würden, daß wir uns mehr schätzen lernen, statt uns im ständigen Konsumrausch nur als Lustobjekte zu sehen.

Im Januar '85 rief ich die erste Aids-Aktionsgruppe im Berliner Schwulenzentrum zusammen. Das Treffen war überfüllt, doch ich wußte eigentlich auch nicht viel mehr über Aids als die anderen. Es war mein Hilfeschrei. Hier erfuhr ich zum ersten Mal von der Deutschen Aids-Hilfe, die sich zwei Jahre zuvor im kleinen Kreis gegründet hatte, aber nur wenig aktiv war. Ich schlug vor, ein großes Benefiz zu ihren Gunsten zu veranstalten. Ich wollte meine Künstlerfreunde motivieren, uns zu helfen, viel Geld für

die Aids-Hilfe zu sammeln, damit sie ihre Arbeit ausbauen könnte. Eigenartigerweise kamen zu den weiteren Treffen immer weniger Leute, da es jetzt um konkrete Mithilfe bei der Vorbereitung der von mir gigantisch geplanten Veranstaltung ging. Ich hatte das Glück, daß sich die Berliner Gruppe »Positive Schwule« bereit fand, mit uns zusammenzuarbeiten, die erste Schwulengruppe, die sich auch in der Öffentlichkeit als Infizierte zu erkennen gab. Damals leitete Wolfgang die Gruppe, ein Krankenpfleger, der selber positiv getestet war. Später stellte sich heraus, daß der Test falsch und Wolfgang doch negativ war. Das brachte die Gruppe in eine schwere Krise: durfte Wolfgang weiter in der Gruppe bleiben? Für ihn war das sehr wichtig, denn sie hatten sich wie eine kleine Familie sehr eng und solidarisch zusammengeschlossen. Für das Magazin »Tip« machte ich mit ihnen ein Interview, und Dieter, der schon an Aids erkrankt war, machte sich in einer gemeinsamen Fernsehshow öffentlich. Das war damals ein sehr mutiger Schritt, um die Krankheit nach außen hin menschlicher zu machen und sie aus der Anonymität der Sensationspresse zu befreien. Die couragierte Fernsehmoderatorin Lea Rosh nahm spontan Dieters Glas und trank davon, um zu demonstrieren, daß man Aids nicht durch alltägliche Umgangsformen bekommen kann. In der Sendung war auch Inge Meysel, die spontan ihre Gage der Aids-Hilfe spendete. Kurz danach verstarb Dieter.
Der Zeitpunkt der ersten großen deutschen Aids-Benefizveranstaltung, die ich initiiert hatte, nahte. Anfangs stritt ich mich noch mit einigen von der Aids-Hilfe, die nur eine Unterhaltungsshow und keine Information wollten. Ich bestand aber darauf, daß zwischen den Liedern Ärzte, Betroffene und Fachleute auftraten, und setzte mich damit durch. Als ich zufällig Alfred Biolek traf, sagte der spontan seine Mithilfe zu. Ich kontaktierte die Managerin Vivi Eikelberg, die viele wichtige deutsche Sänger unter Vertrag hatte, und bekam in ihr bald eine sehr engagierte und professionelle Mitarbeiterin. Aus ihrem Stall sollten Ina Deter, Konstantin Wecker, Manfred Maurenbrecher und Klaus Hoffmann auftreten. Ich rief Inge Meysel an und bekam eine Zusage, ebenso von Lotti Huber, Brigitte Mira, Evelyn Künneke und Wolf Biermann, auch André Heller, Katja Ebstein und Lea Rosh

waren bereit, mitzumachen. Erst war der Kartenvorverkauf in den Schwulenlokalen sehr schwach, doch am Abend des 17. Juni 1985, es regnete stark, stürmten sie überall aus den Büschen um das Berliner Tempodrom, übrigens nicht weit vom einstigen Institut für Sexualwissenschaften, das Magnus Hirschfeld aufgebaut hatte und das von den Nazis vernichtet wurde.
Der Abend wurde brechend voll und ein grandioser Erfolg. Es stimmte einfach alles. Ich bat am Anfang alle Künstler unter dröhnendem Applaus auf die Bühne und plazierte sie in der ersten Reihe. Ein kleiner Zwischenfall passierte, als Herbert Grönemeyer sagte, es würde sich erst etwas in der Gesellschaft ändern, wenn sich auch eine bekannte Fernsehpersönlichkeit, die hier anwesend sei, zu ihrer Homosexualität bekennen würde. Er meinte damit Biolek. Lea Rosh ging spontan auf die Bühne und rief erregt ins Mikro, daß das jeder selbst zu entscheiden habe. Biolek erschien dann neben Inge Meysel und fragte sie, ob es denn nicht genüge, wenn man sich privat bekenne. Dr. Bienzle und Dr. Heil, zwei engagierte Ärzte, informierten, der Sexualwissenschaftler Prof. Haeberle aus San Francisco schmiß Kondome ins Publikum und berichtete von der praktischen Arbeit der Schwulen in den USA, mit Aids umzugehen. Den größten Erfolg hatte Brigitte Mira mit ihrer berühmten Operettenparodie. Der Saal tobte. Die ganze Veranstaltung dauerte drei Stunden. Sie war ein Riesenerfolg für alle, und ich war danach glücklich und erschöpft.
40 000 Mark kamen der Aids-Hilfe zugute, aber nur wenige dankten es mir. Michael Lenz von der Aids-Hilfe warf mir schon damals Profilierungssucht vor. Er war eifersüchtig, daß ich solch einen Erfolg mit der Veranstaltung hatte. Im Schwulen-Radio war einem Kritiker die Frage besonders wichtig, wie viele Ärzte und Wissenschaftler an Aids Geld verdienten. An die reale Gefahr des Virus glaubte er nicht.
Im Jahr 1985 gab es ca. 200 Aids-Fälle in der BRD, die Hälfte war bereits gestorben. Die Zahl der Infizierten konnte man nur mit Zehntausenden schätzen. Heute, 1992, sind es 9000 Erkrankte und über 50 000 gemeldete Infizierte. Damals waren es fast ausschließlich Schwule, heute ist der schwule Anteil auf 65% heruntergedrückt. Damals hatte man noch die Hoffnung, daß nur ein

Teil der Infizierten sterben würde. Offiziell nahm man an, daß nur 20% der Infizierten sterben müßten, die Sexualwissenschaftler reduzierten diese Zahl noch einmal auf 5%. Wir wußten damals nicht, daß fast alle Infizierten an Aids sterben würden. Ich selbst habe es erst im Juni 1985 gewagt, erstmals einen Aids-Test zu machen. Gemeinsam mit Mike war ich zum Robert-Koch-Institut gegangen, wir hatten eine Nummer bekommen, uns wurde Blut abgenommen, und wir sollten eine Woche später das Ergebnis bekommen. Bis dahin mußte ich Todesängste ausstehen, hatte innerlich schon mit dem Leben abgeschlossen und war fest überzeugt, positiv zu sein. Ich ging erneut die Unzahl von Sexpartnern durch, von denen ich mich hatte ficken lassen. Es war wie eine Lotterie. Viele meiner Feunde hatten sich infiziert, bevor sie genaue Informationen über Aids haben konnten. Doch viele infizierten sich erst, als Aids bereits in aller Munde war, die Szene aber die Gefahr lautstark verleugnete. Mike machte zu der Zeit gerade Ton bei Wieland Specks Film »Westler«, der auf dem S-Bahnhof Tiergarten gedreht wurde, und ich platzte dann mitten in die Szene hinein, um Mike zu verkünden, daß wir beide negativ waren. Das erschien mir wie ein neues Leben, aber mein Glück hielt nicht lange an. Bald hörte ich, daß der Test noch nicht perfekt und viele Ergebnisse falsch seien. Inzwischen wiederholt man jeden Test dreimal und hat ein sicheres Ergebnis. Damals entdeckte ich einen Lymphknoten an meinem Hals und betastete ihn täglich. Vielleicht hat mir auch meine Hypochondrie geholfen, zu überleben. Ich war übervorsichtig. Bei den meisten schnellen Sexkontakten küßte ich nicht, wichste in Parks und Saunen meist nur auf Distanz. Ich konnte es nicht fassen, daß in der Szene Sorglosigkeit herrschte, daß die Orgienkeller einiger Schwulenlokale immer noch überfüllt waren, daß in der Sauna kaum Publikumsrückgang zu verzeichnen war. Ich plädierte dafür, Kneipenbesitzer, die einen Orgienraum betrieben, aufzufordern, ihn zu schließen, Saunabesitzer sollten zudem kostenlose Kondome auslegen und Aufklärungsmaterial. Ich war gegen staatliche Kontrolle, wollte aber, daß die Schwulen selber Druck auf Kneipenwirte ausübten, denn die verdienen ja sehr viel an uns. Ich ging selbst zu den Wirten und sprach mit ihnen.

Jeder wollte den Keller zumachen, wenn der andere es auch tat; aber immer weigerte sich dann doch der eine oder andere. Der Besitzer des Lederlokals »Knolle«, der einen Fickkeller betrieb, war zeitweise sogar im Vorstand der Aids-Hilfe.
Ich appellierte an Andreas Höhne, der einige Schwulenlokale und eine populäre Sauna besaß und den jährlichen großen Tuntenball veranstaltete, wo Tausende von Schwulen bereit waren, über hundert Mark Eintritt zu zahlen. Er versprach zuerst, die Tombola des Tuntenballs der Aids-Hilfe zu stiften, doch dann gab er das Geld lieber dem SOS-Kinderdorf. Einige Jahre später starb er selbst an Aids, seinen Mitarbeiter hatte man schon im Jahr zuvor tot in der Badewanne gefunden. Beide hatten mir versichert, sie seien fest überzeugt, daß man sehr schnell ein Mittel gegen Aids finden werde und daß alles Panikmache sei. Sie fürchteten, Aids-Aufklärung sei geschäftsschädigend.
Ich fuhr mit dem Arzt Dr. Heil, der die meisten Aids-Patienten in Berlin hatte, auf eigene Faust nach Bonn zu Herrn Prof. Steinbach, dem für Aids Zuständigen der Bundesregierung. Die Aids-Hilfe hatte es damals sehr schwer, einen Termin in Bonn zu bekommen, geschweige denn finanzielle Mittel. Wir machten Steinbach klar, wie wichtig es sei, schnell zu handeln und bundesweit Aufklärungsmodelle zu erfinden. Die Deutsche Aids-Hilfe erkämpfte sich dann Ende '85 mit Klugheit und Beharrlichkeit eine staatliche Unterstützung von einer halben Million, 1986 schon zwei Millionen, inzwischen sind es über sieben Millionen. Die ersten Faltblätter der Aids-Hilfe entstanden 1984 in sehr kleinem Rahmen, das erste Plakat Ende '85 oder '86. Dennoch hatte ich schon damals großes Mißtrauen gegenüber den sehr bürgerlichen Mitarbeitern der Aids-Hilfe. Sie waren mir zu wenig radikal, viel zu langsam.
In einem speziellen Aids-Kreis, der sich im Landestropeninstitut traf, erkämpften wir Senatsgelder für einen Mann der ersten Stunde, Bernd Röhrig, der sich bei der Aids-Betreuung, besonders mit infizierten Kindern, einen Namen gemacht hatte. Auch er ist inzwischen lange tot.
Wenig später ging ich mit Professor Haeberle, der aufregendes Material der amerikanischen Schwulen zur praktischen Aids-Be-

kämpfung und -Vorsorge mitbrachte, zum Berliner Gesundheitssenator Fink und bat ihn um schnelle finanzielle Unterstützung. Die Schwulenszene warf mir natürlich einen Alleingang vor, aber ich wußte, daß ich kraft meines Namens an höchster Stelle erst einmal Gehör fand. Senator Fink war erstaunlich einsichtig. Er akzeptierte sofort drei meiner Vorschläge: die Finanzierung eines Sonderheftes der Berliner Schwulenzeitschrift »Siegessäule« zu Aids, die finanzielle Unterstützung der Gruppe »Positive Schwule«, und die ständige Subventionierung eines Schwulen-Informationsladens, die heute als »Mannometer« eine der wichtigsten Schwulen-Einrichtungen der Stadt ist. Er akzeptierte nämlich meine Beobachtung, daß sich viele Schwule nicht in die Räume der Aids-Hilfe trauen und daß ein unverfänglicher Schwulenladen, der alle Informationen zu schwul-lesbischen Themen bereithält, auch Informationen zu Aids effektiver an den Mann bringen könne. Speziell nach Öffnung der Mauer leistete »Mannometer« sensationell gute Dienste. Dort beraten Psychologen, viele Schwulengruppen treffen sich, vom Computer bekommt man die neuesten Infos aus der Szene, erfährt von geplanten Aktionen und Aids-Aktivitäten.
Ich blieb aber der Szene mit meinen wütenden Aufklärungsappellen suspekt, also besann ich mich aufs Filmemachen.

»EIN VIRUS KENNT KEINE MORAL«

Ostern 1985 hatte ich eine Annonce aufgegeben, in der ich Darsteller für Film und Theaterarbeit suchte. Ich bot in einem Theaterraum in Kreuzberg einen kostenlosen Workshop an und viele, viele kamen. Am meisten interessierte mich eine kleine kräftige Type mit wunderschönen großen Augen. Es war Regina Rudnick, die ich erst Greta Karkuschke nannte und dann Ina Blum. Sie erinnerte mich an Carla, meinen Superstar aus frühen Tagen. Ich entschloß mich, nach Ostern mit sechs Personen, die ich im Workshop schließlich ausgewählt hatte, bei mir zu Hause weiter zu proben.
Uns war schnell klar, daß wir Aids nicht sentimental oder selbst-

mitleidig darstellen durften. Deshalb wollten wir eine schwarze Komödie machen, die wir bald »Ein Virus kennt keine Moral« nannten. Nichts sollte uns heilig sein, wir wollten alles verarschen, Krankheit, Tod, die überforderten Ärzte, das Gesundheitswesen, die Sensationsreporter, die Aids-Terroristen. Wir erfanden die A. O. K., die Aktion ohnmächtiger Kranker. Wir improvisierten mit Regina die schamlosesten Einfälle: Eine Sensationsreporterin will auf einer öffentlichen Toilette herausfinden, wie es die schwulen Säue treiben. Sie verkleidet sich als Mann und steckt sich einen Kunstpimmel in die Hose. An der Pißrinne nähert sie sich einem jungen Mann, der sie ungläubig anschaut und ihr die Mütze vom Kopf reißt: Aber Mutti, was machst du denn hier? Sie erfährt hier zum ersten Mal, daß ihr Sohn schwul ist.
Ich wollte im Film eine der Hauptrollen spielen, einen ausbeuterischen Saunabesitzer, der jede Aids-Aufklärung in seinem Etablissement verhindert, selbst aber entdeckt, daß er infiziert ist. Sein Freund studiert Kirchenmusik und ist begeistert, daß er nun seine christliche Nächstenliebe anwenden kann. Regina spielt eine Therapeutin, die mich und meine verständnislose Mutter, die selber mit ihrem Krebs zu tun hat, therapiert. Erst wenn ich meine Mutter töte, werde ich auch das Virus in mir töten, ist ihre These.
Dann erfanden wir die Figur der Prof. Dr. Blut, einer Ärztin, die sich bei Safer Sex-Aufklärungsabenden sehr unwohl fühlt und angeekelt zwei Kunstpimmel in eine Flüssigkeit taucht; der Pimmel mit Kondom bleibt sauber, der andere bekommt grauenhafte Pestbeulen. Bei einer Studienfahrt nach Afrika, die wir im Berliner Tiergarten drehten, ist Prof. Blut mit ihrem Assistenten auf der Suche nach dem angeblichen Verursacher von Aids, der grünen Meerkatze. Sie schaut gespannt auf eine Palme, während sich von hinten Eingeborene mit riesigen Schwänzen heranschleichen. Der Assistent guckt sich entsetzt um und sagt: Frau Professor, schauen Sie sich mal ganz langsam um, da fickt Sie jemand von hinten. Als sie aufschreit, erschreckt sich die Meerkatze so sehr, daß sie Frau Blut beißt.
Jeden Tag bekamen wir neue hysterische Einfälle, die damals

nicht so weit von einer möglichen Realität entfernt waren: Die Regierung beschließt, alle Infizierten nach Hell-Gay-Land abzuschieben. Bei unserem Abschied singen die »Bermudas«: »Wir lagen vor Madagaskar und hatten die Pest an Bord.« Im letzten Moment entführen Aids-Terroristen den Gesundheitsminister, der am Hafen eine Rede hält, und fordern von ihm viel Geld zum Kampf gegen Aids, ansonsten würde er von ihnen angesteckt. Ich engagierte zu den Filmaufnahmen die Kabarettgruppe »Die drei Tornados«, die einen ihrer genialen Aids-Sketche in den Film einbauten. Einer von ihnen, Günther Thews, war damals schon infiziert. Er machte sich später öffentlich.
Im Berliner Schwulenzentrum entstand Mitte der achtziger Jahre gerade eine provokante, begabte Tuntenszene (Tima die Göttliche, Ichgola Androgyn, Chou Chou de Briquette und andere), die Kabarett machten, Lieder sangen und Mode verarschten. Die »Bermudas« gehörten zu den Stars dieser Szene, sie sangen fünf Lieder im Film, darunter »Hurra, wir leben noch« und in Krankenschwestertracht »Du hast Dein Schicksal in der Hand«, als Aufforderung zur Onanie. Für Fernsehen und Filmförderung war der Film zu schweinisch – ich hatte Glück, daß mein Filmverleih und eine Videofirma uns insgesamt 60 000 DM zur Verfügung stellten. Das war wenig, aber mit Gagenrückstellungen aller Beteiligten war es möglich.
Ich war dankbar, daß Elfi Mikesch die Kameraarbeit für sehr wenig Geld zu machen bereit war. Die Dreharbeiten waren für Anfang September '85 angesetzt, doch plötzlich bekam ich Panik. Ich identifizierte mich so sehr mit der Rolle des Aids-Kranken, daß ich dachte, meine Rolle würde bald Wirklichkeit. Im Juli '85 war bekanntgeworden, daß Rock Hudson Aids hat. Die Welt hielt den Atem an. Ich war nervlich am Ende und sagte den Film kurzfristig ab. Natürlich hielt ich meine Absage nicht durch und faßte schnell wieder Mut. Einen Monat später fingen wir dann mit den Dreharbeiten an und hatten in vier Wochen den Film im Kasten. Die durchweg ungeübten Hauptdarsteller waren hervorragend, bis auf Thilo, der sehr verklemmt und zickig war. Erst wehrte er sich lange gegen eine Nacktszene, und dann wollte er plötzlich die Szene in der Toilette mit seiner Filmmutter nicht

spielen. Er bekam einen Tag vor dem Dreh Angst, daß seine richtige Mutter den Film sehen könnte.
Der berühmte kanadische Transvestit Craig Russell spielte eine kleine Szene hinter einer Bar. Während der Aufnahmen schissen seine kleinen Hunde die Sofas voll. Craig war unerträglich exzentrisch, aber genial. Auch er ist nicht mehr unter uns.
Für eine der drei Krankenschwestern, die darum würfeln, ob nun der Kanake von Zimmer 7 oder der Arschficker von Zimmer 8 zuerst an Aids stirbt, engagierte ich Hella von Sinnen. Bis heute liebe und verehre ich sie als eine der größten Komikerinnen der Welt. Im Januar 1986 wurde »Ein Virus kennt keine Moral« im Berliner Kino Filmkunst 66 uraufgeführt. Das Publikum applaudierte begeistert. Der provokante Witz kam sehr gut an und überraschte selbst meine Kritiker, die sonst in mir den Oberlehrer fürchteten.
Nach dem Film machten wir mehrere Live-Veranstaltungen, zu denen die unterschiedlichsten Experten geladen waren. Zum Thema »Aids und Politik« kam Senator Fink. Wir forderten Geld für die Aids-Hilfe und für Aids-Betreuung. Beim Thema »Safer Sex« hatten wir die heißeste Diskussion. Aufs Podium hatte ich schwule Barbesitzer geladen, und es zeigte sich, daß das Publikum gegen die Schließung der Orgienräume war. Sie wollten sogar auf die Straße gehen, um für uneingeschränkten Sex zu kämpfen. Ich ließ mich hinreißen, einige im Publikum als Mörder zu bezeichnen.
Für eine Sondernummer der Zeitschrift »Konkret« führte ich ein Streitgespräch mit Martin Dannecker. In derselben Nummer machte sich Prof. Sigusch über Safer Sex lustig. Er beschimpfte Prof. Haeberle und seine witzigen Aufklärungsshows als oberflächlich und verharmloste die Aids-Gefahr, indem er betonte, es gäbe viel mehr Verkehrsunfälle als Aids-Erkrankungen. Ich mußte einsehen, daß ich nicht in die Zeit paßte. Man wollte in Ruhe gelassen werden. Meine Arbeit schien umsonst. Ich flog zum Filmfestival nach Rotterdam, wo der Film erfolgreich lief. Ich hörte, daß selbst im emanzipierten Holland viele Safer Sex nicht akzeptierten. Selbst ein schwuler Arzt erzählte mir, daß er mit Pariser nicht geil werde, und obwohl er sich der Gefahr bewußt sei,

ließe er sich ohne Kondom ficken. Ein guter Freund gestand mir stolz, daß er sich gerade auf dem Pooltable ohne Pariser habe durchficken lassen und daß er Lust vor Frust stelle. Heute ist er sehr krank. Ich quälte mich zur Premiere nach Köln und Frankfurt. Überall dasselbe. In Bremen schien die Szene eine ganz besondere Abneigung gegen Kondome zu haben. Sie liebten meinen Film, doch nicht die Diskussion über Safer Sex. Selbst emanzipierte Frauen fanden Kondome ekelhaft. Gerade von ihnen aber, die ja viel Erfahrung mit Verhütung hatten, hatte ich Hilfe erwartet. Als ich zwei Jahre später wieder nach Bremen kam, erfuhr ich, daß ein Teil der hübschen, blonden Bremer Jungs inzwischen infiziert war. Zur »Virus«-Premiere nach München schaffte ich es nervlich nicht mehr.
Der Film lief auf vielen internationalen Festivals, begeisterte und schockierte zugleich. Ich halte ihn immer noch für eines meiner gelungensten Werke. Selbst wenn Aids kein Thema mehr sein wird, bleibt er ein wichtiges Dokument.
Ich fühlte mich einsam, schlapp und depressiv.
Meine beste Freundin und Mitarbeiterin Marianne Enzensberger zog Knall auf Fall aus meiner Wohnung aus. Ich habe erst mit der Zeit begriffen, wie schön und wichtig die Freundschaft mit Marianne für mich war. Nach ihr gab es außer Lotti niemanden, mit dem ich so intensiv verbunden war, mit dem ich so viel Spaß hatte und den ich so liebte. Freundschaften sind viel befreiender als Liebhaber. Es ist eigenartig, ich kenne Hunderte, Tausende von Menschen. Fast täglich treffe ich neue Menschen, und doch ist es sehr selten, daß sich mehr als eine oberflächliche Begegnung daraus ergibt. Nur wenige Menschen interessieren sich wirklich für mich, vielen mache ich Angst.
Ich begann zu fressen und wurde bald so dick wie noch nie. Da ich durch mein Tanztheater an regelmäßiges Training gewöhnt war, aber nach der Premiere jeden Sport radikal aufgegeben hatte, nahm ich sehr schnell zu. Ich bekam einen Kugelbauch, wog 85 Kilo. Obwohl dicke Leute in Zeiten von Aids begehrter waren, weil man sie für gesund hielt, schämte ich mich zu Tode. Selbst eine Retrospektive meiner Filme in Rom änderte nicht viel an meiner depressiven Stimmung. Die Römer waren ein aufmerksa-

mes und interessiertes Publikum, aber ich fand sie sehr steif und verklemmt, sehr im Gegensatz zu dem ihnen nachgesagten Temperament. Homosexualität ist in Italien immer noch ein großes Tabu. Viele Männer tarnen sich mit einer Ehe und leben ihr Schwulsein nur anonym und ängstlich.

18. August *Meine Liebe zu Alphonso hält an, scheint grenzenlos. Wir ficken mitten im Park in einer heißen Sommernacht. Wir ficken bei Blitz und Donner. A. zerreißt mir mein T-Shirt und spuckt mir ins Gesicht. Er fickt mich, daß mir Hören und Sehen vergeht. Noch niemand hat es gewagt, mich so lange und ausdauernd zu ficken. Sonst war ich immer der brutale sportliche Ficker.*
Ich habe Angst, daß es meinen Arsch zerreißt. Ich habe Angst vor Aids. Ich schlage vor, daß wir gemeinsam zum Test gehen. Plötzlich fürchte ich seine Dominanz, habe Angst, daß er mich von sich abhängig machen will, daß ich mich ganz in ihm verliere. Er ist Sternzeichen Skorpion, denen man nachsagt, daß sie kontrollieren wollen. Ich bin Schütze und brauche die Grenzenlosigkeit. Plötzlich habe ich Angst vor der Verlobung, vor dem Zusammenziehen, aber es gibt keinen Weg mehr zurück.
Gestern bekam Charlotte von Mahlsdorf das Bundesverdienstkreuz für ihre museale Tätigkeit. Wir drehten mit und hoffen, es noch in den Film einschneiden zu können. Wer hätte das gedacht! Viele von uns Schwulen fühlen sich schon so selbstverständlich als Menschen zweiter Klasse, daß sie überhaupt nicht auf die gleichen bürgerlichen Ehren zu hoffen wagen,die Heteros für sich so selbstverständlich in Anspruch nehmen.

TRAUM VOM WELTRUHM

Und noch immer war ich auf der Suche nach einer Hauptdarstellerin für meinen »Anita«-Film. Durch einen britischen Produzenten hatte ich Fotos von der Tochter des Hollywood-Regisseurs John Boorman gesehen, der durch Filme wie »Deliverance« und »Excalibur« weltberühmt wurde. Kathrin Boorman war sehr sexy. Ich rief sie in London an, und sie lud mich nach Paris ein, wo sie

in den nächsten Wochen einen Film drehte. Damals war sie gerade mit Christopher Lambert liiert, der durch seine Rolle als Tarzan berühmt wurde. Die Boormans, die überall auf der Welt Appartements haben, sind eine freundliche und unkomplizierte Familie. Die Mutter ist Deutsche, reist aber schon lange mit ihrem erfolgreichen Mann durch die Welt. Sie luden mich mit ihren drei hübschen, erwachsenen Töchtern in eines der besten Restaurants ein in Paris. Kathrin bezauberte mich sofort, ein wildes, erotisches Geschöpf, die mir alle meine direkten und unverschämten Fragen beantwortete. Sie war sehr scharf auf die »Anita«-Rolle. Ihr Vater hatte ebenfalls das Drehbuch gelesen, war begeistert und wollte mir helfen, britisches Fernsehgeld zu bekommen. Ich fragte John natürlich detailliert über seine Arbeit in Hollywood aus, und er erzählte mir, wie unsicher jeder Film sei, denn die großen Filmgesellschaften werden ständig verkauft, und neue Bosse machten oft alte Entscheidungen wieder rückgängig. Er hatte gerade im südamerikanischen Urwald ein Drama mit seinem jungen Sohn in der Hauptrolle abgedreht, »Der Smaragdwald«. Es ging um die Zerstörung der Natur. Als ich ihn ein paar Wochen später in London wiedertraf, stand gerade seine Filmpremiere mit Hunderten von Kopien weltweit vor der Tür. Eine Pressekonferenz über Satellit wurde vorbereitet. Ich begann vom großen Film zu träumen. Man sagte mir, daß die Geschichte der Nackttänzerin Anita sehr kommerziell sein könnte. Ich hatte bei meiner Rom-Reise Kontakt zu dem italienischen Produzenten Enzo Peri aufgenommen, der es für realistisch hielt, für den Film 3 bis 5 Millionen in einer europäischen Koproduktion aufzutreiben. Bedingung wäre, daß ich ihm alle meine Rechte verkaufte, er mir ein Regiehonorar garantierte und ich quasi bei ihm angestellt sein würde.
Zu der Zeit bereitete aber Robert van Ackeren gerade seine Großproduktion »Die Tigerin« vor, und wurde dabei von heute auf morgen von seinem Produzenten Dieter Geissler entlassen. Angeblich, weil van Ackeren den Film teurer machen wollte als die geplanten zehn Millionen. Ich bekam einen großen Schreck, glaubte, daß mich ein kommerzieller Produzent bald feuern würde, weil ich Kunst und nicht Kitsch machen wollte. Ich ent-

schloß mich deshalb, meine Rechte und damit meine Selbständigkeit zu behalten und meinen Traum vom Weltruhm aufzugeben. Ich wollte meine »Anita« mit weniger Geld, dafür aber unabhängig machen. Von Kathrin Boorman habe ich seitdem nichts mehr gehört. Sie wollte wohl in keinem kleinen Film mitmachen.

Schließlich traf ich in New York eine Traumfrau, ein poetisches Geschöpf namens Annabelle, eine wunderschöne rothaarige Frau mit ganz weißer Haut. Ich lernte sie auf einer Ausstellungseröffnung inmitten symbolistischer Kunst kennen und war überzeugt, daß ich endlich die wahre Anita für meinen Film gefunden hatte.

In New York wurden wir von dem Unglück von Tschernobyl überrascht und bedauerten unsere europäischen Freunde, die vielleicht alle schon verseucht sein würden. Ich richtete mich in Gedanken auf einen längeren Aufenthalt in den Staaten ein, gedachte, meine Freundin Mae nun doch zu heiraten, damit ich in den USA eine Arbeitserlaubnis bekommen könnte.

Zum Schluß meines Aufenthaltes lernte ich auf einer Party die junge deutsche Journalistin Claudia Steinberg kennen. Wir verstanden uns auf Anhieb. Sie versuchte seit zehn Jahren, in dieser Monsterstadt zu überleben, arbeitete ab und an für deutsche Zeitungen und momentan als Sekretärin für Maria Ley-Piscator, eine ehemalige Tänzerin und Witwe des berühmten deutschen Regisseurs Erwin Piscator. Maria war eine zierliche alte Dame, der man ihre fast 90 Jahre nicht ansah. Ihr Gesicht war von solcher Schönheit und Ausdruckskraft, daß ich mich sofort unsterblich in sie verliebte. Sie erwiderte meine Zuneigung, und wir begannen heftig zu flirten. Mir war klar, daß ich über sie einen Film machen mußte. Am Abend führte mich Claudia an den Broadway in »Vienna Lusthaus«, ein Tanztheater über das Wien der Jahrhundertwende. In einer großen Rolle die alte Clownstänzerin Lotte Goslar. Sie war 1930 in Berlin mit ihren Tanzparodien über Nacht berühmt geworden und entschied sich bei der Machtübernahme der Nazis, im Ausland zu bleiben. Über Prag und Zürich kam sie nach Amerika. Da sie die Sprache nicht für ihre Kunst brauchte und Tanz international verständlich ist, konnte

sie auch in den USA eine Karriere machen. In Los Angeles arbeitete sie mit Brecht und Charles Laughton zusammen und unterrichtete unter anderem Marilyn Monroe.
Das alles erzählte sie uns nach der Vorstellung in ihrer Garderobe, und ich entschloß mich, auch Lotte in den Film über Maria Piscator miteinzubeziehen. Als mir Claudia dann noch von einer anderen berühmten Emigrantin erzählte, der Filmschauspielerin Dolly Haas, die besonders durch Hosenrollen in vielen Filmkomödien Anfang der dreißiger Jahre das deutsche Publikum begeisterte, wollte ich alle drei Frauen in einem Film kombinieren. Ich bat Claudia, Material zu sammeln und es mir nach Berlin zu schicken, damit ich das Fernsehen für meinen Plan gewinnen konnte. Das spielte sich alles in den letzten zwei Tagen vor meiner Abreise ab. Claudia Steinberg wurde für längere Zeit eine sehr wichtige Mitarbeiterin und gute Freundin.
In Deutschland überredete man mich, kurz nach Karlsruhe zu reisen und nach der Vorführung von »Ein Virus kennt keine Moral« mit dem Publikum zu diskutieren. Im Publikum stritt eine Gruppe von jungen Leuten heftig mit mir über die Möglichkeit, ob unsere Psyche das Virus überwinden könne. Es stellte sich heraus, daß es gefallene Baghwan-Jünger waren, die vom Guru gerade aus dem Hauptquartier in Oregon herausgeschmissen worden waren und eigenartigerweise hier in Karlsruhe Zuflucht suchten. Ein besonders hübscher Mann, Joachim, erzählte mir spät nachts in einer Bar, daß er schon immer für mich geschwärmt hätte, und sah mich dabei mit leuchtenden Augen an. In den nächsten Tagen telefonierten wir fast jede Nacht, und er entschloß sich, mich in Berlin zu besuchen. Beim letzten Telefongespräch hatte er mir noch erzählt, daß er ein positives Testergebnis hätte. Mich beruhigte das, denn so war ich sicher, daß dann Sex mit ihm sowieso ausgeschlossen sei, und ich brauchte keine Angst vor einer neuen, vielleicht schmerzhaften Liebesgeschichte zu haben. Die erste Nacht mit ihm in Berlin lief auch gesittet ab. Ich machte ihm sein Bett im Wohnzimmer. In der zweiten Nacht hielten wir es beide schon nicht mehr aus und umklammerten uns wild und leidenschaftlich. Wir küßten uns mit fest geschlossenen Lippen, und er war es, mit dem ich zum erstenmal Kondome benutzte.

Schon wenn wir unsere Schwänze aneinanderrieben, trugen wir Verhüterli. Baghwan hatte in seiner Kommune in Oregon bereits 1984 Kondomzwang eingeführt und auch Plastikhandschuhe. Joachim war also, im Gegensatz zu mir, trainiert. Als ich aber hörte, daß Baghwan die Aids-Kranken in die nahen Berge in die Isolation schickte und ihnen das Essen nur mit Handschuhen gereicht werden durfte, war ich doch sehr schockiert.

Joachim schwitzte stark, und ich geriet von einer Paranoia in die andere. Als dann, nach einer Woche großer Leidenschaft, das Kondom riß, als ich ihn zu heftig fickte, flippte ich vollends aus. Einmal hatte ich ihm den Rücken aufgekratzt und bekam Angst vor seinem Blut. Heute weiß ich, daß ein Nichtinfizierter auch einen Infizierten sicher lieben kann, wenn er die Safer Sex-Regeln beachtet. Schweiß und tiefe Küsse sind nicht ansteckend. Selbst der aktive Ficker ist weniger gefährdet, wenn der Schwanz keine Wunden aufweist. Tödlich kann es jedoch für den passiven Teil sein, wenn der Pariser reißt und der infizierte Samen in den fast immer rissigen Darm spritzt. Deshalb ist es sicherer, daß man auch mit Pariser den Schwanz vor dem Abspritzen rauszieht.

Damals wußten wir das alles noch nicht so genau. Joachim blieb aber ein guter platonischer Freund. Er lebt inzwischen seit fünf Jahren mit einem Nicht-Infizierten in einer Beziehung, er selbst ist seit zehn Jahren positiv und immer noch gesund und vital. Sein Freund ist bislang bei jedem neuen Test negativ geblieben.

Ich betrachtete immer wieder das Video der Probeaufnahmen, die ich von Annabelle zu »Rote Liebe« in New York gemacht hatte, und fand sie plötzlich zu konventionell. Hübsche Frauen gibt es in jedem Film, nur wenige sind Persönlichkeiten. Ich dachte an die Berlinerin Regina, die mich beim »Virus«-Film so sehr inspiriert hatte. Ich machte mit ihr für den »Anita«-Film Probeaufnahmen. Sie rollte ihre großen Augen und hatte herrliche Einfälle. Sie trug den Pelz wie auf einem Bild von Otto Dix und schnupfte Kokain wie auf einer Zeichnung von George Grosz. Auf einmal störte mich ihre etwas üppige Figur und ihr leicht hängender Busen nicht mehr. Nur war sie keine Tänzerin. Ich ließ sie mit Mikael Honesseau proben, einem muskulösen Tänzer, der Anitas Liebhaber spielen sollte. Er, der Profitänzer, war entsetzt über

Lotti und Rosa in New York

meine Wahl seiner Partnerin, er hätte lieber eine konventionelle Sexbombe gehabt. Er selbst war ein ständig geiler Mann, dem die Frauen nur so nachliefen, selbst Lotti hatte er einmal angemacht, indem er sich nach einer Probe nackt und mit erigiertem Glied auf ihr Bett legte. Lotti erzählte mir, daß sie etwas Sekt auf seinem Körper verschüttete und sich dann süffisant aus der Tür schlich.

Endlich entschied ich mich unter großen Qualen für Regina und sagte Annabelle in New York ab.

»Anita« sollte mein aufwendigster Film werden. Mit der professionellen Hilfe meiner Herstellungsleiterin Renée Gundelach hatte ich an die 600 000 Mark aufgetrieben, die aus Filmförderungen und Fernsehrechten kamen, aber trotzdem noch viel zuwenig waren für diesen großen Film. Hunderte von Statisten mußten in Zwanziger-Jahre-Kostümen auftreten. Wir brauchten Orginaldekorationen und Requisiten aus der Zeit, eine komplizierte Maske, und die Tänze der Hauptdarsteller mußten choreografiert werden.

Eine besondere Rolle spielte auch die Musik, da ja über die Hälfte des Films als Stummfilm gedreht werden sollte. Elfi Mikesch war wieder bereit, die Kamera zu machen, und dieser Film sollte vom Licht und den Bildeinfällen Elfis absolute Meisterleistung werden. Sie hatte sich inzwischen eine neue Freundin zugelegt. Die Glückliche war die radikale Feministin Monika Treut, die sehr dem Sadomasochismus zugetan war und das Buch »Die grausame Frau« veröffentlicht hatte. Die sanfte Elfi war sehr begeistert von dieser neuen Erfahrung.

Lotti stürzte sich auf ihre Rolle. Ich machte einen Ausflug mit ihr in die Nervenklinik nach Wittenau, zu Studienzwecken. Wir bekamen die Erlaubnis, in einem unbenutzten Trakt einige Szenen für den Film zu drehen. Anfangs war es schwierig für uns herauszufinden, wer dort Pfleger, Arzt oder Patient war. Später beim Dreh hatten wir Lotti einmal im großen Anstaltsgarten zurückgelassen und sie dann vergessen. Sie bekam eine Heidenangst, daß man sie als Irre einsperren würde.

Lotti wurde der absolute Star des Films. Während die anderen Darsteller in den Stummfilmrückblenden, die ich in Farbe dreh-

te, in immer neuen Kostümen der zwanziger Jahre glänzten, trug Lotti in den Psychiatrie-Szenen nur ein Nachthemd. Statt raffiniertem Licht und expressiven Bildern bat ich Elfi, in den Tonfilmszenen mit Lotti, die ich in Schwarzweiß drehte, alles sehr flach und realistisch zu beleuchten. Lotti wirkte in ihrer Verrücktheit sehr glaubhaft und, was das wichtigste war, sehr anrührend und sympathisch. Die dicke alte Frau war ein Vulkan.
Lotti zog sich gleich am Anfang des Films auf der Straße aus. Wir hatten aus der Nervenklinik Wittenau einige Freigänger als Statisten engagiert, die echt empört reagierten, als Lotti ihren nackten Arsch zeigte und dabei Anitas berühmten Spruch zitierte: Wer A sagt, muß auch Rsch sagen. Ich hatte lange gebraucht, um Lotti zu überzeugen, daß sie im Film ordinär sein müsse, und flehte sie an, die Studentensprüche aus ihrer Jugend preiszugeben. Sie zierte sich sehr, doch dann schoß es nur so aus ihr heraus: »Die Gonokokke sitzt und lauscht, derweil Urin vorüberrauscht.« Ich hatte Lotti gebeten, die fünfjährige Anita selber zu spielen. Sie erschien in einem Matrosenkleid als Monsterbaby, stampfte unwillig mit dem Fuß auf und fing an zu plärren.
Wir hatten hervorragende Statisten gefunden. Eine alte einbeinige Nutte, alte verhungerte Gestalten, die in einer Schlange vor einem Fleischerladen stehen mußten, hinreißende Lesben und Transvestiten, die das Publikum im berühmten »Eldorado« nachstellten. Mein Superstar aus »Horror vacui«, die Nachtigall, nervte mich so lange, daß ich ihr die Rolle des Teufels versprach, der in einem Opiumtraum Anitas zusammen mit einem Ziegenbock auftauchte.
In einer alten Wohnküche drehten wir die »Tänze des Lasters, des Grauens und der Ekstase«, die auf einem vergammelten Ofen begannen und am Galgen vor dem Fensterkreuz endeten.
Mikael tanzte nackt »Kokain«. Jeder Muskel seines durchtrainierten Körpers war angespannt. Regina als junge Anita zeigte der Kamera eine wunderbare lesbische Szene. Sie war schamlos, liebte ihre Nacktheit und jede Perversität.
Die Zwischentitel für den Stummfilmteil ließ ich von Volker März im Stil alter expressionistischer Orginaltitel malen: »15 Jahre und schon so verdorben«, »So ein perverses Luder«, »Laster, oh

Sehnsucht des Bürgers«. Ein Schild an einer Berliner Badeanstalt: »Homosexuelle Männer werden gebeten, sich ihre Veranlagung nicht anmerken zu lassen.«
Am Ende einer steilen Karriere und eines exzessiven Lebens war die echte Anita Berber bei einer Tournee im Orient schwer erkrankt; sie schwört »Kein Alkohol, keine Drogen, nur noch Natur«, bekommt eine Lungenentzündung und stirbt schließlich im Berliner Bethanienkrankenhaus. Ich ließ es mir nicht nehmen, im Film einen Priester zu spielen, der sie im letzten Moment bekehren will. Die Alte streitet sich inzwischen in der Psychiatrie mit ihrer Krankenschwester, die ihr ihre schmutzigen Phantasien ausreden will: Nun ist aber Schluß mit Ihren Lügengeschichten, wenn Sie sich wenigstens einbilden würden, Helen Keller, Lili Palmer oder Inge Meysel zu sein. Bei dem Namen Meysel schreit Lotti im Film auf und bekommt eine Herzattacke. Dann sehen wir sie aufgebahrt in der Leichenhalle. Wir drehten die Szene auf einem echten Seziertisch in der Nervenklinik und Lotti legte sich sorglos auf die Metallplatte, auf der schon Hunderte von Irren aufgeschlitzt worden waren. Zum Schluß des Films sollte die unsterbliche alte Anita die Augen aufschlagen und sagen: Das ist ja fürchterlich kalt hier, wo ist mein Pelzmantel, Taxi, Taxi, ich möchte zum Tuntenball. Dann tanzt Lotti hinaus mit dem Lied: Die ganze Welt ist nur ein Arsch und wir sind ihre Fürze, ein jeder stinkt auf seine Art, das gibt dem Leben Würze.
Am 4. September '86 hatten wir den letzten Drehtag. Fünf Wochen anstrengender, aber ungeheuer befriedigender Arbeit gingen zu Ende. Schnitt und Endbearbeitung dauerten noch über ein Jahr, denn eine neue Aufgabe wartete auf mich.

5. September *A. ist bei mir eingezogen. Wir kennen uns jetzt fast drei Monate. Seine Katze liebt meine schöne große Wohnung. Sie entflieht auf das Baugerüst vor unserem Fenster, und wir müssen sie stundenlang rufen. Heute sollte Verlobung sein, und gestern bekam ich grenzenlose Panik, als wir uns weinend die Ringe an die Finger steckten. Ich bekam plötzlich keine Luft mehr. Mein Ring brannte wie Feuer, und ich wußte, wie sehr ich ihn verletze, wenn ich von meinen Äng-*

Bei den Dreharbeiten zu »Anita – Tänze des Lasters«

Premierenfeier für »Anita«

sten spreche. Ich kann mich nicht festlegen. Ich brauche meine Freiheit, und doch liebe ich ihn so sehr. Er wurde wütend, lud sofort seine beste Freundin aus, die aus Lübeck anreisen wollte, und meinte, daß er so schnell wie möglich ausziehen wolle. Die Tränen brachen nur so aus mir heraus, und ich sagte ihm, daß ich doch nichts außer ihm habe und daß ich mit ihm auf ein neues Leben hoffe, ruhiger und konzentrierter und nicht so oberflächlich wie bisher. Was bedeuten mir denn schon die tausend Leute, die ich um mich habe. Ich habe keine Lust mehr auf den vielen schnellen Sex.

Am Morgen lagen wir erschöpft beieinander. Wir beschlossen, die Ringe, die wir im Zorn abgestreift hatten, wieder anzulegen, aber er weigerte sich am Nachmittag, meine Gäste zu begrüßen, und zog sich den ganzen Tag in sein Zimmer zurück.

»DOLLY, LOTTE UND MARIA«

Ich hatte vom NDR eine Zusage zu dem Film über die drei deutschen Emigrantinnen in New York bekommen, »Dolly, Lotte und Maria«, und ein Sendetermin stand schon fest. Ich mußte also schnell beginnen. Dolly Haas hatte ich ja noch gar nicht kennengelernt und wußte auch nicht, ob sie unserem Filmplan zustimmen würde. Claudia Steinberg hatte alles vorbereitet, und wir meldeten uns bei Frau Haas an, die an der Upper East Side Manhattans mit ihrem Mann, dem berühmten Karikaturisten der New York Times, Al Hirschfield, ein kleines Haus bewohnte. Ihre Nachbarin war Maria Riva, die Tochter Marlene Dietrichs, die ich dann ebenfalls kennenlernte.

Dolly Haas macht zunächst einen sehr spröden, kühlen Eindruck. Sie schien ihre Vergangenheit verdrängen zu wollen. Im Konflikt der Gegenwart mit der Vergangenheit muß die Gegenwart gewinnen, sonst kann man nicht weiterleben. Ich war fasziniert von den alten Fotos, die Dolly Haas in burschikosen Filmrollen zeigten. Sie war ein wirklich bezauberndes Mädchen gewesen, das gut singen und tanzen konnte und schnell zum Liebling der Deutschen in vielen erfolgreichen Fimkomödien wurde. Sie ist, wie die anderen beiden Frauen auch, keine Jüdin

und war auch nicht im Widerstand. Alle Frauen sagten mir, daß sie es als Selbstverständlichkeit empfanden, mit ihren berühmten jüdischen Kollegen solidarisch zu sein, als die Nazis ihre besten Freunde aus dem Land schmissen.
Das Team war winzig: Jeff Preiss an der Kamera, Mike machte Ton, Claudia und ich als Mädchen für alles. Ich liebte die intime Atmosphäre, und meine alten ausdrucksstarken Stars begeisterten mich. Plötzlich erfuhr ich hautnah sehr viel über die Grausamkeit der Nazis. Bisher hatte ich die meisten Informationen aus zweiter Hand gehabt, aus Büchern oder geschönt von Mitläufern wie meinen Eltern. In New York begegnete ich vielen Naziopfern und deren Kindern. Ich hatte mir bis dahin nie große Gedanken darum gemacht, genoß deren Freundlichkeit und ahnte oft nicht ihre schrecklichen Familiengeschichten. Ich sah auch nicht ihre skeptische Haltung mir gegenüber, der ich aus einem Nazihaushalt stammte. Seither regt es mich besonders auf, wenn junge Deutsche völlig ignorant nach New York kommen und sich in keinster Weise mit der Vergangenheit beschäftigen. Manche deutschen Künstler erklären sich ihre Mißerfolge durch eine angebliche jüdische Mafia in der Kunstwelt New Yorks. Das ist totaler Quatsch. Sie haben es nur schwerer, weil sie oft sehr unsensibel sind und eine deutsche Herrenmenschenmentalität raushängen lassen.
Maria Ley-Piscators Lebensgeschichte war wie ein Kitschroman. Sie war in Österreich aufgewachsen und in den zwanziger Jahren eine begehrte Tänzerin. Ihr erster Mann war einer der reichsten Männer Österreichs und kaufte ihr ein großes Schloß. Ihr zweiter Mann war der Sohn eines der reichsten Industriellen Deutschlands, er erschoß sich aus Angst vor den Nazis. Dann lernte sie durch Max Reinhardt den kommunistischen Regisseur Erwin Piscator in Salzburg kennen. Sie mußten vor den Nazis nach New York flüchten, wo beide in den vierziger Jahren eine Theaterschule leiteten, an der spätere Stars wie Marlon Brando, Harry Belafonte, Rod Steiger und andere ihre erste Ausbildung erhielten.
Im hohen Alter von fast 90 Jahren war sie mittlerweile ein kleiner schöner Vogel, ein leichtes und zerbrechliches Wesen voller Poesie.

Lotte Goslar, die große Clowntänzerin, war menschlich die angenehmste. Sie lud uns in ihr Landhaus nach Connecticut ein, drei Stunden von New York. Es war ein goldener Herbst, und sie spielte für uns eine Hexe, die sich überall in der Landschaft versteckte. Man sah ihr die 80 Jahre nicht an, und bald trat sie auch wieder mit ihrem Pantomime Circus, einer Gruppe junger Tänzer, öffentlich auf.

»Dolly, Lotte und Maria« ist sicher einer meiner schönsten Filme geworden. Er wurde erstmals im Februar 1987 im ersten Fernsehprogramm am Nachmittag gezeigt. Ich hätte nie gedacht, einmal ins Familienprogramm zu kommen. Die Filmmuseen in Hannover und Hamburg kauften Kopien, und zum ersten Mal sendete ein amerikanischer Fernsehsender, der New Yorker Channel 13, einen Film von mir. Ich war wieder in einer produktiven, erfolgreichen Phase.

In New York hatte ich während der Drehzeit eine erfolgreiche Retrospektive vieler meiner Filme, in dem sehr schönen Kino »Collective for the living Cinema«. Ich begleitete meine Filme nach Chicago und Boston, kam zur Kinopremiere meines »Virus«-Films nach Montreal. Langsam wurde ich in Nordamerika bekannt. Mit Claudia zog ich mich nach Florida auf die schöne Insel Key Largo zurück, die in einem der Dramen von Tennessee Williams eine Rolle spielt. Ich wollte nach dem Film über die drei alten Emigrantinnen eine Art Fortsetzung über drei junge deutsche Frauen in New York machen. Durch meine Freundschaft zu Claudia hatte ich so viel von deren Leben und Überleben in New York gehört, daß ich sicher war, daß das ein sehr spannender Film sein würde. Claudia war vor zehn Jahren durch das Künstlerstipendium eines Malerfreundes nach New York gekommen, dann schlug sie sich mit tausend kleinen Jobs durch: als Model, sie machte chinesische Horoskope und sammelte Klatschgeschichten für deutsche Kitschblätter. Sie trennte sich von ihrem Freund, verliebte sich in eine Frau, und nach einer Zeit der Euphorie und Befreiung lernte sie auch die schreckliche Seite des Großstadtdschungels New York kennen. Sie war nicht krankenversichert, hatte keine offizielle Arbeitsgenehmigung, sah plötzlich den Dreck, die Kriminalität, die Armut, die

unerträgliche Hitze und schreckliche Kälte, die Wohnungsnot.
Wir wollten in »Überleben in New York« auch ein Porträt ihrer Freundin Anna, die lange Striptease in New York gemacht hatte, bringen. Mit dem Strippen finanzierte sie sich ihr Studium der Psychologie und begann parallel dazu, in einer katholischen Schule für farbige Kinder als Therapeutin zu arbeiten an. Uli, die dritte deutsche Frau in New York, die ich für den neuen Film porträtieren wollte, kannte ich aus Berlin. Sie kam ursprünglich aus Schwaben, zog sich stets wie ein kleines Schulmädchen an und hatte eine hohe Stimme, ein schrilles Rotkäppchen. Ihre Naivität war verblüffend. Sie erzählte uns, wie sie mit ihrem kleinen Hund durch den Central Park marschierte und sie plötzlich ein Typ mit den Worten bedrohte: I hate you, I hate you. Sie sagte freundlich »Das ist ja sehr interessant« und »Auf Wiedersehen« und ging davon. Der Typ war zu verblüfft, um aggressiv zu reagieren. Uli wohnte in den gefährlichsten Gegenden von New York, sie verliebte sich in einen hübschen Mann von einer Karibischen Insel, der aber zu viele Drogen nahm, dadurch zu arbeiten aufhörte und sich eines Tages weigerte, zu sprechen. Er konnte seine Miete nicht mehr bezahlen und zog in den Central Park. Dorthin brachte sie ihm dann belegte Brote, denn sie war zu der Zeit als Dienstmädchen bei reichen Leuten beschäftigt. Sie war Krankenschwester von Beruf und arbeitete später lange in der psychiatrischen Notaufnahme von New Yorker Krankenhäusern und sah dort von Aids, Drogen und Gewalt alles, was man sonst nur in Filmen sieht. Ihr damaliger Freund, Ronny, war wieder ein schwieriger Fall. Er hatte sich im Vietnamkrieg einen Kopfschaden geholt.
Claudia und ich schrieben alle diese Biographien zu einem Filmscript. In Deutschland wollte ich das Filmprojekt dem Fernsehen anbieten. Ich ahnte nicht, daß der WDR Geld für den Film locker machen und »Überleben in New York« mein erfolgreichster Kinofilm werden würde. Ich ahnte auch nicht, daß sich bis zu den Dreharbeiten dramatische Dinge ereignen würden, die nicht im Filmscript standen und die Claudia und Uli beinahe das Leben gekostet hätten.

Kurz vor meiner Abreise nahm mich Brandon auf das erste große Benefiz der New Yorker Modeindustrie mit. Ich konnte es nicht erwarten, meinen Lieblingsstar Liz Taylor einmal live zu erleben. Hunderte von Reportern und TV-Kameras folgten Liz Taylor in gefährlicher Nähe, als sie zu ihrem Rednerpult schritt, um die Eröffnungsrede mit ihrer Piepsstimme zu halten. Ich war hypnotisiert: Endlich sah ich die berühmteste Schauspielerin der Welt aus nächster Nähe. Natürlich hatte ich keine Chance, ihr näher zu kommen. Noch konnte ich nicht ahnen, daß ich einige Jahre später neben ihr sitzen würde.
Als ich mich an Liz und ihrem spießigen Auftritt sattgesehen hatte, stürzte ich mich auf die anderen Stars, wie Andy Warhol, Brooke Shields, Bianca Jagger, Calvin Klein, Yoko Ono und vor allem auf Dr. Ruth Westheimer, diese kleine ältere Frau, die seit Jahren im New Yorker TV Sex-Aufklärung machte. Witzig war ihr starker deutscher Akzent, mit dem sie Vagina, Penis und alle sexuellen Techniken lächelnd und tabulos einem Millionenpublikum erklärte.

ADONIS

Im April 1987 reiste ich nach Genua, wo einige meiner Filme liefen. Zur Pressekonferenz war ein äußerst hübscher junger Mann erschienen, der Freund eines Journalisten. Er hieß Antonio, aber mit wirklichem Namen Adonis. Der Name paßte. Wir schauten uns tief in die Augen, und ich fühlte sein großes Bedauern, daß ich nur so kurz bleiben konnte. Ich bot ihm spontan an, mich in New York zu besuchen und schrieb ihm einen Scheck aus für das Flugticket. Adonis verlangte aber zuerst einen Aids-Test, bevor er kommen würde. Bei ihm war der erste Test versehentlich positiv ausgefallen, die weiteren zwar negativ, aber seitdem war er in Panik. Im Flugzeug zurück nach New York dachte ich darüber nach. Wollte ich wirklich einen zweiten Test machen?
Ich bekam Angst, denn ich war mir zutiefst unsicher, ob mein erster Test vor zwei Jahren seine Richtigkeit hatte. Hätte ich wirklich die Nerven, ein positives Ergebnis zu ertragen? Würde ich, bei meiner Hypochondrie, nicht total ausflippen? Ich ging zu Dr.

Unger, einem bekannten schwulen Arzt, zahlte 150 Dollar und sollte in einer Woche mein Ergebnis abholen. Eine Woche Ungewißheit. Ich beschloß, aus meinen Aids-Ängsten, meiner Sehnsucht nach Adonis und meiner aufregenden Zeit in New York ein Hörspiel zu machen. Was mir passierte, wollte ich auf Tonband aufnehmen.
Inzwischen lernte ich in New York Telefonsex kennen, was mir ungeheuer viel Spaß machte. Besonders morgens um neun Uhr waren die geilsten Typen an der Strippe, in Aids-Zeiten eine ungeheuer populäre Beschäftigung in der Schwulenszene. In jeder Zeitung gab es große Anzeigen unterschiedlicher Agenturen. Man konnte zwischen Bisexuellen, Transvestiten, Ledertypen, Farbigen usw. auswählen. Man wählte eine Nummer und schaltete sich in eine Gruppe von Teilnehmern ein, die miteinander sprachen oder auch nur zuhörten. Man konnte mit einer Stimme, die einem gefiel, Kontakt aufnehmen, sich die Privatnummer durchgeben und dann ungestörter miteinander über Sex reden. Besonders interessant war für mich, daß man lernen mußte, sehr direkt und detailliert über seinen Körper, seine sexuellen Vorlieben und Phantasien zu reden, was ich nie gemacht hatte. Ich hatte nie meinen Schwanz beschrieben, ihn nie genau beobachtet. Hier war es wichtig, was für ein Pißloch man hatte, die Größe der Eier, der Eichel und vieles mehr. Man konnte sich jedesmal neu erfinden. Ein Neger wollte, daß ich blond sein sollte, und ich wurde es. Ich konnte ein Bodybuilder werden oder ein schlanker drahtiger Typ. Das machte Spaß. Die meisten sind zu verklemmt, um über sich und ihre sexuellen Gewohnheiten zu reden, hier lernte man es. Die Bezahlung ging direkt über die Telefonrechnung und konnte gigantisch sein.
Als der Tag meines Testergebnisses gekommen war, schloß ich für mein Hörspiel mein Tonband ans Telefon an, um Dr. Unger aufzunehmen. Zuerst meldete sich sein Assistent, der in Papieren blätterte, dann kam Dr. Unger an die Strippe, hustete ein paar Mal und suchte ebenfalls ein Papier, dann sagte er: You are negative. Ich konnte es nicht fassen, Freudenschreie. Ich ließ mein Tonband angeschaltet und rief sofort Adonis an, um ihm die freudige Nachricht mitzuteilen.

Ein paar Tage später traf Adonis mit dem Flugzeug aus Genua in New York ein. Mein Tonband immer bereit. Er war lieb und schüchtern, wir beide scheu und verklemmt. Mein Gott, war er schön, blond und kräftig, mit den strahlendsten Augen der Welt. Ich wollte auf keinen Fall, daß er das Gefühl hätte, er müsse unbedingt mit mir schlafen, weil ich ihm das Ticket bezahlt hatte. Die erste Nacht lagen wir stumm und still nebeneinander, in der zweiten zeigte ich ihm die Schwulenszene im Central Park. Doch dann saßen wir an den Docks an der Christopher Street im Sonnenuntergang und konnten nicht anders, als unsere wilden Gefühle rauszulassen. Trotz unserer Tests machten wir Safer Sex, keine tiefen Küsse, zogen beide Kondome über. Es machte Spaß, unter der Dusche in ihn einzudringen, mich erregte seine behaarte Brust, seine großen Lippen, seine schönen Augen. Er nannte mich einen Prinzen, und wir brachten uns griechische und deutsche Wörter bei. Unter meinem Bett ein Tonbandgerät, das unsere trockenen, aber heftigen Küsse aufnahm. Das hatte im Bayerischen Rundfunk ein Nachspiel. Als das Hörspiel »Adonis in New York« dort ausgestrahlt wurde, zwang uns der Intendant, die Kußszene rauszuschneiden.

Es war ein sehr seltsames Gefühl, in dieser glücklichen Zeit ständig mit Freunden konfrontiert zu werden, die krank waren oder im Sterben lagen. Ich wollte bewußt diesen Gegensatz dokumentieren und machte für mein Hörspiel ein Interview mit Raymond und Peter, zwei Aktiven der Schwulen- und Aids-Bewegung. Peter hatte schon sehr viele Infektionen gehabt, gab aber die Hoffnung nicht auf. Er hatte sich ganz der alternativen Medizin und Esoterik verschrieben, er war Maler und Grafiker und machte bis zum Schluß wunderbare Arbeiten. Sein Liebhaber Raymond, ein sehr witziger vitaler Mensch, war ebenfalls infiziert, aber noch gesünder. Ich bewunderte ihren Mut. Besonders erschüttert war ich, als ich einen sehr guten Freund und Kollegen besuchte, Artie Bressan, der den ersten dramatischen Film über Aids gemacht hatte, »Buddies«. Ich kannte Artie seit meiner Zeit in San Francisco. Wir hatten uns dort in einer Sauna kennengelernt und Sex gehabt. Artie sang für sein Leben gern Opernarien, er stand oft in San Francisco an Straßenecken und schmetterte mit seiner kräftigen

Stimme nur so zum Spaß los. Ihn jetzt so schwach und hilflos wiederzusehen, war schrecklich. Er war um viele Jahre gealtert, hatte alle Krankheiten die man sich nur vorstellen konnte, war aber erstaunlicherweise immer noch voller Tatendrang. Ich hatte kein gutes Gefühl dabei, Artie in seinem Zustand um ein Interview zu bitten, aber er war begeistert davon und wollte sich, solange er dazu fähig war, so intensiv wie möglich mitteilen. Er spürte, daß er nicht mehr viel Zeit hatte.
Mit Adonis ging ich gemeinsam zum Essen zu meiner alten Freundin Mae. Wir planten schon länger unsere Hochzeit. Ich hatte sie dazu überredet, weil ich dachte, daß es dann umkomplizierter für mich wäre, für längere Zeit in den USA zu leben und zu arbeiten. Ich wollte nicht mehr nach Deutschland zurück. Von meiner ersten Frau Carla hatte ich mich ja schon 1971 scheiden lassen, und mit Evelyn Künneke hatte ich mich Gott sei Dank nur verlobt. Mae hatte zu mir gehalten, in guten und in schlechten Zeiten, sie war ein wunderbarer Freund. Obwohl unsere Hochzeit nur eine Formsache sein sollte, spürte ich doch an diesem Abend, wie eifersüchtig sie plötzlich auf Adonis wurde. Ich hatte Adonis den Text für eine Geburtstagskarte für Mae diktiert: Happy life to my lovers wife. Das machte Mae rasend, und sie rief am nächsten Tag an, um sich darüber aufzuregen. So kannte ich sie überhaupt nicht, und ich entschuldigte mich brav. Wir gingen am 22. Mai ins New Yorker Rathaus, um uns registrieren zu lassen. Es war ein schreckliches Office, dreckig und abgerissen. Paare aller Rassen und Klassen standen in Wartereihen trostlos herum. Man merkte, daß viele Paare nicht dieselbe Sprache sprachen, sich gar nicht verständigen konnten und nur aus Asylgründen heiraten wollten, so wie wir. Es war deprimierend. Am 1. Juni 1987 sollte Hochzeit sein.
Adonis erzählte mir in der Nacht, daß er in seiner Jugend in eine Ziege verliebt gewesen war. Zuerst hätten seine Freunde die Ziege brutal vergewaltigt, sie sei erschreckt weggerannt und einige Tage weggeblieben. Als sie wiederkam, behandelte er sie sehr sanft und lieb und fickte sie über Jahre regelmäßig. Ihr schien das sehr zu gefallen. Ich hätte diese Geschichte gerne verfilmt.
Am 29. Mai erfuhr ich von Charles Ludlams Tod, dem für mich

größten Theatergenie Amerikas. Sein spezieller, sehr schwuler Theaterstil prägte viele Leute. Es war furchtbar zu sehen, wie mehr und mehr der wichtigen Leute aus der ganzen Kulturszene dahinstarben. Ich zwang mich, mein Tonband zur Totenmesse mitzunehmen. Eine große Kirche, gefüllt mit tausend weinenden Schwulen, die Creme der Kulturszene New Yorks. Ein Schauspieler zitierte witzige Szenen aus Charles' Stücken, das Weinen ging in Lachen über.

Adonis mußte zurück nach Italien. Kurz zuvor hatte uns Brandon im Schwulen-Fernsehen interviewt. Brandon ging es sehr schlecht, weil sein langjähriger Liebhaber gerade an Aids gestorben war. Adonis und ich hatten die letzte Nacht auf einer Parkbank im Village verbracht und lange geredet. Einmal wollte er ganz nach New York ziehen, jedoch total unabhängig von mir sein, das andere Mal zum Militärdienst nach Griechenland, den er nach seinem bevorstehenden Examen abdienen mußte. Ich hatte eine Freundin beauftragt, Adonis zum Flugzeug zu bringen, denn ich haßte die sentimentale Abschiedsprozedur. Wir verabschiedeten uns auf der Straße, das Tonband lief. Ich hatte ihm ein Taxi angehalten, und er sagte mir enttäuscht in mein Mikro, ich sei kalt, nütze ihn für meine Arbeit aus und er wisse nicht, ob er wiederkäme. Ich fühlte mich seltsamerweise befreit, als er gefahren war. Wir hatten zu dicht aufeinandergehockt. Ich sah ihn noch zweimal in Berlin wieder. Jedesmal ging er mir mehr und mehr auf die Nerven und eines Tages, als er in seiner herrlichen Schönheit nackt vor mir stand, konnte ich es nicht fassen, daß ich ihn nicht mehr liebte. Das Hörspiel über ihn ist eine sentimentale Erinnerung für mich und ein erschütterndes Dokument über Aids in New York. Es lief erfolgreich über den Äther und wurde in mehrere Sprachen übersetzt.

War es unmoralisch, Adonis für meine Arbeit zu benutzen? Den Preis dafür mußte ich selbst zahlen. Ich wurde immer unfähiger zu lieben, mich auf jemanden wirklich einzulassen. Die Menschen um mich herum wurden immer mehr zu Objekten.

Der Tag der Hochzeit mit Mae rückte heran, und ich geriet in Panik. Es ging mir doch mehr an die Nieren, als ich dachte. Ich ging sicherheitshalber zu einem Anwalt, um mich beraten zu lassen.

Der Anwalt riet mir ab, zählte mir nur die Nachteile auf und brachte meine Hochzeitspläne ins Wanken. Wir hatten aber schon alle unsere Freunde zu einer großen Party eingeladen, hatten Getränke eingekauft. Doch ich mußte mit Mae darüber reden, denn ich war mir unsicher, wieviel Verantwortung ich mit einer Heirat übernehmen würde. Ich bekam Angst und sagte die ganze Hochzeit ab. Mae war beleidigt und lud ihre Gäste wieder aus. Ich feierte alleine mit meinen Freunden und traf auf meinem Fest einen wunderhübschen schwarzen Schauspieler, Stephen, in den ich mich nach ein paar Glas Champagner verliebte. Mit ihm genoß ich die geplante Hochzeitsnacht.

Den ganzen Sommer über ich schnitt mit Mike meinen »Anita«-Film fertig. Ich wußte, daß »Anita« einer meiner besten Filme werden würde. Das New Yorker Filmfestival wollte den Film im Oktober uraufführen. Das war eine große Ehre, und ich mußte natürlich dabeisein, kaufte mir kurz vorher auf der Sixth Avenue einen schrillen, grün phosphoreszierenden Anzug, der eigentlich nur bei Schwarzen Mode war. Ich wurde im eleganten, riesigen Lincoln Center vor über tausend Leuten auf der Bühne vorgestellt und sagte, ich hoffte, daß ihnen mein Film besser gefiele als mein Anzug. Leider schien das nicht so zu sein. Die ersten Aufführungen eines Filmes sind immer sehr spannend für einen Filmemacher, denn man selbst ist noch zu dicht an seinem Produkt, hat den Film tausendmal gesehen und kann ihn nicht mehr beurteilen. Die Kritiken waren gemischt. Die Village Voice begeistert, die New York Times verhalten. Ich war sehr enttäuscht und dachte verzweifelt darüber nach, was ich falsch gemacht hätte. Aber mit der Zeit bekam ich heraus, daß das Festivalpublikum zum großen Teil zu konventionell für meinen Film war. Als der amerikanische Verleih »Anita« Anfang des folgenden Jahres in einem New Yorker Kino, downtown und vor einem jüngeren, aufgeschlosseneren Publikum zeigte, wurde er plötzlich zu einem großen Erfolg.

Am 11. Oktober 1987 fuhr ich mit Brandon zum Aids-Marsch nach Washington. Wir demonstrierten mit 200 000 Schwulen, Lesben und solidarischen Heteros gegen die ignorante Aids-Politik Reagans. Es war ein Skandal, wie wenig die Regierung bislang getan hatte. Reagan wagte nicht ein Mal, das Wort Aids in den Mund zu nehmen. Staat und Kirchen verhinderten Aids-Aufklärung und Kondom-Werbung. Die Situation der Krankenhäuser und Sozialdienste war katastrophal. Die Schwulen mußten alles selbst organisieren und versuchten, sich mit privater Hilfe selbst zu helfen.

An der Spitze des Marsches viele Aids-Kranke in Rollstühlen. Überall sah man Männer mit Karposi-Flecken im Gesicht, eine Art Hautkrebs, ausgelöst durch den Aids-Virus. Es ging das Gerücht um, daß sich einige aus Protest auf der Bühne in die Luft sprengen wollten, doch das geschah zum Glück nicht. Am bewegendsten war für mich ein riesiger Teppich, der Aids-Quilt. 1800 handtuchgroße Stücke waren zusammengenäht und jeder erinnerte an den Tod eines Menschen, der an Aids gestorben war. Wie viele um uns herum, heulten auch Brandon und ich hemmungslos. Es tat gut, zu trauern. Zu viele Namen von Toten erkannten wir wieder. Aus einem Lautsprecher sprachen Freunde, Verwandte und Liebhaber der Verstorbenen. Der Teppich geht seitdem um die Welt, und er wird täglich größer und größer.

Ein Freund erzählte mir, daß es im Schwulen-Zentrum New Yorks eine Gruppe gäbe, die sich Gay Compulsive Sex Addicts nannte, also schwule Sexsüchtige, die sich nach einer ähnlichen Methode wie die anonymen Alkoholiker in einem 12-Stufen-Plan therapierten. Ich nahm interessiert an einem Treffen teil. Jeder muß am Anfang sagen, daß er sich selbst für einen sexsüchtigen Schwulen hält, dann erzählt einer aus der Gruppe, welchen Schaden sein Leben durch die Sexsucht genommen hat. Viele hatten nicht mehr die freie Entscheidung, den Partner zu wählen, sie waren ständig geil, wurden wahllos und zwanghaft. Ich konnte das gut nachvollziehen. Ich hatte auch oft das Gefühl, meinen Trieb nicht mehr steuern zu können, einfach Sex haben zu müssen, aus Ablenkung und aus Depression. Ich nahm dann, was ich kriegen konnte und wurde unfähig, Gefühle zu zeigen oder entgegenzunehmen, obwohl ich mich gleichzeitig danach sehnte. In Deutschland werden solche Gruppen von Schwulen verlacht, obwohl es hier sicher eine Vielzahl von Schwulen gibt, denen es ähnlich geht. Bei den anonymen Sexsüchtigen soll man lernen, nicht gleich mit jemandem zu ficken, sondern erst zu flirten, sich zu treffen, die menschliche Seite des anderen schätzen zu lernen. Viele Schwule haben in Saunen und Orgienbars verlernt, ihre Gefühle und ihre Verletzlichkeit zu zeigen. Ich wünschte mir selbst, daß auch mir das wieder möglich wäre.

16. September *Noch immer sind Alphonso und ich zusammen, es ist nicht zu fassen. 106 Tage. Wir waren eine Woche am Meer, machten verliebt ein Picknick im Sonnenuntergang und fickten in den Dünen. Über uns kreisten kleine Modellflugzeuge.*
Wir hatten uns entschlossen, bei dem attraktiven Urologen im Nebenhaus gemeinsam den HIV-Test zu machen. Drei Tage später holte mich A. aus der Dusche, und dann sagte der Arzt mir telefonisch, daß wir beide negativ sind. Erst später schlich sich das tiefe, zufriedene Glück in mein Herz, und ich fühlte mich mehr denn je mit A. verbunden. Ich fragte ihn immer wieder: habe ich jetzt einen Freund? Und ich wurde stolz, daß wir es geschafft hatten.

»AFFENGEIL«

Im Januar 1988 wagte Lotti Huber ihre erste Reise nach New York, zur Kinopremiere von »Anita«. Ich holte sie voll freudiger Erwartung am Kennedy-Airport ab. Sie fiel mir verstört in die Arme und beschwerte sich über den ordinären amerikanischen Akzent. Sie haßte den Schmutz und den lauten Verkehr und hätte beinahe ihren Koffer im Flughafengewirr nicht gefunden. Es war schwer, sie zu beruhigen. Doch in meinem Appartement im 10. Stock im Stadtteil Soho fühlte sich Lotti sauwohl. Ich umsorgte sie, holte kleine Köstlichkeiten zu essen und arrangierte mehrere Begrüßungsparties für sie. Die Zeitungen waren voll von ihr, ihr Leben als jüdische Emigrantin bewegte die New Yorker. »Anita« hatte in einem Kino downtown Premiere. Lotti wollte zwei Wochen nach jeder Abendvorstellung live aus ihrem Leben erzählen, einige Sketche und ein paar Lieder vortragen. Ihr Englisch war hervorragend. Das wurde der Beginn ihrer immer noch sehr

erfolgreichen Personality-Show. Trotz des schlechten Wetters gab es lange Zuschauerschlangen bis zum Broadway.
Lotti wurde zum Hit.
Es war wunderbar, wenn wir nachts im Bett aneinandergekuschelt vor meinem vergammelten Fernseher lagen und Talkshows sahen. In der Joe Franklyn-Show war sie dann selbst Stargast, in der Gay Cable-Show ebenfalls. Wir hatten viel Spaß. Im schlimmsten Falle ärgerte ich sie, wenn ich drohte, ihre bekackten Unterhosen mit Autogramm zu versteigern, und sie fragte, ob sie die Gurke, die sie für ihre Show braucht, in ihrer Vagina versteckt hat. Sie findet mich dann primitiv und vulgär und meint, daß sie im Gegensatz zu mir eine Erotikerin sei. Inzwischen zeigen ihre frechen Gedichte, daß sie ihre Meinung geändert hat.
Nach jeder Kino-Show zogen Lotti und ich mit einem Teil des Publikums in eine Kneipe. Es war erstaunlich, wie viele interessante Leute wir hier trafen. Jeder schien etwas Besonderes zu sein, Künstler, Professor, Weltraumforscher oder Tibetspezialist.
Rechtzeitig zur großen europäischen »Anita«-Premiere flogen wir im Februar 1988 zu den Filmfestspielen nach Berlin zurück. Ich lud zur größten Premierenparty meines Lebens. Es müssen vierhundert Leute gewesen sein, die meine Wohnung stürmten. Wartende Besucherschlangen bis an den Ku'damm. Ich hatte Lotti auf einer Couch plaziert, die wiederum auf meinem Schreibtisch stand, so daß sie über allem thronte. Eine Band erschütterte mit südamerikanischen Rhythmen das Haus. Es war einfach zu viel. Nie wieder.
Bei unserer Kinopremiere in München war ich zur TV-Show »Live im Schlachthof« eingeladen. Als Günther Jauch mich zu Aids befragte, legte ich vertraulich meinen Arm um seine Schulter und sagte, daß er keine Angst zu haben brauche, sich von mir anzustecken, so leicht gehe das nicht. Ich schlug dann vor, daß Gauweiler und Franz Josef Strauß lieber eine Safer Sex-Show auf dem Marktplatz abhalten sollten, als die Meldepflicht zu erlassen. Großer Applaus. Danach ein Riesenskandal hinter den Kulissen. Wie konntet ihr nur den Praunheim einladen!
Es war wunderbar, mit Lotti an meiner Seite von Stadt zu Stadt und von Premiere zu Premiere zu fliegen. Stuttgart, Köln, Frank-

furt, Hamburg, überall machte Lotti ihre erfolgreiche Live-Show nach dem »Anita«-Film. Ich konnte ihre Geschichten bald auswendig. In Berlin trat sie jede Woche mit riesigem Erfolg im Broadway-Kino auf einer Holzkiste auf. Sie bekam Routine und baute ihre Show immer mehr aus. Der Höhepunkt aber war unsere Premiere in London. Lotti bekam Standing Ovations und ich einen penetranten chinesischen Verehrer. Mein Auslandsverleih schaffte es, den Film nach Japan, Australien, Spanien, Österreich, die Schweiz usw. zu verkaufen, aber Kohle gab es trotzdem kaum. Die Beträge waren lächerlich klein. Ich bin eben zu doof, um Massenware zu produzieren.
Meine Mutter war im April 1988 endlich von Frankfurt zu mir nach Berlin gezogen. Sie war 82 Jahre alt, und ich fand es sicherer, sie nicht mehr alleine zu lassen. Nach dem Tod ihrer Schwester und Stiefmutter fühlte sie sich frei genug von Verpflichtungen, zu ihrem exzentrischen Sohn zu ziehen. In meiner großen Wohnung gibt es zwei Wohnbereiche, getrennt durch einen langen Flur, der das Zusammenleben erträglich macht. Zur gleichen Zeit hatte ich einen jungen Mann, Mathias, gefunden, der in das Zimmer meines Ex-Mannes Mike gezogen war und sich verpflichtete, statt Miete zu zahlen meine Mutter einen Tag in der Woche zu betreuen, mit ihr spazierenzugehen oder Karten zu spielen. Bei ihrem Einzug schleppten Mathias und ich ein Küchenschränkchen, das wir auf eine Platte über die Spüle stemmten. Meine Mutter stand aufgeregt dicht neben uns. Plötzlich löste sich eine Schiebetür und knallte auf sie drauf. Ich begann irre zu schimpfen, statt sie zu bedauern. Sie hatte sich jedoch nur leicht verletzt. Der Gedanke, meine Mutter gleich beim Einzug getötet zu haben, beunruhigte mich dann im nachhinein doch.
Für mich war und ist das Wohnen mit meiner Mutter ein Glücksfall. Seit Mikes Auszug hatte ich mich oft sehr alleine in der großen Wohnung gefühlt, hatte zwar öfter Gäste, aber immer Angst, jemanden permanent wohnen zu lassen. Meine Mutter ist sehr rücksichtsvoll und bescheiden und hält sich aus meinem Privatbereich heraus. Sie ist noch sehr gesund, geht einmal in der Woche schwimmen, macht jeden Tag Gymnastik, ist stolz, daß sie Diät hält und hält sich fit mit Saubermachen. Sie freut sich, wenn

sie mir was kochen darf, und es hält sie jung, daß so viele junge Leute in die Wohnung kommen, die sie alle mögen. Wenn sie manchmal einem nackten Liebhaber von mir auf dem Gang zum Bad begegnet, nickt sie freundlich, auch wenn ihr jemand nicht so sympathisch ist.

Ich führte mein Hörspiel »Adonis in New York« in Köln und in Hamburg vor überfüllten Häusern vor, und löste durch meine Angriffe auf die lahme deutsche Szene bei den Schwulen Aggressionen aus. Ich vertrat die Meinung, daß man an den Orten, wo Sex gemacht wird, besonders intensiv aufklären sollte. Dieter Telge, der später als offen Schwuler ins Berliner Abgeordnetenhaus gewählt wurde, griff mich hysterisch an. Er wollte in den schwulen Dunkelräumen nicht gestört werden und meinte, daß inzwischen jeder wüßte, wie man Kondome benutzt, und sah keine Notwendigkeit zu erneuter Aufklärung. Er flippte besonders aus, als ich von dem fehlenden Familiengefühl der Schwulen sprach. Er möge Familie per se nicht und wisse nicht, was Schwule denn überhaupt gemeinsam hätten. Er wollte mich nicht verstehen. Solidarität, Wärme und Nächstenliebe sind keine schlechten Worte, obwohl sie sich verbraucht anhören.

Ich stieß viele durch einen weiteren Artikel über Aids im »Spiegel« (Die Freunde ringsum sterben, 15. 2. 88) vor den Kopf, wo ich über meine Erfahrungen aus New York berichtete und plädierte, unseren zeitlichen Vorsprung dazu zu nutzen, um von den Amis zu lernen. Auf einem Benefizkonzert im Theater des Westens, in dem Glamour und Heiterkeit erwartet wurden, beschimpfte ich das Publikum, beklagte mich bitter, wie wenig getan wird und erntete wütende Proteste aus den Logen. Natürlich schmeckte das den deutschen Tunten nicht. Sie schrien mich an und nannten mich moralisch.

Sicher war ich mit meiner Kritik oft unpädagogisch und pauschal. Aber ich konnte mich nicht mit der allgemeinen Passivität und Kopf-in-den-Sand-Mentalität abfinden.

Ich bekam die Idee, dem deutschen Fernsehen eine Dokumentation über die Aids-Aktionen der Amerikaner anzubieten. Vielleicht konnte ich damit etwas anregen und aufregen. Mit meinem Mitarbeiter Martin Wilke arbeitete ich an einem Script.

Parallel zu diesem traurigen und aufwühlenden Thema arbeitete ich mit Lotti an einer Filmkomödie. Die Anregung bekam ich von Eva Ebner, einer älteren Regieassistentin, die seit den fünfziger bis Ende der achtziger Jahre in über 150 deutschen Filmen Assistenz gemacht hatte. Eine wunderbare, leise und intelligente Frau. Sie erzählte Lotti und mir die kuriosesten Klatschgeschichten aus dem Filmgeschäft, verschonte dabei weder O. W. Fischer noch die Schell und andere. Mit Alfred Vohrer hatte sie die Wallace-Filme gedreht und auch an »Rosa Luxemburg« von Margarethe von Trotta mitgearbeitet. Ich wollte Lotti und Eva ein Freundespaar spielen lassen, das im hohen Alter den ersten eigenen Spielfilm drehen will. Eva bot sich an, ein Script zu schreiben. Ihr Ergebnis hieß »Affengeil« und war phantastisch, Bombenrollen für Lotti und Eva. Wir reichten es bei der Berliner Filmförderung ein und bekamen Geld, nicht viel, aber zusammen mit einer kleinen Summe von WDR und SFB knapp 400 000 Mark. Als ich Lotti freudestrahlend davon berichtete, war sie gar nicht glücklich. Plötzlich fand sie ihre Rolle zu aggressiv und unsympathisch. In Wirklichkeit hatte sie eine Abneigung gegen die arme, sensible Eva und fürchtete deren Konkurrenz auf der Leinwand, natürlich völlig unbegründet. Ihre Abneigung ging sogar so weit, daß sie einmal irre empört war über eine Geschichte aus Evas Leben, die ich in den Film einbauen wollte. Eva ist Jüdin wie Lotti und mußte sich in Polen vor den Deutschen verstecken. Als die Russen kamen, war sie sehr glücklich und wurde von ihren Mitbewohnern vorgeschickt, um sie zu begrüßen. Die Russen wußten ja nicht, daß sie ein Naziopfer vor sich hatten und vergewaltigten sie auf brutalste Weise. Sie wurde in einem kleinen Holzverschlag für längere Zeit gefangen gehalten und leidet bis heute unter diesen Vorfällen. Lotti mokierte sich über diese Geschichte, alles sei gelogen, sie wolle mit ihrem Schicksal nur angeben. Ich konnte es kaum fassen, was Konkurrenz alles produziert.

Eigenartigerweise hatte ich immer das Gefühl, Lotti könne jeden Moment platzen. Ich wollte aber vor ihrem Ableben diesen Film mit ihr unbedingt fertigstellen. Inzwischen hatte ich eingesehen, daß sie mit Evas Script nichts anfangen konnte, und begann, »Affengeil« mehr auf Lottis Lebensgeschichte umzuarbeiten. Damit hatte sie Eva endlich in den Hintergrund gedrängt, die mich einen Tag vor Drehbeginn anrief und das Handtuch warf. Sie hatte zu sehr unter Lotti gelitten. Für mich war das eine Katastrophe, und Lotti freute sich. Ich beschloß, aus der Not eine Tugend zu machen und den Film mit der Suche nach Lottis neuer Partnerin anzufangen. Ich interviewte die neuen Schauspielerinnen vor der Kamera und fand tatsächlich Helga, eine ältere, etwas scheue und wie sich herausstellte etwas zu liebe Person. Lotti war begeistert, die konnte ihr nicht die Show stehlen. Sie war in Höchstform und legte mit voller Energie los, das war das wichtigste für mich.

Der absolute Höhepunkt des Films war die Szene im Tiergarten, als wir Lotti und Helga filmten, wie sie sich mit ihrer Amateurkamera an eine Gruppe von sonnenhungrigen nackten Männern heranschlichen, sie filmten und dann interviewten. Zufällig kam ein alter Mann vorbei und schaute dem Dreh zu. Lotti und Helga baten den Typ zu sich und plazierten ihn in ihre Mitte. Plötzlich begann er ungefragt über die Nazizeit zu reden, und zu Lottis Entsetzen stellte er sich als Antisemit heraus. Lotti brach die Szene ab, doch ich ließ die Kamera weiterlaufen und diskutierte penetrant mit ihr weiter. Lotti wurde hier zum ersten Mal sehr echt, sie ließ ihre tausend Masken fallen und man sah, wie berührt sie war.

Wir filmten Lotti als Hexe auf einem Besenstiel, und wir flogen nach Kiel und filmten sie vor ihrem Elternhaus und an den Stätten ihrer ersten Liebe. Lotti spielte eine Doppelrolle als König Faruk und sich selbst in jungen Jahren, wie sie einen rasanten Bauchtanz hinlegt. Sie erzählte, wie sie ihren Bauchnabel mit einer Perle verschlossen hatte, weil der ägyptische König dafür bekannt war, im Nabel seiner Tänzerinnen glühende Zigaretten auszudrücken.

Zum Schluß hatten wir über hundert Videotapes, und der arme Mike bekam die Aufgabe, aus dieser ungeordneten Dokumentation einen sinnvollen Schnitt zu machen.

18. Oktober *Lottis 80. Geburtstag. Sie wollte aus Dank für unsere Zusammenarbeit ein Gedicht für mich vortragen. Ich konnte aber*

»Der Besen klemmt so zwischen den Beinen, fliegen Sie lieber Lufthansa.«
(Lotti Huber in »Affengeil«)

Lotti und Rosa in »Affengeil«

nicht zu ihrer Geburtstagsshow kommen, denn ich mußte zur gleichen Zeit in Paris sein, um die Tochter der Dietrich für die Zeitschrift »Vogue« zu interviewen. Ich liebe Maria Riva. Sie erzählte mir, daß ihre Mutter mit Willy Brandt ein Verhältnis gehabt hätte.
Mein Freund Alphonso holte mich ab. Ich war zu Tränen gerührt, als er an der Seite meiner Mutter am Flughafen erschien. Wir fuhren in den Park und genossen die Herbstsonne. In ein Ohr erzählte mir Mutti von Willy Brandts Begräbnis, ins andere A. von Lottis Geburtstag.
Dann hatten A. und ich den besten Sex unseres Lebens. Er fickte mich so wahnsinnig, daß mir mein Arsch noch zwei Stunden später weh tat, und er ließ sich selbst auch ohne Schwierigkeiten zum ersten Mal ausdauernd von mir ficken. Ich kippte eine Kanne Kamillentee auf ihm aus, und wir lagen uns in der Nacht völlig geborgen in den Armen.
Durch die kurze Trennung habe ich gelernt, wie wichtig er mir ist, daß ich viel geduldiger sein muß. Ich muß meine Angst davor überwinden, spießig zu werden. Vielleicht ist es nur die Angst vor dem Glück, vor der Abhängigkeit. Aber macht Liebe nicht immer abhängig?

»ÜBERLEBEN IN NEW YORK«

Nach Drehschluß von »Affengeil« eilte ich sofort zur nächsten Filmarbeit für »Überleben in New York«, dem Schicksal von Claudia, Anna und Uli. Mit Schrecken hörte ich, daß Claudia vom Freund ihres Nachbarn in ihrem Appartement im East Village brutal vergewaltigt worden war. Er hatte sie um ein Glas Wasser gebeten, sie hatte die Tür aufgemacht, beide hatten geplaudert, und plötzlich fing er an sie zu würgen, bis sie ohnmächtig wurde. Als sie erwachte, war sie blutüberströmt und schleppte sich mit letzter Kraft zum Lebensmittelladen an der Ecke, um Hilfe zu rufen. Von meinem zweiten Star in »Überleben«, der naiven Uli aus Schwaben, erfuhr ich, daß ihr Freund Ronny im Drogenrausch seinen besten Freund in Notwehr erschlagen hatte. Nur Anna, meiner dritten Hauptdarstellerin, war nichts Dramatisches passiert. Sie hatte inzwischen, nach ihrer ersten Heirat mit einem schwarzen Modedesigner, in einer Striptease-Bar, wo sie auftrat, einen Richter kennengelernt, der ihr zuliebe seinen Beruf aufgab und ihr eine

Strip-Bar kaufte, wo sie dann neben ihrem Job als Therapeutin in einer katholischen Schule ab und zu auftrat.
Für die Kamera hatte ich wieder den genialen Jeff Preiss bekommen, der für mich schon »Dolly, Lotte und Maria« gedreht hatte. Ulis Freund war bis zum letzten Moment unschlüssig, ob er im Film mitmachen wollte. Der Polizei konnte er nachweisen, daß er seinen Freund in Notwehr getötet hatte. Uns drohte er, daß er Blut geleckt hätte. Er war geistig ziemlich verwirrt.
Mit den jungen Frauen machte ich jeweils ein vierstündiges Ton-Interview, dann drehte ich viele stumme Bilder. Jeff benutzte seine kleine handliche Bolex. Das war besonders wichtig an Plätzen wie Harlem, in der U-Bahn, am Bahnhof oder in der 42. Straße, wo man nie wußte, ob die Leute aggressiv würden, wenn sie merkten, daß man sie filmte. Erst dann machte ich längere Interviews vor der Kamera, nachdem ich mehr über die Frauen wußte und genauere Fragen stellen konnte.
Wir drehten vier aufregende Wochen lang. Ich hatte immer das Gefühl, jeder Tag könne der letzte sein. In diesem Wahnsinns-Dschungel von New York kann dir dauernd jemand eins auf die Rübe hauen, kann dir alles gestohlen werden.
Doch es gibt auch Ausnahmen. Als wir zum Beispiel einmal in mein Haus zurückkamen, quälte ich mich mit viel Gepäck an meiner Eingangstür ab, eine junge hübsche Frau hielt mir die Tür auf und fragte, ob sie mir helfen könne. Ich antwortete sehr gereizt und bemerkte zu spät, daß es Isabella Rossellini gewesen war.
Wir hatten mit Uli angefangen zu drehen, wie sie auf dem Busbahnhof in Manhattan mit ihrem Rucksack ankommt und mit schriller Stimme ihre naive Bewunderung für die große Stadt ausdrückt: Ich komme aus Süddeutschland von der Schwäbischen Alb, und da habe ich viele Winnetou-Bücher gelesen, und ich wollte schon immer mal nach Amerika. Wir drehten Uli, wie sie in Harlem inmitten von Dreck und Kriminalität in einer Jugendherberge lebte, und sie erzählte, wie sie bei reichen Leuten saubergemacht hatte und sich in einen Guardian Angel verliebte.
Claudia war die Intellektuelle, Kühle. Ihre linke Haltung hatte es ihr lange nicht erlaubt, Amerika für voll zu nehmen. Imperialis-

mus, Rassismus, Konsum und Oberflächlichkeit waren die Stichworte, die sie im Kopf hatte, als sie vor zehn Jahren zum ersten Mal nach New York gefahren war; doch schon in den ersten Tagen in New York flippte sie total aus, ging in die gefährlichsten Gegenden, ließ sich Kokain geben und fand nach dem bürgerlichen Köln die Armut in New York ungeheuer exotisch und aufregend. Eine Faszination des Schrecklichen stellte sich ein.
Sie bekam auch den Mut, ihre versteckte Liebe zu Frauen auszuleben.
Ich zitterte dem Drehtag entgegen, an dem Claudia über ihre Vergewaltigung reden sollte. Ich fand es entwürdigend, sie zu bitten, alles noch mal zu durchleben, doch sie tat es seltsamerweise sehr kühl und sehr präzis. Der Täter war inzwischen gefaßt worden, aber sie fürchtete sich vor dem Tag, an dem sie ihm vor Gericht gegenübergestellt werden sollte.
Mit der schwarzhaarigen, schlanken Anna machte der Dreh am meisten Spaß. Sie war die einzige, die New York unbeschadet überstanden hatte. Sie verdiente viel Geld mit Striptease in seltsamen Bars im kriminellen Milieu.
Herrlich war es für unser Team, sie in ihrer Schule der »Heiligen Unschuldigen« zu besuchen. Die wilden Kinder, meist aus Haiti, konnten sich vor Begeisterung nicht mehr halten, als sie unsere Kamera sahen.
Anna lebte mit Roman zusammen, der als Richter über viertausend Leute verurteilt hatte, oft wegen Drogen; da er aber selbst Drogen nahm und ein sehr unbürgerliches Leben lebte, kam er in eine schizophrene Lage und war froh, als Anna ihn ermutigte, seinen Job aufzugeben. Jetzt hat Roman eine Strip-Bar in der Nähe von New York. Dort ließ er uns in der Mittagspause drehen. Anna sagt am Schluß des Films, daß jeder eine Stadt in sich trägt, die sein Ebenbild ist. In New York hatte sie sich gleich zu Hause gefühlt.
Vielleicht ist »Überleben in New York«, mein erfolgreichster Film, so gut geworden, weil er viel mit mir zu tun hat. Ich bin in meiner Arbeit am besten, wenn ich etwas filme, das ich kenne und liebe und mit dem ich persönlich etwas zu tun habe. »Überleben in New York« wurde auf dem Filmfestival in Hof 1989 erfolgreich ur-

Uli, Claudia und Anna (v.l.n.r.) in »Überleben in New York«

Rosa in New York (1986/1987)

aufgeführt und lief in Berlin allein 28 Wochen im Kino. Besonders Frauen stürmten die Kinos und konnten die Abenteuerlust von Uli, Claudia und Anna nachvollziehen.
Nach den anstrengenden Dreharbeiten stürzte ich mich wieder ins Sexleben von New York. Im Central Park lernte ich einen netten, kräftigen Typen kennen. Er erzählte mir, er sei Architekt und baue eine Glaskuppel auf einem nahen Hochhaus. Er konnte mir sogar das Haus zeigen, nicht weit vom Dakota-Haus, wo John Lennon gewohnt hatte und ermordet worden war. Er lud mich ein, es zu besichtigen. Ich hatte ein komisches Gefühl und sagte, daß ich mit fremden Herren nicht gleich mitgehen würde. Üblicherweise verabschieden sich dann die Herren, dieser blieb aber, und wir redeten sehr klug und angeregt miteinander. Ich faßte Vertrauen und ging schließlich mit ihm. Er kannte den Portier und das Geschäft daneben, in dem er Bier kaufte. Wir fuhren die 30 Stockwerke zum Dach hoch, und es war wirklich ein imposanter Anblick. Die Kuppel war eine einzige Baustelle, auf der nur ein einsamer Liegestuhl stand, und es gab kein Geländer am gefährlichen Rand des Daches. Die Sonne ging vielfarbig unter. Er führte mich zu einem kleinen Schuppen, machte die Tür auf, und plötzlich veränderte sich sein freundliches Gesicht zu einer grausamen, gierigen Maske. Er versuchte, mich mit aller Gewalt in den kleinen dunklen Schuppen zu drängen. Ich weiß nicht, woher ich die Kraft nahm, aber ich konnte im letzten Moment fliehen.
Obwohl mich Discos nicht interessieren, war ich begeistert von der »Rock 'n' Roll Fag Bar«, in der sehr schöne Knaben zu wilder Musik ihre Unterhosen vorführten. Meist ist es an solchen Orten schwer, jemanden kennenzulernen. Man steht 'rum oder tanzt alleine in der Menge. Diesmal lächelte mich ein blonder Traumtyp an, ein kräftiger, sehr gesund aussehender amerikanischer College Boy. Wir kamen gleich ins Gespräch und ich lud ihn zu mir nach Hause ein. Er hieß Ross. Wir redeten auf meiner geräumigen Ledercouch. Im Hintergrund das Glitzern der tausend Lichter des World Trade Centers. Ich sagte ihm, daß mein nächster Film über Aids in New York sein sollte. Plötzlich brach Ross in Tränen aus. Er erzählte mir, daß er in seinem Leben erst mit drei

Männern geschlafen hatte und seit einem Jahr positiv sei. Er meinte dann, daß ich ihn jetzt wegschicken könne. Ich tat das natürlich nicht, wir verbrachten eine romantische Nacht. Er ließ sich sehr geil von mir mit Kondom ficken. Ich bekam nur etwas Angst, als er, nachdem ich gekommen war, sein Kondom herunterriß und auf meinem Körper abspritzte. Es schien, als versprühe er einen ganzen Eimer Samen. Natürlich ist das auf der Haut nicht gefährlich, aber ich hatte doch ein seltsames Gefühl.
Ross war Anfang Zwanzig und studierte auf der Columbia University, war dort im olympischen Schwimmteam gewesen. Wir entdeckten eine große Zuneigung füreinander. Mit Ross erlebte ich bald hautnah all die schrecklichen Stadien von Aids. Trotz seiner kräftigen Statur wurde er sehr schnell krank. Er wollte es nicht wahrhaben, war einer dieser unverbesserlichen amerikanischen Optimisten: Ich werde der erste sein, der es schaffen wird, bekannte er immer wieder.
1989 sollte ein emotional sehr aufreibendes Jahr werden, die schwierigsten und erschütterndsten Dreharbeiten meines Lebens standen mir bevor: Drei Filme über Aids.

»SCHWEIGEN = TOD«

Zurück in Berlin, berichtete man mir, daß der wunderbare Frauendarsteller Orel, und Jason, der Starfriseur, der so gerne Sänger werden wollte, an Aids verstorben waren.
Aus Los Angeles hörte ich, daß sich gerade der Pornostar Fred Halstead aus meinem Film »Armee der Liebenden« umgebracht hatte, nachdem sein langjähriger Liebhaber an Aids gestorben war. Ich erinnere mich noch gut, wie Fred vor der Kamera sagte: »Ich bin ein legitimer Pornostar und werde bald ein legitimer Hollywoodstar sein.«
Ich schnitt mit Mike »Überleben in New York«. Es ging erstaunlich leicht, und Mike meinte, daß ich den Film gut vorbereitet hätte. Vielleicht lerne ich das ja wirklich noch im Alter.
Mike hatte inzwischen auch für »Affengeil« aus der Unmasse von Material eine 50-Minuten-Version gemacht, die zwar gut war, Lot-

ti aber nicht sehr sympathisch rüberbrachte. Sie wirkte oberflächlich, theatralisch, penetrant und egomanisch. Man vermißte hinter den Effekten und Showauftritten die ehrliche Lotti. Der Nachdreh sollte über ein Jahr dauern, denn mit Lotti begann ich mich wieder einmal zu streiten. Der Grund waren ihre Memoiren, die ich angeregt hatte, die sie mir aber aus Angst vor boshafter Kritik nicht zu lesen geben wollte. Ich hatte eine Sekretärin besorgt, die einige Interviews, die ich mit Lotti über ihr Leben gemacht hatte, abschrieb. Das sollte die Basis für ihre Memoiren sein, die sie schon immer schreiben wollte, aus Faulheit aber ständig aufschob. Zum großen Eröffnungsempfang der Berliner Filmfestspiele ging ich zur Strafe nicht mit Lotti, sondern mit meiner Mutter, der ich extra ein langes schwarzes Kleid mit goldener Perlenkette kaufte.

Inzwischen hatte ich den damaligen WDR-Redakteur Hans-Jürgen Rosenbauer davon überzeugt, wie wichtig eine Dokumentation über die imposante New Yorker Aids-Arbeit war. Er wollte mir nur 100 000 Mark geben. Ich reichte das Projekt dann bei der Berliner Filmförderung ein und hatte Glück, noch mal die gleiche Summe zu bekommen, mit der Auflage, einen zweiten Teil des Filmes in Berlin zu drehen. Dann rief noch das Süddeutsche Fernsehen an und bot mir an, ein Feature über Aids und Kunst zu drehen. Ich konnte das Extra-Geld bei meinem aufwendigen Plan gut gebrauchen. Im ganzen mußte ich nun drei Filme über Aids abliefern.

Ich hatte als Mitarbeiter den New Yorker Journalisten Phil Zwickler engagiert, der im Herbst '88 eine liebevolle Cover-Story für den »New Yorker Native« über mich geschrieben hatte (A Man called Rosa). Es wurde seine letzte Arbeit für diese große Schwulenzeitung. Der Boß des Blattes ist ein seltsamer Vogel, der glaubt, nicht HIV, sondern ein Schweinevirus sei die Ursache für Aids. Phil hatte gerade sein positives Testergebnis bekommen und war einer der bestinformierten schwulen Aids-Journalisten. Ein typischer New Yorker: voller Schnelligkeit, Schärfe, Aggressivität und schwarzem Humor. Als ich mit Phil im Frühjahr '89 die Recherchen zu den Aids-Filmen begann, war er selbst den ersten Tag auf AZT gesetzt worden, dem bis heute einzigen lebensverlängernden Mittel. Trotzdem war seine Vitalität ungebrochen. Phil war wütend, und er wollte mir helfen, wütende Filme zu machen.

Von den geschätzten eine Million New Yorker Schwulen gab es 1989 20 000 Aids-Kranke, und man nahm an, daß 200 000 bis 400 000 infiziert waren. Inzwischen hatten die Schwulen aber durch beispielhafte Aufklärungskampagnen nur noch eine geringe Rate von Neuinfektionen. Die Hauptbetroffenengruppen waren inzwischen schwarze Frauen und Kinder, weil für Aufklärung und gute medizinische Versorgung in den Ghettos immer noch kein Geld da war.

Als ersten Film planten wir »Schweigen = Tod«: New Yorker Künstler im Kampf gegen Aids. Im deutschen Fernsehen wurde er dann unter dem Titel »Schwule Wut« gesendet.

Ich nahm meine Liebesbeziehung zu Ross wieder auf. Wir feierten seinen 22. Geburtstag, und er bekam einen fürchterlichen Ausschlag, weil er ein neues Medikament nicht vertrug. Seine Helferzellen sanken rapide.

Ich war stolz, David Wojnarowicz, den vielleicht besten schwulen Maler New Yorks, für meinen Film zu gewinnen. Er sollte zur Hauptperson meines Filmes werden. Ein wichtiges Dokument, denn inzwischen ist auch er nicht mehr unter uns, und auch Phil Zwickler ist tot. Ich kann es kaum begreifen. Beide waren so vital, so frisch und radikal. Sie schienen unsterblich.

Phil und ich interviewten David gemeinsam in seinem Atelier. Er berichtete von sich:

»Als ich die Diagnose erhielt, daß ich das Virus habe, wurde mir klar, daß ich mir auch eine gesellschaftliche Krankheit zugezogen hatte. Wovor ich mich beim Tod wirklich fürchte, ist das Verstummen meiner Stimme und die Unfähigkeit meines Körpers, sich zu bewegen. Ich glaube nicht an ein Leben nach dem Tod. Ein Freund sagte mir einmal, daß man, wenn man stirbt, zu Fliegenfutter wird. Irgendwie ist das beruhigend. Wenn ich an Aids sterbe, will ich nicht so eine Scheiß-Gedenkveranstaltung haben. Lieber sollen meine Freunde meine Leiche aus dem Krankenhaus holen, nach Washington fahren, die Absperrung beim Weißen Haus durchbrechen und meine verdammte Leiche dort direkt auf die Stufen kippen. Die Regierung ist verantwortlich für meinen Tod, weil sie kein Geld für Aufklärung und Forschung ausgeben will.«

Selten hat mich Kunst so berührt und aufgeregt, wie Davids Bilder und Pamphlete. Was mich faszinierte, war das politisch Aggressive in seiner Arbeit, vermischt mit einer seltenen Poesie, die ich mir in meinen eigenen Arbeiten so sehnlichst wünschte und kaum erreichte. Der Film endet mit Davids Worten:

»Ich werde nicht wie ein Märtyrer sterben, und ich werde das Erlebnis meines Todes nicht zu einer ruhigen und höflichen Angelegenheit werden lassen. Ich werde meine Sexualität feiern. Ich werde euren korrupten Absichten, mich stumm zu machen, widerstehen. Und wenn ich mit einem Gewehr neben mir ficken muß, dann werde ich das tun, mit einem Lächeln im Gesicht und Freude in meinem Herzen, ohne Schuld, trotz der Zwänge der von Menschen gemachten Welt.«

Durch Zufall lernte ich den Performance-Künstler Emilio Cubiero kennen, der mir erklärte, daß er frustriert sei von der Gewalt gegen Schwule und der beschissenen Situation der Menschen mit Aids. Er sei gerade positiv getestet worden und würde sich wie ein Arsch vorkommen. Ihm bleibe keine andere Wahl, als daraus die Konsequenzen zu ziehen. Er zog dann auf der Bühne seine Hosen runter, holte eine Pistole raus und zielte in sein Arschloch. Da er vorher einen Einlauf gemacht und den zeitlich genau abgepaßt hatte, spritzte danach die Scheiße über die Bühne. Das Publikum war schockiert und dachte, er habe sich wirklich in den Arsch geschossen.

Phil war lange dagegen, diese Performance zu filmen; er fand das zu spektakulär. Ich setzte mich aber durch und wollte die Szene an den Anfang meines Filmes stellen, um auf die Brutalität der Krankheit aufmerksam zu machen. Bei unserem Dreh spritze Emilios Scheiße über das Stativ der Kamera. Mike Kuchar, unser Kameramann, war begeistert, der Assistent entsetzt. Ich machte sofort das Fenster auf.

Je mehr wir drehten, desto depressiver und angestrengter wurde ich und wirkte zum Schluß kränker, als meine Mitarbeiter, die das Aids-Virus hatten. Ich war deshalb sehr froh, daß ich ein Inter-

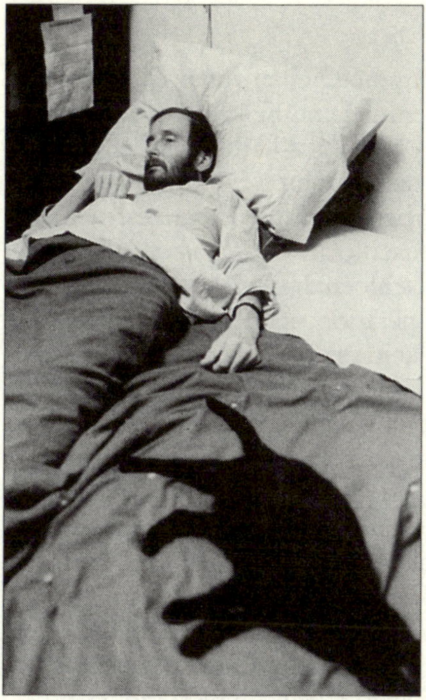

Peter Kunz in »Schweigen = Tod«

Keith Haring

David Wojnarowicz in »Schweigen = Tod«

view mit dem berühmten alten Hippie-Dichter Allen Ginsberg in seinem East Village-Appartement bekam. Er schien einer der wenigen in New York zu sein, die kein Aids hatten, und er verglich die Immunschwäche der Menschen mit der Immunschwäche unseres Planeten und dem Sterben der Natur. Er rezitierte ein wunderbares Gedicht über sein Arschloch:
»Ich hoffe, daß mein gutes altes Arschloch die 60 Jahre übersteht. Ich habe in Bolivien eine Fisteloperation überlebt. Manchmal kam ein bißchen Blut raus, aber keine Polypen, nur kleine Hämorrhoiden. Es ist aktiv, eifrig, rezeptiv für Schwänze, Colaflaschen, Kerzen, Bananen und Finger. Jetzt macht Aids es schüchtern, aber immer noch begierig, einem orgiastischen Freund mit Kondom zu dienen.«
Bei der Probe einer Theatergruppe von Schauspielern mit Aids erfuhr ich, wieviel Leid sich hinter dieser Maske von Mut und optimistischer Kampfeslust verbarg. Ein Darsteller erzählte mir, mit wieviel Ängsten er gerade seiner ersten Chemotherapie entgegensah. Ein anderer übte schon Blindenschrift, weil die Ärzte ihm mitgeteilt hatten, daß er kurz vor seiner Erblindung stand. Den Maler Peter Kunz hatte ich schon für mein Hörspiel »Adonis in New York« interviewt. Damals war er voller Hoffnung auf eine alternative Therapie gewesen. Jetzt lag er im Sterben. Er erlaubte uns, ihn in seinem Krankenbett an vielen Schläuchen hängend zu filmen. Er sprach sehr langsam, strahlte Ruhe und Frieden aus. Ich konnte meine Tränen nicht verbergen. Eine Woche später war er tot.
Cooky Müller, eine Berühmtheit im New Yorker Underground, lag mit ihrem Ehemann Vittorio gemeinsam im Krankenhaus. Sie redeten sehr unbeschwert vor der Kamera übers Sterben. Nur Cookys 17jähriger Sohn sollte nichts erfahren. Vittorio zeigte mir seine skurrilen Comics, in denen er sich über seinen Krankenhausaufenthalt lustig machte. Nicht lange danach starb Vittorio. Cooky erholte sich wieder und ihre New Yorker Freunde veranstalteten ein großes Benefiz für sie, kurz bevor auch sie sterben mußte.
Der berühmte Maler Keith Haring gab uns auf der Toilette des Schwulen-Zentrums in New York, die er gerade mit vielen bunten

Schwänzen ausmalte, ein sehr bewegendes Interview. Vor seinem Tod hatte er noch seine Berühmtheit genutzt, um viele Safer Sex-Plakate, T-Shirts und Buttons herzustellen. Ein wunderbarer Mensch. Ich bekam Kontakt zu der exzentrischen Sängerin Diamanda Galas, deren Bruder und viele Freunde an Aids gestorben waren. Auf drei Langspielplatten hat sie ihre Wut auf die Krankheit und die Ignoranz des Staates herausgeschrien. Sie erlaubte mir, ihre Lieder für meine Filme zu benutzen.
Ich könnte noch endlos Beispiele von Künstlern nennen, denen wir auf unserer Recherche in New York begegneten, die sich zum Kampf gegen Aids entschlossen hatten und sich nicht mehr mit netter gefälliger Kunst begnügten.
Die unfaßbare Anonymität der Sterbens ließ mich immer bronchitischer werden. Ich schnappte nur noch nach Luft. Das Wetter in New York wurde immer heißer und stickiger.

»POSITIV«

Ich machte Phil den Vorschlag, für den zweiten Aids-Film, »Positiv«, der die politische Seite von Aids dokumentieren sollte, sich persönlich mit seiner Biographie im Film einzubringen. Er sagte erst nach reiflicher Überlegung zu. Phil hatte sich schon Anfang der achtziger Jahre, in der Frühzeit von Aids, angesteckt; er lebte damals mit seinem Liebhaber in glücklicher Ehe. Als Phils über alles geliebter Freund 1985 starb, beschloß er, aus der schwulen Anonymität auszubrechen, etwas für die Gemeinschaft zu tun und sich zu politisieren. Phil drehte den Film »Rights and Reactions« über die Gay Rights-Bill in New York.
Der Film zeigt den Einsatz der Schwulen im New Yorker Stadtparlament, denen es nach 16jährigem Kampf gegen die Konservativen gelungen war, endlich ein Antidiskriminierungsgesetz durchzubekommen. Unter anderem ist es jetzt Wohnungsbesitzern und Arbeitgebern verboten, Schwule wegen ihrer Sexualität abzulehnen.
Phil begann journalistisch zu arbeiten, er attackierte Präsident Reagan, der das Wort Aids erst 1987 in den Mund genommen

hatte. Die Regierenden hatten dem Druck der Konservativen nachgegeben, die Aids als Strafe Gottes für unmoralisches Leben ansahen.

Neben Phil porträtierte ich zwei Männer der ersten Stunde: Larry Kramer und Michael Callen. Inzwischen waren sie die Helden der Aids-Bewegung geworden, das war nicht immer so gewesen.

Larry Kramer war Ende der siebziger Jahre in der Schwulenbewegung sehr verschrien, als er seinen Roman »Fagotts« veröffentlichte, in dem er die lieblose Herumfickerei der Schwulen attakkierte. »Wir ficken uns noch zu Tode«, erklärte er lange vor Aids. Die Szene fand ihn reaktionär. Er war dann aber einer der ersten, die 1981 einen kleinen Artikel in der New York Times zum Anlaß nahmen, sich mit Freunden zusammenzusetzen und zu beraten, was man tun könnte. In Larries Wohnzimmer gründete eine kleine Gruppe schwuler Männer das GMHC (Gay Men Health Crisis), die New Yorker Aids-Hilfe. Sie bot Telefonberatungen an und ein Buddy-Programm, bei dem freiwillige Helfer Aids-Kranke betreuten.

Schon 1983 machte er seiner Wut auf seine Freunde Luft: »Ich habe es satt, daß sich Schwule verstecken. Morgen können wir schon tot sein. Jeder Schwule, der nicht aktiv ist, hilft mit, den Rest von uns zu töten. Wir können uns nur retten, wenn wir uns zusammenschließen und Druck ausüben. Je mehr von meinen Freunden sterben, desto weniger Sympathie habe ich für Männer, die Angst davor haben, daß ihre Muttis, Chefs oder Kollegen herausbekommen, daß sie schwul sind. Wenn wir uns nicht in großen Massen öffentlich machen, werden wir sterben. Ich habe die Typen satt, die nur mit ihren Schwänzen denken. Viele Infizierte würden für immer mit dem Sex aufhören, wenn wir sie nur wieder gesund machen könnten. Ich möchte nicht sterben, ihr auch nicht. Gemeinsam können wir kämpfen.«

Larrys Wut richtete sich auch immer wieder gegen den New Yorker Oberbürgermeister Ed Koch, der sich in den ersten zwei Jahren der Aidskrise sehr passiv verhalten hatte. Was Larry besonders wütend machte war die Tatsache, daß Koch selbst schwul war und Aids nur ignorierte, um die eigene Homosexualität besser verstecken zu können.

Nach einigen Jahren fand Larry, daß das GMHC, inzwischen durch private Hilfe ein Millionen-Dollar-Unternehmen, zu etabliert und bürokratisch arbeitete und immer mehr eine Sterbe- denn eine Lebenshilfe wurde. Er gründete deshalb 1987 eine neue Organisation: Act up. Act up sollte eine Gruppe sein, die in militanten spontanen Straßenaktionen auf die Aids-Krise reagieren konnte. Act up wurde schnell zur erfolgreichsten Gruppe in New York. Besonders wichtig war es für Act up, die amerikanische Gesundheitsbehörde bei der Zulassung neuer wichtiger Medikamente zu bedrängen. Und sie wollten der Pharmaindustrie auf die Füße treten. Act up-Aktivisten ketteten sich zum Beispiel in den Büros der Firma Burroughs Wellcome an, um die Firma aufzufordern, den Wucherpreis des einzigen lebensverlängernden Mittels AZT zu senken. Sie hatten Erfolg damit.
Der zweite wichtige Mann der ersten Stunde war der Sänger Michael Callen. Ich traf ihn in seiner Wohnung im New Yorker Village, wo er mit seinem Liebhaber, einem Musiker, lebte. Er war einer der ersten, der ein Flugblatt mit Safer Sex-Regeln erstellte, und er ist einer der am längsten Überlebenden mit Aids. Schon 1983 gründete er mit Freunden die »People with Aids Coalition«. Menschen mit Aids sollten nicht Todgeweihte sein, arme Opfer, die nur Mitleid brauchen, sondern aktive Menschen, die Mitbestimmung bei allen sie betreffenden Entscheidungen forderten. Er erzählte uns:
»Ich war ein typischer Großstadtschwuler der siebziger Jahre. Als man mich nach meiner sexuellen Vergangenheit fragte, kam ich auf 3000 verschiedene Sexualpartner. Früher habe ich nicht über den Tod nachgedacht, aber jetzt werde ich ständig daran erinnert, und ich habe Angst, zu sterben. Doch was heißt das, zu Hause zu bleiben und sich zu verstecken? Nein, das bedeutet raus in die Straßen zu gehen und der Gewalt gegen Schwule ein Ende zu bereiten.«
Michael Callen hatte in einer Kirche in Downtown Manhattan einen Heiratsmarkt für Infizierte und Kranke eingerichtet. Er selbst machte bei dieser Teeparty ein kleines Spiel, fragte alle auf witzige Weise nach ihren sexuellen Vorlieben und Wünschen und ermunterte sie, nach einem Liebhaber zu suchen. Für viele

war es sehr wichtig, hier Kontakte zu schließen und sich wieder etwas zuzutrauen.
Michael ist einer der charmantesten Menschen und ein guter Sänger. Sein Lied »How to have Sex in an epidemic« wurde zu einem Hit: »Oh I miss the seventies / things seemed so simple then / so many men so little time. / Where will it end my friends? / Use a rubber, find a lover / in time you will discover / its o. k. to get laid.«
Neben Mike Kuchar, der schon für »Rote Liebe« die Kamera gemacht hatte und hier wieder für mich arbeitete, machte Mark Milano den Ton. Mark glaubte, ganz anders als mein politisch-aggressiver Mitarbeiter Phil Zwickler, seine Krankheit durch Psycho-Heilung in den Griff kriegen zu können. Er hatte sich Louise Hay und ihrem »Healing Circle« angeschlossen. Sie zog Tausende von Gutgläubigen im ganzen Land mit ihrer meditativen, fast religiösen »Heilmethode« an. Sie glaubte nicht, daß es das Virus oder Aids überhaupt gäbe. Jeder Mensch kreiere durch seine seelische Haltung sein Leiden selbst und sei entsprechend auch dafür verantwortlich.
Das schien mir in diesem Extrem lächerlich, aber ich stellte bald fest, daß es für viele Menschen ein wichtiger Rettungsanker war. In meinem Film hetzte ich deshalb den politischen Phil und den esoterischen Mark aufeinander, und es ergab sich eine spannende Diskussion.
Wir drehten auf dem New Yorker Aids-Walk, Zehntausende marschierten durch Manhattan. Wir fragten einige Teilnehmer, wie sich ihr Sexleben durch die Aids-Krise verändert habe, und bekamen sehr bewegende Antworten. Nach dem Dreh war ich völlig fertig.
Mein Atem klang, als ob ich hundert Vögel verschluckt hätte. Ich bekam Angst und beschloß, Ende Juni vorzeitig zurück nach Berlin zu fliegen. Das erste, was ich dort hörte, war, daß mein Freund, der Kabarettist Günther Thews, auf der Aids-Station lag. Ich ging ihn besuchen. Sein Röcheln klang so schlimm wie meines, aber er machte immer noch Witze über den Tod und die knackigen Pfleger. Auf dem Weg durch die Station nur allzu bekannte Gesichter, Darsteller aus meinen Filmen, ehemalige Lieb-

haber, die sich ängstlich zurückziehen, als sie mich sehen. Sie fürchten die Öffentlichkeit.
Ich rettete mich mit Mutti an die heilende Nordsee nach Sylt und schrieb alle Tonbandinterviews zu den Aids-Filmen ab, über 50 Kassetten. Ich begann eine Atemtherapie und kaufte mir eine Gerätebank mit Gewichten. Ich verliebte mich in einen deutschen Schlagersänger, den ich in allen Stellungen, natürlich mit Kondom, durchfickte. Doch nach vier Wochen gingen mir die Luft und die Liebe aus. Er hinterließ mir eine Kassette mit einem Liebeslied. Ich machte den Filmschnitt von »Schweigen = Tod«, und im Herbst '89 wurde ich dafür mit zwei Preisen beim Dokumentarfestival in Lyon belohnt.

ACT UP BERLIN

Der schwule Journalist Andreas Salmen, einer der wenigen, die von Anfang an in der Berliner »Siegessäule« sachlich über die Aids-Krise berichtet haben, rief im Sommer '89 zur Gründung von »Act up Berlin« auf. Ich war natürlich dabei. Wir waren ein kleines Häufchen Gutwilliger und hatten eine ganze Liste von Aktionen. Der Gesundheitssenat wollte sein Geld für die Aids-Arbeit nicht erhöhen. Andreas Salmen und ich luden uns zu einem Besuch bei der Gesundheitssenatorin ein. Als das nichts bewirkte, protestierten wir am Eingang ihrer Behörde, machten ein Straßenhappening, störten eine Finanzierungssitzung im Schöneberger Rathaus. Es half. Der Senat rückte weitere 400 000 heraus, und nach weiteren Protesten erkämpfen wir uns auch die Finanzierung des »Stop-Aids Projekts«, eines umfangreichen Vorsorgeprojekts, das für Safer Sex in schwer zugänglichen Gruppen wirbt. Bei den Demonstrationen waren wieder einmal die Berliner Tunten die Phantasievollsten. Sie verkleideten sich als Krankenschwestern, traten als singende Krankenbetten auf, kehrten mit großen Besen und machten auf den Schmutz der Verantwortlichen aufmerksam.
Auf den regelmäßigen Act up-Treffen sah ich einen sehr attraktiven Mann mit Halbglatze (ich werde ohnmächtig bei Halbglat-

zen), der sehr klug und sanft redete. Es war Patrick Hamm, den ich später für die Mitarbeit an meinem dritten Aids-Film »Feuer unterm Arsch« gewann. Patrick arbeitete seit langem in verschiedenen Aids-Bereichen und wußte immer den neusten Klatsch aus der zerstrittenen Schwulen- und Aids-Szene.

In Berlin schien tatsächlich jeder mit jedem zerstritten. Konkurrenz, Neid und der Kampf um Subventionen werden oft gegeneinander ausgetragen. Ich beschloß trotzdem, den Berliner Teil des Films nicht nur anklagend zu gestalten und wollte einen Vergleich mit dem leidenschaftlichen Engagement der New Yorker vermeiden. Ich wollte auch in Berlin Helden der Bewegung vorstellen, unermüdliche Kämpfer wie Bernd Stürzenberger, der den Schwulen-Sportverein gegründet hat, und »Männerminne«, den schwulen Berliner Gesangverein. Beide Gruppen wurden sehr erfolgreich und zeigen, daß Schwule außer Sex auch andere Dinge gemeinsam machen können.

Trotz seiner Infektion behielt Bernd ein fröhliches Gemüt und seinen Kampfgeist. Ich bewundere ihn.

Dann waren da Hans Seyfarth, der sich »Napoleon« nennt und mithalf, das »Café Positiv« zu gründen, und später mit seiner großartigen Autobiographie »Schweine müssen nackt sein« vielen Mut gemacht hat. Wir porträtierten außerdem die aktiven Mode-Tunten Bev Stroganov und Ichgola Androgyn, die witzige Safer Sex-Shows machten und sich bei jedem Benefiz mutig nach vorne drängeln. Mit Melitta Sundström sangen sie den Tuntenrap, der auf die Gewalt gegen Schwule aufmerksam machte.

Doch trotz der vielen Aktivitäten in Berlin war ich unzufrieden.

Bei der Deutschen Aids-Hilfe behauptete man, Orgienräume müßten bleiben, sie seien Räume des Lernens und Einübens von Safer Sex. Ich wurde wütend, denn ich wußte, daß dort keine Plakate hingen und keine Aufklärungskampagnen stattfanden. Es ist absurd zu glauben, daß man in der Hitze des Gefechts in den Fickkellern seinen Sex ändert, vor allem, wenn der Nachbar nur allzu gern bereit ist, sich ohne Kondom ficken zu lassen. Ich regte an, gerade dort witzige Aufklärungsshows zu machen, doch ohne Erfolg.

Im Schwulenzentrum filmte ich eine große Diskussion zu Safer Sex. Der Abgeordnete Dieter Telge und der Journalist Matthias Frings vertraten die Auffassung, Safer Sex dürfe keine Norm sein, man müsse das Recht haben, auch ohne Kondom zu ficken, ohne dafür schief angesehen zu werden. Frings drückte noch einmal vor meiner Kamera seinen Ekel vor Kondomen aus und endete mit dem absurden Spruch: Jeder hat ein Recht auf Aids, das muß in einem freien Land möglich sein.
Ich war empört und beschämt, daß die Aids-Hilfe dazu schwieg.
Nach dem Fall der Mauer kamen die Ostler aus einem sehr konservativen, isolierten Raum. Die meisten hatten noch nie Pornofilme gesehen, von Orgienbars oder Schwulensaunen nur gehört und dachten bei ihrem Nachholbedürfnis am wenigsten an Aids und Safer Sex. Sie sahen, daß in den Dunkelräumen weiter ohne Kondom gefickt wurde, einige vergaßen sich im Rausch der neuen Scheinfreiheit und werden dafür einen bitteren Preis zahlen müssen. Die Berliner Aids-Hilfe sprach später von »Präventionsimperialismus«, den sie nicht unterstützen wolle. Die westlichen Aids-Hilfen waren nicht bereit, von ihren reichhaltigen Subventions-Millionen dem Osten etwas abzugeben.
Ich ließ meinen Film »Feuer unterm Arsch« enden mit Mario, der mir vorwarf, mich als Oberlehrer aufzuspielen, als Moralapostel. Mario Wirz ist Schauspieler und Schriftsteller. Seine donnernde, tiefe Stimme dominierte jede Gesellschaft. Trotzdem machte er mich wütend, weil er seine Infektion als etwas Privates ansah und nicht als etwas Politisches. Er verlangte von mir, auch seine depressive Seite zu akzeptieren, sein Recht auf Leiden.
Durch unsere sehr heftigen Diskussionen kamen wir uns menschlich immer näher. Wir beschlossen, jeden Sonntagabend einen Salon, ein Jour Fixe in meinem Hause einzurichten, um herauszubekommen, was an schwuler Kultur in dieser nun nicht mehr geteilten Stadt existiert. Ich wollte Schwule nicht nur in Fickkellern, sondern auch über kulturellen Austausch kennenlernen. Ich lud einen wunderschönen Harfenisten zu einem kleinen Konzert ein. Wir diskutierten heftig über einen schwulen Maler, der Skinheads sehr erotisch darstellte. Wolfgang Müller von der »Tödlichen Doris« erzählte von seinen Performance-

Erfolgen. Die Filmemacher Elfi Mikesch, Ulrike Ottinger, Wieland Speck, Ades Zabel und Olaf Brühl zeigten Ausschnitte ihrer Arbeit. Der Schauspieler Ralph Mohnhaupt kam kurz vor seinem Tod zu uns und erzählte uns von den Anfängen der historisch-hysterischen Theatergruppe »Brühwarm«. Besonders stolz war ich, daß die Schriftstellerin Herta Müller aus ihrem neuesten Buch vorlas, in dem ein schwuler Charakter vorkam. Ich verehre ihre kurzen poetischen Sätze sehr. Auch die schwulen Journalisten Matthias Frings und Elmar Kraushaar, die mich inzwischen nicht mehr ausstehen können, waren oft zu Gast. Trotzdem war es, alles in allem, für diese große Stadt sehr enttäuschend, daß sich das Angebot homosexueller Kultur so schnell erschöpfte. Schließlich mußte ich einsehen, daß es auch interessante Heteros in der Stadt gibt, und das belebte unseren Salon enorm.

1. November *Auf dem Filmfestival in der kleinen Stadt Hof hat nun endlich mein Film »Ich bin meine eigene Frau« seine Uraufführung. Man hat mir den besten Platz, Sonnabend um 20 Uhr, gegeben. Das ist ein Risiko, denn die Erwartungen sind zu dieser Zeit sehr hoch. Ich habe großes Lampenfieber, wie vor jeder Premiere. Wie wird der Film ankommen? Wird man mich bestrafen wollen, wegen meiner Outing-Skandale in diesem Jahr?*

Charlotte fuhr für die Presse schon am Vormittag mit einer Pferdekutsche vor das Festivalgebäude. Am Abend bekam der Film den längsten Applaus des Festivals.

Gleich danach ging es zu einer Live-TV-Sendung, die in einem romantischen alten Schloß stattfand. Ich traf beim anschließenden Empfang auf viele Kritiker und Kollegen. Die meisten gratulierten mir. Ich hatte gewonnen, so schien es. Zehn Tage später sollte der Film im Kino anlaufen.

Alphonso ist nicht nach Hof mitgekommen. Wir hatten uns kurz davor wieder gestritten. Sein letzter Liebhaber Frank, der A. immer noch abgöttisch liebt, war von Hamburg nach Berlin gereist und machte ihm Avancen. A. schwor mir, daß für ihn die Sache völlig aus sei, aber er spielte ihn gegen mich aus. Frank würde ihn bedingungslos lieben, und bei mir hätte er immer das Gefühl, daß er unter Leistungsdruck stehe, daß unsere Beziehung zu funktionieren hätte. Er würde sich immer

noch in meiner Wohnung fremd fühlen und könnte sich an meine vielen Freunde nicht so schnell gewöhnen. Ihm würde sein eigener Freundeskreis fehlen. Er wurde sentimental und vermißte seine schöne Zeit in Hamburg, besonders auch seine südliche Heimat, in die er seit zwei Jahren nicht reisen kann, weil er sonst dort zum Militärdienst eingezogen würde.
Ich fühle mich hilflos und unendlich einsam und kann den Erfolg meines Filmes nicht mehr richtig genießen.

»FEUER UNTERM ARSCH«

Im Mai '90 kam meine Aids-Trilogie in die Kinos. Ich hatte den dritten Film, »Feuer unterm Arsch«, gerade rechtzeitig fertiggeschnitten und plante mit Hilfe der großartigen Produktionsleiterin Elke Peters eine zusätzliche Veranstaltungsreihe zu Aids, die nach meinen Filmen in den Kinos stattfinden sollte. Wir hatten bei der Bundeszentrale für gesundheitliche Aufklärung, bei der Stiftung »Positiv leben«, beim Berliner Senat und bei der Aids-Hilfe unter großen Mühen etwas Geld aufgetrieben, um drei Aids-Aktivisten aus den USA einladen zu können. Von Act up New York waren es Robert Hilferty und Sarah Schulman sowie Michael Callen, der viel von sich, seiner Krankheit und seinem Kampf gegen Aids erzählte und einige seiner erfolgreichen Lieder sang.
Zum Start meiner Filme schrieb ich wieder einmal einen wütenden Artikel im »Spiegel« mit dem Titel: »Bumsen unterm Safer Sex-Plakat.« Ich empfand die fehlende Verantwortung vieler Schwuler als Massenselbstmord und griff die beamteten, hochsubventionierten Mitarbeiter der Deutschen Aids-Hilfe an, die meiner Meinung nach viel zuwenig für Vorsorge und Verhütung taten. Der Teufel muß mich geritten haben, so undiplomatisch zu sein.
Natürlich ließen das einige Aids-Profis in Berlin und Frankfurt nicht auf sich sitzen und mobilisierten sofort zu einer Protestaktion. Sie riefen zu einem Boykott gegen mich und meine Filme auf. In Flugblättern sprach man mir meinen Künstlernamen Ro-

sa von Praunheim ab, ich hätte diesen Namen nicht mehr verdient und man wolle mich nunmehr mit meinem bürgerlichen Namen Holger anreden.
Höhepunkt der Proteste gegen mich sollte Köln werden, wo eine Diskussion mit mir und dem Vorstand der Deutschen Aids-Hilfe, Hans Peter Hauschild, angekündigt worden war. Das Kino in Köln war überfüllt, die Stimmung gegen mich. Hauschild, selbst infiziert, verkündete, daß er Kondome hinderlich finde.
Ich schaffte es trotzdem, über die Hälfte des Saales mit ehrlichen Argumenten auf meine Seite zu ziehen.
Das Gute an dieser Kontroverse war, daß fast alle Kinos, in denen ich fortan nach meinen Aids-Filmen diskutierte, voll waren. Das Thema Aids, das sonst niemanden mehr hinter dem Ofen vorlockte, war plötzlich wieder populär. Zum Teil wurden es die größten Veranstaltungen, die je zum Thema Aids in Deutschland stattgefunden hatten. Natürlich verdiente ich nichts an den Filmen. Ich hatte im vorhinein festgelegt, daß jeder Überschuß an Aids-Organisationen gehen sollte. In vielen Städten entstanden, angeregt durch meine Filme, Aids-Aktionsgruppen.
In Leipzig erlebte ich die schönste und bewegendste Veranstaltung. Als Michael Callen von seiner Krankheit erzählte und ein wunderbares Lied sang, bekam er Standing Ovations. Zum ersten Mal erlebte hier ein Publikum einen Betroffenen nicht nur im Fernsehen, sondern ganz persönlich und menschlich. Wir diskutierten danach noch lange, sammelten Geld und gründeten auch hier spontan eine Gruppe. In Dresden standen wir unter Polizeischutz. Am Tag unserer Filmshow wurde gerade die »republikanische« Partei in der Stadt gegründet.
Lotti gab mir endlich ihre Memoiren zu lesen. Ich war begeistert, kam sogar gut darin weg. Wir versöhnten uns und planten nun gemeinsam den notwendigen Nachdreh zu »Affengeil«. Ich hatte mit Mike eine Konzeption entwickelt, bei der ich Lottis und meinen persönlichen Streit in den Film einbringen konnte. Es sollte eine Liebesgeschichte zwischen Lotti und mir werden. Ich holte für die Kamera wieder Mike Kuchar aus New York, und Lotti und ich drehten im Juni 1990 in Frieden und Freuden die restlichen

Szenen zu »Affengeil«. Lotti sang einige Lieder, die sie inzwischen verbrochen hatte. Ich erdreistete mich sogar, mit ihr das Schlußlied anzustimmen. Das war saukomisch.
»Affengeil« erlebte seine Uraufführung auf dem Festival in Hof im Oktober 1990 und wurde eine Sensation. Lotti war sehr nervös und kurz vor der Vorstellung gegen eine Glastür gerannt, sie wurde aber zur Entschädigung nach dem Film im Kino mit überwältigendem Applaus geehrt. Wir waren überglücklich. Warum hatte ich es mir nur so schwer gemacht, und jahrelang an diesem Film herumgewerkelt und Komplikationen eingebaut? Die Verleiher zankten sich um die Rechte. Jeder sagte uns einen riesigen Publikumserfolg voraus.
Lottis Buch »Diese Zitrone hat noch viel Saft« wurde ein Bestseller, sie verkaufte fast 100 000 Stück. Jeder hatte Respekt vor ihrem schweren Leben und war begeistert von ihrem Witz.
Doch der Film wurde trotz großer Werbung und guter Kritiken nicht der erwartete Erfolg. Keiner konnte es sich erklären. Grund kann nur sein, daß Lotti zu oft in den Medien und das Publikum übersättigt war.
Mein nächstes Projekt war ein 45minütiges Porträt über den Regisseur Erwin Piscator, das der Südwestfunk in Auftrag gab. Piscator war in den zwanziger Jahren in Berlin neben Reinhardt der bedeutendste Regisseur gewesen. Er war engagierter Kommunist. Ich stieß bei meinen Recherchen auf Prof. Jung, der an der Ostberliner Schauspielschule »Ernst Busch« Marxismus gelehrt hatte und über Piscator ein Buch vorbereitete. Er brachte mich auf die Idee, mit den Schauspielstudenten einen Workshop über das Leben von Piscator zu machen. Gesagt, getan. Mein Image wurde derzeit im Osten bedeutend höher gehandelt als im Westen. Drüben kannte und bewunderte man meine Filme als ein Stück exotischer Freiheit, die viele dort so lange ersehnt hatten. Meine Filme waren ja aus dem Westfernsehen bekannt. Die Schauspielschule lag am anderen Ende von Berlin. Ich fuhr mit der S-Bahn eine Stunde von Charlottenburg nach Schöneweide, eine völlig neue Strecke für mich, fremde S-Bahnhöfe und eine triste Stadtlandschaft, die mir Tränen in die Augen jagte. Ich war ja mit zehn Jahren mit meinen Eltern aus dem Ostteil geflüchtet und seit-

dem sehr selten auf die andere Seite der Mauer gereist. Mich hatte das Einheitsgrau des Kommunismus immer angeekelt.
Die Schule liegt inmitten häßlicher Straßen und gebückter Menschen. Zuerst hatte ich ein dumpfes Gefühl, nicht wissend, wer von den Lehrern und Schülern bei der Stasi war und wie viele Karrieristen es nur ihrer Parteizugehörigkeit zu verdanken hatten, daß sie auf der Schule waren. Ich sah den alten Schauspieler Hans Peter Minetti, der hier immer noch Unterricht gab. Er hatte Schauspielerschicksale auf ihre Staatstreue untersucht und war gefürchtet wie einst sein Vater, der in der Nazizeit bei Gründgens am Theater brillierte. Die Schauspielschüler gaben sich erst sehr brav und bieder. Sie schrieben alles auf, was ich ihnen sagte, und siezten mich penetrant. Ich verbat mir das und konnte sie schnell mit meinen extremen Improvisationen auflockern. Ich wählte eine Filmszene aus, in der ein brutaler Typ eine Frau zwingt, »Fick mich« zu sagen, um sie dann lachend zu verlassen. Die jungen Leute meisterten diese Aufgabe fabelhaft. Ich fragte die Studenten nach ihrem Privatleben aus. Manche reagierten mit Tränen, die konnte ich nicht gebrauchen. Mir imponierte einer, der direkt zugab, Kommunist zu sein; oder ein anderer, der aus seinem Schwulsein keinen Hehl machte.
Eigenartigerweise stellte ich fest, daß mich die Frauen der Gruppe nicht sehr interessierten, das war zum ersten Mal in meinem Leben so. Hier entdeckte ich für mich, daß Männer in meinen Filmen nicht nur Sexobjekte zu sein brauchten, sondern auch Phantasie haben können. Ich entschied mich für vier junge Männer. Am meisten begeisterte mich bei den Ostschauspielstudenten, daß sie witzig sein konnten. Sie hatten auf Zeltlagern, Jugendweihen und FDJ-Veranstaltungen schon früh zu improvisieren gelernt. Unser Film wurde immer mehr zur Parodie.
Alle vier Schauspieler stellten Piscator in verschiedenen Lebenssituationen dar. Ich bat sie, auch Piscators Frauen zu spielen. Es war saukomisch, wie Nils Düwall die sowjetische Geliebte Piscators mit Kopftuch parodierte, und wie René Reinhards die elegante Maria verarschte. Michael Meister spielte Brecht, der mit Piscator auf dem Klo diskutierte, und die Studenten improvisierten, zum Schreien komisch, Begegnungen Piscators mit Stalin

und Goebbels. Marco Bahr war der tote Piscator, der die bigotten Reden seiner eigenen Beerdigung miterlebt. Für mich war diese Arbeit eine der schönsten in meinem nicht mehr ganz jungen Leben. Das 45-Minuten-Video lief im Südwestfunk im März 1991 unter dem Titel »Ein Mann namens Pis«.
Ein weiteres Projekt hatte ich dem WDR angeboten, einen Film über drei alte schwule Männer, den ich »Stolz und schwul« nannte. Der originelle 83jährige Straps-Harry berichtete von den liberalen zwanziger Jahren; der fast 90jährige Schauspieler und Sänger Kurt von Ruffin erzählte eindrucksvoll von den faschistischen dreißiger Jahren und seiner Zeit im KZ; Prof. Andreas Meyer-Hanno teilte mit, wie gefährlich für Schwule die konservativen fünfziger Jahre gewesen waren. Ich verdanke es der Schnittkunst von Mike Shephard, daß sich dieser Porträtfilm so spannend gestaltete. Er hatte, ähnlich wie bei »Affengeil«, mit viel Konzentration und logischem Verstand, den ich leider nur begrenzt besitze, aus einer Unmenge Videomaterial ein kleines Wunderwerk geschaffen, das im Mai des gleichen Jahres im WDR lief.

SCHWULES FERNSEHEN

Letztes Jahr gab es einen Mordfall im Park bei mir um die Ecke. Fünf Glatzköpfe überfielen einen Schwulen und sagten später vor Gericht, daß es sich wie Pudding angefühlt hätte, als sie mit Messern reinstachen. Schwulenhaß entsteht durch Ignoranz, Vorurteile und Desinformation. Ich bekam die Idee zu einem Schwulen-Fernsehen, um ein größeres Publikum mit dem Leben von Schwulen zu konfrontieren. Durch den Filmemacher Tom Tykwer, der ein Fernseh-Porträt über mich plante, erfuhr ich von einem neuen Berliner Kabelsender, FAB, Fernsehen aus Berlin. Es gehört zwei Dutzend progressiven Produzenten, die zunächst alle Beiträge umsonst abliefern mußten. Sie hofften, daß sich der Sender bald durch Werbung amortisieren würde. Ein idealistisches Projekt, von dem ich gleich begeistert war.
Der Sender nahm meinen Vorschlag, das »Erste schwule deutsche

Fernsehen« zu produzieren, begeistert an. In New York hatte ich öfter bei Gay Cable Network mitgearbeitet, einer wöchentlichen Halbstunden-Sendung über schwules Leben. In England war gerade auf Channel 4 »Out of Tuesday«, eine wöchentliche, einstündige Schwulen- und Lesbensendung mit Erfolg gestartet worden, und in Holland sollte gleichzeitig mit uns eine schwule TV-Spielshow ins Leben gerufen werden.

Schwules Fernsehen wird ein sehr wichtiger Schritt auf dem Wege zur Emanzipation sein. Schwule und Lesben müssen sichtbar werden.

Ich habe längst die Nase voll von den vielen gutgemeinten Talkshows, bei denen wir uns vor Kirchenvertretern und anderen Konservativen für unsere Sexualität rechtfertigen müssen. Es ist Zeit, daß Schwule und Lesben sich selbst vertreten und aus ihrer eigenen Sicht ihr Leben und Lieben darstellen. Es gibt Frauensendungen und Seniorensendungen, und es sollten sich auch Behinderte, Ausländer, Schwule und Lesben ihren Platz in der Medienlandschaft erkämpfen. Aber so sehr ich auch von allen Seiten für meine Initiative gelobt wurde, die gehässigste Kritik kam einmal mehr aus den eigenen Reihen, von neidischen schwulen Journalisten. Sie waren sauer, daß ich es wagte, aus dem Ghetto der Schwulenzeitschriften auszubrechen und mich einer großen Öffentlichkeit stellen wollte. Warum ich immer alles an mich reißen müßte, hieß es.

Ich plante jede Woche eine Stunde Sendung, und mußte natürlich alle Produktionskosten aus eigener Tasche bezahlen. Durch Beziehungen und viel Bettelei gelang es mir, eine gute Beta-Sp-Kamera, die sonst 600 Mark pro Tag kostet, für 250 zu bekommen, außerdem einen Schnittplatz, der sonst 1000 Mark pro Tag kostet, für ein Drittel. Lorenz Haarmann, der einzige Hetero im Team des Schwulen-Fernsehens, fand sich bereit, die Kamera zu machen. Ein Ausstatter malte eine freche Dekoration, und wir begannen Anfang Februar '91 mit »Schrill, schräg und schwul«, ein Magazin, für das ich als Mitarbeiter André, Flavio, David, Bev und Patrick gefunden hatte, die ebenso wie ich aus reinem Idealismus mitarbeiteten. Wir hatten sofort tausend Programm-Ideen.

Rosa mit David Wilms (r.) und Frank Schäfer (l.) vom Schwulen-Fernsehen

Premierenfeier zum Charlotte-Film:
Charlotte v. Mahlsdorf, Rosa, Sirio, Jürg, Billy Zöckler (v.l.n.r.)

Neben der halbstündigen Magazinsendung plante ich einen Talk mit dem Titel »Schwul, pervers, kontrovers«. Hier wollte ich ein oder zwei Personen sehr intensiv nach ihrem Schwulsein ausfragen, ihren Sexpraktiken, Rollenspiel, ihren ersten Erlebnissen, Ängsten, Aids und vielem mehr. Ich war glücklich und voller Enthusiasmus. Die Ideen sprudelten nur so aus mir heraus. Schwulsein ist so komplex, es gab tausend Themen aufzuarbeiten. Ich erfand den Kuß der Woche, bei dem ein schwules Paar ein paar Sätze über sich erzählt. Der Kabarettist Günther Thews sprach lustvoll über Safer Sex. Jürgen Vedder vom Stopp Aids-Projekt informierte. Kaspar Chamelion sang, David und Bev moderierten vom Bett aus Kulturtips. Ich interviewte Holger und Jens, ein schwules Paar, das seit vier Jahren zusammenlebte und offen aus seiner Ehe plauderte.

Mir war es wichtig, keine ausschließliche Tuntensendung zu machen. Es passiert leicht, daß man immer wieder auf die Showqualitäten der Transis und Tunten zurückgreift, weil sie ja ach so spaßig sind und auch den größten Teil der schwulen Kultur abdecken. Doch das ist nicht repräsentativ. Ich schaute mich in unserem Team um und entdeckte nur Männer wie du und ich, keiner war geschminkt, trug Frauenkleider oder entsprach sonst einem Klischee. So sollte auch die Sendung sein. Doch man verstehe mich nicht falsch. Ich liebe und verehre Tunten, meist sind sie die Mutigsten und Radikalsten, und ich war sehr froh, daß Bev in unserer Sendung den Tuntentalk etablierte.

Die erste Sendung lief sehr erfolgreich an, hatte aber noch viele Macken. Ich setzte für die zweite Sendung den schönen David Wilms als Moderator ein, der sich die Ansagen in der dritten Sendung dann mit dem attraktiven Laurent Holzammer teilte, beides professionelle Schauspieler, die es wagten, sich offen als Schwule zu präsentieren. Das ist deshalb so erwähnenswert, weil die meisten schwulen Schauspieler immer noch eine Heidenangst davor haben, sich zu erkennen zu geben. Sie haben Angst, dann keine heterosexuellen Liebhaber-Rollen zu bekommen. Alles Quatsch. Die größten Leinwandhelden der Geschichte waren oder sind schwul oder lesbisch – Rock Hudson, Cary Grant, Montgomery Clift, James Dean, Marlene Dietrich, Greta Garbo . . .

Ich hatte schon lange die Idee zu einer schwulen Soap Opera und jetzt das Glück, daß sich Albrecht, Mario und Claus bereit fanden, die »Goldjungens aus Bielefeld« zu schreiben und zu spielen. Wir erfanden eine Fortsetzungsgeschichte von jeweils nur drei bis fünf Minuten, die in der Küche einer Wohngemeinschaft spielen sollte. Wir nahmen uns natürlich die bei Schwulen sehr beliebten »Golden Girls« zum Vorbild.
Ades Zabel machte eine schwule Zaubershow, und Jürgen Poppinger klärte über Krankheiten auf, die bei schwulen Männern häufig vorkommen. Es grassierte wieder die Hepatitis. Er machte Sendungen über den Schwanz, den Mund, das Arschloch und natürlich sehr viel über Aids. Bernd Stürzenberger informierte über schwule Politik. Eine chilenische Theatergruppe führte Szenen vor und erzählte, wie schwer es ist, in Südamerika schwul zu sein. Ich interviewte Olga Zuk, eine sehr mutige Lesbe aus St. Petersburg, Gründerin des Tschaikowsky-Fonds, der ersten Schwulen- und Lesbenorganisation in Rußland. Eine Mutter kam mit ihrem schwulen Sohn und wollte anderen Müttern Mut machen, offen zum Schwulsein ihrer Kinder zu stehen. Zu den Berliner Filmfestspielen bat ich David, die beiden Bürgermeister Diepgen und Momper nach ihrem letzten homosexuellen Geschlechtsverkehr zu fragen. Diepgen lehnte pikiert ab, Momper war sehr witzig und frei, wollte aber seinen Kontrahenten Diepgen nicht erotisch finden. Die vielleicht bewegendste Sendung war die mit der Mutter eines an Aids verstorbenen Sohnes. Sie hatte mich eines Nachts angerufen und erzählt, wie sie ihren Sohn bis zum Tode aufopfernd gepflegt hatte und daß sie gerne darüber reden wolle, um anderen zu helfen.
Es würde zu weit führen, alle Themen hier aufzuführen. Schwules Leben ist von endloser Vielfalt. Vieles war in der Planung und konnte nicht mehr realisiert werden. Im ganzen produzierte ich acht Sendungen und gab fast 30 000 Mark aus eigener Tasche aus. Nach zwei Monaten war ich ein Nervenbündel. David schrie mich zu Recht an, daß ich alle nervös mache. Mit Boris aus Ost-Berlin bekam ich Streit über das Konzept zu einer Talkshow über die Schwulenbewegung der DDR. Ich spürte, daß ich überfordert war, und war sehr froh, daß sich meine Mitarbeiter entschlossen,

alleine weiterzumachen. Besonders André Kraft ist es zu verdanken, daß er die schwule Videofirma Bund Film auftat, die die Technik für weitere Folgen zur Verfügung stellte. »Andersrum« war geboren und sendet inzwischen jeden Monat einmal. Der rührige David Wilms hat die Sendung fast zwei Jahre weitergeführt und mußte, Ende 1992 aufgeben, da die schwule Szene nicht bereit war, das Projekt durch Spenden oder TV-Werbung schwuler Geschäfte finanziell zu unterstützen.

Inzwischen hatte ich auch einige Lesben angesprochen und sie animiert, ihre eigene Sendung zu machen. In meinem Wohnzimmer kamen Mahide und Ira zusammen und machen seitdem, ganz unabhängig von den Männern, ihre wunderbare Sendung »Läsbisch TV«, die auch auf FAB ausgestrahlt und von Folge zu Folge besser wird.

Wir hatten gleich von Anfang an einen sensationellen Publikumserfolg, waren zeitweise die beliebteste Sendung des Berliner Kabelkanals und bekamen viel Presse. Unsere Sendung lief jeden Donnerstag ab 22 Uhr und wurde den ganzen Tag über alle vier Stunden wiederholt, so daß auch Kinder und ihre Mütter die Sendung sehen konnten. Ich hatte zuerst rechtliche Bedenken gehabt, ob nicht eine konservative Bürgergruppe gegen mich prozessieren könnte. Aber nicht der Kabelrat protestierte gegen die schönen nackten Schwänze, die wir selbstverständlich zeigten, sondern der Sender zensierte sich selbst, indem er einige Geschlechtsteile mit Balken versah, und schließlich die Wiederholungen am Tage aus Angst vor dem Verlust der Lizenz strich.

Mein Ausstieg aus dem Schwulen-Fernsehen hieß aber nicht, daß ich meine Idee ganz aufgegeben hatte. Ich war nur finanziell ausgebrannt und hoffte auf das Interesse eines überregionalen Senders, der mir Geld für ein professionelles Team und weitere Sendungen geben würde. Zu meinem Erstaunen zeigte sich RTL interessiert und plante für den Herbst '91, mit mir als Zugpferd, eine Pilotsendung. Die Produktionskosten sollten etwa 200 000 Mark betragen, ein ähnlich hohes Budget wie das großartige »Weibermagazin« von Hella von Sinnen. Ich animierte den Autor und Regisseur Claus Vincon, ein witziges Konzept zu machen, was ihm auch genial gelang: »Schwul plus« sollte es heißen. RTL

war begeistert, einige meiner alten Mitstreiter und sogar meine persönlichen Feinde, Mathias Frings und Elmar Kraushaar, waren interessiert mitzumachen. Ich fühlte, daß eine Schwulensendung bei RTL eine nationale Sensation werden könnte. Auf einer Pressekonferenz in Zürich antwortete ich nach vielen Interviews auf die Frage, warum RTL mit mir arbeiten würde: »Die machen jetzt ein Bibelquiz und die würden sicher auch aus kommerziellen Erwägungen eine Neonazi-Show machen.«
RTL-Chef Thoma flippte aus und kündigte von einem zum anderen Tag die Show. Ich wußte nicht, daß sein Vater im KZ umgekommen war. Ich entschuldigte mich sofort bei ihm und möchte das auch bei dieser Gelegenheit noch einmal tun. Aber nichts half, es blieb beim Aus. Ich ging zum WDR, zu anderen Sendern, gründete eine schwul-lesbische Mediengruppe im Osten und versuchte beim neugegründeten MDR in Sachsen, schwules TV vorzuschlagen. Dort schien man aber für Homosexuelle nicht viel übrig zu haben.
Ich hatte nirgendwo Glück.

25. November
Mein 50. Geburtstag.
Nein, ich will nicht feiern, will mit A. alleine sein und meinen Weltschmerz pflegen. 50 Jahre. Ich fühle mich uralt, sehe mich schon im Rollstuhl, geistig und körperlich impotent. Um mich herum nur noch Gewalt, Kriege und Rechtsradikalismus. Die Zeiten der Avantgarde, der Provokationen sind vorbei. Gehöre ich noch dazu?
Ich heule mich bei A. aus, der mich liebevoll in den Arm nimmt und sagt, daß er mich mehr liebe denn je. Ich lasse mich ganz tief fallen und entschließe mich dann doch, 50 meiner besten Freunde bei mir um die Ecke in den »Engel Gabriel« zu bestellen. Lotti Huber und Evelyn Künneke und Marianne und Mike und meine Mutter und Mario. Straps-Harry will eine Show machen.
Nein, ich bin nicht allein. Scheiß-Hysterie. Den ganzen Tag geht das Telefon mit Gratulanten. Volker ruft aus Moskau an und Karin und Andreas aus New York und René aus der Schweiz, der mir sagt, wieviel Mut ich ihm gegeben habe.
Nein, es sind tausend Leute, die an mich denken. Schon früh trete ich

im ZDF-Morgenmagazin auf und danach im SFB. Björn Engholm schickt mir einen netten Geburtstagsbrief und würdigt meine Verdienste in der Schwulenbewegung. In vielen Zeitschriften große Artikel.
Mein neuster Film »Ich bin meine eigene Frau« bekommt zum Kinostart glänzende Kritiken in fast allen großen Zeitungen. Nur einige Berliner verreißen mich nach Strich und Faden, das scheint aber mehr eine Vergeltungsaktion derer zu sein, die meine Outing-Kampagne haßten.
Mein Star Charlotte von Mahlsdorf wird in alle TV-Talkshows des Landes eingeladen. Sie wird, ähnlich wie Lotti, zum Medienstar, zum Sympathieträger nicht nur für Schwule.
Die Kinopremieren sind phänomenal. In vielen Städten, in denen sich Charlotte nach dem Film vorstellte, gibt es Standing Ovations, und trotzdem läuft der Film im regulären Kinoprogramm nicht so gut wie erwartet. Der Verleih ist enttäuscht. Vielleicht ist das Publikum durch die viele Publicity übersättigt.

Im Jahr 1991 verstarb Frank Ripplohs bester Freund Bernd, sein Liebhaber im Leben und im Film »Taxi zum Klo«. Am 7. Mai 1991 starb mein Mitarbeiter Phil Zwickler. Ich bekam einen Anruf aus New York und erfuhr, daß auch mein ehemaliger Liebhaber aus frühen Tagen, Barry Tannenbaum, gestorben ist. Peter aus London rief mich an, meine erste große Liebe, und erzählte, daß sein langjähriger Freund, den er direkt nach mir hatte, gerade an Aids gestorben sei und daß sein jetziger Liebhaber in einer Sterbeklinik in London liegt, daß er selbst gesundheitlich nicht gut drauf sei, seine T-Helferzellen sehr niedrig, er nicht mehr arbeitet und Invalidenrente bekommt. Er erzählte, wie er seine eigene Beerdigung plant.
Ich nahm eine Einladung ins nahe Brandenburg in den Fontane-Kulturclub an, die meine Aids-Filme zeigen wollten. Ein kleiner, dicker netter Herr mit Zottelbart holte mich ab. Es stellte sich heraus, daß er gleichzeitig der Direktor der dortigen Irrenanstalt war. Als wir in Brandenburg ankamen, herrschte dichter Nebel, und die verrotteten Häuser gähnten mich gespenstisch an. Im Club eine nette Runde, meist Frauen. Ich begann gerade zu erklären, warum ich meinen Film »Schweigen = Tod« so aggressiv be-

ginne. Plötzlich hörte ich Schüsse. Die Tür wurde aufgerissen und ein paar Skinheads bedrohten uns. Ich konnte es nicht fassen – ich würde also nicht in New York über den Haufen geschossen werden, sondern in Brandenburg. Was für ein trivialer Tod! Dann stellte sich aber heraus, daß sie Streit mit einem Anarcho suchten, der sich im Saal aufhielt, und gar nicht wußten, wer ich war und um was für eine Veranstaltung es sich handelte.

Einige Zeit später besuchte ich das Frühlingsfest bei Charlotte von Mahlsdorf, in ihrem Gründerzeitmuseum am Rande von Berlin. Ein schönes Fest, mit vielen Schwulen und Lesben aus Ost und West, die sich endlich vereinigen konnten. Kurz nachdem ich gegangen war überfielen 70 Skinheads das Gartenfest, machten Randale und verletzten mehrere mutige Lesben, die sich als erste tapfer zur Wehr gesetzt hatten, schwer. Charlotte und ihre Mitarbeiterinnen waren erschüttert. Gerade jetzt, nach der Wende, hatten sie sich mehr Freiheit und Toleranz gewünscht.

Zur Abwechslung hatte ich auch ein sehr schönes Erlebnis, als ich im Juni '91 neben Liz Taylor bei einem Aids-Benefiz in Basel auftreten durfte. Meine Freunde Thies und Thomas hatten mich dazu eingeladen, und es war ein Abend der absoluten Stars. Audrey Hepburn schüttelte mir an der Seite von Valentino die Hand. Ich warf Yoko Ono Kußhändchen zu, als ich an ihrem Tisch vorbeiflanierte, und meine Freundin Dagney zeigte den Reportern ihren schönen Arsch. Am Morgen saß ich mit dem Maler Robert Rauschenberg, dem Talkmaster Dick Cavett und meinem Idol, der Ärztin Dr. Mathilde Krim, auf einem Podium vor Hunderten von Reportern. Jeder hielt eine kleine Rede und machte auf die große Gefahr von Aids, nicht nur bei uns, sondern auch in Afrika und der dritten Welt aufmerksam, für die die Prominenz einige Millionen zusammenbrachte. Sicher hatte das Ganze etwas Perverses. Viel Eleganz und Reichtum und ein teures Dinner und Reden vom Hunger der Welt, die Audrey Hepburn mit britisch geschulter Dramatik sehr gut vorzutragen wußte. Besonders neugierig war ich natürlich auf den Superstar Liz Taylor, der ich schon einmal in New York begegnet war.

Sie kam wie immer eine Stunde zu spät, eingezwängt in ihre altmodische Fünfziger-Jahre-Kleidung. Sie konnte es sich leisten, mit ihren fast sechzig Jahren immer noch auf Teenager zu machen. Mit ihrer Piepsstimme las sie stockend ein paar Begrüßungsworte ab und eine rührende Naivität ging von ihr aus. Der Presse war vorher mitgeteilt worden, daß sie nicht bereit war, Fragen zu beantworten. Sie erlaubte nur einige Gruppenfotos. Alles war protokollarisch genau festgelegt, wie bei einer Königin. Später stellte mich Mathilde im Fahrstuhl der Taylor vor. Liz sah mich mit erschreckten Augen an, kein Wunder, bei den vielen fremden Menschen, die sie täglich bestaunten. Neben ihr der Lastwagenfahrer, den sie bald heiraten sollte und der stumpf und still neben ihr stand. Ein Mitarbeiter klärte uns darüber auf, wie hysterisch sie sei, daß sie ständig vor Ungeduld herumschrie und man ihr nichts recht machen konnte. Das konnte aber meine Liebe für das Weltwunder Liz nicht mindern. Man muß ihr einfach Respekt zollen für ihren unermüdlichen Einsatz im Kampf gegen Aids.

24. Dezember *Weihnachten. Riesenstreit mit A., der schlimmste unserer Beziehung.*
Anlaß ist ein Papagei, den mir A. bei einer Reise nach Hamburg schenken wollte. Zuerst hatten wir uns in zwei Pinselohräffchen verliebt, doch dann erfuhren wir, daß sie gerne Fremde anpinkeln.
Der Papagei war sehr süß, doch dann fing er irrsinnig an zu schreien, und ich sagte nein. A. war irre beleidigt und weigerte sich, mit mir gemeinsam zurückzufahren. Ich saß im Zug und kochte, wie kann er mir so etwas antun. Ich dachte die ganze Fahrt über, daß ich mich sofort von ihm trennen muß. Zehn Minuten, nachdem ich zu Hause war, ging die Tür auf, und A. stand mit seinen Hamburger Freunden vor mir und dem Papagei. Sie waren mir mit dem Auto nachgefahren. Ich war gerührt.
Heute mit A. und unserer lieben Freundin Randi in der letzten Minute einen großen Weihnachtsbaum gekauft. Wir haben ein paar Gäste und Mutti wird einen Kaßlerbraten machen. Ich schreibe Tischkarten und ein kleines Gedicht für jeden.
Über die Feiertage blättere ich in meinen Notizen und finde einen Brief von meinem Freund, dem Dichter Mario Wirz, mit dem ich fast

ein Jahr einen leidenschaftlichen Briefwechsel ausgetauscht hatte. Um besonders meinen vielen Feinden, Skeptikern und Neidern etwas Futter zu geben, möchte ich zum Abschluß einen Brief von ihm zitieren, den er mir auf eine meiner vielen Provokationen hin wütend entgegenschleuderte:

»Geliebtes Scheusal,
hab gerade Deinen Brief gelesen und fühle mich geküßt, beleidigt, verstanden, bespuckt und aufgewühlt vom Lärm Deiner Leere, von Deiner bunten, monotonen Einsamkeit.
Der Teufel segne Deine kostümierten Geistesgestörtheiten, Deine plakativen dummdreisten Attentate, das Genie Deiner Dummheit. Nicht mutig bist Du, sondern hochmütig. Du inszenierst Deine Provokationen mit der überkandidelten Vehemenz einer Opernsängerin, die ihre Stimme verloren hat. Du gefälschter Aktivist, wer oder was ist es denn, den oder das Du provozierst?
Du garstiges Kind, Du Bürgerschreck aus der Mottenkiste.
Du wirfst mit Bomben, wenn es nicht gefährlich ist. Du eitler Medienrebell, Du Frau-im-Spiegel-Anarchist.
Ich schreibe mit hochrotem Gesicht, und dabei soll ich mich doch nicht aufregen.
Du attackierst meine Verbindlichkeiten, pure Projektion. Deine Verbindlichkeiten schneiden nur mehr Grimassen!!
Zum Teufel mit Deinem Amerika-Subjektivismus, finde Dich damit ab, daß Du nicht Andy Warhol bist.
Sehr aufgesetzt und künstlich erscheint mir Deine Aggression.
Du scheinst eine wahnwitzige Angst davor zu haben, daß man Dich nett findet, also mimst Du mit Anstrengung und Automatismus den Sittenstrolch, das böse Kind.
Du Sägemaschinen-Masochist.
Wenn das Extreme zur Gewohnheit wird, pervertiert es sich ins Langweilige, und das ist deine traumatische Angst.
Wahrscheinlich betest Du jeden Abend zu Dir selbst: Hoffentlich fällt mir morgen wieder etwas Abscheuliches ein, damit mich niemand langweilig findet.
Ich kenne die Philosophie Deiner Austauschbarkeit, recht zeitgeistig und wenig originell. Es wundert mich, daß Du Dich noch an Dich

selbst erinnern kannst. Deine Geschwindigkeit ist nicht Rausch oder Fest, sondern Leere, Leere, Leere. Damit meine ich nicht Deine Parkorgien, sondern die Betrachtung Deiner Orgien, Deiner Menschen etc., etc.
Ich verabscheue Dich. Ich fürchte mich vor Deiner Kälte. Ich bewundere Dich. Ich liebe Deinen Mund und Dein Lachen und Deinen Narzismus.
Wütend macht mich Dein maßloser Anspruch, Dich so frech von den anderen abzugrenzen. Du bist genauso verklemmt und hilflos wie die anderen. Wie interpretierst Du Dein Leben? Findest Du es so gelungen?
Deine Angst nennst Du Stärke und Mut und Engagement, die Angst der anderen diffamierst Du als Schwäche und Feigheit.
Solange Dir die Achtung fehlt vor der Hölle der anderen, die auch Deine Hölle ist, wirst Du nie ein Künstler sein.
Ich lache meine Todesangst mit lauter Stimme weg, Du fickst die Todesangst von Dir.
Was wünschst Du Dir von Papa Mario?
Haß? Sorry!
Ich bestrafe Dich, indem ich Dir verzeihe – auch Deine nächste Abscheulichkeit.
Spring im Dreieck. Warum verzeihe ich Dir? Weil Deine Gemeinheiten eigentlich ganz niedlich sind, allenfalls amüsant.
Voller Verständnis,
Papa Mario«

Vielleicht hat er mit seiner herben Kritik ja ein bißchen recht, aber werde ich mich je ändern können? Warum habe ich das unsägliche Talent, so viele Menschen um mich herum zu verletzen? Warum muß ich immer polarisieren, provozieren? Will ich mich selbst bestrafen oder denke ich, daß mich Harmonie verblöden läßt? Ich muß mich nun mal ertragen wie ich bin, und manchmal habe ich ja auch viel Spaß dabei. Unruhe, Produktiviät, Sex und Angst vor der Liebe werden wohl immer ein Teil von mir bleiben.
31. Dezember *Sylvester. Mit Alphonso bin ich jetzt fast sieben Monate zusammen. Unglaublich, was wir miteinander durchgemacht haben, bewegender als in einer Psychotherapie. Nein, meine Angst vor*

Nähe habe ich nicht verloren. Es ist für mich immer noch schwer, einen starken Partner an meiner Seite zu akzeptieren. Die Einsamkeit zu zweit ist oft größer als das Alleinsein. Ich wünsche mir, daß ich das Leben mehr genießen kann, daß ich trotz der politisch beschissenen Zeiten das Lachen nicht verlerne.
Beruflich habe ich viele Pläne für die nächsten Jahre. Mein autobiographischer Film »Neurosia« ist so gut wie finanziert, für meinen Kannibalenfilm »Intelligenz ist eßbar« interessiert sich der WDR. Im Januar fange ich mit einem Tanztheater an, das ich für zwei Tänzer einer holländischen Gruppe inszeniere. Zu den Berliner Filmfestspielen im Februar möchte ich ein Symposium »Filmemacher gegen Rechts« anregen. Ich denke, daß die Kulturschaffenden in diesem Land mehr tun können, als nur bei Demos mitmarschieren oder kluge Reden zu schwingen oder das Thema filmisch auszubeuten. Wir müssen praktische Arbeit tun, von unserem hohen glamourösen Roß heruntersteigen und in die Vorstädte gehen, unsere Arbeiten auf Häuserwände projizieren. Es ist nicht unmöglich, mit Musik und Tanz die Herzen von Kahlköpfen zu erwärmen.
Und ich möchte einen schwul-lesbischen Preis ins Leben rufen.
Viel zuwenige wissen, wie viele kämpferische Homosexuelle in diesem Land leben. Ihren Mut brauchen wir, sonst sind wir in dreihundert Jahren immer noch Menschen zweiter Klasse.
Fortsetzung folgt.

FILMOGRAPHIE*

1967
Von Rosa von Praunheim
(12 min.)
mit Carla Aulaulu, Frau Klostermann, die drei Töchter Klostermann

1968
Rosa Arbeiter auf Goldener Straße, I. Teil
(20 min.)
mit Carla Aulaulu, Rainer Kranich

Rosa Arbeiter auf Goldener Straße, II. Teil
(12 min.)
mit Carla Aulaulu, Klaus Tino S. V. P.

1969
Schwestern der Revolution
(20 min.)
mit Carla Aulaulu, Hannes Flutsch, Luzi Kryn, Alix Buchen, Werner Schroeter, Dietmar Kracht, Eva Suffa, Sven Busch, Steven Adamschweski, Thomas Vassilev, Michel Bolze

Samuel Beckett
(12 min.)

1970
Macbeth (45 min.)
mit Magdalena Montezuma, Berryt Bohlen, Volker Eschke, Steven Adamschewski, Rainer Kranich

Die Bettwurst (78 min.)
mit Luzi Kryn, Dietmar Kracht, Steven Adamschewski

* Eine ausführliche Filmographie in »Sex und Karriere«, Hamburg, Rogner & Bernhard bei Zweitausendeins, 1991

Was die Rechte nicht sieht, kommt erst recht aus dem Ohr hinaus (15 min.)
mit Carla Aulaulu, Magdalena Montezuma, Steven Adamschewski, Alix Buchen, Rainer Kranich, Dietmar Kracht, Luzi Kryn

Nicht der Homosexuelle ist pervers, sondern die Situation, in der er lebt (ca. 65 min.)
mit Bernd Feuerhelm, Berryt Bohlen, Ernst Kuchling u. v. a.

1971
Homosexuelle in New York (12 min.)
Dokumentarfilm über die 2. Christopher-Street-Day-Demo von 1971

Leidenschaften (74 min.)
Ein Film, der in 14 Städten in Amerika und Asien spielt
mit Fritz Mikesch, Mr. World, Taylor Mead, Tally Brown, Diana, Yotuta Nagarakawa, Mino Kurata, Roberto Queen of Sheba, Florence Sun, u. v. a.

Berliner Bettwurst (90 min.)
mit Luzi Kryn, Dietmar Kracht, Berryt Bohlen, Lou van Burg, Wolfgang Macke

1974
Axel von Auersperg (70 min.)
mit Vincent Kluwe, Gundula von Woyna, Evelyn Künneke, Peggy von Schnottgenberg

Rosa von Praunheim zeigt (20 min.)
Film zu Proben einer Show mit Evelyn Künneke
mit Evelyn Künneke, Peter Schneider, Dietmar Kracht

Monolog eines Stars (60 min.)
mit Millie Büttner, Mr. Frankfurt, Anna Rosenky, Evelyn Künneke

1976
Porträt Marianne Rosenberg (10 min.)
für die Sendung »Treffpunkt«, SWF

Underground and Emigrants (90 min.)
mit Rosa von Praunheim, Greta Keller, Lil Picard, u. a.

Ich bin ein Antistar. Das skandalöse Leben der Evelyn Künneke (81 min.)
mit Evelyn Künneke, Angèle Durand, Christina Kracht, Nicolai Rhein, Hilda, Dietmar Kracht, Dieter Hatje, Jürgen Hartmann, Luminitia, Martin Jason, Rainer Beckmann, Maurus Pacher, Walter Haas

1976-78
Der 24. Stock. (2 Teile, 180 min.)

1972-79
Armee der Liebenden oder Aufstand der Perversen
Dokumentarfilm über die Homosexuellenbewegung in den USA

1978
Tally Brown New York (110 min.)
Dokumentarfilm über den Undergroundstar Tally Brown

1979
Todesmagazin oder: wie werde ich ein Blumentopf (73 min.)
mit Helen Adam, Al Goldstein, Rosa von Praunheim

1981
Unsere Leichen leben noch (90 min.)
mit Lotti Huber, Inka Köhler, Luzi Kryn, Maria Christina Leven, Madlen Lorei

1982
Rote Liebe (80 min.)
mit Sascha Hammer, Mark Eins, Helga Goetze, Olga Demetries-

cu, Rose Hammer, Bettina Sukroff, Barbara Gould, Tu Tu, Sarah Pfeifer

1984
Horror vacui (85 min.)
mit Lotti Huber, Friedrich Steinhauer, Folkert Milster, Thomas Vogt, Ingrid van Bergen

1985
Stadt der verlorenen Seelen (91 min.)
mit Jayne County, Angie Stardust, Judith Flex, Gary Miller, Joaquin la Habana, Tara O'Hara, Tron von Hollywood, Manfred Finger, Wolfgang Schumacher, Loraine Muthke u. v. a.

1986
Ein Virus kennt keine Moral (82 min.)
mit Dieter Dicken, Maria Hasenäcker, Christian Kesten, Eva Kurz, Rosa von Praunheim, Regina Rudnick, Thilo von Trotha

1987
Dolly, Lotte und Maria (75 min.)
Dokumentarfilm über drei deutsche Stars in New York

1988
Anita – Tänze des Lasters (90 min.)
mit Lotti Huber, Ina Blum, Mikael Honesseau u. v. a.

1989
Überleben in New York (90 min.)
Dokumentarfilm über das Leben dreier junger deutscher Frauen in New York

1990
Die Aids-Trilogie:

Positiv – Die Antwort schwuler Männer in New York auf AIDS (79 min.)

Schweigen = Tod – Künstler in New York kämpfen gegen AIDS (55 min.)

Feuer unterm Arsch – Vom Leben und Sterben schwuler Männer in Berlin (50 min.)

Affengeil – eine Reise durch Lottis Leben (85 min.)
mit Lotti Huber, Rosa von Praunheim, Helga Sloop, Gertrud Mischwitzky, Thomas Woischnig, Hans Peter Schwade, Frank Schäfer

1991
Schrill, schräg und schwul:
Acht einstündige TV-Produktionen für den Kabelkanal FAB

Ein Mann Namens Pis (44 min.)
Videoproduktion
Zur Erinnerung an Erwin Piscator

Stolz & Schwul (44 min.)
Videoproduktion
Drei alte schwule Männer erzählen
mit Harry Toste, genannt Straps-Harry, Kurt von Ruffin, Andreas Meyer-Hanno

1992
Ich bin meine eigene Frau (90 min.)
über und mit Charlotte von Mahlsdorf

ABBILDUNGSNACHWEIS

Basis-Film Verleih, Berlin 265
Bavaria Filmproduktion, München 125
Rolf von Bergemann (†), Berlin 311
Dagmar, New York 105
Inga Di Mar, Hamburg 187
Filmwelt, München 353, 363
Sabine Gudath, Berlin 311
Gerhard Kassner, Berlin 24
Keystone Pressedienst, München 215
Alfred von Meysenbug, Hamburg 85
Till Loeser, Essen 199
Elfi Mikesch, Berlin 69, 75, 77, 101, 157, 301, 335
Pamela Mosher, San Francisco 227
Macizk Netschies, München 169
Michael Oblowitz, New York 239
Rosa von Praunheim, Berlin 27, 31, 43, 49, 57, 81, 101, 103, 113, 181, 259, 289, 363
Michael Puschmann, Berlin 335
Erika Rabau, Berlin 379
Rich, Berlin 181
Helmut Röttgen, Berlin 259
A. Schölzel, Berlin 353
Sirio, Berlin 379
Andreas Sterzing, New York 331, 357
WDR 17